U0897793

浙 江 大 学 “ 2 1 1 工 程 ” 重 点 学 科 建 设 项 目
浙江省社会科学界联合会2006年重点研究课题成果

■中国传统文化与江南地域文化研究丛书

“两浙”作家与中国新文学

■黄　健　著

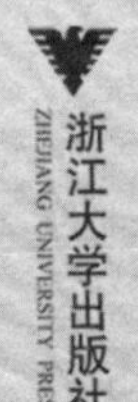

浙江大学出版社
ZHEJIANG UNIVERSITY PRESS

目　　录

■导　论

“两浙”文化与中国新文学的内在关联

在中国新文学的生成与发展中，地域文化（Regional Culture，或称“区域文化”）的作用是不可忽视的。这不仅仅是指文学是否存在着地域性的问题，而是涉及在整体文化出现“意义危机”时，作为原型的地域文化将如何孕育和催生新文化、新文学生成的问题。不可否认，文学是存在地域性的，它具有地域文化的审美色彩。刘勰在《文心雕龙》中就称北方早出的《诗经》为“辞约而旨丰”、“事信而不诞”，是质朴的“训深稽古”之作，而南方后起的《楚辞》则为“瓌诡而惠巧”、“耀艳而深华”，并将此“奇文郁起”归因于“楚人之多才”。[①]然而，地域文化究竟在什么意义上与文学发生联系，影响作家的性格气质、审美情趣、艺术爱好和艺术思维方式、表现方式，使文学烙上地域文化的审美色彩？特别是就中

---

① 参见郭绍虞主编：《中国历代文论选》（第1册），上海古籍出版社1979年版。中外学者对地域文化（区域文化）影响文学的现象都作过专门研究，如孔颖达的《十三经注疏》就南北地域文化对人的性格生成产生影响作过精细的评述：“北方沙漠之地，其地之阴，阴气坚急，故人则猛，恒好斗争”，而“南方谓荆扬之南，其地多阳，阳气舒散，人情宽缓和柔”。刘师培在《南北文学不同论》中指出：“南方之文，亦与北方迥别。大抵北方之地，土厚水深，民生其间，多尚实际。南方之地，水势浩洋，民生其间，多尚虚无。民尚实际，故所著之文，不外记事析理二端；民尚虚无，故所作之文，或为言志抒情之体。”法国艺术哲学家丹纳在《艺术哲学》中论述法国和意大利民族文化性格特点时指出，法国民族“更北方式，更实际，更重社交，拿手杰作是处理纯粹的思想，就是推理的方法和谈话的艺术”，而意大利民族则是“更南方式，更富于艺术家气息，更善于掌握形象，拿手杰作是处理那些诉之于感觉的形式，就是音乐和绘画”。由此可见，特定的地域（区域），特定的地域文化对文学创作是有着深刻影响的。

国新文学的生成而言，地域文化——“两浙”文化[①]又究竟在多大程度上催生了中国新文学？这需要从文化原型、文化基因、文化审美意识的生成、转化、孕育和影响角度，加以深入细致的分析探讨，从中找到“两浙”文化与新文学生成和发展的内在联系。

一

无论是从文学的地域性文化特征，还是从作家与地域文化关系上来看，地域文化都是作为母文化原型在发挥着它的作用的。所谓文化原型(Cultural Prototype)，一般是指孕育一种文化生成的母文化元素，而地域文化往往是其中的重要构成部分。不同于人文地理中的“文化地理学(Geo-cultureless)”，地域文化主要是探讨和研究人类文化空间的区域性人文发展规律和表现特征的。具体地说，地域文化以“历史地理学”为中心，从中展开对不同地域的文化进行历史演变与发展规律的探讨。其中所提到的“地域”或“区域”(Region)的概念，多半是古代沿袭或者约定俗成的历史区域。这种地域概念在形成当初或许是精确的、清晰的，但在漫长的历史演变过程中，它的地理概念已逐渐模糊，而文化上的意义则依然留存，并作为一种文化原型，一种区域性的文化集体无意识，开始积淀在整体文化和该地域文化当中，影响和制约着人的文化心理和性格的生成及其发展。原型批评家弗莱认为，“原型”原是

---

① “两浙”是历史地理概念，大致指的是以钱塘江为界，将现在的浙江省和江苏、上海的部分地区称为“两浙”地区。一般而言，钱塘江以南的地区，即今天的绍兴、宁波、台州、温州、丽水、金华、衢州等地区，通称“浙东”地区，而钱塘江以北的地区，即今天的杭州、湖州、嘉兴、江苏南部(含上海)，亦即太湖流域，通称“浙西”地区。“两浙”的来源最早见于唐朝记载的“两浙道”，元代正式建制“两浙省”。从地域文化角度来讲，“两浙”属吴越文化区域。因此，以历史的维度而言，“两浙”文化亦可以是人们通常所说的吴越文化，但主要是指设置“两浙道”之后的吴越文化；以地域的维度而言，由于主要是针对北方文化而言，“两浙”文化又可以被称之为江南文化。相比较而言，“浙东”属越文化区域，文化性格偏刚性；“浙西”属吴文化区域，文化性格偏柔性。为行文的方便，本书在论述不同对象时，将“两浙文化”、“吴越文化”、“江南文化”的含义打通互用，并不作严格意义上的区分。

一些零碎的、不完整的文化意象，但这些意象却具有孕育与影响母文化的功能。它不仅显示出文化构成的全部细节，同时还将深深地映在人们的脑海里，成为一种信息模式，潜移默化地制约着人的思想与言行。① 他指出，一种文化原型就是"一个象征，通常是一个意象，它常常在文学中出现，并可被辨认出作为一个人的整个文学经验的一个组成部分"②。地域文化原型多半以"集体无意识"的方式，积淀在特定区域的文化深处，潜移默化地影响与制约着该区域人的思维、认知、心理和性格的生成与发展。

在近代中国爆发的中西文化冲突当中，以内陆性农业文明为属性的中国文化，遭遇了来自以海洋性商业文明和近代工业文明为属性的西方文化的强烈冲击。两种文化冲突的直接结果，乃是造成中国传统文化的价值系统与终极意义的整体危机。面对痛苦的文化失落，"先进的中国人"几乎是不约而同地将审视传统文化和建构新文化的目光投向了西方，如第一代"先进的中国人"就提出了"学习西方"的口号，第二代"先进的中国人"则更是直接从西方文化中搬来了"德先生"和"赛先生"，试图从近代西方文化当中汲取中国文化不曾有的文化质料和文明因子，建构如鲁迅所期待的"中国历史上未曾有过的第三样时代"③。因此，在近现代中国，中西文化冲突导致文化的转型，就形成了一种开放的文化语境。在这当中，当传统文化出现整体性意义危机，不足以支持走向现代化的中国人之精神世界时，地域文化作为整体文化的内部要素，反倒显得格外的活跃。

---

① 原型批评主要源自荣格的"集体无意识"理论和弗雷泽的人类学理论，后被加拿大著名的美学家和文艺理论家弗莱广泛运用于文学批评，正式提出了"文学原型"学说。弗莱主要是通过对神话模式、传奇模式和写实模式的研究，对文学的转换和发展提出了自己独特的见解。在此，本书运用该理论对"两浙"文化和新文学生成、发展之间的关系进行研究，主要是要通过对地域文化作为母文化孕育和转换功能的发掘，探讨二者之间的内在关联及其规律特征。

② 弗莱:《批评的解剖》，转引自朱立元等主编:《西方美学通史》(第 7 卷)，上海文艺出版社 1999 年版，第 19 页。

③ 鲁迅:《坟 · 灯下漫笔》，《鲁迅全集》(第 1 卷)，人民文学出版社 1981 年版，第217 页。

希尔斯指出，每一种文化都“内含着接受变化的潜力，并促发人们去改变它。某些传统变迁是内在的，就是说，这些变迁起源于传统内部，并且是由接受它的人加以改变的。这样一种变迁并不是由外部环境‘强迫他们’作出的，而是他们自身与传统之关系自然成长的结果”。[①] 文化变革和文化转型，外部影响的因素固然重要，但如果不能获得文化内部因素的对应，实际上也是很难导致文化系统发生根本性质变化的。一般来说，在整体文化出现失落而产生变革时，文化内部最具潜力和最活跃的文化因素，地域文化算是其中的一个。[②] 作为文化原型，地域文化以保存整体文化单个或多个文明因子的方式，为整体文化的转换，提供一种基础性的支持，并同时在特定的历史时期，为人们提供特定的文化藉慰和文化对应方式。正如心理学家荣格所指出的那样，不论情况发生了什么样的变化，“我们的想象、知觉和思维都被一些先天的、普遍存在的形式因素所影响”[③]。地域文化在近现代中国发生急遽变化的过程中，为人们提供了对应外来文化和创造新文化的心理机制和母文化元素。

作为地域文化的“两浙”文化，在文化构成的原型要素上，具有“博纳兼容”、“经世致用”、“刚柔并济”和“开拓创新”等特点。在以农耕文明为主导的文化圈内，相对中原中心地带而言，地处边缘的“两浙”地区（尤其是浙东地区），背靠内陆，面向大海，人多地少，资源匮乏，生存环境比较恶劣（这方面有点类似希腊文化生成的情景）。无论是在基本的生存方面，还是在文化的生成方面，它都需要有一种向内求生存的忧患意识、向外开放的接纳心态和开拓进取的运行机制，以接收来自中心地域文化的辐射，为生存开拓新的疆域，其中包括精神疆域，以使自身成为各种新思想、新文化、新生产方式与生活方式的登陆点和接纳点。

---

① 希尔斯：《论传统》，上海人民出版社 1991 年版，第 285—286 页。

② 当时在日本的中国留学生群体中，各省的留学生就纷纷以自身地域名来命名所创办的刊物，如浙江的《浙江潮》、湖南的《新湖南》、河南的《河南》、湖北的《湖北学生界》等。这都可说明地域文化在特定历史时期的特定影响力。

③ 荣格：《心理学与文学》，生活·读书·新知三联书店 1987 年版，第 96 页。

“两浙”区域发展史表明，东汉以后，“两浙”接受中心区域的各种辐射就开始大大加强了。隋唐之后，表现则更为突出。① “江南财赋地，江浙人文薮”，即是唐宋之后整个江南吴越之地繁荣盛况的写照。“两浙”地域文化的每一次碰撞与整合，非但没有被同化或解体，反而不断增强了自身的凝聚力和调适力，推动了自身文化的不断增殖。毋庸置疑，“两浙”文化这种比中心文化更为鲜明的生存忧患和开放进取的特质，对其文化个性的形成，具有很大的促进作用，同时也对生活在该区域的人的文化性格、心理素质产生了深刻影响。《汉书·地理志》中称："吴越之君皆好勇，故其民至今好用剑，轻死易发。"《汉书·高帝记》又称："越人之俗，好相攻击。"这些习性的生成和后续的变化发展，应与“两浙”文化的刚柔相兼济，沉郁而激越，自由而活跃，越人的耻为人后、精明强干、开拓进取等性格特征都有密切的关系。

地域文化在给予该区域人们的精神关怀方面也表现得尤为突出，成为支撑和稳定该区域人的心理和整合区域社会的精神支柱，以及该区域人民创造自身历史、丰富整体文化的精神动力。蔡元培在《越中先贤祠春秋祭文》中曾这样赞美越文化："经论云雷，实维大禹。服教畏神，礼义之府。后王尝胆，任侠竞翘。……儒林大师，余姚肇祖。千祀不祧，授经图谱。新昌朴学，翼左程朱。良知证人，大启堂庑。文苑之英，盛哉典武。"②从文化生成的原型角度上来看，这种不断演化和积淀而呈开放进取性的“两浙”地域文化，作为一种“集体无意识”，已深深地影响着该地域的人的思想观念、认知方式和心理感悟方式。诚如荣格所说："集体无意识不能被认为是一种自在的实体；它仅仅是一种潜能，这种潜能以特殊形式的记忆表象，从原始时代一直传递给我们，或者以大脑的解剖学上的结构遗传给我们。"③

“两浙”地域文化开放进取的文化原型，在深层的意义上，可以说，

① 参见滕复、徐吉军：《浙江文化史》，浙江人民出版社 1992 年版。

② 蔡元培：《蔡元培全集》(第 1 册)，中华书局 1984 年版，第 59 页。

③ 荣格：《心理学与文学》，三联书店 1987 年版，第 120 页。

是一种建构开放理念空间的文化场，一种耻为人后的忧患意识和心理认知方式，一种不断向外开拓进取的精神巢穴。文化发展史证明，当中心文化出现意义的整体危机和失落时，地域文化由于中心文化被解体，反而获得了空间的释放，从边缘走到了中心，成为人们深层记忆当中可以被回忆、被感知、被藉慰和被激活的文化因子。鸦片战争之后，中国传统文化由意义的整体危机、失落而呈转型之势。正是在这样的特定时期，原先被整合在中心文化的"两浙"地域文化，就成了当时最活跃的文化因子之一，成为特定时期失去整体终极关怀的人的精神藉慰和文化依托之一，同时，它又以保留中心文化元素的角色，为中心文化的整合、复兴，提供"创造性转化"的文化质料。因此，在近现代中国的文化转型时期，从"两浙"文化圈内走出来的文化人，往往能够以一种深沉的民族忧患意识和"敢为天下先"的开拓精神，在中国思想史、文化史和文学史上，引发一场声势浩大的文化震荡，并为整个新文学推出阵容强大的作家群，谱写中国文学史的新篇章。

二

荣格在论述作为原型的"集体无意识"特点时指出："这是来自人类心灵深处的某种陌生的东西。它仿佛来自人类史前时代的深渊，又仿佛来自光明与黑暗对照的超人世界。这是一种超越了人类理解力的原始经验……这种经验的价值和力量来自它的无限强大。它从永恒的深渊中崛起，显得陌生、阴冷、多面、超凡、怪异。它是永恒的混沌中一个奇特的样本。"[①]从文化生成上来说，整体文化的生成是多种地域文化的有机聚合与相容。从文化对人的影响来说，文化原型的影响最为深远。地域文化作为文化原型，无论是对整体文化生成而言，还是对个体成长而言，都具有一种"无限强大"的超人力量。这种力量的直接显现，就是它的母文化影响功能。

---

① 荣格：《心理学与文学》，第 129 页。

由于原型文化具有强劲的继承性和传播性，它往往能够在特定的时期使人的内在禀赋得以充分的显现，发挥出特殊的作用，诚如荣格所说：“心灵的每一次外在显现都同时混合着多种影响。首先是清醒的自我（the conscion ego）的影响；其次是个人以及个人所从属的群体身上那些很少被意识到的情结的影响；再次就是来自未被意识到的集体心理的那些无论以什么方式结合在一起的原型动力机制的影响。”[①]在近现代文化转型之际，“两浙”文化作为母文化的影响功能，具体表现在对人的思维、认知和心理感悟方式，以及审美理想的选择上。它使从“两浙”区域走出来的文化人，能够在新旧转换当中脱颖而出，以其天生的敏感性、敏锐性和开拓性，走向时代的前列。公猛曾激情澎湃地写道：“乃读乡先贤哲学士大夫之遗书，其理想之高超，出乎天，天而入于人，人发为章，云蒸霞蔚，光怪陆离，我浙人以于政治界、哲理界、文艺界，其位置固何等乎？……且将挟其一切哲理、一切艺术，乘此滚滚汩汩飞沙走石二十世纪之潮流，以与世界之文明相激射相交换相融合，放一重五光十色之异彩，以灌溉我二十一行省之同胞，浙江省文明之中心点也。吾浙人其果能担任此言乎，抑将力不能胜任，徒为历史羞乎？”[②]滔滔之雄词，滚滚之激情，其中就裹挟着一种深沉的忧患意识和勇于进取的精神，就像“浙江潮，挟其万马奔腾，排山倒海之气力，以日日刺激于吾国民之脑，以发其雄心，以养其气魄”[③]那样，“两浙”地域文化基因，在特定时期起到了特定的作用，让“两浙”人在文化转型的特定时代，意气风发，斗志昂扬。《浙江潮》当时刊登的大量文章，就其反清排满、救国救民的出发点而言，便都是基于“两浙”文化的审视眼光来进行旁证博论，深化而行的。像匪石的《浙风篇》，鲁迅的《中国地质略论》，公猛的《浙江文明之概观》等，都是带着地域文化的审视眼光来综论整个世界、整个中国之形势的，这足以表现出“两浙”文化人宽广的文化视野。

---

① 荣格：《荣格性格哲学》，九州出版社 2003 年版，第 2 页。

② 公猛：《浙江文明之概观》，《浙江潮》1902 年第 1 期。

③ 蒋百里：《浙江潮·发刊词》，《浙江潮》1902 年第 1 期。

在文学方面，“两浙”地域文化的影响，主要表现为“两浙”作家①在以艺术审美方式认识世界和把握世界的过程中，所采取的独特的文化视角上。以鲁迅为例，在“逃异地，走异路，寻求别样的人”之后，对现实异化的高度关注，对“立人”终极关怀的构筑，从而引发他对整个民族的生存境况、前途命运的高度关注，于是，塑造鲜明的人物形象，反映现实异化对人的压迫，展现人的解放、个性解放，就成为他的文学创作的独特文化视角。基于“立人”思想，鲁迅总是善于将现实异化与历史异化联系在一起，用他那特有的对历史、对现实、对人生的刻骨铭心的感悟和深刻认识，完整地构筑了他笔下所展示的“国民性世界”，并以超越于有限历史之上的心理透视，在最广泛的人生意义探寻上，通过对国民性的剖析，构筑了有关人的生存、发展和命运的诸多精神命题。鲁迅的目的很明确，就是要在对国民性的深刻剖析中，完成对国民、对民族，乃至对整个人类精神的深刻探索和思想启蒙。鲁迅在《狂人日记》、《孔乙己》、《故乡》、《祝福》、《阿Q正传》、《明天》等一些小说中所展现的民族生存主题，透视了落后民族在新兴文明冲击面前所表现出来的愚昧、麻木和无知的心理，深刻描绘出了整个民族在新旧交替的变革时代，必须变革旧的生活方式、旧的生存方式所产生的内心恐惧和苦痛状态。鲁迅在小说中，展现了两种文明冲突在旧式的家庭（族）里所引起的极度的孤独和恐惧，揭示出潜藏在喧嚣而混乱背后的是愚昧麻木的国民“永远的不理解”，甚至是永远的无法拯救的存在境况。鲁迅更多地展现了国民在精神上的愚昧状态，揭示出了“老中国子民”在文明更替中的矛盾困境，其广谱意义在于揭示一个在长期封闭环境中演化而来的农耕文明，其实并没有为容纳一种新的、陌生的文明而作好从容准备的心理与文化根源。在历史表象的背后，仍然是千百年来亘古不变、习惯成自

① 本着探讨“两浙”文化与中国新文学内在关联的宗旨，本书所指的“两浙”作家，主要是指狭义上的中国现代文学史上的“两浙”作家，不包括中国古代文学史上的“两浙”作家，也不包括1949年以后，俗称“中国当代文学史”上的“两浙”作家。同时，考虑到从民国到今天的地方建制情况，本书所论及的“两浙”作家，主要还是指由现在的浙江省管辖地区的“两浙”作家（浙江籍作家），不包括现在由江苏省、上海市管辖地区的作家。

然的文化心理性格。在近代中国被迫开放而置于世界性冲击之中，国民也就显得更加无奈、张皇。新旧文化的强烈对立和冲突，使得绝大多数国民的愚昧麻木更显沉重和落后。这是人与社会、历史和文化在国民心中存留的永恒矛盾。如若回避这种矛盾，无疑会像阿Q那样，最终还是在战战兢兢中无声无息地消亡，被世界所“挤出”，被现代文明所淘汰。应该说，这也正是鲁迅最为关心、关注的社会变革的内容。

鲁迅始终是将火一样的激情裹挟在冰一样的冷静之中，从而写出了一个民族、一块大陆的整体惶惑，整体对现代文明的不适应性。尽管他的小说并非历史事件的真实记录，或历史真相的再现，但他对于历史的评判，对于现实异化的揭示，则深刻地阐释出了对于一个民族、一块大陆，乃至整个人类的生存历史、精神心理及命运的寓言意义：“你们立刻改了，从真心改起！你们要晓得将来是容不得吃人的人！”这沉重的呐喊声，在历史与现实的空谷里长久地回荡，震撼着每一个人的心灵。在这个意义上，鲁迅“改造国民性”的主题，作为新文学的基本主题意向，关联着现代中国文化泛文本中最基本的语义内容。从文学特性上来说，鲁迅沿着“改造国民性”的主题思路进行创作，为新文学首创了五种人物形象：(1)觉醒的知识分子形象，如狂人；(2)封建道统的维护者形象，如赵太爷；(3)被封建势力绞杀的革命者形象，如夏瑜；(4)愚昧的民众形象，如阿Q；(5)无辜的受害者形象，如狂人的妹妹。对这五种人物形象的塑造，鲁迅在小说创作中构筑了一个完整的、具有启蒙意义的象征世界。在冷静的叙事中，鲁迅把对国民性的分析，对民族生存状况的揭示，以及对中国历史、社会和民族命运的阐释，都烙上了鲜明的思想启蒙的印记，使之具有深刻的思想文化涵义。鲁迅对整个民族心理、性格结构、历史沿革、文化风范的深切体察和内心感悟，也使他的小说在叙事层面上，一开始就超出了有限的表层叙事的意义范畴，而兼具叙事与象喻(象征喻义)的双重功能，即通过人物形象的塑造和性格心理揭示，传达出整个民族在动荡的文化和社会转型过程中的内在苦痛和心灵律动，并包孕着对千百年历史形成的“集体无意识”在民族心理中所产生的积淀及后果的细腻分析和反省，同时，这种主题思路也成为鲁迅借以探寻和展示中华民族精神意识和心理性格的一种独特方式。民族的生存境况、国民的愚昧精神状态、国民的奴性心理性格，乃至人的解放、个性解放、民族解放和社会解放，所有这一切都深深地蕴含在这个主题思路之中。所以，沈雁冰（茅盾）说读鲁迅的作品“只觉得受着一种痛快的刺戟，犹如久处黑暗的人们骤然看见了绚绝的阳光”[①]。沈雁冰还指出：“在他（指鲁迅）的著作里，也没有‘人生无常’的叹息，也没有暮年的暂得宁静的歆羡与自慰（像许多作家常有的），反之，他的著作里却充满了反抗的呼声和无情的剥露。反抗一切的压迫，剥露一切的虚伪！老中国的毒疮太多了，他忍不住拿着刀一遍一遍地不懂世故地尽自刺。”[②]沈雁冰的见地是十分深刻、独到的。应该承认，鲁迅开辟的“改造国民性”的主题思路，在整个新文化、新文学的生成和发展中所产生的影响是巨大的，深远的。

显然，鲁迅这种独特的文化视角，直接生成因素就与作为原型的“两浙”地域文化有关。蒋梦麟在以“绍兴师爷”为例论述绍兴文化的特征时指出，“熟谙法令律例”、“追求事实”、“辨别是非”等，使绍兴及浙江人“养成了一种尖锐锋利的目光，精密深刻的头脑，舞文弄墨的习惯”。他甚至认为，这种“相沿而成一种锋利、深刻、含幽默、好挖苦的士风，便产生了一部《阿Q正传》”。[③] 当然，原型归原型，原型并非决定一切，但它提供的认知视角和独特的心理感悟，则能够在特定的情形中，使人从中产生“大量特殊的、已被人们知道的可以交际的联想结构”，为“处在特定文化中的大多数人都熟悉它们”[④]。从地域文化与鲁迅的关系，到鲁迅成为中国新文学的奠基人，我们可以探寻到地域文化与整个新文学生成的关联性脉络。[⑤]

---

① 雁冰：《读〈呐喊〉》，《文学周报》1923年10月8日第91期。

② 沈雁冰：《鲁迅论》，《小说月报》1927年11月第18卷第11期。

③ 蒋梦麟：《新潮》，台北传记文学出版社1967年版，第112页。

④ 弗莱：《批评的解剖》，转引自朱立元等主编：《西方美学通史》（第7卷），上海文艺出版社1999年版，第23页。

⑤ 参见黄健：《反省与选择——鲁迅文化观的多维透视》，陕西人民教育出版社1996年版。

三

作为母文化的地域文化，其原型还具有无限生成的转换性特征。借用生物遗传学的术语来说，母文化原型具有“转基因”的功能。[①] 弗莱在提出“文学循环”的观点时指出：“文明社会的生命常常等同于有机物的循环过程：生长，成熟，衰落，死亡，以及另一个体形式的再生。”在他看来，原型基因是“可以转换的”，是“从一种结构到另一种结构”的“转换运动”。按照他的观点，文学的发展也就是原型的“转基因”运动。[②]

“两浙”地域文化的母文化孕育和影响功能，为“两浙”作家提供了一种融入世界、认识世界的独特的文化感知方式，使之获得了文化转基因的内在催化动力。从中国新文学生成的特点来看，“两浙”作家群之所以能取得举世瞩目的成就，其内源性的基因转换是其中一个重要的因素。[③] 以《浙江潮》和东京“Z”会馆为标志，“两浙”地区的留学生群体是最先获得自身独特的文化感知的群体。鲁迅在谈《域外小说集》的编撰时曾说：“异域文术新宗，自此始入华土。使有士卓特，不为常俗所囿，必将犁然有当于心，按邦国时期，籀读其心声，以相度神思之所在。则此虽大涛之微沤与，而性解思维，实寓于此。”[④]弃医从文，办《新生》，翻译域外小说，对周氏兄弟，以及对整个“两浙”文化人而言，都表明他们对“新潮”具有独特的文化感知和文化反应。因为从心理对应机制上说，如果没有一种独特的文化原型的对应，也就很难作出这种文化上的

① 中国旅美作家严歌苓在谈到自己为什么选择写作时，曾形象地说：“基因，基因决定了自己的身份。”参见 http://www.zaobao.com/gj/zg060704_505.html

② 参见叶舒宪：《神话——原型批评》，陕西师范大学出版社 1987 年版。

③ 彭晓丰、舒建华以鲁迅对施蒂纳、阿尔志跋绥夫等无政府主义思想的赞赏，并接受其影响为例，认为他们之间共同拥有一种“无形的精神空间”，进而获得主体的“内源性”自觉。参见彭晓丰、舒建华：《“S会馆”与五四新文学的起源》，湖南教育出版社 1995 年版。

④ 鲁迅：《域外小说集序言》，《鲁迅全集》(第 10 卷)，人民文学出版社 1981 年版，第 155 页。

感知、反应和选择。深究“两浙”文化人的内源性因素，可以说其文化基因具有一种转换的功能。以学术为例，如果说学术是知识群体对来自包括地域文化在内的社会、文化实践的理论思考、提升和总结，那么，“两浙”学术（特别是“浙东学派”的学术）在这个过程中所显示出来的一个最大特点就是博采众长、整合创新。它体现了“两浙”知识群体，对自身文化与外来文化的冲突与融合所作的认真审视和理性思考。

在“两浙”学术史上，最初表现出来的是一种“移植型”的文化特征。如在汉唐时期，“两浙”文化人就善于将中原文化移植过来，补充、充实和发展地域文化。其中，王充的学术就广泛吸收了先秦以来各家的思想而自成一家之学说；又如南宋以来，大量的北方文化人来“两浙”定居，这也使“两浙”地域文化获得了大融合的机遇，“两浙”学术形成了独具特色的四大学派[①]；明代形成的“浙东学派”也极具特色和影响。“两浙”学术的这种特点，是“两浙”文化的内源性具备转基因功能的典型表现。当它成为整个地域文化的一个基因特征时，就能够为置身于变革激流中的“两浙”文化人提供接受外来影响，促进自身变革的内源性要素，使之走在时代的前列，正如黄宗羲所称赞的那样：“会众以合一，由谷而之川，川以达于海”[②]。

从“两浙”地域文化与中国新文化生成的关联上来探讨，地域文化原型的转基因作用，仅从新文学的范式生成中就可以得到充分的认证。拉里·劳丹在论述范式内涵时指出：“范式是‘考察世界的方式’，是有关某些领域的现象应该如何解释的普遍的形而上学的洞见或预感。”[③]范式包含着深刻的文化观念和思想意义的结构模态，每一种文学观念都凝聚在其范式结构当中。文学范式有其相对的独立性和稳定性，但又处在动态演变与发展之中，不断地推动着整体结构由量变向质变发

---

① 即“四明学派”、“永嘉学派”、“永康学派”和“金华学派”。

② 黄宗羲：《万充宗墓志铭》，《黄宗羲全集》（第 10 卷），浙江古籍出版社 1993 年版，第 405 页。

③ 拉里·劳丹：《进步及其问题》，上海译文出版社 1991 年版，第 72 页。

生转化。显然,新文学也是一场范式的革命。其中最主要的是在文学观念上获得了与旧文学完全不同性质的转换,从而导致文学内部范式的更新,价值因子的创造性转化,并由此促使新的文学理念与结构体系的生成和建构,在意义重构中为现代人提供一种认识世界、认识人生的新的审美观。新文学的范式建立,表明新文学的生成与发展有着自身内在的理路(inner logic)和质的规定性,其中的要素之一就是地域文化的原型转基因功能及其发挥的特定作用。

在五四时期,思想启蒙是时代的主旋律。人的发现,个性的张扬,主体意识的觉醒,都使现代中国人愈来愈重视精神世界的需求,尤其是在新旧价值转换之际,传统终极关怀的价值失落,新的终极关怀一时还无法建立,人的精神往往处在一种无所凭借的“价值真空”之中。现代社会打破了古典的宁静、和谐,随之而来的是嘈杂、喧嚣、对立。急剧变化的社会和各种思潮的跌宕起伏,既给人们以思想的深刻启蒙,又给刚刚从传统中走来的人以巨大的心灵冲击,挑起了他们内心的紧张,甚至是焦灼不安,进而陷入自我迷失和灵与肉的分裂痛苦之中。于是,为对应这种精神需求,“两浙”作家的创作显示出了自身的独特性。

在“两浙”作家的创作中,既有鲁迅那种彻底超越了生的执著而显示出铮铮铁骨的、“特立独行”的深刻思想性作品,也有如郁达夫在“自叙传”小说创作中,那种展示被时代“挤出来”的,受到来自民族、社会、人生多重压迫,既无政治地位,又无经济地位、社会地位而无力把握自己命运的“零余者”的哀诉和心灵扭曲的忧伤,充分展现出“弱中国子民”在历史进程中的精神状态,反映出历史发展的艰难性和曲折性的抒情性作品,还有徐志摩、戴望舒、艾青、穆旦等一批新潮诗人,以自己深刻的生命体验,写出对整个现代中国在历史转型过程中的社会和人生的独特感悟,传达出现代中国迈向现代化进程的伟大心声的作品。“两浙”作家之所以能够选择一种全新的范式来进行创作,与地域文化原型转基因功能是有着内在联系的。这种文化原型的基因转换,决定了“两浙”作家对创作思想的深度性诉求,对艺术形式的先锋性诉求,以及对生命体验与感悟的独特性诉求。正如沈雁冰(茅盾)所说,它必须“是站在反封建的自觉上去攻击封建制度的形象的作物”，并着重强调：“这是‘五四’文学运动初期的一个主要的特性，也是一条正确的路径”①。同时，这种转换还决定了“两浙”作家的表现对象往往是大多数的普通人（包括知识分子）与他们平凡的社会人生，而不是“古之小说”占主角的“勇将策士，侠盗赃官，妖怪神仙，才子佳人，后来则有妓女嫖客，无赖奴才之流”②。在艺术形式上，这种转换也使“两浙”作家多是创新之作，如郁达夫就宣称“艺术所追求的是形式和精神上的美”③。沈雁冰（茅盾）在评价鲁迅小说时也说：“在中国新文坛上，鲁迅君常常是创造‘新形式’的先锋；《呐喊》里的十多篇小说几乎一篇有一篇新形式，而这些新形式又莫不给青年作者以极大的影响。”④在后来为鲁迅所称赞的“乡土文学”创作里，“两浙”作家所显示出来的那种深邃的人文理性精神和主体忧患意识——如王鲁彦、许钦文、巴人、许杰的创作，既是对“两浙”区域社会人生的真实写照，也是对处于转型过程之中的中国社会、人生、历史、文化的深刻关注——充分展现了“两浙”独特的地域文化精神特征，进而折射出整个中国文化的精神内涵。这种现象说明，在新文学范式的转换与生成中，地域文化原型的转基因功能发挥了独特作用。因为那种属于主体方面的地域文化精神的彰显与时代精神的对应、融合和转换，往往就是构成新文学时代主旋律的一个主导性元素，并使之成为时代的先锋。

---

① 茅盾：《〈中国新文学大系·小说一集〉导言》，乐黛云编：《茅盾论中国现代作家作品》，北京大学出版社 1980 年版，第 5 页。

② 鲁迅：《南腔北调集·〈总退却〉序》，《鲁迅全集》（第 4 卷），人民文学出版社 1981 年版，第 621 页。

③ 郁达夫：《艺术与国家》，《郁达夫文集》（第 5 卷），花城出版社 1983 年版，第152 页。

④ 雁冰：《读〈呐喊〉》，《文学周报》1923 年 10 月 8 日第 91 期。

■第一章

“两浙”文化审美意识与中国新文学的生成

严家炎在谈到地域文化与中国新文学的关联时，特意以浙江为例指出：“浙江自五四新文学起来以后，出了那么多著名作家，各自成为一个方面的领袖人物和代表人物：鲁迅是现代文学的奠基人，乡土小说和散文诗的开山祖；周作人是‘人的文学’的倡导者，现代美文的开路人；茅盾是文学研究会的主角，又是社会剖析派的领袖和开拓者；郁达夫则是另一个新文学团体创造社的健将，小说方面的主要代表，自叙传小说的创立者；徐志摩是新月社的主要诗人，新格律诗的倡导者；丰子恺则是散文方面的代表；等等。如果说五四时期文学的天空群星灿烂，那么，浙江上空的星星特别多，特别明亮。”[①]的确，在中国新文学的生成之际，从“两浙”区域涌现出来的作家，虽然各自的创作风格不尽相同、审美理想不尽相同，但各自都是带有“两浙”地域文化气息和审美意识，形成了一个具有方阵意味的整体，出现在中国现代文坛上，并在各自的创作领域发挥着重要的作用，其中不少作家所发挥的是具有开创性的作用。

深究中国新文学生成与发展当中“两浙”作家的“井喷”现象，人们可以从多种维度来进行透视，但在多维透视当中，江南文化，特别是以“两浙”为主体的江南文化是其中重要的一维。运用荣格关于“集体无意识”的理论，深入到江南文化，特别是“两浙文化”的集体无意识积淀当中，考察“两浙”文化基因及其转换对“两浙”作家的影响，以及“两浙”

---

① 严家炎：《二十世纪中国文学与地域文化丛书·总序》，湖南教育出版社1995年版，第5页。

作家对中国新文学的生成与发展所作的重要贡献，则是一个重要的认识维度。

从文化功能上来说，地域文化在特定的区域往往具有导向功能、整合功能和向心功能。仅从导向功能上来看，在特定的区域中，它给生活在这个区域的人们，提供了一种生活模式和文化规范，为特定区域的社会文化、社会结构、社会生活等，提供了相应的文化元素和精神蓝图，使群体行为系统化、社会化。从一个区域的民俗文化上来看，一个新生儿来到人间，其一生将采取哪些方式度过，该区域民俗文化实际上就给他(她)提供了现成的模本。就一个人的成长而言，在地域文化的特定环境中，其成长过程实际上也就是一个“入俗”的过程。相对留存在物质层面的地域文化而言，留存在精神范畴的地域文化，往往能够给人们一种生命意义上的精神观照和终极性的关怀。因此，在整体文化失去其原有的合法性、合理性基础时，地域(区域)文化往往就能够以其特有的精神关怀，为人们在新旧转换过程中，重构人生新的价值世界和意义系统，提供合法性、合理性的价值支持。

第一节　文化基因:“两浙”文化审美意识的萌生

巴赫金曾经指出:“文学领域，更广一点说，文化(不能把文学与文化割裂)组成了文学作品和作品中的作者立场的必然语境，离开了这个语境既不能理解作品，也不能理解作品中被反映的作者的内涵。作者对文学和文化不同现象的态度具有对话性质……”[①]从地域文化的角度来考察，不难看出，“两浙”文化在中国新文学的生成过程中所起的作用是十分突出的。从“两浙”区域走出来的作家，在近现代中国出现中西文化冲突，以及由此引发传统文化的整体失落，出现意义危机的特定历史时期，往往能够以自身独特的文化感知，对此作出相应的反省、选择、批判，及其审美阐释，为催生新的文化，重构新的价值世界和意义系

① 转引自吕六同编著:《20世纪世界小说理论经典》，华夏出版社1995年版，第190页。

统，提出建设性的方略。

地域文化与文学生成之间具有某种内在关联的现象，曾引起思想家、哲学家们的极大兴趣。早在18世纪，法国启蒙思想家孟德斯鸠就曾将一个民族的文化心理的形成归因于特定区域的气候条件。法国浪漫主义先驱史达尔夫人在其著名的《论文学》论著中，也对西欧南北区域的文化和人的精神状况进行了细致的分析，指出了南方的诗与北方的诗的审美差异。法国艺术哲学家丹纳则明确提出“作品的产生取决于时代精神和周围的风俗”。他说：“的确，有一种‘精神的’气候，就是风俗习惯与时代精神，和自然界的气候起着同样的作用。”①德国哲学家黑格尔也认为地理环境是人类历史精神演进的舞台。他将地理环境与人的类型大致分为三种：一是拥有广阔草原的高原地区，主要生活着随季节变化而逐水草迁徙的游牧民族，他们时常聚集在一起袭击平原地区，掠夺财富；二是大河流域的广大平原地带，定居着农耕民族，由于农业生产的季节规律性和生活稳定性，造成了墨守成规、重土安迁等传统习惯，大一统的帝国往往就是建立在这种农耕居民的精神惰性上；三是沿海地区，这里的居民相对而言保守性少，文化程度较高，富于向未知领域挑战的创新精神，往往形成推动世界历史前进和人类文明发展的先进力量。② 马克思、恩格斯也曾阐明了地理环境与人类生活、生产及社会发展的相互关系。他们指出：“任何历史记载都应当从这些自然基础以及它们在历史进程中由于人们的活动而发生的变更出发”，而“这些自然基础”就是“各种自然条件——地质条件、地理条件、气候条件以及人们所遇到的其他条件”。③

的确，“一方水土养一方人”。除了自然地理等因素的制约之外，地域文化的孕育和历史积淀的内在影响，则是其中最重要的因素。黑格尔曾指出：“我们不应把自然界估量得太高或者太低：爱奥尼亚的明媚

① 丹纳：《艺术哲学》，人民文学出版社1963年版，第34页。

② 参见黑格尔：《历史哲学》，生活·读书·新知三联书店1956年版。

③ 《马克思恩格斯选集》(第1卷)，人民出版社1972年版，第24页。

的天空固然大大有助于荷马诗的优美，但是这个明媚的天空不能单独产生荷马。”[①]“两浙”区域的作家之所以能够在近现代中国特定的历史时期脱颖而出，对新旧文化的转换作出自身独特的文化反应，这可以从“两浙”文化的原型、文化的基因当中，寻找到对于这种现象阐释的依据。正如荣格所说的那样：“为了解释我们知觉的这种一致性和规律性，我们必须求助于这样的概念，这个概念与决定着我们领悟模式的要素相关联，我把它称为原型或原始意象。”[②]“两浙”文化的原型，是一个复杂的“集体无意识”系统，很难说清楚究竟是哪一种原型在“两浙”作家的意识结构里发生着作用。但是，作为一种“集体无意识”的积淀，“两浙”文化的一些原始意识，对应着新文化、新文学生成所需要的某种心理欲求，或者说，在心理、意识的结构层次上，“两浙”文化的一些原始意识，特别是文化审美意识，甚至可以把它看作是新文化、新文学的一种催生素，或曰催化剂。

根据考古的发现，在“两浙”区域出现的河姆渡文化、良渚文化等，作为中华文明的重要构成部分，显示出了距今7000—5000多年前该区域的一些文化特征和生活在该区域的先民们的一些意识特征。方酉生教授在谈到河姆渡文化的特点时指出：“河姆渡文化已经开始人工栽培农作物水稻，是我国目前发现最早人工栽培水稻的地点之一，而且有可能是世界上水稻的发源地之一……河姆渡文化是迄今为止最早发明水井、水上交通工具木船(已发现划船用的木桨)及木质漆具，最早发现磨制精致的玉、石璜、玦、管和珠等装饰品的地方”，同时，河姆渡文化发掘出来的一些农具，如“骨耜”——一种用牛等动物的肩胛骨制作而成的农具，表明该区域的农业耕作，已超越“刀耕火种”的阶段，进入“比较发达的耕耜阶段了”。此外，考古发现证明，当时的养殖业、纺织业等也已比较发达。从地理环境上来看，地处宁绍平原、毗邻杭州湾的河姆渡区域，背靠丘陵、面对沼泽，土地肥沃、气候温和、雨量充沛，非常适合农耕

① 黑格尔：《历史哲学》，商务印书馆1963年版，第123页。

② 荣格：《荣格性格哲学》，九州出版社2003年版，第16页。

种植业的发展。由于林木茂盛,又是野兽出没的地方,宜于狩猎。加上河网密布,水源充足,阡陌纵横,交通便利,河姆渡区域的先民们就在这块美丽而富饶的土地上生活、耕作,创造出了灿烂的区域原始文化。河姆渡考古发现表明,在长江流域,特别是在江南多雨潮湿的地理环境里,先民们(人类)同样能够充分地运用天时地利,因地制宜地创造出优秀的文化来。与诞生在黄河流域的文化一样,长江流域诞生的文化也是华夏文明的重要组成部分,同样是中华民族古代文明的摇篮之一。方酉生教授对此指出:“河姆渡遗址的发掘,是考古发掘史上的一次重大突破,使人们认识到长江下游,同样有年代早到7000年以前的原始文化存在,而文化面貌却与北方中原地区迥异,这说明我国古代原始文化的产生是多元的,黄河流域是中华民族古代文明的摇篮,长江流域同样也是中华民族古代文明的摇篮之一。”①

考古发掘表明,河姆渡文化的出现,为该区域的原始文化发展提供了一个序列,即河姆渡——崧泽——良渚原始文化发展序列。方酉生教授指出:“客观的事实证明,在杭州湾地区,确实具备一支有全新发展序列和内涵的原始文化,它与中原地区同时代的原始文化相比,另有特色,但并不逊色,而且在某些方面,比中原文化更为先进,这是有实物资料作为见证的。”距今5200－4000年,主要分布在浙西区域的良渚文化,则是长江下游太湖流域所出现的早期文明的突出代表。考古学家和人类学家都认为,良渚文化在中国古代文明的发展和中华传统文化的形成过程中占有重要的位置。无论是在农耕方式、工艺品制作(如良渚文化的标志性工艺品——玉器的制作)等方面,还是在社会组织结构、社会等级分层及社会等级意识等方面,都表明该区域较为独特的文化形态的正式确立,进而对生活在该区域的人们的各个方面都将产生重要的影响。考古学家在对良渚遗址中的莫角山礼仪性基址、反山大型贵族墓群的发掘过程中发现,当时该区域的统治者已具有相当的权力意识基础和能力。他们控制着一定范围的人口数量,掌握着相当大

① 方酉生:《略论河姆渡文化》,《武汉大学学报》(哲学社会科学版)1994年第1期。

的权力和财富，能调动和组织众多的劳力来营造贵族的高台墓地和宗教祭祀设施。这表明该区域所形成的社会文化和社会组织结构，已具备初级文明社会的基本形态。有的学者甚至认为，该区域在良渚文化时期就已经进入了文明社会了，其本身就是文明社会的典范。[①]

高度发达的文明，使“两浙”区域的文化生成形成了自身的一整套较为独特的审美品格。依据考古的发掘，在河姆渡文化和良渚文化所出土的文物中，玉器、陶器、木质漆器[②]，以及一些骨匕、象牙器具、陶器等上面的雕刻(如双凤朝阳雕刻图像等)，都展示出了该地域文化审美特征与其他区域的差异，譬如与北方中原地域文化审美特征相比，就有不同的特点。

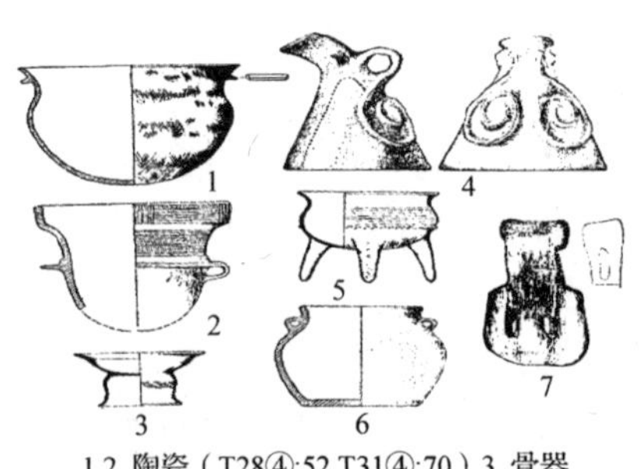

1.2. 陶瓷（T28④:52.T31④:70）3. 骨器
4. 陶支座（T18②）5. 陶鼎（H17：2）
6. 双耳罐 (T32④:36)7. 骨相 (T21④:20)

河姆渡遗址陶器、骨器

良渚出土的甲型玉琮及图案

这些陶器、玉器[③]的文饰多以绳纹为主，有的还刻有平行、交叉或曲折所组成的各种几何图案，堆纹、弦纹和重圈纹等较为复杂的纹案，

① 参见张忠培:《良渚文化的年代和其所处的社会阶段》,《文物》1995 年第 5 期;严文明:《文明起源的回顾与思考》,《文物》1999 年第 10 期。

② 考古发现证明,河姆渡文化发掘出迄今 7000 多年的木质漆碗,是我国迄今为止发现最早的一只木质漆碗。

③ 图片分别摘自吴汝祚:《试论河姆渡文化与马家浜文化的关系》,《南方文物》1996 年第 3 期;顾希佳:《良渚文化时期的伏羲神话母题》,《思想战线》2004 年第 4 期。

以及少量的动植物纹案，显示了文饰图案的精美（又如马家浜文化出土的陶器，也都十分的精美、细腻、纤柔），展现出早在7000多年前生活在该区域人们的一些基本的审美意识特征：精美、细腻、凝练、纤柔、曲婉。

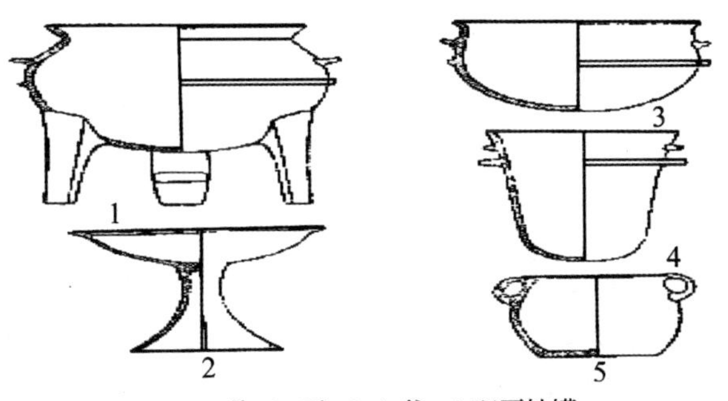

1. 鼎　2. 豆　3.4. 釜　5. 双耳缺罐

马家浜文化的陶器

形成这些审美意识特征的原因非常复杂，当然不是某一单个的元素在起作用。但是，与北方中原地区所形成的那种粗犷、统一、厚重、典雅的审美意识特征相比，南方区域，尤其是“两浙”区域所形成的精美、细腻、纤柔和优雅的审美意识特征，或许多多少少要与江南多雨而潮湿的气候和地理环境有某种内在的关联。就像河姆渡遗址发掘出来的先民所构筑的干栏式长屋建筑，主要是为适应江南多雨潮湿的沼泽区域的生活一样。这些精美、细腻、纤柔的文饰图案，以及由此所形成的审美意识，谁又能说与该区域的地域特征没有任何关系呢？正如刘梦溪在谈到他观看良渚文化时期的玉器，称赞“玉”与浙江人的性格有密切关联时所说的那样：“浙江人的性格也很像玉——坚硬而温润……人的性格也都和历史上的某些文化有或多或少的联系。”他认为：“文化传统不是一个凝固的概念，而是不断发展的。文化传统是水而不是石头，因为它总是在吸收和融合。”①刘梦溪虽然不是用考古实证的方法得出了这一结论，但是，从对“玉”的文化审美联想的角度来作出这样的推论，

---

① 刘梦溪：《百年中国文化传统之流失与重建》，2005年11月20日《杭州日报》。

也是值得重视的。

河姆渡出土的鼎器

考古界在讨论江南印纹陶的纹样起源时，有专家认为：“早期几何印纹陶的纹样源于生产和生活……叶脉纹是树叶脉纹的模拟；水波纹是水波的形象化；云雷纹则源于流水的漩涡。”他们还指出，导致这种现象的产生，主要是由于“人们对于器物，在实用之外还要求美观，于是印纹逐渐规整化为图案化，装饰的需要便逐渐成为第一位的了”。但是，也有专家认为：“……更多的几何形图案是同古越族对蛇图腾的崇拜有关，如漩涡纹似蛇的盘曲状，水波纹似蛇的爬行状。”[①]不管何种说法是正确的，考古成果至少说明，以“两浙”为主体的江南区域所出土的文物，足以证明精美、细腻、纤柔的文饰图案和器物，与生活在该区域的人们的精细、精美的审美意识有着内在关联。如果是从图腾崇拜的角度来予以认定的话，那么，这种精美、细腻、纤柔的图腾纹案，就与该区域人们的审美意识的生成，或多或少地都存在着一种意识内涵上的关联了。李泽厚就从原始巫术礼仪及图腾含义的角度，指出了人的审美意识生成的特点。他说：“由再现（模拟）到表现（抽象化），由写实到符号化，这正是一个由内容到形式的积淀过程，也正是美作为‘有意味的形式’的原始形成过程。即是说，在后世看来似乎只是‘美观’、‘装饰’而并无具体含义和内容的抽象几何纹样，其实在当年却是有着重要的内容和含义，即具有严重的原始巫术礼仪的图腾涵义的。似乎是‘纯’形式的几何纹样，对原始人们的感受却远不只是均衡对称的形式快感，而是具有复杂的观念、想象的意义在内。”[②]

考古发现，在河姆渡遗址的出土文物中，有两件双凤朝阳的雕刻图案，一件雕刻在骨匕上，一件雕刻在象牙器上，这是我国目前见到的最

① 《江南地区印纹陶学术讨论会纪要》，《文物》1979 年第 1 期。

② 李泽厚：《美的历程》，中国社会科学出版社 1984 年版，第 22 页。

早的凤鸟朝阳的图像。许慎在《说文解字》中对“凤”的解释是这样说的：“凤，神鸟也……出于东方君子之国，翱翔四海之外，过昆仑饮砥柱，濯羽弱水，莫宿风穴，见则天下大宁。”在良渚文化遗址出土的玉器当中，那些反复出现的各种神人面兽的图案①，或精细繁复，或抽象简约，都是该区域的一种神灵崇拜，一种宗教信仰，一种审美意识。正如考古学者所指出的那样，这些图腾文饰及蕴藉在其中的一些观念性、意识性的母题“之所以能够延续如此之久，本身就说明它不是偶然的现象，而是与一个民族的信仰和传统观念相联系”②。这种图腾文饰，无论是从宗教的角度，还是从审美的角度来进行考察，应该说，都具有较为典型的南方文化——尤其是以“两浙”区域为主体的江南文化特征，与北方文化有所不同，如像河南濮阳西水坡遗址发现的仰韶文化，山西襄汾陶寺遗址发现的龙山文化，河南安阳发现的殷墟文化，以“龙”为神灵崇拜和宗教信仰就有所

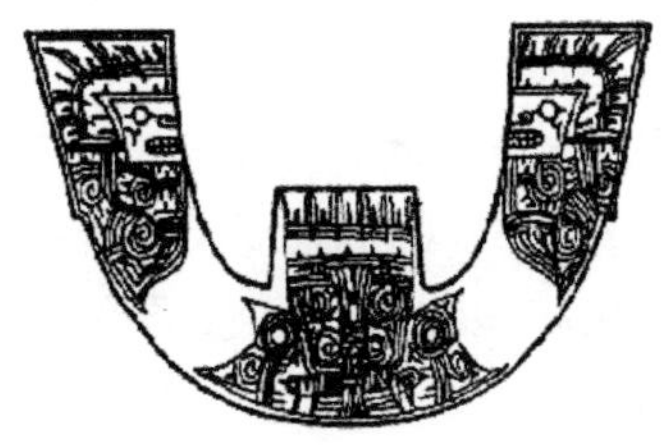

良渚出土的玉三叉形器及图案、图纹

河姆渡出土的石器

① 图片及部分文献资料分别来源于方酉生：《略论河姆渡文化》，《武汉大学学报》（哲学社会科学版）1994 年第 1 期；顾希佳：《良渚文化时期的伏羲神话母题》，《思想战线》2004 年第 4 期。

② 严文明：《甘肃彩陶的源流》，《文物》1978 年第 10 期。

不同。

对于这些不同图案纹样所蕴藉的审美意识及审美意义，李泽厚曾借用克乃夫·贝尔(Clive Bell)关于美是“有意味的形式”(Significant form)，产生不同于一般感受的“审美感情”(Aesthetic emotion)的观点指出：“正因为似乎是纯形式的几何线条，实际是从写实的形象演化而来，其内容(意义)已积淀(熔化)在其中，于是，才不同于一般的形式、线条，而成为‘有意味的形式’。也正由于对它的感受有特定的观念、想象的积淀(熔化)，才不同于一般的感情、感性、感受，而成为特定的‘审美感情’。原始巫术礼仪中的社会情感是强烈炽热而含混多义的，它包含有大量的观念、想象，却又不是用理智、逻辑、概念所能诠释清楚，当它演化和积淀于感官感受中时，便自然变成了一种好像不可用概念言说和穷尽表达的深层情绪反应。”[①]“凤”、“蛇”[②]一类的图腾文饰，反映了南方区域，特别是以“两浙”为主体的江南文化的审美意识特征。如果说北方地域文化中的“龙”，以及传说中夏铸九鼎所带来的青铜时代中那种具有“狞厉之美”的文饰图案，还有像后来在陕西咸阳出土的秦始皇兵马俑、甘肃威武县雷台汉墓所发掘出来的“马踏飞燕”青铜奔马等北方文物，其总体的审美风格具有狞厉、沉重、粗犷、威武、厚重、崇高等特点，那么，南方地域文化的文饰图案，其总体的审美风格则具有飘逸、流动、轻盈、纤柔、秀丽、神秘、谐和等特点。以“龙”、“凤”为代表的图腾崇拜，基本上构成了中华民族的两种风格不同，但又具有内在关联的远古文化审美意识。正如方酉生教授所指出的那样：“中华民族应该是由北方的‘龙’和南方的‘凤’两种图腾或宗教信仰物构成的，中华民族的

---

① 李泽厚：《美的历程》，中国社会科学出版社 1984 年版，第 31—32 页。

② 有关“蛇”的图腾文饰，在“两浙”区域出土的文物和民间传说中较为多见。如伏羲女娲“兄妹成婚”的故事，《文选·鲁灵光殿赋》就有“伏羲鳞身，女娲蛇躯”之说，民间口头文学传说是成婚后生下一条蛇。参见顾希佳：《良渚文化时期的伏羲神话母题》，《思想战线》2004 年第 4 期。另外，其他一些文献中也有类似的记载，如《山海经·大荒西经》中记载：“女娲，古神女而弟者，人面蛇身，一日中七十变。”《帝王世纪》中记载：“燧人之世……生伏羲……人首蛇身。”又曰：“女娲氏……承庖羲制度……亦蛇身人首。”

子孙，可以称为龙凤的传人。这与我们尊奉炎黄两帝是中华民族的始祖是一样的，我们都是龙凤的传人，也都是炎黄的子孙。”①

从原型的角度来考察，“两浙”区域出土的文物及其图腾文饰所蕴藉的审美意识，也就是该区域人们的一种基本形态的审美意识，作为一种意识的原型，一种“集体无意识”的积淀和演化发展，是深深根植于这块土地的，根植于生活在该区域的人们的心智结构和情感结构之中的。法国人类学家列维-布留尔用了两个概念来概括原始思维的特征：一是“集体表象”（Collected percept），即“这些表象在该集体中是世代相传的”，也是为该集体的每位成员所共享和相承传的。这些表象的出现伴随着强烈的情感性和运动性的特征，能够引起集体成员对客观对象产生诸如尊敬、恐惧、崇拜等主观性意识和情感，也即“恐惧、希望、宗教的恐怖、与共同的本质汇为一体的热烈盼望和迫切要求、对保护神的狂热呼吁，这一切构成了这些表象的灵魂”。二是“互渗律”（Principle of participation），即主体通过一定的方式（如巫术、歌舞、礼仪等）获得对客体的占有，特别是获得客体神秘性的属性，其中也还包括客体与客体相互之间通过相应的方式，相互占有对方，获得对方的神秘属性。这种“互渗”，实际上也就是原始人与“神灵合而为一的另一种形式”。依据列维-布留尔的观点，原始人不是靠逻辑思维来认识世界的，而是通过一定的仪式（如祭神仪式、成年仪式等）“得到更新和加强与神灵合而为一的感觉”②。换言之，原始人是依据灵魂的感觉来认识世界的，原始人的审美意识生成也应该与此有着密切的关系。因为在这种意识生成当中，包含了与人的心智结构、情感结构相关联的，诸如灵感、情绪、想象、联想，以及形象思维、情感思维等方面的元素。心理学家荣格曾用“集体无意识”的概念，对人类这种意识的生成与演化进行了细致的描述。他指出：“集体无意识，作为人类经验的贮存所，同时又是这一经验的先天条件，乃是万古世象的一个意象。”此外，“集体无意识”又以“生

① 方西生：《略论河姆渡文化》，《武汉大学学报》（哲学社会科学版）1994 年第 1 期。

② 列维-布留尔：《原始思维》，商务印书馆 1981 年版，第 27、86、83 页。

命驱动力”为前提，形成“本能及其相关物、原型的总和”，[1]推动着人的意识的发展。因此，“两浙”区域的文化审美意识及其基本特性的萌发和生成，作为该区域的一种基本形态的审美意识，为该区域的人们以“艺术的方式”认识世界、把握世界，提供了一种与其他区域不相同的意识、观念和思维方式。

第二节　文化交汇：“两浙”文化审美意识的衍变

“两浙”文化审美意识的生成及其发展，一方面要受到文化大环境，即整个中华民族文化的大环境态势的制约和影响；另一方面又受文化小环境，即以“两浙”为主体的江南文化的相对独立性的支配和牵制。当然，文化的进化，审美意识的演变与发展，是一个非常复杂的动态过程，其中存在着许许多多不以人的意志为转移的因素。若要从纷繁的历史、社会、文化的演变进程中找出它的演变规律，就应该结合整个中国历史、文化的演变与发展，从历史的主要进程中找出“两浙”文化审美意识演化的特点。特别是在近代中国出现深刻的“意义危机”，遭遇中西文化的强烈碰撞、冲突，被置于世界性的冲击之中，需要谋求自身变革发展的历史时期，“两浙”文化是如何对应新旧文化的转换，又如何从中脱颖而出的，这些都是值得认真探讨的。

从文化大环境的角度上来看，“两浙”文化并不处在中心区域。这种地缘上的特点，使“两浙”文化一方面必须努力地谋求与中心文化的主流相对接，另一方面又由于处于相对的边缘地带，可以更多地保留自身地域文化的相对独立性特征，使之在一定的范围内能够按照自身的规律特征来谋求发展。

据历史学家考证，在接受中心文化（包括接受其他地域文化）的影响过程中，“两浙”文化先后经历过三个大的发展时期：自公元前 333 年楚败越以后，吴越文化转入低潮期，民族性由夷越文化向楚汉文化转

---

① 荣格：《荣格性格哲学》，第 15 页。

变。至东汉时期,整体文化转型基本完成,社会经济开始复苏和发展,地域文化在与中心文化的对接过程中,也获得了自身相对独立的发展空间。在这里,特别要指出的,是来自“两浙”区域的杰出思想家王充[①]的思想学说。他的代表作《论衡》是中国思想史和文学批评史上的重要著作。据他自述,其主旨就是要倡导“疾虚妄”、“归实诚”。该论著的主要内容,实际上也就是阐明他的自然观、历史观和认识论。范文澜先生说,该书“根据实在的事理系统地全面地将所有‘儒书’(主要是指谶纬)‘道家’(方士神仙术)的种种谬说以及日常生活中的各种迷信行为(阴阳五行家各派别的法术),一概予以驳斥”[②]。王充在文学方面的远见卓识,在中国文学理论史上也产生了广泛的影响,具有重要地位。例如,他强调文章的实用价值,反对“空为”、“妄为”,以达到“劝善惩恶”的目的,主张文学要华实相符,“文具情显”,即内容与形式的统一。他重文学的独创性,重个性,反对因袭模仿,主张语言要通俗,口语化,反对故作深奥。这些见解都是针对西汉后期以来的文学弊端有感而发,具有进步意义,对后世文学批评,特别是对“两浙”文化发展、文学发展,产生了很大影响。王充的文章,平易、自然、通俗,独树一帜。从总体特征上来说,他对“两浙”文化思想,乃至整个中国思想文化的影响,主要分四个层面,可概括为“自

汉代著名思想家王充
(公元27—约97)

① 王充(公元27—约97),字仲任,会稽上虞(今浙江上虞)人,东汉著名的思想家、文学理论家。自幼好学,遂萌“巨人之志”,及后博采众流百家之言,自成一家。去官后便潜心著述,所著《讥俗》、《节义》十二篇,《养性书》十六篇,《政务》等,均不传。今传《论衡》十三卷,八十五篇,佚一篇,是中国思想史上的重要著作。王充提出了许多重要的文学理论和哲学理论问题。如“天地合气,成物自生”,“疾虚妄”,“死而精气灭”等观点,在中国文化史、思想史上,都产生了重要的影响。

② 范文澜:《中国通史简编》(第2编),人民出版社1965年版,第232页。

主、从实、明理、传道”，即“务实求真的认识方式、尚功趋利的价值取向、崇神重情的精神依托、特立独行的主体塑造”的思想特征。[①] 有学者指出，对于“两浙”文化精神的生成与传承发展来说，王充无愧是继往开来的人物。自王充始，在中国文化发展的结构当中，就有了一支被蔡元培先生称之为“南方思想”的流派，也即今天学者所说的“实学”学派。在漫长的历史发展岁月里，这种以“务实”、“求是”、“经世致用”的文化传统得到了发扬光大。譬如，在南宋时期，就形成了以叶适、陈亮、吕祖谦为代表的“事功学派”；在明末清初时期，催生了以黄宗羲、万斯同、全祖望、章学诚为代表的“浙东学派”；在清末民初时期，又在王国维、章太炎、蔡元培等大师身上发扬光大；到了近现代，这种区域文化传统又对现代的“两浙”作家产生了不同程度的影响。“两浙”区域各个时期的文化人、学者所处的时代不同，面临的问题也各不相同，但他们的为人之道、处世之道、治学问道，都在不同的程度上受到了这种地域文化的影响，其特点都是善于将为人、处世、治学、问道，服务于一个目的：“冀俗人观书而自觉”，走出迷信、盲从的可悲境地，激扬主体，做个具有理性头脑、能够超越世俗文化桎梏而表现出“力独多矣”的创造者。[②] 正是在这个意义上，“两浙”学人一次次冲破“不撄人心”的文化网罗，塑造了一个个具有主动精神和创造精神的生命主体。

受地域文化原型意识的制约，“两浙”地域民俗文化、民间文化，以及相对应的地域文化性格——心理也逐步成熟、定型。在两汉之后的一千多年间，受文化变动的大环境影响（主要是受“永嘉之乱”、“安史之乱”和“靖康之难”等重大历史事件的影响），以“两浙”为主体的江南文化，得到了来自先进的中原文化及其他地域文化的渗入，从而获得了自身发展的历史空间。[③]

相关史料表明，三国时期，孙策、孙权经营江东，就得到了许多江北士人的大力辅助。《三国志·吴书》中的列传人物，除了王室孙氏家族

①② 徐斌：《王充：伟大而“特别”的思想家》，浙江人文大讲堂，http://djt.zjol.com.cn

③ 参见董楚平：《吴越文化的三次发展机遇》，《浙江社会科学》2001年第5期。

人员及东汉遗留官员之外，共56人，其中江北士人就有32人。东吴开国功臣也多为江北人，也就是说，东吴之国的创建，与以江北士人为代表的外来豪杰的辅助是分不开的。孙吴时期南徐州所在的江南区域（今镇江、常州一带），原是较不发达的屯田区，但由于大量的北方移民，则很快成为当时社会、经济、文化较为发达的区域。西晋末年的“永嘉之乱”，则为江南之地（特别是“两浙”区域）带来了第一次大的发展机遇。“永嘉之乱”后，北方许多士族大批迁徙江南区域。《晋书·王导传》记载：“中州士女避乱江东者十六七。”许多士族大姓人家均携宗族、家眷、宾客及同里同乡，纷纷逃往江南。据史书记载，随大户南逃的往往有数千家之多，人口达数万之多。[①] 另据史料记载，东晋初年南迁的侨民达90余万人，他们不属当地编户，另立白籍，以与土著的黄籍相区别。其中，在文化上占据主宰地位的门阀士族，如琅琊王氏、颍川庾氏、陈郡谢氏、谯国桓氏，无一不是刚从中原南迁的故家，而后才成为当时江南地域文化人的大家族。从文化的交汇、交流来看，永嘉南迁的北方移民所带来的北方文化，给予以“两浙”为主体的江南文化的影响是巨大的。历史学家指出，江南之地在永嘉南迁之后，在“政治、军事、经济、文化、艺术各方面起主要作用的是北方移民”。例如，南朝的一些杰出人才也“多产于是区”[②]。又如，浙东的会稽（今绍兴一带），由于北方士人的移居，北方文化与当地文化的交汇与融合，出现了较多的文化名流、高僧隐士。有学者举例说：“会稽离政治中心较远，文化底蕴也还深厚，文人学士都喜欢流连其间。谢安高卧的‘东山’，在今上虞县南部上浦乡境内；王羲之兰亭修禊在山阴举行……南渡的北方名士高僧，集中会稽，使会稽形成独特的文化小气候。建康城里钩心斗角，江淮地区金戈铁马，这里却诗赋唱和，曲水流觞。这批会稽名士的生活，还有点竹林七贤的遗韵，这里孕育出书圣王羲之、王献之父子，山水诗人‘二谢’。

① 据史书记载，中州南逃的北方人士多在广陵（今扬州）、京口（今镇江）以南一带，但其他的江南区域也接受了大量的北方移民。

② 葛剑雄：《中国移民史》（第2卷），福建人民出版社1997年版，第413页。

后来，江南第一大佛，佛教天台宗，都诞生于会稽东部。”[①]可以说，“永嘉之乱”所带来的南北文化交汇，是“两浙”文化与中心文化的一次有着非常重大意义的对应和对接。

从文化交流上来看，不同地域文化的对应与对接，在许多方面加速了地域文化基因的转换，促进了不同地域文化之间的融合，进而对被影响的地域文化的改造和演变发展，产生强有力的推动作用。正如文化学者露丝·本尼迪克所认为的那样，不同地域文化的碰撞、交汇与融合，它的“文化行为的意义也不会衰竭。它也有达到整合的趋势……每一民族越来越深入地强化着它的经验，并且与这些内驱力的紧迫性相适应，行为的异质项就会采取愈来愈一致的形式。当那些最不协调的行为被完全整合的文化接受后，它们常常通过最不可能的变化而使它们自己代表了该文化的具体目标”[②]。同时，这种不同的地域文化的碰撞、交汇、融合，在审美意识演化方面的表现，就是使江南文化的诗性审美品格逐渐形成的过程。仅以文学的发展为例，比较典型的就是“山水诗”的兴起。如果说东晋时期江南浔阳的陶渊明创立了“田园诗”的创作流派，那么，南北朝刘宋时期，南迁后世居会稽的谢灵运则完成了从“玄言诗”到“山水诗”的创作转变。从审美意识的角度来看，此时文学不再被看作是单纯的政教工具，而是一种表现人——尤其是个人的心灵感受、向往和美的创造——的载体与途径。应该说，这是江南文化诗性审美品格生成的一个标志，也是“两浙”文化审美意识在与外来地域文化相互碰撞、交汇、融合，获得新的演化与发展的一个标志。

鲁迅在论述魏晋文学特点时，曾将其称之为“文学的自觉时代”[③]，即人们通常所说的“文的自觉”时代。所谓“文的自觉”，不仅仅只是单纯地指文学，更深一层涵义是指一个时代的审美意识的自觉。李泽厚

---

① 董楚平：《吴越文化的三次发展机遇》，《浙江社会科学》2001 年第 5 期。

② 露丝·本尼迪克：《文化模式》，华夏出版社 1987 年版，第 36 页。

③ 鲁迅：《而已集·魏晋风度及文章与药及酒之关系》，《鲁迅全集》（第 3 卷），人民文学出版社 1981 年版，第 504 页。

对此更明确地指出:“与颂功德、讲实用的两汉经学、文艺相区别,一种真正思辨的、理性的‘纯’哲学产生了;一种真正抒情的、感性的‘纯’文艺产生了。这二者构成了中国思想史的一个飞跃。”[①]对于“两浙”区域而言,在与中心地域文化的对应与对接过程中,通过文化的碰撞、交汇、融合,也使自身文化获得了长足发展的动力,从而为形成以“两浙”为主体的江南文化诗性审美品格奠定了坚实的基础。如在东晋时期,王羲之的《兰亭序》,可谓是当时散文创作的一大杰作。通过对兰亭周围山水风光的描绘,对同游山阴兰亭修禊经过的记叙,抒发了人生的情怀和感慨,文风沉郁超逸,清新洒脱。又如,谢灵运的山水诗,通过寄情于山水的诗歌创作,不仅将江南秀丽的山水展现在世人面前,而且将蕴藉在山水之中的人文情怀、人格精神,铸就成精美的诗歌意象,表现出与江南秀丽风光一样优美、典雅、精致的审美情感:

> 江南倦历览,江北旷周旋。怀新道转迥,寻异景不延。
> 乱流趋孤屿,孤屿媚中川。云日相晖映,空水共澄鲜。
> 表灵物莫赏,蕴真谁为传。想象昆山姿,缅邈区中缘。
> 始信安期术,得尽养生年。
>
> ——谢灵运:《登江中孤屿》

这是谢灵运[②]游永嘉时在江心屿(今浙江温州)的诗作。诗人从“怀新”到“寻异”,再到“登屿”,从眼前景物的描写,再到昆山仙境的想象,不仅展现了江南秀丽的山水风光,而且也抒发了寄情于山水的浓厚的人文情怀。在谢灵运的山水诗创作中,对江南自然风光、景物的高度

---

① 李泽厚:《美的历程》,中国社会科学出版社1984年版,第107页。

② 谢灵运(385—433),小名客儿,又称谢客。祖籍为陈郡阳夏(在今河南太康),世居会稽(在今浙江绍兴)。少帝时出为永嘉太守,因政治上失势,后称疾去职,隐居会稽,扩建庄园,游山玩水。文帝即位,征为秘书监,整理秘书阁图书,并撰《晋书》,未成。元嘉五年(公元428年)免职,后又为临川内史,因谋反流放广州而被杀。谢灵运的山水诗独树一帜,他扭转了玄言诗风,开创了山水诗派,对后世影响甚大。

敏感和细腻刻画，从中提炼精美的诗歌意象，寄寓深厚的人文情怀，是他的诗歌体现江南文化诗性审美品格的一个显著特点。"池塘生春草，园柳变鸣禽"(《登池上楼》)、"白云抱幽石，绿筱媚清涟"(《过始宁墅》)、"密林含余清，远峰隐半规"(《游南亭》)，这些脍炙人口的诗句，都不是单纯的写景状物，而是在清新洒脱、超逸沉郁的背后，始终都贯穿着一种获得"文的自觉"和"人的自觉"时代所特有的江南文化诗性审美情愫。显然，这是文化交汇的产物，是中原地区的北方文化与"两浙"地区的江南文化交汇后，形成"两浙"文化审美意识的一个标记。因此，从历史的维度上来看，以"两浙"为主体的江南文化，总是具有一种与中原文化相对应的历史感怀，一种浸染着南迁人士饱经人生磨难，怀有强烈的思乡、寻根情感，强烈的自尊心而又无可奈何的内心忧伤。从审美的维度上来看，这种由历史变动和文化移位生成的审美品格，是"生命在巨大的悲剧和苦难经验中的产物"①，是"对人生、生命、命运、生活的强烈的欲求和留恋"的审美表现。在艺术传达上，它更加追求物象的明丽、情感的细腻，追求诗性精神的唯美色调和感伤情怀，正如李泽厚所说的那样："重点展示的是内在的智慧，高超的精神，脱俗的言行，漂亮的风貌；而所谓漂亮，就是以美如自然景物的外观体现出人的内在智慧和品格。"②江南的自然景观与人文情愫在成为审美的能指对象过程中，也往往成为人生遭遇挫折时，通过自然美景的咏怀而感悟人生、抚慰心灵的一种独特的审美方式。它使主体对外部物象总是具有极其敏感的审美意识特征。

如果说"永嘉之乱"的南北文化交汇，出现在整个华夏文明、中华文化向顶峰攀登的时期，那么，在隋朝统一中国之后，中心文化重新开始移位于中原地带，"两浙"区域又处在了相对的边缘部位。虽然隋炀帝开掘了举世闻名的京杭大运河，大大方便了南北的物流、人流，也有利于南北文化的交汇。但是，文化中心的移位，却使一度繁荣的"两浙"文

---

① 刘士林：《江南轴心期与中国古典美学精神的生成》，《浙江学刊》2004 年第 6 期。

② 李泽厚：《美的历程》，中国社会科学出版社 1984 年版，第 114 页。

化或多或少有些寂寞、冷落，总让人有一种被搁置、被遗忘，甚至是被抛弃的伤感意味。更不用说处在中华文化发展的鼎盛和顶峰时期的唐朝，江南文化只是中心文化的一种对应指向，一种寄寓某种情怀的特殊的对应指向。这在客观上给本来就具有某种伤感意味的江南文化，或多或少又平添了几分忧郁之美、感伤之美的情愫。

不过，在鼎盛的唐王朝出现危机而走向衰退时期，“安史之乱”引发了历史上又一次大规模的中原人士南迁潮。《全唐文》记载，当时苏州吴县三分之一的人口均是北方移民。梁肃的《吴县令厅壁记》记载：“当上元(760—762 年——引者注)之际，中夏多难，衣冠南避，寓于兹土，参编户之一，由是人俗桀杂，号为难治。”中原北方人士南迁，又一次带来了南北文化的交汇，使江南文化能够得到中心区域先进文化的影响、交汇与融合，并进一步促使“两浙”文化内部进行结构性的调整，从而得以不断地发展壮大，以适应不断变化着的文化发展形势。从文学的维度上来看，唐代文学中就有许多歌咏江南的佳作。以唐诗为例，其中歌咏江南的作品，以其审美内容而言，大致可以分为两类：一类是对江南自然景观的咏怀，从中寄寓诗人的审美理想；一类是在人生遭遇挫折，或经历人生沧桑，获得颇多人生感悟时，通过“江南”的审美认知，触发探寻人生意义的审美联想。

第一类的创作大多寄寓了诗人的一种审美理想，如白居易对江南、对杭州的咏怀，就充满了对以杭州为代表的江南景观的热情歌颂：

江南好，
风景旧曾谙。
日出江花红胜火，
春来江水绿如蓝。
能不忆江南？

江南忆，
最忆是杭州。

山寺月中寻桂子，
郡亭枕上看潮头。
何日更重游。
——《忆江南》

孤山寺北贾亭西，水面初平云脚低。
几处早莺争暖树，谁家新燕啄春泥。
乱花渐欲迷人眼，浅草才能没马蹄。
最爱湖东行不足，绿杨阴里白沙堤。
——《钱塘湖春行》

在白居易笔下，以杭州为代表的江南景观是迷人的，因为那是他心中的圣地、心灵的栖息地。一个既通俗又鲜活的“好”字，摄尽了江南春色的种种佳景，而诗人的赞颂之意与向往之情也尽寓其中。唯因“好”之已甚，方能“忆”之不休，三、四两句对江南之“好”进行形象化的演绎，突出渲染江花、江水红绿相映的明艳色彩，给人以光彩夺目的强烈印象。其中，既有同色间的相互烘托，又有异色间的相互映衬，充分显示了诗人善于着色的技巧。篇末以“能不忆江南？”收束全词，既写出生在中原（洛阳）的诗人对江南春色的无限赞叹与怀念，又造成一种悠远而深长的韵味，把读者带入诗情画意的审美境界之中。从“最忆”到“最爱”，这种情感上的变化，不仅仅只是单纯地赞美江南的自然之美，同时也深深地寄寓了存留在诗人心灵深处那种唯美的人生理想，凸现出了蛰伏在诗人心中那种诗性本体的情怀。这是人在与自然的亲近对话当中所获得的唯美情感，它建构了一种诗意栖居的人生范式，提供了一种认识世界、表现人生的认知视角和审美方式。又如，王维诗中的江南，则是一派宁静、圣洁之地：

人闲桂花落，夜静春山空。月出惊山鸟，时鸣春涧中。
——王维：《皇甫岳云溪杂题五首·鸟鸣涧》

另有孟浩然的《自洛之越》一诗：

遑遑三十载，书剑两无成。山水寻吴越，风尘厌洛京。
扁舟泛湖海，长揖谢公卿。且乐杯中物，谁论世上名。

江南山水在诗人的眼中，是心灵的净土，身临此境，得到的是心旷神怡的审美愉悦，尘世的一切烦恼、功名利禄均可置之度外。[①] 如果说唐代是中国古典诗歌创作的高峰时代，处处都洋溢着诗意的情怀，那么，“江南”就是古典诗歌高峰时代的最富有诗性色彩的审美意象，表现出了中国人心灵栖居的诗意境界。

第二类的创作大多是诗人的一种较为纯粹的主观情怀的表露，通过“江南”的认知，表现出历经人生沧桑的一种人生体悟，传达出对生命、人生意义的探寻情怀。如盛唐时期的李白，他的诗歌创作都寄寓了他的人生理想情怀，洋溢着一种青春生命的活力。像在《梦游天姥吟留别》一诗中，他所描绘的“浙东”江南景观，始终是与他的那种人生豪情紧密联系在一起的：

天姥连天向天横，势拔五岳掩赤城。
天台四万八千丈，对此欲倒东南倾。

① 在这里要特别指出的是，从绍兴出发，由镜湖向南经曹娥江，沿江而行，入浙江名溪剡溪，溯江而上，经新昌，最后至天台山，全长约 200 多公里，这就是著名的“唐诗之路”。这条集山水嘉美、六朝风韵，仙风遗踪、佛教圣地于一体的形胜之地，面积达两万平方公里，成为唐代诗人荟萃之地。据统计，先后在这条路上走过的唐代诗人就多达 400 余人，留下 2000 多首诗歌，如著名诗人李白、杜甫、孟浩然、王维、刘禹锡、骆宾王、贺知章等，都曾在这条路上写下了脍炙人口的诗篇。李白曾四进浙江，三到剡溪，两上天台山，给浙江（浙东）留下 26 首诗词，流传千古的《梦游天姥吟留别》就是他的代表作之一。杜甫 20 岁来这里，盘桓达四年之久，留下“越女天下白，镜湖五月凉。剡溪蕴秀异，欲罢不能忘”（《壮游》）的诗句。白居易从 13 岁到 17 岁避乱在越州，曾写下“思远镜亭上，光深书殿里。渺然三处心，相去各千里”的诗句。绍兴、上虞、嵊州、新昌、天台、剡溪、天台山……“唐诗之路”本身就充满了诗情画意，是“两浙”文化的有机构成部分，是孕育“两浙”文化精神、文学精神的重要元素。

我欲因之梦吴越，一夜飞渡镜湖月。

在李白的笔下，江南的雄奇之美与纤细之美是完美统一的，既有“向天横”的“势拔”，也有“云青青兮欲雨，水澹澹兮生烟”的朦胧与纤秀。然而，写景状物的目的，不是单纯地对景物的颂扬，从中所表白的乃是“安能摧眉折腰事权贵，使我不得开心颜”的人生意志，展现的是他胸中的一种英雄主义豪情。正如文学史家在论述李白的诗歌创作特色时所指出的那样：“他用胸中之豪气赋予山水以崇高的美感，他对自然伟力的讴歌，也是对高瞻远瞩、奋斗不息的人生理想的礼赞，超凡的自然意象是和傲岸的英雄性格浑然一体的。”①

还有像贺知章的《回乡偶书》一诗：

少小离家老大回，乡音未改鬓毛衰。
儿童相见不相识，笑问客从何处来。

全诗朴素无华，但字里行间却饱含着诗人对“两浙”江南故乡的一片深情，并流露出一种对在外颠沛流离，渴望落叶归根的漂泊人生之悲凉。贺知章② 37 岁成进士，而在此之前离开故乡，回乡时已年逾八十。这是在外游子对故乡、对家园梦魂萦绕的真情袒露。在诗中，诗人表现了寻找家园、建构家园的人生哲理主题。全诗的点睛之笔在一个“客”字上。诗人那种长期未回故乡，渴望早日见到故乡，但回到故乡时，那种“乡音无改”的忠贞和赤诚，却又被儿童笑当“异乡客”。本是故乡人，而今反当异乡客，个中的滋味自是难以言尽。在中国人的情感结构中，“家”始终都是一种精神的归宿、灵魂的归宿，包含着个体在有限的生命

① 章培恒、骆玉明主编：《中国文学史》(中)，复旦大学出版社 1996 年版，第 91 页。

② 贺知章(659—744)，字季真，号四明狂客，越州永兴(今浙江杭州萧山)人。证圣元年(695)擢进士，初授国子四门博士，乾太常博士。开元十三年(725)，迁礼部侍郎，又充皇太子侍读，官至太子宾客兼秘书监。天宝三年(744)，上疏请为道士，求还乡里，至乡后不久而卒。贺知章与李白、张旭等合称“饮中八仙”，其诗以七绝见长。

中，对生命无限意义的追求，以及对精神家园建构的一种情感诉求和心理渴望。因此，“客”的意象就包含着对亲情、对故乡、对家园不断寻找，不断建构的心理情怀和精神追求。

就唐代社会而言，虽然“安史之乱”还未能使唐代社会完全陷于崩溃的境地，但整个社会发展由此呈现出下滑的趋势。由“安史之乱”而引发的南迁潮，在客观上是进一步地促进了南北文化的交汇，这对江南文化的发展极为有利，尽管其中充满了许许多多的人生艰辛和苦难。就美学风格而言，与初唐时期的那种“跃动飘逸”和“开拓进取”的精神不同，中唐时期虽“不乏潇洒风流，却总开始染上了一层薄薄的孤冷、伤感和忧郁”。[①] 这显然不是无病呻吟，而是与整个社会发展出现整体性下滑有着精神上的联系。从历史的维度来看，造成这种情形的根本原因，当然与“安史之乱”之后的社会动荡有关，它体现了盛唐之后的社会内在矛盾。唐解体之后的五代，“两浙”为主体的江南区域基本上是分为东、西两部分。后吴越国在杭州建都，采取“保境安民”的政策，对北方移民采取安抚措施，并大力发展经济，从而使“两浙”为主体的江南区域得以继续繁华和富庶，为江南文化的发展提供了较好的环境和条件——江南文化的那种诗性审美品格得以更进一步的强化和逐步定型。

1125年，金灭辽之后开始大举伐宋。次年，即靖康元年，金兵两次伐宋，开封城陷，史称“靖康之难”。1127年，宋徽宗第九子赵构在逃亡中即位，是谓宋高宗。1132年，宋高宗定都杭州，改杭州为临安，南宋王朝由此定局。“靖康之难”期间，大批的中原北方人士南迁，其中以当时的“江南路”[②]最为集中。在文化方面，大批的文人学士也随宋王朝南迁而纷纷南下，从而促使了南北文化的交流，这对以“两浙”为主体的

① 李泽厚：《美的历程》，中国社会科学出版社1984年版，第188页。

② 当时的“江南路”包括今天的“两浙”区域，以及现在的江苏省（含现在的上海市）、安徽省的长江以南部分区域。大体来说，这些地方属吴越文化区域范畴。特别是杭州为南宋首都时，大批的精英人士大都移居“两浙”区域。

江南文化发展是一个极大的促进。如北宋理学家的南迁，就促进了南宋的理学发展，同时也对江南学派(如浙东学派)的生成与发展，起到了很大的促进作用。[①] 当时，南迁的北方文学家如李清照、辛弃疾等，画家如李唐等，都在“两浙”区域的江南之地居住、生活，对促进南北文化的交流，尤其是对促进江南文化的发展，作出了独特的历史贡献。特别值得一提的是，由于南宋定都杭州，这对“两浙”区域的发展是具有里程碑意义的。历史学家对南宋在中国历史上的地位和影响都作过深入细致的探讨和研究，比较一致地认为南宋时期是中国历史发展和转折的重要时期，对后世产生了非常重大的影响。一些国外的学者甚至认为“近代的中国文化，其实皆脱胎于南宋文化”[②]。历史学家指出：“南宋为后世的中国社会经济发展打下了坚实的基础”，“南宋精神成为中华民族永远的宝贵财富”，“南宋不仅确立了中国文化重心南移的历史进程，而且对传承中华文明起到了不可估量的作用”，“南宋文学、艺术的许多方面都对后世有极大的影响。元明以来的《古今小说》、《三言二拍》等短篇白话小说，明清时期的《水浒传》、《三国演义》、《西游记》等长篇章回小说，从内容到形式，都是继承和发展了南宋盛行的话本小说而来。南宋闽浙沿海出现的南戏则是戏曲史上的一朵奇葩，它与后来的金院本相结合，成为元杂剧的前身，为我国戏剧的发展奠定了雄厚基础”。[③]

历史学家严谨的考证及其所得出的极有说服力的结论，省去了我们从历史典籍中寻找证据的时间。然而，所有的历史证据在昭示一种历史必然的同时，也深藏着一种内在的历史精神。它在向人们询问：为什么一个偏安一隅的王朝，会对后世产生那么大的影响？回答这个问

---

① 如当时的婺州(今浙江金华地区)，原本是社会经济发展和文化均比较落后的区域，但是，南宋时期，由于大批的北方人士南下(北方大族像巩氏和吕氏就移居该区域)，在此办学授徒，逐渐名声远扬。到吕祖谦(1137—1181)这一代，影响更大，史载“四方来者至千余人”，可谓开“浙东”学派之先河。当时，吕祖谦和朱熹、张栻齐名，有“东南三贤”之誉。

② 池田静夫：《中国水利地理史研究》，日本生活社 1940 年版，第 303 页。

③ 何忠礼：《论南宋在中国历史上的地位和影响》，2005 年 10 月 24 日《杭州日报》。

题也许是复杂的，但其实也是简单的。这需要从精神文化的角度来寻找历史发展的精神轨迹，因为文化的力量是永恒的，它保存了历史秘密的基因，蕴含着历史演变的内在规律。或许，我们无法像历史学家那样，以专业的水准，准确无误地从历史典籍当中，找到许许多多的可以证明当时社会繁华的证据，但是，从文化审美的角度来审视历史遗留下来的精神产品，我们则可以从中探寻到南宋偏安一隅的繁华背后许多必然与偶然的因素，找到江南文化诗性审美品格在这种繁华当中的演变轨迹。

历史上的南宋是繁华的，“暖风熏得游人醉，只把杭州作汴州”。繁华的代价是失去中原，失去故土，失去文化中心及其所带来的心理失落。虽然江南的美景一时可以使人忘却眼前的悲伤，但终究抹不去心理上那无可抵挡的哀愁和忧伤。这种繁华与其说是辉煌的，毋宁说是心酸的，甚至是异化的。在整个中国历史与文化的进程中，南宋的繁华却无法与汉唐相比，反倒是延续了中、晚唐以来那种开始走下坡路的态势。尽管在南宋时期的历史进程中也出现过中兴，出现过特定历史阶段的繁华，甚至从某些量化的指标上来衡量的话，也曾创造过许多领域的领先记录（有历史学家曾如数家珍地列举了南宋偏安一隅时期所取得的辉煌成就：理学的形成，教育的发展，科技的进步，手工业、纺织业的繁荣，商品经济的发达，航海技术的提高，对外贸易的繁忙，等等），但所有这一切，都依旧不能掩盖整个中国历史与文化走下坡路的颓势。一些历史学家曾感叹，如果按照南宋的发展势头继续下去的话，整个中国将会怎样怎样……其实，历史是不可以假设的，假设的历史就不是历史。应该明白，这是整个农耕文明在自身封闭式发展当中所必然遭遇的结果。除非是像汉唐那样（不论是自觉还是不自觉）对外开放，吸收异域的先进文明，对自身进行革命性的改造，否则，任何人都无法改变这种颓势。中国封建社会的最后一个王朝——清王朝不也出现过所谓的“康乾盛世”吗？其实那只不过是整个封建王朝最后的“回光返照”而已，因为即便是按照“康乾盛世”的路子，中国也无法走向现代化，无法自发和自觉地走向现代的工业文明。因此，站在历史的维度来审视南宋的繁华,审视在繁华当中得以定型和进一步发展的江南文化及其诗性审美品格,或许可以真正地聆听到历史的诉说,感受到先人在历史下坡态势中的心灵律动。

如果说从中唐开始,整个精神文化领域就开始染上了一层"薄薄的孤冷、伤感和忧郁"的情绪色彩,那么,南宋的繁华不是消退了这种色彩(即便是表面上的欢乐掩盖了这种色彩,但其"内骨子"依旧是"孤冷的"、"伤感的"和"忧郁的"),从某种意义上来说,反倒是在不断地加重这种色彩。审视历史走下坡路的颓势,审视精神文化方面所出现的"孤冷"、"伤感"和"忧郁"现象,可以从文学(艺术)和学术两个方面来进行考察,从中也可以探寻出以"两浙"为主体的江南文化诗性品格逐步定型的内在根源。

文学史家在论述宋代(包括北宋和南宋)文学发展与社会发展的总体关联时,这样描绘宋朝的社会特点:"从象征的意义上说……赵宋王朝倒更像月亮,'月有阴晴圆缺',北方的辽、夏和后来的金、蒙古始终像是笼罩着它的阴影,而从澶渊分界到靖康之变,它总是仿佛初七初八的月亮缺了一半,从来就没有像初日一样普照过整个中国大地。在中国历代统一的王朝中,论对外关系的软弱,可以说无过于宋。"[①]的确,宋王朝是继鼎盛的唐王朝之后的一个相对统一的王朝,看起来是一场历史的中兴,但是,自它诞生那日起,历史似乎就注定了它那不完整的命运。这种"阴晴圆缺"的状况反映在精神文化界,投射在人们的心底,就是审美领域的纤细、复杂、忧郁和哀愁。"郁郁乎文哉!"在工致精细的描摹上,刻意地追求诗意的境界——精致、典雅,传达出了较为确定的诗趣、情调、思绪和内心的感受,但与盛唐相比,宋代文学与浑然一体、大气豪放、意蕴丰厚的唐代文学相比,总是缺少一股真正能够撼动人心的艺术震撼力,一种充满着现世人文关怀的真情实感。不过,由盛唐的"浑厚"、"大气"、"开阔"朝南北宋的"柔美"、"纤细"、"精致"的演变,在某种程度上也许更能对应人们心中那根纤弱的神经,那颗敏感的心,诗

---

① 章培恒、骆玉明主编:《中国文学史》(中),复旦大学出版社 1996 年版,第 291 页。

性的意味也更为细腻、唯美。从文体的演变上来看，最为明显的就是“宋词”对“唐诗”的替代：

一曲新词酒一杯，去年天气旧亭台，夕阳西下几时回？
无可奈何花落去，似曾相识燕归来，小园香径独徘徊。

——晏殊：《浣溪沙》

十年生死两茫茫，不思量，自难忘。千里孤坟，无处话凄凉。纵使相逢应不识，尘满面，鬓如霜。

夜来幽梦忽还乡，小轩窗，正梳妆。相顾无言，惟有泪千行。料得年年肠断处，明月夜，短松冈。

——苏轼：《江城子·乙卯正月二十日夜记梦》

寻寻觅觅，冷冷清清，凄凄惨惨戚戚。乍暖还寒时候，最难将息。三杯两盏淡酒，怎敌他晚来风急！雁过也，正伤心，却是旧时相识。

满地黄花堆积，憔悴损，如今有谁堪摘？守着窗儿，独自怎生得黑！梧桐更兼细雨，到黄昏、点点滴滴。这次第，怎一个“愁”字了得！

——李清照：《声声慢》

绿树听鹈鴂，更那堪，鹧鸪声住，杜鹃声切！啼到春归无寻处，苦恨芳菲都歇。算未抵人间离别：马上琵琶关塞黑，更长门，翠辇辞金阙。看燕燕，送归妾。

将军百战声名裂，向河梁，回头万里，故人长绝。易水萧萧西风冷，满座衣冠似雪，正壮士悲歌未彻。啼鸟还知如许恨，料不啼，清泪长啼血。谁共我，醉明月！

——辛弃疾：《贺新郎·别茂嘉十二弟》

词的纤细、哀婉、苍凉，更能对应人们心中的愁情、愁绪。从诗的浑厚到词的纤细，这种审美趣味的变化，背后内含着作为主体存在的人，对客观外界变动所作出的深切感悟之情。如果说北宋的词还一度被人指责为有些“醉生梦死的颓废”，有些“乌烟瘴气”，[①]那么，南宋的词则是开始真正地透露出人生的哀愁感了，虽然是淡淡的、隐隐约约的，可是，其婉约之风所流露出来的则是对人生无奈的非自觉的怀疑和厌倦。这是脆弱的生命对外部世界一切显现和隐现的动荡、无常所作的细致入微的体察。不管是过于敏感，还是过于伤感，也不管是不是有诸如辛弃疾一类的豪放的词，但其中仍旧掩饰不住那种只有词才具有的特定的纤细、婉约和淡淡的人生哀愁之情。这显然也不只是辛弃疾在词中所说的那种“少年不识愁滋味”和“为赋新词强说愁”的矫揉造作，而是基于对整个社会开始日趋走下坡路的一种心理无意识的隐忧，是对整个人生、生命，对整个生活的根本目的的一种怀疑，尽管一开始还不是那么的自觉，那么的清晰。“而今识尽愁滋味，欲说还休，欲说还休，却道天凉好个秋！”南宋繁华的背后，深藏着一种人生的空漠之感，一种对生命、对人生、对整个宇宙世界无所希冀，也无所奢望的心理彻悟。因为只有这种彻悟，才能使人的诗性本体得以完全的发掘，达到真正意义上的唯美之极致。

丹纳在谈论中世纪文化和歌德式建筑的关系时曾这样描述道：“不难想象一个如此持久如此残酷的局面会养成怎样的心境。先是灰心丧气，悲观厌世，抑郁到了极点……走进教堂的人心里都很凄惨，到这儿来求的也无非是痛苦的思想。他们想着灾深难重，被火坑包围着生活，想着地狱里无边无际，无休无歇的刑罚，想着基督在十字架上的受难，想着殉道的圣徒被毒刑折磨。他们受过这些宗教教育，心中存着个人的恐惧，受不了白日的明朗与美丽的风光；他们不让明亮与健康的日光射进屋子。教堂内部罩着一片冰冷淡淡的阴影，只有从彩色玻璃中透入的光线变做血红的颜色，变做紫石英与黄玉的华彩，成为一团珠光宝

---

① 胡云翼：《宋词选·前言》，上海古籍出版社 1978 年版，第 14 页。

气的神秘的火焰，奇异的照明，好像开向天国窗户。如此纤巧与过敏的想象力绝对不会满足于普通的形式。先是对形式本身不感兴趣；一定要形式成为一种象征，暗示庄严神秘的东西。”[①]丹纳力求从整个社会文化对人的审美心理产生重大影响的角度，来论述文化与建筑艺术之间的关系，这给我们审视南宋繁华背后的审美心理的变化，提供了可供参考的思路，即在一种审美意识变化的背后，都应该思考与此相关的社会文化演变的支撑作用。宋之后——特别是南宋及其之后——的审美意识的变化，越来越朝“纤细”和“唯美”的方向发展，实际上这与当时整个中国社会文化的演变有密切的关联。李泽厚在论述宋元山水意境特点时就指出：

> 审美兴味和美的理想由具体人事、仕女牛马转到自然对象、山水花鸟，当然不是一件偶然事情。它是历史行径、社会变异的间接而曲折的反映。与中唐到北宋进入后期封建制度的社会变异相适应，地主士大夫的心理状况和审美趣味也在变异。经过中晚唐的沉溺声色繁华之后，士大夫们一方面仍然延续着这种沉溺（如花间、北宋词所反映），同时又日益陶醉在另一个美的世界之中，这就是自然风景山水花鸟世界。自然对象特别是山水风景，作为这批人数众多的世俗地主士大夫（不再只是少数门阀贵族）居住、休息、游玩、观赏的环境，处在与他们现实生活亲切依存的社会关系之中。而他们的现实生活既不再是在门阀势族压迫下要求奋发进取的初盛唐时代，也不同于谢灵运伐山开路式的六朝贵族的掠夺开发，基本上是一种满足于既得利益，希望长久保持和固定，从而将整个封建农村理想化、牧歌化的生活、心情、思绪和观念。[②]

---

① 丹纳：《艺术哲学》，人民文学出版社 1963 年版，第 49—52 页。

② 李泽厚：《美的历程》，中国社会科学出版社 1984 年版，第 208—209 页。

南宋繁华的背后，深藏着一种在相对封闭的环境中，想有所作为而又无法有所作为，既希冀回归到往日辉煌的时代，但实际上又是无法返回的无可奈何的心态。于是，寄情于山水，让心的世界在富有“隐逸”色彩的南方乡村，在江南的丘山谿壑间，村居野炊中找到弥补心灵缺憾的审美愉悦，追求温情脉脉的田园牧歌式的生活情调，推崇禅宗教义，使之与传统的老庄哲学相结合，亲近自然(包括人的自然本性)，强调主客体的和谐统一，在审美对象中获得审美灵感，力求摆脱世俗琐事的纠缠，获得“宁静致远”的人生格调，达到心灵解放的境界，就成为南宋及其之后的审美意识发展的主流，其特点是更进一步地凸现了江南文化的诗性审美品格。

在学术方面，由南宋开始的“浙东学派”，创立了事功学与心学两大体系，从而确立了近代理性所需的务实精神和张扬人之精神主体性的哲学理念，形成汉儒学经典以来的又一座学术高峰。明清和近代的江南学术思潮，如王阳明的哲学、黄宗羲为代表的浙东史学、龚自珍的人学理念，形成了一条学术思想发展的历史链条，并直接影响到了 19 世纪末 20 世纪初的中国思想界、文化界。“浙东学派”强调“经世致用”的学术目的，注重关注现实政治事务，关注社会民生的实际状况，具有鲜明的时代感和使命感。坚持学术的根本价值在于服务于社会经济事务的方针，以增进社会成员的共识价值理念，维护社会成员的普遍利益——“浙东学派”这种务实的学术精神，凸现了人的主体自觉精神，并赋予人的主体自觉精神以特殊的社会地位和人生意义。像王阳明对“心学”的探讨，其意义就在于强调任何生活在世俗社会的人，只要通过自我的不懈努力，都能够达到“致良知”的境界、至高无上的“天理”。王阳明在《传习录·上》中指出：“知是心之本体，心自然会知，见父自然知孝，知兄自然是弟，见孺子入井，自然知恻隐，此便良知，不假外求。”强调“心之本体”的自然特性，实际上也就是强调“心之自由”的本体意义。“浙东学派”的这种哲学建构，其审美价值是对人的身心解放的强调，并强有力地支持了以“两浙”为主体的江南文化诗性审美品格的最终定型。

从历史的维度上来考察以“两浙”为主体的江南文化诗性审美品格的生成与发展，我们不难发现，历史的劫难是十分不幸和十分残酷的，但是，历史的劫难却又不自觉地造成一种原先人们并不能意料的现象的发生。对于江南文化诗性审美品格的生成来说，历史的三次劫难（“永嘉之乱”、“安史之乱”和“靖康之难”），则是一个助推器。它促使了中心文化与地域文化的交流，促进了南北文化的交汇。显然，文化交流、交汇的结果，尤其是在同一质地结构内的文化交流、交汇，不是谁吃掉谁的问题，而是如何通过互补，进一步促进文化自身特性得以更加强化的问题。通过南北文化的交流、交汇，“两浙”区域的江南文化（俗称“小文化”）并没有被淹没，反倒是获得了自身发展，形成自身特点的历史机遇。文化人类学家指出：“一个文化如果将其形态完全展现，就可知道它是非常精致的，是一个在许多层次上交织着各种象征和意义的网络……任何元素都不仅受自然条件的限制，而且还受文化中象征秩序‘规则’的限制。”[①]以“两浙”为主体的江南文化的诗性审美品格，在南北文化交流、交汇中生成、发展和定型，除了受到江南独特的自然景观和地理环境的元素制约之外，受到大文化（即“中心文化”，或曰“整体文化”）和小文化（即“地域文化”，或曰“区域文化”）的双重制约，也是十分明显的。

从受大文化制约上来说，大文化自身对诗性本体的强调，特别是中国文化的内陆性农耕文明的性质，在主张道德本体意义上的内心自觉，强调作为主体的人与作为对象存在的客体的和谐统一当中，形成了探究“心”之本源、突出主体“感时忧国忧民”的心智感悟，促成“心”之内向性活动的思想学说体系，尤为注重对文化的诗性本体功能的强调。从以“心”包容天下的特点来说，中国文化的文之“心”，是上对天，下接地，将作为主体的人与天地宇宙大化的灵气、灵性相融合，与心灵宇宙相融合，形成超越时空和世俗束缚的浩大的审美想象力。《淮南子·原道训》中指出：“夫心者，五脏之主也，所以制使四支，流行血气，驰骋于是

① 北晨编译：《当代文化人类学概要》，浙江人民出版社1986年版，第225页。

非之境，而出入于百事之门户者也。”为天下写“心”，在中国文学的主体意识中，就常常把世界的本体，宇宙的本体，看作是与人生、人心互为一体的现象，使人生、人心活动在不断的外化当中，以个体负载群体——民族、社稷、国家、天下之重任的方式，来走完有限的生命旅途，完成个体的使命——获得充实的生命价值与意义，最终超越个体的有限，进入无限的人生精神领域。从探究“心”之本源的角度来说，中国文化所强调的“心”，则是强调个体对于对象世界的独特心理感悟能力和主体智慧。探“心”之本源，是在“心”之内向活动中，向生命深处用“心”，实现生命的内在超越。因此，在这个意义上，中国文化在总体上又表现为一种内倾性的审美意识导向。“内省”的审美意识，使中国文学在审美形态上多呈现出沉郁、细腻、精致、优雅、平和的美学风貌，审美风格也多表现为含蓄、淡泊、和谐、空灵的艺术风采。可以说，大文化自身的诗性特质对“两浙”为主体的江南文化的诗性审美品格的最终定型，也起到了决定性的制约作用。

从受小文化制约上来说，“两浙”地域的江南文化，由于受到来自北方中原文化的碰撞、交汇与融合，不仅保存了大文化的诗性本体，而且还进一步发扬了大文化和小文化自身的诗性特色。其中，南宋时期文学艺术等文化方面所取得的巨大成就，就是一个最好的脚注。历史的磨难，却在无意之中推动了江南文化诗性审美品格的发展与定型。宗白华指出，魏晋六朝时期，一方面“是中国政治上最混乱，社会上最痛苦的时代”，另一方面却又是“精神史上极自由，极解放，最富于智慧，最浓于热情的一个时代”。[①] 形成这种审美特性的原因，也许是多方面的，但是南北文化的碰撞、交汇和融合，乃是其中的一个重要因素。叶舒宪在论述神话思维与诗性智慧问题时指出：“从文化比较的意义上看，每一种文明的建立和生长都伴随着思维方式上的变革和逻辑理性的成熟，但由于在不同的文明中这种变革在方向上和程度上有所差异，所以

① 宗白华：《美学与意境》，北京出版社 1987 年版，第 183 页。

由此铸塑形成了不同民族文化特有的思维习惯和理性传统。”[①]江南文化的诗性特质，在受到来自北方中原文化的碰撞、交汇和融合之后，得以进一步的激活和铸塑。特别是南宋定都临安（今浙江杭州）之后，这种情形则更是得以强化。所谓“柔风”渐起，实际上与南北文化碰撞、交汇与融合之后，对江南文化诗性思维、诗性特质的激活、铸塑有密切的关系。的确，江南文化有自身“柔美”特性的一面，这也正是古人在言及江南时，总是喜欢用“杏花春雨”和“小桥流水”来形容的一个原因，说的大多都是江南的“柔”和“小”的特征，即柔美多姿、柔情似水的诗性审美特征。这种情形反映在思维认知方面，也就是形成其“柔性”思维特点的一个重要原因。所谓“柔”，《辞海》的释义是“‘柔’：①嫩也；②柔软也；③温和特性；④安抚，怀柔之意。”《辞源》的释义也基本相同。可见，“柔”不是“弱”的同义词，或替代词，而是主体的一种形态、方式、特征、风格的显现。在这个意义上，所谓柔性思维，本身就具有一种诗性的特征。在文学艺术方面，其具体的内涵则是指：在艺术思维的过程中，受不同地域文化的潜移默化影响，以及作家自身主体诸因素（如个性特征）的直接或间接影响，作家的思维情感性特征往往呈柔性、温和的形态。主体的柔情性特征十分突出，认知方面的感性判断、直觉判断十分明显，所表现出来的是主体对客观对象的诗意性、亲和性、怀柔性的认知与把握的特点；艺术知觉也多表现为对事物的表现性（非单一的再现性）、抒情性（非单一的叙事性）、写意性（非单一的写实性）的审美知觉；在思维的诗性成分、个性成分的构成方面，也多强调艺术的柔性元素和柔性表述，以形成艺术审美的柔美风格。所以，江南文化的诗性特质的激活与铸塑，也是形成其诗性审美品格一个重要因素。

历史的磨难，文化的融合，使“两浙”为主体的江南区域一度成为整个华夏文化的中心。历史学家在论述中国文化三次南迁现象时指出，“北宋统一王朝的毁灭是中国文化中心南迁的真正分野，从此文化中心搬到了江南”，而“两浙”区域，特别是南宋定都的临安（今浙江杭州），则

---

① 叶舒宪：《诗经的文化阐释》，湖北人民出版社 1994 年版，第 405 页。

又成为“江南的核心”。[①] “两浙”区域的江南成为当时中国的文化中心，这对于“两浙”文化发展来说，无疑是一个福音。历史学家在列举了大量的历史数据进行论证分析后，得出这样的结论：“永嘉之乱、安史之乱、靖康之难，既是吴越地区三次加速发展的机遇，也是吴越地区对中华文明的三次拯救……春秋战国时期的吴越文化是中国最先进的少数民族文化，明清时期的吴越文化是中国汉族文化中最先进的地域文化。”[②]虽然学术界对此还存在不同意见，但至少可以得出这样的共识，即以“两浙”为主体的江南文化，保存和弘扬了中华文化的诗性本体。这或许就是“两浙”为主体的江南文化，为什么会在近代激烈的文化冲突中显示出其辉煌的一个根本性原因。有学者认为，在中华民族的“内心深处”很可能潜藏着一个“江南元叙事”的心理结构。所谓“江南元叙事”，就是以诗性审美品格为根本内涵的，最大限度地摆脱、超越了现实功利利害关系的审美活动，从而形成了文学艺术中特有的“江南意象”，特有的诗性审美品格。[③] 当然，这一观点还有待更进一步的论证。不过，如果从中国文化的属性上来讲，其总体特征是乡土性质和农耕形态的，本身就蕴含着诗性的智慧。这种诗性的智慧，虽不为中国文化“所独有”，但在文化的碰撞、交汇与融合当中，它却“发展得最充分、最普遍”。[④] 由于它的发展本身是在区域间的文化碰撞、交汇与融合当中进行的，这不仅为“两浙”为主体的江南文化发展提供了广阔的空间，而且也为它自身原有的特性、特质得以更进一步的强化，提供了良好的内、外部条件。特别是在明清之际，在充分消化了外来的影响因素之后，以“两浙”为主体的江南区域，作为中国经济文化最发达的区域已成定局，同时，江南文化也由此进入了一个相对稳定的发展时期，形成了与中心文化双峰并峙的局面。因此，到近代，在中国文化整体性地遭遇西方文

① 陈正祥：《中国文化地理》，三联书店 1983 年版，第 5、20 页。

② 董楚平：《吴越文化的三次发展机遇》，《浙江社会科学》2001 年第 5 期。

③ 参见刘士林：《在江南发现中国诗性文化》，《江苏大学学报》2005 年第 1 期。

④ 叶舒宪：《诗经的文化阐释》，湖北人民出版社 1994 年版，第 428 页。

明、西方文化的冲击，出现空前的“意义危机”而不得不进入历史的转型时期，由于中心文化积重难返，边缘的地域文化则反而相对地获得了自身开放、求变的空间。这样，一方面是大环境所驱使，另一方面则由于“两浙”为主体的江南文化固有特性的驱使，在特定的历史时期，原先一向以“柔美”、“精细”而著称的“两浙”区域的江南文化，反而能够对整个文化格局的变动作出迅速的反应，并强有力地激活自身，一举走到了时代的最前沿，成为引领中国新文化发展的最活跃的因子之一。

第三节 文化动力：“两浙”文化审美意识的转化

如果说中国文化本身是多地域文化的一种复合，各个地域文化在中心文化的基本宗旨制约下排列组合，那么，各地域文化就必然会产生与中心文化相对应的基本发展格局，即它在对政治伦理制约的高度对应中，与其对诗性、审美精神的孕育和制约相互比肩而立，在中心文化与各地域文化之间形成制约与被制约、对应与被对应的关系。从这个意义上来说，以“两浙”为主体的江南文化在其起点和形成过程中，有赖于中心文化的精神照耀和思想制约，有赖于北方中原移民和宦游士人的发现、阐释、弘扬与发展，也有赖于江南文化的积极对应，当然，更重要的则是有赖于中心文化与江南地域文化的互动与融合。所谓的江南文化，在本质上应该是中心文化制约下的地域文化。只有在中心文化的制约松弛、移位，或解体、失控的情况下，尤其是中心文化在受到外来文化的强烈狙击，自身遭遇发展的困境，引发深刻的意义危机的情况下，地域文化在充分地吸收中心文化的养分，并使自身固有的特性、特质得以强化，能够充分地发挥自身巨大的影响力时，才能形成巨大的文化张力，从边缘走向中心，登上历史舞台，发挥自身独特的作用，同时也使自身的文化意识获得相应的转化。在近现代，以“两浙”为主体的江南文化之所以能够脱颖而出，为中国新文化、新文学的生成与发展推波助澜，就是在这样的情形中发生的。

值得注意的是，在这中间有两个不可忽视的因素：一是历史劫难对江南文化诗性审美特质的纯化，使之能够以更加明丽的物象表现，更加细腻的情感表达，将中心文化和自身文化固有的诗性精神，推向了唯美主义和感伤主义的高端，使文学艺术的创作开始摆脱以往过于强调“教化”、“载道”一类的政治伦理规范的束缚，出现走向情感的自发抒发、精神的自由解放的态势。这种审美意识的转化，在近现代中西文化冲突中最直接的表现，就是使“两浙”区域的作家能够以敏锐的思想洞察力、深刻的内心感悟力和深沉的民族忧患意识，对文化冲突导致文化转型的历史变革作出迅速的反应，从而传达出走向现代化历史进程的现代中国人的心声。二是从明中叶开始，伴随着资本主义萌芽的出现，在文化审美意识方面，一股要求个性解放，积极表现自我的思潮开始出现。作为王阳明哲学的传人，李贽大讲“童心”，“夫童心者，真心也……夫童心者，绝假纯真，最初一念之本心也”(《童心说》)，同时也大倡异端，“夫私者，人之心也”(《藏书·德业儒臣后论》)，“虽圣人不能无势利之心”(《道古录》)。李泽厚指出：“这种以心灵觉醒为基础，真实地提倡以自己的‘本心’为主，摒弃一切外在教条、道德做作，应该说是相当标准的个性解放思想。这对当时文艺无疑有振聋发聩的启蒙作用，李贽是这个领域解放之风的吹起者。”[①]尽管中国的资本主义萌芽最终被扼杀在摇篮之中，这股自发的浪漫主义美学思潮也受到封建专制主义的压制，但它对整个中国思想界、文化界的影响，特别是对以“两浙”为主体的江南文化界的影响是深远的。到晚清，对这种美学思潮再次发出强烈反应的是龚自珍。[②] 这位来自浙江仁和(今杭州)，被称为“清代第一个站

---

① 李泽厚：《美的历程》，中国社会科学出版社 1984 年版，第 244 页。

② 龚自珍(1792—1841)，浙江仁和(今杭州)人。清代杰出的思想家、文学家，为道光进士，官礼部主事，是嘉道间提倡“通经致用”的今文经学派的重要人物。他看到晚清封建社会已进入“吸饮暮气，与梦为邻”的“衰世”(《明良论》)，指出整个社会的种种弊端，提倡“更法”、“改图”，主张按宗授田，恢复三代古制，“不拘一格降人才”。在哲学上，他认为“自古及今，法无不改，势无不积，事例无不变迁，风气无不移易”(《上大学士书》)，强调万事万物都处在变化之中，主张社会变革。其散文奥博纵横，诗尤瑰丽奇肆，如《尊隐》、《明良论》等文和《己亥杂诗·九州生气恃风雷》，均为其代表作。

在独立的学者立场上，以个人的思考为依据纵横议论时政的人物”①，在哲学上，把自我的价值，人的主体性，提高到了空前的高度，把它看作是宇宙中唯一的、也是根本性的，可以衍生一切的“意志力量”。夫“天地，人所造，众人自造，非圣人所造”，“众人之宰，非道非极，自名曰我”（《壬癸之际胎观第一》）。在文学创作上，龚自珍把狂傲的自我个性、强烈的自由精神，与对国家、民族的前途的深沉忧患结合起来：“九州生气恃风雷，万马齐喑究可哀。我劝天公重抖擞，不拘一格降人才。”（《己亥杂诗》）显然，这种激越的精神，乃是他诗歌创作的风骨。综观龚自珍的整个创作，抨击时弊、抒发真情，是一根贯穿始终的红线。他的为人、为文，既显示出他高于同时代人的思想性，又充分地展现出他高尚的人格。对处在动荡和变革之中的近代中国来说，他的影响是非常大的，正如梁启超在《清代学术概论》中所说的那样：“自珍性跌宕，不检细行，颇似法之卢骚；喜为要眇之思，其文辞犿诡连俶，当时之人弗善也……虽然，晚清思想之解放，自珍确与有功焉。光绪间所谓新学家者，大率人人皆经过崇拜龚氏之一时期。”由此可见，明清之际的思想变化，为“两浙”区域的文化审美意识的转化，提供了客观发展的基础条件。

清代著名思想家、文学家龚自珍
(1792—1841)

从上述两个方面的因素分析可见，“两浙”文化审美意识的转化，其文化驱动力主要来自内外两个部分因素的聚集。近代中西文化的碰撞、交汇，导致传统文化出现深刻的意义危机，中心文化滑向边缘而引发激烈的社会动荡，在特定的历史时期，“两浙”文化也就能够释放出巨

① 章培恒，骆玉明主编：《中国文学史》（下），复旦大学出版社 1996 年版，第 520 页。

大的能量，并走向时代的前沿，为历史的发展寻找其合理、合法的文化支持。正如著名的中国史研究学者费正清以“作为小传统的面海的中国”为题，论述中国地域文化在中心文化解体时呈现出十分活跃的现象时所指出的那样，“面海的中国”小传统，即沿海区域的文化传统，与处于中心位置的“占支配地位的农业——官僚政治腹地”的大传统，在近代激烈的中西文化冲突当中，产生了尖锐的对立，并逐渐由“边缘”向“中心”移位。[①] “面海的中国”地域文化向中心移位，当然不是简单的替代与被替代的转化，而是在中心文化，即传统文化的一整套价值体系不足以支持走向现代化历史进程的中国人的价值世界与意义世界时，地域文化以保存传统文化精髓的方式，积极地寻找与外来文化进行对话的对接点，以求能够真正地激活自身，促使整体文化的变革、创新。因为在中心文化遭遇外来文化的强力阻击而陷入困境时，作为“小传统”、“小文化”的地域文化，则保存了整体文化、中心文化的“固有传统”，特别是作为“历史的物质积存”，地域文化对整体文化、中心文化“固有传统”的保存，并不是单纯性的保存，而是“几经筛选”性的保存，“选择性的保存”。[②] 这样，在特定的历史时期，地域文化往往就能够以空前活跃的姿态，出现在文化演变、转换的历史舞台上。“两浙”地域文化，就是“面海的中国”区域的文化。且不说作为“小传统”、“小文化”，“两浙”文化在多大的程度上保存了整体文化、中心文化的传统，更重要的则是，它在一度成为中国文化中心时，本身就是整体文化、中心文化的一个重要组成部分，本身就聚集了巨大的文化能量，尤其是聚集了寻求与外来文化进行对话的资本和能量。如同梁启超所指出的那样，浙东学派的“残明遗献思想”，其驱动力、影响力均成为近代中国思想界、文化界的“最初的原动力”。[③]

---

① 费正清：《剑桥中华民国史》，中国社会科学出版社 1993 年版，第 11—15 页。

② 希尔斯：《论传统》，上海人民出版社 1991 年版，第 34 页。

③ 梁启超：《中国近三百年学术史》，《梁启超论清学史二种》，复旦大学出版社 1987 年版，第 123 页。

审视“两浙”文化的内部结构，我们不难发现，浙东和浙西的文化又存在着内在的差异。如果说浙东多山的自然地理特点，使得其地域文化具有一种“刚劲而邻于亢”的特点，那么，浙西近泽的自然地理特点，其文化则有“文秀而失之靡”的特点。无疑，浙东和浙西在文化上的确是存在着许多差异的。这里面固然有许多外部的原因，如自然环境因素对人的生活习性、生产方式和生活方式等方面的影响，但更多地还是表现在该区域在特定的历史时空所形成的文化意识及其积淀对后世的影响上。仅从吴越争霸[①]的历史上来看，就可以从中获得两种不同地域文化在思维、认知、性格、心理等诸多方面存在差异的见证。此外，从两地的音乐风格上来看，尽管两地“言语通”、“音共律”，但还是有其不同风格的一面，如浓浓的吴语，细声柔美、好礼善乐，而越语则铿锵、响亮。《左传》、《吴越春秋》说越音多“善野音”，不理会中原礼乐。同样，虽然吴越在地域上互为近邻，在族属上同属一个族群——“百越”，吴越“同俗共气”、“同俗拜土”，具有许多相同的文化习俗特征，但是，相比之下，二者之间还是存在着不少的差异的。一般来说，处于浙西区域的吴文化的风格多偏“柔性”，而处于浙东区域的越文化的风格则多偏“刚性”。故有学者称，仅从当时的吴、越两国对外来文化吸收、融会的程度上来看，“从一个侧面反映了吴越在文化上的差异——文野之别。”[②]

从文化审美的角度来看，“两浙”文化均具有江南文化的诗性审美品格，并复合成“两浙”文化的“刚”(精细坚韧)和“柔”(柔美飘逸)并济的美学特征。当然，这种审美风格的形成，与“两浙”地域文化各自不同的内质有关。由于区域性的自然环境与生存形态，以及各自小环境的人文生态不同，浙东和浙西便产生了质地、形态各有差异的文化品格和

---

① 《左传·鲁襄公二十九年》记载：“阍弑吴子馀祭。”即这一年吴国征越，俘虏大批越人，吴王馀祭把战俘当做奴隶，称之为“阍”。但“阍”们不甘为奴，乘馀祭检阅大船之际，杀掉馀祭。后吴越两国连年征战不断，据《史记·越王句践世家》记载，吴王夫差为父报仇，曾大败越王句践。句践率残余五千人马逃至会稽山，不得不接受范蠡、文种的建议，请求与吴议和，后句践卧薪尝胆，励精图治，等待时机，最后于公元前 475 年吴国大灾之际，一举灭吴。

② 张荷：《吴越文化》，辽宁教育出版社 1995 年版，第 43 页。

审美风格。丘陵多山的浙东之“劲直”、“坚韧”与水网密布的浙西之“温婉”、“精美”形成了鲜明的对照。一般来说，以犀利、坚韧、精细见长的“深刻”文风多出自浙东，以清秀、幽玄、柔美取胜的“飘逸”文风则多出自浙西。这种历史存在的审美差异，在新文学的“两浙”作家身上也得到了继承和弘扬。像浙东作家颇多“硬气”，如除周氏兄弟外，还有“像地地道道农民”的冯雪峰，喜欢表现“石骨铁硬”性格的巴人、王鲁彦、许杰等，其文化性格和审美风格大都偏“刚性”；而浙西作家的创作则多具有“柔婉”的特点，如来自杭嘉湖地区的茅盾、郁达夫、徐志摩、丰子恺、戴望舒等，其文化性格和审美风格大都偏“柔性”。

“两浙”作家所表现出来的江南文化诗性审美品格，与整个中华民族的历史记忆、情感基调和审美心理，特别是与20世纪中国文化转型的特定历史境况有着内在的关联。作为一种文化的“集体无意识”，以“两浙”为主体的江南文化特有的诗性审美元素，已深深地积淀在“两浙”作家的精神血脉之中。因此，在文化转型的特定历史时期，从“两浙”文化圈内走出来的作家，往往能够以其敏锐的主体感知，一种深沉的民族忧患意识，以及一种全新的紧密关注社会和主动参与现实的文学态度，在中国文学史上引发一场声势浩大的文化震荡与文学革命，并为整个新文学推出阵容强大的作家群，谱写中国文学新的篇章。值得指出的是，如果说“20世纪中国文学是在一种充满了屈辱和痛苦的情势下走向世界文学的”①，那么，在遭遇空前的意义危机之时，强烈的危机感也就迫使“两浙”作家，无法一味地认同江南意识中那种悠然自得的闲适心态，那种不受约束的个人情感，以及那种将民族危机和苦难转化为个体伤感，或在苦难背后低吟与独自咀嚼个人悲欢的哀婉之情，而是要求能够自觉地承担起唤醒民众摆脱危机和苦难的思想文化启蒙的重任，尤其是要求关注民族的苦难，关注民众的精神痛苦。这样，“两浙”作家所体现出来的诗性审美品格，其表现就不只是停留在单纯的自然景观和社会现实表层现象上了，而是要求对国人的精神特质进行深

① 黄子平等：《论“二十世纪中国文学”》，《文学评论》1985年5期。

入探讨，寻求更广泛意义上的现代人性的建构。置身于新文化的语境中，“两浙”作家推崇“力之美”，推崇苦难精神价值的叙事和抒情，力求构成新文学表现人性的深广和反映社会现实的博大。在这个意义上，“两浙”作家的诗性审美品格，承接了江南文化审美的遗风古韵，同时又对其进行了新的阐释和建构，呈现出新时代进取、开拓的精神风采，牵动并对应着对现代化有着热烈企盼的现代中国人的心灵世界。可以说，满怀着对新的文化、新的理想、新的生活的热烈憧憬，“两浙”作家的诗性审美品格，表达了对新时代、新思想的真切感受和全部接纳，真实地展现了古典威权式叙事对精神生命全方位的扭曲和苦痛，真诚地体现了五四的青春骚动，展现出了蛰伏在人的心灵深处的那种诗性本体，那种唯美主义的理想情怀。他们把青春的苦闷、愁情和对理想的企盼、对生命意义的追寻紧紧地糅合在一起，充分体现出现代中国新的文化和美学的理想精神，并为中国新文学的生成与发展作出了独特的历史贡献。

■ 第二章

“两浙”文化资源对中国新文学发生的支持

文化学者认为，一种新的文化形态的产生，往往是由于一些“特殊的传统形式”，甚至是一些“极特殊的特质”转化而成的，因为“这些特质的相互渗透现象，时隐时现，而且其文化史在很大程度上是它们的本质命运及其结合的历史”。① 的确，从文化的演变与发展的角度上来说，文明的进化，文化的发展，是不断渐进的结果，其历程是漫长的。在这当中，许许多多的“特殊的传统形式”、“极特殊的特质”的不断积聚，增加了它的变量，推动着它的发展，甚至发生了“突变”。在探讨中国新文学发生的缘由时，一些学者越来越认为，五四新文学与元明清文学的发展有着内在的关联，“从元代以来与新文学相关联的变异因素的成长较为连贯和明显。”②近来，海外的学者更是提出“没有晚清，何来‘五四’?”的观点。③ 显然，上述观点为我们探讨“两浙”文化资源对中国新文学生成的支持提供了可借鉴的思路。实际上，在近现代中国的文学发展史上，来自“两浙”区域的作家，之所以能够大批地出现在文坛上，形成中国新文学创作的一道独特的风景，这与“两浙”文化“原生文明”资源的支持是密不可分的。人类学家 R. 雷德菲尔德在乡村与城市的比较研究，以及将其扩大到对复杂的国家类型与活动研究当中，提出了

---

① 露丝·本尼迪克:《文化模式》，华夏出版社 1987 年版，第 27、34 页。

② 章培恒、骆玉明主编:《中国文学史》(下)，复旦大学出版社 1996 年版，第 626 页。

③ 当然，晚清与五四在时间上有着必然的关联，但这并不是晚清文学与五四新文学相关联的唯一条件，最主要的还在于晚清文学为五四新文学的发生，提供了文学观念变革的历史环境和条件。参见王德威:《想象中国的方法——历史、小说、叙事》，三联书店 1998 年版；王德威:《被压抑的现代性——晚清小说新论》，北京大学出版社 2005 年版。

“原生文明”与“次生文明”的概念，并指出，“原生文明”是从“当地的民俗传统发展起来的，如印度、中国、美索不达米亚与埃及”，而“次生文明”则是“外界的文明传统加上当地的传统发展而成的”。[①] 在发生学的意义上，“两浙”文化传统，不是“舶来品”，而是“原生文明”的一种文化质料，一种丰富的文化资源。它是整体文化的一部分，如同R.雷德菲尔德和马里奥特所说的那样，是“大传统”(Great tradition)中的“小传统”(Little tradition)。历史发展进程揭示，在“大传统”不能有效地发挥它的制约与影响功能时，“小传统”往往能够在特定的历史时期发挥着重要的作用。文化学者马里奥特在仔细地考察印度村落中的宗教文化演变之后，对“小传统”的这种特定功能和特殊作用，予以了充分的肯定。费正清教授在其《作为小传统的面海的中国》一文中，也曾详细地论证了近代中国东南沿海地区，何以能够成为中国现代化的前沿区域的文化依据问题。结合明清时期，以“两浙”为主体的江南文化在北方的中心文化逐渐显示出它的颓势之时，成为中国文化的又一个中心区域的历史事实上来看，人们不难发现，在历史大变动的格局中，作为“大传统”的中心文化日益式微，濒临解体，但作为“小传统”的地域文化则日显活跃，同时它又往往是以保留了“大传统”诸多的文化因子和元素的方式，形成中心文化强大的“奇理斯玛”(Charisma)[②]权威，给予新生文化强大的“支援意识”(Subsidiary awareness)[③]。因此，对于中国

---

① 转引自北晨编译：《当代文化人类学概要》，浙江人民出版社1986年版，第264页。

② “奇理斯玛”(Charisma)，本意是“神圣的天赋”，源自《新约·歌林多后书》。最初引申为得到神助而具有天赋的人，19世纪德国法学家Sohm用它来指称基督教会超世俗的性质特点。后来，社会学家Max Weber全面延伸、扩展了它的涵义，既指具有神圣感召力的领袖人物的非凡特质，也指一切与日常生活或世俗生活中的事物相对立的，被认为具有超自然的神圣特质。本书借用此词，说明文化原型的基本因子，尤其是那些富有特殊功能的，作为“小传统”的地域文化的原型因子和元素，以及对它的重新选择所发挥出来的独特作用。

③ 支援意识(Subsidiary awareness)是思想家M. Polanyi学说的一个重要概念，其涵义指的是学习科学的人，经常要与以往流传下来的知识进行接触，于是在潜移默化中就会形成科学传统中“未可明言的知识”(Tacit knowledge)，这便是对于获得新的知识和创造的“支援意识”。

新文学的生成来说，“两浙”文化的“小传统”，给予中国新文化、新文学的支持，乃是一种“原生文明”的支持。这种支持引发了中国新文化、新文学的“内源性”自觉，促使了原有文化内部的那些富有生机的“基因”突变，使之获得了自身谋求变革的“内在张力”，进而成为导致一种新的文化形态、新的文学形态生成的内生发型的关键性文化因素。

第一节　“浙东学派”的思想影响与精神传承

占中国文化主导地位的儒家文化发展到宋元明时期，开始进入一个新的历史阶段，史称宋明理学阶段。特别是南宋定都临安（今浙江杭州）之后，以理学为主流的学术文化思潮是这一时期的主导文化思潮。理学的一个显著特点就是在承继儒学传统的基础上，如何在道德的本体意义上，以追求卓越的个体道德楷模为基点，开展人生的“超凡入圣”的精神历程。但是，这种以道德为本体的个体自觉精神，在扩充至与“天道”合一的精神历程当中，又如何与仅占据“半壁江山”的南宋社会现实，强调恢复中原大业的时代任务相统一，这在实践的层面上，引起了当时浙东地区一部分文化人的忧虑和思考。他们认为，道德的实现不仅仅只是个体的伦理完善，同时更在于增进社会全体成员普遍的道德自觉，从而能够凝聚成为社会的共识，达到实现国富民强的目的。因此，他们规定学术的根本任务，也就是要培养有道德自觉意识的经世才能之人才，主张将知识致用于现实，与恢复中原大业的时代任务和实现国富民强的目的相一致。表达这一思想理念的是一群来自浙东区域的学者及其所形成的学术流派，史称“浙东学派”。从价值理念角度上看，“浙东学派”关于道德的价值判断准则，以及有关对学术的现实功能的阐述，有其自身独特的思想理念系统和价值标准，富有一种文化的原创精神。从学术流派的生成上来看，“浙东学派”[1]的学术肇始于汉唐，成熟于宋明，鼎盛于清代，在中国学术史上具有崇高的地位。“浙东学派”的一系列思想主张、价值学说，在历史上产生了广泛的影响，对中国古代思想学术的整体发展，起到了重要的推动作用，尤其是对浙东历史文化传统的形成，对推动“两浙”文化的发展，以及对“两浙”区域的文化心理性格的影响和文化价值理念的历史积淀，包括在近代社会转型时期的文化对应、变革、转换，都起到了重要的文化支撑作用。

儒学发展到宋元明阶段，以理学为代表的一系列价值学说的提出，其特点就是要为世俗社会设定一个使人确信无疑，同时又具有普遍价值关怀的形上本体，用以消解和抗拒来自世俗社会及其他教派所提出的，带有空幻、虚无和神秘色彩的价值学说。然而，在如何确立和实现这种具有普遍价值关怀的形上本体方面，“浙东学派”的学者提出了自己独特的见解。其中最突出的是明代的浙东学者王阳明[2]对“心学”的建构。

王阳明强调“心”的本质乃是一种直觉和感应，而非知识的性质。他提出了著名的“四句理”之说，即他在《传习录》中所提出的“身之主宰便是心，心之所发便是意，意之本体便是知，意之所在便是物”的主张。

---

① 据专家考证，明末清初的浙东著名学者黄宗羲在《移史馆论不宜立理学传书》一文中，就提出“浙东学派”之说。清代学者章学诚在《文史通义》的“浙东学术”篇中云：“浙东之学，虽出婺源，然自三袁之流，多宗江西陆氏，而通经复古，绝不空言德性，故不悖于朱子之教。至阳明王子，揭孟子良知，复与朱子抵牾。”其中就以“浙东学术”来论述“浙东学派”的特点。晚清著名学者章太炎、梁启超等人在他们的著作中，也多次阐述了“浙东学术”、“浙东学派”的特点。

② 王阳明(王守仁，1472—1528)，字伯安，别称姚江，浙江余姚人。因曾筑室故乡阳明洞中，世称阳明先生，为明代杰出的思想家、教育家，也是陆(九渊)王学派的集大成者。他发挥陆九渊“心即理”的学说，认为事物之理即在心中，离开了心也就无所谓理，如认为“有孝亲之心，即有孝之理，无孝之心，即无孝之理矣……，理岂外于吾心耶?”(《答顾东桥书》)同时，还认为心之本体即性，性即天理，天理之灵觉即知，知亦为心之本体。心、性、理、知其实就是一回事。他还强调“致良知”，认为只要致吾心之良知，即可得到圆满的知识。他对宋朝以来的理学提出了不同的意见，特别是对朱熹的学说多有批评，认为朱熹的即物穷理是以吾心求理于事事物物之中，而他则是致吾心之良知于事事物物，合心与理为一。他的学说在当时影响甚大，明末清初还传至日本，形成专门的学派。主要著作有《大学问》、《传习录》等，后人辑成《王文成公全书》(亦称《阳明全书》)。

对此，他进一步解释说：

明代著名思想家王阳明(1472—1528)

> 心者身之主也，而心之虚明灵觉，即所谓本然之良知也。其虚明灵觉之良知，应感而动者谓之意；有知而后有意，无知则无意也。知非意之体乎？意之所用，必有其物，物即事也。如意用于事亲，即事亲为一物；意用于听讼，则听讼为一物；凡意之所用无有无物者，有是意即是物，无是意即是无是物矣，物非意之用乎？

相对于被神圣化了的程朱理学而言，王阳明的世俗化“心学”主张的提出，是富有原创精神的，在实践中产生了广泛影响。正如一些海外学者所指出的那样：“王(阳明)的教导被证明是极其有号召力的，而且确实广为流传。”[①]王阳明的“心学”，改造了程朱“理学”，使“浙东学术”成为宋代以来新儒学“相对独立思想潮流的发展”[②]，成为“与朱熹同时但反对占统治地位的朱熹理性主义学派的小学派”[③]，其特点是否定人必须恪守和遵循神圣不可逾越的，人为设立的外在之“理”，而主张通过内在的性心修养，将所有的外在规范均落实在主体的“心”之中，以获得个体的道德自觉。王阳明认为：“心之本体即天理”，“理也者，心之条理也。是理也……千变万化，至不可穷竭，而莫非所发于吾之一心也”(《书诸阳卷》)。在这里，他把“心”看作是超越“理”的终极本体，指出“此心在物则为理”[④]。同时，他又把“心”当作一切“物”的精神主宰，认

① 狄百瑞：《东亚文明——五个阶段的对话》，江苏人民出版社1992年版，第65—66页。

② 谢和耐：《中国社会史》，江苏人民出版社1995年版，第376页。

③ 费正清：《中国传统与变革》，江苏人民出版社1996年版，第191页。

④ 《王文成公全书》卷八，《书诸阳卷》。

为“心者，天地万物之主也”[①]。这样，在一系列的价值主张上，王阳明的“心学”就突破了程朱理学的一些条条框框的束缚。例如，在人性论方面，王阳明的“心学”主张“身心合一”、“心无外物”，这就突破了程朱理学有关“心统性情”主张的局限，用合知、情、意为一的“心体”，替代了朱熹的性情分体之说，主张人的“心体”既存良知天理，又不脱离人的躯体的感性存在而独自游离，成为不可捉摸、不可感知的“心之外物”。在认识论方面，王阳明的“致良知”说，突破了程朱理学的“格物致知”说。朱熹所谓“格物是物，物上穷其至理，至知是吾心无所不知”之说，所强调的就是：格物是“即物穷理”，是由外向内，而致知则是“即心穷理”，是由内向外。而王阳明则认为所谓至高至尊的“天理”，皆为世人所体认的“良知”，指出“知是心之本体，心自然会知，见父自然知孝，知兄自然是弟，见孺子入井，自然知恻隐，此便良知，不假外求”(《传习录》)。这种“不假外求”，即从“心”固有之良知出发，并由此扩充到万物，通过不待虑而知的直觉，返身达到对良知的自我体认，则恰恰是对程朱“理学”所推崇的“蔽精竭力，人人册子上钻研，名物上考察，形迹上比拟”(《传习录》)的求理之法的一种反动。基于这种认识观，王阳明提出了著名的“知行合一”的学说，突破了程朱理学所倡导的“先知而后行”主张的限制。他提出即知即行，注重道德实践的知行合一，以获得人生的真知真行，即“知之真切笃实处便是行，行之明觉精察处便是知”[②]。“知行合一”学说的提出，强化了“心学”的世俗意义，将不可知的所谓形上之本体，具体地化为可感、可知、可行的人生信念和实践准则，并将其具体地落实在人的社会实践，尤其是道德实践上。这就突出了“身心践履”在人的道德品性建构中的重要功能，在使人们走出僵化的教条主义“理学”规范方面，起到了重要的引导作用，从而在人生境界建构方面，突破程朱理学所推崇的所谓“圣人气象”之说，主张不以所谓圣人言论而定是非、定乾坤，宣称“我今才做得狂者的胸次，使天下之人都说我行不掩

① 《王文成公全书》卷六，《答季明德》。

② 《王文成公全书》卷二，《答顾东桥书》。

言也罢”(《传习录》)。在当时,这对于破除圣人的权威,解放思想,构建新的人格境界来说,都是具有积极的意义的。王阳明的一整套思想主张,对于当时的社会思想体制都是一种“变革的主体性思想”[①]。

明代著名思想家黄宗羲
(1610—1695)

明末清初所出现的另一位浙东著名的学者黄宗羲[②],与王阳明一样,他的一系列思想主张和价值学说,也是富有原创精神的,虽然他在许多方面都受到了王阳明思想的影响。关于黄宗羲的思想原创特点,学术界一般都认为,在当时的体制内,作为思想家的黄宗羲,表现出了与众不同的反君主思想。在黄宗羲看来,如果只是像程朱理学所强调的那样,仅靠建立在道德理性基础上的“内圣”,就可完成大至对君主皇权的有效制约,小至对每个个体成员进行人生规范,那是不现实的。空谈“心性”,不经历丰富的人生社会实践,最终将会导致如同后来顾炎武所描述的“神州荡覆,宗社丘虚”现象的发生。在如何制约皇权和治理国家方面,黄宗羲提出了“有治法而后有治人”的思想。他指出:“论者谓有治人无治法,吾以谓有治法而后有治人。”(《明夷待访录·原法》)明确提出了先有“治法”而后才有“治人”的思想主张,这在当时的体制内,是闪烁着一种原创精神的近代民主思

① 沟口雄三:《中国前近代思想之曲折与展开》,上海人民出版社 1997 年版,第 29 页。

② 黄宗羲(1610—1695),字太冲,号黎洲,世称黎洲先生,因其故乡名南雷里,亦称南雷先生,浙江余姚人。明清之际杰出的思想家、史学家。青年时参加反阉党的活动,清灭明后,纠合同志一道抗清,设世忠营,走四明山结寨防守。晚年不受清廷征召,自称“身遭国变,期于速朽”,后专门从事著述,学问广博,史学成就尤大。他具有近代市民阶级意识,反对传统的重农抑商,强调工商皆本,对于商品流通和货币职能均有独到论述。他还猛烈抨击君主制度,指出人君“敲剥天下骨髓,离散天下之子女,以奉我一人之淫乐”,此为“天下之大害者,君而已矣!”(《明夷待访录·原君》)他的著作《明夷待访录》,在一定的程度上,反映出了近代民主主义的思想,清末维新运动时就曾被翻印,广为流传。所著《明儒学案》为中国最早的有系统性的学术史专著,并开浙东史学研究之先河。

想的。更难能可贵的是，黄宗羲在提出这种思想主张的同时，还善于将其纳入人性的本体范畴来进行思考。他认为，所谓的君主皇家法度与规制，都是人性自私的产物。他指出，由于"三代以下无法"，后世的皇家法度均是企图将"天下之利尽归于己"的"非法之法"，至多不过是"一家之法而非天下之法"。由于没有行之有效的"天下之法"来进行制约，所以，历代君主就可以任性妄为，"视天下人民为人君囊中私物"，使天下成为"一家之天下"，这样就势必会引起人民的不满，为人民所痛恨，成为"天下之最大害者"(《明夷待访录·原君》)。针对封建统治的特点，黄宗羲提出"以我之大私，为天下之大公"的政治设想，并在此基础上还提出了一系列带有近代民主主义思想色彩的改革措施，如提出"置相"(类似近代国家首相、总理之类的行政首长)、"学校"(类似近代国家议会性质的议事机构和教育机构)等设想，这在当时的体制制约的环境中，的确是富有原创价值的，尽管还带有不少的乌托邦色彩。

此外，在黄宗羲的思想主张里，"经世致用"命题的提出，也是富有原创精神色彩的。基于王阳明的"知行合一"的思想理念，"浙东学派"十分注重学术的实践意义。黄宗羲与王阳明一样，他的基本学说主张均是针对程朱"理学"的一些僵化的教条，针对明代社会以来，特别是明代灭亡之后的社会所引发的一系列严重问题而提出来的。像著名的"黄宗羲定律"的提出，其实就是黄宗羲在实践当中，对封建社会历代统治政权所进行的"费改税"的问题进行思考、总结的结果。他曾以翔实的数据、事例，论证了封建朝廷一系列"费改税"政策的弊端，认为由于封建统治者制定政策的基点，不是为人民谋利益，所以，一系列的"费改税"政策的制定，结果不但没有减轻农民的负担，反而是加重了对农民的剥削。在这个意义上，可以说，黄宗羲的"经世致用"命题的提出，集中地反映出了浙东学术的实践价值与意义。在《历代史表序》中，他明确指出："受业者必先穷经，经术所以致世，方不为迂腐。"由此，他进一步提出"通今致用"(《留书·科举》)的主张，反对空谈，强调身体力行，坚持在实践当中建功立业。黄宗羲的这种为学实践的"经世致用"思想，几近成为浙东学人普遍遵守的一种为学原则，并对近代的学人、革命家的思想、人格和人生实践都产生了重大的影响。例如,被称为"维新致强最有力的导师"朱舜水,在受到"经世致用"思想影响之下,就提出了"圣贤之学,俱在践履"的口号,号召人们为学、为人均应重在实践,反对坐在书斋里空谈。又如,史学家万斯同、大儒学者全祖望,均受到"经世致用"的思想影响,像万斯同就主张"经世之学,实儒者之要务",全祖望主张治学"必证明于史籍,而后足以应务"。这都可以说是黄宗羲的"经世致用"思想的直接翻版,从而显示出黄宗羲的思想,乃至整个"浙东学派"的学术思想"不仅把学问极大地扩展了,而且还提出了许多新的综合问题,开辟了新的视野"①。

作为一种文化资源,"浙东学派"的一系列思想主张、价值学说,均为处在转型之中的"两浙"文化,以及整个中国文化的变革与发展,提供了直接的文化资源支持。特别是对于近现代的"两浙"学人来说,这种文化资源的支持,在文化对应方面,弥补了他们自身的许多不足。尤其是在中心文化遭遇近代西方文化的冲击而出现严重的意义危机和整体失落之时,这种支持使"两浙"学人在自身的文化储存和底蕴方面,获得了一种独特的文化"豪气"和"勇气",同时,更重要的则是使他们在接受近代西方文化的影响过程中,能够直接地找到相对应、相对接的文化感悟和文化体认,从而引发对自身的不足和对整个文化变革出路进行认真地思考。②

从文化精神的传承上来看,"浙东学派"的文化理念、思想主张及其对后人的思想启示,最直接的表现就是在近现代中国变革时期,给予

---

① Struve, Lynn. *The Early Ch'ing Legacy of Huang Tsung-his: A Reexamination*. Asia Major, 1(3).

② 像当年由"两浙"学人创办的《浙江潮》,在其第 4 期的扉页上就印有王阳明的像,并称之为"中国道德实践家王阳明"。从某种意义上来说,王阳明、黄宗羲等著名的"浙东学派"代表人物,可以说是近现代"两浙"学人的精神领袖和文化变革的领路人。正如公猛在《浙江潮》(第 1 期)上撰文所指出的那样:"乃读乡先贤哲学士大夫之遗书,其理想之高超,出乎天,天而入予人,人发为文章,云蒸霞蔚,光怪陆离,我浙人以干政治界、哲理界、文艺界,其位置固何等乎?"匪石在《浙江潮》(第 4 期)上发表的《浙风篇》也曾明确指出:"明清之际,凡兵江上而身殉以死者,大半出王学至门。"

"两浙"学人以富于原创精神的启迪和独特的文化感知方式，使他们能够以敏锐的意识、开阔的视野和独到的文化体悟，对处在转型之中的中国历史、社会、文化和现实人生等各个方面的表现，迅速地作出深刻而独特的文化反应。诚如鲁迅所指出的那样："于越故称无敌于天下，海岳精液，善生俊异，后先络绎，展其殊才。"[①]像当年留学日本的"两浙"学人当中，许多都成为近现代中国社会著名的领军型人物，他们对中国社会的发展、文化的发展，都作出了自身独特的、卓越的历史贡献。如章太炎[②]，虽然他的思想形成源流是多方面的、是复杂的，但是，在众多的思想源流当中，这位来自"两浙"区域的著名学人，至少对"浙东学派"的思想主张，绝对不会陌生。梁启超在《清代学术概论》中就指出，章太炎"少受学于俞樾，治小学极谨严，然故浙东人(这是梁启超的笔误，章氏乃浙西余杭

近代著名的思想家、史学家、革命家章太炎(1869—1936)

---

① 鲁迅:《集外集拾遗补编·〈越铎〉出世辞》,《鲁迅全集》(第8卷),人民文学出版社1981年版,第39页。

② 章太炎(章炳麟,1869—1936),初名学乘,字枚叔,后改名绛,号太炎,浙江余杭人。近代著名的思想家、史学家、革命家。1895年曾资助康有为在北京组织"强学会",1897年任《时务报》撰述,著文宣传"以革政挽革命"(《论学会大益于黄人亟宜保护》),后因参加维新运动被通缉,流亡日本。1900年作《客帝匡谬》,评判"尊清"、"纪孔",在上海张园大会当众断发,立志革命。1903年发表《驳康有为论革命书》,为邹容《革命军》作序,因此入狱。次年与蔡元培发起成立光复会,被推为会长。1906年出狱后至日本,参加孙中山领导的同盟会,主编同盟会机关报《民权》,同时开始讲学,发表学术论著,在当时的思想界、文化界享有很高的声誉和影响。1911年回国后,在上海主编《大共和日报》,并任孙中山总统府枢密顾问。在哲学思想上,他早期反对天命论,认为"若夫天与上帝,则未尝有矣",强调天是"无"、"气",指出:"恒星皆日,日皆有地,地有蒙气……在地曰气,仰瞻则曰天。"(《訄书·天论》)后期的哲学思想糅佛教微识宗、老庄道家哲学、近代西方哲学于一体。他同时还分别在文学、史学、语言学等方面卓有建树,所著《文始》、《新方言》等,创见颇多。其著述刊入《章氏丛书》、《章氏丛书续编》,部分遗稿还编入《章氏丛书三编》等。

人也——引者注)也,受全望祖、章学诚影响颇深”。章太炎也曾高度评价过“浙东学派”的“六经皆史”的主张。

在治史方面,“浙东学派”依据“经世致用”的思想学说,提出了“史学经世”的主张。章学诚在《文史通义》中开宗明义地指出:“六经皆史也。古人不著书;古人未尝离事而言理,六经皆先王之典政也。”在《文史通义·浙东学术》篇中,又明确指出:“浙东之学,言性命者必究于史。”在章太炎看来,这种将史书提高到经典地位的学术主张,为史学注入了一种哲学的精神,一种文化的理念,一种思想的视野,使人能够在历史典籍的浏览中,与历史人物进行跨越时空的精神对话,从而充分地领悟到历史留给人类社会宝贵的文化精髓,获得思想的智慧,而不仅仅只是单纯地知晓历史事件,或者说只是单纯地编辑历史事件。在博采众长的思想精髓当中,章太炎形成了他“依自不依他”的哲学思想。① 实际上,这种独具个性特征的哲学思想的形成,或多或少都烙印着“两浙”文化的胎记。② 章太炎当年提出的两个极有号召力的口号:“用宗教发起信心,增进国民的道德”和“用国粹激动种姓,增进爱国热肠”,以及在《訄书》里所焕发出来的那种慷慨激昂的激进主义精神,都与他从“两浙”先贤那里获得思想的启迪、精神的领悟和气质的感染是分不开的。例如,他在后来撰写的《张苍水集·后序》中就坦承:“余生后于公二百十四岁,公所挞伐者益衰。然戎夏之辨,九世之仇,爱类之念,犹湮郁于中国。雅人有言,‘我不见兮,言从之迈’,欲自杀以从古人也。余不得遭公为执牧圉,犹得是编丛杂书数扎,庶几明所向往。有读公书而

---

① 参见李泽厚:《章太炎剖析》,《中国思想史论》(中),安徽文艺出版社1999年版。

② 作为来自浙西区域的文化人,章太炎也同样受到“浙西之学”的影响。尽管“浙西之学”的思想影响不及“浙东之学”,但是,“浙西之学”的顾炎武、俞樾等著名学者的学术思想,在当时的学界也是产生了很大的影响的。顾炎武(1613—1682),初名绛,字宁人,号亭林,江苏昆山人,明清之际的思想家,著名学者。他的考据学开创清代朴学,在训诂学、音韵学等方面有很高成就。俞樾(1812—1907),字荫甫,号曲园,浙江德清人。清代著名学者,晚年在杭州讲学精舍诂经三十余年,精究经、子、小学,且律己严身,为时称崇。二人皆为浙西人。

犹忍与彼虏终古者,非人也。”[1]在晚清留日的“两浙”学人当中,章太炎的影响非常大。据记载,1906年6月,章太炎出狱之后流亡日本,就受到当时许多革命派人士的热烈欢迎。在当年7月的一次演说中,有“到者七千余人,座无隙地,至屋檐上皆满,为的来看革命伟人,中国救星”场面的出现。许寿裳在《论章太炎》一文中记载:“是日至者二千人,时方雨,款门者众,不得遽入,咸植立雨中,无隋容。”[2]

在现代的“两浙”作家当中,鲁迅是受章太炎影响最大的一位。在这种影响下,人们从中也能够发现鲁迅身上的“两浙”文化基因,尤其是浙东文化的基因。在逝世的前几天所作的《关于太炎先生二三事》一文中,鲁迅详细地记载了他受章太炎影响的经过,并指出:“我以为先生(指章太炎先生)的业绩,留在革命史上的,实在比他在学术史上还要大。”鲁迅高度称赞章太炎为“革命之志,终不屈挠者,并世亦无第二人:这才是先哲的精神,后生的楷范”[3]。我认为,在鲁迅的思想意识构成中,许多思想见解、主张,有的都是直接来源于章太炎。[4] 譬如,对代议制的质疑,鲁迅就受到了章太炎的影响。章太炎一向对“代议制”表示怀疑,他曾指出:“要之代议政体,必不如专制为善。满洲行之非,汉人行之亦非,君主行之非,民主行之亦非。”[5]同样,鲁迅在早期的论文当中,也表达了同样的思想。在《文化偏至论》一文中,鲁迅指出,在中国贸然实行所谓的“代议制”,只会产生借“众治的名义”来“遂其私欲”和

---

① 张苍水(1620—1664),名煌言,字玄著,号苍水,浙江鄞县人,明末著名的抗清英雄,爱国诗人。南明弘光元年与钱肃乐等起兵抗清,奉鲁王监国,官至兵部尚书,据守浙江沿海。后与郑成功合兵进攻南京。他率众坚持抗清达十九年,清康熙三年(1664)兵败,不久被叛徒出卖,被害于杭州弼教坊。现杭州西湖边立有张苍水纪念祠堂,其祠堂正厅塑有张苍水像,高三米,四周墙上的八幅壁画,描绘了张苍水悲壮的一生。后人将岳飞、于谦、张苍水并称为“西湖三杰”。

② 许寿裳:《论章太炎》,《民报》(东京)第6号。

③ 鲁迅:《且介亭杂文末编·关于章太炎先生二三事》,《鲁迅全集》(第6卷),人民文学出版社1981年版,第545、547页。

④ 参见黄健:《反省与选择——鲁迅文化观的多维透视》,陕西人民教育出版社1996年版。

⑤ 章太炎:《代议然否论》,《章太炎全集》(第4册),上海人民出版社1985年版,第304页。

“托言众治，压制乃烈于暴君”的效果。[①] 还有像对农夫(即普通民众)道德的赞赏，鲁迅也都是直接受到章太炎的影响的。

与章太炎一样，鲁迅身上的“两浙”文化烙印也是十分鲜明的。在思想主张、人格气质方面，鲁迅都带有明显的“浙东学派”精神影响的痕迹。譬如，鲁迅注重实践性的“立人”思想主张，就与“浙东学派”倡导的实践性的“经世致用”思想主张，与王阳明的“心学”主张，有着某种内在的关联，同样富有一种原创精神。鲁迅认为，对于当时落后的中国现实社会来说，“其首在立人，人立而后凡事举”。因此，在鲁迅看来，“立人”就是要“国人之自觉至，个性张，沙聚之邦，由是转为人国。人国既建，乃始雄厉无前，屹然独见于天下”[②]。鲁迅在受到20世纪初以非理性主义为主导的现代主义文化思潮影响过程中，之所以还执著于实践层面上的改造国民性，重铸民族魂灵的理性主义思想主张，这在很大的程度上与他从“浙东学派”的思想主张上受到的启发，存在着内在的关联性。例如，王阳明在改造程朱理学，主张“心学”时，就指出以“心”为本，并不是将“心”看作是纯主观经验性的绝对自在物，也不是纯粹的为人们所必须遵循的教条式的、冷冰冰的自律令条，而是与作为主体的人的躯体、心体紧密相连的，成为人生主导力量的一种“良知”。这样，所谓的“天理”就包含着人世伦常，与人的主体性情和血肉之躯，与活着的人生实践紧密相连。王阳明指出，“良知是天理之昭明灵觉处”，“我的灵明便是天地鬼神的主宰”(《传习录》)。在王阳明那里，毫无“人欲”的“天理”，变成了“心”的派生物，即“天理即在人欲中”(《传习录》)，那种纯理学的“天理”便有了世俗的人间情怀，体现出了对人的一种特有的人文关怀，开始显露出肯定人、尊重人的思想风采。同样，鲁迅的“立人”思想主张，虽然在形式上与孔子的“立人”[③]相同，但在思想内涵上

① 鲁迅:《坟·文化偏至论》,《鲁迅全集》(第1卷),第56页。

② 同上书,第57页。

③ 孔子说:“己欲立而立人。”(《论语·雍也》)尽管也强调了“立人”的重要性,但在思想文化的内涵和本质属性上,与鲁迅所提出的“立人”主张有着根本性的区别。

却有着本质的差异，其特点就是致力于将“立人”的思想主张，具体地落实在改造国民性，重铸民族魂灵的实践层面上，使每一个普普通通的人，都能够通过思想文化启蒙而获得自身的觉悟，并通过丰富的人生实践而获得从一切内外在的束缚中解放出来的能力，获得精神的自由、心灵的解放和个性的解放。正是基于这样的思想认识高度，鲁迅自始至终都将“立人”作为他进行“社会批评”和“文明批评”的出发点和理论依据，并由此设计出有关人的解放、个性解放和民族独立、社会解放的文化蓝图。在鲁迅的“立人”思想主张里，所注重的是人的思想观念的改变和更新，是人的主体素质的提高和强化，确切地说，就是致力于人的主体性的建立。因此，鲁迅的“立人”思想主张，在实践的层面上就充分地显示出了尊重人、关心人、肯定人、理解人的思想价值。鲁迅不遗余力地探寻人的存在意义，给予人的生存环境和前途命运以更大的人文关怀，真正的目的就是要寻找人的现实异化根源，寻找人的精神归宿，建构新的人文理想。可以说，从王阳明的“心学”主张，到鲁迅的“立人”主张，其中就贯穿着一条思想的红线，即充分肯定人的现实欲望，强调人的主体精神的自觉。

作为中国新文学的开创者，鲁迅的思想主张，不仅对他自身的文学创作产生了重大的影响，同时也对中国新文学的生成和发展产生了重大的影响。像他的“改造国民性”的文学主题的提出，就成为整个中国新文学的基本主题，关联着现代中国文化、文学泛文本中最基本的语义内容和主题思路。从新文学初期的一些主张上来看，由于在从事新文学创作的队伍中，来自“两浙”区域的作家居多，[①]在许多重要的文学主张方面，多半都是由来自“两浙”区域的作家提出来的。其中最著名的有周作人提出的“人的文学”和沈雁冰（茅盾）等人提出的“为人生”的文

---

① 据浙江文学学会的不完全统计，五四至 1949 年这一段时间，活跃在中国现代文坛上较为知名的“两浙”作家（不包括一些主要是在政坛、教育界的知名的“两浙”人士，如蔡元培等），就多达 130 余人，参见浙江文学学会编：《浙江现代文学百家》（陈坚主编），浙江人民出版社 1988 年版。

学主张，而在这些文学主张的背后，则有着“两浙”学术，特别是“浙东学派”的思想影响印痕。

周作人在 1918 年正式提出了“人的文学”的主张。学术界一般都认为，周作人所依据的是近代西方自文艺复兴以来所兴起的人道主义、人本主义思想与理论，从而要求新文学必须以人道主义为本，观察、分析、思考和严肃认真地对待社会“人生诸问题”，尤其是社会底层人的“非人的生活”，必须对改造社会、改造人生持积极的态度，而非“游戏的态度”，要充分地展示人的“理想的生活”。周作人指出：“中国文学中，人的文学，本来极少。从儒教道教出来的文章，几乎都不合格。”从宏观的文化背景上来说，指出周作人的“人的文学”思想主张，受到近代西方人道主义思想的影响并无什么不妥，但是，忽视周作人接受这种思想影响的文化对应机制和心理动因，即从微观的文化深层动机上来说，忽视周作人所具有的“两浙”文化孕育和影响的因素，也就很难说明周作人提出“人的文学”的深层动因。其实，只要细细地品味周作人写的《故乡的野菜》等小品散文，就不难感受到故乡的风土人情这些最感性的文化，在他心底里所泛起的阵阵涟漪，以及所呈现出来的地域文化亲切感。周作人自称“我的浙东人的气质终于没有脱去……这四百年间（指周氏家族）越中风土的影响大约很深，成就了我的不可拔除的浙东性，这就是世人所通称的‘师爷气’”[①]。周作人在《地方与文艺》一文中，曾历数了“近三百年”的“两浙”文人的成就，其中就有“浙东学派”的健将，并称其是“异端”思潮，指出这种思潮是“文学进化上”的“很重要的一个时期”。[②] 由此，我们在周作人身上可以清晰地看到“浙东学派”的文化影响痕迹。

五四新文学初期重要的文学社团——“文学研究会”，虽然不能说是“两浙”作家的社团，但来自“两浙”的作家，特别是一些著名的作家，

---

① 周作人：《〈自己的园地〉自序二》，高瑞泉编：《理性与人道——周作人文选》，上海远东出版社 1994 年版，第 218 页。

② 周作人：《谈龙集》，开明书店 1930 年版，第 12—14 页。

像周作人、朱希祖[①]、郑振铎[②]、沈雁冰(茅盾)、蒋百里、孙伏园等人,则是研究会的中坚。在文学观念上,文学研究会注重文学的社会功利性,强调文学对于人生的社会影响功效,并提出“为人生”的文学观,认为“将文艺当作高兴时的游戏或失意时的消遣的时候,现在已经过去了。我们相信文学是一种工作,而且又是于人生很切要的一种工作”[③]。在创作上,它提倡以人生和社会问题为题材,尤其注重对人生的丑恶现象和社会黑暗的揭示批判,从而表现新旧人生观的冲突。在艺术手法上,它主张采用现实主义的创作方式,重视并强调实地观察和如实描写。这些主张,从文化精神的传承上来说,虽然不能说就一定是“浙东学派”文化传承的直接结果,但在文化精神的承继方面,或多或少可以找到“浙东学派”主张“知行合一”、“经世致用”的影响印痕。

第二节　明清社会思潮与文学变革的波及效应

周作人在论述现代散文创作的两个源流时指出:“我相信新散文的发达成功有两重的因缘,一是外援,一是内应。外援即是西洋的科学哲学与文学上的新思想之影响,内应即是历史的言志派文艺运动之复兴。假如没有历史的基础,这成功不会这样容易,但假如没有外来思想的加入,即使成功了也没有新生命。”[④]的确,对于中国新文学的生成境况来说,二者都是不可缺少的,但从“内应”的角度来说,没有对明清思潮和

---

① 朱希祖(1879—1944),字逖先,浙江海盐人,文艺理论家,历史学家,教授。家族为浙西望族,留学日本期间,曾受业于章太炎,著有《白话文的价值》、《中国文学史讲义》等。

② 郑振铎(1898—1958),祖籍为福建长乐,但出生在浙江永嘉,童年及青少年时代均在浙江度过,故浙江文学研究会收录的浙江籍作家,也将他收录在内。参见陈坚主编:《浙江现代文学百家》,浙江人民文学出版社1988年版。郑振铎是现代著名作家、文学史家、考古学家,文学研究会的发起人之一,一生著述丰富,为新文学的发展作出了重要的贡献。

③ 《文学研究会宣言》,《小说月报》第12卷第1号。据茅盾在《〈中国新文学大系·小说一集〉导言》中披露:“这个宣言,是公推周作人起草的。”

④ 周作人:《〈中国新文学大系·散文一集〉导言》,高瑞泉编:《理性与人道——周作人文选》,上海远东出版社1994年版,第417页。

文学传统的传承，以及从中所获得的文化、文学资源方面的支持，新文学的生成乃是难以想象的（周作人在《中国新文学的源流》一书中，对此已作了较为清晰的梳理）。一些文学史家也已经将中国新文学生成的源头推至元代，当然，重点则是明清文学（包括晚清文学，也就是通称的“近代文学”）。他们指出：“从明中期开始，要求解放个性、积极表现自我的创造精神的文学思潮重新抬头，至晚明达到高峰，并获得丰富的成果。明末至清代前期，它再次受到封建正统文化的反拨和抑制。但这一次却没有达到明代前期的那种效果，晚明文学的种种特点在低潮状态中得到顽强的延续。这表明中国文学中的变异因素已经广泛而深入地浸染人心，不可能加以彻底清除。如此延伸到清代中期，发展成一个新的文学高峰。从晚明到清中期，虽然经历挫折和起伏，文学发展步履艰难，但所获得的成果却是巨大的，它给中国文学的面貌带来了显著的改变。”[①]在论述元明清文学影响新文学时，文学史家着重推举了两位举足轻重的人物，一是李贽[②]，另一位是龚自珍。然而，这两位明清时期的代表性人物，恰恰都与“两浙”文化有着密切的关联。显然，这绝对不是历史的巧合，也不是历史的恩赐，而是由“两浙”文化发展的必然性所致。

李贽虽然不是浙江人，但作为“浙东学派”的王阳明思想的传人，他的许多主张都直接来源于王阳明思想。受王阳明“心学”影响，李贽在哲学上提出了“天下万物皆生于两，不生于一”（《焚书·夫妇论》）的观点。在人性论方面，他主张“势利之心”乃“禀赋之自然”的观点，强调了人性的“原恶”特性，要求顺从人的本性发展的要求，突出人的现实生活是以人的“穿衣吃饭”为基础的，离开了物质生活的保障，其他的均无法获得有效的建构，从而将程朱理学的所谓“天理”看作一钱不值的论调。

① 章培恒、骆玉明主编：《中国文学史》（下），复旦大学出版社 1996 年版，第 627 页。

② 李贽（1527—1602），号卓吾，别号温陵居士，泉州晋江（今福建泉州晋江）人，明代思想家、文学家。曾任河南辉县教谕、云南姚安知府等职。54 岁时辞官，晚年著书讲学，因激烈抨击程朱理学，屡遭迫害，后在狱中自杀。

在是非标准上，他强调要以己心的是非为是非：“夫是非之争也，如岁时然，昼夜更迭，不相一也。”(《藏书·世纪列传总目前论》)也就是说，一切是非均由己生，由己心而生，所突出的则是以“己心”为代表的人的主体自觉精神。针对程朱理学“天理”之说法，他提出以“至人之治”替代“君子之治”，指出“因其政不易其俗，顺其性不拂其能”(《焚书·论政篇》)，从而揭露了程朱理学以满口的“仁义道德”之辞，来掩盖人的贪欲之心的做法。在著名的《童心说》中，李贽还对儒家经典进行了质疑，指出儒家经典并非“万世之至论”：“夫天生一人，自有一人之用，不待给予孔子而后足也。若必待取足于孔子而后足，则千古之前无孔子，终不得为人乎？”(《答耿中丞》)在文学主张方面，李贽反对复古模拟，要求创作必须抒发“己见”，传达出自己的真情实感，真知灼见，并以此评点了古典名著《水浒传》。

作为思想家、文学家，李贽的思想对明清社会思想、文化、文学等各方面都产生了重要的影响。文学史家指出：“元末已相当繁荣的东南沿海城市的手工业和商业经济，在经历明初的衰退以后，到明中期和后期，重新得到了恢复和进一步的发展，并已出现资本主义萌芽。与此相应的，在思想文化领域也呈现了深刻的变化。以李贽对传统思想学说的尖锐批判为代表，个性解放的思潮曾兴盛一时。它与魏晋时代个性解放的思潮有本质的不同：它是与工商业经济和城市文化相联系的，是具有平民性的；它鲜明地肯定了人的自然欲望和物质追求。这些特点，与欧洲文艺复兴运动有着极其相似的地方。”①文学史家的评价是很高的，道出了处在中国封建社会末期思想文化演变的一些带规律性的道理。李泽厚着重指出，这股追求个性解放的思潮，首先是影响到文艺界，“当时文艺各领域中的主要的革新家和先进者，如袁中郎(文学)、汤显祖(戏曲)、冯梦龙(小说)等，都恰好是李贽的朋友、学生或倾慕者，都直接或间接与他有关……并且这些人物之间，相互倾倒、赞赏、推引、交

① 章培恒、骆玉明主编：《中国文学史》(下)，第197、198页。

往，如袁中郎之于徐渭[①]，汤显祖之于三袁，徐渭之于汤显祖……都有意识地推动了这股浪漫思潮”[②]。

思想和文学间的相互影响，是环环相扣，处处相连的。这绝对不是什么牵强附会，而是具有其内在精神的相互关联的。明代兴起的浪漫主义文学思潮，无论怎么说，都与“浙东学派”的思想有着一种精神上的联系。袁中郎宣称自己的作文是“独抒性灵，不拘格套，非从自己胸臆流出，不肯下笔……真人所作，故多真声，不效颦于汉魏，不学步于盛唐；任性而发，尚能通于人之喜怒哀怨好情欲，是可喜也”(《序小修诗》)。这种文学创作主张，与李贽的主张并无两样，与王阳明倡导的“心即理”的学说，也有着内在联系。晚明时期以袁宏道(中郎)为中心的“公安派”，继承了徐渭的创作主张，强调性情之真，直抒胸臆，反对做作，平易近人，力排复古模拟之理，对抗前后七子，在打破古典美学规范的同时，开了一代新风。明代的浪漫主义文学思潮所带来的思想解放、个性解放，以及艺术创作上主张率性求真，反映现实生活，都对现代“两浙”作家的创作思想产生了深远的影响，使他们在鼓吹新文学时，在思想传承和文学发展的承继方面找到了直接的历史依据，获得了推动文学发展的直接动力。周作人就曾多次谈到明代文学的重要性及其对后世的影响。在《〈苦茶随笔〉小引》一文中，他指出：“明季公安竟陵两派的文章也很引动我的注意，三袁虽自称上承白苏，其实乃是独立的基业，中国文学史上言志派的革命至此才算初次成功，民国以来的新文学只是光复旧物的二次革命，在这一点上公安派以及竟陵派(可以算是改

---

① 徐渭(1521—1593)，初字文清，改字文长，号天池山人、青藤道人，山阴(今浙江绍兴)人，明末文学家、书画家，著有《徐文长初集》、《徐文长三集》及戏曲《四声猿》等。徐文长一生充满坎坷、险恶和苦痛。少负才名，个性孤傲倔强，八次应试，连举人都不中，但却是一个思想深刻、有独到见解的文人。他汲取王阳明心学和禅宗思想精髓，但不为之所束缚，对许多重要的社会、文化和伦理问题，都提出了自己的独到见解。后因精神崩溃，多次自杀，又因杀妻而下狱多年，终因穷愁潦倒而逝。现绍兴在其故居建有纪念馆，其门联为自嘲诗句：“几间东倒西歪屋，一个南腔北调人”。

② 李泽厚：《美的历程》，中国社会科学出版社 1984 年版，第 244、245 页。

组派罢?)运动是很有意思的,而其本身的文学亦复有他的好处,如公安之三袁:伯修、中郎、小修,竟陵之谭友夏、刘同人、王季重,以及集大成的张宗子,我觉得都有很好的作品,值得研究和诵读。”[①]在《重刊〈袁中郎集〉序》中,周作人再次强调:“公安派在明季是一种新文学运动,反抗当时复古赝古的文学源流,这是确实无疑的事实。”[②]在《中国新文学的源流》一书里,周作人还详细地分析了明代公安派和竟陵派文学对新文学生成的直接影响。他指出,“从现代胡适之先生的主张里面减去他所受到的西洋影响,科学、哲学、文学以及思想各方面的,那便是公安派的思想主张了。而他们对于中国文学变迁的看法,较诸现代谈文学的人或者还要更清楚一点”,并由此认为:“今次的文学运动(指五四新文学运动——引者注),和明末的一次,其根本方向是相同的。”[③]由此可见,明代出现的浪漫主义文学思潮,作为一种思想资源和文学传统,对于现代“两浙”作家的影响、启示都是巨大而深远的。没有这样一种资源性的支持,“两浙”作家在新文化、新文学之初的崛起也是不可想象的,尽管这股文学思潮的生成与兴起,并不完全局限在“两浙”地区。

从文学传统的承继上来说,清代诗文、戏剧(曲)在艺术审美上的特点,更进一步地强化了以“两浙”为主体的江南文化诗性品格的审美传统,其特点是使“两浙”作家能够以更为细腻、敏感的艺术感悟和艺术传达来捕捉时代变迁的细微变化,抒发个人对时代、社会、现实人生的独特感受。从宏观的历史文化背景上来看,明代伴随资本主义萌芽而出现的浪漫主义文学浪潮,在清代却受到了严重的挫折。这反映在文艺领域内,就是一种空前的伤感情绪的蔓延,李泽厚将其称之为“感伤文学”,并指出:“作为明代新文艺思潮基础的市民文艺不但再没发展,而

① 周作人:《〈苦茶随笔〉小引》,高瑞泉编:《理性与人道——周作人文选》,上海远东出版社1994年版,第345页。

② 周作人:《重刊〈袁中郎集〉序》,高瑞泉编:《理性与人道——周作人文选》,上海远东出版社1994年版,第378页。

③ 周作人:《中国新文学的源流》,华东师范大学出版社1995年版,第23页。

且还突然萎缩，上层浪漫主义则一变而为感伤文学。”[①]这种审美上的变化，使得艺术创作变得更为追求细腻，注重传达主体的内在感受，多显示出一种婉媚哀怨而又细致精美的抒情文风，表现出对时世的特有敏感与谨慎。像“浙西词派”[②]的艺术审美追求就显示出这样的特点，如被推为“浙西词派”盟主的朱彝尊[③]，针对明代的浪漫张扬之风，就提出了所谓“清空”、“醇雅”之说。他的《曝书亭集》所收集的词，就十分讲究词律的工严和用字的缜密与清新，注重内心世界的细腻刻画，抒发那种婉转细柔情感。当然，其中也不乏哀艳之作，像描写羁旅落泊之感的《菩萨蛮》(夕阳一半即樽前落)一词，其中：

小楼家万里，也有愁人倚。
望断尺书传，雁飞秋满天。

这种平实、细腻的艺术传达十分感人，字里行间总是透露出一种“秋风落叶，夕阳西下”的浓浓愁绪。即便是在那些描写爱情的词里，其间也不时地流露出“哀婉”和“寂寥”之情，如写爱情的词《桂殿秋》(思往

---

① 李泽厚:《美的历程》，中国社会科学出版社 1984 年版，第 251 页。

② “浙西词派”的最早倡导者为曹溶和朱彝尊。朱彝尊在《静惕堂词序》中曾回忆和曹溶一起探讨词的经历:“余壮日从先生南游岭表，西北至云中，酒阑灯灺，往往以小令、慢词更迭唱和。有井水处，辄为银筝、檀板所歌。念倚声虽小道，当其为之，必崇尔雅，斥淫哇，极其能事，则亦足以宣昭六义，鼓吹元音。往者明三百祀，词学失传，先生搜辑遗集，余曾表而出之。数十年来，浙西填词者，家白石而户玉田，春容大雅，风气之变，实由于词。”康熙十一年(1672 年)，朱彝尊与陈维崧的词合刻成《朱陈村词》，《清史·文苑传》记曰:“流传至禁中，蒙赐问，人以为荣。”康熙十八年(1679 年)，钱塘龚翔麟将朱彝尊的《江湖载酒集》、李良年的《秋锦山房词》、李符的《耒边词》、沈皞日的《茶星阁词》、沈岸登的《黑蝶斋词》，以及自己的《红藕庄词》合刻于金陵，名《浙西六家词》。陈维崧为之作序，“浙西词派”由此而名。清康熙、雍正、乾隆时期，“浙西词派”风靡一时(前期以嘉兴籍人士居多，后期以杭州籍人士居多)。

③ 朱彝尊(1629—1709)，字锡鬯，号竹垞，浙江秀水(今浙江嘉兴)人。早年曾秘密抗清，后在康熙年间中举，官至翰林院检讨。晚年归隐，为清代浙派诗(秀水诗派)和“浙西词派”的代表性人物。

事），就被推之为有“复振五代，此宋之绪”[①]的地位。在一些怀古、咏史的词中，更是传达出了一种历史苍茫和人生苍凉之感。海外华裔学者叶嘉莹曾以朱彝尊的《满江红》（玉座苔衣）和《水龙吟》（当年博浪今椎）等词为例指出：“前者是借吴大帝庙为题，以孙权之具有知人善用的谋略，而终能割据江东的霸业为反衬，而慨叹南明的瞬即败亡的立朝之短。后者则藉《谒张子房祠》为题，以楚汉之际的张良一心为韩复仇的志意为主题，既以之反讽当日变节降清的一些明朝的旧臣，也表现了志士仁人未能完成其原有之志意的一份悲哀。”[②]

也许，词一类的长短句，在抒发情感的方面有其特别的审美功效：纤细、婉转、幽深，伤感，一咏三叹，回味绵长。但是，清词出现在中国封建社会晚期，不可避免地带有一种凋落、肃杀、空幻和苍凉之意味，并在特定的历史时期，也总是能够与相关的社会现实内容相对应起来，从而更加具有一种意义探寻的哲学意味，一种悲剧审美的诗性意蕴。这种情形一直延续到晚清时期，像被称为“清末四大家”之一的江南词人朱孝臧[③]，他的词就表现出了一种厌世的情绪，比较典型地反映出了处在历史大变动格局前夕的那种莫名的心理惆怅：“似水清尊照鬓华，尊前人易老天涯。酒肠芒角森如戟，吟笔冰霜惨不花。抛枕坐，卷书嗟，莫嫌啼煞后栖鸦。烛花红换人间世，山色青回梦里家。”同样的情形，在清代其他的文体中表现得也比较明显。对于“两浙”地域的文学创作而言，最为突出的就是浙西钱塘人洪昇[④]的《长生殿》了。那清丽流畅、抒情色彩极浓的曲词，将唐明皇和杨贵妃的爱情故事，与政治上的变乱和

---

① 徐珂：《清词选集评》，商务印书馆 1926 年版，第 39 页。

② 叶嘉莹：《浙西词派创始人朱彝尊之词与词论及其影响》，《中国文化》第 11 辑。

③ 朱孝臧（1857—1931），原名祖谋，字古微，号彊村，浙江归安（今浙江湖州）人。光绪进士，官至礼部侍郎，著有《彊村语业》等文集。

④ 洪昇（1645—1704），字昉思，号稗畦，浙江钱塘（今浙江杭州）人，出生于已趋中落的世宦之家，做了长达二十余年的太学生。他才情超脱，诗文多有佳作，但一生坎坷。曾被劾下狱，革去学籍，过着放浪潦倒的生活，后在浙江吴兴夜醉落水而逝。《长生殿》是他的代表作，与孔尚任的《桃花扇》齐名，有“南洪北孔”之称誉。

人生的失意紧密地联系在一起，反复渲染，交相辉映。既在“情”字上做足了文章，又将“情”所带来的历史事件，置于广阔的历史和人生背景上来进行反省，场面极为宏大，情节波澜起伏，从中寄寓了个人那种“乐极哀来，垂戒来世”的创作情怀：

> 淅淅零零，一片凄然心暗惊。遥听隔山隔树，战合风雨，高响低鸣。一点一滴又一声，一点一滴又一声，和愁人血泪交相迸。对这伤情处，转自忆荒茔。白杨萧瑟雨纵横，此际孤魂凄冷。鬼火光寒，草间湿乱萤。只悔仓皇负了卿，负了卿！我独在人间，委实的不愿生。语娉婷，相将早晚伴幽冥。一恸空山寂，铃声相应，阁道崚嶒，似我回肠恨怎平？

这种极为细腻而抒情的笔法，借景抒怀，情景交融，风声雨声中尽显一个位高权重的皇帝的内心世界的复杂情感，同时也借此传达出作者自身对人生、对历史、对大千世界的一种深邃的心灵感悟和情怀。用李泽厚的话来说，《长生殿》尽管主题很复杂，但整部剧所传达出来的仍然是“那种人生空幻感”，“它作为一种客观思潮和时代情感却相当浓厚地渗透在剧本之中，成为它的基本音调”。①

“两浙”作家的这种文化、文学的传承，在许多方面都对中国新文学的生成和发展产生了深远的影响，最为突出的就是作为地域文化的“小传统”，它直接影响了现代“两浙”作家的创作。在他们那种带有极为突出的“敏感”、“敏锐”和善于抒情的艺术创作风格当中，人们都不难看出，他们对“两浙”文化“小传统”直接传承的鲜明痕迹。因此，对整个新文学的生成而言，明清文化资源和文学传统的强有力支持，加上外来文化和文学思潮的强有力影响，许多内在的机制和因子都被充分地激活起来，就像加进了催生素一样，新文学的种子开始生根、发芽，如同周作人所说的那样：“以前公安派的思想是儒家思想、道家思想、加上外来的

① 李泽厚：《美的历程》，中国社会科学出版社 1984 年版，第 253 页。

佛教思想三者的混合物，而现在的思想则又于此三者之外，更加多一种新近输入的科学思想罢了。”[①]内外的合力，使新文学的洪流在聚集、蓄势，在不断地寻找新的突破口。

在探讨明清时期社会思潮和文学变革的波及效应时，还不能不提到近代“两浙”著名的学者王国维[②]的影响。这位学识深厚、博古通今的“两浙”学人，在哲学、美学、史学、文学、教育学、文字学、文献学、考古学、历史人文地理学等诸多学科领域，都作出了开创性的历史贡献，尤其是他运用近代西方哲学的观念和方法来研究中国历史、文化、文学，在许多方面都获得了突破性进展。他不仅开创了研究中国戏曲史的风气，而且在专治经史，如从事古文字学、音韵学和古器物、金石学和汉晋简牍的考释、西北史地、蒙古史料的整理考订等方面，也作出了突出的贡献。

近代著名学者王国维
(1877—1927)

学术研究也许不会对新文学的生成产生最直接的推动，但学术研究本身及其所产生的学术结果和影响，则会对新文学的生成提供历史的镜鉴，为新文学提供深厚的文化学识和理论素养。从“两浙”学术研究对新文学生成的影响上来看，王国维的影响主要表现在两个方面：一是通过对近代西方文化的学习、借鉴，借此来研究中国历史、文化和文学，为新文学生成直接提供一种可参照的摹本，为新文学在发生学的层面上，认识自身的传统、特质、特征和局限，提供了可借鉴、可学习的样式与思考途径，并对新文学的观念形成、思想架构等方面产生直接的影响；二是通过对中国历史、文化、文学等诸多领域的考

① 周作人：《中国新文学的源流》，华东师范大学出版社 1995 年版，第 51 页。

② 王国维(1877—1927)，字静安，一字伯隅，号观堂，浙江海宁人，清秀才，近代著名的学者。一生著述丰富，大部分收入《海宁王静安先生遗书》，其中代表性著作有《〈红楼梦〉评论》、《人间词话》、《戏曲考源》、《曲录》、《宋元戏曲考》等。1927 年在北京颐和园投昆明湖自杀而亡。

源、考证和史实梳理，为新文学的生成提供历史维度的镜鉴和历史传统的深刻透视，为新文学承继历史传统，批判历史传统，以及在认识自身丰厚的历史文化积淀，进行历史文化反省当中激活创作热情，获得新文学创作上的思想艺术深度诉求和丰富深刻的文化体验感，奠定了扎实的文化学识基础。

王国维在家乡海宁接受的是传统教育，22 岁来到上海后则开始接受“新学”，即近代西方学说的影响。但是，他对当时时髦的西洋科学、政治学并不感兴趣，而是对一般人所认为的“无与于当世之用”的西方哲学，有着极其浓厚的兴趣。他先是致力于近代西方哲学，尤其是康德、叔本华、尼采的哲学的学习与钻研，并由此涉及西方美学、教育学等领域，从中受到近代西方文化的深刻影响。王国维在向国人介绍近代西方文化的同时，还运用西方文化的观念和方法来研究中国历史、文化和文学，从而获得一种透视中国历史、文化和文学的全新观念与方法。譬如，他在运用叔本华的悲剧哲学来阐释《红楼梦》的内在精神和美学、伦理学价值时，就提出了不少的新见解和新感悟。他指出：“唯非常之人，由非常之知力，而洞观宇宙人生之本质，始知生活与苦痛之不能相离，由是求绝其生活之欲，而得解脱之道。然于解脱之途中，彼之生活之欲，犹时时起而与之相抗，而生种种之幻影……故通常之解脱，存于自己之苦痛，彼之生活之欲，因不得其满足而愈烈，又因愈烈而愈不得其满足，如此循环，而陷于失望之境遇，遂悟宇宙人生之真相，遽而求其息肩之所。彼全变其气质，而超出乎苦乐之外，举昔之所执著者，一旦而舍之。彼以生活为炉，苦痛为炭，而铸其解脱之鼎。彼以疲于生活之欲故，故其生活之欲，不能复起而为之幻影。此通常之人解脱之状态也。前者之解脱，如惜春、紫鹃；后者之解脱，如宝玉。前者之解脱，超自然的也，神明的也；后者之解脱，自然的也，人类的也。前者之解脱，宗教的也；后者美术的也。前者平和的也；后者悲感的也，壮美的也，故文学的也，诗歌的也，小说的也。此《红楼梦》之主人公，所以非惜春、紫鹃，而为贾宝玉者也。”①通过对《红楼梦》全新的价值判断，王国维对《红楼梦》的美学价值、伦理学价值，都进行了全新的阐释，他认为，与其他古典名著相比：“《桃花扇》，政治的也，国民的也，历史的也；《红楼梦》，哲学的也，宇宙的也，文学的也。此《红楼梦》之所以大背于吾国人之精神，而其价值亦即存乎此。”因此，“《红楼梦》一书，与一切喜剧相反，彻头彻尾之悲剧也”。它的美学价值与伦理学价值是相关联的：“在描写人生之苦痛与其解脱之道，而使吾侪冯生之徒，于此桎梏之世界中，离此生活之欲之争斗，而得其暂时之平和，此一切美术之目的也。”②

王国维的这种阐释以及由此得出的结论，不仅具有学术研究上的极高价值，而且更重要的是，他的这种学术研究及其所形成的新的文化观念和价值观念，对新文学的生成与发展产生了重要的影响。明清以降，由于政治和文化上的专制主义，“文字狱”的盛行，使得脱离现实的考据之风渐成气候，并一直延续到晚清和民国之初。在文学研究方面，出现了所谓的“考据派”，常常对文学作品中的人物进行繁杂的考据，指出作品中的某某人物是谁，而将作品所具有的丰富的思想内容和艺术精神置之一边。王国维对此指出：“自我朝考证之学盛行，而读小说者，亦以考证之眼读之。于是评《红楼梦》者，纷然索此书之主人公之为谁，此又甚不可解者也。夫美术之所写者，非个人之性质，而全人类之性质也。惟美术之特质，贵具体而不贵抽象。于是举人类之性质，置诸个人之名字之下。”③在王国维看来，《红楼梦》的价值在于它对人类精神世界的形上探寻，而非局限在形下层面上的主人公是谁，或作者写的究竟是谁之类的繁复考证。“夫如是，则《红楼梦》之以解脱为理想者，果可菲薄也欤？夫以人生忧患之如彼，而劳苦之如此，苟有血气者，未有不渴慕救济者也；不求之于实行，犹将求之于美术。独《红楼梦》者，同时

① 王国维：《〈红楼梦〉评论》，徐洪兴编：《求善·求美·求真——王国维文选》，上海远东出版社 1997 年版，第 168 页。

② 同上书，第 168—169 页。

③ 同上书，第 178 页。

与吾人以二者之救济。”[①]王国维运用近代西方哲学观念和方法对《红楼梦》进行全新的阐释，其价值与意义早已远远超出单纯的学术研究范畴。连同他的《人间词话》等多种文学理论著作的问世，他的学术研究及其影响，已为新文学的生成作了充分的理论准备，同时也为中国文学在价值观念、审美理想、创作思维和艺术范式等方面获得自我更新，自我转化，奠定了深厚的理论基础。诚如陈寅恪在《王静安先生遗书·序》中所指出的那样，先生之著作“其学术性质固有异同，所用方法亦不尽附会”，但足“可以转移一时之风气，而示来者以轨则也”。王国维的《宋元戏曲考》等戏曲研究[②]，也不只是对戏曲这种文学样式进行纯粹的考证性研究，其成就及其影响同样不局限在学术研究领域，而是通过对传统文学样式的考证、梳理、辨析，发掘文学的历史进化规律，即对“一代一代之文学”提供文学自身进化的内在证明。

就戏曲的文化和审美特性而言，中国传统的戏曲是典型的农耕文明的产物。精致、优雅、中和、通俗的审美形态，在艺术上达到了无以复加的境地，充分地表现了生活在农耕社会人们的审美理想，抒发了农耕社会人们的心理情感。不同于西方戏剧以偏重真实的艺术再现、塑造鲜明性格的人物形象、设置激烈的戏剧冲突的方式来再现人生的矛盾，中国传统戏曲则是偏重于艺术表现，以规范而富有灵性的程式，优雅而富有抒情的唱腔，平和而畅晓的对白，精湛而富有美感的动作，创造了一种不可企及的美，抒发了一种追求美好人生的理想情怀。王国维在《宋元戏曲考·序》中指出，“往者读元人杂剧而善之，以为能道人情，状物态，词采俊拔，而出乎自然，盖古所未有，而后人所不能仿佛也。”通过对宋元为代表的中国传统戏曲的考源、辨析和梳理，王国维在这种保存着丰富的中国传统文化元素和审美元素的文学样式上，发现了中国文

---

① 王国维：《〈红楼梦〉评论》，徐洪兴编：《求善·求美·求真——王国维文选》，上海远东出版社 1997 年版，第 178 页。

② 自 1908 年起，王国维先后撰写了 8 种与戏曲有关的著作，即《曲录》（1908）、《戏曲考源》（1909）、《〈录鬼簿〉校注》（1909）、《优语录》（1909）、《唐宋大曲考》（1909）、《录曲余谈》（1910）、《古剧脚色考》（1911）、《宋元戏曲考》（1912），后来，他将这些著作合称为《宋元戏曲史》。

化、文学的艺术审美特质。譬如，在谈到元杂剧的特点时，王国维指出：“元剧最佳之处，不在其思想结构，而在其文章。其文章之妙，亦一言以蔽之，曰：有意境而已矣。何以谓之有意境？曰：写情则沁人心脾，写景则在人耳目，述事则如其口出是也。”[①]显然，王国维真正地发现了元杂剧对中国文化、文学审美理想和艺术表现传统的继承与发展的特点，如同他反复强调的那样：“古诗词之佳者，无不如是（指‘意境’——引者注）。元曲亦然。明以后其思想结构，尽有胜于前人者，唯意境则为元人所独擅。”[②]如同其他文学样式一样，以元杂剧为代表的中国戏曲，其审美性质也是偏重于艺术表现的。中国戏曲中的唱腔、舞蹈、武打、对白和一系列的程式化艺术表演，都极富抒情性、写意性、诗意性。所以，中国戏曲如同诗词创作一样，所创造的是具有“意境”的艺术，即通过一切艺术手段，创造出一种天人合一、主客一体、情景交融的“意境”，追求艺术表现的“象外之象”、“言外之意”、“弦外之音”和“味外之味”。

王国维对宋元戏曲的考证，不仅对中国戏曲这种文学样式的历史发掘作出了巨大的学术贡献，同时也引发了五四新一代学人在鼓吹新文化、新文学的同时，对自身悠久的历史文化、文学传统的高度重视，激发了五四新一代学人的理论思维和治史热情。正是在这个意义上，王国维所做的学术研究工作，为新文学在生成与发展过程中不断激活自身的传统因子，使之进行创造性的转化，构建富有自身丰富的文化积淀的新的审美范式作了充分的理论准备。这种学术上的薪火传承，在近代特定的历史文化语境中，实际上已完全超出了单纯的学术范畴，而是更加具有文化重建和启示新文学的价值意义。像比王国维的《宋元戏曲史》晚十一年问世的鲁迅的《中国小说史略》，对中国小说的生成与发展所进行的学术研究，同样不局限在单纯的学术领域，而是对中国现代小说的生成与发展，提供了有益的历史镜鉴。从“两浙”学人的治学传

① 王国维：《宋元戏曲考》，徐洪兴编：《求善·求美·求真——王国维文选》，上海远东出版社 1997 年版，第 275 页。

② 同上书，第 275－276 页。

统上来看，一直都有以戏曲和小说两种文学样式为“治史”样本的传统。[①] 在中国学术史上，“两浙”区域曾涌现出一大批优秀的曲论家、史论家，像吕天成、臧懋循、王骥德、李渔、王国维、鲁迅、周作人、郑振铎、马廉……这种具有深厚的文化积淀的学术研究，作为一种文化“集体无意识”的积淀和资源，对“两浙”文化人在新的历史时期脱颖而出，提供了文化储备上的强有力支持。因此，明清时期的社会思潮和文学传统，特别是以“两浙”区域为代表的明清社会思潮和文学传统（包括晚清时期），就是从这样一个特定的历史维度出发，为中国新文学的生成和发展，承担了重要的奠基性的任务。

第三节　“浙江潮”的涌动与文化碰撞的觉醒

在整个中国处在历史大变动的格局之时，一本极具象征色彩的地域性文化刊物《浙江潮》[②]问世了。这本以“忍将冷眼，睹亡国于生前；

① 可以说，自王国维以来，“两浙”学人形成了一种“治史”的传统。在王国维之后，有鲁迅的《中国小说史略》的问世。郭沫若在《历史人物》一文中曾认为：“王先生的《宋元戏曲史》和鲁迅先生的《中国小说史略》，毫无疑问，是中国文艺史研究上的双璧；不仅是拓荒的工作，前无古人，而且是权威的权威，一直领导着百万的后学。”据不完全统计，在近现代的“两浙”学人对中国传统戏曲、小说、诗文进行考证当中，比较有影响的有郑振铎，主要著作有：《玄怪录》（辑佚）、《警世通言》、《醒世恒言》、《孤本元明杂剧》（点校）和《中国俗文学史》等；胡士莹（1901—1979），浙江平湖人，主要著作有：《弹词宝卷书目》、《话本小说概论》等；王季思（1906—1995），浙江温州人，主要著作有：《玉轮轩曲论》、《中国文学史》等；蒋瑞藻（1891—1929），浙江绍兴人，主要著作有：《小说考证》、《戏剧考证》等。另外，还有周作人、马廉（1893—1935）等研究中国文学的著名学者等。“两浙”学人的这些学术研究工作，无疑都对新文学的生成和发展，提供了深厚的历史、文化和文学资源的支持。

② 《浙江潮》是由浙江籍留日学生蒋百里、许寿裳、周树人、周作人等，于 1902 年在日本东京创办的。该刊在《发刊词》中这样写道：“岁十月，浙江人之留学于东京者百有一人，组织一同乡会，既成，眷念祖国，其心恻以动，乃谋其众出一杂志，题曰‘浙江潮’。”“浙江潮”也就是“钱江潮”。从地理学和地质学上来说，“钱江潮”成因除月、日引力影响外，还跟钱塘江口状似喇叭形有关。钱塘江南岸赭山以东近 50 万亩围垦大地像半岛似的挡住江口，使钱塘江赭山至外十二工段酷似肚大口小的瓶子，潮水易进难退，杭州湾外口宽达 100 公里，到外十二工段仅宽几公里，江口东段河床又突然上升，滩高水浅，当大量潮水从钱塘江口涌进来时，由于江

剩有雄魂，发大声于海上”为宗旨的地域性文化刊物，从域外向整个中华大地表达了一群来自“两浙”的知识分子强烈的忧国忧民之情，对处在中西文化激烈碰撞，传统文明遭遇前所未有的失败而急遽变化过程中的中国社会，作出了“两浙”知识分子鲜明的文化反应。蒋百里[①]执笔的《浙江潮》发刊词，就以激情澎湃的语言这样写道：

《浙江潮》封面

> 我浙江有物焉：其势力大，其气魄大，其声誉大，且带有一段极悲愤极奇异之历史，令人歌，令人泣，令人纪念。至今日则上而士夫，下而走卒，莫不知之，莫不见之，莫不纪念之。其物奈何？其历史奈何？曰：昔子胥立言，人不用，而犹冀人之闻其声而一悟也，乃以其爱国之泪，组织而为浙江潮。至今称天下奇观者，浙江潮也。
>
> 秋夜月午，有声激楚，若怨若怒，以触于吾耳者，此何为者也？其醒我梦也与，临高以望，其气象雄，其声势大，有若万马奔腾，以触于我目者，此何为者也？其壮我气也与？夫子胥之事，文明之士所勿道；虽然，其历史可念也。呜呼！亡国其痛矣，不知其亡，勿痛也；知之而任其亡，勿痛也；不忍任其亡而言之，而勿听，而以身殉之，而卒勿听，而国卒以亡，呜呼！忍将冷眼，睹亡国于生前；剩有雄魂，发大声于海上。古事往矣，可勿言矣，而独留此一纪念物，挟其无穷之恨，以为吾后人鉴，后人可勿念哉！

面迅速缩小，使潮水来不及均匀上升，就只好后浪推前浪，前浪跑不快，后浪追上，层层相叠。此外，形成“钱江潮”，还与钱塘江水下多沉沙有关，这些沉沙对潮流起阻挡和摩擦作用，使潮水前坡变陡，速度减缓，从而形成后浪赶前浪，一浪叠一浪，一浪高一浪的涌潮。《浙江潮》以蔚为壮观的“钱江潮”为形象背景，是极具象征意义和启示意义的。

① 蒋百里(1882—1938)，名方震，字百里，晚号澹宁，笔名飞生、余一，浙江海宁人。著有《国防论》、《孙子新释》、《抗战论集》、《欧洲文艺复兴史》等，后人辑有《蒋百里先生全集》。

> 抑吾闻之地理与人物，有直接之关系在焉。近于山者，其人质而强；近于水者，其人文以弱；地理之移人，盖如是其甚也。可爱哉，浙江潮！可爱哉，浙江潮！挟其万马奔腾，排山倒海之气力，以日日刺激于吾国民之脑，以发其雄心，以养其气魄，二十世纪之大风潮中，或亦有起陆龙蛇，挟其气魄以奔入于世界者乎？西望葱茏，碧天万里，故乡风景，历历心头。我愿我青年之势力，如浙江潮；我青年之气魄，如浙江潮；我青年之声誉，如浙江潮；吾愿吾杂志亦如之。因此名以为鉴，且以为人鉴，且以自警，且以祝。

这篇声情并茂、文采斐然的发刊词，就像汹涌澎湃的“钱江潮”（“浙江潮”）那样，预示着“两浙”知识分子的主体意识，在近现代中国社会、文化的冲突和碰撞中被充分地激活，率先获得了整体性的觉醒。

从域外向国内发出强烈的呼喊，传达自身鲜明的主体意识，固然是受到域外新思潮的影响，特别是邻国日本现代化的成功，大大刺激了一大批留日学生，在两国鲜明的对比当中，他们看到了自己祖国的落后，从而激发了他们强烈的爱国心和民族自尊心。但是，在这当中，还存在着一个心理对应和主体感知的问题，也就是说，如果没有“两浙”知识分子的心理对应和主体感知，邻国日本的富强和现代化的成功，也是难以真正引发起“两浙”知识分子的激情和强烈的文化忧患意识的。

在近代中国社会急剧动荡和文化遭遇空前的困境之时，“两浙”知识分子却在激烈的文化碰撞中脱颖而出，这并不是一种偶然的现象，其中有着被人们称作为“内源性”自觉的文化因素，即“两浙”知识分子在中西文化碰撞中率先获得了主体的觉醒。这可以从“两浙”知识分子的两种作为当中获得充分的印证：

第一，在晚清时期，作为“大传统”的中心文化的意义失落，给人们带来了内心的冲击，特别是这种冲击，又加上了邻国的现代化成功及其所带来的强烈刺激，这使“两浙”知识分子特别的敏感，聚集在他们身上那种骚动不安的精神因子开始“波澜日肆”，并由此开始强烈地感受到传统文化对人的束缚，特别是精神上的束缚。鲁迅在后来谈到自己的这种感受时就指出：“孔孟的书我读得最早、最熟，然而倒似乎和我不相干。”[①]鲁迅从中西文化的对比中，率先感受到了传统文化的落后性及其对国人所产生的精神束缚。他之所以作出“弃医从文”的决定，在精神的关联意义上，与这种切身的感受是有着内在联系的。

从以主导中国文化的儒家文化，在近代遭遇空前困境的特点上来分析，可以说，儒家文化的危机归根结底是一场价值信念的危机。同时，在文化对于社会发展的功效方面，儒家文化也无法在近代中国遭受西方冲击时，为继续推动中国社会的发展，即富国强兵、救亡自强提供新的文化动力。除非对整个儒家文化体系进行革命性的改造，儒家自身的一整套有关人的信仰、信念、价值观、意义取向、终极关怀及文化发展机制等，都难以再适应现代中国社会发展的需要。翻阅中国近代史，在现在看来，一连串令人啼笑皆非、离奇而发人深思的现象，绝非是个别的偶发现象。像有“近代大学者”之称的王闿，在甲午战争失败后竟会发出铁甲船炮是“至拙至愚之器”的迂腐言论。在清同治光绪年间，还有大多数士大夫对修造铁路，愤然不满，起而攻之，以致一些造好了的铁路又不得不拆毁，而对鸦片残害国人的现象却反而熟视无睹。晚清的士大夫顽固地恪守所谓儒家的正统，对真正至关民族、国家主权利益一类的关税、领事裁判权等近于无知，相反，对洋人公使觐见同治皇帝应否行三跪九叩之礼却大肆争论不休。这些历史真相所披露的现象，说明以儒家文化为主导的传统文化，在近代中西文化的强烈碰撞中，缺乏一整套应付外来文化冲击，应付自身内部危机的措施与能力，其自身的一系列主张，也缺乏适应现代社会发展的原创性文化理念和价值学说，对国民也缺乏稳定的、至高无上的道德权威和价值信念，无法形成它所一贯倡导的“刚健有为，厚德载物”的国民精神。简言之，也就是在近代中西文化的碰撞过程当中，传统文化无法唤起国人的主体自觉，促使国人的精神觉醒。正如历史学家所指出的那样：“近代儒家

① 鲁迅：《坟·写在〈坟〉后面》，《鲁迅全集》（第1卷），第285页。

文化缺乏一种在西方挑战面前进行自我更新的内部机制，难以实现从传统观念向近代观念的历史转变。从而只能继续以传统的自我中心的文化心理和陈旧的认识思维框架，来被动地处理种种事态和危局。换言之，在十九世纪后半期这样一个国际时代，人们仍然习惯于用传统的排斥旁门左道的方式，来实现民族自卫的目标。由于观念与现实的严重背离，从而使近代儒家文化陷入自身难以摆脱的困境。”①

儒家文化在近代的遭遇和困境，使留学海外的“两浙”知识分子深有感触，诚如周作人在谈论自己的感触时所说的那样：“中国人近来常常以平和耐苦自豪，这其实并不是好现象。我并非以平和为不好，只因中国的平和耐苦不是积极的德性，乃是消极的衰耗的证候，所以说不好。譬如一个强有力的人，他有迫压或报复的力量，而隐忍不动，这才是真的平和。中国人所谓爱平和，实在只是没力气罢了，正如病人一样。这样的没气力下去，当然不能‘久于人世’。”②在感受到作为“大传统”的中心文化意义的失落时，“两浙”知识分子同近代“先进的中国人”一样，反倒是从域外探求“救国救民的真理”。在受近代西方文化的启蒙思潮影响之下，他们已不再单一地认同儒家的伦理价值，而是大力倡导新道德、新思想、新文化，并作出了激烈的反叛传统的选择。所以，鲁迅说：“他的任务，是在有些警觉之后，喊出一种新声；又因为从旧垒中来，情形看得较为分明，反戈一击，易制强敌的死命。”③这种意识的产生，表明“两浙”知识分子在中西文化碰撞中率先获得了主体的觉醒。

第二，美籍华裔学者张灏认为，遭遇世界性冲击的中国文化所出现的前所未有的意义失落，导致了中国人的价值取向危机：传统的终极关怀——以儒家基本道德价值为核心的人生价值观发生基础性动摇；精神价值取向——传统的意义世界不足以支持现代人生，传统文明的失重引发文化认同上的深刻危机。④ 儒家文化意义系统中的那种原本就

---

① 萧功秦：《儒家文化的困境》，四川人民出版社 1986 年版，第 3—4 页。

② 周作人：《新希腊与中国》，高瑞泉编：《理性与人道——周作人文选》，上海远东出版社 1994 年版，第 27 页。

③ 鲁迅：《坟·写在〈坟〉后面》，《鲁迅全集》（第 1 卷），第 286 页。

④ 参见张灏：《中国近代思想史的转型时代》，《21 世纪》（香港）1999 年第 4 期。

不言而喻、不假思索的东西，在中国现代化进程中统统都发生了问题，使得儒家文化原有的价值取向和意义象征，不再闪烁着昔日的光芒。意义危机在中国现代化进程中蔓延开来，导致了现代中国人终极关怀的无所依凭。杜亚泉针对这种现象指出，这种失落使“吾人之精神的生活，既无所凭依，仅余此块然之躯体，蠢然之生命，以求物资的生活，故除竞争权利，寻求奢侈以外，无复有生活的意义”[①]。在由社会变迁和文化转型带来的“价值真空”和“意义迷失”中，现代中国人的精神世界无所凭借，心灵世界得不到意义的抚慰，现代人所特有的人生失落感、苦闷感、虚无感、孤独感、焦虑感，不断地向人们袭来，挥之不去，形影相随。失去意义系统和终极关怀支持的现代人生，显得格外的虚无缥缈，缥缈得让生命不可承受。因此，在整个传统文化意义的全面失落中，如何获得新的意义的支持，这在当时是摆在近现代知识分子面前的一个十分紧迫的问题。

“两浙”知识分子对此作出的反应是，在“大传统”的文化意义不足以支持现代的人生时，力图从作为“小传统”的地域文化角度，寻找支撑人生意义的价值资源。如上述所提到的“浙东学派”等地域文化资源的支持，因为这些被称作为“小传统”的地域文化，在文化原型的意义上始终都是给予该区域内人士精神抚慰的一种原动力，是促使他们获得“内源性”文化更新和自觉的内驱动力。[②] 像当年包括鲁迅在内的绍兴日本留学生，曾集体写信给绍兴同乡表示：“我绍兴郡古有越王句践、王阳

---

① 杜亚泉：《迷乱之现代人心》，《东方杂志》1918 年 4 月第 15 卷第 4 号。

② 当年在《浙江潮》这类地域性文化刊物上，常刊登的是地域性的领袖人物，或地域性的名胜古迹。如《浙江潮》第 4 期扉页就刊印了王阳明的头像，并题曰：“中国道德实践家王阳明”；《浙江潮》第 8 期刊印了张煌言、钱肃等人的头像，并刊印了张煌言的遗著《北征录》。“两浙”区域的名胜如大禹陵、西泠桥等，也曾被作为地域性的文化标志刊印在刊物上。这种现象说明，在整体性的“大文化”出现意义危机，不足以支持现代的人生之时，作为“小传统”存在的地域文化，反而是成为能够给予人们以心灵的慰藉和人生的意义支持的文化源泉之一。当然，这种现象也不仅仅只是发生在“两浙”区域的文化人（知识分子）身上，其他区域的文化人（知识分子）也基本上采用了这种方法，如当年来自广东、湖南区域的文化人（知识分子）也是十分推崇本区域的文化先贤的。

明、黄梨洲煌煌人物之历史。我等宜益砥砺，以无先坠前世之光荣。”[①]实际上，这就是从地域文化的原型中，寻找支撑人生精神力量的一种文化自觉。还有，鲁迅当年曾大力推崇客死他乡的明末“遗民和逆民”——朱之瑜（朱舜水）；对大禹治水“劳身焦思，居外十三年，过家门不敢入”精神的赞赏；以及晚年对故乡先贤王思任的那种“报仇雪耻之乡”精神的推崇，都是这种寻找意义支持的表现。从日本回来之后，鲁迅又曾邀请“同志数人”，“集资刊越先正著述，次第流布”，后又参与办区域性报纸《越铎日报》，亲自撰写《〈越铎〉出世辞》，赞扬越地民风：“无敌于天下，海岳精液，善生俊同，后先络绎，展其殊才；其民复存大禹卓苦勤劳之风，同句践坚确慷慨之志，力作治生，绰然足以自理。”[②]这显然也不仅仅只是对乡土风情的单纯赞赏，更重要的是要在这种乡土精神的肯定和想象当中，获得人生意义重建的精神源泉。在《杂忆》一文中，鲁迅就专门指出，当时有一部分人“则专意搜集明末遗民的著作，满人残暴的记录，钻在东京或其他的图书馆里，抄写出来，印了，输入中国，希望使忘却的旧恨复活，助革命成功。于是《扬州十日记》，《嘉定屠城记略》，《朱舜水集》，《张苍水集》都翻印了”。这种从地域文化典籍中，寻找资源的做法，除了具有直接的现实作用，如排满反清之外，对于在“大传统”出现意义失落之时，心灵世界陷入无所依凭境地的知识分子来说，则是一种获得精神支持的最好途径。所以，鲁迅接着指出：“待革命起来，就大体而言，复仇思想可是减退了。我想，这大半是因为大家已经抱着成功的希望，又服了‘文明’的药，想给汉人挣一点面子，所以不再有残酷的报复。”从作为“小传统”的地域文化中获得精神支持的目的，在鲁迅看来，是为了“激发自己的国民，使他们发些火花……更进一步而希望点火的青年的，是对于群众，在引起他们的公愤之余，还须设法注入深沉的勇气，当鼓舞他们的感情的时候，还须竭力启发明白的理性；而且还得偏重于勇气和理性，从此继续地训练许多年。这声音，

① 参见：《鲁迅生平史料汇编》，天津人民出版社 1981 年版，第 215 页。

② 鲁迅：《集外集拾遗补编·〈越铎〉出世辞》，《鲁迅全集》（第 8 卷），第 39 页。

自然断乎不及大叫宣战杀贼的大而闳，但我以为却是更紧要而更艰难伟大的工作。”[①]鲁迅的意思很明白，从地域文化的角度挖掘有用的东西，即便是“发思古之幽情”，也“往往为了现在”。[②] 事实上，鲁迅在后来所做的辑录《会稽郡故书杂集》工作，除了个人的兴趣爱好因素之外，从精神需求的角度上来说，都是在“大传统”的意义失落时，从“小传统”的地域文化中寻找精神资源支持的表现。这并非是有人所指责的那样，“鲁迅在精神苦闷的时候，就去搜集植物标本，荟集古书”，“借以排遣自己的精神苦闷”，而恰恰相反，他是从地域文化这种能亲身感受到的“小传统”中，寻找有用的文化因子和文化资源，并由此进行新的文化创造。[③] 应该说，这是地域文化作为母文化原型的孕育的结果，也是一种文化觉醒的表现，是主体走向高度自觉的表现。

周作人在1918年撰写的《爱的成年》一文中，借勃来克的话说：“勃来克承认力(Energy)是唯一的生命；理(Reason)便是力的外界。力是永久的悦乐……他的希望，是在将来社会上，成立一种新理想新生活。”[④]其实，这何尝不是“两浙”知识分子的主体觉醒、精神觉醒的自我写照呢？从自然现象的“钱江潮”到文化现象的“浙江潮”，汹涌澎湃的“潮”的涌动，以及所显示出来的“力”的跃动，已成为一种新文化创造的象征，预示着“两浙”知识分子群体在即将到来的新文化运动的高潮中，将是一股势不可挡的“文化新潮”，一支敢为天下先的“文化新军”、“文学新军”。

---

① 鲁迅：《坟·杂忆》，《鲁迅全集》(第1卷)，第221—225页。

② 鲁迅：《花边文学·又是“莎士比亚”》，《鲁迅全集》(第5卷)，第571页。

③ 参见鲁迅：《华盖集·这回是“多数”的把戏》。朱之瑜(1600—1645)，字鲁屿，号舜水，浙江余姚人，明末思想家。明亡后据舟山抗清，力图复明，失败后流亡日本，客死他乡。他的著作有日本稻叶岩吉编辑的《朱舜水全集》，国内有马一浮就稻叶本重订的《舜水遗书》二十五卷。王思任(1574—1646)，字季重，浙江山阴(今绍兴)人，明末官九江佥事。弘光元年(1645)，清兵攻陷南京，明宰相马士英贪生怕死，逃往浙江，王思任在骂他的信中痛斥：“叛兵至则束手无措，强敌来则缩颈先逃……且欲求奔吾越；夫越乃报仇雪耻之乡，非藏垢纳污之地也。”后绍兴城破，绝食而死，生前著有《文饭小品》等著作。

④ 周作人：《爱的成年》，高瑞泉编：《理性与人道——周作人文选》，上海远东出版社1994年版，第3页。

■ 第三章

“两浙”作家的文化体认与新文学的基本走向

在近代中西文化的冲突、交汇和融合的历史走向中，“两浙”作家率先获得了主体的自觉和观念的转换，获得了对域外文化和自身文化传统的一种自觉体认。对于“两浙”作家来说，关于如何通过自身的创造性实践，完成新文学的框架系统的设定，首先要做的工作便是对传统的“奇理斯玛”进行“创造性转化”（Creative transformation），[①]以便使传统文化因子能够有序地排列组合在新的文化系统之中，形成“外之不后于世界潮流，内之仍弗失固有血脉”[②]的文化、文学发展策略。然而，在进行这项框架重构、系统转换的工作当中，除了需要主体作出独特的对应性感应之外，还需要主体对此形成独特的文化视角，作出明确的文化选择，即需要在新的观念指导下，对它进行重新的排列、组合，使之从传统的观念与价值标准体系中分离出来，作为新的文化因子和质料，形成新的强大的文化支援意识。林毓生教授在论述传统的创造性转化命题时指出：“自由、理性、法治与民主不能经由打倒传统而获得，只能在传统经由创造的转化而逐渐建立其一个新的、有生机的传统的时候才能逐渐获得。”[③]应该指出，林毓生教授的观点是具有积极意义的。在由文化冲突而导致中国社会变迁和文化转型的特定历史时期，重建新的文化，重构新的人文精神，自然不能排斥富有生机的传统文化因子。尽

---

① 有关“创造性转化”（Creative transformation）的命题，是美国威斯康星大学历史系教授、华裔学者林毓生在论述传统改造命题时提出来的。参见林毓生：《中国意识的危机》，贵州人民出版社 1986 年版；《思想与人物》，台北联径出版事业公司 1983 年版。

② 鲁迅：《坟·文化偏至论》，《鲁迅全集》（第 1 卷），第 56 页。

③ 林毓生：《思想与人物》，台北联径出版事业公司 1983 年版，第 7 页。

管历史已经证明，以儒家为主导的传统文化观念和价值体系，是一种自我封闭型的体系（特别是从宋至晚清这段时期，这种自我封闭的现象表现得尤为突出），自身不可能从中孕育出富有现代性质的新的文化观念和新的价值体系，[①]但是，构成传统的一些基本的文化因子和元素，尤其是被地域文化保存的那些富有生机和生命力的文化因子和元素，却是可以被创造性地转化而成为新的文化质料的。就世界文明发展的情况而言，传统的文化因子和元素经过创造性的转化，一方面可以使之脱离原有的体系，另一方面又可以在新的观念和价值标准的规约下，成为新的价值符号，重新排列、组合在新文化的结构体系之中。同样，儒家文化整体性地被证明为不合现代化的时宜，然而，它许多富有生机的文化因子和元素，尤其是保存在地域文化当中的那些极富有生机和生命力的传统文化因子和元素，在创造性转化之后，则成为了新的文化和新的价值标准的重要构成部分，并以新的文化功能，在新的文化建设中发挥着重要的作用。[②]“两浙”作家作为一支重要的“文化新军”、“文学新军”，在特定的历史时期，之所以能脱颖而出，并以“方阵”的形式出现在现代中国文化和文学的舞台上，其中一个重要的原因就是创造性地转化了传统的文化因子，并由此形成了一种创造性的新文化态势，形成了具有现代性质的一整套新的文化观念、新的价值准则和新的思维方式。

第一节 海外留学、翻译活动与文学新思维

晚清以来，以“两浙”为主体的江南区域，作为当时先进的文化区域，在门户开放的形势下，出现了一股出国潮。据不完全的统计，来自“两浙”区域的现代作家大都有去海外留学（包括短期在海外访问，或短

---

① 近代西方文化的演变也从一个侧面说明了这一点，像基督教神学由于自身的封闭性，就不可能从中衍生出近代的人文精神和理性精神。自文艺复兴以来，近代西方文化只能从更古老的希腊罗马文化中，吸取变革的养分与文化创造的灵感。同样，以儒家文化为主导的传统文化，自身的封闭性也是不可能孕育出中国现代新的文化和新的价值体系的。

② 参见黄健：《意义的探寻》，作家出版社 2001 年版。

期流亡海外等)的经历。像鲁迅、周作人、许寿裳[①]、郁达夫、钱玄同、丰子恺、沈尹默、沈兼士、陈望道[②]等人有留学日本的经历;徐志摩、梁实秋、林徽因、俞平伯等人有留学欧美的经历。这种海外留学经历,无疑大大地开阔了“两浙”作家的创作视野,尤其促使了他们的文学翻译活动[③],同时,也使他们在思想观念上获得了现代性的转变,并对他们以后从事新文学的创作,产生了巨大的影响。从新文学发生学的角度上来看,“两浙”作家留学经历及其所进行的翻译活动,以及由此所形成的新思维、新文化观念,乃是新文学生成的“催生婆”和“助产士”。

海外留学使“两浙”作家的文学翻译活动十分活跃,如鲁迅、周作人早年的文学活动,就是从文学翻译活动开始的。据浙江省世界文学与比较文学研究会召开的“世界文学经典翻译、传播与研究学术研讨会”所提交的相关论文披露,在文学翻译方面,来自“两浙”区域的第一代文学翻译家,就有魏易、沈祖芬、吴梼等人。在新文学发生的前夕,著名翻译家林纾翻译的世界文学名著,就是由浙江籍人士魏易选定,并担任口译,其中包括《黑天呼天录》(即斯托夫人的《汤姆叔叔的小屋》,1901年)、《吟边燕语》(即兰姆的《莎士比亚故事集》,1904 年)、《块肉余生》(即狄更斯的《大卫·科波菲尔》,1908 年)、《撒克逊劫后英雄略》(即司各特的《艾凡特》)、《孝女耐儿传》(即狄更斯的《老古玩店》,1907 年)、

---

① 许寿裳(1883—1948),字季茀,号上遂,浙江绍兴人,现代作家、教育家。曾留学日本,鲁迅好友,主要作品有《亡友鲁迅》、《上遂顾诗草》、《中国文字学》等。

② 陈望道(1897—1977),原名参一,浙江义乌人,现代作家,文艺理论家。曾留学日本,《共产党宣言》首译者。主要作品有《作文法讲义》、《修辞学发凡》、《文学和大众语》等。

③ 浙江是我国翻译文学的发源地之一,现有文献表明,我国最早的数部翻译文学作品均出自浙江。如 1873 年初在上海《瀛寰琐记》月刊连载的英国长篇小说《昕夕闲谈》(后于 1875 年正式出版),就是我国第一部翻译小说,译者蒋其章(当时署名是其笔名“蠡勺居士”)就是浙江钱塘(今杭州)人。据考证,最早译成中文的英国经典小说《鲁滨孙漂流记》的译者,是浙江籍的沈祖芬;最早译成中文的美国经典小说《黑奴呼天录》的译者,是林纾与浙江籍译者魏易;最早译介高尔基、契诃夫、莱蒙托夫等俄国文学大师作品的,则是浙江钱塘人(今杭州)吴梼。资料来源参见:浙江省世界文学与比较文学研究会召开的“世界文学经典翻译、传播与研究学术研讨会”所提交的相关论文,相关报道详见 2007 年 3 月 31 日的《钱江晚报》。

《元代客卿马歌博罗游记》(1913 年)等重要作品。魏易个人还翻译过狄更斯的《双城故事》(即《双城记》,1928 年)、大仲马的《苏后玛丽惨史》(1930 年)等;沈祖芬翻译了《绝岛漂流记》(即笛福的《鲁滨孙漂流记》,1902 年)等。狄更斯、笛福、契诃夫等外国著名作家的经典文学作品,大多是由浙籍翻译家以文言文的“意译”方式,首次译介到国内的。

在新文学发生之初的前后,特别是在新文学发生之后的相当一段时间里,“两浙”作家的文学翻译活动,乃是他们从事新文学活动的一个有机组成部分,如同他们的文学创作活动一样,为推动中国新文学的发展作出了重要的历史贡献。同时,文学翻译活动也为他们的新文学创作实践,提供了新的文学视野、新的思维方式和新的艺术启示。如鲁迅、周作人、沈雁冰(茅盾)、郁达夫、郑振铎、俞平伯、徐志摩、王鲁彦、丰子恺、夏丏尊、戴望舒、梁实秋、林徽因、夏衍等,他们的新文学创作,从某种意义上来说,都是从文学翻译开始的,其中,鲁迅与周作人就是在日本留学期间,开始编译《域外小说集》,并由此走上了新文学的创作之路。

“两浙”作家的文学翻译活动,为中国新文学能够成功借鉴外国文学的创作经验,提供了重要的参考范本。外国文学中的各种体裁和相关理论,“两浙”作家都有广泛的涉及,如鲁迅的翻译活动。据不完全的统计,鲁迅一生共翻译了 15 个国家 200 多位作家的作品,涉及短、中、长篇小说,戏剧,童话,诗歌,散文(含散文诗),科幻作品,杂文,文艺理论(含专集和单篇论文),总字数达 300 万字,并且形成了自己独特的翻译观。① 与鲁迅一道开始文学翻译的周作人,早年对日本、俄国、英国等国家的文学作品,进行了大量的翻译,他的“人的文学”和“平民文学”

① 鲁迅主张“直译”,是“硬译”的倡导者。在《〈文艺与批评〉译者附记》中,鲁迅提出了著名的“硬译”说,他指出:“从译本看来,卢那卡尔斯基的论说就已经很够明白,痛快了。但因为译者的能力不够和中国文本来的缺点,译完一看,晦涩,甚而至于难解之处也真多;倘将仿句拆下来呢,又失了原来的精悍的语气。在我,是除了还是这样的硬译之外,只有‘束手’这一条路——就是所谓‘没有出路’——了,所余的惟一的希望,只在读者还肯硬着头皮看下去而已。”《鲁迅全集》(第 10 卷),人民文学出版社 1981 年版,第 299 页。

主张的提出，在相当大的程度上，与他翻译外国文学，受到文艺复兴以来的近现代西方文学观念的影响是分不开的。在五四新文学发生之初，沈雁冰（茅盾）对外国文学理论的译介，对新文学的理论建设产生了很大的影响。1919 年和 1920 年，他相继撰写了《托尔斯泰与今日之俄罗斯》和《俄国近代文学杂谈》，详细地介绍了俄罗斯文学大师列·托尔斯泰和近现代俄罗斯文学的发展。在他主编的《小说月报》中，曾专门刊发了“俄罗斯文学研究专号”、“法国文学研究专号”和“被损害民族的文学专号”等，此外还先后刊发了“泰戈尔专号”、“拜伦专号”、“安徒生专号”、“罗曼·罗兰专号”等。在翻译实践中，茅盾还编译了十几种外国神话和寓言故事，如客居日本期间，撰写了《神话杂论》、《北欧神话ABC》，他是最早把希腊、北欧神话介绍给中国读者的翻译家之一。在30 年代，茅盾在进行创作的同时，还撰写了两部重要的西方文学论著：《汉译西洋文学名著》（1935 年）和《世界文学名著讲话》（1936 年），翻译了苏联作家丹钦科的《文凭》和吉洪诺夫的《战争》，编辑了介绍弱小民族文学的译文集《桃园》，并协助鲁迅在上海创办了《译文》杂志（1934 年）。抗战期间及 40 年代，茅盾也仍然没有停止翻译活动，不仅参加了《苏联文学丛书》的编辑工作，而且还翻译了像巴甫连科的《复仇的火焰》等作品。茅盾一贯主张，建设中国新文学，一是要批判继承中国古典文学的优良传统，二是要广泛吸取外国进步文学的成功经验。他的一系列有关文学翻译的理论主张和外国文学研究的观点，在中国新文学的建设和发展中发挥了重要的作用，产生了深远的影响。

在“两浙”作家的翻译活动中，除了上述提到的周氏兄弟（鲁迅、周作人）、沈雁冰（茅盾）的翻译贡献之外，还有像徐志摩对英国文学（主要是英国诗歌及著名作家哈代的作品）的翻译与借鉴，戴望舒对法国象征派文学（主要是象征派诗歌及现代欧美诗歌）的翻译与借鉴，夏衍对苏联进步文学的翻译与借鉴，以及郑振铎编撰的《世界文库》[①]等。他们的翻译活动、编撰工作，一方面为国人广泛地介绍了世界文学发展的状况和动向；另一方面则是直接为新文学的创作提供了可借鉴的榜样，促使中国新文学与世界文学发展主流的对应和对接，为中国新文学汇入世界文学发展主流，获得自身新的思维、新的创作视野、新的艺术形式与技巧，提供了可借鉴的动力和思想指南，同时也为中国新文学成功地转换传统文学（古典文学），提供了可转换的范本。许多新文学作家都能够通过所翻译的外国文学，获得对世界文学发展的广泛了解和创作上的深度借鉴。如著名的浙籍现代诗人唐湜在回忆自己接受西方现代诗歌影响时说，他非常喜欢“倾听欧洲诗人们在明媚的河畔歌咏，有时听着雪莱的云雀鸣转、济慈的夜鹰轻啼，有时也进入象征的森林漫游，浪漫主义的激情引起了我的狂放不羁的幻想”[②]。值得一提的，“两浙”作家的翻译活动和编撰工作，在为中国新文学培养了一批作家的同时，还为中国贡献了一批专业的外国文学翻译家（专业翻译工作者），如孙用、孙大雨、陈望道、傅东华、朱生豪、朱维之、邵洵美、曹未风、黄源、王佐良、罗大纲、草婴、赵萝蕤、赵瑞蕻、袁可嘉、林淡秋、冯亦代等，[③]他们的翻译活动及对外国文学的译介、编译、编撰工作，不仅为外国文学在我国的普及和传播作出了重要贡献，更重要的是为中国新文学的建设和发展，提供了可借鉴的参照体系和价值尺度。

在思想文化方面，海外形成的留学生作家群体，特别是近现代“两浙”留学海外的作家群体，乃是中国新文学（现代文学）创作的中坚力

① 郑振铎主编的《世界文库》，是我国最早、最有系统性地介绍世界各国文学名著的大型译介丛书。丛书的编译得到了鲁迅、茅盾、郁达夫等著名的现代浙江籍作家的大力支持。参加编译委员会的浙江籍著名人士（含浙江籍作家）就有如蔡元培、鲁迅、周作人、茅盾、郁达夫、俞平伯、王鲁彦、胡愈之、丰子恺、黄源、夏丏尊、陈望道、孙用、孙大雨、吴晗、方光焘、胡仲持、傅东华等人。该文库共刊出十多个国家的 100 多部文学名著，堪称当时一项规模较大的文化工程，对新文学的建设与发展具有重要的影响作用。

② 唐湜：《新意度集》，生活 · 读书 · 新知三联书店 1989 年版，第 192 页。

③ 以上所列翻译家之名，均为“两浙”人士。

量，是一支鼓吹新文化、传播新思想、创作新文学的文化新军、文学新军。同时，从地域文化对新文化、新文学的独特对应上来说，“两浙”留学海外的作家群体，也是“文学浙军”和新一代“两浙”文化人群体崛起的标志。如果说在现代中国思想史、文化史上，以《浙江潮》为标志，“两浙”留学生群体对现代中国进入现代化历史进程中的种种精神现象作出了独特的文化反应，那么，在中国新文学史（现代文学史）上，现代“两浙”作家的海外留学经历及其创作实践，则是对进入现代化进程中的中国人的种种精神现象，对处于大变动、大转型历史时期的现代中国人特定的文化心理、性格、生存境况、存在意义和历史命运，乃至整个中国社会的发展前景等，进行了独特的文学描写和艺术表现。其思想意识之深刻、审美理念之新锐、艺术形式之新颖、创作方法之独特、文学语言之活泼等，都为中国新文学（现代文学）的生成与发展作出了自身独特的历史贡献，具有巨大的革新价值和创新意义。

就文化史的意义而言，“两浙”留学生群体的形成，特别是具有海外留学经历的“两浙”作家群体的出现，他们对中国社会、历史、文化所作出的创造性对应，向现代中国，同时也向整个世界，展现出了现代浙江人敢为天下先，充当社会转型的改革先锋，主动出击，接受挑战，深刻反省与追求光明的精神状态。正如公猛在《浙江潮》中所宣示的那样：“且将挟其一切哲理、一切艺术，乘此滚滚汩汩飞沙走石二十世纪之潮流，以与世界文明相激射相交换相融合，放一重五光十色之异彩。”[①]海外留学经历，让“两浙”作家大开眼界，使他们能够深刻地体会到中西文化对应所激荡出来的精神特质和由文化异同所带来的新的心理感受，从而使自身能够以独有的文学感应和博大的文化胸襟，对异域文化产生独特的反应。像鲁迅早期的论文《科学史教篇》、《文化偏至论》、《摩罗诗力说》等，就代表了“两浙”学人（作家），乃至整个20世纪初中国知识界对近代西方的科学、文化、哲学、文学思潮的完整理解。在文学方面，周氏兄弟（鲁迅、周作人）翻译、编撰《异域小说集》，办《新生》杂志，

① 公猛：《浙江文明之概观》，《浙江潮》1902年第1期。

向国人大力介绍异域文化、文学，也都充分地显示出了“两浙”作家对于近代西方文化、文学的独特理解。例如，周作人对日本文化、文学的独特观感和摄取，郁达夫对日本“私小说”的独特认识和精细体味，都是非常典型的个案。还有在欧美留学的“两浙”作家，也是如此，像徐志摩对“康桥”(剑桥)的深情厚谊，林徽因对欧美诗歌、戏剧的偏爱，都绝非矫情之作，而是对异域文化特质有着独到的理解和深刻的体验。这些现象都说明，在近现代特定的历史文化变迁语境中，“两浙”作家率先完成了审美意识的现代转换。因此，考察“两浙”作家的留学史，我们会发现，对于中国新文学的生成与发展而言，从“两浙”留学生群体中诞生的“文学浙军”，乃是中国新文学的第一支文学新军。这支作家队伍的形成和发展，特别是像鲁迅、茅盾这样学贯中西的文学巨擘，以及像周作人、郁达夫、徐志摩、艾青等一大批具有留学经历的杰出作家的出现和他们所发挥出来的独特作用，可以说，基本上主导着(至少是深刻地影响着)整个中国新文学的发展方向，推动了中国文学的现代转型，使中国文学加快了与世界文学对接的步伐。这群留学“海归”的“两浙”作家群体，由于有着深刻的异域文化体验和生活感受，以及主动地接受世界文学主流和新潮的心理体验，便与以往的作家有着不同的文学抱负。他们能够做到迎接新潮，融通中西，与时俱进，进而为整个中国的发展制定一条“外之不后于世界潮流，内之仍弗失固有血脉”①的文化、文学发展策略。

在这当中，最为显著的特点就是“两浙”作家新思维、新文化观念的形成，尤其是在这当中所展现出来的新的文化价值观。“两浙”作家正是以这种新思维、新观念和新思想，与中国新文化、新文学产生了独特的对应，并对传统的文化因子和元素，做了大量创造性的转化工作。

在近现代留学日本的“两浙”作家当中，“周氏兄弟”是最突出的两

① 鲁迅:《坟·文化偏至论》,《鲁迅全集》(第1卷),第56页。

位。鲁迅①在作出“弃医从文”的决定之后，开始选择文学的方式来做启迪国民心智的工作。虽然当时留日的学生学习“文学和美术”的人较少，但也“幸而寻到几个同志”，“第一步当然是出杂志，名目是取‘新的生命’的意思”。② 将所创办的杂志取名为《新生》，其内在含义自是不言而喻。尔后，鲁迅与周作人又将目光投向“域外”，开始编辑出版《域外小说集》，试图从“域外”、“异邦”寻找可借鉴的文化资源。在《域外小说集·序言》中，鲁迅这样写道：

中国新文学的伟大先驱者鲁迅
(1881—1936)

《域外小说集》为书，词致朴讷，不足方近世名人译本。特收录至审慎，迻译亦期弗失文情。异域文术新宗，自此始入华土。使有士卓特，不为常俗所囿，必将犁然有当于心，按邦国时期，籀读其心声，以相度神思之所在。则此虽大涛之微沤与，而性解思惟，实寓于此。中国译界，亦由是无迟莫之

① 鲁迅(1881—1936)，本姓周，名树人，号豫才，浙江绍兴人，中国新文学的伟大先驱者，奠基人。1898 年离开绍兴到南京求学，先后入江南水师学堂和矿务铁路学堂学习，并接受“进化论”思想影响。1902 年到日本留学，先在东京弘文学院学习日语，后赴仙台医专学医，期间发表《中国地质略论》、《斯巴达之魂》等文章，同时广泛阅读近代西方文化名著，接受近代西方文化影响。“幻灯片”事件后，决心弃医从文，与二弟周作人办《新生》，翻译《域外小说集》；后结识章太炎、陶成章、徐锡麟、秋瑾等人，入光复会，发表《摩罗诗力说》、《文化偏至论》等文章。1909 年 8 月回国，先后在杭州、绍兴两地学堂任教，后到教育部任职。1918 年 5 月发表小说《狂人日记》，尔后便“一发而不可收”，先后创作了《孔乙己》、《故乡》、《风波》、《阿Q正传》、《祝福》等小说(后收入《呐喊》、《彷徨》两部小说集)，显示了新文学的“实绩”，奠定了新文学发展的基本方向。同时，还创作大量的杂文(后分别收入《坟》、《热风》、《华盖集》、《而已集》、《且介亭杂文》等杂文集)。1936 年 10 月 19 日因病在上海逝世。

② 鲁迅：《呐喊·自序》，《鲁迅全集》(第 1 卷)，人民文学出版社 1981 年版，第 417 页。

感矣。[1]

周作人曾称赞鲁迅的这篇序文“貌似谦逊,实则自傲”。人们也许会问,这本翻译编辑的小说集当时并不畅销,何来“自傲”呢?其实,说到底,这就是在域外留学获得视野开阔、文化自觉和心理自信的表现。鲁迅后来指出:“从一九一八年五月起,《狂人日记》、《孔乙己》、《药》等,陆续出现了,算是显示了‘文学革命’的实绩,又因为那时的认为‘表现的深切和格式的特别’,颇激动了一部分青年读者的心。”[2]鲁迅的小说创作在当时之所以能够引起广泛的社会效应,其中一个重要的因素,就是他的小说,无论是在思想内容方面,还是在艺术形式方面,都是以全新的面貌出现在现代文坛上的,给予人们的是心灵的震撼、思想的启迪和情感的冲击。鲁迅在日本留学期间,由“幻灯片”事件[3]而作出“弃医从文”的决定之后,就一直尝试着通过文学艺术的方式来致力于“改造国民性”的工作。因此,鲁迅一方面继承了晚清以来的有关文学启蒙的思想传统,譬如,继承和发扬了梁启超有关“新小说”和“新民”的文学启蒙思想;另一方面又在广泛地接受近代西方文化的影响当中,逐渐形成了自己富有独创精神的启蒙思想。在谈到自己“怎么做起小说来”的原因时,鲁迅指出:“说到‘为什么’做小说罢,我仍抱着十多年前的‘启蒙主义’,以为必须是‘为人生’,而且要改良这人生。”[4]对于中国新文化、新文学而言,鲁迅就是以这样的新思维、新观念来进行创造性的对应。

---

① 鲁迅:《域外小说集·序言》,《鲁迅全集》(第10卷),第155页。

② 鲁迅:《且介亭杂文二集·〈中国新文学大系·小说二集〉序》,《鲁迅全集》(第6卷),第238页。

③ 鲁迅在《呐喊·自序》中详细地叙说了“幻灯片”事件的由来。通过这次事件,鲁迅深感国人的愚昧、无知和麻木,他说:“我便觉得医学并非一件紧要事,凡是愚弱的国民,即使体格如何健全,如何茁壮,也只能做毫无意义的示众的材料和看客,病死多少是不必以为不幸的。所以我们的第一要著,是在改变他们的精神,而善于改变精神的是,我那时以为当然要推文艺,于是想提倡文艺运动了。”鲁迅:《呐喊·自序》,《鲁迅全集》(第1卷),人民文学出版社1981年版,第417页。

④ 鲁迅:《南腔北调集·我怎么做起小说来》,《鲁迅全集》(第4卷),第512页。

如果说，梁启超的"新小说"主张首次将小说与"新民"、"新宗教"、"新政治"、"新风俗"、"新人心"、"新人格"等联系了起来，那么，鲁迅就在继承和发扬晚清以来的这种新文学观念当中，为中国新文学的发展确立了"改造国民性，重铸民族魂灵"的基本主题思路。鲁迅在表明了自己的创作动因之后，接着说："我深恶先前的称小说为'闲书'，而且将'为艺术而艺术'，看作不过是'消闲'的新式的别号。所以我的取材，多采自病态社会的不幸的人们中，意思是在揭出病苦，引起疗救的注意。"本着这种新的文学创作观念，鲁迅将小说（文学）创作看作是落实思想启蒙的一个重要途径。鲁迅给自己的创作规定的任务是："暴露家庭制度和礼教的弊害"[①]，画出"这样沉默的国民的魂灵"[②]，并以小说（文学）的方式，打通横贯在人与人之间的"高墙"，打破国民"心无从相印"，彼此相互隔膜的局面，沟通人们的心灵，唤醒麻木的魂灵，进而促进整个民族的自我反省与批判。也即他所希望的那样："在将来围在高墙里的一切人众，该会自己觉醒，走出，就来开口的罢。"从中国新文化、新文学的生成与发展的历史上来看，鲁迅所确立的"改造国民性，重铸民族魂灵"的文学观，是对传统文学观的一次深刻的革命，是新文学区别与传统文学的一个重要的标志。它不仅决定了鲁迅小说（文学）创作的基本精神风貌、基本价值观和基本艺术理念，同时也决定了整个中国新文学的思想深度和艺术发展。

对于中国新文学来说，在它的生成之初，要获得稳固的立足之地，

① 鲁迅：《且介亭杂文二集·〈中国新文学大系·小说二集〉序》，《鲁迅全集》（第 6 卷），第 239 页。

② 鲁迅：《集外集·俄文译本〈阿 Q 正传〉序及著者自叙传略》，《鲁迅全集》（第 7 卷），第 82 页。

所需要的就是这种具有创新价值的新思想和新观念。周作人①在新文学生成之初，大力提倡新的文学观念，无疑就是给予了新文学以巨大的思想资源的支持。周作人指出：“我们现在应该提倡的新文学，简单地说一句，是‘人的文学’。应该排斥的，便是反对的非人的文学。”高高飘扬着“人”的旗帜，可以说，这正是五四新文学确立新的审美价值观的标志，也是五四新文学生成的逻辑起点。由此，五四新文学开辟了中国文学发展的新纪元。在解释“人”的文学内涵时，周作人要求新文学必须以“人道主义”为本，观察、分析、思考，严肃认真地对待社会、人生诸问题，尤其是社会底层人的“非人的生活”，必须对改造社会、改造人生持积极的态度，而非“游戏的态度”，要充分地展示人的“理想的生活”。他认为：“中国文学中，人的文学，本来极少。从儒教道教出来的文章，几乎都不合格。”如何建构新文学的“人”的文学呢？周作人提出的思路主要集中在三个方面：一是个体本位主义。他强调，“人的文学”是以“个人主义的人间本位主义”为指向的。二是“人的文学，当以人的道德为本”，即“道德生活，应该以爱智信勇四事为基本道德，革除一切人道以下或人力以上的因袭的礼法，使人人能享受自由真实的幸福生活”。三是“人爱人类”，“使自

“人的文学”倡导者、现代著名作家周作人(1885—1967)

① 周作人(1885—1967)，初名櫆寿，字星杓，入南京水师学堂时改名为作人，后又名启明、遐寿，浙江绍兴人，鲁迅的二弟，现代著名作家、翻译家。1906 年留学日本。鲁迅在日本弃医从文，他是坚定的支持者、参与者、合作者，与鲁迅一道翻译编辑了《域外小说集》，共同创办了《新生》。1911 年回国，在绍兴第五中学任教。1917 年被聘为北京大学文科教授兼国史编纂处编辑员。在五四新文学运动中，提出“人的文学”和“平民文学”的主张，影响甚广，同时，创作了《小河》等一批有影响的白话新诗，并倡导“美文”创作。此外，还翻译了大量的外国文学作品，为中国新文学的兴起和发展作出了重要的贡献。但是，在抗战期间，出任汪精卫伪国民政府官职。抗战胜利后，被国民政府解送南京入狱，以通敌罪被处以有期徒刑 10 年，1949 年 1 月被保释出狱。建国后，被安排在人民文学出版社从事翻译外国文学作品工作。

己有人的资格，占得人的位置”，进而“改良人类的关系”。[①]

“人”的文学观的确立，不仅区分了新文学与旧文学的界限，为新文学的生成与发展提供了思想发展和艺术想象的广阔空间，同时也为建构与时代发展相一致的新型审美理想，形成新的审美范式奠定了坚实基础。从历史的进程上看，将“立人”作为思想的逻辑起点，五四新文学在起始阶段，就迅速获得了与整个世界发展主流相一致的先进文化思想的支持，形成了一股强大的反思民族性、国民性的文化批判运动，并使文学在文化批判当中获得了广袤的思想空间和艺术审美的新理念。尽管五四新文学是以激烈反叛传统的形式出现的，然而，这种激烈的反叛，却又是与中国文化、文学发展的内在理路(inner logic)[②]有着密切关联的。就“两浙”作家的文化理路而言，他们在中国社会、文化的转型之际，敢于提出前人所不曾提出的新思想、新观念，既与他们在海外留学受到近代西方文化、文学的影响分不开，也与他们受到作为“小传统”的母文化——地域文化的潜在影响分不开。正是囿于中国社会、历史和文化(包括地域文化在内)的特殊性的制约，五四新文学作为历史新的起始点，在开创时期就获得了一种自身独特性的文化规定性，而不是仅仅成为近代西方文化、文学的简单翻版或简单移植。

郁达夫在日本留学期间，接受日本文化和文学的影响，形成了自己的文学新思维、新观念。郁达夫曾这样评价日本文化：“日本的文化，虽则缺乏独创性，但她的模仿，却是富有创造性意义的。”[③]对日本的文

① 周作人：《人的文学》，《新青年》1918年12月15日第5卷第6号。

② 余英时在《中国思想传统的现代诠释》一文中，提出了有关中国现代化进程的“内在理路”(inner logic)之说，意即中国现代思想文化的发展，虽然受到近代西方文化思潮的影响，但依然与中国文化发展的内在需求有着密切的关联。本书赞同这一观点。仅“立人”而言，儒家文化就十分重视“立人”的作用，孔子说：“己欲立而立人。”尽管与鲁迅的“立人”内涵存在本质性的不同，然而，二者之间至少是存在着某种意义上的关联的，其意义所指的符号系统也有许多相同或相似之处。从“两浙”作家与地域文化的关联性角度上来说，“两浙”作家文化观念的“内在理路”与“两浙”地域文化是有密切关联的。

③ 郁达夫：《雪夜·自传之一章》，《郁达夫文集》(第4卷)，花城出版社、三联书店香港分店1982年版，第92页。

学，郁达夫也十分欣赏。他以日本古代为例指出，日本文学“写男女的恋情，写思妇怨男的哀慕，或写家国的兴亡，人生的流转，以及世事的无常，风花雪月的迷人等等，只有清清淡淡、疏疏落落的几句，就把乾坤今古的一切情感都包括得纤屑不遗了”[①]。日本自明治维新以来，几乎所有的近代西方文化、文学思潮都对日本产生了影响，从而形成了日本自身文化、文学发展的一些新的特点，出现了诸如以岛崎藤村等为中心的自然主义流派，以谷崎润一郎、左藤春夫为代表的唯美主义流派，以武者小路实笃、志贺直哉、有岛武郎等为代表的“白桦派”理想主义流派，芥川龙之介和菊池宽等人的“新思潮派”与自我小说等文学流派。[②] 日本现代文学接受近代西方文化、文学影响而形成的新观念，对于郁达夫来说，是十分感兴趣的。正如许子东所指出的那样：“真正对郁达夫的创作产生直接的、明显的影响的，却是明治、大正以后的近代文学，特别是日本的‘私小说’。”[③]从郁达夫文学观形成的特点上来看，他的“文学就是个人的自叙传”、“小说就是个人情感的流露”等观点，应该说，在很大的程度上都受到日本现代文学观念影响。同时，他的这种新颖的文学观念，又对中国新文学中新观念的形成和创作实践产生了深远影响。沈从文在论述郁达夫时指出：“多数的读者，由郁达夫作品，认识了自己的脸色与环境……展览苦闷由个人转为群众，十年来新的成就，是还无人能及郁达夫的。说明自己、分析自己、刻画自己，作品所提出的一点纠纷处，正是因为国内大多数青年心中所感到的纠纷处。”[④]可以说，郁达夫从日本文化、文学中汲取养分，形成自己独特的文学新思维、新观念，这对中国新文学的发展，是起到了很大的推动作用的。

从“两浙”作家在海外留学而形成的新思维、新观念，以及其对新文化所作的创造性对应和对传统所作的价值转换上来看，其中一个突出

---

① 郁达夫：《日本的文化生活》，《郁达夫文集》(第4卷)，第157页。

② 参见吉田精一：《现代日本文学史》，上海人民出版社1976年版，第58—61页。

③ 许子东：《郁达夫新论》，浙江文艺出版社1984年版，第223页。

④ 沈从文：《论中国小说创作》，转引自王自立、陈子善编：《郁达夫研究资料》(下)，天津人民出版社1982年版，第363页。

的特点就是为中国新文化、新文学提供了具有建构性、建设性的“现代思想”(如“改造国民性”的文学主题、“人的文学”观念、“为人生”的创作观、“启蒙主义”的创作观、“自我”主题、“反抗”主题,等等),并亲自将这种具有新质的“现代思想”付诸实践。对于现代中国发展进程来说,自晚清以来的有关现代民族国家的文学想象,就一直在寻找一种可以完全有别于传统的、全新的“思想”来支持新的文学体系的建构。梁启超虽然从有关新的中国国家风貌想象中提出了著名的“新小说”理论,并由此发展出了一套新的文学价值观和叙事方法,但就“思想”价值的现代转换和更新程度而言,他实际上还未能真正地完成价值与意义上的现代转换。[①] 在中国新文学史上,“两浙”作家则通过海外留学,广泛猎取近代西方文明,逐步地完成了思想价值的现代转换,进而也就能够为整个中国新文化、新文学提供完全不同于传统性质的“现代思想”,以及建立在这种“现代思想”基础之上的一整套新的价值观、世界观、人生观和新的思维方式、新的认识世界、把握世界、表现世界的方式。从这个意义上来说,“两浙”作家将“现代思想”作为中国新文化、新文学的自觉选择,形成了中国新文学追求理性价值和精神的文学观念。正如何锡章所指出的那样:“中国现代的新文化运动、新文学运动,是理性觉醒解放的结果。理性是近代以来人类获得解放自由独立的根本标志,是人类走向创造的内在力量,是人类发展的思想源泉。在现代中国,理性觉醒解放既是普遍的人性要求,又是已基本实现的客观存在。怀疑批判意识,独立自由观念,探索创新思想,构成现代中国理性觉醒与解放的基本内容,也是中国人开始获得近现代理性的表征。在理性至上的时

① 1918年底至1920年春,梁启超与张君劢、丁文江等六人一起到西方各国考察。梁启超原以为西方文明会给中国带来新生,而当时展现在他眼前的则是欧洲刚刚经历第一次世界大战的洗劫,满目荒凉、民多哀怨的景象,这使他深深失望。他甚至认为,西方文明已走到尽头,连自身都是泥菩萨过河,哪能给其他国家和民族提供精神财富?造成西方社会的这种现象,表面看起来是战争所致,实际上则是西方文明内在弱点所致。回国后,梁启超写有《欧游心影录》,这可以看作是他的思想由前期的激进转为后期的保守的一个标志,从中也说明他并未真正地完成思想性质的现代转换。

代，重视思想与价值乃是必然选择。中国现代文学在酝酿萌芽时期，新文学的倡导者几乎就为它确立了‘思想’与‘价值’至上的发展方向。”[①]的确，在中国新文学发轫之际，以“周氏兄弟”为代表的“两浙”作家，将“现代思想”植入中国新文学，不仅使他们自己成为中国新文化、新文学的主将，同时更重要的是，使这种完全有别于传统的“现代思想”，成为新文学生成与发展的内在驱动力。它深刻地体现出新文学对现代性价值建构的思想特点，使整个新文学在发展中不断地生成与发展自身独有的价值与意义，进而充分地表现出了现代中国人渴望摆脱近代以来被动挨打和贫穷落后的困境，追求自由、富强、民族独立、国家解放的伟大心声。

“两浙”作家的新思维、新观念，也使他们对新文学的艺术诉求具有相应的深度。在他们看来，既然新文学有别于旧文学，不再是“勇将策士，侠盗赃官，妖怪神仙，佳人才子”和“妓女嫖客，无赖奴才之流”唱主角，而是“新的智识者登了场”，那么，新文学在艺术理念的建构上，也应具有符合新文学“思想革命”要求的新的艺术元素。周作人在倡导“平民文学”时，就提到“平民文学应以真挚的文体，记真挚的思想和事实”。同时，他还特别提到“平民文学决不单是通俗文学”，而是要“研究全体的人的生活”，展示“对于他自己的与共同的人类的运命”的艺术精神。[②] 郁达夫在《小说论》一文中则提出“小说的表现，重在感情”的艺术观念，认为“艺术中间，美的要素是外延的，情的要素是内在的”。[③]因为情感的要素，最能宣泄人的内心欲望，展示人的内心世界，表现作为主体的人对于外部世界(同时也包括自身内心在内的客体世界)的心理体悟和生命的体验，从而使艺术能够达到表现“人生内部深藏着的艺术冲动”的高度，体现新文学将“美的追求”定位为“艺术的核心”的价值

---

① 何锡章:《论“思想”在中国现代文学价值生成与存在中的意义》,《文学评论》2002 年第 5 期。

② 仲密(周作人):《平民文学》,《每周评论》1919 年 1 月 19 日第 5 号。

③ 郁达夫:《艺术与国家》,《创造周报》第 7 号。

原则。[①] 西谛(郑振铎)也要求新文学应是“人生的自然的呼声。人类情绪的流泄于文字中的,不是以传道为目的,更不是以娱乐为目的。而是以真挚的情感来引起读者的同情的”。并且,他还特别强调“这种新文学观的建立,便是新文学的建立的先声了”[②]。很明显,“两浙”作家对新文学的艺术深度的诉求,将新文学的艺术观念定位为对“真挚的思想”和“人生内部情感冲突”的展现,这对新文学形成新的艺术观念都直接产生了影响。同时,这也表明,在“两浙”作家眼中,新文学的生成与发展,其基本的走向应是与世界文学发展主流的对应与对接,只有这样,新文学才能真正地肩负起“为人生”和“表现自我”的时代使命。

第二节　“两浙”作家对新文学现代性的建构

有关“现代性”(Modernity)的建构,一直都是中国新文化、新文学生成和发展的主题。如果说五四开启了建构现代性的大门,那么,整个中国新文化、新文学的生成与发展实际上都无法偏离建构现代性的主题思路。在中国新文化、新文学谋求现代性的建构当中,“两浙”作家所作的努力和贡献也是十分独特的。

当近代中国被迫进入以现代化为标志的全球化进程之后,“先进的中国人”开始认识到,整个中国社会、文化的发展有两个方面的特点:一是被置于世界性的冲击之中,在各个方面都受到强烈的震荡,整体结构发生了基础性的动摇,传统的价值观逐渐地从中心走向边缘;二是现代中国的发展离不开世界,必须吻合世界性的现代化发展主流,重建新的民族国家风貌。因为对于现代中国而言,“民族比较是现代中国思想的基本处境,亦是中国现代性思想的基本问题所在”[③]。因此,就近现代中国社会、文化发展的境况而言,渴望摆脱近代以来被动挨打和贫穷落

① 郁达夫:《艺术与国家》,《创造周报》第 7 号。

② 西谛(郑振铎):《新文学观的建设》,《文学旬刊》1922 年 5 月 11 日第 37 期。

③ 刘小枫:《现代性社会理论绪论》,上海三联书店 1998 年版,第 194 页。

后的困境，迈向民族的独立、解放和建立新型国家的意识，一直都是构成现代性的重要内容。李欧梵在论述中国的现代性特点时指出：“这种现代性实际上是从晚清到五四逐渐酝酿出来的，一旦出现就产生了极大的影响，尤其是对于历史观、进化的观念和进步的观念。”[①]他以梁启超为个案，论述了新的民族国家在兴起过程中建构现代性的特点，并认为梁启超“在中国现代史扮演了一个极为重要的角色”，因为他提出了有关“中国国家新的风貌的想象”。

在新文化、新文学发生之前，晚清出现的“诗界革命”和“小说界革命”，就已经自发地表达了对“自由”、“新民”、“新国家”、“新政治”、“新道德”、“新风俗”等新文化的诉求。在“诗界革命”中，黄遵宪提出了著名的“我手写我口”的主张。表面上看起来，这是反对诗坛上的拟古主义，要求突破古典格律诗对自由表达思想和情感的束缚，但实际上，其背后所表达的则是渴望“自由”的思想。他的诗歌创作也基本上是沿着这一思路，来对新的文化、新的民族国家展开想象的。例如，在《今别离》其一的“咏轮船火车”中，黄遵宪这样写道：

别肠转如轮，一刻既万周。眼见双轮驰，益增中心忧。
古亦有山川，古亦有车舟。车舟载离别，行止犹自由。
今日舟与车，并力生离愁。明知须臾景，不许稍绸缪。
钟声一及时，顷刻不少留。虽有万钧柁，动如绕指柔。
岂无打头风，亦不畏石尤。送者未及返，君在天尽头。
望影倏不见，烟波杳悠悠。去矣一何速，归定留滞不？
所愿君归时，快乘轻气球。

这里所歌咏的是轮船、火车，以及其后诗中的电报、照相片等工业文明以来的新物品、新事物，虽然所采用的仍然是古诗体，但所表达的却是对自由思想、对新文明的赞美之情。从思想文化的价值属性上来

① 李欧梵：《中国现代文学与现代性十讲》，复旦大学出版社2002年版，第5页。

说，这是具有现代性价值元素的。

梁启超则是将“新小说”与“新民”、“新国家”、“新政治”、“新道德”、“新风尚”等直接联系起来，要求新的小说应具有“新”民族国家的特别功能。在著名的《论小说与群治之关系》一文当中，梁启超就这样写道：

> 欲新一国之民，不可不先新一国之小说。故欲新道德，必新小说；欲新宗教，必新小说；欲新政治，必新小说；欲新风俗，必新小说；欲新学艺，必新小说；乃至欲新人心，欲新人格，必新小说。何以故？小说有不可思议之力支配人道故。

也许人们会问，小说（文学）真的有那么大的“魔力”吗？其实，真正的问题并不在于小说是不是有如此大的“魔力”，而在于小说（文学）是否能够为走向现代化的中国人，提供一种渴望建立新的民族国家的巨大想象空间，一种为新的民族国家建构现代性的宏大叙事方式。在这个意义上，梁启超所提出的有关“中国国家新的风貌的想象”，对新文化、新文学的现代性建构所起的作用是不可磨灭的，对后世的影响也是深远的。但是，由于梁启超这一代的知识分子未能在思想文化观念上，真正地完成现代性质的价值转换，所以，这种对新的民族国家的想象，在实践上并未得以真正实现，尤其是在文学创作的实践层面上，一种完全不同于传统文学的创作还未能真正地形成。于是，历史的重担，自然而然地落到了下一代的知识分子身上，而在这当中，“两浙”知识分子在传承晚清的传统中，又做了许多创造性的工作，为中国文化、中国文学的成功转型，提供了现代性的价值参照系统。

就文学的语言艺术属性而言，中国新文学的发生，其实质也是要通过语言的置换，获得文学观念的更新，使新文学在谋求民族独立、国家新生的过程当中，能够以新的语言及其所展现的新的审美原则、新的话语范式，充分地表现现代中国人的思想、情感，反映中国新文化的精神追求。正如福柯认为“话语是一种权力”一样，语言结构的内部是社会权力的运作，代表的是特定的政治权力、意识形态和文化观念，同时也是建构现代性的一种力量。从语言的文化意义上说，五四的白话文运动，乃是现代知识分子争取启蒙话语权力的斗争。换句话说，这是白话与文言所代表的两种文化价值系统，在中国特定历史时空中的一次正面交锋，也是中国传统的权威、权力话语，接受来自另一个新兴的知识阶层企图走到文化前台所带来的挑战和较量。在两种语言符号系统转换下涌动的，便是轰轰烈烈的思想解放大潮。因此，与此相关联的白话文运动，就决不是一个简单的语言学事件，而是一场以“启蒙”为核心的思想文化运动。从建构现代性的角度来说，文学意义上的现代性，最重要的是如何通过语言的置换，来充分地体现新兴的知识阶层对新的民族国家的想象与认同。正如李欧梵所指出的那样，文学意义上的现代性，“最重要的是叙述的问题，即用什么样的语言和模式把故事叙述出来”①。在近现代中国变革的特定历史时期，现代作家自觉地策划、领导和实施了这场语言转换的运动，而“两浙”作家则正是处在这一运动的中心位置。像鲁迅、周作人、沈雁冰（茅盾）、郁达夫、徐志摩……一大批的“两浙”作家在这场语言转换所带来的新文学现代性建构运动中，以富有独创性语言的文学创作实践，为丰富和发展新文学的现代性内涵作出了历史性的贡献。特别是鲁迅，他的《狂人日记》之所以成为中国现代文学史上第一篇白话小说，除了得时间之先的因素外，最主要的还在于小说采用了白话文的叙述方式，通过对个人主体意识的开掘，对个体历史感悟的心理叙事，表现了一代人的意识觉醒，展现出新兴的知识阶层对中国历史上“未曾有过的第三样时代”（即新的民族国家）的热烈企盼。因此，中国新文学作为整个国家、民族及其文化现代化过程的产物，对于现代性的建构，则完全不像晚清那样，仅仅局限在一些表层的事物上。如近代文学的“诗界革命”，虽然提出了“我手写我口”的口号，也尝试对古典格律诗的清规戒律有所突破，但在总体上还未真正地完成由古典的格律诗体，向现代的自由诗体的质的转换。显然，未能完成语言的现代置换，乃是其中的一个重要原因，而五四新文学正是要在

① 李欧梵：《中国现代文学与现代性十讲》，复旦大学出版社 2002 年版，第 9 页。

语言的现代置换当中，获得新文学的话语权，进而在完成观念的现代性转变过程中，通过一整套有异于传统文学的新的形态、范式，充分地展现出晚清以来对新的民族国家共同体的想象与认同，凸现出新文学对传统文学的历史性突破。

本尼迪克特·安德森（Benedick Anderson）在论述民族国家想象的共同体时指出，“民族”本质上是一种现代（Modern）的想象形式，它源自人类意识在步入现代性（Modernity）过程中的深刻变化，同时，“它是一种想象的政治共同体——并且，它是被想象为本质上是有限的，同时也享有主权的共同体”[①]。依据本尼迪克特·安德森的观点，进入以现代化为特征的工业文明时代之后，每一个新的民族国家在兴起与发展中都会有一个想象（Imaginary）的过程。这是一个不断被赋予新的意义的过程，所形成的是想象共同体，并由此奠定新的民族国家的共识基础。在他看来，任何一个新的民族国家的建立，在所建构的想象共同体的空间，都需要营造出与之相适应、相配套的“公共领域”（Public sphere），以便使所产生的意识、观念，能够成为全体成员的共识。文学作为与意识形态密切相关的“公共领域”，也自然要担负起这种想象共同体的职能。正如马克思在论述希腊神话特点时所指出的那样：“希腊神话不只是希腊艺术的武库，而且是它的土壤……任何神话都是用想象和借助想象以征服自然力，支配自然力，把自然力加以形象化的。”[②]这也就是说，“神话”是通过想象，形象化地表达了征服自然力，支配自然力的主体意识。因此，在新文学生成之际，它之所以被赋予诸多思想文化启蒙的功能，也就在于：它被认为是能够通过想象的过程，将许多新的意识、观念，形象化地转化成人们追求现代性的共识的。鲁迅在谈到自己为什么选择文学时，就曾反复指出，他是为了改变国民的精神，是抱着“为人生”和启蒙主义的思想来进行文学创作的。鲁迅的意图十

① 本尼迪克特·安德森：《想象的共同体——民族主义的起源与散布》，上海出版集团2005年版，第8页。

② 马克思、恩格斯：《马克思恩格斯选集》（第2卷），人民出版社1972年版，第113页。

分明确，就是要赋予新文学追求现代性建构的想象空间，以获得现代意义的支持，使新文学具有鲜明的思想文化启蒙的现代性价值。

沿着鲁迅开辟的建构现代性的路径，深入考察“两浙”作家对新文学现代性建构所作出的贡献，我们会发现，“两浙”作家一方面继承了晚清以来建构现代性的传统，另一方面又特别强调了要与新的民族国家的建立，及其所需求的思想文化启蒙的现代性相吻合。通过对新的民族国家共同体的想象与认同，突出思想文化启蒙的现代性核心价值，进而赋予文学一种鲜明的目的性，一种思想文化启蒙的使命感，同时也使新文学自身成为朝着向未来过渡、发展的一个重要的意识指南，一种精神性的向导，使新文学真正成为现代中国的“人的文学”。“两浙”作家在新的民族国家想象的共同体中展开现代性的建构，对晚清以来的现代性价值元素等进行了相应的重组、重构和创造性的转化，赋予新文学所需求的，以思想文化启蒙为主导的现代性意义，并要求在更广阔、更悠久的历史领域内寻找更多的思想文化资源支持，使新文学获得新的民族国家所需求的“民主”、“科学”、“自由”、“平等”、“个性解放”等现代性价值的充分认同。

新文学对现代性的诉求和建构，虽然受到近代西方文化的影响，但所走的仍然是一条不完全等同于西方式的路径。在这当中，“两浙”作家所作出的贡献，具有一种独创性。像鲁迅在通过小说创作揭示中国封建历史“吃人”的特征时，就表现出了以个体主体觉醒的方式，对应新的民族国家的现代性诉求。在早期的论文《文化偏至论》当中，鲁迅就提出了“张大个人之人格，又人生之第一义”的学说，并将“立人”的思想基点建立在“必以己为中枢，亦以己为终极：即立我性为绝对之自由者”的价值主张上。[①] 在《狂人日记》当中，鲁迅通过一个被视作为“疯子”，而头脑却十分清楚的“狂人”的视角，揭示出了具有“四千年”和满页都写着“仁义道德”的历史的“吃人”本质，并在严肃的自我反省、自我忏悔当中，为人们展示出了“中国历史从未有过的第三样时代”的理想情景，

---

① 鲁迅：《坟·文化偏至论》，《鲁迅全集》(第1卷)，第51页。

乃是“容不得吃人的人”的世界。“狂人”无疑是先觉悟的个体，而他发出“救救孩子”的呐喊，则是在倡导以个性觉悟的主体方式来展现新的民族国家的现代性诉求。正如美国著名的汉学家艾恺所指出的那样，“现代化导致了个人主义之兴，其意味不但个人是惟一重要的社会单位，也是仅有的法理单位。随之而来的主意是：只有个人本身才是国家的真的单元……”①。在这里，鲁迅对现代性的建构就不同于晚清的现代性传统，不同于梁启超所追求的有关“中国国家新的想象的风貌”的宏大叙事，也不同于他所受到影响的近代西方的现代性传统，②而是走了一条富有个人独创价值的，与近现代中国实际境况相吻合的求索现代性的路径。鲁迅对中国新文学现代性的贡献，其价值意义在于：当晚清将新的民族国家作为文学求索现代性的一种想象方式时，鲁迅则是着重将它转化为以呼唤个人主体觉醒的方式，来呼应新的民族国家的现代性诉求。换言之，鲁迅始终是从个体的独特体验和感受入手，谋求以个人主体对应民族国家主体的方式来建构新文学的现代性，强调个人主体乃是新的民族国家主体的独特形式，是绝对的现代性主体，即他曾反复强调的“人各有己”、“朕归于我”的个人主体。正是这样，鲁迅就力图在新的民族国家共同体的想象与认同过程中，表达对有关人的主体性建构的诉求，展现对“以己为中枢”、“以己为终极”等一系列关系到人的尊严、人的价值、人的权利和人的主体地位的文学想象。

与鲁迅相呼应的是周作人提出的“人的文学”观念，以及在具体的文学实践当中，对诸如“美文”创作等最能对应个人主体的情感诉求，对能够充分表达个人独特感受的新文学样式的大力提倡，从而凸现出新文学自身建设的现代性特征——审美现代性的建构。在《人的文学》一书中，周作人在谈到人的理想生活情景时指出：“‘人’的理想生活，应该怎样呢？首先便是改良人类的关系。彼此都是人类，却又各是人类的

---

① 艾恺：《世界范围内的反现代化思潮》，贵州人民出版社 1991 年版，第 41 页。

② 鲁迅说他的小说创作，就是受到“百来篇外国作品”的影响，参见鲁迅：《南腔北调集·我怎么做起小说来》，如他的《狂人日记》就受到俄国作家果戈理同名小说的影响。

一个。”在他看来，“人的文学”首先是对应人类群体的，落实在具体的民族国家范畴内，也就是要认同现代化进程所带来的对新的民族国家共同体的企盼和热烈想象。但是，他也特别指出，强调人的“类”属性，并不能抹杀人的个体属性，忽视个人主体的重要性。在论述“人的文学”的重要理论基础——人道主义特征时，周作人强调指出，它“是一种个人主义的人间本位主义”，是“只为人类中有了我，与我相关的缘故……所以我说的人道主义，是从个人做起。要讲人道，爱人类，便须先使自己有人的资格，占得人的位置”。[①]

将个人主体置于“人的文学”、人道主义的核心位置，周作人与鲁迅一样，目的也是以强调个人主体觉醒的方式来展现新的民族国家的现代性诉求。在具体文学创作实践当中，周作人也非常注重通过个人主体觉醒的方式来体现他对于现实人生的艺术表现。他在散文创作中大力提倡“美文”，实际上也就是在倡导一种凸现个人主体觉悟的现代散文创作范式，强调要以个人独特的心理感悟方式，对应新的民族国家的现代性企盼和想象。

1921 年 5 月，周作人发表《美文》一文，提倡“叙事与抒情因素并重的散文”，并且将这种散文称为“美文”[②]，认为由此可以“给新文学开辟出一块新的天地来”。[③] 通过创作实践，周作人形成了一整套以“美文”为创作理念的散文理论，其特点是在“人的文学”观念指导下，以展现个性解放为中心，倡导“言志”性的小品文创作。在周作人看来，这种“美文”性质的小品文，乃是“个人文学之尖端”，它将“叙事说理抒情的分子”，集合、浸染“在自己的性情里，用了适宜的手法调理起来，所以是近代文学的一个潮头”。[④] 不同于文言文的散文创作，以抒发个人性灵为主要特征的现代“美文”，突出了以个人主体的心灵感悟方式，展现现代

① 周作人:《人的文学》,《新青年》1918 年 12 月 15 日第 5 卷第 6 号。

② 在中国现代文学研究中,“美文”也被称之为“小品文”或“散文小品”。

③ 周作人:《散文》,《谈虎集》,北新书局 1928 年版,第 36 页。

④ 周作人:《〈近代散文抄〉序》,高瑞泉编:《理性与人道——周作人文选》,上海远东出版社 1994 年版,第 340 页。

中国人受五四新文化、新思想的熏陶而获得精神解放、心灵自由的一种人生的境界，一种生命的状态，从中对应新的民族国家共同体的现代性诉求。在建构现代散文创作范式中，周作人不仅展现了现代散文特有的艺术审美功效，而且更重要的是展现了现代散文所负载的现代自由思想和精神，进一步深化和拓展了新文化的思想内涵。在散文创作中，周作人多作"闲谈体"的散文创作，倾向于把散文创作看作是"自己的园地"，追求自然、闲适、超然、隽永的审美趣味，在自我抒情中展现率真的人生性情，表达咀嚼人生、体悟生命的心灵感触。像写于20年代的几篇散文——《北京的茶食》、《喝茶》、《苦雨》、《谈酒》、《故乡的野菜》、《乌篷船》等，就典型地体现出了五四新文化的"个性解放"理念，表明了他那"冲淡"、"平和"、"闲适"、"率真"、"自由"的人生态度。例如，在《谈酒》一文中，他这样写道："喝酒的趣味在什么地方？这个我恐怕有点说不明白。有人说，酒的乐趣是在醉后的陶然的境界。但我不很了解这个境界是怎样的……照我说来，酒的趣味只是在饮的时候，我想悦乐大抵在做的这一刹那，倘若说是陶然那也当是杯在口的一刻罢。"这不是一般性地谈论喝酒的轶事，而是表现了一种咀嚼人生的意味，一种从容、闲适、率真、自由的人生态度，从中传达出受五四新文化影响而获得个人主体自觉和个性解放、身心自由的思想特征。又如，在《故乡的野菜》中，从"我的故乡不止一个"入题，道出"故乡"涵义的新意和世俗人情的奥秘，接下来又引出"故乡的野菜"的话题，娓娓动听地描述"荠菜"、"马兰头"、"黄花麦果"、"紫云英"等野菜的来历，其中穿插着民谣、儿歌，描绘了一幅古朴、纯净、天真、平淡的人生图画："荠菜是浙东人春天常吃的野菜，乡间不必说，就是城里只要有后园的人家都可以随时采食，妇女小儿各拿一把剪刀一只'苗篮'，蹲在地上搜寻，是一种有趣味的游戏的工作。"在这幅生动的图画里，蕴含着一种清新、恬静、和谐的人生趣味内涵，展现出五四后的一种新的人生观。

从现代散文创作的机理上来看，周作人择取的是小题材，是平凡的生活琐事，但所展现的却是极其富有人生滋味和审美情趣的生命状态、生活境界。这不是舞文弄墨的卖弄，而是融人生的趣味性与知识性于现代文化理念的一种展示与传达。这种富有艺术审美意味的“闲谈”，支撑在其背后的是他的人生观、审美观和现代文化观，对应的是建构新的民族国家共同体所带来的个人主体的觉醒。正是在这个意义上，周作人有关现代散文创作理论和实践，还赋予了现代文化一种全新的审美理念，即现代散文创作所强调的是谋求通过个人性情的展露，从中表现出人的自在生命的一种自由精神体验与感悟，特别是在精神层面上，所突出的是无限的意义世界对有限的个体生命的超越，是对当下、对世俗、对日常功利心的超越，从而获得身心的和谐愉悦，获得对生命意义、生活价值的深刻体验，以及人的主体性价值的确立。从新文学与新文化的对应关系上来说，周作人对“美文”创作理念的倡导，成功地将思想层面上的现代性诉求，转化成了新文学对审美现代性的诉求，为中国文学的现代性转型作出了突出的贡献。

茅盾对新文学的理论建构，也同样表现了新文学对建构新的民族国家共同体的理念认同。在《新旧文学平议之评议》一文中，茅盾指出："新文学就是进化的文学。进化的文学有三件要素：一是普遍的性质；二是有表现人生指导人生的能力；三是为平民的非为一般特殊阶级的人，唯其是要有普遍性的，所以我们要用语体来做；唯其是注重表现人生指导人生的，所以我们要注重思想，不重格式，唯其是为平民的，所以要有人道主义的精神，光明活泼的气象。”[①]在这里，茅盾将新文学“为人生”的指导思想，与新文化、新文学所主张的对众多的不觉悟民众进行思想启蒙对应起来了，其目的与鲁迅、周作人等人倡导的唤醒个人主体觉醒的主张是相吻合的。在《文学与人生》一文中，茅盾在谈了文学与人生相关的“人种”、“环境”、“时代”等话题之后，着重谈到了作家人格(Personality)的问题。他举例说，“俄国托尔斯泰的人格，坚强特异，也在他的文学里表现出来。大文学家的作品，哪怕受时代环境的影响，总有他的人格融化在里头。法国法朗士说：‘文学作品，严格地说，都是

① 沈雁冰：《新旧文学平议之评议》，《小说月报》1920 年 1 月第 11 卷第 1 号。

作家的自传……’就是这个意思。”[①]人格的建构，无疑是对人的主体自觉性的重视。茅盾对人格的强调，基本思路也是强调个人主体的觉醒，进而对应民族、国家主体的认同。在《关于“文学研究会”》一文中，茅盾指出：“文学研究会发起诸人，什么‘企图’，什么‘野心’，都没有的；对于文艺的意见，大家也不一致——并且未尝求其一致；如果有所谓‘一致’的话，那亦无非是‘将文艺当作高兴的游戏或失意时的消遣的时候，现在已经过去了’。”[②]强调文学不能只限于“高兴的游戏或失意时的消遣”，当然不是对个人主体的忽视，而是强调个人主体必须与整个国家民族的主体要求对应起来，凸现新文学对新的民族国家现代性建构的价值认同。茅盾的这种建构新文学现代性的思路，在新文学进入第二个十年发展时期，得到了更好的展现。如果说五四是一个强调“个性解放”的时代，那么，新文学所进入的第二个十年发展时期，就是一个强调“社会解放”的时期。在这个时期，文学的时代性、社会性等民族国家的主体现代性特征，更进一步得到了认识上的强化。随着文学表现主题的深化，题材选择范围的扩大，内容的丰富，艺术形式和表现方法的多样化，茅盾对中国现代小说的内容和形式作了新的开拓，更进一步丰富了新文学的现代性内涵。无论是在主题的开掘上，还是在题材的选择上，茅盾都十分注重对其时代性、社会性内涵的强调，自觉地追求具有“巨大的思想深度”与“广阔的历史内容”的特点，以便使新文学能够充分地反映中国社会、时代的全貌和社会发展的前景，使新文学的现代性建构具有一种史诗性的特征。在谈到长篇小说《子夜》的创作意图时，茅盾就说：“我有了大规模地描写中国社会现象的企图”[③]，并“打算通过农村（那里的革命力量正在蓬勃发展）与城市（那里敌人力量比较集中，因而也是比较强大的）两者革命发展的对比，反映出这个时期中国

---

① 沈雁冰：《文学与人生》，《松江第一次暑期学术演讲会演讲录》1922 年 7 月第 1 期。

② 茅盾：《关于“文学研究会”》，《现代》1933 年 5 月 1 日第 3 卷第 1 期。

③ 茅盾：《〈子夜〉后记》，《茅盾全集》（第 3 卷），人民文学出版社 1991 年版，第 553 页。

革命的中国面貌。”[①]基于新文学对新的民族国家共同体的认同理念，茅盾在小说创作中所展现的现代性诉求，其中一个重要特点就是以文学阐释的方式，运用现代思想，对中国社会进行全景式的展示和思考，对中国社会的发展前景、出路，进行认真的分析和探索。可以说，茅盾的这种以认同民族国家共同体为特点的文学阐释方式，不仅改变了五四新文学以来现代性诉求的某些幼稚状态，同时，更重要的是，在深化新文学的现代性内涵方面，进一步凸现出了新文学对新的民族国家主体建构的道义承担。

郁达夫虽然反复强调小说创作就是作者的“自叙传”——“除了自己的之外，实在另外也没有比此再真切的事情”[②]，并由此创造了中国新文学独具特色的“自我抒情”小说文体，但是，他并非宣扬极端的个人主义，也非一味地倾泄自我的情感，更不是为自己树碑立传，而是以率真、唯实的艺术方式，“赤裸裸地把我的心境写出来”。这种由充分展现“个人”、“自我”的文学创作意图所展现出来的现代性诉求，仍然是以个人主体对应新的民族国家主体的方式来完成新文学的现代性建构。在小说《沉沦》中，郁达夫塑造了一个被社会挤出来，无力把握自己命运的“零余者”形象。这个以“自我”为中心的抒情主人公形象，并不是一个极端自我的个人主义者。“我”——一个受着民族歧视、社会压迫的留日学生，有着一颗美好而善良、敏感的心，他是五四的产儿，是新文化、新思想启迪了他，使他始终都是怀着个性解放、社会解放和民族解放的理想，热烈地追求个人应当有的东西：知识、金钱、爱情、荣誉。这是个人“应当”的权利，也是现代民族国家现代性建构的中心内容。然而，积弱积贫的近代中国，却无法满足每一个国民的这种欲望，因此，郁达夫在小说里通过主人公直接呼喊出来的，并不是个人的那种极端自私的抱怨，也不是个人的自暴自弃，而是一种寻求现代民族国家主体强大的

① 茅盾：《再来补充几句》，《茅盾全集》(第 3 卷)，人民文学出版社 1991 年版，第 561 页。

② 郁达夫：《序李桂著的〈半生杂忆〉》，《郁达夫文集》(第 7 卷)，花城出版社 1983 年版，第 279 页。

呐喊：

中国呀中国，你怎么不强大起来！

面对异族人的歧视、欺侮，“我”立刻发怒起来：“狗才！俗物！你们都敢来欺侮我么？复仇、复仇，我总要复你们的仇。世间里哪有真心的女子，我再也不爱女人，我再也不爱女人了。我就爱我的祖国，我就把我的祖国当作了情人罢。”[①]为了祖国，个人的一切皆可舍去，这当然可以说是郁达夫爱国主义思想的表现，但是，深究这种爱国主义思想的内核，不难看出从中所反映出来的五四时期现代性建构的一个基本指导思想，即在确立个人主体的模式当中，灌注新的民族国家共同体的现代性内涵，而不是完全像近代西方那样，为了使个人完完全全地从中世纪禁锢的“神”（上帝）那里解放出来，强调个人的绝对独立性，强调个人对一切桎梏——包括民族国家在内的所有禁锢——的反叛和超越。尽管郁达夫的一切“以个人为中心，以个人感情、兴趣、意志为出发点，一任兴之所至”的人生态度，特别是他那“诗人的气质使他倾向于用感情支配行动，对朋友，对同胞，甚至对敌人，他都是用感情来支配一切”的个人主义思想情感倾向，张扬了个人主体，凸现了个人主体自觉、真诚、直率的特点，但在这种个人主体的“内骨子”里，仍然烙着“位卑未敢忘忧国”的印痕，对应着新的民族国家主体建构的历史诉求。所以，当“我”沉沦于大海之前，仍然要面对祖国长叹一声，断断续续地呼喊：

① 郁达夫的这种以个人主体对应现代民族国家主体的方式，实际上也是五四新文学建构现代性的一个鲜明特征。例如，在郭沫若的新诗创作当中，他也是常常将祖国当作自己的“情人”、“爱人”。在《炉中煤》一诗中，古老的中国在诗人的笔下，成了一位“我”“心爱的人儿”，是“年青的女郎”，简直就像“我的爱人”一样。显然，这个为时代再造的新的民族国家主体的崭新形象，在五四新文学创作当中得到了充分的艺术表现，凸现出了五四新文学对以新的民族国家共同体为主导的现代性建构思路的认同。

祖国呀祖国，我的死是你害我的！
你快富起来！强起来罢！
你还有许多儿女在那里受苦呢！

郁达夫以凄婉的笔调描写了一个留日的中国学生，在受到来自民族和社会双重压迫的窘境中，从心灵的忧郁到最后的颓唐、沉沦的人生轨迹。这是个人的悲剧，也是社会的悲剧，民族、国家的悲剧。郁达夫以表现时代背面、塑造时代“弱者”的方式，展现出了强大的时代阴暗面在个人心灵深处的投影，在充分体现现代化历史前进的艰难性与曲折性当中，传达出了建构新的民族国家主体的现代性诉求与强烈愿望。

现代著名诗人徐志摩
(1897—1931)

中国新诗史上杰出的浪漫诗人徐志摩[①]，在新诗创作中所展现出来的个人主体意识，则是另一种自我表现的思想风采。徐志摩宣称自己的信仰是一种“单纯的信仰”——五四所确立的追求个性解放的思想。本着这种“单纯的信仰”，徐志摩在新诗创作中大胆地表现了争取个人自由、歌颂纯美爱情的思想，执著地追寻那种“从性灵深处来的诗句”[②]，并以江南才子之气质、英国绅士之风度，以潇洒飘逸、秀丽缠绵的新诗风，表现了个人获得觉醒、个性获得解放的主体意识。从个人主体意识立场出发，徐志摩诅咒了封建军阀统治的中国是“暴力侵凌着人道，黑暗践踏着光明”(《毒药》)。连年的军阀混战，留下的罪行

① 徐志摩(1897—1931)，谱名章垿，初字槱生，小字又申，“志摩”是他1918年8月赴美国留学时所改的名字，浙江海宁人，现代著名诗人。1921年开始创作白话新诗，1922年从英国剑桥大学留学回国，历任北京大学、清华大学、大夏大学、中央大学教授。参与主编《诗刊》、《新月》等文学刊物，是“新月诗派”的重要代表人物，著有《志摩的诗》、《翡冷翠的一夜》、《猛虎集》、《云游》等诗集。1931年11月19日，因飞机失事去世。

② 徐志摩：《徐志摩日记》，转引自陈从周：《徐志摩年谱》(重印本)，上海书店1981年版，第70－71页。

是"抹下西山黄昏的一天紫，也涂不没这人变兽的耻"(《人变兽》)。他赞美庐山石工的劳动号子是"我们汉族血赤的心声"(《庐山石工歌附录》)。从这些诗所传达的思想意识中，我们也不难发现，蛰伏在徐志摩思想意识中心的，无疑是五四的个性解放，人的自由的思想元素，而不是那种狭小的、完全的、极端的个人主义的思想元素，所对应的仍然是新的民族国家主体，而不是纯粹的个人主体。有学者认为徐志摩的个性解放思想，是建立在英美式的资产阶级共和国的政治理想基础之上的，这也不无道理。正是以个人主体对应新的民族国家主体的现代性建构的历史诉求，即便在那些被称之为是专门抒写"性灵"的"另一种自我表现"的诗中，从中也传达出了认同新的民族国家主体的思想意识：

假如我是一朵雪花，
翩翩的在半空里潇洒。
　　我一定认清我的方向——
　　飞飏，飞飏，飞飏，——
这地面上有我的方向。

不去那冷寞的幽谷，
不去那凄清的山麓，
　　也不上荒街去惆怅——
　　飞飏，飞飏，飞飏，——
你看，我有我的方向。
…… ……

——《雪花的快乐》

在这首追求理想爱情的诗篇当中，热烈而温柔、奔放而缠绵、执著而纯真的"雪花"形象，不仅仅只是表现出获得个性解放的个人主体境况，同样也表现出了新的民族国家主体在获得认同、建构当中，对个人主体所给予的一种肯定性的关怀。诗中所传达出来的那种潇洒飘逸、飞飏向上、轻盈活泼、执著纯洁的浪漫主义情怀，以及“我”——这个获得肯定的个人主体，所具有的那种百折不挠的追寻精神，那种不断寻找新的人生意义的方向感，何尝不是五四时代以追求个性解放的方式，认同、建构新的民族国家主体的思想意识表现呢？正是有了这种思想意识和精神情怀，“我”才要努力地去寻找：

我骑着一匹拐腿的瞎马，
　　向着黑夜里加鞭；——
　　向着黑夜里加鞭；
我跨着一匹拐腿的瞎马。

我冲入这黑绵绵的昏夜，
　　为要寻一颗明星；——
　　为要寻一颗明星；
我冲入这黑茫茫的荒野。
…… ……

——《为要寻一颗明星》

为要寻求这颗信仰的明星，“骑手”冲入了绵绵的黑夜、茫茫的荒野，尽管“骑手”和“瞎马”均倒在“水晶似的光明”到来之前，但他们毕竟看到了光明的到来。个体生命的毁灭，换来的将是“个性解放”为主导价值和核心理念的新的民族国家的建构，而这也正是“骑手”不惜生命的代价，执著寻找的价值与意义之所在。因此，在徐志摩的诗歌创作中，以个人“追求单纯信仰”——交织着个人主体的觉醒与民族国家主体独立的信念，始终是他执著追求的人生理想。

“两浙”作家对中国新文学现代性的建构，体现了晚清以来民族生存危机中的文化转型和发展的基本思路，其特点也就是以民族生存与发展为基点，以现实层面中“富国强兵”的民族国家理念为主导，以追求个性解放为核心的个人主体的觉醒和对新的民族国家共同体的道义承担，展开文学对新的民族国家共同体的想象。正如本尼迪克特·安德森所指出的那样，任何迈向现代化的民族国家，其“想象的共同体”都是由一系列文化符号所构成的，而它之所以是一种想象的、“虚幻”的共同体，原因就在于它是全民族成员的一种文化认同和情感的凝聚。[①] “两浙”作家的文学活动，鲜明地表达出了全民族成员对新的民族国家共同体的文化认同和情感趋向。因为自晚清以来，文学的发展总是得益于渴望建立新的民族国家为主导的思想意识发展的强力驱动，也就是说，它几乎是强制性地与整个民族国家建构现代性的思想文化诉求紧密地联系在一起。“两浙”作家对新文学现代性的建构，之所以被赋予诸多的思想文化启蒙的意识形态功能，并强调个人主体的确立必须获得民族国家主体的对应，原因就在于它被认为是能够通过民族国家想象的共同体，将有关现代民族国家进入现代化历史进程所萌发的现代性诉求，形象化地转化成人们的共识的。正是在这个意义上，“两浙”作家对新文学现代性建构所作出的贡献，可以归纳为四个方面：

一、“两浙”作家注重以确立个人主体的方式，表达对新的民族国家共同体强烈认同的文化理念，传达那种中国如果不革新就将落后于世界发展主流的现代性诉求。鲁迅说，在世界性的冲击之中，他最担心的是文化危机将导致“中国永远与世界隔绝”[②]，并明确指出：“许多人所怕的，是‘中国人’这名目要消灭；我所怕的，是中国人要从‘世界人’中挤出。”[③]鲁迅敏锐地看到中国变革的历史难度，曾感叹道：“中国大约太老了，社会上事无大小，都恶劣不堪，像一只黑色的染缸，无论加进什么新东西去，都变成漆黑。”[④]在《娜拉走后怎样》一文中，他指出：“不是很大的鞭子打在背上，中国自己是不肯动弹的。”[⑤]在小说《头发的故

① 参见本尼迪克特·安德森：《想象的共同体——民族主义的起源与散布》，上海出版集团 2005 年版。

② 鲁迅：《坟·未有天才之前》，《鲁迅全集》（第 1 卷），第 167 页。

③ 鲁迅：《热风·三十六》，《鲁迅全集》（第 1 卷），第 307 页。

④ 鲁迅：《两地书·四》，《鲁迅全集》（第 11 卷），第 20 页。

⑤ 鲁迅：《坟·娜拉走后怎样》，《鲁迅全集》（第 1 卷），第 164 页。

事》里，他也曾大声叹道：“阿，造物的皮鞭没有到中国的脊梁上时，中国便永远是一样的中国，决不肯自己改变一支毫毛！”显然，在鲁迅看来，如果不进行包括文化在内的全方位革新，中国固有的弊端就不能得到有效的消除，所以，他指出，之所以“还要揭发自己的缺点，这是意在复兴，在改善……”[①]对于“两浙”作家来说，个性的解放，个人主体的确立，均是新的民族国家主体获得建立的重要前提。因此，以强调个人主体自觉和觉醒的方式，对应新的民族国家主体的现代性诉求，也就被视作为新文学的重要使命。

二、“两浙”作家善于用历史进化的眼光来审时度势，主张以历史发展与进步的规律性观念来打破传统的历史“循环论”学说，以进化的乐观主义情怀，憧憬新的民族国家的未来，宣扬改革的思想主张——主张大胆地进行全方位的改革，确立民族独立、富强的文化信念。鲁迅在早年撰写的《摩罗诗力说》中，就向国人大力推荐那些“立意在反抗，指归在动作”的摩罗诗人，并在其后的许多杂文里，严厉地批评了传统文化的“大团圆”、“十景病”等弊端，特别是对整个历史在所谓“一治一乱”的循环中，进行“破坏了又修补”[②]式的认识观、发展观，进行了猛烈的抨击。周作人提出“人的文学”观念，也是基于历史的进化观。茅盾则更是明确地指出：“我们该拿进化二字来注释‘新’字。”[③]强调要打破历史的“循环”，也就是要避免落入单纯的“新”、“旧”循环和交替的俗套，而是要以全新的思想和精神姿态，汇入世界性的现代化洪流之中，使整个国家的发展不后于世界发展之潮流。

三、“两浙”作家在以个人主体对应新的民族国家主体当中，十分看重民族、国家、社会一类的诸如“国民精神”、“国民素质”、“国民道德”等方面的文化革新作用。鲁迅当年作出“弃医从文”的决定，在很大的程度上就是因为看到了国人精神麻木的缘故。他指出：“我觉得医学并非

① 鲁迅：《书信集·附录六·致尤柄圻》，《鲁迅全集》（第 13 卷），第 683 页。

② 鲁迅：《华盖集续编·记谈话》，《鲁迅全集》（第 3 卷），第 358 页。

③ 沈雁冰：《新旧文学平议之评议》，《小说月报》1920 年 1 月第 11 卷第 1 号。

一件紧要事，凡是愚弱的国民，即使体格如何健全，如何茁壮，也只能做毫无意义的示众的材料和看客，病死多少是不必以为不幸的。所以我们的第一要著，是在改变他们的精神。"[①]改变国民的精神，旨在强调国民的现代素质与新的民族国家主体的对接和对应。郁达夫宣称："我们想以纯粹的学理和严正的言论来批评文艺政治经济，我们更想以唯真唯美的精神来创作文学和介绍文学。现代中国的腐败的政治实际，与无聊的政党偏见，是我们所不能言亦不屑言的。"他还着重强调新文学应是"世界人类共有的田园，无论何人，只须有真诚的精神和美善的心意，都可以自由来开垦"[②]。强调用文学的想象方式，革新国民的精神，提高国民的素质，提升国民的道德，乃是"两浙"作家对新文学现代性建构内容所作出的一个重要规定，并最终使新文学"改造国民性"的命题，成为中国新文化建设中的基本命题。

四、"两浙"作家十分重视文学特殊的社会功效，认为现代中国的社会、政治变革，不能忽视思想文化和文学艺术的作用。鲁迅就曾反复强调他做小说是抱着"启蒙主义"和"为人生"的目的，是为了揭示"病态社会"的弊端，引起社会"疗救"的注意。他之所以作出"弃医从文"的决定，除了上文提到的有感于国民之精神愚昧、麻木外，就是看到了文艺具有点燃"国民精神的火花"的特殊功效。茅盾在谈论"文学研究会"时指出："……当时文学研究会同人在反对游戏的消遣的文艺观这一点上，颇有战斗的精神了！"[③]反对游戏文学，反对消遣文学，而主张战斗的文学，也就是强调新文学对国民的精神启示和心灵启迪的特殊功效。茅盾特别指出："我们自然不赞成托尔斯泰所主张的极端的'人生的艺术'，但是我们决然反对那些全然脱离人生的、滥调的中国式唯美主义文学作品。我们相信文学不仅是供给烦闷的人们去解闷，逃避现实的人们去陶醉；文学是有激励人心的积极性的。尤其是在我们这时代，我

① 鲁迅：《呐喊·自序》，《鲁迅全集》(第 1 卷)，第 417 页。
② 郁达夫：《创造日宣言》，《洪水》1925 年 9 月 16 日第 1 卷第 1 号。
③ 茅盾：《关于"文学研究会"》，《现代》1933 年 5 月 1 日第 3 卷第 1 期。

们希望文学能够担当唤醒民众而给他们力量的重大责任。”[①]即便是认为小说就是作家的“自叙传”，小说重在“抒情”、“表现自我”的郁达夫，也认为文学具有“安慰那些正直的惨败的人生战士”的特殊功效，具有“促进改革这不合理的目下的社会的组成”的特殊作用。[②] 在新文学的现代性建构理路中，突出文学的精神价值和功能作用，“两浙”作家的思路是十分明确的，就是要赋予新文学具有提升国民精神素养，改造国民性，重铸民族魂灵的新功能。

“两浙”作家对中国新文学现代性的建构，以倡导个人主体对应现代民族国家主体的方式，直接促成了新文学宏大叙事的最终成型，[③]同时也标志着中国新文学现代性观念和审美认知的日臻圆熟，表明新文学能够在相对应的文学观念和艺术表现形式中，擅长在追求宏大性的想象时空跨度内，表现社会生活的广度、深度，表现个人主体在整个民族国家发生历史大变动、大转型时期的特殊价值，从而使新文学的叙事总是包含着明确的民族国家发展的意识观念。从中国新文学生成和发展的路向上来看，中国新文学对现代化的诉求，对现代性的建构，通过“两浙”作家的不懈努力，在其发展的进程中就已呈现出这样一种特点，即整个新文学在展现新的民族国家风貌的想象当中，充分展现出了一种“崇高”性质的美学风范，一种理想主义情怀和强烈的民族主义激情。像被人们所称道的五四新文学，其中就洋溢着一种“破坏”和“创造”的豪情壮志，一种热烈追求个性解放、争取民族独立的青春冲动，一种对“自由”、“民主”、“平等”、“个性解放”等构成新的民族国家的现代思想

① 雁冰：《“大转变时期”何时来呢?》，《文学》(原名《文学旬刊》)1923 年 12 月 31 日第 103 期。

② 郁达夫：《〈创造月刊〉卷头语》，《创造月刊》1926 年 3 月 16 日第 1 卷第 1 期。

③ 这一点在茅盾的文学创作中，表现得尤为突出。作为中国新文学在第二个十年发展阶段的重要作家，茅盾的创作特点是成功地将五四时期以个人主体对应新的民族国家主体的创作范式，转化成为以全景式的、大规模的，以透视社会各个矛盾、探寻社会发展出路为中心的建构新的民族国家主体的创作范式。在他的小说创作当中，史诗性的巨大内容，全景式的社会透视，宏伟繁复的艺术结构，冷静、理性、客观的文学叙述，鲜明生动的人物性格刻画，都标志着中国新文学现代性建构中的宏大叙事范型的最终生成。

元素的高度认同。不言而喻，形成这种想象合力的直接结果，就是使中国新文学通过现代性的建构，整体性地增强了对新的民族国家的认同感。

第三节　“两浙”作家对新文学基本范式的奠定

拉里·劳丹在论述范式(Paradigm)的功能时指出：“范式是‘考察世界的方式’。”[①]显然，范式不仅仅指的是形式，而是包含着深刻的文化观念和思想意义的一种结构模态。每一种文学观念都凝聚在其范式结构当中，或存在于与之相对应的范式之中。文学范式有其相对的独立性和稳定性，但构成范式的某些具体的、单个的因子，却又处在动态演变与发展之中，它不断地受到怀疑、否定和批判、抛弃，从而导致整体结构由量变向质变发生转化，最后将导致整体性结构体系的转变。从这个意义上说，新文学运动，特别是五四文学革命，也就是一场文学范式的革命，是旧范式与新范式的互动、转换的历史进程。其中，最主要的是在文学观念上获得了与旧文学完全不同性质的转换，并导致了文学内部范式的不断更新，价值因子的创造性转化，从而促使新的文学理念与结构体系的形成，为现代人在意义重构中提供新的艺术样式。在新文学取代旧文学的过程中，“两浙”作家为中国新文学建构的新范式很快为现代人所接受，同时也使新文学成为现代社会、现代文化不可或缺的部分，并在特定的年代起着特定的规范作用。

在中国新文学生成之际，周作人就指出：“文学这事物本合文字与思想两者而成，表现思想的文字不良，固然足以阻碍文学的发达，若思想本质不良，徒有文字，也有什么用处呢？我们反对古文，大半原为他晦涩难解，养成国民笼统的心思，使得表现力与理解力都不发达，但别

① 拉里·劳丹：《进步及其问题》，上海译文出版社 1991 年版，第 72 页。

一方面，实又因为他内中的思想荒谬，于人有害的缘故。”[①]基于五四思想革命的需要，“两浙”作家对中国新文学范式的建构路径，基本上还是沿着“观念革新——范式革新——新范式确立”的路径演化而来的。T. 霍克斯在阐释结构主义与符号学理论时指出，单个的符号是在一定的结构体系中，与其他符号发生相互连锁的功能耦合的。任何一个游离结构之外的单个符号“就其本身而言是没有意义的，它的意义事实上由它和既定情境中的其他因素之间的关系所决定”[②]。同样，任何范式的形成，都将与特定的传统和文化语境有着密切的关系，特别是与文化观念、文学观念的变革有着紧密的关联。但是，在相对应的文化观念、文学观念与语境当中，任何范式又都是动态的、建构性的。库恩在论述范式在常态科学研究中的指导意义时着重指出，当整个体系发生根本性变革时，“范式”将通过“危机——冲突——革命——新常态”的一系列程序演变，将旧的“范式”转化为新的“范式”。而在这当中，观念和体系的根本性转变是促使新范式形成的关键。[③]“两浙”作家在新文学运动中倡导摧毁旧文学的观念和体系，同时也在努力地促成新文学观念和体系的建立。茅盾说，新文学应是一种“真文学”，也即能够充分“反映时代”和“表现社会生活”的新文学，才能够克服“中国古来文人对于文学作品只视为抒情叙意”的单一范式局限，从而使新文学更加具有“广阔气魄深厚”的特质，建立起与时代发展相一致的新文学范式。[④]在“两浙”作家看来，建立新文学体系和范式，一是要对传统体系和传统范式进行革命性的改造；二是要在动态发展当中确立范式的审美特质和类型，规范新文学的发展。只有这样，才能够将新文学体系和范式的建构真正地落实到实处，使之成为现代人一种新的审美认知与表现方式。

---

① 周作人：《思想革命》，高瑞泉编：《理性与人道——周作人文选》，上海远东出版社1994年版，第6页。

② 特伦斯·霍克斯：《结构主义与符号学》，上海译文出版社1987年版，第9页。

③ 库恩：《科学革命的结构》，上海科学技术出版社1980年版，第120页。

④ 朗损（茅盾）：《社会背景与创作》，《小说月报》1921年7月10日第12卷第7号。

一、“为人生文学”叙事性范式的成型

梁实秋曾指出：“全部影响之最紧要处，乃在外国文学现象之输入中国（非表面）。换言之，我们自经和外国文学发生接触之后，我们新文学的见解完全变了……这一变可是非同小事，因为不但今后中国文学根本的改变了模样，即是以往的四千年来文学，在中国文学史上的地位和价值都要大大的改动。”[①]“两浙”作家在中国新文学体系和范式的建构中，首先是实施了对旧文学观念体系的颠覆与突破，在确立对立和崇高的审美理念过程中，建构了一系列新的范式结构，催生了新的美学观念，使人们对新文学的功能和审美作用有了新的认识，也使新文学在充当历史先锋的过程中，能够确立自身的历史位置，建构自身的全新体系，完成新旧文学的历史交接和转型。

在五四时期，各种社会人生现象都纳入了新文学的视野，使新文学在担负思想启蒙重任时，产生了对思想深度和审美深度的诉求：不仅仅只是对现实的单纯反映，还要能够透过人生的表象“显示灵魂的深”。这种再现现实人生的文学观念，促成了新文学“为人生文学”叙事性范式的成型，凸现了新文学再现人生、表现人生的功能，使新文学具有一个共同的价值信念：“再现人生，指导人生。”沈雁冰指出：“进化的文学有三件要素：一是普遍的性质；二是有表现人生指导人生的能力；三是为平民的非为一般特殊阶级的人的。唯其是要有普遍性的，所以我们要用语体来做；唯其是注重表现人生指导人生的，所以我们要注重思想，不重格式；唯其是为平民的，所以要有人道主义的精神，光明活泼的气象。”[②]新文学的这种观念范式，成为主导新文学发展的内在稳定要素，它对旧文学形成了强大的冲击力，对新文学则形成了强大的催生力。张定璜在对最后一批文言小说以及鲁迅的小说《狂人日记》进行比较和评论时这样写道：“《双枰记》等载在《甲寅》上是 1914 年的事情，《新青年》发表《狂人日记》在 1918 年，中间不过四年的光阴，然而他们

① 梁实秋：《现代中国文学之浪漫的趋势》，《中国现代文学研究丛刊》1987 年第 2 期。

② 沈雁冰：《新旧文学平议之平议》，《小说月报》1920 年 1 月第 11 卷第 1 号。

彼此相去多么远。两种的语言，两样的感情，两个不同的世界！在《双枰记》、《绛纱记》和《焚剑记》里面，我们保存着我们最后的文言小说，最后的才子佳人的幻影，最后的中国人的祖先传来的人生观。读了他们再读《狂人日记》时，我们就譬如从薄暗的古庙的灯明底下骤然间走到夏日的炎光里来。我们由中世纪跨进了现代。”[①]“为人生文学”的叙事性范式成型，其作用和影响是巨大的，也是持久和卓有成效的。它使整个新文学能够在较短的时间里，有效地聚集巨大的思想能量和艺术能量，调动各方面的有效资源，来与具有长期历史积淀和拥有话语权力，且仍处在中心位置的旧文学展开一场生死较量，并取得决定性胜利。正如库恩在论述范式的功能时所说的那样：“使他们在遇到问题时可以感到没有任何问题就可把它归之于一个先入为主的经验所准备的概念范畴中”，从而获得一种前所未有的创造活力。同时，也“正是这种形而上的哲学而不是形而下的科学成分，才能使其成为一种集体信念，具有高度免疫力，足以在反常、反驳、反证的包围中沿着选定的方向前进”[②]。新文学在确立了“人”的文学观之后，实际上也使“为人生文学”叙事性范式，在获得源源不断的新思想资源和精神资源支持当中，为自身的生成与发展增添了内在的动力，使新文学在整个思想文化启蒙中发挥着巨大的作用，同时使新文学在沿着“改造国民性，重铸民族魂灵”和“再现人生、表现人生”的方向前进过程中起着主导作用。

“两浙”作家对“为人生文学”叙事性范式成型的促成作用，使新文学一开始就凸现出了五四启蒙思想对现实人生的穿透力与关注力，并对新文学的创作及其走向进行了有效的规范。因为在新文学生成之初，除了鲁迅创作的富有震撼力的作品外，其他的创作还显得比较幼稚，或是旧文学的胎记还比较明显。在这个时候，“为人生文学”叙事性范式的确立，对新文学创作进行有效规范就显得十分的重要。特别是在五四潮起潮落的历史大变动、大转折时期，各种外来思潮的冲击、新

① 张定璜：《鲁迅先生》，《现代评论》1925 年第 1 号。

② 参见库恩：《必要的张力》，福建人民出版社 1981 年版。

旧思潮的交锋，都在不同的层面上影响着新文学的生成和发展。新文学能否在创作实践上显示力量，这是决定新文学成败的一个关键。从新文学实践的特点上来看，"两浙"作家对"为人生文学"叙事性范式成型的促成作用，直接对新文学的创作走向进行了两个方面的有效规范：

（一）对新文学创作意识走向的有效规约

在五四时期，思想文化启蒙是时代的主旋律。人的发现、个性的张扬、主体意识的觉醒，都使现代中国人愈来愈重视精神世界的需求，尤其是在新旧价值转换之际——传统终极关怀的价值失落，新的终极关怀一时尚无法建立，人的精神往往处在无所凭借的"价值真空"之中，加上现代社会打破古典的宁静、和谐，随之而来的是现代社会的嘈杂、喧嚣、对立和快节奏。急剧变化的社会和各种思潮的跌宕起伏，既给人以思想的深刻启蒙，唤醒了沉睡的国民，又给刚刚从传统走过来的人以巨大的心灵冲击，挑起了人们内心的紧张。所有这一切，都要求新文学叙事应具有一种深度的诉求，即为配合思想文化启蒙的历史任务，需要特别关注现代人的精神世界。因此，在新文学创作之初，属于主体方面的那种理性精神的彰显与时代的伤感情调相对应，对社会变革和现实人生的困境作出迅速的反映和再现，就构成了"为人生创作"的主导性叙事元素。

显然，这种主导性的叙事元素规约了新文学创作思想的走向，那种无视人的存在意义的创作、那种游戏人生的创作，以及那种所谓田园牧歌情调的创作，都将受到置疑，受到批评。茅盾说，新文学必须"是站在反封建的自觉上去攻击封建制度的形象的作物——旧文艺"，并着重强调："这是'五四'文学运动初期的一个主要的特性，也是一条正确的路径。"[①]同时，"为人生文学"的创作观念还强调新文学的表现对象，必须是民族大多数的普通人（包括知识分子）与他们平凡的社会人生，而不是"古之小说"占主角的"勇将策士，侠盗赃官，妖怪神仙，才子佳人，后

① 茅盾：《〈中国新文学大系·小说一集〉导言》，乐黛云编：《茅盾论中国现代作家作品》，北京大学出版社1980年版，第5页。

来则有妓女嫖客，无赖奴才之流”，而在“‘五四’以后的短篇里却大抵是新的智识者登了场”①。正是在这个意义上，“为人生文学”叙事性范式的成型，将有效地规范新文学创作意识的思想性走向，确保新文学对思想文化启蒙历史重任的承担和艺术表现。

作为新文学第一篇白话小说的作者，鲁迅一开始就在他的创作中显示出了他那种“特立独行”的思想深刻性。他形象地将具有“四千年”且一直标榜“仁义道德”的历史比作为“吃人”，这是迄今为止通过文学文本所展示出来的最为深刻、最为形象的认识结论。通过文学创作，鲁迅把深藏在他内心深处，经过反复思考和生命体验的思想认识，化为一个个鲜活的文学形象，从中展现出中国人的生存境况、心理性格和历史命运，并由此揭示出“病态社会”和“病态人们”的疾苦，希望能够引起社会“疗救的注意”，达到改造国民性的目的。鲁迅给自己的文学创作规定的任务是：以文学为点燃“国民精神的火花”，通过文学“画出沉默的、现代的国民魂灵”，并以此为桥梁，沟通国民彼此隔膜的心灵，唤醒仍在“绝无窗户”而“万难破毁”的“铁屋子”里昏睡的国民，促进民族的自我反省与批判。显然，鲁迅的意识聚焦，不是有关贫苦国民在物质层面——也不是在一般的政治经济层面——上所受的剥削与压迫，而是占国民大多数的、包括广大农民在内的下层贫苦国民，在精神上长期以来遭受封建专制和家族礼教的迫害与心理变异。在小说《祝福》里，鲁迅并没有写鲁四老爷如何在经济上剥削祥林嫂，也没有正面描写祥林嫂在物质上的拮据，通篇则是展示以祥林嫂为代表的下层贫苦国民的精神愚昧和麻木。在《故乡》里，鲁迅描绘的也不是他那久别的故乡的“阳光灿烂”，不是他回到故乡的那种“欢欣鼓舞”，而是闰土那“老爷”声中透露出来的精神隔膜。最为深刻的莫过于他的《阿 Q 正传》了。通过对阿 Q 矛盾性格的揭示，鲁迅把他对国民性——尤其是国民劣根性——的揭示与思考，推到了一个更深刻的思想层面，将一个“现代的国民魂灵”展现得活灵活现，将“国民的弱点”暴露得淋漓尽致，同时也

---

① 鲁迅：《南腔北调集·〈总退却〉序》，《鲁迅全集》（第 4 卷），第 621 页。

将悲剧和喜剧紧紧地糅合在一起，形成了巨大的艺术情感冲击波，猛烈地冲击着中国社会的每一个阶层、每一个个体。可以说，居于鲁迅文学创作观念中心的，不是社会政治、经济的变动及其对人们的影响，而是展现身为国民的“人”，如何获得精神的解放、心灵的解放，如何摆脱长期的封建伦理道德束缚而进入精神自由、心灵自由的境地。正是在这个意义上，鲁迅的文学创作集中地体现了他作为20世纪杰出的思想家、文学家，通过文学而展示出来的关注人的生存境况、心理发展和前途命运，寻找人的精神归宿，建构人的精神家园的思想激情和精神风采。

有人认为鲁迅的创作有思想大于形象之嫌，其实这完全忽视了鲁迅的创作动机和创作理念。在他的作品中，他的那种对现实人生所特有的生命感悟，特别是对人生苦楚所怀有的那种刻骨铭心的生命体验，使他对现实人生、社会历史的体察，在达到空前的思想高度的同时，也总是深沉地流露出只有先驱者才可能有的那种时代的忧患意识、那种超前行进中的心理孤独感。这才是鲁迅文学创作的真正特色。他不是那种用什么文艺理论的概念或术语就可以盖棺定论的作家，而是一个真正展现自己生命本质和思想风采的作家。在鲁迅那里，他关心的不是世界的本源或人的本质之类的抽象问题，而是诸如人生是否有意义、人怎样或应该怎样有意义的问题。对于这些问题的思考，更能展现鲁迅对现实人生的关注，以及从中所展现出来的人文关怀和人文理想。所以，阅读鲁迅的文学文本，得到的不是思维的快乐和逻辑的满足，而是心灵的颤动和人生的启示。所记住的不是有关人生抽象的大道理，而是能够不时地感受到他那种彻底超越了生与死的纠缠而透露出来的人生睿智、那种“其实地上本没有路，走的人多了，也便成了路”(《故乡》)的人生启示，以及像西西弗斯那样，明明知道将巨石推到山顶便又会滚回原地，但仍然要永不停息地劳作，推着巨石向上艰难行走的人生意志。看，那明明知道前面是“坟”，仍然放不下，仍要向前走的过客，不也是在说：“我还是走的好！”(《过客》)“走”，乃是生命的本质所在，人生的终极所系。所以，海德格尔说：“思最恒久之物是道路。”尽管“至多不过是一条田间小路”，但思则可以“穿过田野，它决不轻言放弃”。[①] 不停地走在恒久的道路上，那么，生命的价值、人生的意义，就尽显其中——真正的人生之“道”也尽显其中。因此，在鲁迅的文学创作当中，思想与形象是紧紧糅合在一起的，对现实人生的本质反映与主体对人生本质、存在意义的思考及其艺术表现也是紧紧糅合在一起的。在这个意义上说，鲁迅代表了中国新文学的发展方向，这应是一个中肯的评价。

鲁迅的创作，深刻地影响了新文学的众多作家的创作，他们在不同程度上都展现了与鲁迅创作相仿的特点。五四小说创作的第一个高潮是“社会问题”小说。以冰心、庐隐、王统照、汪敬熙、罗家伦、杨振声、叶绍钧、俞平伯等为代表的一批作家，就是将小说当作“社会改革的器械”，展现出了新文学对社会人生的强烈关注，以及文学参与社会人生实践的积极主动性。同时，这种创作观念还决定了“社会问题”小说创作的整体兴起，使新文学作家更加注重从身外广大社会的现实人生实践层面上，寻找创作题材，寻找当时人们关注的热点问题，从而使新文学一开始就能够与社会人生实践紧密结合，获得现实主义的创作灵感，对应人们渴望社会变革的心理，体现新文学的理性精神。

（二）对新文学创作大众化走向的有效规约

新文学为新文化承担思想启蒙的历史重任，在对应时代需要的同时，也还必须对应创作接受对象的需求。在这方面，“为人生文学”叙事性范式的成型，将有效地规范新文学创作的大众化、通俗化的走向。这主要表现在两个方面：一是对新文学的形式提出现代性与通俗性并重的规范，要求巨大的思想性能够以通俗性的表现形式显示出来；二是推动新文学创作方法的多样化，使新文学创作在艺术方法上，能够具有更大的选择权利。

陈独秀在倡导文学革命时，曾明确指出要“建设平易的抒情的国民

---

① 海德格尔：《人，诗意地安居》，上海远东出版社 1995 年版，第 48、39 页。

文学”,“建设新鲜的立诚的写实文学”,“建设明了的通俗的社会文学”,[①]旨在要求新文学创作能够面向大众,让普普通通的大众都能够读懂新文学,接受新文学。当然,新文学要求创作的大众化、通俗化,并不是要降低要求、降低艺术水准,以迎合一些人的低俗要求。相反,新文学一是要求将普通人作为主要表现对象,唤醒他们的主体意识。在这方面,“两浙”作家的创作观念和实践是极其卓越的。如鲁迅,就是出于“改造国民性”的强烈愿望,以沉重苦楚的思想情感,描绘民族的历史和现实,努力揭示出千百年来普通人过着死水一潭的世俗生活的悲剧,对应他们的心理需求和审美需求,唤醒他们的思想觉悟。二是充分考虑到普通大众的文化水准和阅读习惯,使新文学创作能够向大众提供清晰的、对应大众需求的审美图式和人生图景,提升他们的思想境界,发挥思想文化启蒙的重要作用。如周作人,在倡导“平民文学”时就指出:“平民文学应该着重与贵族文学相反的地方,是内容充实,就是普遍的思想与事实。第一,平民文学应该以普通的文体,写普遍的思想与事实。我们不必记英雄豪杰的事业,才子佳人的幸福,只应记载世间普通男女的悲欢成败。因为英雄豪杰才子佳人,是世上不常见的人;普通的男女是大多数,我们也便是其中的一人,所以其事更为普遍……第二,平民文学应以真挚的文体,记真挚的思想与事实。”他还着重强调了两点:“第一,平民文学决不单是通俗文学……因为平民文学不是专做给平民看的,乃是研究平民生活——人的生活——的文学。他的目的,并非要想将人类的思想趣味,竭力按下,同平民一样,乃是想将平民的生活提高,得到适当地一个地位……第二,平民文学决不是慈善主义文学。”[②]强调文学创作的“真诚”,反映普通大众的真实生活“事实”,展现真正的“人”的生活,提升大众的思想文化境界,这对于新文学创作来说,是一个有着明确目的的大众化走向的规约。它使新文学在发展之初,就能够将文学的现代性追求与文学的通俗性有机地结合起来,并在

---

① 陈独秀:《文学革命论》,《新青年》1917 年 2 月 1 日第 2 卷第 6 号。

② 仲密(周作人):《平民文学》,《每周评论》1919 年 1 月 19 日第 5 号。

创作实践上取得了实绩，同时也在批判标榜通俗化的鸳鸯蝴蝶派文学创作当中取得了胜利。尽管鸳鸯蝴蝶派标榜自己是最通俗的文学，在创作上往往杜撰一个红颜薄命，才子见怜或才子落难，佳人打救之类的凄婉故事，写得悲悲切切、粘粘糊糊，乍眼一看似乎也有对社会的不满和对弱者的同情，但实际上则是空虚庸俗的陈词滥调。沈雁冰在《自然主义与中国现代小说》一文中，就对其创作思想和艺术手法作了全面的清算和批判，将新文学的大众化、通俗化与它们划清界限，让大众对此有所区分。

“两浙”作家对“为人生文学”叙事性范式成型的推动，也促使了新文学创作方法的多样性发展。因为创作方法的选择与运用，涉及新文学如何将思想文化启蒙重任落实到对应广大的民众需求，促使他们觉醒，走向主体高度自觉等相关问题。在五四时期，开放的社会环境，使得外来思潮不断涌入，近代西方的各种文化思潮、文学思潮均在不同程度上对新文学创作产生了影响，再加上新文学作家大多在国外留过学，对西方文学创作比较了解，这就使他们在进行新文学创作时，既能够按照自己的创作爱好，又可以对应大众需求的方式来决定创作方法的选择，从而形成了五四新文学创作方法的多样性局面。近代西方社会所出现的现实主义、浪漫主义和现代主义等几种主要的创作方法，都为新文学所吸收和采用。正如钱理群等所指出的那样：“在‘五四’时期，并不存在现实主义独尊的现象，现实主义与其他思潮、方法多元并存，形成了非常活跃的创作局面。”①在这方面，“两浙”作家的贡献十分突出，像鲁迅的小说创作，就融合了现实主义、浪漫主义、现代主义（如象征主义、印象主义）等多种创作方法，显示出了“格式的特别”的特点。沈雁冰说：“在中国新文坛上，鲁迅君常常是创造‘新形式’的先锋。”②这里所说的“新形式”，除了指文学形式结构之新外，应当还包括运用多种创作方法创造“新形式”的涵义。如《狂人日记》，鲁迅一方面严格按照现

① 钱理群等：《中国现代文学三十年》（修订本），北京大学出版社1998年版，第29页。

② 雁冰：《读〈呐喊〉》，《时事新报》副刊《学灯》1923年10月8日。

实主义创作方法的要求来塑造典型人物，展现了受迫害但获得觉醒的“狂人”的形象，他的一举一动都符合狂人（妄想症病人）的特征；但另一方面，鲁迅展现出狂人的每一个真实细节的背后，又给人以一种象征性的深刻寓意，具有象征主义的艺术表现特征。可以说，多样性创作方法的广泛运用，给予了新文学创作的活力，也为新文学的艺术表现开辟了广阔的道路，使之能够更好地对应大众的需要，进而推动新文学不断向前发展。

“为人生文学”叙事性范式对新文学艺术功能的要求，也多侧重于对文学的再现性、反映性功能的重视，其特点是使新文学对社会生活和现实人生的表现再现化、叙事化，从而使新文学在艺术再现和叙事当中，获得丰富深广的社会生活内容，展现五四思想文化启蒙的深度诉求。如鲁迅在秉持“为人生”的理念当中，也明确地指出自己的小说是关注“病态的社会”，要展现“病态的人生”，引起“社会疗救的注意”。从艺术功能上来说，鲁迅所强调的是新文学再现性、反映性的叙事功能，突出了新文学“为人生”创作所要求的以模拟、写实、反映作为艺术基础，通过再现艺术方式来展现现实人生原貌的艺术功效。由“两浙”作家为主干的“文学研究会”，在《〈小说月报〉改革宣言》中谈到“写实主义”（现实主义）文学特点时指出：“就国内文学界情形言之，则写实主义之真精神与写实主义之真杰作未尝有其一二，故同人以为写实主义在今日尚有切实介绍之必要。”[①]很显然，对于“两浙”作家而言，之所以强调要大力介绍西洋文学的写实主义，突出写实主义（现实主义）精神的真杰作，目的也还是像茅盾所强调的那样，要突破“中国古来文人对于文学作品只视为抒情叙意的东西”的局限，使新文学能够通过再现现实人生的真实，描写社会生活，多具有些“广阔气魄深厚”的特点，使新文学能够真正地成为“表现社会生活”的“真文学”，成为“于人类有关系的文学”，[②]也即西谛（郑振铎）所指出的那样：“我们要晓得文学虽是艺术

① 文学研究会：《〈小说月报〉改革宣言》，《小说月报》1921年1月10日第12卷第1号。

② 朗损（茅盾）：《社会背景与创作》，《小说月报》1921年7月10日第12卷第7号。

虽也能以其文字之美与想象之美来感动人，但却决不是以娱乐为目的的。反而言之，却也不是以教训，以传道为目的的。文学是人类感情之倾泄于文字上的。他是人生的反映，是自然而发生的。他的使命，他的伟大的价值，就在于通人类的感情之邮。"①突出新文学的再现性、反映性的艺术叙事功能，"两浙"作家在促成新文学"为人生文学"叙事性范式成型当中，也就从新文学与现实人生和社会发展相关联的角度，将新文学生成的起点提升到人类共有的情怀、情感和思想的高度，使新文学在发轫之际就具备一种深度反映社会本质、再现人生真实的艺术叙事品格，同时也使这种叙事性范式的总体风格，偏重于现实主义的艺术精神，并为现实主义艺术在新文学发展当中占据重要位置，奠定了坚实的基础。如在稍后出现的乡土文学②的创作高潮中，就以偏重于艺术再现、反映的方式，十分冷静地剖析中国乡土社会的生存境况，展现出新文学走向成熟过程中更为理性的对生活、对人生、对人本身的思考特点。到了 30 年代，当整个新文学由五四时期的"个性解放"时代，向 30 年代思考"中国向何处去"的"社会解放"时代转型时，"两浙"作家随着时代的发展，对中国社会的变革和发展作出了十分迅速的艺术反映和艺术再现。像茅盾的小说创作，就是以偏重于艺术再现的"宏大叙事"方式，积极参与 30 年代有关"中国社会究竟向何去处?"这一重大时代问题的讨论，从而使新文学能够在现代社会、现代人生，以及中国历史、文化变革与发展等一系列重大问题上，发出自己的声音，作出自己的价值评判。这不仅充分地显示了新文学的"实绩"，而且也充分地展示出了新文学对思想与艺术深度追求的精神风采。

---

① 西谛(郑振铎):《新文学观的建设》,《文学旬刊》1922 年 5 月 11 日第 37 期。

② 20 世纪二三十年代出现"乡土文学"(乡土小说)流派，其成员大多由"两浙"作家组成。像王鲁彦(1901—1944)，原名王衡，浙江宁波人，现代小说家、散文家、翻译家，著有小说集《柚子》、《黄金》等；许钦文(1887—1984)，原名许绳尧，浙江绍兴人，现代小说家，著有小说集《故乡》等；许杰(1901—1993)，浙江天台人，现代小说家，教授，著有小说《惨雾》等；巴人(1901—1972)，原名王任叔，浙江宁波人，现代小说家、文艺理论家、外交家，著有小说集《监狱》、《破屋》、《殉》等，都是这一文学流派的中坚。

二、“自叙传体”自我抒情性范式的成型

基于“两浙”地域文化的孕育与影响，特别是基于以“两浙”为代表的江南文化诗性品格的影响，在新文学生成之际，“两浙”作家对新文学“自我抒情性范式”成型的促成作用也是十分突出的。以郁达夫为代表的“自叙传体”小说创作，就是新文学“自我抒情性范式”成型的标志。

“自叙传体”倡导者，现代著名作家郁达夫(1896—1945)

作为新文学小说创作的第二个高潮，以“自叙传体”为代表的自我抒情性范式的生成，其特点则是将创作目光对准人的内心世界，着重展现人们在五四的历史风云变幻当中那种起伏跌宕的思绪和心潮。在五四时期，以郁达夫等为代表的“两浙”作家，在展示以“我”为核心的人的内心世界过程中，就对“人”、“自我”进行了更为深层次的剖析与思考，并将其作为对封建专制和伦理道德束缚的对立因素，纳入小说创作之中，凸现新文学对人的主体性的高扬。在新文学的发展过程中，自我抒情性范式有三个最为显著的特点：一是凸现“反抗”意识，即反抗封建专制和伦理道德的束缚；二是凸现创作的“激情”，强调以反抗燃烧的激情，支持以个体为代表的生命意义的建构；三是凸现“自由”意志，在否定专制和旧的伦理道德不合理性的同时，寻找个体独立、个性解放的人的自由意志的确立。自我抒情性范式的确立，使新文学格外注重

“自我”价值的探寻，像郁达夫[1]就是新文学“自叙传体”小说创作的鼻祖，是将“自我”提高到至高无上地位的现代作家。他的“自叙传体”小说创作，其特点是把作家的“自我”与小说的主人公形象融为一体，重心是自我抒情，所塑造的小说人物形象，如同郭沫若在诗歌所塑造的自我抒情主人公形象一样，是一个融入时代、社会、自我元素，即“小我”与“大我”统一的自我形象。虽然与郭沫若所塑造的时代强者类型的自我抒情主人公有所不同，但在自我抒情的性质特征上则是一致的，即通过自我对时代、社会的心理对应，充分地表现时代、社会在自我成长路上所刻下的精神痕迹。

郁达夫，这位来自浙西区域——杭州富阳富春江畔的作家，以其一颗敏感的心、一腔沸腾的热血和富有激情的创作冲动，使“自叙传体”小说完全打破了传统小说以线性叙事，构筑“故事链”为主导的小说创作常规，同时也并不像其他现代小说那样严格地围绕人物性格刻画来组织小说情节，而是以“小我”（作者自己）和“大我”（民族、国家）的对应方式，以主人公的情感起伏和心理意识流程为抒情主线来进行小说创作，形成自然、流动的自我抒情性的小说结构。在“自叙传体”小说创作中，郁达夫突出的是自我主观情感，表现的是自我内心情绪。以他的早期小说代表作《沉沦》为例，八个篇章并不遵循故事情节的流程，也不按照主人公的性格发展来组织小说情节，倒像是八个各自独立的自然抒情

---

① 郁达夫（1896—1945），原名文，小名荫生，字达夫，浙江富阳人，现代著名作家。中学时开始用匿名发表诗作，1913 年去日本东京，预科毕业后到名古屋第八高等学校学医科，后改入法科。1919 年夏，考入东京帝国大学经济学科。在日本期间，广泛接受西方文化、文学的影响。1921 年 6 月，与郭沫若等人在东京成立著名的新文学社团——“创造社”，7 月发表第一篇小说《银灰色的死》，8 月在上海创办《创造》季刊，10 月出版了新文学运动以来第一本小说集《沉沦》，引起文坛的极大轰动，影响甚广。1922 年 3 月毕业并获经济学学士学位。同年 7 月结束在日本的学习，回国到上海从事创造社活动和新文学创作，发表如《薄奠》、《春风沉醉的晚上》、《出奔》等小说，尔后分别在北京大学等多个国内大学任教。1937 年抗战爆发后，应新加坡《星洲日报》之聘，主编该报副刊《星辰》和《繁星》，还陆续兼编《文艺》周刊，《星洲日报》的《文艺》双周刊等。1945 年被日本宪兵秘密杀害于印尼的苏门答腊岛，建国后被追认为烈士。

篇章，链接这八个抒情篇章的是主人公的主观情感和内心情绪。也就是说，小说情节的发展完全是按照自我抒情为中心的情感和心理发展流程来进行的，从而形成小说跌宕起伏、感人泪下的情感冲击波。小说着重写主人公—“我”—“留日学生”在受到来自民族压迫、社会迫害双重压力之下的心理苦楚。在这种情景中，“我”只有在大自然的怀抱中才能够孤独地得到情感的宣泄、心理的抚慰。“我”读着18世纪英国著名的“湖畔派”诗人威廉·华兹华斯的诗作《孤独的收刈女》，尚能在“自哀自怜”、“自嘲自骂”中得到心灵的平静，但是，当“我”回到校园，得到的则是众目睽睽之下的内心孤独和敏感多疑。作为被五四新思想唤醒的新青年，“我”有自己“爱”的权利，追求属于自己的幸福、爱情、知识、个性解放和发展，然而，“我”正常的要求却得不到正常的满足。在来自民族和社会的双重压迫之下，“我”陷于了空前的心理苦闷之中，特别是“性”的苦闷。在无法摆脱的忧郁症（Hypochondria）的折磨下，“我”只能在“自怨自恨”—“自慰自傲”—“自疟自悔”—“自我挣扎”中，走向“自我毁灭”。整部小说就是这样依据主人公的情感线索，一步一步地推进和演化，最后在面对着祖国的声声“呐喊”中，达到了情感的顶峰。这种与自己心灵对话，演化心灵情感的自我抒情，无疑是将主观情感、主观情怀抒发得淋漓尽致。由于不是靠人物性格的刻画来组织小说结构，而是靠自我抒情将主观情感和内心活动展现出来，这就使得这一类小说极易于宣泄内心细微的情绪，极易于捕捉到心灵的意象，并由此展现具有内在连贯性的跳跃性思路和构筑更加富有情感抒发弹性的想象空间，使小说的艺术表现得以诗化处理。在郁达夫的小说创作中，自我情感抒发和艺术表现的诗化，最为突出的是通过“零余者”这一自我抒情主人公形象的展示，使自我抒情总是充满一种时代的感伤之美。尽管其中也夹杂着一种颓废、忧郁、消沉的情绪，但是，将这种时代的感伤之美，置于整个现代中国历史、文化转型的特定语境中来审视，就不难看出它实际上与郭沫若在五四时期，通过“凤凰涅槃”式的自我抒情主人公形象展示一样，揭示出了时代发展的某些本质性的特征。如果说郭沫若的“凤凰涅槃”式的自我抒情主人公形象，展示的是时代高歌猛进的必然性和坚定性，是以时代的“强者”形象来展现整个民族的觉醒和更生，那么，郁达夫的“零余者”自我抒情主人公形象，所展示的就是时代迂回发展的曲折性和艰难性，是以时代的“弱者”形象来揭示整个民族在“新”“旧”转换时期的心理郁结。因此，这种感伤之美展现出了整个民族所郁结的时代苦闷，给人们的心灵冲击是巨大的。正如茅盾所指出的那样，当时人们的烦闷，特别是“青年的烦闷，已到了极点”[①]。郭沫若在当时也那样描述：“我们所共通的一种烦恼，一种倦怠——我怕是我们中国的青年全体所共通的一种烦恼，一种倦怠——是我们没有这样的幸运以求自我完成，而我们又未能寻出路径来为万人谋自由发展的幸运。我们内部的要求与外部的条件不能一致，我们失却了路标，我们陷于无为……”[②]特定时代所需要的就是这种酣畅淋漓的情感抒发和内心世界的真诚袒露，而“自叙传体”自我抒情性范式的成型，恰好对应和满足了这一时代情感抒发的要求。

“自叙传体”自我抒情性范式的成型，显示了新文学创作在取材于外部世界，再现现实人生风貌，理性思考社会发展问题的同时，也将创作的审视目光对准了被五四新文化唤醒的个体内心世界，并向心灵内部世界取材，表现自我，展示个性解放的历史诉求，抒发整个民族在时代转换之际特定的心理情感和心灵情怀。这种创作趋势直接促成了新文学抒情文体的发达。以自我抒情为主导的诗化小说、诗歌、戏剧等随之应运而生，艺术表现手法也发生了相应的变化，如书信体、日记体的表现形式，第一人称的叙述角度和自然流动的抒情结构等等都被广泛运用。像郁达夫的小说，往往是直接以作者“我”的名义来行文，即便是以所谓的“伊人”、“他”、“文朴”、“质夫”等名义来展现自我情感的抒发，实际上也就是“我”（融入“小我”和“大我”）的内心情感写真表现。同时，这也表明“自叙传体”自我抒情性范式对新文学艺术功能的要求，多

---

① 沈雁冰：《创作的前途》，《小说月报》1921 年 7 月第 12 卷第 7 期。

② 郭沫若：《孤鸿——致成仿吾的一封信》，《郭沫若研究资料》，中国社会科学出版社 1986 年版，第 205 页。

侧重于对文学的表现性、写意性功能的重视，其特点是使新文学对社会生活和现实人生的描写表现化、抒情化，使新文学在艺术表现、写意和抒情当中，创作意识多集中在人的心灵境况、存在意义和内心世界的展示、自我对外部世界的感悟等精神领域，凸现新文学创作对时代、对社会人生、对自我世界的深切关注，展现获得自我觉醒和个性解放的现代人丰富、深广的内心世界，以及生命在形上体验中的“内心真实”，从中揭示出五四时代情感的广度和深度。从创作风格上来看，自我抒情性范式的总体风格偏重于浪漫主义风格，其主要表现特征就是它的主观性。朱光潜指出：“浪漫主义最突出的而且也是最本质的特征是它的主观性。”①以充分的主体感悟方式，强烈的自我抒情风格，展现自我对现实异化的认识，在新文学生成当中，最为突出的是创造社诸成员的创作。其中，创造社的两位主将郭沫若、郁达夫，在创作中所表现出来的特征又最具代表性。相对而言，他们分别代表了新文学浪漫主义流派的两种走向：一方面是对时代正面的认识和对时代强者的塑造，抒发了一种朝气蓬勃、昂然向上的时代情绪，表现了历史现代化进程的必然性和不可抗拒性；另一方面是对时代负面的认识和对时代弱者的塑造，抒发了一种苦闷焦灼、彷徨无主的时代情绪，表现了历史现代化进程的艰难性和曲折性。这两个方面的走向，展现了中国新文学浪漫主义流派在创作主题深化方面的思想与艺术特征。

三、白话文学话语范式的成型及其语法规则

文学作为语言艺术，要完成新旧转型的历史任务，就必须在新的结构模态创制中建构新的话语范式，由此形成新文学新的语法规则，以便能够更好地传达现代人的思想和情感。在新文学发展中，开展以白话文取代文言文的运动，看起来只是语言的转换问题，但实际上却涉及背后不同的价值观念和审美理想的较量。

在新文学生成之际，文学革命的倡导者鼓吹用白话文替代文言文，

---

① 朱光潜：《西方美学史》（下），人民文学出版社1984年版，第272页。

在他们看来，理想的白话文，乃是“利用白话文，创造出白话文学；使得它成为那教育，领导，组织中国人，‘在心理上情感上反封建’的工具，提出如背后文学，革命文学等问题”[1]。一句话，就是使白话能够更好地为重构新文学的意义系统服务。“两浙”作家在白话文的话语范式确立中，同样提倡以白话文替代文言文，如钱玄同在《寄陈独秀》一文中就认为：“胡君（指胡适——引者注）‘不用典’质论最精，实足祛千年来腐臭文学之积弊。”[2]为了推动白话文的发展，“两浙”作家在新文学生成之初，甚至主张废黜象形文字，而倡导拼音文字，倡导世界语，如鲁迅、钱玄同，就是其中的代表性人物。在 1918 年第 5 卷第 5 号的《新青年》上，发表了鲁迅和钱玄同题为《渡河与引路》的通信。在信中，鲁迅就指出，就人类发展趋势而言，“人类将来总当有一种共同的言语，所以赞成 Esperanto（世界语）”。而钱玄同[3]也同样依据进化的历史观，明确指出：“世界万事万物，都是进化的，断没有永久不变的；文字亦何独不然。象形文字不适用了，改为拼音文字；习惯文字有了不规则的发音，无谓的文法（如法德文中之阴阳性等）不适用了，改用人为的发音正确，文法简赅的文字。这都是到了当变之时，不得不变，其事至为寻常。”但是，在“两浙”作家看来，提倡白话文替代文言文，不仅仅只是单纯的语言转换问题，同时还是观念上的一种创新。鲁迅在与钱玄同的通信中进一步指出：“我还有一个意见，以为学 Esperanto 是一件事，学 Esperanto 的精神，又是一件事。——白话文学也是如此。——倘若思想照旧，便仍然换牌不换货……所以我的意见，以为灌输正当的学术文艺，改良思

① 洪深：《中国新文学大系戏剧集 · 导言》，良友图书公司，1935 年版，第 8 页。

② 钱玄同：《寄陈独秀》，《新青年》1917 年 3 月 1 日第 3 卷第 1 号。

③ 钱玄同（1887—1939），初名夏，后更名为玄同，字仲季，号掇献，又号德潜，浙江吴兴（今浙江湖州）人，著名的语言文字学家。一生从事经史小学研究，于文字学、音韵学造诣尤深，有所创见发明。五四时期主张汉字改革，曾创议并参与注音字母和国语罗马字拼音方案的制订，提倡简体字和世界语（Esperanto），力主言文一致，发起并参加国语运动。著有《文字学音篇》、《文字形义沿革》等著作。

想，是第一事。”[①]“两浙”作家的目的是要使新文学能够获得新的话语权力，使新文学的思想观念能够迅速地占领旧文学长期把握的阵地，占据文学历史舞台的中心位置。正如米歇尔·福柯所认为的那样，话语是一种权力：“话语既可以是权力的工具，也可以是权力的结果。”[②]雅克·德里达也说：“当自我亲近的自然受到阻碍或妨碍、当言语无法守护在场的时候，写作就成为必要的了。它必须紧急追加于言语……言语是自然的，或至少是思想的自然表达，是表述思想的最自然的制度或惯例的形式。”[③]用这个观点来看，“两浙”作家在五四时期所进行的文言与白话两种话语的新旧交替与思想价值观念的互动，乃是在语言结构内部反映出文学话语权力的运作，其中代表的也是特定的政治权力、意识形态和文化观念、文学审美理念。从这个意义上讲，“两浙”作家参与白话文与文言文的较量，所反映出来的乃是白话与文言所代表的两种文化价值观念的较量，是不同的价值取向在中国特定历史时空的一次正面的交锋，表明长期占据权威位置的传统权力话语，受到了由“两浙”作家为代表的历史发展必然的新生力量的强有力挑战。文白两种语言符号系统的转换，所涌动的是轰轰烈烈的思想解放、文化观念转变和文学审美理念更新的大潮。所以，新文学发起白话文运动决不是一个简单的语言学事件，而是一场以启蒙为核心的思想文化运动和建构新的审美理想的历史运动。在思想大解放及其白话话语范式的确立中，“两浙”作家为新

著名的语言文字学家钱玄同（1887—1939）

① 鲁迅、钱玄同：《渡河与引路》，《新青年》1918年11月15日第5卷第5号。

② 米歇尔·福柯：《性史》，转引自蒋孔阳，朱立元主编：《西方美学通史》（第7卷），上海文艺出版社1999年版，第381页。

③ 雅克·德里达：《文学行动》，中国社会科学出版社1998年版，第47页。

文学建构了新的语法规则。其特点有以下三个方面：

(一)促使新文学语言实现从文言的模糊性向白话的清晰性范式的转变

五四文学革命选择从语言转换为突破口来倡导新文学，是充分地考虑到了文学的语言艺术特性的。在五四时期，白话取代文言被看作是新文学在语言形式上的一个重要标志。傅斯年说：“新文学建设的第一步，就是应用白话做材料。”[①]从话语范式对语言的约束和规范上看，新文学选择白话做“材料”，其语法规则是要求新文学创作必须清晰明了，能够更准确地表达现代人复杂的内心情感和生命感悟，而不是像文言文的表意那样笼而统之。特别是在五四时期，社会急剧的变动，各种思潮的风起云涌，生活节奏的不断加快，使得文学话语总是与启蒙、解放一类的宏大叙事有关。这类由觉醒的知识分子所掌握的话语，就像萨义德所说的那样，它们所“代表的不是塑像般的图像，而是一项个人的行业，一种能量，一股顽强的力量，以语言和社会中明确、献身的声音针对诸多议题加以讨论，所有这些到头来都与启蒙和解放或自由有关”[②]。基于思想文化启蒙的需要，文言文自然难以负载新时代所赋予的巨大思想内容。文言的模糊性固然有诗一般的优雅和朦胧美感，却不能清晰地传达新时代的新思想，以及现代人更为复杂的情与思。钱玄同指出：“语录以白话说理，词曲以白话为美文，此为文章之进化，实今后言文一致的起点……白话小说能曲折达意，某也贤，某也不肖，俱可描摹其口吻神情。故读白话小说，恍如与书中人面语。新剧讲究布景，人物登场，语言神气务求与真者酷肖，事观之者几忘其为舞台扮演，故曰与白话小说为同例也。”[③]促使新文学语言由模糊向清晰的转变，“两浙”作家强调的是作为语言艺术的新文学，其话语范式在建构当中，必须承担起新文学所肩负的五四思想启蒙的历史重任。

① 傅斯年：《怎样做白话文?》,《新潮》1919 年 2 月 1 日第 1 卷第 2 号。

② 萨义德：《知识分子论》,生活 · 读书 · 新知三联书店 2002 年版，第 6 页。

③ 钱玄同：《寄陈独秀》,《新青年》1917 年 3 月 1 日第 3 卷第 1 号。

康德曾认为，启蒙“就是人类脱离自己所加之于自己的不成熟状态……要敢于认识！要有勇气运用自己的理智！这就是启蒙运动的口号”①。其意思是说启蒙者应负有运用理智引导处于蒙昧状态的民众认识自己、认识历史、认识人生的责任。所以，思想文化启蒙在为中国先进的知识分子提供启蒙话语空间的同时，也为中国文学话语权力的转换提供了历史机遇。由此，“两浙”作家大力提倡以白话为标志的启蒙话语，就成为五四新文学新话语崛起的标志。

一般而言，以文学语言的语义特质为例，文言文的语义是模糊、朦胧而灵活多义的，质本简约、含蓄，且多无时态、语态，又不加断句标点，对应的大都为古朴、宁静和直觉感悟式的艺术传达。相对来说，它不太适合或擅长于理性的、明晰的逻辑推理与分析。中国传统的文艺理论和美学，大多缺乏严格的美学规范和严密的逻辑论证，这使中国古代较少出现系统的文艺理论，以及严密的科学体系和逻辑概念。除刘勰的《文心雕龙》、叶燮的《原诗》等少数著作略有内在的体系之外，绝大部分是以点评的方式或心得体会的方式（如诗话、语录、笔记、批注等），表达一些富有理论概括性的范畴（像“韵外之致”、“象外之意”、“形神皆备”，以及“气韵”、“兴象”、“滋味”等），大都缺乏严格的逻辑界定，给后人留下了太多的随意性的理解。如“风骨”一词，有人认为“风是情，骨是辞”，也有人认为“风是情，骨是理”，还有人认为“风是内容，骨是形式”。可谓公说公有理，婆说婆有理，众说纷纭，莫衷一是，其语义也大都是模糊的、多义的、感悟式的。鲁迅对此曾有过精辟的论述，他说：“假如有一位精细的读者，请了我去，交给我一支铅笔和一张纸，说道，‘您老的文章里，说过这山是‘崚嶒’，那山是‘巉岩’的，那究竟是怎么一幅样子呀？您不会画画儿也不要紧，就钩出一点轮廓来给我看看罢。请，请，请……’这时我就会腋下出汗，恨无地洞可钻。因为我实在连自己也不知道‘崚嶒’和‘巉岩’究竟是什么样子，这形容词，是从旧书上钞来的，向来就并没有弄明白，一经切实的考查，就糟了。此外如‘幽婉’、‘玲

① 康德：《历史理性批判文集》，商务印书馆 1990 年版，第 22 页。

珑’、‘蹒跚’、‘嗫嚅’……之类，还多得很。”[①]文言文的这种模糊、多义、朦胧特点，显然难以适应现代社会急剧变化的知识信息快速与准确的传播，难以清晰地传达现代人在多变的社会里那种复杂而纷繁的心理感受与情思。鲁迅在谈到翻译时曾指出，“务欲直译，文句也反成蹇涩；欧文清晰，我的力量实不足以达之”[②]。他要求在翻译中尽量保持“欧文”的清晰文法。因此，新文学选择白话作文，在“两浙”作家那里，其宗旨很明确，就是在具体的作文当中“不用典”、“少用典”，做到明白、清晰、无误，因为“文学之文用典，已为下乘”。[③] 用周作人的话来说，白话的清晰就是要新文学能够成为“传染人的感情”的文学，要体现他在倡导“平民文学”所要求的“以普通的文体，写普遍与真挚两件事”那样，使新文学的话语具有高度的清晰性。[④] 由此可见，将文言文的模糊、多义、朦胧转向白话文的清晰、明了、直义，乃是新的话语范式对新文学的语法规则所提出的内在要求，是与五四时期思想文化启蒙的特定语境相吻合的，从中体现了一种历史的必然性。

（二）促使新文学语言实现从文言的笼统性向白话的精密性范式的转变

语言与社会本是“共变”关系，互相影响、互相作用、互相制约、共同变化。语言是思想的直接现实，思想通过词的形式具有自身的内容。同时，白话文运动兴起与整个中国现代化进程紧密相连，摆脱封建权威话语符号迫在眉睫，这需要在建构和表述新的思想体系当中，用精密或精细的语言对新思想进行细致的阐释，以便能够使新思想落实到最广泛的社会民众之中，取得思想文化启蒙的实效和文学革命的实绩。周作人当时就明确指出：“我们平常专凭理性，议论各种高尚的主义，觉得

① 鲁迅：《且介亭杂文二集·人生识字胡涂始》，《鲁迅全集》（第 6 卷），第 296 页。

② 鲁迅：《译文序跋集·〈小约翰〉引言》，《鲁迅全集》（第 10 卷），第 257 页。

③ 钱玄同：《寄陈独秀》，《新青年》1917 年 3 月 1 日第 3 卷第 1 号。

④ 周作人：《平民文学》，《每周评论》1919 年 1 月 19 日第 5 号。

十分彻底了，但感情不曾改变，便永远只是空想，没有实现的时候。”[①]要将新文学肩负思想文化启蒙的历史理性，转化为现代中国人心理可被感染的情感分子，这需要追求白话表述的精密度、精密性。换言之，也就是要求通过精密的白话对应现代人的心理世界，将复杂而充满矛盾的心理情感清楚地展现出来。鲁迅当年就曾坚持“硬译”，指出：“这样的译本，不但在输入新的内容，也在输入新的表现法的。”他又指出：“中国的文或话，法子实在太不精密了……这语法的不精密，就在证明思路的不精密，换一句话，就是脑筋有些胡涂。”[②]他宁肯不顺的硬译，让人费牙、费神地来咀嚼，也要追求白话的精密性。由于文言几千年来已“修行”为一套笼统性、集约性、保守性的话语系统，断绝并封锁了语言的外向性，扼杀了语言和思维的创造性，“两浙”作家在为新文学建构新的语法规则时，就要求白话文具有自身的独立品格，以打破文言文笼统性、集约性、保守性的垄断。因为文言文在漫长的历史中，与国家政治权威紧密联系，处在权威地位，总是要人表示忠诚顺从，而不要人去重新思考和实践，所以，文言话语的政治象征意义，以及其笼统、集约的语义更有利于实行愚民政策，语言的保守性也更加根深蒂固。

为使语言重获自由，新文学话语范式对白话文语法规则的建构，就不仅只是文字形式的转换，更重要的是进行话语系统的价值转换。它触及了语言文化的深层价值系统，并在思想层面上推动中国“深度现代化”的完成，在审美层面上推动中国文学的现代转型。鲁迅明确指出，新文学采用白话作文，务必要废黜“僵死的语言”，旨意就是要破除文言文的笼统性、集约性和保守性。在“两浙”作家看来，文言的模糊性造成了文学表意的模糊性，掩盖了人的内心真实情感，也增添了文学反映生活、塑造人物和叙事的困难。在新的时代，新事物之多、新知识之庞大、新思想之广博，那种笼统、集约、保守的文言话语，无论怎样变化，也不

---

① 周作人：《〈点滴〉序》，高瑞泉编：《理性与人道——周作人文选》，上海远东出版社1994年版，第9页。

② 鲁迅：《二心集·关于翻译的通信》，《鲁迅全集》(第4卷)，第382页。

能适应新时代发展的要求。试想，嘴里念叨着“子曰诗云”、“君君臣臣父父子子”，如何来讲平等自由？满脑子“之乎者也”、含混中庸，如何来提倡“民主”、“科学”？文言话语的语言符号系统，与日新月异的生活用语脱离，与滚滚向前的时代脱节，无异于自绝生命之源。随着社会关系调整和文化结构重组，行使白话话语主体的新文学，就对新的话语权产生了强大的意义诉求。普实克认为，文言话语“基本方法是从现实中选取一些富有强烈情感而且往往能表现主要本质的现象——我们实际上可以把它们称之为表记或象征——用它们创造某种意境，而不是对某一特定现象或状态进行准确的描叙”，因此，“中国旧文学在旧的诗歌和散文中使用的方法是综合性的，而现代散文（当然还有现代诗歌）使用的方法则是分析性的”。[①] 分析性语言，应是精密性语言，或曰精细性语言，其涵义在于能够通过精密（细）的分析，准确无误地将思想、情感传达出来。因为语言形式也是“有意味的形式”（significant form）[②]，甚至是“生命的形式”（form of life），不能用精密、精细的白话语言将其传达出来，也就不能使现代人适应现代社会的飞速发展，而被挤出“世界人”的行列。所以，“两浙”作家促进新文学话语范式对新语法规则的建构，所排斥的不仅是文言文话语作为文化、精神外壳的符号，也是文字符号所承载的旧的思想文化体系。鲁迅曾批评用文言文作文的人，“做了人类想成仙；生在地上要上天；明明是现代人，吸着现在的空气，却偏要勒派朽腐的名教，僵死的语言，侮蔑尽现在，这都是‘现代的屠杀者’”。[③] 鲁迅直接将语言的革新与现代性联系起来，尖锐地指出其关键是用现代白话说现代思想：“我们要说现代的，自己的话；用活着的白话将自己的思想，感情直白地说出来。”同时，还“要大胆的说话，勇敢地进行，忘掉了一切利害，推开了古人，将自己的真心的话发表出来……

① 普实克：《普实克中国现代文学论文集》，湖南文艺出版社 1987 年版，第 5 页。

② 苏珊・朗格：《艺术问题》，中国社会科学出版社 1983 年版，第 68、54 页。

③ 鲁迅：《热风・现在的屠杀者》，《鲁迅全集》（第 1 卷），人民文学出版社 1981 年版，第 350 页。

只有真的声音，才能感动中国的人和世界的人；必须有了真的声音，才能和世界的人同在世界上生活”[①]。面对“现代的屠杀者”，白话文要真正取得其实质性的胜利，就要把话语系统中精确的“能指”与“所指”平衡起来。因为新的“能指”表达新的“所指”，需要从话语的具体运用（文学创作）来实现对其“所指”的充分表达和创造。符号的变化最终要通过不断创造和挖掘其“所指”的无限含量，扩张其意义范围，为自己寻求存在的合理化、合法性。这显然不单纯是语言学的范畴，而进入了文化、文学，乃至思想、意义的创造范畴。五四文学革命由从白话到国语到文学，再到国民精神的表现，并将其落实在具体的话语系统转换上，落实在文本的转换和作文方法的改造上，这就完成了文学史上一次重大的转型，使新文学能够以坚实的创作，在各种文本和体裁上、方法上同时显示出白话文的优越，从而取代文言文的正宗地位，真正地为新文学的思想文化启蒙话语的存在，争取到合法性，并稳固其地位，使之在广大的社会领域里发挥其最广泛的效应。在新文学之初，来自“两浙”区域的鲁迅，首建奇功，用白话创作小说《狂人日记》，作为中国现代文学的第一篇白话小说，它不仅充分显示了“文学革命的实绩”，而且也以话语表现和格式的“特别”，颇激动着现代人的心，在现代人的心灵世界里，引起了巨大的震撼和反响。鲁迅以自己的创作，给了新的白话文以生命和价值，以坚实的创作实绩，为白话文替代文言文奠定了扎实的话语基础。

（三）促使新文学语言完成从文言的经验性向白话的理论性范式的转变

文言文在表意方面，注重经验性的传达，其语言本身也具有直观性、形象性和经验性的特点。使用文言文表意，往往是从主观认识的经验积累入手，认识和发现对象。在文学理论建构中，古典文论、美学所强调的往往是经验性的心得体会，其文言话语表意就是这种经验性的传达。古典文论、美学有许多关于形象思维、艺术风格、审美趣味等问

① 鲁迅：《三闲集 · 无声的中国》，《鲁迅全集》（第 4 卷），第 15 页。

题的经验之谈，比如“意在笔先，画尽意在”，又如“以形写神”、“迁想妙得”，还如“外师造化，中得心源”，等等，常常是只言片语，意蕴深厚。文言文经验性的传达，大都缺乏严格的理论范畴界定，缺乏严密的逻辑论证，故科学的理论性、体系性并不突出。在形式上，一个显著的特点就是不断句。这使人们对文本的阅读，大都要凭借基本的语感，凭借阅读经验来加深理解。对于阅读者来说，这无疑增加了阅读的困难。在日新月异的现代社会里，经验性的语言表意，就难以细致、精确地传达现代人的思想情感。鲁迅曾批评说，中国“难到可怕的一块一块的文字”，“许多人都不能借此说话了，加以古训所筑成的高墙，更使他们连想也不敢想”，就“像压在大石底下的草一样”，“默默的生长，萎黄，枯死了”。[①] 这样，新文学话语范式对新语法规则的建构，就要求效法西洋语法，直接规范白话文的语法体系，使之具有逻辑的结构性和理论性。

新文学的话语范式对语法规则的理论规范，主要表现在两个方面：一是效法西洋语法，将白话文的句法拉长，同时添加了标点符号，再加上从日文转借来不少的新词，构筑成新文学的语法规则；二是为克服白话话语由于过分强调语言的精确而损失其艺术的朦胧美感，强调采用增强话语的诗性艺术传达，如今天人们常引用的俄国形式主义批评流派所说的，追求“陌生化”的艺术效果，以增添新文学话语的艺术色彩。

从克服文言话语的经验性缺陷上看，“两浙”作家开始仍是“破”字当头，以“破”求“立”。鲁迅曾经愤激地说：“汉字也是中国劳苦大众身上的一个结核，病菌都潜伏在里面，倘不首先除去它，结果只有自己死。”[②]为增强新文学清晰的话语表达，他主张直接“装进异样的句法去，古的，外省外府的，外国的，以后便可以据为己有”[③]。钱玄同则以历史进化观指出，新文学采用白话作文，不主张“用典”是历史的进步，

---

① 鲁迅：《集外集·俄文译本〈阿Q正传〉序及著者自叙传略》，《鲁迅全集》（第7卷），第81—82页。

② 鲁迅：《且介亭杂文·关于新文字》，《鲁迅全集》（第6卷），第160页。

③ 鲁迅：《二心集·关于翻译的通讯》，《鲁迅全集》（第4卷），第382页。

因为白话作文，并“不特以今人操今语，于理为顺，即为驱除用典计，亦以用白话为宜”[①]。在效法西洋语法当中，“两浙”作家以破旧立新的方式，为新文学的语法规则确立了求清晰、求精密的基本思想。

然而，从新文学的实践上来看，过于清晰、精密的白话文法，对文学的诗性表意也是一个冲击。鲁迅注意到了这个问题，并指出新文字过于清晰、精密，也会走向它的反面——啰嗦、重复、拖沓，从而导致新的“含糊”的产生，使人不容易分辨。为克服新文学倡导白话作文的这种弊端，鲁迅认为，应当简约行文，注重文字的意义生成，而非单纯地追求文字之美。他指出：“文字一用于组成文章，那意义就会明显。”[②]在“两浙”作家看来，新文学白话话语范式的规范作用，在这个方面具体表现为对话语的诗性艺术的强调，借用今天的话语理论来说，乃是增强白话文话语的“陌生化”。

所谓陌生化，就是“使对象陌生化，使形式变得困难，增加感觉的难度和时间的长度”[③]。陌生化的“能指”符号首先取代文言符号体系，结束文言话语对人的思想意识的操纵和控制；其次是用白话的“所指”——个人化的陌生话语，干预常规白话话语对人的思维感觉的钝化。常规白话话语的世俗性和保守性，使语言与思想的实在脱钩，变得暧昧、低俗、重叠，阻碍人们的视线，成为思想实在的遮蔽物——“瞒”和“骗”，构成了一个隐蔽而强大的世俗网络。强大的惯性、惰性致使人陷于熟视无睹或者视而不见的境地，所有感觉都因为不断重复而机械化、自动化了，对任何有价值的事情也都兴味索然，甚至是又聋又哑又瞎，事物的价值与意义也被消解一空。鲁迅正是借助“陌生化”这一特殊的言说，对抗保守陈腐的语言枷锁和低俗白话话语侵蚀，并形成一种冲击力，震撼心灵，打碎刻板的印象，恢复语言的动态、睿智和美感：

---

① 钱玄同：《寄陈独秀》，《新青年》1917 年 3 月 1 日第 3 卷第 1 号。

② 鲁迅：《且介亭杂文二集·论新文字》，《鲁迅全集》（第 6 卷），第 442 页。

③ 什克洛夫斯基：《作为技巧的艺术》，转引自蒋孔阳，朱立元主编：《西方美学通史》（第 6 卷），上海文艺出版社 1999 年版，第 237 页。

当我沉默着的时候，我觉得充实；我将开口，同时感到空虚。

过去的生命已经死亡。我对这死亡有大欢喜，因为我借此知道它曾经存活。死亡的生命已经朽腐。我对于这朽腐有大欢喜，因为我借此知道它非空虚。

——鲁迅：《野草·题辞》

被称为“灵魂独语”的散文诗《野草》，其语言就有“陌生化”的艺术效果。既有文言的简约、朦胧之美，又有白话的清晰、精细之美。其艺术特色很明显：一方面，用陌生化使语言驻留于人们意识的时间得到延长，增加感受的难度和深度；另一方面，改变中国人含含糊糊的思维方式和愚昧麻木的精神。鲁迅的“陌生化”话语把个人独特的体验与人的存在状态相糅合，咬碎语言的茧壳，重生为新生命有活力的话语，透视着人的心灵世界。

又如，郁达夫创作的一段文字：

城外一带杨柳桑树上的鸣蝉，叫得可怜。它们的哀吟，一声声沁入了我的心脾，我如同海上的浮尸，把我的情感，全部付托了蝉声，尽做梦似的站在从残的城堞上，看那西北的浮云和暮天的急情，一种淡淡悲哀，把我的全身溶化了……把我的灵魂和入晚烟之中……

——郁达夫：《还乡记》

金黄的日球，离开了上野的丛林，已经高挂在海青色的天体中间，悠悠的在那里笑人间的多时了。

——郁达夫：《银灰色的死》

再如，陈梦家、戴望舒的诗歌：

你睁开/眼睛，看见纵不是青天，也是烟灰/积成厚绒，铺开一张博大的幕，/不许透进一丝一毫真诚的光波，/关注了这一座大都市的魔鬼。

——陈梦家：《都市的颂歌》

走在黑夜里，/戴着黑色的毡帽。/迈着夜一样的步子。

——戴望舒：《夜行者》

这种增添白话话语诗性和感觉难度的做法，使明晰、精细的白话也能够潜在地融化实在的对象，将本身也成为思想的实在，使语言——“存在的家”（海德格尔语），不再是空话，或套话，不是那种僵死的、程式化的八股文话语，毫无生气，毫无生命力，而是具有诗的意蕴、思想的意蕴。如同海德格尔所说，“言说和心态及领会同源”，能够做到“‘诗意的’言说”。[①] 其他的“两浙”作家如周作人、郁达夫、戴望舒等人，在这方面都取得了成就，充分地显示了白话作文、作诗的“实绩”，从中奠定了白话文学话语范式的基本语法法则。

总而言之，“两浙”作家对新文学基本范式的奠定，其实质是对新文学艺术特质的基本规定。尽管新文学在特定的历史年代，充当新文化和社会变革的先锋，但它不同于其他的社会意识形态，也不同于其他艺术样式文本，而是有着自身的艺术规定性。“两浙”作家对新文学艺术特质的有效规范，确保了新文学对艺术性的强调和护守。在后来“革命文学”的论争中，当一些人将文学当作成革命宣传的工具时，鲁迅就对此进行批评道：“我以为一切文艺固是宣传，而一切宣传却并非全是文艺，这正如一切花皆有色（我将白也算作色），而凡颜色未必都是花一样。革命之所以于口号、标语、布告、电报、教科书……要用文艺者，就因为它是文艺。”[②]在《中国小说的历史的变迁》一文中，鲁迅还坚持强

① 海德格尔：《人，诗意地安居》，上海远东出版社 1995 年版，第 59 页。

② 鲁迅：《三闲集 · 文艺与革命》，《鲁迅全集》（第 4 卷），第 84 页。

调:“文艺之所以为文艺,并不贵在教训,若把小说变成修身教科书,还说什么文艺。”[①]郁达夫在《创造日宣言》中也着重指出:“我们想以纯粹的学理和严正的言论来批评文艺政治经济,我们更想以唯真唯美的精神来创作文学和介绍文学。”[②]“两浙”作家对新文学艺术特质的强调,表现出新文学范式的建构及其对文学独立性的捍卫。在那个思想大于一切而激情四射的年代,这种强调尤为显得难能可贵,其意义在于:建立新文学的基本范式,目的就是要保持新文学创作的多样性、叙事方式的多样性、文体的多样性、语言的丰富性。同时,“两浙”作家对新文学基本范式的奠定,也充分表明新文学的生成与发展有着其内在的理路和质的规定性。库恩在论述范式对科学研究的重要规范意义时,就特别强调范式在构筑科学共同的信念和价值规范当中具有重要的作用,认为只有范式的存在,才会有科学的存在,才能使科学真正的成为科学。[③] 新文学的生成与发展也是如此。正因为有了自身基本范式的规定,新文学才会从无序走向有序,从幼稚走向成熟,并在动态的发展构成中,促使自身不断地由旧的范式向新的范式转换,从中萌发创造性的欲求,完成对旧文学的革命性改造,建立全新的文学形态,吻合现代中国的现代化历史进程发展需求。正如著名的物理学家霍金在论述“熵”的功能时所指出的那样:“‘熵’是测量一个系统的无序的程度。常识告诉我们,如果不进行外力干涉,事物总是倾向于增加它的无序度。”[④]“两浙”作家对新文学基本范式的奠定,也就是以自身的创作实践和理论探索,在对旧文学进行干预和颠覆中,完成对新文学基本范式的奠定,基本秩序的建构和基本走向的规约。

① 鲁迅:《中国小说的历史的变迁》,《鲁迅全集》(第9卷),第319页。
② 郁达夫:《创造日宣言》,1923年7月21日《创造日》。
③ 参见库恩:《必要的张力》,福建人民出版社1981年版。
④ 史蒂芬·霍金:《时间简史》,湖南科学技术出版社2006年版,第67页。

■ 第四章

“两浙”作家的价值取向与新文学的主题路径

在文化转型的特定时期，“两浙”作家对为什么要批判旧文学，又为什么要创建新文学，新文学的核心价值观是什么，它对于现代中国人又具有什么样的价值与意义等一系列问题，都作出了深刻的反省。西谛（郑振铎）在谈到倡导新文学的目的时指出：“我们要想改造中国的旧文学，要想建设中国的新文学，却不能不把这两种传统的文学观尽力的廓清，尽力的打破，同时去建设我们的新文学观。”[①]在“两浙”作家看来，新文学的核心价值观应建立在“人的文学”理念之上。同时，他们也强调，新文学所指的“人”并不是一个笼统的概念，一个泛指的概念，而是指正处在历史变革和文化转型之中的现代中国人。诚如鲁迅所指出的那样，“保存我们，的确是第一义。只要问他有无保存我们的力量，不管他是否国粹”[②]当下的“我们”，才是“人的文学”建设的宗旨。因为当下的“我们”，才是活生生的执著于现实大地的“人”。如果新文学不去关注现实的“人”，所有的价值建构都只能是空中楼阁。因此，基于对“人”的高度关注，“两浙”作家的价值建构和价值取向，在特定的历史文化语境中，就凸现出了一种前卫、探索、重构和新潮的特质。换言之，“两浙”作家总是能够以一种探索人的存在意义、价值、前景、命运的姿态，来批判旧文化、旧文学，批判旧思想、旧道德的平庸、腐朽、黑暗和堕落，探索新文化、新文学的发展方向。从中国新文学的发展进程上来看，“两浙”作家的这种价值取向，为中国新文学主题路径的设定，提供了价值建构

① 西谛（郑振铎）：《新文学观的建设》，《文学旬刊》1922 年 5 月 11 日第 37 期。

② 鲁迅：《热风 · 随感录三十五》，《鲁迅全集》（第 1 卷），第 306 页。

的基本维度。

对于文学创作来说，主题路径的设定，涉及相关的社会文化和语言等问题。在这里，“主题”已超出个别作家创作作品的范畴，而是指整个文学内部结构的一个有机组成部分。作家通过语言的艺术，将特定时期人们的思想情感——其中包括人对于世界及人的生存状态和心理状态，对存在价值、意义的思考、选择等——一一展现出来，形成文学的中心观念(Central idea)，或支配性观念(Dominating idea)。[①] 这便是文学的主题，它处在文学本文(Text)结构的核心意义层面。正如库尔提乌斯所指出的那样：“主题是关系到人对世界的独特态度的最重要因素。诗人的主题范围，是他对生活将他抛入其内的诸具体情景的典型反映的一览表。”[②]“两浙”作家在新文学创作中，将他们在“新”与“旧”转换之际，对社会、时代、人生所作的思考、探寻，特别是对世界意义、人生意义的反思，凝聚在新文学的本文结构之中，集中地反映了他们对“新”“旧”转换之际的许多重大问题的基本态度和价值取向，也反映了新文学主题路径设定中的价值建构问题。

第一节 进化论价值取向与“人”的主题

在周作人提出“人的文学”主张之后，“两浙”作家的创作大都强调要以觉醒了的“人”的意识来审视现实人生、社会历史和人的精神世界。在这当中，突出的一点就是擅长以进化的价值取向来关注现实人生，审

① H. Shaw: Dictionary of Literary Terms. New York, 1972; J. A. Cuddon: *A Dictionary of Literary Terms*. New York, 1976.

② 转引自威斯坦因：《主题学》，《比较文学研究资料》，北京师范大学出版社1986年版，第326页。

视社会历史的变动与发展。[①] 周作人在《人的文学》一文中明确指出：“我们要说的人的文学，须得先将这个人字，略加说明。我们所说的人，不是世间所谓‘天地之性最贵’，或‘圆颅方趾’的人，乃是说，‘从动物进化的人类’。其中有两个要点。（一）‘从动物’进化的，（二）从动物‘进化’的。我们承认人是一种生物。他的生活现象，与别的动物并无不同。所以我们相信人的一切生活本能，都是美的善的，应该完全满足。凡是违反人性不自然的习惯制度，都应该排斥改正。”[②]运用历史进化论的价值观来设定新文学的“人”的主题路径，这使得“两浙”作家的创作呈现出这样一种态势：对长期的封建专制和封建伦理道德所造成的社会现实的异化，特别是人的精神异化现象表示强烈的关注，集中反映时代、社会、历史、现实人生的荒诞不经和不合理性，以深刻地揭示出社会人生所存在的诸多问题。

进化论价值观，其本质内涵具有发展（Development）和变革（Revolution）的双重涵义。进化论提示人们，人类社会与客观自然界一样，都是在不断地进化和演变的，是不断地向前发展着的，旧的事物、旧的社会必然被新的事物、新的社会所替代。一个民族要致力于世界先进与强大的民族之林，要争存于天下，就必须不断地进化、革新，完成由传统向现代的价值转换。鲁迅对进化论思想的接受，以及确立进化论价值观，极具代表意义。在“两浙”作家当中，持进化论价值观的不在少数，像周作人、钱玄同等人，当时均是以进化论价值取向来批判旧文学，倡导新文学的。

---

① 鲁迅在南京求学期间，就从严复翻译赫胥黎的《天演论》中接受进化论思想的影响，尔后，周作人在南京求学期间，受鲁迅的影响，也开始阅读《天演论》，从中受到进化论的思想影响。鲁迅在后来又较为系统地阅读了达尔文等人的进化论著作，并在“新学”的学习当中，接受了包括工矿、化学和医学的现代科学教育，逐渐地形成了他以进化论为代表的现代文化价值观。鲁迅早期的文章都贯穿了进化论的思想，如《人之历史》，就根据进化论学说，批判了林纳（K. Von. Linne）的“因袭圣经创世纪的老调”，也批判了居维叶（G. Guvier）的“剧变论”，是“其说逞意，无实可征”。

② 周作人：《人的文学》，《新青年》1918 年 12 月 15 日第 5 卷第 6 号。

用进化论价值观来进行判定，周作人认为，以往的中国文学，“人的文学，本来极少。从儒教道教出来的文章，几乎都不合格”。他还从以往所谓“纯文学”中列举了十大文学类型，认为这些所谓的“纯文学”，“全是妨碍人性的生长，破坏人类的平和的东西，统应该排斥”。针对“中国人向来就没有争到过‘人’的价格，至多不过是奴隶”和文学的“瞒”和“骗”现象，[①]鲁迅从进化的角度，要求作家取下假面，写出人生的“血”和“肉”，认真分析当时社会种种非人道的现象。他说：“试看中国的社会里，吃人，劫掠，残杀，人身卖买，生殖器崇拜，灵学，一夫多妻，凡有所谓国粹，没一件不与蛮人的文化(?)恰合。”[②]鲁迅还分析了产生这种现实异化的根源：“因为古代传来而至今还在的许多差别，使人们各各分离，遂不能再感到别人的痛苦；并且因为自己各有奴使别人，吃掉别人的希望，便也就忘却自己同有被奴使被吃掉的将来。于是大小无数的人肉的筵宴，即从有文明以来一直排到现在，人们就在这会场中吃人，被吃，以凶人的愚妄的欢呼，将悲惨的弱者的呼号遮掩，更不消说女人和小儿。”[③]郎损(茅盾)也指出，“我们可说正因为是乱世所以文学的色调要成了怨以怒；是怨以怒的社会背景产生出怨以怒的文学，不是先有了怨以怒的文学然后造成了怨以怒的社会背景！我们又该知道：在乱世的文学作品而能怨以怒的，正是极合理的事情，正证明当时的文学家能够尽他们的职务。”对此，郎损(茅盾)还指出社会现实异化现象是：“现在社会内兵荒屡见，人人感着生活不安的苦痛，真可以说是‘乱世’了，反映这时代的创作应该怎样的悲惨动人呵！”[④]对人的异化现象进行批判，“两浙”作家首先是扬起“为人生”的创作大旗，并设定“为人生”的主题路径。

在这里，特别要指出的是鲁迅对进化论思想的接受。鲁迅在受到

① 鲁迅：《坟 · 灯下漫笔》，《鲁迅全集》(第 1 卷)，第 212 页。

② 鲁迅：《热风 · 四十二》，《鲁迅全集》(第 1 卷)，第 327 页。

③ 鲁迅：《坟 · 灯下漫笔》，《鲁迅全集》(第 1 卷)，第 217 页。

④ 郎损(茅盾)：《社会背景与创作》，《小说月报》1921 年 7 月 10 日第 12 卷第 7 号。

进化论思想影响，并形成自己的进化观后，对于中国历史、社会、文化的发展，都善于从历史进化的角度来予以审视和把握。他认为：“世界万事万物，都是进化的，断没有永久不变的。”[①]秉持进化论价值观，在探讨人的历史命运，反映人的生存状态当中，鲁迅善于通过设定人的主题路径，以揭示封建历史“吃人”本质为镜像观照，从中引发他对有关民族独立、个性解放、社会变革和发展等一系列问题的思考。他从对人的生存境况、前途命运的高度关注入手，塑造鲜明的人物形象，着重从进化论角度反映历史与现实异化对人的压迫，尤其是对人的精神压迫，从而确立他的“立人”思想视角，展现人的解放、个性解放，乃至民族解放和社会解放的启蒙思想。鲁迅总是将现实中的人的异化，与历史对人的压迫，以及所形成的精神性“吃人”的异化传统联系在一起，用他那种特有的对历史、对现实、对人生所怀有的刻骨铭心的感悟和深刻体验，完整地构筑出他笔下所展示的世界，并以超越于有限历史之上的心理透视，在最广泛的人生意义探寻上，通过国民性的剖析，设立关于人的生存、发展和命运、前景等诸多精神性命题。鲁迅深深地体会到，在封建专制和传统“礼教”的压迫下，文学历来被看作是所谓的“载道”工具，无论是作家的主体精神和文学审美价值建构，还是作品所传达出来的思想、情感及精神向度等，都受到了严重的制约，并且在漫长的历史演变中逐渐地成为一种窒息人的心灵、限制人的思维的精神桎梏。面对人始终被压迫的精神状态，以及由此所造成的人性被极度地扭曲、扼杀、变异，身心均无法获得自由的存在窘境，鲁迅认为，反抗封建威权及其长期形成的思想禁锢、精神压迫，消除“非人”的存在，恢复“人之为人”的自由、独立、尊严和应有的权利，确定个体生命的价值和独立思考与表达的权力，由此构筑“改造国民性”的思想价值体系，应是新文学面临的首要任务和核心命题。在鲁迅看来，只有完成现代意义的“立人”价值体系转换，使人的价值得到充分肯定，消除“非人”现象，使作为个体存在的人的独立精神，赢得充分的自律性存在，让人道的秩序重回人的

---

① 鲁迅、钱玄同：《渡河与引路》，《新青年》1918年11月15日第5卷第5号。

存在现实，新文学才有可能获得审美表达的自由，也才有可能通过“人”的主题路径，展现新文学审美现代性的无限空间。正是在这个意义上，鲁迅先是接受达尔文的进化论影响，后是接受尼采的“超人”哲学影响，形成了他审视历史、现实的缜密思路和鲜明的批判精神。他通过笔下的“狂人”形象展示，在满页都写着“仁义道德”的史书中发现了历史“吃人”的本质：

> 凡事总须研究，才会明白。古来时常吃人，我也还记得，可是不甚清楚。我翻开历史一查，这历史没有年代，歪歪斜斜的每叶上都写着“仁义道德”几个字。我横竖睡不着，仔细看了半夜，才从字缝里看出字来，满本都写着两个字是“吃人”。

“吃人”，当然不仅仅只是单纯地指在肉体上消灭人，在鲁迅看来，几千年的封建专制、礼教、伦理道德，对人的迫害最主要表现是精神的压迫，将人变成“非人”，活着却没有自己的思想，没有作为人的价值尊严和自由权利。鲁迅从历史进化论的角度提出了“将来容不得吃人的人”的理想，明确地将新文学的主题建构置于人的主体觉醒、人性的现代复苏的现代意识之上，并以现代性的眼光和价值标准，对人的精神长期被压迫、被毒害和人性被异化的历史与现实提出了强烈抗议，从而形成了新文学“改造国民性”的基本主题思路。在随后“一发而不可收”的小说创作当中，鲁迅进一步地将对“非人”的历史与现实，进行了认真的审视和批判。特别是通过对阿 Q 性格的刻画与揭示，对深藏在其性格与心理上的“奴性”特征进行了全方位的透视和批判，并将以阿 Q 为代表的国民性格弱点，上升到了人性弱点的高度来审视与批判，使新文学主题思想的确立，不仅能够充分地反映整个时代启蒙的思想诉求，而且也将新文学主题建构与整个世界文学发展主潮相对接，使新文学的主题路径的设定，在充当历史先锋的角色过程中，一开始就达到了应有的思想高度。

鲁迅沿着“改造国民性”的主题思路进行新文学创作，将人的主题具体地落实在“改造国民性”的路径之中，使之成为新文学创作的主导性意向，这样就使新文学的创作主题，始终都关联着现代中国文化泛文本中最基本的语义内容——如何构建现代人的价值与意义。在新文学创作实践中，鲁迅构筑了一个完整的，具有启蒙意义的“改造国民性”的主题世界。以“立人”为核心价值理念，鲁迅在冷静的叙事过程中，通过对“吃人”历史镜像的透视，在思想文化启蒙当中，赋予新文学的主题以聚焦与提炼新的价值与意义建构的重任，并为新文学创作实践积极地寻求更为广阔的思想与艺术表现的空间，使新文学能够真正地具有一种与时代发展相一致的审美现代性色彩，一种反省历史、反思现实的思想穿透力。从进化论价值取向出发，鲁迅为新文学设定“人”的主题路径最突出的表现特征就是：将新文学创作主体从传统的、单一的伦理道德体系中剥离开来，使之能够充分地体现与 20 世纪人类文化发展相对应、相对接的价值内涵，为人性的复苏和人的形象重塑，发出强烈的呐喊与真情的呼唤，对人的尊严、权利和地位，予以充分的价值肯定和关怀。因此，从这个思想基点深化而来的，就是鲁迅通过对“吃人”现象的揭示与反省，为“人”的主题所设定的“改造国民性”的路径。

从“人”的主题路径出发，“两浙”作家对以现实主义（在当时多称为写实主义）为主导的文学题材的选择，就对人在现实中被异化的状况予以了高度关注。其主题思路主要表现在两个方面：一是善于从对社会现象分析入手，反映社会现实的种种黑暗与丑恶现象，达到对社会本质、人生本质特征的认识高度，显现批判现实的思想深度；二是善于从对人的生存境况、前途命运高度关注入手，塑造鲜明的人物形象，反映现实异化对人的压迫，特别是对人的精神压迫，从中展现有关人的解放、个性解放，乃至民族解放和社会解放的思想。

遵循“人”的主题路径，“两浙”作家从分析社会现实的异化现象入手，首先注意到了现实异化给社会带来的诸多问题。譬如，贫富对立问题、封建礼教迫害问题、婚姻爱情问题，以至先觉者与众多不觉悟者的悲剧冲突问题。尤其是注意到了“两浙”区域自身的现实及其人的异化现象，并由此延伸与深化到对整个国家在历史变革思路上。像鲁迅的小说创作就直接取材于其家乡绍兴的人与事，其他“两浙”作家也是一样，注重反映整个中国由传统社会走向现代社会的发展进程。即便是在创作倾向上偏重于浪漫抒情风格的“两浙”作家（如郁达夫），也比较注重以自我长期受到压迫而寻求“个性解放”的方式，从中表现“人”的主题思想。像郁达夫的“自我抒情”，即便是充满个体孤独的心理悒郁情感，充满时代的伤感情调，也没有完全陷于消沉、颓废、颓唐的沉沦泥潭。正如他在《零余者》的结局里所描写的那样，坐在人力车上，心里还在不断地叫着：“前进！前进！像这样的前进罢，不要休止，不要停下来！”不同于19世纪俄罗斯文学中“多余人”那种最后结局的茫然与迷失。郁达夫笔下的“零余者”，集中地反映出了“两浙”作家对整个社会人生的一种心理彻悟的认知，即个人被歧视、压迫，以及由此所产生的伤感、孤独和寂寞的心理情绪，其中所折射的是时代主题。因此，这种个体感伤的时代主题，在思想认知层面上，就最大限度地由对社会现实的不满，延伸到社会对人的漠视和压迫的思考层面上，进而使以浪漫主义抒情为主导的“自叙传体”创作，也具有理性反思现实、历史的批判因素，强烈地传达出人的解放、个性解放，乃至整个民族独立、社会解放的时代诉求。可以说，这也正是从进化论价值取向角度，摄取历史、现实镜像，反映专制主义压迫下的人，在新时代、新思想的感召下，开启了由愚昧走向文明，落后走向先进，封闭走向开放，传统走向现代的时代进程。

沿着“人”的主题路径出发，“两浙”作家着重对自身成长的区域社会、地域文化，作了认真的审视和艺术再现。在鲁迅的乡土题材创作启示下，来自浙东区域的作家，在描写记忆中的故乡情形时，虽然也十分注重故乡的地方风物、风俗人情的描绘，但这似乎并不是他们所要表现的中心。“两浙”作家的乡土文学创作，所展现的依然不是故乡的阳光灿烂，而是社会现实异化下的中国乡村社会的封闭、落后现状。这里有对金钱关系深入农村后的人际关系变异过程的描绘（王鲁彦《黄金》）；有通过“名誉”与“金钱”之争，透露出半殖民地半封建化对农民心理、道德观念的深入影响的反映（许杰《赌徒吉顺》）；有对乡村社会贫苦农妇受尽侮辱、歧视，在旧礼教的压迫下被精神毒害而变得愚昧、麻木、无知的刻画（许钦文《鼻涕阿二》）；还有立足于故乡坚实生活的土地，理性地摄取和思考浙东乡村社会的不幸的人和不幸的人生，意在唤醒“破屋下凄苦”的人的灵魂，再现时代壮潮冲击下颓败、骚动的乡村现实（巴人《殉》、《破屋》）。在浙东作家的笔下，这些都是社会现实对人异化的结果，表明现实异化不仅仅存在于新崛起的都市，更重要的是广泛地存在于中国的农村社会。从某种意义上来说，从人的主题路径出发，落实“改造国民性”的历史重任，最艰难和最重要的工作就是要使众多的不觉悟的乡土中国人，从愚昧、无知的精神状态清醒和觉悟起来，进而成为推动中国向现代社会迅猛发展的生力军。诚如费孝通在《乡土中国》中所指出的那样，“乡土社会生活富有地方性”，它“支配着社会生活的各个方面。它并不排斥其他体系同样影响着中国的社会，那些影响同样可以在中国的基层社会里发生作用”。[①] 只有用现代意识消除传统的、保守的意识，消除生活的隔离、隔阂，使之走向开放，才能使他们成为推动中国由传统向现代转变的力量。浙东作家的乡土小说创作，是以强烈的现实感，真切、全面地反映了中国乡村在“新”“旧”转换之际的社会现实面貌，反映了占中国人口绝大多数的农民长期被压迫、被毒害的真实情景。像许杰的乡土小说创作，就十分注重关注乡村社会人们的生活和命运，努力地揭示出乡村社会中那些“无可挣扎的灰色的人生”图景。他的《惨雾》就以一场在乡村常见的“械斗”描写，揭示出了传统的乡村陋习给人带来伤害和灾难的弊端。为了争夺始丰溪畔一块沙渚的开垦权，毗邻的玉湖、环溪的两个村庄展开了一场惊心动魄的原始械斗。小说以新媳妇香桂从环溪村回门玉湖村为叙事开端，在香桂始终处于对环溪村中的丈夫牵挂和对玉湖村的亲人担忧中，展现械斗的残酷和悲伤。在小说中，作者既展示了一种紧张压抑的心情和氛围，又揭示出了乡村陋习的原始和野蛮。香桂最后亲眼目睹丈夫和弟弟在残酷的械斗中死去的场景，就是一副被血渗透的惨雾图景，它将永远定格

---

① 费孝通：《乡土中国》，生活·读书·新知三联书店 1985 年版，第 4 页。

在人们的脑海中，使人认识到中国乡村宗法社会的原始蛮性及其所产生的原始陋习，此乃落实“人”的主题的关键。让众多的不觉悟者觉醒和觉悟起来，完成“改造国民性”的历史重任，应是新文学最重要的任务。所以，茅盾曾高度地评价许杰的这篇小说，认为“许杰的悲剧《惨雾》内却是农民们自己的原始性的强悍和传统的恶劣的风俗”，“是那时的一篇杰出的作品……全篇的气魄是雄壮的”。[①]

还有巴人笔下的阿Q家族系列形象的塑造，也深刻地揭示出了广泛存在于中国乡村社会，占人口绝大多数的农民的不觉悟精神状态。他笔下的“光棍党”就是一群阿Q式的愚昧、无知、落后的乡民。小说《顺民》中的老狗因犯病而染上了抽大烟的瘾，使本来就穷苦的生活更加悲惨不堪，老婆和孩子相继死去，家中只剩一杆烟枪，陪伴着风烛残年的老狗。为服从“王命”，他下了戒烟的决心，最终却充当了地方官吏“禁烟”的政绩，被拉出去枪毙了。巴人对老狗凄惨命运的揭示，并不仅仅是寄托自己人道主义的同情，而是重在抨击乡村社会的麻木灵魂：面对困苦不堪的生活，老狗还对造成他不幸生活的缔造者有着不切实际的幻想。他的“信仰”是：为人在世，最要紧的就是守“王法”，人可以打老婆、孩子，作践自己，但不能违反“王法”。他也早听说过，朝代改了，皇帝不再坐龙廷了，但这毫不动摇他一心“服从王法”的信念。染上抽大烟的毛病，他认为“是老天爷安排下的命”。民国治世要求剪辫子，这“王法”老狗是顺从的，且觉得“剪鞭子倒也干净，咱们种田的就是盘着辫子上山下田的”。他对“禁烟”的认同，也不是出于他对大烟带来的恶果的深刻认识，而因为那是“王法”，县老爷要下乡查办的，因此下决心“戒烟”，为表明决心，他还拔了那绿叶丛丛的罂粟，期待以自己的忠诚换取县老爷的赦免。当他拿着一把罂粟杆，在走向祠堂的路上，心中好像怀着异样的快乐，是“一种获得神明的嘉许的改悔者的快乐”，可是，在官吏陈知事把他充作“禁烟”惩戒的对象时，他只是悲哀自己竟然成

① 茅盾：《〈中国新文学大系·小说一集〉序》，乐黛云编：《茅盾论中国现代作家作品》，北京大学出版社1980年版，第37、40页。

了犯“王法”的罪人，却以坐牢可以强制自己改变坏习惯来宽慰。最后，求生的欲望竟然使他有了逃生的勇气，却不幸被抓回，在死前他忏悔的是自己是犯了“法”，请求县老爷办了他，以弥补自己犯“王法”的过错。在老狗性格的刻画上，巴人着力突出其深受封建礼教毒害的愚昧的精神面貌，甚至连“生存”的欲望都屈服于礼教文化。在《河豚子》中，巴人讲述的则是灾荒中农民的可悲命运。小说在父亲“真是求死也不得吗?”的哀叹中结束，留给读者的是农民求死不能的凄惨境况。当然，在展示浙东乡村社会的风土人情中，巴人也并没有一味地叙写故乡人在物质上的苦难和不幸，而是将笔触深入到他们心灵深处，诉说他们精神上的悲苦。如小说《殉》中的三田虮，他最深最痛的苦楚不在于物质生活贫乏，而是被人漠视、冷淡的精神疾苦。在近四十年的生活中，他受够了生活的教训，乐于把自己幽闭在孤独的世界里，只有一片竹山终古常青，时时充实他空虚的心。然而，这足以维系他生活和生命期待的竹山却毁于一场大雪，心灵寄托的失落终于促使他走上了绝路。当村民正在讨论这场灾难的原因时，三田虮却在竹枝上高悬已有三天了。在冷静的叙事中，巴人浓笔渲染三田虮对竹山的病态的爱恋，如同一些学者所指出的那样：“作者越是写三田虮对竹林的爱，越是写他在竹林中方能得到自由快乐，就越照出他在人世间的可悲可怜。”[①]巴人小说主题的深刻在于：在封建伦理和宗法秩序的长期淫威下，乡间的农民已经麻木到不以苦为苦，对别人的痛苦也只是抱以隔膜、冷漠，甚至残忍，从而失去了人所应有的价值尊严。巴人对浙东乡村畸零者孤寂的心灵的刻画，延伸了他展示农民悲惨人生的视角，但其最终目的是为了控诉社会对他们心灵的挤压，贫困的生活使乡村淳朴人情正逐渐失却，却增添了人世间的炎凉和黑暗。巴人小说的这一主题，来自于“两浙”作家对五四新人文理念和理性精神的深刻而独到的认同和理解。在具体叙述中，他不仅直书“破屋下”人们绝望的挣扎，还善于通过平凡生活中农民的内心体验来控诉封建文化对他们精神上的重压。巴人以细致缜密的

① 陈国恩:《巴人乡土小说探析》,《宁波师范学院学报》(社会科学版)1986 年第 3 期。

文笔写浙东农民的苦难生活，深深地饱含了他对艰苦求生的农民的人道主义同情，对炎凉冷漠世态的愤懑，对乡村黑暗世俗环境的严厉抨击，从而凸现出“人”的主题的崇高性。

应该说，“两浙”作家对中国乡村现实异化和人的异化主题的提炼，显现出了鲁迅所强调的“显示灵魂的深”的现实主义主题价值与意义。“两浙”作家从进化论价值取向，设定“人”的主题路径，凸现了“两浙”作家所特有的新人文理性精神特色。它促使“两浙”作家能够更加清醒和深刻地审视在时代动荡中，以浙东乡村为代表的中国乡村的现实人生，能够以对黑暗现实的批判，展开对乡土中国如何走向现代中国的深邃思考，从而揭示出五四思想文化启蒙的必然性。由此，“两浙”作家的创作，在展现“人”的主题路径中也就鲜明地呈现出了中国现代知识分子强烈的主体忧患意识。其精神价值总的指向是：通过对中国社会人生的关注，揭示国民的思想状况、生存境遇，心理性格，以唤起他们对“人性解放”、“个性解放”，乃至民族独立和社会解放的思想觉悟，成为真正意义上的“人”，进而推动整个民族的现代化，完成由传统向现代、由乡土中国向现代开放中国的思想观念的转变。

以鲁迅为代表的“两浙”作家设定“人”的主题路径，对新文学的创作产生了深刻的影响。在五四大变革、大动荡、大转折时期，全民族都在对“人”的问题进行探索和思考，人们普遍期待能够在新文学创作当中看到他们所关心的社会问题，尤其是人自身的问题，以有助于他们对社会、对时代、对自身的思考。在这个特定的时代，人们对文学创作的思想性要求、对主题的尖锐性要求，往往胜过对艺术性的要求。所以，新文学初期的创作虽然在艺术上往往显得比较幼稚，但在思想内涵上、在审美观念上，则与整个时代的发展趋势是相互吻合的。像在初期的白话诗的创作当中，刘大白①的《田主来》、《卖布谣》等，也揭示出了贫

① 刘大白(1880—1932)，原姓金，名庆棪，字伯贞，后改名刘靖裔，字大白，浙江绍兴人，现代诗人，学者。五四时期，开始创作白话新诗，著有新诗集《旧梦》(后重编为《丁宁》、《再造》、《秋之泪》、《卖布谣》四个集子)，其中的《卖布谣》、《田主来》影响甚广。

富对立，以及富人压迫穷人的社会黑暗现象，深深地震撼了人们的心灵。诗的艺术表现手法是幼稚的、平白浅显的，但诗的魅力并不在艺术表现上，而是在揭示社会现实异化当中，那种人们普遍熟悉的情景，特别是诗人从中流露出来的暴露社会现实黑暗、同情人民疾苦的思想情感。这使白话新诗在表现启蒙思想过程中具有很大的影响力，在当时产生了广泛的反响。新文学之初的“两浙”作家的小说创作也是如此，茅盾在《〈中国新文学大系·小说一集〉序》当中所提到的“两浙”作家，如许杰、王以仁[①]、巴人等人，就提出了在封建宗法制度下，“人”，尤其是下层社会人民的“人”的地位问题。如茅盾指出的那样，许杰是“以憎恶的然而同情的心描写了农村的原始性的丑恶”，王以仁展现了“都市的流浪者声诉他‘孤雁’似的悲哀”，巴人（王任叔）则是展现那些在社会底层艰难活着的“盲目挣扎者的后半世的下场”，而这些为生活所迫的人，早已失去了“人”的价值尊严，“已经没有悲哀，他有的是冷笑”，“他毫无所得，只留下个本性的倔强。少年的梦已经过去了，他变成了一个‘闲汉’。他不再想和‘生定’的‘命’挣扎了”。[②] 这些问题看似微小，但却是当时人们所密切关注的。在思想文化启蒙时代，任何为人们所关注、所关心的“人”的主题，都将被纳入文学表现的范畴。它使新文学在对应人们心灵中，努力地揭示现实中人的异化根源。

现代著名作家、文学理论家
茅盾（1896—1981）

在20世纪30年代追求“社会解放”的时代，“两浙”作家也仍然是

① 王以仁（1902—1926），字盟鸥，浙江天台人，现代小说家、诗人，文学研究会会员，著有小说集《孤雁》。1926年因失恋而自杀。1984年，浙江文艺出版社出版《王以仁选集》，主要收入了他的小说和诗歌。

② 茅盾：《〈中国新文学大系·小说一集〉序》，乐黛云编：《茅盾论中国现代作家作品》，北京大学出版社1980年版，第17、37页。

将“人”的主题置于创作的中心。在“两浙”作家看来，从五四倡导“个性解放”到30年代倡导“社会解放”，正是“人”的主题路径不断拓展的表现，因此，自觉地从时代发展和社会变革的角度来拓展“人”的主题路径，展现“中国社会向何去”的宏大叙事，乃是新文学创作深化的一种表现。茅盾在《读〈倪焕之〉》一文中说，五四时期的创作，如鲁迅的《呐喊》，所展现的虽然也是现代中国的现实人生，但却是“受不着新思潮的冲激”，“难得变动”的“老中国的暗陬的乡村，以及生活在这些暗陬的老中国的儿女们，但是没有都市，没有都市中青年的心的跳动”。[①] 到了30年代，随着时代的发展，以“个性解放”为主导的人的主题，也势必要求更进一步地拓宽路径，以突出“社会解放”为主导的时代内涵。茅盾[②]在小说创作中，就自觉地实践着时代发展对新文学创作所提出的这种要求。无论是他笔下的时代女性，还是民族资本家，都注重从多方面的错综复杂的社会关系中来进行性格的把握和刻画，注重调动多种艺术手段精细入微地刻画人物形象，在“人”的主题内涵中注入广阔的社会、时代的元素，使“人”的主题路径得以大大地拓展。左联作家柔

① 茅盾：《读〈倪焕之〉》，《文学周报》1929年5月12日第8卷第20期。

② 茅盾(1896—1981)，原名沈德鸿，字雁冰，浙江桐乡人，现代著名作家、文艺理论家、翻译家。1916年5月在北京大学预科毕业后，进上海商务印书馆编译所工作，并开始文学评论工作。1920年12月与周作人、郑振铎、叶圣陶等12人发起成立“文学研究会”，提倡“为人生”的写实主义(现实主义)文学。1921年1月主编《小说月报》，并实行全面革新。在《〈小说月报〉改革宣言》中，提出开展文艺评论，以指导新文学创作，强调介绍西方文学的目的，不是“徒事模仿”，而是为了创造中国的新文艺。1927年9月陆续创作《幻灭》、《动摇》、《追求》三个连续性的中篇小说。1929年7月出版第一部短篇小说集《野蔷薇》。1930年参加左联，创作长篇小说《子夜》，中篇小说《路》、《三人行》等，短篇小说《林家铺子》、《春蚕》等。抗战期间，创作了长篇小说《第一阶段的故事》、《腐蚀》、《霜叶红于二月花》等，中篇小说《劫后拾遗》，话剧《清明前后》，以及散文、杂文等。新中国成立后，曾任文化部部长、作家协会主席等职务。

石[①]在30年代的创作，也十分注重“人”的主题的开掘。不同于其他的左翼作家，如蒋光慈，为服从革命意识形态的要求，多从概念出发来反映急遽变化的中国社会，写自己并不熟悉、不了解的革命斗争；而是在恪守“人”的主题下，描写自己熟悉的生活和人物。他笔下连续出现自己家乡（浙东农村）的普通民众形象，特别是普通的农村妇女形象，如《人鬼和他底妻的故事》、《没有人听完她的衷诉》、《为奴隶的母亲》，都是从普通人极平常的生活和命运遭遇中凸现“人”的主题。像《为奴隶的母亲》中“典妻”的故事，就在委婉细腻的叙事中，叙述了一位普通农妇的“非人”遭遇，所涉及面就不像五四时期的小说，多局限在个人的不幸，而是与整个“非人”的时代压迫对应起来，让人们在认识旧时代的陋习中，看到下层社会劳动人民的人生疾苦。中篇小说《二月》，则要表明在强大的旧习惯势力面前，知识分子单纯的个人奋斗和人道主义理想终将破灭，如果不能投身于广阔的时代、社会的洪流中去，势必只能是时代的徘徊者和苦闷者。叶永蓁[②] 30年代的创作，也同样是遵循“人”的主题思路，展现五四以来进步青年追求“个性解放”的精神风采。《小小十年》就袒露了一位进步青年反对封建包办婚姻，执著追求恋爱自由的赤诚之心。虽然看起来仍然是沿用五四新文学以“个性解放”为主导的“人”的主题，但却是善于将五四那种纯粹的“个性解放”思想，在内涵上得以更进一步地拓展。所以，鲁迅曾高度评介《小小十年》：“这是一

---

① 柔石（1902—1931），原名赵平福，后改名赵平复，浙江宁海人，现代作家，左联五烈士之一。曾自费出版第一部小说集《疯人》，并创作长篇小说《旧时代之死》。后到上海，得到鲁迅先生的指导和帮助，成立“朝花社”，先后创办《朝花周刊》、《朝花旬刊》、《艺苑朝华》等。1930年3月参加左联，创作短篇小说《为奴隶的母亲》，长诗《血在沸》，报告文学《一个伟大的印象》等。1931年在上海被捕，后被枪杀。

② 叶永蓁（1908—1976），原名叶榛，乳名崇余，号余西，又字剑榆，浙江乐清人，现代作家。受五四新文化的影响，倾心革命，赴广州入黄埔军校学习，并参加北伐革命。后弃武从文，在上海从事文化教育工作，与文化界人士有较密切的往来。曾以自传体小说《小小十年》步入文坛，得到鲁迅的支持，为他作序和文字润色，联系出版商。在二三十年代曾在《人世间》和其他报刊上发表散文和评论文章，著有散文集《浮生记》和《我的故乡》。抗战后重新入伍从军，在国民政府和军队中任要职，后在台湾因车祸去世。

个青年的作者，以一个现代的活的青年为主角，描写他十年中的行动和思想的书。旧的传统和新的思潮，纷纭于他的一身，爱和憎的纠缠，感情和理智的冲突、缠绵和决撒的迭代、欢欣和绝望的起伏，都逐着这'小小十年'而开展，以形成一部感伤的书、个人的书。但时代是现代，所以从旧家庭所希望的'上进'而渡到革命、从交通不大方便的小县而渡到'革命策源地'的广州、从本身的婚姻不自由而渡到伟大的社会改革——但我没有发见其间的桥梁……在这里，是屹然站着一个个人主义者，遥望着集团主题的大纛，但在'重上征途'之前，我没有发见其间的桥梁。"由此，鲁迅断言："中国如果还会有文化，当然先要以这样直说自己所本有的内容的著作，来打退骗局以后的空虚。因为文艺家至少是须有直抒己见的诚心和勇气的，倘不肯吐露本心，就更谈不上什么意识。"[①]在鲁迅看来，"本真"、"本心"，都是"人"的主题建构元素，是拓宽新文学"人"的主题路径的必备条件。

由此可见，以历史进化论价值观为导向，沿着"人"的主题路径而展开新文学创作，"两浙"作家在主题提炼方面，不仅划清了与旧文学的区别，而且也在显示新文学创作"实绩"当中，展现出新文学的思想与艺术魅力，使新文学获得自身发展的内在动力，为新文学的后续发展奠定了坚实基础。

第二节　个体性价值取向与"自我"主题

人的觉醒，获得人的尊严、人的权利、人的地位的价值确定，其标志性特征就是对个体性价值的充分肯定。就新文学的生成与所肩负的新文化建构和思想启蒙的历史重任而言，任何宏大的思想主题都要具体地落实到个体性价值实践中去，使每一个生命的个体真正地能够认识到人的存在价值与意义，体会到人生的矛盾和丰富多彩。中国新文学在五四新文化运动中生成，并积极地充当新文化的"历史先锋"，就自然

① 鲁迅：《三闲集·叶永蓁作〈小小十年〉小引》，《鲁迅全集》(第4卷)，第146—147页。

而然地要将五四新文化有关人的解放、个性解放的价值理念,奉为价值建构和主题路径设定的思想指南。周作人在《人的文学》中明确指出,人的文学以人道主义思想为内涵,但"我所说的人道主义,并非世间所谓'悲天悯人'或'博施济众'的慈善主义,乃是一种个人主义的人间本位主义……所以我说的人道主义,是从个人做起"①。鲁迅也曾以法国大革命为例,指出法国大革命"扫荡门第,平一尊卑,政治之权,主以百姓,平等自由之念,社会民主之思,弥漫于人心。流风至今,则凡社会政治经济上一切权利,义必悉公诸众人,而风俗习惯道德宗教趣味好尚言语暨其他为作,俱欲去上下贤不肖之闲,以大归乎无差别。同是者是,独是者非,以多数临天下而暴独特者,实十九世纪大潮之一派,且曼衍入今而未有既者也"②。在鲁迅看来,法国大革命虽倡导民主、自由、平等、博爱,但在人的价值观建构上,则出现与个体性价值建构相反的效果:以多数的民主摧毁旧的习俗、习惯的束缚,唤起人的尊严,实现社会的自由平等,但另一方面,却又往往会以多数的民主,即所谓"社会民主之倾向",使人的个体性价值消失,这将终究会导致个性的泯灭,导致人类文化精神的萎缩与低俗。为此,鲁迅又以倡导个体性价值取向的方式,来强调从"人的解放",到"个性解放"、"自我解放"的重要性。鲁迅的"立人"思想,就贯穿了有关个体性价值取向的主张。

首先,鲁迅的"立人"是以人的个性、个体性为基点的。他指出,人的"思想行为,必以己为中枢,亦以己为终极,即立我性为绝对之自由者"③。确定人的个性、个体性特征,是对人摆脱一切内外在强制性规范——如封建伦理规范的压迫和禁锢——的一种充分的肯定。由此,鲁迅激烈地批评了传统文化中"以众疟独"、"灭裂个性"、"灭人之自我"的思想主张,而强调作为个体的人,应该具有个性鲜明的独立人格意

① 周作人:《人的文学》,《新青年》1918 年 12 月 15 日第 5 卷第 6 号。

② 鲁迅:《坟·文化偏至论》,《鲁迅全集》(第 1 卷),第 48 页。

③ 同上书,第 56 页。

志，即应具有“独具我见”、“人各有己”、“不和人嚣”、“不随风波”[①]等个性化的独立品格。显然，鲁迅有关“人”的概念，指的是具体的、真实的、独特的“此我”(个体性)，而非泛泛而指的抽象化的“此我(‘人’)”。

其次，鲁迅的“立人”，把人的个体卓越性置于人的解放、个性解放的中心位置，强调了卓越的个体在历史上的特殊作用。鲁迅推崇尼采的“大士天才”、“大士哲人”思想，欣赏拜伦的“一剑之力，即其权利，国家之法度，社会之道德，视之蔑如”的精神。在他的眼中，个体的卓越性及其特殊作用，也是人的现代化的一个具体指数。这种卓尔不群的独立人格，则是成为“叛逆的猛士”、“真的猛士”的前提，一旦完成人格的现代转变，就能够真正做到“敢于直面惨淡的人生”，[②]并勇于面对人生给予个体的无数自由的选择。所以，鲁迅不是像尼采那样，将卓越的个体与普罗大众决然对立，而是要促使众多的不觉悟者能够以此为目标，实现对自身蒙昧的超越。鲁迅由此建立了一种新的伦理法则：以卓越的个体目标去引导、改造众多的不觉悟者，使之能够在同一思想文化观念的高度上来承担改造国民性，重铸民族魂灵的历史重任，以便在“群之大觉”的基础之上，实现“中国亦以立”的目标。

将个体性价值作为“立人”的重要文化指向，鲁迅的思想主张就展现出了中国新文化建设中的一种新人文精神。如果说人文精神指的是人对于自身生存境况、命运前途的认识、理解和把握，表现为对人的存在意义和终极关怀的审视与思考，那么，鲁迅在追求中国新文化的现代化过程中所体现出来的新人文精神，其内涵就是：通过对人的高度关注，特别是通过对人的个性、个体性、主体性的思考，充分地展现中国新文化对改变国民的精神状态、培养人的现代人格、熔铸新的精神品格所发挥的积极作用，表现出追求精神自由与解放的新的人文价值理想。鲁迅认为，只有这样，“中国人”才不会被挤出“世界人”的行列，并获得

---

① 鲁迅：《集外集拾遗补编·破恶声论》，《鲁迅全集》(第8卷)，第25页。

② 鲁迅：《华盖集续编·记念刘和珍君》，《鲁迅全集》(第3卷)，第274页。

自身“思虑动作，咸离外物，独往来于自心之天地”[①]的精神解放和心灵自由。正是在这个意义上，鲁迅追求个体性价值，在价值尺度上就显示出了一种充分尊重人、理解人、肯定人，开掘人的价值和潜能、发挥人的主观能动性、给予人更多的个体自由选择和自由创造的文化哲学理念，体现出了与20世纪人类文化发展方向相吻合、相一致的思想特征。

进入20世纪，以现代主义为主导的文化思潮，都非常强调个体性价值的重要性，并将“自我”的独立看作人的解放、个体独立的主要标志。诚如存在主义哲学所宣称的那样，“人是孤独的个体”，人的个体，特别是精神个体“就是自我”。克尔恺郭尔（又译：基尔凯廓尔）在给人的个体性作解释时指出：“人是精神。但是精神是什么呢？精神就是自我。自我又是什么呢？自我是一个与自我本身发生关系的关系，也就是说，在自我所处的关系中，自我与它自己发生了关系；因而自我不是关系，而是一个关系把它和它自身联系起来了这一事实。”[②]在现代文化价值观中，人的觉醒首先在于个人的觉醒，在于个性、个体性的重新发现。尼采说，现代哲学“是一种个人的哲学，从独立的个人开始，就其禀性着手，使个人对于他自己的一切不幸、需要和限制有一番深刻认识，并且追寻出抚慰它们的补救方法来”[③]。中国新文化在受到近代西方文化的影响中，对“民主”、“科学”等理性价值观大力提倡的同时，也对20世纪初兴起的现代西方文化思潮所提出的确立个体性价值的系列主张予以了高度的关注。如鲁迅在对西方的“代议制”民主进行考察时，就将其与个人的自由意志的独立联系起来，认为所谓“代议制”民主，将会导致对个体性的压制：“古之临民者，一独夫也；由今之道，且顿变而为千万无赖之尤，民不堪命矣，于兴国究何与焉？”[④]因此，鲁迅、周

---

① 鲁迅：《坟·文化偏至论》，《鲁迅全集》（第1卷），第53—54页。

② Robert Bretall: *A. kierkegaard Anthology*, ed. Princeton University Press, 1973. 340.

③ 尼采：《作为教育家的叔本华》，转引自徐崇温主编：《存在主义哲学》，中国社会科学出版社1986年版，第84页。

④ 鲁迅：《坟·文化偏至论》，《鲁迅全集》（第1卷），第46页。

作人等五四新文化先驱者的个体性价值取向，对“两浙”作家的创作，乃至对整个中国新文学创作确立“自我”主题路径，产生了深远的影响。

在新文学生成之初，从“人的文学”的倡导，到“人”的主题确立，再到“自我”主题的确立，其中有着其自身的内在逻辑理路。“文学研究会”主张“为人生”的文学，同样对“自我”主题予以了高度的关注，因为忽视个体性价值、泯灭自我情感，与“人”的主题路径是背道而驰的。沈雁冰（茅盾）在《什么是文学?》一文中指出：“新文学描写社会黑暗，用分析的方法来解决问题；诗中多抒个人情感，其效用使人读后，得社会的同情、安慰和烦闷。”[①]而“创造社”主张“为艺术”的浪漫主义文学，对“自我”主题的开掘，则更是达到了一个新的高度。成仿吾毫不迟疑地断言，“我们的新文学运动固然是自我表现的要求之结果”[②]，要求新文学应从自我表现的必然性、现实性上来多加考虑。郭沫若更是强调新文学“不仅是自我的表现”，而且必须是“迫于内心的要求之所表现”。[③]在这种主题路径的设置中，郁达夫的“自叙传体”的小说创作，完全是沿着“自我”的路径，赤裸裸地展现“自我”的情怀，抒发“自我”的思想情感。郁达夫特别强调要从强调个体性价值立场出发，充分地表现“自我”。他强调一切都要“以个人为中心，以个人感情、兴趣、意志为出发点，一任兴之所至”，如同他好友胡愈之先生所说的那样：“诗人的气质使他倾向于用感情支配行动，对朋友，对同胞，甚至对敌人，他都是用情感来支配一切的。”[④]虽然这与郁达夫的个性特征和偏重于浪漫主义的气质有关，但他对个性、个体性价值的强调，则是设定“自我”主题路径的重要前提之一。

郁达夫的小说创作遵循个体性价值原则，在充分地表现“自我”主

① 沈雁冰（茅盾）：《什么是文学?》，王晓明编：《文学研究会评论资料选》（上），华东师范大学出版社 1986 年版，第 35 页。

② 成仿吾：《新文学之使命》，《创造周报》第 2 号。

③ 郭沫若：《批判〈意门湖〉译本及其他》，《创造季刊》第 1 卷第 2 期。

④ 胡愈之：《郁达夫的流亡和失踪》，1946 年 8 月 31 日、9 月 5 日、9 月 7 日新加坡《星洲日报》。

题当中，具有一种情绪张力和思想的辐射性。例如对“零余者”形象的塑造，以及对以“自我”为中心的“性”和“情欲”的表达，就表现出了新文学“自我”主题所具有的深度和影响力。

郁达夫小说《沉沦》初版封面

郁达夫笔下的“零余者”形象系列，可以说是他通过小说创作，表达他对近代中国社会和历史命运的深刻体验与认识，集中地体现了他对“弱中国子民”精神痛苦的高度关注，从而反映出五四时代的精神特征。在郁达夫看来，“零余者”受到了五四新文化的感召，获得了思想观念的现代觉悟，但由于社会地位的低下和命途多舛，却无法获得个体的真正独立，取得个人的权利和价值的真正实现。在小说《沉沦》中，郁达夫以第一人称“我”的视角和心理感受，写出了一个留日学生的心理变异与精神压抑的经历，表现出他对整个社会、人生的独特心理感知和情绪体验。小说中的“我”的病态，不是单纯的生理之病，相反，它是一种来自民族、社会、人生等多方面压迫而产生的心理负荷，尽管是以极端的“消极”、“颓废”的情绪形态表现出来的。在个体受到压迫的真切呼喊声中，郁达夫将个体对人生的深刻体验和社会重压对人的摧残，推到了一个极致的地步，传达出失去意义关怀的个体生命的艰辛和苦痛。小说《血泪》中的“我”卑微、自甘落寞、与世无争，但依然摆脱不了“生之煎熬”。《杨梅烧酒》中的“他”怀才不遇，空怀理想而报国无门，最终只是潦倒一生。《南迁》中的“伊人”多愁善感，自哀自怜，没有一个朋友，可谓是“无处话凄凉”。《在寒风里》中的“我”辗转流离，居无定所，孤苦伶仃，只能是像浮萍一样随风飘荡。《还乡记》中的“我”伤感彷徨，心中无主，总是张皇失措，不知生之意义在何处。《落日》中的“Y君”穷极潦倒却虚荣、死要面子，只能靠无聊的生活打发日子。《烟影》中的“文朴”落魄飘零。《秋柳》、《茫茫夜》中的于质夫自弃自虐，以烟酒女色麻醉灵魂。《空虚》中的于质夫，饱受着情欲的煎熬和失恋的痛苦，没有野心没有希望，只有眼泪和悲叹，只有空虚和忧郁相伴。《怀乡病者》中的于质夫，孤独茫然，不知何处来何处去……在郁达夫的小说里，无论是“我”、“他”、伊文，还是于质夫、文朴，一个个都是那么悲戚、憔悴、郁闷、自戕、自贱。他们既无政治地位、民族地位，也无经济地位、社会地位，在他乡异国受人鄙视，回国后在畸形的都市里又报国无门，生活贫困潦倒，沦落为贫民窟的失业者、流浪人。他们是被挤出社会的“零余者”，尽管有才干，也不无理想，却被生计问题所逼迫，在异化的社会中几乎没有立锥之地。贫穷困厄使他们失去了对生活的信心，常常“置身在浩荡的沙漠里”，成为如同游逛在荒田野墓间而毫无目的地的“零余者”。他们不但经济拮据而穷愁潦倒，更重要的是他们精神的贫乏，虽有强烈的愿望，却没有实现这种愿望的毅力和行动，有的只是自暴自弃、自哀自惭，甚至颓唐堕落。郁达夫用这种变态的行为，表示个体的反抗，或者自虐，沉溺于酒色，放浪形骸，自我摧残；或是自戕，用死对社会作最后的抗议。

从《沉沦》开始，到《茫茫夜》、《过去》、《迷羊》，再到《她是一个弱女子》，性的苦闷、情欲的追求，一直是郁达夫所着意表现的对象，因为这也是“自我”意识的重要表现。郁达夫表示，“性欲与死，是人生的两大根本问题”，并认为“以这两者为材料的作品，其偏爱价值，比其他一般的作品更大”。他曾把近代戏剧所反映的生活概括为三个方面：生的苦闷、性的压迫和死的恐怖。他认为：“情欲中间，最强有力、直接动摇我们的内部生命的是爱欲之情，诸本能中，对我们的生命最危险而同时又最重要的是性的本能。”[①]在他的笔下，性、情欲无处不在，而且多表现为不正常的变态的情欲，呈现一种被极度压抑后的畸形欲望的状态。小说《沉沦》透视的焦点是青春欲望受到压抑后产生的变态心理，通过主人公变态性行为的描写，如窥浴、手淫、嫖妓，等等，表达了性的苦闷

① 郁达夫：《文艺鉴赏上的偏爱价值》，《郁达夫文集》（第5卷），花城出版社1983年版，第162页。

和性的渴望。郁达夫说:“《沉沦》是描写着一个病的青年的心理,也可以说是青年忧郁病的解剖,里边也带叙着现代人的苦闷——便是性的要求与灵肉的冲突……”[①]《南迁》、《银灰色的死》等也都表现了这种性的苦闷、灵与肉的冲突。在《茫茫夜》中,于质夫由于耿直,不愿谄媚上司,免不了处处碰壁,于是,他感到现实是如此腐恶,所见尽是“伤心的种子”,到处都“同癞病院的空气一样,渐渐地使人腐烂下去”。他悲愁难遣,就企图用病态的性的满足麻醉自己。小说写他像饿犬一样在街上找女人,最后到一家小小的卖香烟的洋货店里,向一个二十五六岁的女人买了一根用过的针和一条妇人们用过的旧手帕。当于质夫得到这两件东西以后,他便“……幽幽地回到房里,关上了房门,他马上把骗来的那用旧的针和手帕从怀里取了出来,在桌前椅子上坐下,他就把那两件宝物掩在自家的口鼻上,深深地闻了一回香气……取了镜子,把自家的痴态看了一忽,他觉得这用旧的针子,还没有用得适当,呆呆的对镜子看了一二分钟,他狠命的把针子向颊上刺了一针……他觉得一种快感,把他的全身都浸遍了”。还有小说《秋柳》对于质夫沉沦内心的描写,《她是一个弱女子》中展现的李文卿和郑秀岳之间的同性恋描写,《逃走》中对被朦胧的性意识搅得烦乱不堪的、只有十二三岁的澄儿的矛盾复杂心理的透视,都表现出了郁达夫沿着这种主题思路,深入到觉醒之后又一时找不到人生意义支撑的个体的灵魂深处,将深藏在心灵深处的、长期被压抑的潜意识暴露出来,作为对虚伪的封建道德意识的一种反抗,抒发了自我世界的主观情怀。

王以仁的创作也是沿着个体性价值取向来展现“自我”主题路径的。他的代表作《孤雁》,就通过“自我”主题思路,展现青年知识分子在追求个性解放的途中的彷徨和不幸,由此反映社会现实的黑暗和人生的艰辛。虽然身为文学研究会成员,但在创作观念和艺术风格上,王以仁却深受郁达夫创作风格的影响。他在《孤雁·我的供状(代序)》中就承认“自己也觉得带有郁达夫的色彩”,认为自己有如郁达夫似的一种

---

① 郁达夫:《沉沦·自序》,《郁达夫文集》(第7卷),花城出版社1983年版,第162页。

“嗜痂之病”。他还以自己的小说创作为例，指出：“我在《流浪》那篇小说里面，写到在旅馆中经过困难的情形，竟然毫不留神的写了一段和郁达夫《还乡记》中相同的事情。”其实，他的代表作《孤雁》也是一样，以通信的形式和第一人称的自我抒情性表现视角，描写了一个贫穷失业的青年的流浪、落魄、沉沦，最后吐血身亡的不幸遭遇。从小说创作风格上来看，这不是一般性地反映现实社会人生不幸的写实性小说，而是要在追求个体性价值过程中，对深藏在个人内心世界那种苦闷、失望、悲凉心境的自我意识进行深刻地透视，向世人表明个人的孤独与苦楚，所对应的往往是一个时代的痛苦和价值失落。另一位来自杭州的作家倪贻德[①]，在艺术是“自我的内心的表现”的观念指导下，主张“用生命赤裸裸地表现我们泼辣的精神”。他的创作风格与郁达夫的“自叙传”小说极为相似，代表作《玄武门之秋》写一个青年画家的爱情故事，实际上就是自己的“自画像”。小说情节“放浪”，描写“大胆”，风格清丽哀婉而放浪隐逸。《零落》、《花影》等小说也都是沿着“自我表现”的主题路径而展开自我抒情式的艺术创作的。

徐志摩、陈梦家和戴望舒诗歌创作中的“自我”主题路径，则带有各自鲜明的个人风格特征。徐志摩是以追求单纯信仰，争取个性自由、确立个体性价值、歌颂理想爱情和讴歌大自然美丽的方式，来进行自我抒情和自我表现的。不同于郭沫若狂飙突进、浪漫抒情式的自我表现，也不同于郁达夫忧郁伤感、放浪形骸式的自我表现，徐志摩走的是另一条自我表现的主题路径：以轻盈、飘逸、潇洒的自我抒情方式，抒发性灵，感悟人生，肯定自我价值。

我是天空里的一片云，

---

① 倪贻德(1901—1970)，浙江杭州人，现代作家。著有《玄武湖之秋》、《东海之滨》等作品，为“创造社”成员。1927年留学日本，入东京川端绘画学校学画，擅长油画、水彩、速写等。其油画结构坚实、体面分明、笔触粗犷有力、色调清新概括，具有鲜明的艺术个性。出版有《倪贻德画集》、《倪贻德美术论集》等。

偶尔投影在你的波心——
　　你不必讶异，
　　更无须欢喜——
在转瞬间消灭了踪影。

你我相逢在黑夜的海上，
　　你有我的，我有我的，方向；
　　你记得也好，最好你忘掉，
在这交会时互放的光亮。
——徐志摩:《偶然》

这种尽情地表现“自我”、表现“性灵”的诗歌，给人们带来的是一种无限的人生遐想。那飘忽在天空中的云一样的思绪，将“自我”的主题无限地放大，极大地拓展了抒情诗的“自我表现”的路径，促进了白话新诗抒情个性的自由发展。

与徐志摩略有不同，陈梦家①以“自我表现”为主题的诗歌创作，往往是以“回到内心”的方式，展现人生困境中的自我心境：

这是条通往天上的路，
夹着两行撑天的古树；
烟样的乌鸦在高天飞，
钟声幽幽向着北风追；
我要去，到那白云层里，
那儿是苍空，不是平地。

大海，我望见你的边岸，

① 陈梦家(1911—1966)，浙江上虞人，现代诗人、学者。16岁开始写诗，曾得到徐志摩的赏识。1931年1月出版《梦家诗集》，同年编辑《新月诗选》，为新月诗社的重要成员。

山，我登在你峰头呼喊……
劫风吹没千载的城廓，
何处再有凤毛麟角？
我要去，到那白云层里，
那儿是苍空，不是平地。
——陈梦家：《鸡鸣寺的野路》

诗中借景抒情，所展现的不是客观自然物的美丽，而是人世间的沧桑，尤其是人生困境中的自我情怀。虽低回，虽迷茫、惆怅，似是对现实的逃避，但在“我要去，到那白云层里”的表白中，张扬的却是自我情感的抒发，自我想象的飞飏。尽管不乏痛苦失望的消沉，然而所展现的却是“自我”梦幻一般的朦胧与美丽。在《〈新月诗选〉序》中，陈梦家强调作诗就一定要“始终忠实于自己，诚实表现自己渺小的一掬情感，不做夸大的梦”[①]。忠实于自己，也就是忠实于“自我”表现的主题开掘，“因为有着不可忍受的激动，灵感的跳跃挑拨我们的心，原不计较这诗所给予人的究竟是什么”。陈梦家的这种“自我”主题的开掘，虽然所涉及的面不一定很广，但在抒发自我情感、展示内心世界的方面，则有一定的深度。

戴望舒[②]宣称他的“自我”主题的抒情诗创作，是“为自己制最合自己的脚的鞋子”[③]，其突出的特点是将现代知识分子苦于找不到出路，但又不甘自我沉沦的心境，展现得淋漓尽致。虽然不像鲁迅那样即便是感受到“梦醒了之后无路可走”的人生苦楚，仍然执著地向前走，也不

---

① 陈梦家：《〈新月诗选〉序》，《陈梦家诗全编》，浙江文艺出版社 1995 年版，第 226 页。

② 戴望舒(1905—1950)，原名戴朝寀，浙江杭州人，现代著名诗人。曾与张天翼、施蛰存、杜衡等人组成“兰社”，创办《兰友》半月刊，并在《半月》、《星期》等刊物上发表小说。大学期间开始创作新诗，后与施蛰存、杜衡合作创办《璎珞》旬刊，同时，主持《现代诗风》，与卞之琳、梁宗岱、冯至主编《新诗》月刊，并创作了著名的现代诗《雨巷》、《我的记忆》等。著有诗集《我的记忆》、《望舒草》等。

③ 杜衡：《〈望舒草〉序》，《戴望舒诗全编》，浙江文艺出版社 1989 年版，第 54 页。

像近代西方的现代派作家，如波特莱尔、卡夫卡，严酷地审视自我，审视现实人生，并将思索提升到形而上层面，紧张地反思自我、反省人生，然而，在“自我”主题的开拓上，戴望舒的“现代诗”的创作，却是执著地要表达“自我”的现代感受、现代情感：

现代著名诗人戴望舒
(1905—1950)

我的记忆是忠实于我的，
忠实甚于我最好的友人。
它生存在燃着的烟卷上，
它生存在绘着百合花的笔杆上，
它生存在破旧的粉盒上，
它生存在颓垣的木莓上，
它生存在喝了一半的酒瓶上，
在撕碎的往日的诗稿上，在压干的花片上，
在凄暗的灯上，在平静的水上，
在一切有灵魂没有灵魂的东西上，
它在到处生存着，像我在这世界一样。
…………

——戴望舒：《我的记忆》

“记忆”是“自我”心灵世界最真实的映象，也是“自我”最忠实的伙伴，它可以如同自己的“友人”，随时随地来拜访，解“自我”的忧愁，解“自我”的烦恼。同时，记忆也是“自我”的写照，具有真实的生命情感，“它在到处生存着，像我在这世界一样”。这种与生命融为一体的“自我”意识，凸现了新文学对人的高度关注，对个体性价值高度关注的思想。

“两浙”作家对“自我”主题路径的设定，其影响力是深远的。即便是在新文学大力倡导“革命文学”、“无产阶级文学”，强调要用集体主义意识指导创作的时代，对“自我”主题的开掘，也仍然是一个重要的内容。茅盾在批评五四小说创作用“观念”去图解社会问题，存在“观念化”创作倾向时，就强调要用个人的真情实感去认识人生、认识现实。在《论无产阶级艺术》一文中，茅盾指出，“艺术的产生有没有条件呢？我想是应该有的。用方程式来表示，便是：新而活的意象＋自己批评（即个人的选择）＋社会的选择＝艺术”。同时，他还强调：“新而活的意象，在吾人的意识里是不断的在创造，然而受着自己的合理观念与审美观念的取缔或约束。”[①]在茅盾看来，个人意识、个体性价值，是开掘“自我”主题的重要原则，也是无产阶级艺术所应遵循的基本原则。无产阶级艺术不是观念化的图解，而是与个体活生生的生命感悟和人生体验联系在一起的，同样是需要沿着“自我”主题路径来对无产阶级艺术进行个性化的创造的。“两浙”作家的这种理念，在无产阶级革命文学创作实践中，表现得也十分突出，像“左联五烈士”之一的殷夫，他的“无产阶级诗歌”创作，就是一个典型的例子。

殷夫[②]的诗歌创作，是新文学政治抒情诗在艺术上开始走向成熟的标志。在政治抒情诗创作方面，殷夫克服了早期政治抒情诗的幼稚，恢复了早期政治抒情诗创作被忽略的艺术个性，使之能够以鲜明的“自我”形象展现在世人的面前，让人感受到狂飙突进、满腔热血的政治激情的宣泄与洗礼。他以一个完全崭新的自我抒情主人公形象出现新诗坛上，即这个“自我”从个人“小我”孤寂的反抗，已发展成为一个阶级“大我”的坚强反抗：

---

① 沈雁冰（茅盾）：《论无产阶级艺术》，《文学周报》1925 年 5 月第 172、173、175 期，及 10 月第 196 期。

② 殷夫（1910—1931），原名徐祖华，笔名殷夫、白莽，浙江象山人，现代诗人，左联五烈士之一。大革命失败后曾被捕入狱，在狱中创作长诗《在死神到来之前》。出狱后，进同济大学预科学习，并继续从事革命活动。后又多次被捕入狱，在狱中创作组诗《血字》。1931 年在上海被枪杀。著有诗集《孩儿塔》，鲁迅曾为其作序。

别了，哥哥，别了，
此后各走前途，
再见的机会是在，
当着我们和你隶属着的阶级交了战火！

——殷夫：《别了，哥哥》

当然，这个"大我"不是早期政治抒情诗那种完全忽视"小我"的"大我"，而是融入了"小我"（自我）的"大我"（阶级、集体）："我在人群中行走，/ 在袋子中是我的双手，/ 一层层一叠叠的纸片，/ 亲爱地吻着我指头。"（殷夫：《1929 年的 5 月 1 日》）这种融入阶级集体的"我"，不断地成长，并自觉地承担起阶级使命和历史责任：

我是一个叛乱的开始，
　　我也是历史的长子，
　　我是海燕，
　　我是时代的尖刺！

——殷夫：《血字》

与单纯地讴歌个体、讴歌自我的诗歌相比，殷夫的政治抒情诗创作，尽管不是在形而上的层面上展开对"自我"存在意义的审视，但是，对于当时的现实境况和新诗发展来说，他对"自我"形象的转变，也是对"自我"主题路径的一种开拓。它是五四以来"自我"抒情主人公形象演变进程中的一个富有特色的标志。当郭沫若在《女神》中高歌"我……崇拜我"时，表明新文学"自我"主题的生成，主要是从五四新文化、新思想中汲取了精神的养料和生命的激情，所展现出来的是整个民族的自我觉醒和个人的时代觉悟，而到了"革命文学"时代，由于新文学一段时期内对"革命文学"的幼稚理解，在创作中往往忽视新文学的抒情个性，从而造成"自我"主题开拓的停滞。到了殷夫这里，他的政治抒情诗创作则是以一种全新的“自我”姿态，出现在现代新诗史上，不仅恢复了曾被忽视的自我抒情个性形象，而且还以鲜明的个性和自我感悟与体验，展现了一个新兴阶级的精神面貌和自我形象。这对丰富现代新诗创作，促使新诗创作的多元化，保持新诗的多样性创作生态，拓展新文学“自我”主题的路径，无疑是作出了应有的贡献。所以，鲁迅曾高度评价殷夫的诗歌创作：“并非要和现在一般的诗人争一日之长，是有别一种意义在。这是东方的微光，是林中的响箭，是冬末的萌芽，是进军的第一步，是对于前驱者的爱的大纛，也是对于摧残者的憎的丰碑。一切所谓圆熟简练，静穆幽远之作，都无须来作比方，因为这诗属于别一世界。”①

“两浙”作家从个体性价值立场出发，对“自我”主题的开掘，使追求个性解放、确立自我意识，成为新文学创作的聚焦中心，自我抒情、自我表现成为新文学创作的原动力。同时，那种率真的情绪宣泄，内心世界的真诚袒露，作为文学表现的主要对象，也使新文学创作在自我表现中，能够充分地展示个人的才华和内心欲望。如郭沫若评价郁达夫的小说时所指出的那样，新文学创作总是能够以“露骨的真率”，来不断地“净化自己、充实自己、表现自己”②，“把一己的全我发展出去，努力精进”③。从新文学发展的角度上来看，“两浙”作家对“自我”主题的开掘，大大拓展了新文学的主题路径，丰富了新文学创作主题的思想与艺术内涵。

第三节 主体性价值取向与“反抗”主题

“两浙”作家从进化论价值立场出发，设定“人”的主题路径，再到“自我”主题的拓展，在新文学主题提炼上，就必然要涉及人的主体性价

① 鲁迅：《且介亭杂文末编·白莽作〈孩儿塔〉序》，《鲁迅全集》(第 6 卷)，第 494 页。

② 郭沫若：《中国文化之传统精神》，《创造周报》第 2 号。

③ 郭沫若：《波斯诗人莪默伽亚漠》，《创造季刊》第 1 卷第 3 期。

值建构问题，进而使新文学主题具有无与伦比的反抗性思想内涵。存在主义文学大师加缪在界定“反抗”的涵义时指出，“反抗”的核心是敢于对一切不合理的陈腐思想与传统观念说“不”，而非宣扬“暴力”，单纯地鼓吹“革命”。“反抗”的主要元素是精神的自由与思想的激情，是展示主体的自由性和独立性。[①] 自文艺复兴以来，“人”的重新发现，将涉及有关人的主体性价值取向问题。因为人作为主体而存在，有四个最基本的规定性：一是主体的自主性，二是主体的能动性，三是主体的创造性，四是主体的自我完善性。在古典的伦理主体精神分裂之后，近现代的主体性革命的重要价值指向，就是要让“个人至上”的个体性价值原则，取代社会群体（社会共同体）至上的群体性价值原则，以彰显人的主体性价值。这个原则不仅广泛地运用在社会制度建设方面，以推动现代社会制度的发展，而且还广泛地运用在“人的形象”展示之中，以确立“单个人独立的本身无限的人格这一原则，即主体自由的原则”。五四新文化运动从近代西方文化思想库中搬来“民主”和“科学”的思想武器，针对中国封建专制社会的批判，其价值取向是要在追求人的解放、个性解放当中，最终完成人的主体性价值建构。陈独秀、胡适等人在五四时期的一系列思想主张学说，都基本上贯穿了这一指导思想。例如，陈独秀在谈到人的主体性价值时就宣称：“等一人也，各有自主之权，绝无奴隶他人之权利，亦绝无以奴自处之义务……解放云者，脱离夫奴隶之羁绊，以完其自主自由之人格之谓也。”[②]胡适在谈论“中国的文艺复兴——‘五四’新文化运动”的特点时指出，“中国的文艺复兴”与“欧洲的文艺复兴”有一点是相同的，那就是一种对人类解放的客观愿望，“其表现在欧洲是使个人抬头，自己主宰自己的命运，维护自身的权利和自由，在中国则是把个人从传统的旧风俗、旧思想和旧秩序的束缚中解放出来”[③]。要求人从传统的束缚中解放出来，获得个体的独立，进而获

---

① 加缪：《加缪作品集》（第 2 卷），法国加利马出版社 1965 年版，第 708 页。

② 陈独秀：《敬告青年》，《独秀文存》，安徽人民出版社 1987 年版，第 4 页。

③ 唐德刚：《胡适口述自传》，台湾传记文学出版社 1983 年版，第 174－175 页。

得主体性的确立，这是五四新文化运动的宗旨之一。鲁迅的“立人”主张，也是在这种文化语境中生成的，与陈独秀、胡适等人一样，他的一系列的思想主张也贯穿了这种思想的精髓。在“立人”思想主张中，由对“此我”的强调，就引发出了鲁迅对人的主体性、主体意识高度关注的思想。鲁迅认为，人的“主观之心灵界，当较客观之物质界为尤尊”。在他看来，人“内部之生活强，则人生之意义亦愈邃，个人尊严之旨趣亦愈明”[①]。把人的主体性、主观性，与人的个性、个体性有机地结合起来考察，目的也就是要求“此我”能够真正地领会到人的存在意义，摆脱一切内外在的强制性规范对人的压迫和禁锢，尤其是对人的精神压迫和禁锢，获得主体意识的自觉和精神的自由与解放。为此，鲁迅要求人能够做到“去现实物质与自然之樊，以就其本有心灵之域”[②]，实际上也就表明了确立人的主体性的一种价值尺度。

如何真正地实现人的主体性价值的建构？“两浙”作家在新文学主题路径的规范方面，围绕着主体性价值确立的主旨，提出了两个方面的要求：一是在现实人生层面上，反抗封建“吃人”的专制制度和以礼教为中心的封建伦理体系；二是在精神价值层面上，反抗一切妨碍人的主体性建构，妨碍个性解放的精神束缚，倡导人的自由，特别是人的心灵与精神的自由，也即鲁迅当年反复强调的那样，在新文学创作实践中，作家必须直面“惨淡的人生”，“真诚地，深入地，大胆地看取人生并且写出他的血和肉来”，[③]充分地赋予新文学以“刚健不挠”、“争天抗俗”和“立意在反抗，指归在动作”[④]的思想特质，从中确立“反抗”主题的价值意义。

基于现实层面的反抗，“两浙”作家善于以“求真”的创作态度来认真地审视现实人生，确立“反抗”主题，探寻人的主体性价值建构。鲁迅

① 鲁迅：《坟・文化偏至论》，《鲁迅全集》（第 1 卷），人民文学出版社 1981 年版，第 55 页。

② 鲁迅：《坟・文化偏至论》，《鲁迅全集》（第 1 卷），第 54 页。

③ 鲁迅：《坟・论睁了眼看》，《鲁迅全集》（第 1 卷），第 241 页。

④ 鲁迅：《坟・摩罗诗力说》，《鲁迅全集》（第 1 卷），第 66 页。

的《狂人日记》,对几千年封建文明的“仁义道德”,就表现出了一种反抗的意识。狂人揭开了封建传统的丑恶嘴脸,决绝地踹了“古久先生的陈年的流水簿子”。面对众人的不理解,狂人也并未就此妥协:“我不怕,仍然走我的路。”他更为理智地分析研究中国的历史和现状,进而无情地戳穿了黑暗社会的“吃人”本质。面对黑暗的旧势力和麻木的民众,狂人大胆地质问:“吃人的事,对吗?”“不对?他们何以竟吃?!”并且发出了“从来如此,便对么?”的大胆质疑。狂人无疑是大无畏的“反抗”英雄,他喊出“救救孩子”,更是惊心动魄地道出了一代知识分子寻求未来人的主体性建构的心声。《药》中的夏瑜坚信:“大清的天下是我们大家的!”为此,他抛头颅、洒热血,在所不惜,显示出革命者反抗专制的决心。《在酒楼上》的吕纬甫有过拔取神像胡子的壮举,所展现的也是一种反抗的精神。《伤逝》中的子君虽为女性,但她的反抗意识则是鲜明而坚定的——为了追求个性解放和婚姻自由,她勇敢地走出家庭,与涓生大胆地恋爱、同居,并庄严地宣告:“我是我自己的,他们谁也没有干涉我的权利!”凡此种种都表明了一种“明知前路是坟而偏要走”的反抗意志。

在二三十年代的乡土文学创作浪潮中,“两浙”作家在真实地反映出“浙东”乡土社会境况的同时,也凸显出基于现实层面的“反抗”主题。许杰的乡土小说,在展示乡村的悲苦人生和麻木灵魂过程中,并没有忘记蛰伏在乡村民众心底的那种反抗精神。小说《放田水》刻画了一个十分独特的村姑形象:有钱有势的张家为了霸占阿元家的田产,唆使人暗中将夜间放田水的阿元打成重伤。面对恶势力,阿元嫂却担当起丈夫放田水的任务,克服一人深夜独自野外作业的胆怯,独自在夜间荷锄、在田间行走,并将企图调戏她的无赖推倒在田间,从阻挠她放田水的张家少爷手中夺回锄头。小说择取这样一个普通的乡村生活场景,并非一般性地反映乡村的现实生活,而是从中发掘蛰伏在普通人身上的那种不畏强暴的反抗精神,透露出中国乡村社会在新的形势下不断变化的信息。

新文学的乡土作家大多习惯于从俯视的角度来审视农民,表现他们在封建精神枷锁下的难以解脱，从中写出他们的弱点和苦难，以此表达知识分子的同情心。然而，“两浙”作家，如巴人却善于从新的角度出发，敏锐地觉察到农民面对困苦时的勇气和信心，努力发掘蛰伏在他们身上的那种反抗精神。巴人紧紧依附于坚实的浙东乡土，形象生动地勾勒出浙东山区农民的独特精神面貌。其中，最具代表性的是浙东乡民面对生存的苦难却坚忍硬气、敢于抗争的民风民俗。《奉化县志》说："贫者虽储无担石，而衣冠楚楚，亦不至于垢蔽，大抵受性刚直，任意尚气。"浙东山区强悍的民风对巴人的文学创作有着深刻的影响，他善于通过浙东乡民“倔强”、“刚直”的性格，来演绎浙东农民坚忍、硬气的地域风骨和反抗精神。在人物原型的选择当中，巴人对挣扎在农村社会最底层的赤贫者、“光棍党”极有兴趣。他曾说过："在现实社会里，我对于社会的畸零者、残余者，感到绝大的同情。他们大都有一副强壮的身手，足以负起一部分生产事业，然而他们没有土地，没有生产工具，有时连劳力也无人买。有时，以更大的跌价出卖劳力。"[①]这里的畸零者、残余者，指的是乡村里的贫雇农，他们虽然是经济上的赤贫者、精神上的受压迫者，却有着不甘屈服、不向权势弯腰折眉的骨气，具有浙东人的倔强和硬气。如《运秧驼背》(原名《疲惫者》)的主人公运秧驼背，是靠营工度日的雇工，虽然被命运弄得疲惫不堪，但坚定、耿直，决不向权势者取悦献媚，没钱不赊账，挨饿不偷盗，最后被人诬陷偷窃，却依然倔强地讲出硬气话："就算我偷吧，但我的钱是谁偷了！"并敢于向社会发出责问："我为什么到了这步田地呢？"他坚持要地主乔崇替他去“查一查一个究竟”。世道不平，一生清白的运秧最终沦为乞丐，却从不肯到同族同宗的村庄行乞。在这出宗法制乡村社会的悲剧中，我们看到，运秧虽然命运惨淡，却不曾缺失一份浙东人的硬气和骨气，是个“石骨铁硬”的“倔强汉”。《白眼老八》(原名《孤独的人》)中的老八，与运秧相比，更具典型性。他从小就是“独来独往”，按照自己的信念和思想来生活和

① 巴人：《无实践即无文学》，转引自钱英才：《巴人的生平与创作》，浙江文艺出版社1990年版，第63页。

行动的人。他敢于无所顾忌地讲些硬气话、做些硬气事，敢于正面顶撞他那身为次等乡绅的兄长和乡间统治者们。当他哥哥宏斐“嘴气冲冲”地怒斥他以平民身份，干堕民职业是“不名誉”时，他却顶道：“我用自己的力气吃自己的饭，天公地道；又不像你那样，专向人家敲竹杠，拍大老官马屁，逼卖人家老婆，这才败坏祖宗的名誉咧。”在小说中，巴人正是在这类身份特殊、脾性率直的人群身上，发现了中国农民的苦难，也发现了他们的原始反抗精神，看到他们“在玩世的衣裳之下，还闪露着地上的愤懑”①。那些普普通通的农民形象，在他们身上闪现的是“被惊破了破屋的梦的农人新的精神风貌”②。如《唔》中的王老三、《冲突》中的阿翘、《仇视》中的狗老蟆等，都是敢于反抗、刚正不阿的农民形象。巴人对浙东农民坚忍硬气的地域风骨的精神演绎，展示了中国农民精神风貌的另一面，弥补了当时文坛刻意强调农民“卑怯的奴性”的不足。作者从另一角度探讨了“人”的意义，并从人性的角度肯定他们作为“人”的正当追求。当然，巴人也清楚地看到了浙东乡民在精神上的滞后性，“坚忍”、“硬气”的性格导致了他们蛮横冲动的恶习。巴人以浙东乡民独异的风骨特征为表述主题，吸收其中有助于重塑“国民性”的合理元素，推进了新文学对国民性问题的深入思考和批判。正因为如此，巴人对浙东乡村的历史与现状的透视，不仅仅是以乡村社会统治势力的层面入口，他还注重挖掘社会变革中乡村底层农民的新精神面貌，注重从社会革命的视角，寻找农民崭露头角的革命觉悟，突出新文学“反抗”主题的思想深度。像小说《唔》中的王老三，本来只是穷乡僻壤里一个赤条条的穷汉，他对乡村生活中的新刺激是熟视无睹的。直至一个青年的革命演讲，句句印证了他脑海中的境界——乡间妇孺惨淡的生活和自己一无所有的境况，一种真挚的疼痛的态度，使他感到了剧烈的

---

① 鲁迅：《且介亭杂文二集·〈中国新文学大系·小说二集〉序》，《鲁迅全集》（第6卷），第249页。

② 杨剑龙：《质朴自然：写出破屋下受伤的灵魂——论王任叔的乡土小说》，《巴人研究》，上海书店1992年版，第233页。

酸楚，也唤起了他对革命的赞同。王老三参加了农协会，被推选为农民自卫军的队长，形势逆转后，他被乡绅举报投监，心里却相信自己应该加入到革命的队伍中去。在牢房里，正直、善良的革命青年唤起了他心中的爱，他们所遭受的折磨，点燃了他心中的仇恨。审讯者的莫名诬陷，让他得到了“暴动”的启示。回想自己的悲惨生活，看着革命青年连占牛栏似的一角的地位也被剥夺，他肯定了农民只有“暴动”才是出路的道理。巴人在小说中突出了一代革命农民质朴求实、坚强不屈和爱憎分明的品质。从王老三这位淳朴农民的思想历程中，我们可以看出作者并没有满足当时文坛现成的“人生”模本，而强调穿透“浮薄的表面的人生的丑恶相”，挖掘“深藏在人生的真实相”。[①] 巴人联系躁动不安的农村现状，用细微的观察去写农民的精神生活，揭示他们进行反抗和革命的必然性和逐步觉醒的抗争意识——通过“反抗”来获取生存和活命的权利。显然，巴人对乡村农民反抗觉悟的描绘，对他们反抗意识的肯定，从深度和广度上丰富了新文学基于现实人生层面“反抗”的精神内涵。

基于精神价值层面的反抗，“两浙”作家善于在形而上的层面，审视人的存在价值与意义，确立“反抗”的主题路径，展现反抗一切妨碍人的主体性建构、妨碍个性解放的精神束缚，倡导人的自由，特别是人的心灵与精神的自由。在新文学之初，由于五四的退潮，以及由此带来的意义失落，在人们的心中投下了一道长长的阴影。五四初期那种“追求人生意义”的创作，又在五四退潮之后兴起。在新旧转换之际，由于对旧的东西“破”得决然、彻底，而对新的东西“立”得却又不全面、不能立竿见影，在“新”和“旧”的转换之间所产生的“价值真空”，往往使人们不知道生命的意义在哪里，又将建构在哪里，正如徐志摩在《我不知道风是在哪个方向吹》一诗中所低吟的那样：

---

① 钱英才：《巴人小说美学三题》，《巴人研究》，上海书店 1992 年版，第 207 页。

我不知道风
是在哪个方向吹——
我是在梦中
在梦的轻波里依洄。

意义重构所带来的人生命题，同样表现在“两浙”作家的创作之中。在特定的历史时代，那种失去了终极关怀的人生苦闷、消沉，甚至是颓废、颓唐的心理情绪，也在时代的上空回旋，给人以生之艰难、生之压迫的痛感。这种情绪在“两浙”作家创作的主题生成层面上，主要表现出了苦闷、忧郁、哀怨、飘零、孤独、颓废等方面的精神特征，特别是在五四追求“人”的觉醒时代。思想文化启蒙使人从封建礼教的束缚中得以解脱，一方面对自由、独立、平等的权利和爱情婚姻的幸福怀有强烈追求，另一方面却又无法在现实中实现真正的自我人格独立，实现真正意义上的个体自由。许纪霖在论述五四前后时期的情形时指出：“一方面是取得了一定的职业和经济自主，另一方面却享受不到独立于政治的实际保障；一方面是精神和心灵的自由解放，另一方面却遭受外界环境的残酷压抑。”这种极不和谐的命运遭际，就往往在觉醒的知识分子“内心深处挑起了紧张的心理冲突，陷入欲摆脱耻辱的依附似乎又摆脱不得，渴望灵魂自由而又有所恐惧的矛盾心境，从而引发了自我的痛苦分裂，致使‘灵魂为躯壳所囚狱’”①。尤其是在意义失落的特定时空里，生命的感悟反而是一种更大的失落与悲哀，是梦醒后无路可走的苦闷和迷惘。② 而五四的退潮，更是让这些觉醒了的知识分子陷入了更深的困境之中，对传统观念的背离与意识深处对传统的承载，把他们推向了痛苦的深渊。新旧文化的价值冲突，让他们产生了苦闷、彷徨、虚妄和颓废的种种情绪，也使他们的创作表现了对人生和生命本体的高度关注，对现实异化的意识聚焦更显情绪的张力，新文学创作的主题也由此烙

① 许纪霖：《从中国的〈忏悔录〉看知识分子的心态与人格》，《读书》1987年第1期。

② 鲁迅：《坟·娜拉走后怎样》，《鲁迅全集》（第1卷），第270页。

上某种形而上的精神印痕。

鲁迅创作于1924—1926年间的散文诗《野草》，典型地反映了“两浙”作家在精神价值层面上的“反抗”主题。1924年9月25日在给李秉中的信中，鲁迅曾这样写道：“我也常常想到自杀，也常想到杀人，然而都不行，我大约不是一个勇士……我自己总觉得我的灵魂里有‘毒气’和‘鬼气’，我极憎恶他，想除去他，而不能。”①为摆脱“这寂寞又一天一天的长大起来，如大毒蛇，缠住了我的灵魂”②的“毒气”和“鬼气”的纠缠，反抗心灵的绝望，鲁迅以“独语”的方式，真诚地袒露了自己的内心世界，将一束束“废弛的地狱边沿的惨白色小花”，③置于心灵炼狱的门前，通过内省的方式，表达了他对存在意义所作的深邃思考：

> 有我所不乐意的在天堂里，我不愿去；
> 有我所不乐意的在地狱里，我不愿去；
> 有我所不乐意的在你们将来的黄金世界里，我不愿去。
> 然而你就是我所不乐意的。
> 朋友，我不想跟随你了，我不愿住。
> 我不愿意！
> 呜呼呜呼，我不愿意，我不如彷徨于无地。
>
> ——鲁迅：《野草·影的告别》

彷徨于无地，得到的或许是“虚空”，但所展示的则是鲁迅对生命、对人生、对人的存在意义所作的形上思考。鲁迅曾在给许广平的信中说，“因为我常觉得惟‘黑暗与虚无’乃是‘实有’，却偏要向这些作绝望的抗战，所以很多着偏激的声音……因为我终于不能证实：惟黑暗与虚

① 鲁迅：《书信集·240925·致李秉中》，《鲁迅全集》(第11卷)，第430页。
② 鲁迅：《呐喊·自序》，《鲁迅全集》(第1卷)，第417页。
③ 鲁迅：《二心集·〈野草〉英文译本序》，《鲁迅全集》(第4卷)，第356页。

无乃是实有”[①]。在心灵的层面，探寻“黑暗”与“虚无”是否“实有”，这绝不是就一般的现实人生问题有感而发，而是在执著地探寻作为精神个体存在的“人”的存在价值与意义。存在主义哲学在指出“人是孤独的个体”，人的“精神就是自我”的同时，又公开宣称：“真正严肃的哲学问题只有一个，那就是自杀。”[②]显然，对于哲学层面上的“自杀”，并不能作形而下的理解，而应该将它看作是对人、对生命、对世界终极价值和意义探寻的一种精神状态、一种心灵意志。因为只有突破现实的世俗藩篱之束缚，才能进入人的“内部之生活”，领悟深邃的“人生之意义”。正如加缪在《反抗者》中所指出的那样：“地狱只会持续一个时期，生活有朝一日将重新开始，历史也许有终期，但我们的任务不是结束历史，而是创造历史，按照我们从今以后知道的真实形象去创造历史。”[③]鲁迅以“独语”的方式，进行紧张的内省，对自己的心灵世界作认真的巡视，真正的意图是要完成自我的蜕变，实现思想、精神、人格和心灵的质的飞跃，展现生命的风采，凸现生命的自由意志，由此获得生命的“大欢喜”[④]。

郁达夫的创作也展现出了一种形而上的“反抗”主题指向。在抒写五四觉醒的青年灵与肉的冲突而造成生之苦闷和烦恼中，郁达夫怀有强烈的拥抱生命的渴望和内心深处不可抗拒的本能冲动，对当时青年人的人生苦闷之情绪进行了大胆的夸张。他将五四青年的生之烦恼，看作是基于人的生命体验，对于现实异化现象所作的一种本能反应。

---

① 鲁迅：《两地书·四》，《鲁迅全集》(第11卷)，第53—54页。

② 加缪：《西西弗斯神话》，生活·读书·新知三联书店1987年版，第1页。

③ 加缪：《反抗者》，转引自张容：《形而上的反抗》，社会科学文献出版社1998年版，第305页。

④ “大欢喜”原为佛教用语，鲁迅在《野草·复仇》等诗篇中曾使用此语，颂扬获得生命觉悟后人的一种强劲的生命力。鲁迅在描绘“复仇者”的形象时这样写道：“于是只剩下广漠的旷野，而他们俩在其间裸着全身，捏着利刃，干枯地立着；以死人似的眼光，赏鉴这路人的干枯，无血的大戮，而永远浸于生命的极致的大欢喜中。”在鲁迅看来，生命应是充满热和力的。强者的肉体消逝，不应是悲哀和伤感。因为他对命运作了强有力的反抗，由此也就获得了永恒的生命动力和不死的自由意志精神。

类似于当年苏东坡所反复宣称的"常恨自身非我有,何时忘却营营"的感受。在生命的体验过程中,直感到人生的无奈,直感到觉醒的人却无法把握自己命运的尴尬。这种人生空漠之感、无奈之感、尴尬之感,在浓浓的人生哀愁之中,就传达出了在意义失落中,人对整个存在、人生、社会现实的深深怀疑之情。叔本华说:"这个世界就是烦恼痛苦的生物互相吞食以图苟延残喘的斗争的场所,是数千种动物以及猛兽间的活坟墓,它们经由不断地残杀,以维持自己的生命。并且,它们感觉痛苦的能力是随着认识力而递增的,因此,到了人类,这种痛苦便达到了最高峰;智慧愈增,痛苦愈甚。"[①]虽然叔本华说得有些过于绝对化和过于愤激,但也道出了人因为不断觉醒而感受到生命意义可贵性的道理。人不断地走向主体的自觉,人也就能够不断获得认识自己、认识人生的能力。

现代哲学认为,人类能够认识世界,不仅能够认识作为表象的世界,而且能够认识世界的意志自身。[②] 舍勒在谈到人的精神结构时就认为,人是通过精神抑制或调节来面对现实生活的。人通过直观和生命体验的方式认识世界的本质,在主客体的对应关系中,人向世界开放,将自己的意志扩张到世界的各个领域。于是,人的精神就能够为世界、历史和人生提供一个无限广阔的生命世界,从中展现出人的生存历史由单一的向多元的方向发展,展现生命结构的复杂性与精神的丰富性。[③] 郁达夫在形而上的层面展现五四青年的反抗意志,也特别注重他们的精神领域的状态和需求。因为受五四新思潮的影响,人们开始认识到"人底精神是无限自由的,是有无限能动的活动的。这样从本质上凝视人底灵魂,末后就能领会这灵魂与宇宙灵魂或世界灵魂同一根元——或更进一步说,是与宇宙灵魂相调和地微妙活动",并且"人的灵

① 叔本华:《爱与生的苦恼》,中国和平出版社 1986 年版,第 128 页。

② 参见叔本华:《作为意志与表象的世界》,商务印书馆 1982 年版。

③ 舍勒:《人在宇宙中的地位》,转引自欧阳光伟:《现代哲学人类学》,辽宁人民出版社 1986 年版,第 51 页。

魂回到了最本然而精髓的状态","最灵活地最本源地体得人生的状态"。[①] 本着这种创作理念,郁达夫以"他那大胆的自我暴露,对于深藏在千年万年的背甲里面的士大夫的虚伪,完全是一种暴风雨式的闪击,把一些假道学假才子们震惊得至于狂怒了"[②]。在形而上的层面上展开反抗现实异化的主题思路,首先获得的是生命对异化的否定,即不是简单地批判现实之丑恶,而是在对现实异化的荒谬性认识当中,传达出生命的形上体验。这使人联想到存在主义大师萨特的小说《恶心》:现实中一切都让人感到"恶心",一切都是荒谬的,一切都是不自由的。因此,在这种主题层面上,郁达夫对现实异化的意识聚焦,就不仅仅只是单纯地停留在批判或主观抒情上,而是展现了一种对"恶"的生命体悟。

在30年代的新文学创作中,"两浙"作家如戴望舒、徐迟等人的"现代诗"创作,就不同于五四时期对传统伦理道德束缚的精神反抗,主要还是展现现代中国人对蛰伏在内心深处的精神束缚的反抗意志,表现出对"现代生活"的强烈感受和复杂的心理情绪。正如施蛰存指出的那样:"《现代》中的诗是诗,而且纯然是现代的诗。他们是现代人在现代生活中所感受到的现代情绪用现代的词藻排列成的现代诗形。"对于"现代生活"的涵义,他接着指出,"这里包括着各式各样的独特的形态:汇集着大船舶的港湾,轰响着噪音的工场,深入地下的矿坑,奏着JAZZ乐的舞场,摩天楼的百货店,飞机的空中战,广大的竞马场……甚至连自然景物也和前代不同了"[③]。就现实状况而言,这里的"现代生活",当然主要是指30年代的上海。尽管就当时整个中国社会性质的现状而言,仍然处在半殖民地半封建的状态,但30年代的上海,则是在当时的世界大都市群中崭露头角。白鲁恂曾这样描绘当时的上海情景:"在两次世界大战之间,上海乃是整个亚洲最繁华的国际化的大都会。上海的显赫不仅在于国际金融和贸易,在艺术和文化领域,上海也

---

① 金子筑水:《"最年轻的德意志"的艺术运动》,《小说月报》第12卷第8期。

② 郭沫若:《论郁达夫》,参见陈子善:《郁达夫研究资料》,花城出版社1985年版。

③ 施蛰存:《又关于本刊的诗》,《现代》1933年第4卷第1期。

远居其他一切亚洲城市之上。”[①]在中国进入现代化过程中，上海率先完成了由古老的农耕文明向现代的都市文明的转变。换言之，上海都市文化是以现代的工业化、商业化的都市环境为背景的。上海外滩的改造、工商经贸的国际化，以及由现代化所带来的南京路的繁华，高楼、洋房、霓虹灯、电影院、舞厅、舞会、咖啡店、跑马场、赌窟、弄堂……这些上海显性的形象，所对应的则是摩登、欲望、消费、时尚、白领、小资、赌客、市民等上海隐性形象的内涵。现代传媒业的发达，与蓬勃发展的工商业和繁花似锦、多姿多彩的都市生活融合在一起，构成了上海大都市独特的节奏和独特的文化韵律。最为突出的是形成了上海所特有的现代消费文化环境。在这种环境的制约下，上海被赋予了另一种的现代性内涵，即上海不仅是中国的一个现代都市，同时还是远东最具魅力的都市，并且与西方发达的工业国家的大都市，如巴黎、伦敦、纽约等，几乎处在同一水平线上，具有现代的工商业文明的现代性内涵。因此，30年代的上海，它也就不可避免地带有现代都市文化，特别是现代都市文明病的诸多特征，即现代派作家常常提到的都市文明“恶”的特征。

30 年代的“两浙”作家对以上海为代表的现代文明“恶”的精神反抗，在“现代诗”的创作中得以较突出的展现。戴望舒的“现代诗”创作，在表现他苦苦追求人生理想，表达自己内心苦闷的同时，也表现出了他反抗精神沉沦的思想态度。他的代表作《雨巷》，与其说是表现了他的理想失落，又无力追回的挣扎和无奈及哀伤的情感，倒不如说是展现了他不甘沉沦、不甘寂寞的精神反抗倾向。诗中那个带有自己理想身影的“结着哀怨”、“冷漠、凄清，又惆怅”的“丁香姑娘”，何尝不是他以“自我表现”的方式，对现代都市文明压迫人，导致人的异化，尤其是精神异化现象所作的一种精神反抗呢？他的《断指》一诗，描写断指的主人，面色惨白，身材枯瘦，曾亲自截下一个手指交给我的情形，所传达的也是一种精神反抗的思想情感：“我”从“断指”的主人那里获得了“反抗”的启迪，“要我”勇敢地告别过去，寻求自己的未来。“断指”的意象，在这

① 白鲁恂：《中国民族主义与现代化》，香港《二十一世纪》1992 年第 2 期。

里实际上成了诗人反抗现实异化和内心黑暗的一种奋进向上的精神志向。每当“我”在“颓丧的时候”，它就赋予“我”强大的精神动力，使我不再颓唐和沉沦于现实的黑暗之中。《寻梦者》一诗，虽然传达出当“梦开出花来”时，自己已是“鬓发斑斑”、“眼睛朦胧”的一种伤感的情绪，但整首诗所表现的则是“攀九年的冰山”、“航九年的旱海”的“寻梦”勇气，从中也传达出“反抗”人生黑暗的精神底蕴。《夜行者》自称是“夜行人”的“我”，“走在黑夜里，戴着黑色的毡帽。/ 迈着夜一样的步子”，在执著地寻找人生的理想，反抗来自现实和内心的“黑暗”。徐迟[①]的“现代诗”创作也同样表现出了在都市文明迷惘中反抗心灵的黑暗、追求美好人生理想的倾向。在《二十岁人》一诗中，诗人以一种阳光的心态来展现对都市文明的态度：

我来了，二十岁人，
青年，年轻、明亮又健康。
从植着杉树的路上，我来了哪，
挟着网球拍子，哼着歌：
G 调小步舞；F 调罗曼司。
我来了，穿着雪白的衬衣，
印地安弦的网影子，在胸上。

尽管现代的都市并不完全是阳光，也不完全属于自己，然而，徐迟还是执著地以歌颂自己年轻的理想的方式，对都市文明发出“春烂了时，野花想起了广阔的田野”（《春烂了时》）的呼唤。

---

① 徐迟（1914—1996），学名徐商寿，笔名有龙八、史纲、唐琅等，浙江湖州人，现代诗人、散文家。1933 年 12 月首次在《现代》上发表译诗《圣达飞之旅程》和评论《诗人维祺·林高赛》。次年在上海出版的《矛盾》上发表处女作《寄》（外五首）。《二十岁人》是他的第一部诗集，1936 年由上海时代图书公司出版。抗战期间，以战地记者的身份写了大量的特写、通讯和报告文学。建国后，任全国文联委员、中国作协理事、湖北文联副主席、《外国文学研究》主编、全国人大代表，并创作了《哥德巴赫猜想》、《地质之光》等优秀报告文学作品，蜚声文坛。

显然，30 年代“两浙”作家以现代都市为描写对象，关注现代人的精神变异和心理压抑的状况，展现现代人反抗都市压迫，寻求自我解放，显示出了新文学探寻人的存在价值与意义的创作深度。然而，就“两浙”作家 30 年代创作的“反抗”主题的性质而言，主要还是传统的乡村文明与现代的都市文明相碰撞的产物，还不完全是像西方现代派作家那样，直接进入心灵层面展示精神反抗，而真正进入心灵层面展现精神反抗的，则是 40 年代的“两浙”作家的创作。

40 年代的“两浙”作家，在战时特殊的历史文化语境中，能够自觉地注重形上层面的精神反抗意向的传达。他们面对战时风云多变的时局境况，将国家和民族所遭遇的深重灾难，沉潜在个体生命的深刻体验之中，使之能够以更具感性的意识色彩，将蛰伏在个体生命深处的形上感受和精神反抗呈现出来，充分地表现他们对国家、民族和人的前途、命运及存在价值与意义的深邃思考。袁可嘉、穆旦、唐湜的诗歌创作，就以直面现实人生和自我矛盾的方式，力图传达出作为个体存在的人，对国家、民族和人类前途担忧的心理情绪，表现具有普遍和超越苦难的生命体验。他们善于从身边的日常生活感受中，从大自然的冥想中，发现生命的哲理，获得精神反抗的思想启示，进而将自己对整个时局变化的认知和理解，转化为有关个体与国家、民族、人类生存状况、发展前景和终极命运的形上体验，并进一步使这种刻骨铭心的生命感受和体验，上升到生命哲学的层面进行严肃的思考和把握，从而使中国现代白话诗歌真正地具有了现代意义的“形而上的品格”。

直面国家和民族的多灾多难，40 年代的“两浙”作家拒绝一味地沉溺于个体的哀怨抒情，如袁可嘉[①]的诗歌创作，一方面不脱离对现实的执著关注，另一方面又始终不忘透过现象看本质。《难民》一诗，就将战

① 袁可嘉(1921—)，浙江慈溪人，现代诗人。1946 年毕业于西南联大外语系，长期从事英美文学(以诗和文学批评为主)的研究和编译，以及新诗的创作和评论。著译主要有：《欧美现代派文学概论》、《半个世纪的脚印——袁可嘉诗文选》、《现代派论 · 英美诗论》、《论新诗现代化》、《现代主义文学研究》(主编)、《外国现代派作品选》(主编)、《现代美英资产阶级文学理论文选》(主编)、《彭斯诗钞》、《欧美现代十大流派诗选》(主编)、《九叶集》(诗集)等。

时后方所存在的现实丑恶现象，上升到了精神反抗的意志层面上来认识和表达："要拯救你们必先毁灭你们，/这是实际政治的传统秘密；/死也好，活也好，都是为了别的/逃难却成了你们的世代专业。"又如《沉钟》一诗：

让我沉默于时空，
如古寺锈绿的洪钟；
负驮三千载沉重，
听窗外风雨匆匆；

把波澜掷给高松，
把无垠还诸苍穹；
我是沉寂的洪钟，
沉寂如蓝色凝冻；

生命脱蒂于苦痛，
苦痛任死寂煎烘；
我是站定的旌旗，
收容八方的野风！

这显然不是一般意义层面上的现实丑恶的揭露和批判，而是将对现实的认知和思考，上升到一种具有普遍性质的意义层面上的理性透视，从中展现精神反抗的主题思路。唐湜①的诗歌创作则善于以展现人生理想的方式来反抗人生的苦难。在《我的歌》一诗中，他就表示："我要向无边的空阔打开灵魂的窗/抛出最嘹亮的歌，一片希望。"在《手》的一诗中，则通过对业师朱自清的悼念，抒发了自己对人类光明前

① 唐湜(1920—2005)，字迪文，名扬和，浙江温州人，现代诗人。1943 年考取浙江大学外文系，开始真正的诗艺探索。著有诗集《骚动的城》、《飞扬的歌》和历史叙事诗《海陵王》等。因受胡风问题的牵连，1957 年被打成右派分子，遣散到东北参加劳动改造，后回到故乡，任剧团临时编辑，1978 年恢复公职。

途的追求之情:“我已看到在混凝土的/地层里,一个新人类的早晨/已经发亮,树林子下有遥远的/海,沉沉的云预言似的/下垂,呐喊,熊似的生命/众多的手臂是人们的森林。”在《诗》中,他将精神反抗的主题,具体地落实到了对生命意义的哲理思考之中:“当汹涌的潮水退去,/沙滩才能呈献光耀的排贝,/诗如果可以在生活的土壤里伸根,/它应该出现在生活的胜利里。//果实是为了花的落去,/闪烁的白日之后才能有夜晚的含蓄,/如果人能生活在日夜的边际,/薄光里将有一个新的和凝。”

现代著名诗人穆旦
(1918—1977)

最能展现40年代“两浙”作家精神反抗主题的应是诗人穆旦[①]。在《赞美》一诗中,他摒弃那种廉价的歌颂祖国的情感抒发,也不是夜郎自大、喋喋不休地赞美文明古国的伟大,而是选择40年代人们常常能够见到的荒芜的村落、呼啸的干燥季风、沙漠、乡间小路、骡子拖车、人们干涸的眼泪等镜像,构成40年代中国的缩影,从精神上表现了中华民族的历史与现实,以及人民不屈不挠的反抗意志:

一样的是这悠久的年代的风,

① 穆旦(1918—1977),原名查良铮,浙江海宁人,生于天津,现代著名诗人和翻译家。中学时即开始诗歌创作,17岁考入清华大学外文系,开始系统地接触现代主义诗歌、文论,使创作发生转变,参加了后来被称为“九叶诗派”的创作活动,并走向成熟。1949年8月赴美留学,获芝加哥大学文学硕士学位。1953年初回国,任南开大学外文系副教授,致力于俄、英诗歌翻译。1958年被打成历史反革命分子,先后十多年受到管制、批判、劳改,他由此停止诗歌创作,但仍坚持翻译。1977年春节因病去世。1979年平反。主要著作有:诗集《探险队》、《穆旦诗集(1939—1945)》、《旗》、《穆旦诗选》等,及译诗《欧根·奥涅金》、《唐璜》、《英国现代诗选》等。

一样的是从这倾圮的屋檐下散开的
无尽的呻吟和寒冷，
它歌唱在一片枯槁的树顶上，
它吹过了荒芜的沼泽，芦苇和虫鸣，
一样的是这飞过的乌鸦的声音。
当我走过，站在路上踟蹰，
我踟蹰着为了多年耻辱的历史
仍在这广大的山河中等待，
等待着，我们无言的痛苦是太多了，
然而一个民族已经起来，
然而一个民族已经起来！

穆旦始终关注着祖国、民族的前途和命运，在精神层面上，他热情地讴歌了缔造中华民族的劳动者，认为中华民族虽面临着“说不尽的灾难”，但是，这个具有坚韧的反抗精神的民族，终将会站立起来，因为千千万万不辞艰辛、不怕打击的劳动者是这个民族的坚强脊梁。他们不但用勤劳的汗水创造了中华民族，更是以鲜血和生命改变了中华民族的命运，使每一个中华儿女都能在艰难的反抗中看到未来的希望。在题为《被围者》一诗中，诗人则又是这样写出他深刻的生命体验和精神反抗意志的：

一个圆，多少年的人工，
我们的绝望将它完整。
毁坏它，朋友！让我们自己
就是它的残缺。

唐湜对此解释说，穆旦在这里所说的“毁坏”，不仅是对“至善的终结”、“绝对的理念”的执著追求，同时也是在精神反抗中完成了“一个自觉的超越”。[①] 在《打出去》一诗中，诗人展示自己的心灵意识是“由幻觉渐渐往里缩小，/直到立定在现实的冷刺上显现”，而在《我向自己说》一诗中，则坚定地表示自己“在无数的绝望以后”，“不再祈求那不可能的”“生命的质变，爱的缺陷，纯洁的冷却”，而要以“反抗绝望”的方式宣布：“我要赶到车站，/搭 1940 年的车/开向最炽热的熔炉里。”(《玫瑰之歌》)[②]在《绿》一诗中，诗人则是以对未来充满憧憬的方式，写出了反抗宿命的必胜信念：

绿色的火焰在草上摇曳，
它渴求着拥抱你，花朵。
反抗着土地，花朵伸出来，
当暖风吹来烦恼，或者快乐。
如果你寂寞了，推开窗子，
看这满园的欲望多么美丽。

蓝天下，为永远的谜迷惑着，
是人们二十岁的紧闭的肉体，
一如那泥土做成的鸟的歌，
你们燃烧着却无处归依。
呵，光，影，声，色，都已经赤裸，
痛苦着，等待伸入新的组合。

马尔罗曾说：“艺术就是反抗命运！”[③]执著于形上层面的精神反抗，固然也表现出了“两浙”作家对现实异化、人生异化的忧患之情，甚至也流露出某种悲观、绝望的情绪，但却没有理由说他们是对现实的逃避，是消极无为的。不然的话，在他们的创作当中，为什么能够在看似

① 唐湜：《新意度集》，生活·读书·新知三联书店 1989 年版，第 104 页。

② 穆旦说：他这种对精神反抗的认识，受到了鲁迅先生的影响。参见穆旦《五月》一文。

③ 转引自郭宏安：《荒诞·反抗·幸福》，《读书》1987 年第 1 期。

消极颓唐背后，还会洋溢着一种坚强的抗俗精神，就像西西弗斯那样执著地推着巨石不停地向山顶发起一轮又一轮的进攻？为什么在看似悲观绝望背后，还要执著地表现人生理想、袒露自己的心声？在生命的超验意义上，“两浙”作家展现精神反抗主题，展现对生命意义的寻求，也就显示出了一种“崇高”特性的美学境界。

■ 第五章

“两浙”作家的文化性格与新文学的美学风貌

艺术哲学家丹纳曾指出：“自然界有它的气候，气候的变化决定这种那种植物的出现；精神方面也有它的气候，它的变化决定这种那种艺术的出现。我们研究自然界气候，以便了解某种植物的出现，了解玉蜀黍或燕麦，芦荟或松树；同样，我们应当研究精神上的气候，以便了解某种艺术的出现，了解异教的雕塑或写实派的绘画，充满神秘气息的建筑或古典派的文学，柔媚的音乐或理想派的诗歌，精神文明的产物和动植物界的产物一样，只能用各自的环境来解释。”[①]由于“两浙”区域处于江南文化的核心地带，人们常常用“杏花春雨”来形容它的妩媚多姿、秀润精巧。然而，一条蜿蜒曲折的钱塘江，却在“两浙”文化的内部，划分出了“浙东”和“浙西”两个既有内在联系，而又有形态区别的文化区域。由于地理分界所形成的地域文化与民风、民情、民性和民俗的不同，以及历史沉淀、传承下来的精神意识、文化性格和美学追求的不同，[②]“两浙”文化又呈现出比较明显的形态上的差异。明代王士性对此作过精细的比较：“两浙东西以江为界而风格因之。浙西俗繁华，人性纤巧，雅文物，喜饰帑帨，多巨室大豪，若家僮千百者，鲜衣怒马，非市井小民之利。浙东俗敦朴，人性俭啬椎鲁，尚古淳风，重节慨，鲜富贾大贾。而其俗又自分为三：宁、绍盛科名逢掖，其戚里善借为外营，又傭书舞文，竞

---

① 丹纳：《艺术哲学》，人民文学出版社 1963 年版，第 9 页。

② 如春秋时期那场血腥、残酷的复仇争斗，绝不仅仅只是吴王夫差和越王句践之间个人秉性及恩恩怨怨所致，它对以吴和越而相称的两个区域的民众的文化心理品性、品格的熔铸，产生了巨大的影响。《汉书·地理志》云：“吴越之君皆好勇，故其民至今好用剑，轻死易发。”左思的《吴郡赋》云，吴越之地“士有陷坚之锐，俗有节慨之风”。

贾贩锥刀之利，人大半食于外；金、衢武健负气善讼，六郡材官所自出；台、温、处山海之民，猎山渔海，耕农自食，贾不出门，以视浙西迥乎上国矣。"[①]《浙江潮》曾刊登匪石的文章，也指出"浙东"和"浙西"的文化形态的差异："东西浙之各自殊尚而已……浙西以文，浙东以武，浙西之人多活泼，浙东之人多厚重。浙西人好为表面之事业，浙东能为实地之研究。其弊也，浙西之人柔，浙东之人闭。"[②]这种比较，道出了"两浙"文化在美学追求、审美风格、审美形态上存在着内在的区别。《浙江通志》指出："浙东多山，故刚劲而邻于亢；浙西近泽，故文秀而失之靡。"周起莘也指出："两浙人文薮，浙以西之文，华而靡；浙以东之文，清以淑。"[③]因此，从文化审美的维度来看，"浙东"区域总体上呈现出一种偏"刚性"特质的文化性格和美学形态，而"浙西"区域则总体上呈现出一种偏"柔性"特质的文化性格和美学形态。"浙东"和"浙西"两种既有联系又有区别的文化糅合在一起，也就使"两浙"文化总是能够以"刚柔并济"的美学品格，汇入多元并行的中华文化长河，并显示出自身独树一帜的文化审美风范。

受"两浙"地域文化的影响，"两浙"作家的文化性格和审美气质中具有"刚"(精细坚韧)和"柔"(柔美飘逸)并济的美学特征。历史所存在的地域文化审美差异，在新文学的"两浙"作家身上也得到了传承和弘扬。像浙东作家颇多"硬气"，如除周氏兄弟外，还有"像地地道道农民"的冯雪峰，喜欢表现"石骨铁硬"性格的巴人、王鲁彦、许杰等，其文化性格和审美风格大都偏"刚性"；而浙西作家的创作则多具有"柔婉"的特点，如来自杭嘉湖地区的茅盾、郁达夫、徐志摩、丰子恺、戴望舒等，其文化性格和审美风格大都偏"柔性"。可以说，在中国新文学史上，"两浙"作家各具特色的文化性格和美学追求，建构了新文学独特的诗性美学

① 王士性：《广志铎》，《江南诸省·浙江》(第 4 卷)。

② 匪石：《浙风》，《浙江潮》第 4 期。

③ 周起莘：《雷琴记》，转引自胡朴安编：《中华全国风俗志》(影印本)(上编第 3 卷)，上海书店 1986 年版，第 2 页。

品格。换言之，中国新文学的生成与发展，与以“两浙”为主体的江南文化和审美意识有着内在的联系。江南文化那独特的精细坚韧、柔美飘逸，而又略带颓废、浪漫的审美气质及其诗性审美意识，触动着现代中国人的精神隐忧，反映了现代中国由文化冲突而引发意义危机的境况，抒发了由文明失落而带来的民族苦难的情怀。在中国新文学史上，“两浙”作家的审美理想及所生成的审美意象，承历史的积淀演化而来，又不断地糅合现时代的情愫，进而成为整个中国文化现代化进程中一种独特的心灵镜像，成为中国新文学发展进程中一道独特的文化审美风景线。

第一节　浙东“刚性”文化与新文学的坚韧风格

钱塘江以南的广袤区域，通常被称为“浙东”区域。[①] 它虽然整体上属于江南区域范畴，或吴越文化区域范畴，具有该区域妩媚、婉约、柔美、温情的自然与文化的双重因子，但它与以太湖为中心的浙西区域相比，却又表现出自身的一些质的不同特征。从地理环境上来看，浙东区域含有宁（波）绍（兴）平原、浙南（台州、温州、丽水）山地和金（华）衢（州）盆地等多种不同的地貌特征和自然条件。尽管我们至今仍无法用实证的方法，厘清和证明自然环境因素与文学创作之间的必然关联，但至少可以从精神文化与审美的维度来领悟、体会和把握从该区域走出来的作家的创作实践，以及他们的作品所蕴含的区域文化精神内涵。丹纳在论述艺术品产生的环境因素时，为了考证“艺术品与环境完全一致的情形格外显著”，甚至还将艺术品与不同区域的植物相比较。不过，在他看来，主要的还是不同区域、不同环境的精神气候对艺术品的

---

① 所谓“浙东”，指的是“大江之左”（钱塘江流域之东）的绍兴、宁波、台州、温州、处州（今丽水）、金华、衢州、严州（今建德）八府，俗称“浙东下八府”，也即今天浙江省所管辖的绍兴、宁波、台州、温州、丽水、金华、衢州七个地、市区域。从文化特征上来说，浙东地域文化内部也存在差异。譬如，绍兴的文化与宁波、台州、温州、金华等地的文化就有不同，但是，就该地域文化的总体形态和性质而言，它属于古越文化范畴，一般来说是以会稽（今绍兴）为中心的。

产生具有深刻的影响。他指出:“作品的产生取决于时代精神和周围的风俗”,因为“有一种‘精神的’气候,就是风俗习惯与时代精神,和自然界的气候起着同样的作用……必须有某种精神气候,某种才干才能发展,否则就流产”。①

从地域文化生成上来看,以会稽为中心的古越文化区域素来民性朴实、忠厚而好勇,故民间有“锐兵任死,越之常性”之说。流传甚广的春秋战国吴越争霸故事,越王句践“卧薪尝胆”、“报仇雪恨”的传说,早已成为该区域的一种“集体无意识”,沉淀在该地域文化深层记忆之中,成为该地域文化性格“原型”,对该区域民众文化心理品格的熔铸,产生了不可低估的影响。鲁迅早年在文章中就曾多次提及“越乃报仇雪恨之乡”,赞扬越乡壮美之气概。赵晔在《吴越春秋·句践伐吴外传》中曾这样颂扬越王句践的复仇之战:

> 三军一飞降兮,所向皆殂。一士判死兮,而当百夫。道佑有德兮,吴卒自屠。雪我王宿耻兮,威振八都。军伍难更兮,势如貔貙。行行各努力兮,於乎!於乎!

在浙东区域的民风、民俗中,多有“断发文身”之俗。文献中这样记载:

> 越人断发文身。
>
> ——《庄子·逍遥游》

> 越王句践,剪发文身,以治其国。
>
> ——《墨子·公孟》

> 被发文身,错臂左衽,瓯越之民也。
>
> ——《战国策·越策》

① 丹纳:《艺术哲学》,人民文学出版社1963年版,第32—35页。

越王句践，其先禹之苗裔，而夏后帝少康之庶子也。封于会稽，以封守禹之祀。文身断发，披草莱而邑焉。

——《史记·越世家》

越，方外之地，剪发文身之民也。

——《汉书·严助传》

中国冠笄，越人剪发，其于一服也。

越王句践，剪发文身，无皮弁搢笏之风。

——《淮南子·齐俗训》

断发文身的习俗，其涵义当然是多方面的。譬如，出于装饰、审美的需要，出于与其他区域不同标志的需要等等，但其中也包含了一种显示自身意志、性格特征的涵义。《说文解字》云：“断，截也。”截，作为动词，表现的是一种削发显志的举止，实际上这也是一种文化性格的显现。文身的涵义也基本一样。《淮南子·原道训》记载：“九疑之南，陆事寡而水事众，于是人民被发文身以像鳞虫。”高诱对此注释曰：“文身，刻画其体，内黥其中，为蛟龙之状，以入水蛟龙不害也。故曰以像鳞虫也。”这种常被人们看作是异俗的行为，也许与中原区域所推崇的“身体肤发，受之父母，不敢毁伤，孝之始也”是相冲突的，但却是浙东区域民俗、民风、民性崇尚“刚性”风格的文化性格表现。

查阅浙东区域的地方志，对本地区民风、民情、民性、民俗的记载，也显示出该地域文化的“刚性”特质和相同的文化性格。如《绍兴府志》云：

居会稽、余姚之间，地狭而好矜名。类能饬廉隅，笃孝让，然者生事，意气多发扬，少含蓄。

《金华府志》记载本地区风俗、民性时云：

> 民朴而勤，勇决而尚气。族居岩谷，不轻去其土，以耕种为生，不习工商。

《宁波府志》则云：

> 鄞（指宁波鄞县，现为宁波鄞州区——著者注）之风散缓，其俗迂阔而善妒。慈（指慈溪市，现为宁波管辖的县级市——著者注）之风矫厉，其俗尚文而善党。奉（指奉化市，现为宁波管辖的县级市——著者注）之风鸷健，其俗负气而矜高。定（指定海，现为舟山市定海区——著者注）之风脆弱，其俗习劳而寡营。象（指象山县，现为宁波管辖的县——著者注）之风朴直，其俗好竟而服义。

从相关的地方志对本地区的民风、民情、民性、民俗等特点的描述上来看，浙东区域的民风、民性和文化性格等方面的特点，与浙西区域比较起来，显然是偏“刚性”的。这种由不同地域文化而形成的文化心理和性格，往往是以“集体无意识”的方式，潜移默化地影响着生活在该区域的人的价值观、人生观、世界观和审美观。对于文学艺术创作而言，地域文化及其所孕育的文化性格，如同丹纳所说的“精神气候”那样，影响着从该区域走出来的作家的审美气质、美学追求和创作风格。①

浙东偏“刚性”的地域文化传统及其影响，使从浙东区域走出来的新文学作家，其美学追求和审美风格大都具有一种“坚韧”的特质。如鲁迅、周作人、许杰、许钦文、王鲁彦、巴人、冯雪峰、魏金枝、潘漠华、孙席珍、王西彦、艾青等人的创作，都不同程度地带有浙东区域“刚性”文

① 地域文化的历史内涵是多方面的，不仅仅只限于民风、民情、民性和民俗等方面，本书在第二章所提及的地域文化的相关内容，如浙东学派的学术思想、明清之际的文学传统等等，也是该地域文化内涵的重要构成部分。因本书在第二章已有详细论述，在此不再赘述。

化性格和"坚韧"特质的美学风格。

鲁迅的创作,无论是在小说,还是在散文(含杂文)方面,都显示出"坚韧"的美学风格。[①] 在完成了由传统向现代的观念性质转变之后,鲁迅确立了现代的审美观。在他看来,古典的"中庸"和谐之美,总体上偏重于讲究"静"与"柔、弱"的审美风格,所对应的是国民"沉静,而又疲弱"的性格心理。[②] 他指出:"我们大多数的国民实在特别沉静,真是喜怒哀乐不形于色,而况吐露他们的热力和热情。"[③]又说:"人民一向是很沉静的,什么传单下来都可以,但心里也有一个主意,是给他们回复老样子,或者至少维持现状。"[④]鲁迅认为,这种"静"与"柔、弱"带来的则是"少年尚老成,老年当然老成",[⑤]为此,他感叹道:"中国大约太老了。"[⑥]

从总体上来说,鲁迅对古典的"中庸"谐和之美持否定的态度,而推崇"刚健不挠"、"争天抗俗"、"立意在反抗,指归在动作"的"对立"、"崇高"之美。在《文化偏至论》、《摩罗诗力说》中,他对拜伦、尼采等近代西方哲人、诗人给予了高度的评价。他赞赏拜伦的叛逆精神,认为拜伦"所遇常抗,所向必动,贵力而尚强,尊已而好战……故其平生,如狂涛如厉风,举一切伪饰陋习,悉与荡涤,瞻顾前后,素所不知;精神郁勃,莫可制抑,力战而毙,亦必自救其精神;不克厥敌,战则不止"[⑦]。同时,他赞美尼采的"意力绝世,几近神明之超人"的理想。基于对"力之美"大力推崇的现代审美理想,鲁迅曾以屈原为例,指出屈原虽有"放言无惮,为前人所不敢言"之精神,但也多是"芳菲凄恻之音,而反抗挑战,则终

---

① 郭沫若曾高度评价鲁迅的"韧",认为是现代文坛之绝。参见郭沫若:《再谈郁达夫》,1947 年 11 月 15 日《文讯》月刊第 7 卷第 5 期。

② 鲁迅:《集外集拾遗·〈路谷虹儿画选〉小引》,《鲁迅全集》(第 7 卷),第 325 页。

③ 鲁迅:《集外集拾遗·中山先生逝世一周年》,《鲁迅全集》(第 7 卷),第 293 页。

④ 鲁迅:《书信集·331002·致姚克》,《鲁迅全集》(第 8 卷),第 230 页。

⑤ 鲁迅:《三闲集·我的态度气量与年纪》,《鲁迅全集》(第 4 卷),第 111 页。

⑥ 鲁迅:《两地书·四》,《鲁迅全集》(第 11 卷),第 20 页。

⑦ 鲁迅:《坟·摩罗诗力说》,《鲁迅全集》(第 1 卷),第 81—82 页。

其篇未能见,感动后世,为力非强"[①]。由此,鲁迅对由古典"中庸"和谐之美所形成的"大团圆"、"十景病"、"类型化"等进行了批判,认为所带来的后果就是为国民制造一条"瞒"和"骗"的"奇妙的逃路"来。在《论睁了眼看》一文中,鲁迅这样指出:

> 不幸这一勇气是我们中国人最所缺乏的。
>
> …………
>
> 中国的文人对于人生,——至少是对于社会现象,向来就多没有正视的勇气。
>
> 于是无问题,无缺陷,无不平,也就无解决,无改革,无反抗。因为凡事总要"团圆",正无须我们焦躁,放心喝茶,睡觉大吉。
>
> 中国的文人也一样,万事闭眼睛,聊以自欺,而且欺人,那方法是:瞒和骗。
>
> 中国人的不敢正视各方面,用瞒和骗,造出奇妙的逃路来,而自以为正路。在这路上,就证明着国民性的怯弱,懒惰,而且又巧滑。一天一天的满足着,即一天一天的堕落着,但却又觉得日见其光荣。

如何荡涤古典"中庸"和谐美的"柔弱"之风,建构与新文化、新文学相匹配的新审美观?也即如何赋予新文学"坚韧"之美的现代审美内涵?鲁迅所强调的是具有"崇高"审美价值内涵的"力之美",赋予新文学"坚韧"美学风格以"常抗"、"必动"、"贵力"的"力"(具有"对立"元素

---

① 鲁迅:《坟·摩罗诗力说》,《鲁迅全集》(第1卷),第69页。

的审美因子）的美学内涵。鲁迅说：“没有冲破一切传统思想和手法的闯将，中国是不会有真的新文艺的。”①他赞同厨川白村的美学观，认为创作必须从一切内在和外在的束缚中解放出来，“忘却名利，除去奴隶根性，从一切羁绊束缚解放出来，这才能成文艺上的创作”②。在鲁迅看来，根除古典“中庸”和谐之美的“柔弱”之风，必须有“天马行空似的大精神”，才能“大呼猛进，将碍脚的旧轨道不论整条或碎片，一扫而空”，“无论是古是今，是人是鬼，是《三坟》《五典》，百宋千元，天球河图，金人玉佛，祖传丸散，秘制膏丹，全都踏倒他”。③ 在创作实践中，鲁迅所突出的也多半是那种带有悲剧色彩的，揭示现实人生缺陷、阴暗和内心矛盾、苦痛的内容，④主张写出人生的“血”和“肉”来。因此，鲁迅的创作总体上显示出一种“坚韧”特质的审美追求和美学风格：

> 陈老五也气愤愤的直走进来。如何按得住我的口，我偏要对这伙人说，
>
> “你们可以改了，从真心改起！要晓得将来容不得吃人的人，活在世上。”
>
> …… ……
>
> 那一伙人，都被陈老五赶走了。大哥也不知那里去了。陈老五劝我回屋子里去。屋里面全是黑沉沉的。横梁和椽子都在头上发抖；抖了一会，就大起来，堆在我身上。
>
> 万分沉重，动弹不得；他的意思是要我死。我晓得他的沉重是假的，便挣扎出来，出了一身汗。可是偏要说，
>
> “你们立刻改了，从真心改起！你们要晓得将来是容不得吃人的人，……”

---

① 鲁迅：《坟·论睁了眼看》，《鲁迅全集》（第1卷），第241页。

② 参见鲁迅译：《苦闷的象征》（厨川白村著）。

③ 鲁迅：《华盖集·忽然想到六》，《鲁迅全集》（第3卷），第45页。

④ 鲁迅在《南腔北调集·我怎么做起小说来》一文中明确指出：“我的取材，多采自病态社会的不幸的人民中，意思是在揭出病苦，引起疗救的注意。”

——《呐喊·狂人日记》

我快步走着，仿佛从一种沉重的东西中冲出，但是不能够。耳朵中有什么挣扎着，久之，久之，终于挣扎出来了，隐约像是长嗥，像一匹受伤的狼，当深夜在旷野中嗥叫，惨伤里夹杂着愤怒和悲哀。

——《彷徨·孤独者》

魂灵被风沙打击得粗暴，因为这是人的魂灵，我爱这样的魂灵；我愿意在无形无色的鲜血淋漓的粗暴上接吻。

——《野草·一觉》

这种“坚韧”特质的美学风格，所显示出来的是一种“力之美”的审美意识，一种足以震撼心灵的审美感应，一种“真的恶声”①的审美表达，让人久久难以忘怀。鲁迅曾指出，在现代社会“风沙扑面，狼虎成群的时候，谁还有这许多闲功夫，来赏玩琥珀扇坠、翡翠戒指呢？他们即使要悦目，所要的也是耸立于风沙中的大建筑，要坚固而伟大，不必怎样精；即使要满意，所要的也是匕首和投枪，要锋利而切实，用不着什么雅”②。在杂文创作中，鲁迅更加鲜明地突出了“坚韧”风格的美学追求。他将杂文看作是“社会批评”和“文明批评”的武器，规定杂文的主要任务“是在对于有害的事物，立刻给以反响和抗争”③，并以百科全书式的方式，全方位地表达自己对于处在急遽转变之中的现代社会、现代人生的感受、判断和批评。鲁迅“坚韧”特色的美学追求，与整个现代中国那种被新思想、新文化唤醒的时代审美需求是趋向一致的。换言之，鲁迅赋予了新文学的坚韧美学范式以全新的时代意义，也即打破古典

① 鲁迅：《集外集·“音乐？”》，《鲁迅全集》（第7卷），第54页。

② 鲁迅年版，第：《南腔北调集·小品文的危机》，《鲁迅全集》（第4卷），第576页。

③ 鲁迅：《〈且介亭杂文〉序言》，《鲁迅全集》（第6卷），第3页。

“中庸”谐和之美的均衡、稳定、对称、有序的“优雅”形态，[1]突出对立、冲突、动荡、无序的“崇高”形态，在审美感受上，强调痛感与愉悦、焦虑与自由、束缚与解放等“对立”性因子的复合，吻合处于转型之中的现代社会所呈现出来的以“悲壮”、“崇高”为风格特征的审美价值取向。

与鲁迅的“坚韧”相比，周作人的创作表面上看起来比较平和，特别是他的小品文创作，追求冲淡、平和、清逸、闲适、超然的审美风格，与“坚韧”风格的美学追求似乎相去甚远。然而，综观周作人的文化性格和美学追求，其“内骨子”里仍然是深藏着“坚韧”风骨的。在谈到国人性情时，他曾经指出：“中国人近来常常以平和耐苦自豪，这其实并不是好现象。我并非以平和为不好，只因为中国的平和耐苦不是积极的德性，乃是消极的衰耗的证候，所以说不好。譬如一个强有力的人，他有迫压或报复的力量，而隐忍不动，这才是真的平和。”[2]在多个不同的场合，周作人总是强调自己“浙东人”的秉性，坚韧、执著，宣称自己“‘浙东人’的气质终于没有脱去”。他曾这样描述自己受浙东地域文化影响而形成的性格特征：“我们一族住在绍兴只有十四世，其先不知是哪里人，虽然普通称是湖南道州，再上去自然是鲁国了。这四百年间越中风土的影响大约很深，成就了我的不可拔除的浙东性，这就是此人所通称的‘师爷气’。”他又说：“我从小知道‘病从口入，祸从口出’的古训，后来又想溷迹于绅士淑女之林，更努力学为周慎，无如旧性难移，燕尾之服终不能掩羊脚，检阅旧作，满口柴胡，殊少敦厚温和之气；呜呼，我其终为‘师爷派’矣乎？……我有志为京兆人，而自然乃不容我为浙人，我则亦随便而已耳。”[3]本着“人”的文学理念，周作人在创作中展现率真的人

① 鲁迅当年就坚决拒绝以杭州为代表的江南“柔性”风格，如《再论雷峰塔的倒掉》一文，以西湖为典型，指责中国文化中存在的中庸、谐和、圆满的陋习，批评中国文化的“十景病”，认为都是一些“碍脚的旧轨道”。鲁迅认为，只有坚决的“破坏”，才会获得文化的“新建设”。

② 周作人：《新希腊与中国》，高瑞泉编：《理性与人道——周作人文选》，上海远东出版社 1994 年版，第 27 页。

③ 周作人：《〈自己的园地〉自序二》，高瑞泉编：《理性与人道——周作人文选》，上海远东出版社 1994 年版，第 218 页。

生性情，表达咀嚼人生、体悟生命的一种心灵感触。像写于20年代的几篇散文《北京的茶食》、《喝茶》、《苦雨》、《谈酒》、《故乡的野菜》、《乌篷船》等，看起来都是他那“冲淡”、“平和”、“闲适”的人生态度的流露，但流淌在字里行间的“真性情”，则是与他那“坚韧”特质的美学风格是联系在一起的。例如，在《谈酒》一文中，他就这样写道：

> 喝酒的趣味在什么地方？这个我恐怕有点说不明白。有人说，酒的乐趣是在醉后的陶然的境界。但我不很了解这个境界是怎样的……照我说来，酒的趣味只是在饮的时候，我想悦乐大抵在做的这一刹那，倘若说是陶然那也当是杯在口的一刻罢。

这显然不是一般性地谈论喝酒的轶事，或只仅仅一般性地传达喝酒的感受，而是从中表现了一种咀嚼人生的意味，一种坚韧、从容的人生态度。周作人的一些政论性、文化性的散文，则更是显示出他的“坚韧”风格特征。如在《读烈士》一文中，他结合历史对封建礼教“吃人”罪恶的批判，就显示出了他“坚韧”风格的深邃一面：

> 中国人本来是食人族，象征地说有吃人的礼教，遇见要证据的实验派可以请他看历史的事实，其中最冠冕的有南宋时一路吃着人腊，去投奔江南行在的山东忠义之民。不过这只是吃了人去做义民，所吃的还是庸愚之肉，现在却轮到吃烈士，不可谓非旷古未闻的口福了。

与鲁迅在小说《狂人日记》中发现满页写着“仁义道德”的历史，乃是“吃人”的历史一样，周作人这种结合历史对封建礼教“吃人”本质的剖析，字里行间显示出来的也是一种让思想穿透历史，深刻认识和把握历史的坚韧风格。即便是在一些谈叙民间日常生活习俗的散文中，周作人在冲淡、平和的叙说之中，也不时地流露出浙东人的“坚韧”之性：

> 日前我的妻往西单市场买菜回来，说起有荠菜在那里卖着，我便想起浙东的事来。荠菜是浙东人春天常吃的野菜，乡间不必说，就是城里只要有后园的人家都可以随时采食，……关于荠菜向来颇有风雅的传说，不过这似乎以吴地为主。……但浙东人却不很理会这些事情，只是挑来做菜或炒年糕吃罢了。
>
> ——周作人：《故乡的野菜》

由此可见，即便对吃野菜之类的日常生活叙述，从中也透露出"浙东人"的"坚韧"之气。周作人也向来不太喜欢以吴地（主要是以太湖为中心的江南区域，也即浙西区域）为代表的江南偏柔弱而又显风雅、浮靡的文风，在《秉烛谈·谈笔记》一文中，他就批评吴地文风"浓艳波俏，顾影弄姿"，多"有名士美人习气"，故"容易流入肉麻一路"。在他看来，纤细、浮靡的吴地江南之风，与浙东人所追求的"坚韧"之气是不太相容的。

浙东"刚性"文化所孕育的浙东作家"坚韧"精神，体现在具体的创作中，主要表现在两个方面：一是追求为人、为文的"硬气"，展现浙东作家鲜明的新人文理性精神；二是体现韧性精神和忧患意识，使浙东作家整体性地呈现出"深刻"、"峻拔"、"厚重"、"刚劲"的美学风格。

鲁迅在《为了忘却的记念》一文中悼念遇害的左联五烈士，提及柔石时曾这样写道：

> 他（指柔石——著者注）的家乡台州的宁海，这只要一看他那台州式的硬气就知道，而且颇有点迂，有时会令我忽而想到方孝孺[①]，觉得好像也有些这模样的。

---

① 方孝孺（1357—1402），浙江宁海（原属台州，现为宁波管辖的县级市）人，明建文朱允炆时任侍讲学士、文学博士。建文四年（1402），建文帝的叔父燕王朱棣起兵攻陷南京，自立为帝（即永乐帝），命他起草即位诏书，他坚决不从，遂遭杀害，灭十族。

文中所提到的“台州式的硬气”，实际上也是整个浙东地域文化性格的一种泛指。在浙东作家身上，可以说是整体性反映出了地域文化所孕育的这种“硬气”，其文风也多是整体性地呈现出以“坚韧”为代表的刚毅、强劲的“硬气”特质。如柔石的创作，在充满浪漫感伤的抒情性叙事当中，总是透露出一种坚毅之气。他的《人鬼与他底妻的故事》就将长期处在封闭状态下的乡镇，写得分外的沉重与艰辛，写出了浙东乡镇人不如鬼的生存状态。《为奴隶的母亲》则通过浙东乡村典妻陋习的描述，将底层妇女的爱与恨写得深沉与悲凉。作为左翼作家，尽管在当时特殊的环境中，文学创作往往要求是能够迅速而有力地反映左翼的革命意志和阶级意识，体现与政治、革命等主题密切联系的集体创作意图，但在具体的创作实践中，柔石则保持了一种独立的人生思考和美学追求。无论是他笔下的知识分子形象，还是底层社会中普普通通的人物形象，都被赋予了一种“石骨铁硬”[①]的“硬气”质地。正如有些学者所指出的那样：“他（指柔石——著者注）笔下的青年虽然彷徨，但并不绝望”，他们都是一些“苦闷时代里执著地寻找前进道路的探索者”。[②]柔石赋予了知识分子在彷徨中执著求索的精神特质，他所塑造的妇女形象，也都带有一种“水柔石刚”的特点。

同是来自浙东区域的许杰、许钦文、王鲁彦、巴人等人的创作，也都具有这种“硬气”之风。这些在新文学发轫之际就追随鲁迅的浙东作家，在具体的创作实践当中，注重像鲁迅那样，密切关注当时农村社会、经济、文化受现代文明的冲击，以及在迅速半殖民地半封建化过程中，农民的心理、道德观念的变化，写出与鲁迅笔下的“老中国儿女”相关联的乡村生活和生存场景，力图通过以对浙东乡村为代表的中国乡村社会的透视，揭示出中国乡村社会在现代变迁中的某种规律性特征。像许杰的创作，在描述浙东乡村灰色人生与麻木灵魂时，也十分注重对蕴

① 此为越语，意为坚硬、倔强、有骨气。在越地（主要指浙东区域）的历史上，像句践、叶适、张煌言、方孝孺、黄宗羲、朱舜水、徐锡麟、秋瑾等，都是浙东“硬气”的代表性人物。

② 郑择魁、黄昌勇、彭耀春：《左联五烈士评传》，重庆出版社 1995 年版，第 7 页。

含在乡村普通民众中的那种“硬气”性格的描写。如小说《放水田》中对阿元嫂的形象刻画，就突出了浙东乡村社会底层妇女的那种不屈反抗的性格特征。又如小说《惨雾》，虽然描写的是浙东乡村的一场充满血腥而惊心动魄的械斗，但在揭示长期封闭而形成的乡村陋习的原始、野蛮当中，也对浙东乡民的那种“硬气”的性格多有展示。整篇小说的叙事，也带有一种坚韧的“硬气”：

> 村上总是充满一种杀气，这一种气味是辣人的火药气和涩口的血腥气所混成的；同时，也充满了一种惊恐的感觉。
>
> …………
>
> 我远远的望上老虎山的山顶，那边满山都是看战的人；他们有的张着洋伞，有的戴着箬帽；衣服的彩色是白的最多，清的和黑的少些。他们在那边蠕动，象是一群蚂蚁。
>
> …………
>
> 太阳如一颗杀星，照耀在沙漠一般的沙滩上，闪亮的细沙的眼，正象隐藏在地下的鬼火。
>
> 始丰溪染着可怕的鲜血，滚滚的激出绝调的哀音，滔滔然泛成血河的霞彩，和那立在旁边静悄悄地瞧着的柳树上的鸣蝉的凄厉的哀声，与那复在头上的沉默着的愁容的天空里惨云的消魂的色彩相映和。
>
> …………
>
> 一切的空气之中，都笼罩着粗厉的恐怖之网，和倒垂着尖利的死神之刀。
>
> 世界是被黑暗所占领了；恶魔穿着黑暗之夜的魔衣，在一切的空气中，用粗厉的恐怖之网笼罩人生，和尖利的死神之刀对待人生。

这种充满主观感受和内心体验的叙事，使整篇小说叙事尽显“坚韧”的张力和弹性。许杰就是以这种缜密、不经意而又充满热力的叙述，真实地还原了浙东乡村械斗的原始蛮性，在撕破血腥械斗的外衣中，为人们展现出一种惨淡的乡村生活和生存场景，使人感到一种沉重的心灵痛楚。

在20年代的乡土小说创作中，许钦文通常被看作是最具有“柔情”的一位，然而，细读他的小说，其实也不难感受到他在细腻而略带淡淡忧愁的抒情性叙事当中所透露出来的“硬气”。像他的小说《石宕》就展示出一股“硬气”。小说以严谨、缜密、细致的构思和惊心动魄的艺术描写，展现出采石工人艰辛的生活场景。那群在最坚硬的山岩上刨食的采石工，可谓是新文学最早塑造出来的民工群体雕像。浙东偏僻的山庄，生活在这里的乡民，世代沿袭采石为生的传统，每一场突如其来的事故，总会吞噬一些采石工的性命。小说真实地再现了事故吞噬采石工时的情景：一块巨石突然断裂塌下来，酿成一场悲剧，当场砸死四个采石工，另外三个也被堵在山崖的石缝里不得动弹。他们的亲人见状，哭得死去活来，因无法搬动巨石，只能眼睁睁地看见他们在越来越弱的呼救声中死去。然而，仅过了半月，死去的乡民，不再是人们追悼和谈论的对象，乡民们的心也像石头一样冷却。由于生活的逼迫，为谋衣食，乡民们又不得不重操旧业，重新在山岩上觅食糊口了。显然，在缜密、冷静、细致的叙事中，许钦文所展示出来的“硬气”是具有多重涵义的。不仅仅是单纯的乡村生活场景的描写，也不仅仅是对浙东乡村民俗、民情的一般性叙述，其中，最主要的还包括在这种缜密、冷静、细致的叙事当中，写出了浙东地域文化对民性、民风的孕育及其所形成的“刚性”文化性格内涵，展现了浙东乡村生活场景的“普遍性的与我们共同的对命运的挣扎”。[①] 所以，鲁迅在评论许钦文小说创作特点时曾这样指出，“无可奈何的悲愤是令人不得不舍弃的，然而作者仍不能舍弃，没有法，就再寻得冷静和诙谐来做悲愤得衣裳：裹起来了，聊且当作‘看

① 茅盾：《关于乡土文学》，《文学》1932年2月第6卷第2期。

破’”①。

王鲁彦的创作直接受到鲁迅的影响。从某种意义上来说，王鲁彦的创作是直接模仿鲁迅的，②准确地说，他要模仿鲁迅那种冷峻的叙事风格和对心理刻画的艺术手法，力求使自己的小说具有鲁迅那样的“坚韧”风格。如果说鲁迅的乡土小说主要是将审视目光对准“本色的老中国儿女”，其“坚韧”风格中总是贯穿着他对乡土中国走向现代中国艰辛之路的深邃思考和执著探索，那么，王鲁彦的乡土小说则是更多地将审视目光对准了处在变迁之中的乡村之民，写出他们“多少已经感受到外来工业文明的波动”对现代乡村生活不可抵御的影响，其“坚韧”风格中，则是贯穿着他对乡土中国在现代转型过程中人们心理变动的探索，从而尽显“乡村小资产阶级的心理和原始式的冷酷”。③ 在他的代表作《黄金》里，尽管陈四桥这个“偏僻冷静的乡村，四面围着山，不通轮船，不通火车，村里的人不大往城里去，城里的人也不大到村里来”，但现代工业文明所吹来的商业、金钱之风，也是无孔不入地吹到这个闭塞的村庄，因为“每一家人家却是设着无线电话的，关于村中和附近地方的消息，无论大小，他们立刻就会知道，而且，这样的详细，这样的清楚，仿佛是他们自己做的一般”。可见，闭塞的乡村在现代文明的进程中，也是无法抵御外来文明的影响的。小说中所写的史伯伯及其一家的遭遇，

---

① 鲁迅：《且介亭杂文二集·〈中国新文学大系·小说二集〉序》，《鲁迅全集》（第6卷），第247—248页。

② 王鲁彦的夫人覃英回忆丈夫时曾说：“鲁彦一直十分敬仰鲁迅，他不止一次地说过鲁迅是他的导师。事实也的确如此，从鲁彦许多作品的表现方法和艺术意境上，可以明显看出他受了鲁迅的影响。”刘增人，陈子善：《鲁彦夫人覃英同志访问记》，《新文学史料》1984年第2期。赵景深也指出，“鲁彦的文章学的是鲁迅，连笔名都与鲁迅是同行辈的。一般的文学史常把鲁彦归入鲁迅一派，称为浙江的乡土文学家，例如《新编中国文学史》说：‘……他的作品中都含有讥讽与悲悯的成分，这是他与鲁迅相同的一点，他好描写乡村的小资产阶级、知识分子及农民的心理，刻画极为深刻’”。赵景深：《记鲁彦》，《文艺复兴》第1卷第6期。鲁迅对王鲁彦也十分认可，在赠送给他的译作题词中，就曾以“吾家彦弟”相称。此外，茅盾、沈从文、苏雪林、周立波在评论王鲁彦的创作中，也都有相同的观点。

③ 茅盾：《王鲁彦论》，《小说月报》1928年1月第19卷第1期。

则是乡土中国在现代变迁中的一个缩影。王鲁彦学着鲁迅冷静而极具韧劲、沉郁的手法，力图揭示出以浙东乡村变动为代表的现代中国社会发展的心理轨迹。

在浙东乡土作家群中，巴人的坚韧之"硬气"更是出了名的。[①] 他小说中的人物大都具有一种粗犷、坚毅、刚硬的性格特征，如《疲惫者》中"石骨铁硬"的运秧老八、《乡长先生》中"要干就干个硬朗明白。白刀子进，红刀子出！用性命来换饭吃，倒也显得做人一份骨气"的阿召。巴人认为，小说重在对人物性格的把握，他说："第一，是人物的性格的把握。"[②]尤其是他笔下那些富有抗争精神的人物，所表现的都是一种敢于斗争，勇于反抗，刚正不阿、宁折不弯的精神。通过这些富有"硬气"性格的人物形象的塑造，不仅表现出他对"坚韧"审美风格的自觉追求，同时也传达出他对以浙东乡村为焦点的乡土中国现状和走向的整体思考，以及通过对"争天抗俗"的反抗精神的肯定，从道义上支持蛰伏在乡村、民间对既定秩序的"破坏"力量。应该说，这也就是巴人创作坚韧之"硬气"所具有的雄浑、刚健、英武特点的根源所在。[③] 巴人的杂文创作，也同样表现出了这种坚韧的"硬气"风格。在抗战期间，巴人的杂文创作被视为是最"坚定地捍卫和发展了鲁迅杂文的战斗传统"的。在

---

① 这也与他幼年的经历和当地的民俗、民风的熏陶、影响有关。在《自传》中，巴人说他幼年时"村中老农民，每在夏秋之夜，为我讲'长毛'故事(即太平天国的故事——引者注)，为我讲邻县秀才王锡彤造反的故事(即宁海县平洋党反教斗争——引者注)，这些人给我的思想感情的影响，现在分析起来，是有决定性作用的，我之所以爱好文学，和我一开始写小说，总是写农民，是和小时这段生活有关的"。

② 巴人：《文学初步》，新文艺出版社 1952 年版，第 219 页。

③ 即便是在诗歌创作中，巴人也透露出这种"争天抗俗"的雄浑、刚健、英武之气。像长篇叙事诗《洪炉》的创作，所塑造的就是一位"横行天下，切头作杯"的现代盗跖——铁儿的形象。另外，在《自传》中，巴人还提到他小时候听邻县秀才王锡彤造反故事的影响，想写一部有关他造反的长篇小说的事情。这部小说取名为《莽秀才造反记》，叙述的是"莽"秀才举起平洋反教的大旗，成为惊世骇俗的"匪"的故事，后来由他儿子整理，直到 1984 年才正式出版。据研究者推测，初稿很可能完稿于 1928 年。巴人在《自传》中回忆说，改小说三次起稿，但又三次失掉。从这部小说的叙事风格上，我们可以感受到巴人创作的具体情形，也可感受到他创作上的"坚韧"之"硬气"的风格特征。

《鲁迅风》发刊词中，他明确指出："生在斗争的时代，是无法逃避斗争的。探取鲁迅先生使用武器的奥秘，使用我们可能使用的武器，袭击当前的大敌；说我们这刊物有些'用意'，那便是唯一的'用意'了。"他特别强调了鲁迅韧性精神在"抗战时期"的"战斗意义"。从具体的创作实践和风格特征上来看，巴人的杂文颇具鲁迅遗风，其特点是多以简约之笔，勾勒各种"世态相"，风格尖锐泼辣，富有坚韧之"硬气"。在《杂家，打杂，无事忙，文坛上的"华威先生"》一文中，就对"华威相"进行了勾勒，批评了文坛上无所事事、沽名钓誉的现象。在稍早一些时期写的杂文中，如《胯下之辱》，从历史典故说起，对现实存在的"用交叉的枪尖，来代'胯下'"的现象进行剖析，勾勒出"昔日的屠中少年正同今日帝国主义刽子手，都有一副精辟的智慧，可称双绝"的"社会相"。又如《哭》一文，以自己亲眼所见，提出了"国事绝非私人玩艺，哭谏又何能动于人。国事本为自己之事，只有自己起来，负担一部责任，才是办法"的独到见解。巴人的杂文"学鲁迅"，也常有精彩的辩证分析，如《余议之余议》等。这类杂文思辨色彩浓，有理论深度和艺术感染力。

浙东作家对"坚韧"美学风格的追求，是建立在浙东这块厚实、坚硬的热土之上的。换言之，从浙东这块厚实、坚硬的土地走出来的现代作家，在保持和发扬由这块土地所孕育而成的坚韧之"硬气"过程中，又都像鲁迅那样，显示出对以浙东这块土地为代表的整个中华大地的忧患之情，并在具体的创作实践中，又都整体性地呈现出了一种"忧愤深广"和"沉郁"的美学风格。相比之下，冯雪峰、魏金枝、力扬、王西彦、潘漠华、艾青等人的创作，在这方面表现得比较突出。

冯雪峰①出生在浙东中部的义乌——一个偏僻的小山村，父母都是农民，从小受过农村劳动和生活的艰苦磨炼。在他的创作中，无论是诗歌，还是其他文体(如杂文)，都具有一种土地般的厚实、坚韧之气。尽管当年与应修人、潘漠华，以及来自皖南的青年汪静之一道，在秀美的西子湖畔热情地讴歌青春、讴歌爱情，但与汪静之比较起来，来自浙东的三位诗人，特别是冯雪峰，其诗风不像汪静之那样热烈而轻盈，而是厚重而沉郁。如在《雨后的蚯蚓》一诗中对蚯蚓的坚韧之气的歌咏："雨止了，/ 操场上只剩有细沙，/ 蚯蚓们穿着沙衣不息地动着。/ 不能进退前后，/ 也不能转移左右。/ 但总不息地动阿！"显然，他要歌咏的就是如同执著于深厚的大地而永无止境的执著精神，这与他的人生观、审美观是密切相关的。对爱情的歌咏，冯雪峰也是如此，在《山里的小诗》中，他写道：

鸟儿出山的时候，
我以一片花瓣放在她嘴里，
告诉那住在谷口的女郎，
说山里的花开了。

如此清新、朴实的爱情诗，吐露出来的是泥土的芳香与执著。冯雪峰对爱情的歌咏，多具有乡村野趣，删菽、采茶、浣衣、纺纱、打猎等具有乡村劳动意味的形象，都成为他的爱情诗的重要意象，表现出"地之子"独特的爱情观。又如《伊在》一诗：

---

① 冯雪峰(1903—1976)，浙江义乌人，现代作家、诗人、文艺理论家。受五四新思想影响，冯雪峰在杭州参加了由朱自清、叶圣陶等人组织的青年文学社团——晨光文学社。1922年在杭州与汪静之、应修人、潘漠华组织湖畔诗社，形成的"湖畔诗歌"流派，成为现代新诗发展中的一个风格独特的诗歌流派。1927年参加中共，后参加左联。期间，经柔石介绍认识鲁迅，并参加《萌芽》月刊的编辑工作。1933年去江西瑞金苏区，次年参加长征。建国后，曾任人民文学出版社社长兼总编辑，《文艺报》主编，中国作协副主席、党组书记，人大代表。1958年被错划为"右派"，1976年含冤去世，1979年平反。

伊在塘埠上浣衣，
我便到那里洗澡。
伊底泪湿了我底衣，
说洒湿了好把伊洗。
伊以伊的心洗在我底衣里，
我穿了好像针刺着——
刺到我底心底最深处。

在妩媚多姿，让人陶醉、流连忘返的诗一般的西子湖畔，冯雪峰的爱情诗显得不是那么的时髦，但又的的确确有它迷人的神韵，这就是基于厚实的大地，带着浓郁的泥土芳香的执著精神和怀有人类的高尚情怀。冯雪峰在《不幸者们》曾这样写道：

当我要不幸者们的诗时，
我底泪便抢着先来了；
占据了全纸上，——
我也便不写了；
我将泪湿遍了的纸给人们看，
或者人们会认识罢？
　　这就是不幸者们了。

没有基于人类深切同情的普世情怀、没有基于土地的厚实和忧患之情，也就不可能真正地从心底里吐露出对自然、对人生、对爱情、对一切美好事物的深爱之情。

浙东多山而坚亢的土地，孕育了冯雪峰硬朗、坚韧的性格和坚毅的人生精神。在 1941 年至 1942 年被囚在上饶集中营时，冯雪峰在狱中所创作的诗，更能显示他的这种特点。在题为《夜》的诗中，诗人是这样抒发自己的内心情感的：

北天的星，
多么晶莹！
我立刻收手，
重新站直，
一片星早已对着我的眼睛！
它们澄清，
明澈，
我的心也澄静，明清；
我直想
站立到天明。

冯雪峰在叙述他当时的心情时说：“心绪总是紊乱不安宁，我的感情始终是粗劣而破碎。但是，在这种破裂的状态下，当然我还是应当尽力地使我自己平静的，所以大部分时间，就都是和紊乱的心情搏斗。”[①]狱中的生活无疑是艰辛而残酷的，这对于狱中的人来说，乃是一种肉体与精神的搏斗战。如果没有坚韧的性格、坚毅的人生精神，也就不可能完成这一肉体与精神的搏斗，并在袒露自己心声的创作中，留下斗志的印痕：“忍耐是不屈，/ 而愤怒是神圣，/ 顽强简直是天性！/ 而这一切都是为了爱，/ 于是又添了憎恶 / 和蔑视，/ 镇定地，对着宙斯的恶德和卑怯！/ 而这些，都由于火，—— / 而火归给人类了，/ 而所有这些都归给人类了！/ 雷雨呵，你这天上的火和力的使者，你能奈他什么呢？”（《普洛美修士片断》）

在杂文创作和寓言创作中，冯雪峰也体现了这种坚韧之“硬气”风格，表现了大地之子深厚的忧患之情。身居国统区，他的杂文创作秉持鲁迅韧性斗争精神，广泛涉猎社会政治症结，进行富有历史视野和哲理睿智的批评。例如，《简论市侩主义》一文在分析了市侩主义的种种表象的基础上，指出了“市侩主义”的“极端利己主义”价值观，并由此展开

① 冯雪峰：《雪峰文集》（第1卷），人民文学出版社1981年版，第48页。

了批判;《残酷与麻木》则指出“麻木和残酷又是一切独裁及一切反动统治的更为显著的特征”,同时也分析了“人民之麻木”的国民性根源。冯雪峰的杂文同样颇具鲁迅遗风,其特点是多以冷峻、犀利、透彻之笔,高屋建瓴地分析事件本源,勾勒出各种“世态相”,使杂文创作具有相应的思想高度。在后来从事寓言创作中,冯雪峰也将这个风格特点贯穿其中。如《狐与龟》就勾画了帝国主义的丑恶嘴脸,讽喻当局发动内战、拍卖主权的罪恶行径;《猫的大选》写老鼠在猫的严密操纵下,上演了一场选猫为摄政王及警察总长的闹剧,讽刺了当局的假民主、真专制的本质。冯雪峰的杂文和寓言创作,无论是在思想内涵方面,还是在艺术风格上,显示出来的都是一种关注现实的执著、执拗精神。

来自曹娥江的农家子弟——魏金枝[①]的创作,则展示出一种深厚的大地之情和关注现实的忧患之情。[②] 1926 年,他的小说《留下镇上的黄昏》在《莽原》半月刊上发表之后,就引起了文坛的广泛重视。鲁迅在评论当时的小说创作情形时说:“在争写着恋爱的悲欢,都会的明暗的那时候,能将乡间的死生,泥土的气息,移在纸上的”作家和作品,实在寥落,而魏金枝的这篇小说则散发着“描写着乡下的沉滞的氛围气”[③],格外具有新意,并称其是“优秀之作”[④]。小说写出农村的民生之艰辛,

---

① 魏金枝(1900—1972),原名义云,浙江嵊州人,现代作家。浙江省第一师范学校毕业之后,先后在孝丰和上海等地的中小学任教,并开始文学创作。由于熟悉农村和农家生活,了解农民的思想感情,作品大都反映农村破产和农民的艰辛生活。著有短篇小说集《七封书信的自传》、《奶妈》、《白旗手》等。1930 年经柔石介绍,参加左联。建国后,曾任中国作协理事,上海作协书记处书记、副主席,《收获》副主编,并兼任上海师范学院(现上海师范大学)中文系主任。

② 当年出版魏金枝小说《七封书信的自传》的出版商,曾这样为他做广告:“作者是中国最成功的一个农民作家,以忧郁的含泪的文笔,写出了古旧的农村在衰老、在灭亡,在跨进历史的坟墓里去。这情调,凡在作者的无论哪一篇创作里都是弥漫着的……这里的每一页、每一行,都可以看到辗转在大时代巨轮下的小人物们的阴影在爬行、在匍匐。这是献给‘古老的支那’的一个最美丽的墓志铭。”该短篇小说集于 1928 年由上海人间书店初版,这是湖风书局重版时所写的广告文案辞。

③ 鲁迅:《且介亭杂文二集·〈中国新文学大系·小说二集〉序》,《鲁迅全集》(第 6 卷),第 250 页。

④ 鲁迅:《二心集·我们要批评家》,《鲁迅全集》(第 4 卷),第 241 页。

展现乡村社会被压抑、被窒息的失常人生，同时也写出在重压之下普通农民所迸发出来的铤而走险的争斗精神，从中显示出普通乡村民众的那种顽强的生命力。他的《奶妈》、《蜒蚰》等短篇小说的创作，也基本上秉持了这种风格，如《蜒蚰》写一个外号叫“蜒蚰”的穷苦农民被抓壮丁，因为不堪困苦，逃了回来，但还是无路可走，又不得不“自愿”卖壮丁的故事，力图揭示出乡村社会贫困的根源，显示出作者对灾难深重的中国乡村民众生活之艰辛的深切关注之情。

怀有深厚的土地之情，深情地关注农民生活，力图通过对中国乡村变化的审视，写出整个民族的生存境况和前途命运，展现中国农民坚韧精神的，还有来自浙东的力扬①和王西彦②。力扬的诗歌代表作《射虎者及其家族》(包括续篇《纺车上的梦》、《童养媳》、《黄昏》等)，善于从自家几代人的穷苦生活中，摘取富有代表性的片断，真实地写出了农民被穷苦、瘟疫、战乱折磨的苦痛，受到世代的欺压和剥削，年年劳碌不息的挣扎、代代重温虚幻的梦想，终归失败而自发反抗，寻求复仇道路而觉醒的生存境况。其特点是通过一个家族的生活史、命运史，形象地展现了中国农民的遭遇和命运，故当时就有评论家指出：“‘射虎者的子孙’的仇恨，已经不属于一个受压迫剥削的家族，而是属于整个阶级和时代。”在这首长篇叙事诗中，力扬对“射虎者及其家族”的描写，不仅真实地描写了现实的境况，同时还在真实性描写当中，赋予所描写的对象以高度的历史概括性，并启示人们：历史因袭下来的重担，正困惑着前进中的人们，如不勇敢地抛弃历史因袭的重负，就不可能真正地获得历史前进的动力。在整首诗中，历史与现实交织在一起，凸现出对整个中国

① 力扬(1908—1964)，原名季信，字汉卿，浙江青田人，现代诗人。受左翼文艺影响，在国立西湖艺术院(现为中国美术学院)就读时，曾组织进步的美术社团——“一八艺社”，后加入左翼美术家联盟，当选执委。著有长篇叙事诗《射虎者及其家族》，出版有《枷锁与自由》、《我底竖琴》和《给诗人》等诗集。

② 王西彦(1914—1999)，原名王正莹，学名王思善，浙江义乌人，现代作家、文艺理论家。著有短篇小说《车站旁边的人家》、《母女》、《报复》、《眷恋土地的人》，长篇小说《古屋》、《寻梦者》、《人的道路》，中短篇小说集《惆怅》、《家鸽》等。

农民历史命运的深刻透视和认识，诗歌的思想视野相当开阔，诗风坚韧、凝重、沉郁而厚实。王西彦也表现出了对中国乡村疾苦的深切关注之情。他在30年代开始自己的创作生涯，早期发表的作品，像《残梦》、《铃风姑娘》、《冬夜》、《仇》、《车站旁边的人家》等，多半是对自己故乡——浙东乡村生活的临摹，真实地叙述了乡民的忧伤和苦难，着重剖析了中国乡村社会发展缓慢、滞后的根源。小说叙事风格冷峻、沉郁。王西彦注重对乡村环境的叙事铺陈，注重对人物精神世界的关注。他的这种创作风格也同样反映在有关战乱时代知识分子精神历程的长篇小说创作上，如被称为“追寻”三部曲的长篇小说《古屋》、《神的失落》、《寻梦者》，就将探索与农村相关的知识分子的心路历程真实地展现了出来，把知识分子的精神世界与具有纯真心地、淳朴之情的乡村劳动妇女的精神世界相对照，叙述知识分子的“寻梦”过程。特别是写他们对人生理想、爱情的执著追求，以及他们的理想与现实的冲突（譬如他们与乡村旧势力、旧传统的悲剧性冲突），注重从人生矛盾中展现对人生终极意义的思考和追求。

在浙东作家群中，最能体现对整个中华大地的忧患之情，并整体性地呈现出“忧愤深广”和“沉郁”的美学风格的，当算潘漠华[①]和艾青，特别是艾青。

潘漠华早年的诗歌创作风格，与其他几位“湖畔”诗人有些不同。

---

① 潘漠华（1902—1934），名训，又名恺尧，浙江武义人（原属宣平，后并入武义），现代作家。1919年与同窗好友冯雪峰、汪静之热衷于新诗创作，后结识应修人，在美丽的西子湖畔成立“湖畔诗社”。1922年4月出版《湖畔》诗集，次年又出版四人诗歌合集《春的歌集》。同年还发表了第一篇短篇小说《乡心》，并参加由朱自清、叶圣陶发起的“晨光社”。1926年在武汉参加北伐战争，后加入中共，从事地下工作，曾任中共天津市委宣传部长。1933年12月被捕，次年病逝于狱中。

当年与汪静之、冯雪峰、应修人①在美丽的西子湖畔热烈地歌咏爱情时，潘漠华在“湖畔”四重唱中，就显得比较特别。他总是不经意地会流露出一种青春的惆怅，一种“人间的悲哀”的忧伤，所以，朱自清在《中国新文学大系·诗集导言》中曾指出，在“真心专心致志做情诗的”，“湖畔”的四个年青人中，“潘漠华氏最凄苦，不胜掩抑之致”，而且他的诗风“最是稳练、缜密”。不像其他三位诗人那样以微笑环视人间，歌咏自然、爱情之美。他的诗歌大多以缠绵、凄切的感情和音调，表达出对故乡、对亲人的思念之情，咏叹对母性的爱慕，宣扬人间真爱，以及表现“对于被损害者和弱小者的同情”和自我、生命、人生意义的思考。如《小诗二首》：“脚下的小草啊，/ 你请恕我吧！/ 你被我蹂躏只一时，/ 我被人蹂躏是永远啊！// 七叶树呵，/ 你穿了红的衣裳嫁与谁呢？”潘漠华的这种对自然、对生命的审视和思考，并非顾影自怜的哀叹，而同样是建立在对大地的深爱，对劳作于大地的人们的生存境况和前途命运的忧患之上的。如同他在《雨后的蚯蚓》中所歌咏的那样：

出了茶店，过了雨路，又进了酒店。
我不愿筑新坟在自己的心头。
雨后蚯蚓般的蠕动，是我生底调子。
我底寂寞！寂寞无比，悲哀无边。
愿海潮是我身底背景，火山是我身底葬地。
雨湿了相思的路？我底爱人！我底爱人！

与冯雪峰选择雨后的蚯蚓一样，所表达的情感是土地性的，是对生于斯、长于斯的人的生命、前途、命运的执著思索。

---

① 应修人（1900—1933），原名麟德，字修士，后更名为修人，浙江慈溪人，现代诗人。诗歌多情意绵长、含蓄蕴藉，像《妹妹你是水》、《温静的绿情》等。五卅运动后，加入共青团，并开始职业革命家生涯。1930 年参加左联。创作的童话《旗子的故事》、《三个宝塔》曾被译成英文刊登在《中国论坛》上，后又被鲁迅、茅盾收入现代中国短篇小说选《草鞋集》。1933 年 5 月因拒捕坠楼而牺牲。

这种情形在艾青[①]的诗歌创作中，就更为突出，更具时代的阔大性。如他的《雪落在中国的土地上》一诗：

现代著名诗人艾青
(1910—1996)

雪落在中国的土地上，
寒冷在封锁着中国呀……

风，
像一个太悲哀了的老妇，
紧紧地跟随着
伸出寒冷的指抓
拉扯着行人的衣襟，
用着像土地一样古老的话
一刻也不停地絮聒着……
…… ……
中国的苦痛与灾难
像这雪夜一样广阔而又漫长呀！

这首诗写于抗战爆发不久，诗人以忧郁的笔调，诉说了处在战乱中的国土和人民的苦难，抒发了忧国忧民的感情。诗中的抒情主人公形象塑造，寄寓着艾青愿与祖国、人民同甘共苦的心意："中国，/ 我的在没有灯光的晚上 / 所写的无力的诗句 / 能给你些许的温暖么?"对于

---

① 艾青(1910—1996)，原名蒋海澄，浙江金华人，现代著名诗人。1928 年考入国立西湖艺术院(现中国美术学院)，后去法国巴黎勤工俭学，广泛接触西方艺术、文学和文化。1932 年在上海加入"中国左翼美术家联盟"及其同仁组织"春地艺术社"。1933 年在狱中发表著名的诗作《大堰河——我的保姆》，后又陆续发表长诗《向太阳》、《火把》等，影响甚大。抗战期间抵达延安，曾创作杂文《了解作家，尊重作家》等，但受到批评。建国后，先后担任多个文化工作的领导职务。1958 年被错划为"右派"，流放北大荒、新疆等地。"文化大革命"结束后平反，恢复名誉和职务，先后出版了《归来的歌》、《彩色的诗》等诗集。

艾青来说，祖国的多灾多难，人民生活的艰难困苦，是他心中“悲愤”、“忧郁”的根源：这不是躲在象牙之塔里卿卿我我，无病呻吟，而是将个人的思绪链接着整个国家和民族。因此，在艾青的诗歌创作中，“土地”的意象意味着自己对生于斯，长于斯的这块深厚的土地的深深的热爱之情：

> 假如我是一只鸟，
> 我也应该用嘶哑的喉咙歌唱：
> 这被暴风雨所打击着的土地，
> 这永远汹涌着我们的悲愤的河流，
> 这无止息地吹刮着的激怒的风，
> 和那来自林间的无比温柔的黎明……
> ——然后我死了
> 连羽毛也腐烂在土地里面
>
> 为什么我的眼里常含着泪水？
> 因为我对这土地爱得深沉……
>
> ——艾青：《我爱这土地》

“土地”意象的构筑，显示出艾青的心始终是关联和对应着整个国家、民族这个博大的世界。这是他诗歌创作最根本的精神动力。他的成名作《大堰河——我的保姆》，实际上也就是献给“土地”——“母亲”的恋歌，[①]但这又不单单只是个人感恩式的赞美、歌颂，而是赋予“大堰河”这个永远与生他、育他的大地、村庄、山河同在的“精神保姆”以永

① 艾青出生时由于难产，家人根据当地习俗，请算命先生算“八字”说他命克父母，故从小就被寄养在一个名叫“大叶荷”的农妇家中。艾青在狱中写的这首成名作所写的“大堰河”，是“大叶荷”的谐音，同时又是农妇出生的村庄的名字，艾青曾在此度过了他的童年生涯。作为童年最深沉的记忆，“大叶荷”——“大堰河”，成为艾青诗歌创作的最初原型，是他联系这块生他、养他的土地和人民的纽带，也可以说是他创作中诅咒黑暗、歌颂光明的情感摇篮。

恒、无限的意义，使之成为他个人，乃至全体中国人民的精神关怀，成为不懈地奋斗的力量源泉。因此，在艾青的诗歌创作中，与“土地”意象相关联的就是他不懈地追求光明、追求理想的“太阳”意象。《太阳》、《向太阳》、《黎明的通知》、《吹号者》、《火把》等诗歌，都展现出了他的这种思想境界和精神情怀。

怀着对“土地”——“母亲”的深厚情感，艾青的诗歌创作总是流淌着对祖国、人民的前途与命运的时代忧患之情。艾青所处的时代，正是中华民族遭受最苦难、最残酷，也是反抗最激烈、最悲壮的时代。他总是感受到自己肩上担子的沉重，自己有一种不可推卸的历史使命感和责任感，他要以诗的方式，表达自己对祖国、对人民所怀有的深厚的忧患情感。他说：“我们是悲苦的种族之最悲苦的一代，多少年月积压下来的耻辱与愤恨，都将在我们这一代来清算。我们是担待了历史的多重使命的……我们写诗，是作为一个悲苦的种族争取解放、摆脱枷锁的歌手而写诗。”[①]出于这样的创作动机，艾青的忧患意识，其时代性的特征是十分鲜明的，始终都传达出中国——这古老而丰厚、坚韧的土地经受着命运的严酷打击，而又坚强不屈的心声：虽然“悲哀而旷达 / 辛苦而贫困”(《旷野》)，但是，即使是绝望则也要“依然睁着枯干的眼 / 巴望天顶 / 落下一颗雨滴”(《死地》)。艾青在浩荡的忧患情感抒怀中，赋予了生他、育他的祖国大地——母亲以沉默而坚韧的民族性格和时代精神：

没有一个人的痛苦会比我更甚的——
我忠实于时代，献身于时代，而我却沉默着
不甘心地，像一个被俘虏的囚徒
在押送到刑场之前沉默着
我充满着，为了有足够响亮的语言
像初夏的雷霆滚过阴云密布的天空

① 艾青：《诗与宣传》，《艾青全集》(第 3 卷)，花山文艺出版社 1994 年版，第 77 页。

抒发我激情于我的狂暴的呼喊
奉献给那使我如此兴奋,如此惊喜的东西
我爱它胜过我曾经爱过的一切
为了它的到来,我愿意交付出我的生命
交付给它从我的肉体直至我的灵魂
我在它的面前显得如此卑微
甚至想仰卧在地面上
让它的脚像马蹄一样踩过我的胸膛

——艾青:《时代》

诗人以他全部的激情来拥抱祖国、拥抱时代,他坚信能够站在新旧交替的时代门槛上,用自己热忱而富有坚定信念的歌唱和深厚的忧患意识,支撑起民族的时代大厦的栋梁。他说,时代的"每个日子都带给我们启示、感动和激动,都在迫使诗人丰富地产生属于这个时代的诗篇",因此,"属于这伟大和独特的时代的诗人,必须以最大的宽度献身给时代"。① 他是从浙东这块厚重而坚韧的土地走出来的诗人,是大地之子、是时代之子。艾青全部的创作,都献给了生他、育他的祖国大地——母亲,献给了民族前进的历史和时代。正如研究者所指出的那样:"艾青的诗作向我们展示的巨大历史内容,包括诗人在广阔的历史文化背景下,他与时代生活息息相关的丰富、美好的心灵世界,以及诗人融合了中国与世界、历史与未来,融合了审美经验、审美感受与审美理想的伟大时代的诗情。它可以说是诗人心中的历史——非常诗意化的历史,非常形象化的历史,它是与历史教科书上的历史不一样的历史,或者说,它是充满诗性真实的'史诗',则是最准确不过的了。"②

不仅如此,在艾青的诗歌创作中,作为一个深切地感受到祖国、民族苦难的诗人,他还不仅仅从最直观的感性层面上来抒发自己的忧患

① 艾青:《诗与时代》,《艾青全集》(第3卷),花山文艺出版社1994年版,第68页。
② 龙泉明:《中国新诗流变论》,人民文学出版社1999年版,第563页。

情怀，而是将艺术的触角深入到生命哲理的层面，通过对民族魂灵的探究，从中引申出对整个人类前景、命运的深切关怀，也即由对土地、母亲、太阳等意象的构筑，引发出对生命宇宙、精神宇宙的强烈关注。如同他在《生命》一诗中所抒发的那样：

我知道
这是生命
让爱情的苦痛与生命的忧郁
让它去担载罢
让它喘息在
世纪的辛酷的犁轭下
让它去欢腾，去烦恼，去笑，去哭罢
它将鼓舞自己
直到颓然地倒下
这是应该的
依然，我的愿望
在期待着的日子
也将要用自己的悲惨的灰白
去衬映出新生的跃动的鲜红

没有对生命哲理的透彻认知和理解，就不会有这样洒脱的生命情怀。艾青的诗歌创作就是这样，从浙东这块土地中走出来，以全心身拥抱土地、母亲、祖国、民族的方式，一步一步地走向生命哲理的最深处、走向灵魂的最深处，从而使自己的诗与生命都获得了不朽，获得了永恒，同时也使整个诗歌的“坚韧”美学风格，与整个民族生命相对应，显得格外的沉郁、凝重、厚实和阔大。

透视整个浙东作家的创作，我们不难发现，他们的创作所呈现出来的“坚韧”特质的美学风格，蕴含着五四新人文理性精神的内涵，同时也凸现出了现代知识分子特有的主体忧患意识，以及新文学所推崇的“崇高"形态的审美理想。他们立足于浙东故土，关注和审视中国社会和现实人生，深刻地揭示出国民的思想状况、生存境遇、心理性格等方面的特征，以唤起他们对现代文明的认同和现代价值观的确立，成为真正意义上的"人"，进而推动整个民族的现代化。因此，我们通过对浙东作家创作内涵和美学风格的总体认定，就可以确定他们对中国新文学发展所作的历史贡献，确定他们在中国新文学史上的崇高地位。

第二节 浙西"柔性"文化与新文学的柔婉风格

钱塘江以北的广袤区域，特别是环太湖流域，通常被称为"浙西"[①]区域。该区域的文化与古越之地的文化，在文化性格和文化形态上存在较为明显的差异。一般来说，浙西地域文化带有比较鲜明的江南文化那种纤细、柔美、秀婉、精致、典雅的审美特征。自古以来，人们都认为浙西区域的江南，山川秀美，"风气清淑，俗务儒雅，士兴文艺"，且"俗尚侈靡，其士多明秀俊伟"。[②] 如以松江地区（现为上海市管辖的一个区）为例，相关文献对该地区民俗、民风、民情、民性等特点的记载，就有这样的描述：

> 惟松江山秀水明，物产绕裕，故其俗喜清而尚侈，士生其间非有松风梅雪之癖，终老于丘壑，则斥田园，系珠璧，沉酣于绮罗丝竹。[③]

---

① 所谓"浙西"，指的是现在以杭（杭州）、嘉（嘉）、湖（湖州）地区为中心，包括了现邻近的苏南（江苏南部）、上海等地（环太湖流域由江苏省管辖的苏州、无锡、常州，由上海市管辖的松江、华亭等地区）。从文化特征上来说，浙西地域文化内部也存在差异。譬如，杭州地区的文化受南宋的影响，就与嘉兴、湖州、苏州等地的文化有所不同，但是，就该地域文化的总体形态和性质而言，它属于狭义的江南文化，或吴文化范畴。

② 转引自胡朴安编：《中华全国风俗志》（影印本）（上篇第 3 卷），上海书店 1986 年版，第 13 页。

③ 《杨文懿公文集》（第 16 卷）。

松江地区与嘉兴、湖州[①]地区相邻，许多习俗、民风颇相同，或相近。相关文献记载，嘉兴、湖州等地“土膏沃饶，风俗淳秀，文贤人物之盛，前后相望。百工技艺，与苏杭等”。又：“吴兴山水发秀，人文自江右而后，清流美士，余风遗韵相续。”[②]

南宋以前的杭州，其风俗也具有这种特点。欧阳修曾说杭州是“其民富足安乐，其习俗工巧，邑屋华丽”[③]。曾任杭州知府的苏东坡，对杭州的风俗更有亲身的体会，他说杭州是“室宇华好，被服粲然，然而家无宿舂之粮”，而“其民老死不识兵革，四时嬉游，歌鼓之声相闻”。[④]

这种地域文化的特点，作为地域文化的基因，往往是以“集体无意识”的方式，影响到该区域的各个方面，特别是精神文化领域，形成该区域特有的人文风情和人文氛围。浙西区域纤细、柔美的人文风情和精致、典雅的人文氛围，对浙西的学术、文学艺术等方面的影响，也是十分明显的。章太炎在《訄书·原学》中谈论地域文化对学术的影响时指出：

> 视天之郁苍苍，立学术者无所因。各因地齐、政俗、材性发舒，而名一家。
>
> 寒冰之地言齐箫，暑湿之地言舒绰，瀛坞之地言恢诡，感也。故正名隆礼兴于赵，并耕自楚，九州五胜怪于之变在齐稷下。地齐然也。

---

① 湖州曾一度被划为嘉兴地区管辖，两地相邻，习俗、民风等也大多相近。

② 转引自胡朴安编：《中华全国风俗志》（影印本）（上篇第3卷），上海书店1986年版，第13、19页。

③ 欧阳修：《有美堂记》，转引自胡朴安编：《中华全国风俗志》（影印本）（上篇第3卷），上海书店1986年版，第2页。

④ 苏轼：《上执政书》、《表忠观碑》，转引自胡朴安编：《中华全国风俗志》（影印本）（上篇第3卷），上海书店1986年版，第3页。

夫地齐阻于不通之世，一术足以概量其国民。九隅既达，民得以游观会同，斯地齐微矣。材性者，率特异不过一二人，其神智苟上窥青天，违其时则舆人不宜。故古者有三因，而今之为术者，多观省社会，因其政俗，而明一指。

浙西学术似乎没有浙东学术影响那么大，但浙西之学也形成了自身的鲜明特点。章学诚在《文史通义》中指出：“世推顾炎武氏为开国儒宗，然自是浙西之学。”同时，他对顾炎武为代表的“浙西之学”与黄宗羲为代表的“浙东之学”进行了比较，指出：“学者不可无宗主，而必不可有门户，故浙东、浙西，道并行而不悖也。浙东贵专家，浙西尚博雅，各因其习而习也。”可见，受浙西地域文化的影响，浙西学术多呈“博雅”之风格形态。

在文学艺术方面，浙西区域纤细、柔美、秀婉、精致、典雅的风格特征就更为突出了。古人云：“江南音，一唱直(值)千金。”可谓是清音袅袅，令人回味无穷。唐代的嘉兴籍诗人顾况[①]，其诗作就曾被后人评论为“偏于逸歌长句，骏发踔厉，往往若穿天心，出月胁，意外惊人语，非寻常所能及，最为快也”(《皇甫湜序》)。祖籍非浙西，但出生在嘉兴的唐代著名诗人刘禹锡[②]，其诗创作就以清新、明朗、秀婉、开阔之风而著称。江南秀美的记忆在他的脑海里是十分深刻的：

忆得童年识君处，嘉禾驿后联墙住。
垂钩钓得王余鱼，踏芳共登苏小墓。
此事今同梦想间，相看一笑且开颜。
——刘禹锡：《送裴处士应制举》

① 顾况(？—806?)，字逋翁，浙江海盐人，唐代诗人。曾官著作郎，后隐居茅山，自号华阳真逸，善诗、画。其画多为山水，诗风则清逸、秀丽而开阔。

② 刘禹锡(772—842)，字梦得，祖籍河南洛阳，生于浙江嘉兴，唐代著名诗人。其父刘绪时为避安史之乱，举家南迁，刘禹锡出生在嘉兴，并一直在嘉兴生活至19岁。嘉禾平原的生活、文化环境，人文氛围，对他的诗歌创作产生了深远影响。

江南的生活是飘逸、温婉而富有诗意的，尤其是童年的印象，更是在诗人心中留下了美好的记忆。在文学史上，清代还形成了著名的“秀水诗派”，这个诗派的主要成员也是由嘉兴籍的诗人组成。① 钱仲联在《梦苕庵诗话》中说：“清代诗风，浙派为盛。浙派尤以秀水为宗，开其先朱竹垞。”在《三百年来浙江的古典诗歌》一文中，钱仲联又清晰地梳理了“秀水诗派”的来龙去脉和风格特征：

> 继朱彝尊之后而形成的秀水一派，其名称见于金蓉镜的《滮湖遗老集》。自朱氏晚年学黄庭坚、金德瑛，进一步专法江西，以生硬为宗，钱载出而局面越加开拓。王又曾、万光泰、诸锦、祝维浩、汪孟鋗、汪仲玢环绕在钱载的周围。钱载子世锡、王又曾子复，能传父学。朱休度接钱载之传，以授钱仪吉、泰吉兄弟。秀水诗派可说是盛极一时。

后人多称“秀水诗派”具有“诗宗江西，而去其生涩，宏肆类竹垞，雅洁俪秋锦……自成馨逸”（《晚晴簃诗汇诗话》）的特点，诗歌创作的总体风格是清逸、秀雅的，如王又曾的诗《经天姥寺》：

> 天姥峰阴天姥寺，竹房涧户窈然通。
> 老僧敲磬雨声外，危坐诵经云气中。
> 禅榻茶烟成风世，天鸡海日又春风。
> 回头却忆十年梦，梦与山东李白同。

钱钟书在《谈艺录》中称赞其诗曰：“轻清爽利，律体以散为偶，于排比中见游行自在，靳响相同。”由此可见，浙西的诗歌（文学）创作偏“柔婉”的审美风格特点。

---

① 本书第二章在论及明清思潮和文学传统的传承影响时，曾提到的“浙西词派”，也出自该区域。朱彝尊也是这个词派的最早倡导者。在此不再赘述。

从历史传承上来说，浙西区域的江南文化性格是偏“柔性”的，并对该区域作家“柔婉”的艺术风格生成产生了深远影响。对于中国新文学而言，确切地说，以浙西区域为代表的现代江南作家及其创作，承接历史传承而来的古典神韵和遗风，往往是以江南文化诗性——审美品格的艺术方式，展现出了蛰伏在现代人心灵深处的那种诗性本体，那种柔美的理想主义情怀。他们把青春的苦闷和对理想的企盼、对生命意义的追寻，紧紧地糅合在一起，既与中国古典美学所致力追求的和谐美理想相契合，又与五四新文化所提出的时代审美诉求相对应，从而能够以自身独特的文化审美理想，为中国新文学（现代文学）发展作出独特的历史贡献。

“柔”是主体的一种形态、方式、特征、风格的显现。“柔”的审美特性是“嫩、柔、软、温和”与“安抚、怀柔”的风格特征。[①] 主体的柔性特征十分突出，多表现为主体的诗意性、亲和性、怀柔性的认知与把握特点，艺术审美也多偏重于表现性、抒情性、写意性，多注重艺术的柔性元素和柔性表述。可以说，关于江南的认知、感悟和想象，总是能够轻易地触动人们内心最柔美、最敏感、最细腻，同时也是最脆弱的神经——“日出江花红似火，春来江水绿如蓝，能不忆江南？”“江南忆，最忆是杭州”（白居易），“春风又绿江南岸”（王安石）。江南的自然与人文景观——浓妆淡抹总相宜的西子湖、三吴都会、自古繁华的钱塘、苏州精美绝伦的私家园林、姑苏城外的寒山钟声、小桥流水的运河人家，以及二十四桥的明月、朱雀桥边的野草、乌衣巷的夕阳……无一不烙着“柔美”、“柔情”、“柔婉”特征的江南审美映象和人文情怀，让人产生柔情无限、意境深幽的诗性遐思。由此，任何一个阅读过现代浙西区域江南作家、作品的人，都不会不对其“柔婉”艺术风格留下深刻印象：茅盾笔下的时代女性，热情、细腻、善感、矜持、矛盾、彷徨而又不甘沉沦，充分展现出时代进程在现代女性的心灵所留下的鲜明印痕；郁达夫的放浪形骸、浪漫抒

① 本书在论述江南文化的诗性品格时指出“柔婉”艺术风格，其内涵是指在艺术创作过程中，作家的思维情感特征往往呈柔性、温和的形态。

情、自然率真，所塑造的“零余者”不仅仅是个人的“自叙传”，还与所遭遇的时代苦痛息息相关，表现出历史前进的曲折性和艰难性的思想特点；徐志摩的新诗创作，透露出江南才子之气，潇洒飘逸、秀丽缠绵的诗风，成功地用白话提升了现代新诗可与古典诗词意境相媲美的审美境界；戴望舒的诗歌善于用现代的语言，抒发现代人的“现代情绪”，借用古典诗词的唯美映象与感伤意境，将一个“彳亍彷徨”，苦于找不到出路，又不甘自我堕落的现代知识分子复杂而又敏感的心灵，形象地展现在人们的面前，突显了“江南意象”的细腻、绵长、柔美和隽永；丰子恺的散文极具禅意，处处透露出博大精深的人生哲理，其艺术表述如说家常般地娓娓道来，平静如水，透过那“人散后，一钩新月，天如水”的文字表述，其背后不也深藏着一种柔美、柔和、柔婉的智者情怀么？浙西区域江南文化性格的柔性特征，不只是表现出它在与北方中心文化相对应中，总是处于相对的弱势和边缘有关，也不只是和它善于在春花秋月中品味、玩弄香销玉殒的物哀，与渲染、感怀男欢女爱的情殇有关。浙西区域江南文化对浙西作家的影响，除了它那得天独厚的自然与人文环境的影响因素之外，更重要的是，这些影响的因素作为母文化的基因成分，已深深地融化在他们的精神血肉之中，孕育了他们一种极具地域性特征的文化性格和审美心理，形成了他们认识世界、表现人生的一种最基本的，也是极具个性特征的思维方式、审美方式和艺术表现方式，从而使他们的创作总是能够代表中国文化、文学、艺术的最感性、最唯美，也是最柔情的一面。同时，浙西区域江南之富庶、江南之风情，江南之自然与人文景观，以及那种独特的柔美飘逸、柔情细腻而又略带颓废放浪，且又是抒情浪漫的江南气质和审美情怀，都对生活在华夏文化圈内的人形成了一种永恒的心理召唤和审美诱惑，使之萌发出一种置身于人间凡尘，又企盼超越世俗樊篱之束缚的生命感怀。正是这样，浙西区域江南文化、文学、艺术，就往往是以它特有的“柔婉”美学风格呈现在人们面前，并与其他区域的文化，尤其是与北方文化、文学、艺术的那种以“伦理—叙事”为特征的审美品格，形成一种鲜明的对应性与互补性的审美存在。

浙西区域江南文化的“柔性”特征，在浙西区域现代作家身上，也表现得比较突出。茅盾、郁达夫、倪贻德、徐志摩、戴望舒、丰子恺、林徽因等人的创作，都以各自独特的审美感悟和艺术传达，使浙西区域江南文化的柔美、柔婉、精致、典雅的美学风格，呈现出多姿多彩的形态。

茅盾虽然善于以宏大而严谨的艺术构思和艺术结构来进行长篇小说创作，用写实主义的艺术手法塑造出个性鲜明、性格复杂的人物形象，但从美学风格上来说，他的创作仍然是深深地浸染着江南气质的，具有柔婉的美学风格特点。最突出的是他笔下的那群时代女性，更为形象、生动，更少有概念化的痕迹，也更具精细、深婉和柔美的艺术匠心。从处女作《蚀》开始，无论是居住在浙西江南小镇的小家碧玉，还是来到上海殖民地大都会的交际花，无论是初涉人世的女学生、青春少女，还是半老徐娘的孤孀、家庭主妇，在他的笔下都是那么鲜活。静女士、方太太、慧女士、孙舞阳、章秋柳……虽分属不同性格类型，[①]但是都具有一种共同的心理气质：敏感、精细、纤柔、多情。像《蚀》中的章秋柳，时代女性的那种“既不依恋感伤于‘过去’，亦不冥想‘未来’”[②]的特点，表现得十分突出，但是深藏在其背后的则是那种女性特有的矜持、脆弱和敏感的柔性气质，而不是所谓的“在精神实质与民族资本家的男‘英雄’们是相通的”[③]性格特点。每一次寻欢纵欲之后，她尽情宣泄之后的负疚、懊恼、自责的心理表现，所传达出来的是那群受五四新思潮影响而觉醒了的时代女性所特有的忧郁、忧伤、柔弱、彷徨，苦于找不到出路，又不甘自我沉沦的矛盾心理，显示出社会重压之下的时代女性独特的心路历程。

又如，刊登于 1928 年 4 月《东方杂志》上的短篇小说处女作《创造》，茅盾也是十分细腻地刻画出一位时代女性，在时代浪潮冲击下的

---

① 茅盾说：“女子虽很多，我所着力描写的，却只有二型：静女士、方太太，属于同型；慧女士、孙舞阳、章秋柳，属于又一的同型。”茅盾：《茅盾全集》（第 19 卷），人民文学出版社 1991 年版，第 179 页。

② 茅盾：《茅盾全集》（第 9 卷），人民文学出版社 1985 年版，第 522 页。

③ 钱理群等：《中国现代文学三十年》（修订本），北京大学出版社 1998 年版，第 231 页。

思想变迁过程。尽管小说女主人公娴娴是一位堪称“刚毅型”的时代女性，但对这一时代女性总体形象特征的刻画，则是以柔性的艺术手法来描绘的，使之具有鲜明的“柔婉”艺术风格特征：

> 娴娴又软声地笑起来了。她的颊上泛出淡淡的红晕，她的半闭的眼皮边的淡而细，妩媚含嗔的笑纹，就如摄魂的符箓，她的肉感的热力简直要使君实软化。呵，魅人的怪东西！近代主义的象征！即使是君实，也不免摇摇的有些把握不定了。可是理性逼迫他离开这个娇冶的诱惑，经验又告诉他这是娴娴躲避他的唠叨的惯技。要这样容易的就蒙过了他是不可能的。他在那喷红的嫩颊上印了个吻，就镇定地说……

可以说，没有一种擅长于对时代女性独特气质的心理对应和阴柔之美的艺术描绘及传达技巧，是很难将时代女性那敏感、矜持、柔美而又新潮、时尚的性格心理特征刻画得如此细致入微的。茅盾的这种风格，与他长期受江南纤细、婉约和柔美的文化审美之风的孕育有密切关系。吴组湘曾指出茅盾的艺术风格是善于用“一种抽丝似的‘娓娓’的谈法，不是那种高谈阔论；声音文静柔和，不是那种慷慨激昂的”方法，其特点是“眼睛里含着仁慈的柔软的光”，“一点似有若无的笑”，给人以温柔温馨的艺术审美感受。① 可见，茅盾的艺术风格总体上是偏“柔婉”特质的。

郁达夫的创作与茅盾虽然不完全相同，但在“柔婉”美学风格方面，二人却有着共同的一面。这位从美丽的富春江走出来的诗人、作家，在自己的作品里构筑了一个完整的“自我抒情”的世界，使之具有浙西区域江南文化特有的柔婉之情。他曾这样描绘自己的家乡：

> 在一天清和首夏的晚上，那钱塘江上的小县城，同欧洲中

① 吴组湘：《为中国现实主义文学祝贺》，《新华日报》1945年6月24日。

> 世纪各封建诸侯的城堡一样，带着了银灰的白色，躺在流霜似的月华影里。涌了半弓明月，浮着万迭银波，不声不响，在浓淡相间的两岸山中，往东流去，是东汉逸民垂钓的地方。披了一层薄雾，半含半吐，好像华清池里试浴的宫人，在烟月中间浮动的，是宋季遗民痛哭的台榭。

如此精致的艺术描绘，将富春江畔的家乡展现得如诗一般凄美而柔婉。在五四高潮之际，郁达夫以其特有的艺术敏感，用细腻、柔婉而抒情的笔触，描绘出了在历史的现代化进程中，现代知识分子不放弃五四理想，却又与历史主流暂时脱节所产生的心理失落感，从而震撼着人们的心灵。在中国新文学史上，郁达夫是最早将艺术视角对准自我，对准心理世界，把小说的主人公形象与自我形象融为一体的作家。他改变了五四高潮时期“社会问题”小说创作那种单纯地从社会现实外部取材而加以艺术再现的创作方式，而是注重强调展示人的内心世界，传达在历史变革时期，人的心理感受和情绪变化。在郁达夫看来，小说不是客观反映的再现对象，而是主观情绪的表现对象，是“认识的要素 F”与“情绪的要素 f”的相加，用来“赤裸裸地把我的心境写出来”，以求“世人能够了解我内心的苦闷”。[①] 因此，在郁达夫的小说理念中，小说就是作家的“自叙传”，其特点是以“自我抒情”为中心，首创了新文学以表现心理情绪、抒发心理情感、展示心理世界的“自我抒情体”（亦称“诗化体”）的小说创作模式，凸现了小说“柔性”抒情的艺术元素，使“自我抒情体”小说能够以“诗情画意”的意境来展示自我心境，抒发情感，引起人们的心灵共鸣。

在“自我抒情体”小说创作中，郁达夫对小说意象进行了独具匠心的艺术营构，十分娴熟地营造了小说“柔婉”的审美意境。如在小说《秋河》中对“水”的意象营构，其意境则是对“月光”般的人生柔情的渲染和抒发，从中展现生命的感怀。他的自叙性散文《水样的春愁》在叙说自

① 郁达夫：《郁达夫文集》（第 9 卷），花城出版社 1984 年版，第 83 页。

已情窦初开的情形时，也是构筑了水、月光这样一些阴性的柔婉意境：

> 月光如潮水似地浸满了这座朝南的大厅，她于一声高叫之后，马上就把头朝了转来。我在月光里看见她那张大理石似的嫩脸，和黑水晶似的眼睛，觉得怎么也熬不住了，顺势就伸出了两只手去，捏住了她的手臂。两人的中间，她也不发一语，我也并无一言，她是扭转了身坐着，我是向她立着的。她只微笑着看看我看看月亮，我也只微笑着看看她看看中庭的空处，虽然此外的动作，轻薄的邪念，明显的表示，一点儿也没有，但不晓怎样一股满足、深沉、陶醉的感觉，竟同四周的月光一样，包满了我的全身。
>
> 两人这样的在月光里沉默着相对，不知过了多久，终于她轻轻地开始说话了：
>
> “今晚你在喝酒？”
>
> “是的，是在学堂里喝的。”
>
> ……我就匆匆告辞出来。在柳树影里披了月光走回家来，我一边回味着刚才在月光里和她两人相对时沉醉似的恍惚，一边在心的底里，忽儿又感到了一点极淡极淡，同水一样的春愁。

人们常常形容月光如水、如诗，郁达夫就是这样细腻而真切地以水、月光的感性叙述，诗化的意境，为人们展现出了一个美丽、柔婉的心灵世界。

又如，在小说《沉沦》里，郁达夫在描写“我”在大自然里的心理感觉时这样写道：

> 他忽然觉得背上有一阵紫色的气息吹来，息索的一响，道旁的一枝小草竟把他的梦打破了。他回转头来一看，那枝小草还是颠摇不已，一阵带着紫罗兰气息的和风，温微微地喷到

> 他那苍白的脸上来。在这清和的早秋的世界里，在这澄清透明的以太(Ether)中，他的身体觉得同陶醉似的酥软起来。他好像是睡在慈母怀里的样子。他好像是梦到桃花源里的样子。他好像是在南欧的海岸，躺在情人膝上，在那里贪午睡的样子。

"我"只有在大自然的怀抱里，才能感受到自然本性的体贴。这与"我"在人群当中感受到格外的寂寞和孤独形成强烈的对比。在这种柔性叙事当中，郁达夫将一个身在异国他乡的游子的心灵世界展现得细致入微，使小说更"有意味"、更"有情致"。郁达夫不是煽情的艺术高手，而是善于抒情的艺术高手，他的小说具有浓郁感伤色彩的柔美之情。从《沉沦》开始，他所塑造的"零余者"形象，无不浸染在一种哀婉、忧郁、颓唐的情绪之中。这群"零余者"或是在国外深受异族鄙视的弱国子民，或是回国后身居畸形都市中报国无门的落魄文人、失业者、流浪人，虽有理想、有抱负，却穷困潦倒，在现实社会中没有立锥之地，是一群被挤出社会的小人物。他们自暴自弃、自哀自怜、颓唐堕落、沉溺酒色、放浪形骸。显然，主人公的情绪状态是建立在被遗弃、被放逐的孤苦伶仃的境遇之上的，对自身不幸遭遇的哀怨，以及由此产生的漂泊不定的飘零感，是郁达夫小说感伤之情的美学根源。郁达夫以柔性叙事的方式，打破了写实主义小说那种依据事件发展的线形叙事惯例，在将小说的重心置于抒情的链条当中，构筑了以柔性审美元素为主导的自然、流动的抒情性小说结构。在使小说的主人公染上一种忧郁的柔情色彩的同时，也形成了他的抒情体小说所特有的，与柔性审美元素相关联的感伤之美。与郭沫若所抒发的雄奇之美不同，郁达夫的感伤之美更加凸现了历史行进中的艰难性和复杂性特点，折射出时代的负面因素在人们心灵中所投下的重重阴影。与郁达夫小说创作风格相近的浙西作家倪贻德，他的散文化的小说结构，重写意、重律韵、重抒情节奏，风格飘逸、柔婉。如小说《零落》，以自己家庭败落为摹本，写一个书香门第家庭的败落，表达出对家庭的深深惋惜和依恋之情，像江南绵绵细雨，丝丝缕缕，如梦似烟，小说柔婉的抒情味极浓，行文清丽、秀婉。

徐志摩的诗歌也是以“柔婉”的美学风格而享有盛誉的。最能代表他的风格的是那些“从性灵深处来的诗句”[①]，也即那些追求单纯信仰、争取个性自由解放，歌唱理想爱情和大自然之美的抒情诗。徐志摩走的是“柔性自我表现”的艺术道路：以江南才子之灵气、英国绅士之风度，展现潇洒飘逸、秀丽缠绵的艺术风格。《沙扬娜拉》、《我有一个恋爱》、《消息》、《翡冷翠的一夜》、《海韵》、《雪花的快乐》等，所展现的是诗人顾影自怜、风流倜傥的自我形象：跃动飘逸、柔美细腻、空灵清澈。

最是那一低头的温柔，
　　像一朵水莲花不胜凉风的娇羞，
道一声珍重，道一声珍重，
　　那一珍重里有蜜甜的忧愁
　　——沙扬娜拉！

——《沙扬娜拉》

婀娜的娇羞、似水的柔情，这首白话小诗就是这样通过对一个富有特征的动作（“一低头”）、一句富有深情的话语（“一声珍重”），将东方女性特有的柔婉温情，永远定格在人们的面前。这是诗的精灵，这是人间的真情，它绝不是一般世俗意义上的男欢女爱，而是表现出受五四新思想催醒的年轻一代，对“爱”与“美”理想的执著追求。又如，他献给母校的那首《再别康桥》[②]：

轻轻的我走了，
　　正如我轻轻的来；

① 陈从周：《徐志摩年谱》（影印本），上海书店1981年版，第70—71页。

② 康桥（Cambridge），现通译为剑桥，为英国著名的大学——剑桥大学（Cambridge University）所在地。

我轻轻的招手，
　　作别西天的云彩。
…………
软泥的青荇，
　　油油的在水底招摇；
在康桥的柔波里
　　我甘心做一条水草！

1928年的秋天，一艘寂寞的海轮，载着诗人对母校依依不舍的眷恋之情而缓缓驶去。海风阵阵、雾气弥漫，离愁别绪，点点滴滴涌上心头，母校的一草一木又都重新显现在他的脑海中：落日的余晖、依依的杨柳，犹如盛装的新娘，矜持娇羞。“康桥”——“我难得的知己”、“永为我精神依恋之乡”，这是诗人于1922年8月在离开英国回国之前所作的题为《康桥再会吧》一诗的诗句。在“康桥”的形象描绘中，徐志摩寄寓了他精神寻梦的理想和思乡情感。1926年1月，徐志摩在《我所知道的康桥》一文中细说他1920年离美赴英的原委，并在文末满怀深情地倾诉：“康桥，谁知我这思乡的隐忧？”“思乡”除了在显性的层面上，指的是对故乡的思念，还在隐性的层面上，传达了自己对精神家园的努力寻找。所以，“康桥”形象的柔美，对应的是诗人心灵的“思乡的隐忧”，是对“精神依恋之乡”的不断寻找。整首诗就是在这种柔婉、柔美的风格意境中，展现出了诗人那新月般的清幽而忧郁、纤秀而柔婉的情怀。在审美意象的择取上，徐志摩总是善于择取那些空灵清澈、柔美细腻的形象来加以艺术的提炼。大凡星辰明月、云霞彩虹、白莲梅花、飞萤流泉、杜鹃黄鹂……都成为他择取的对象。这些来自大自然的清新形象，作为柔婉、柔美的艺术元素，经过他的审美提炼，都是以新鲜、浪漫、潇洒、飘逸、柔美、活泼的青春形象出现在白话新诗史上的，成功地提升了白话新诗的审美意境。

从杭州走出来的现代著名诗人戴望舒[①]的诗歌创作，也是呈现出一种“柔婉”特征的美学风格。在诗人的记忆中，雨巷寂影则构成了他心目中的杭州印象，因为那忧伤、悠长而寂寥的雨巷，正好对应了一群觉醒了，但又找不到理想出路的现代知识分子那寂寞、忧愁、苦闷的心灵世界：

撑着油纸伞，独自
彷徨在悠长、悠长
又寂寥的雨巷，
我希望逢着
一个丁香一样的地
结着愁怨的姑娘。
…… ……
她彷徨在这寂寥的雨巷，
撑着油纸伞
像我一样，
像我一样地
默默彳亍着
冷漠，凄清，又惆怅。

雨巷的意象是阴性的、柔婉的、凄清的，女郎彷徨的身影，也是忧伤的、冷漠的、惆怅的。它不同于人们熟悉的古都杭城那种妩媚、秀婉、明丽的倩影，也有别于西湖一池春水的清澈、柔情、碧波荡漾，而是突显出烟雨迷离的江南古城、寂寥雨巷的细腻、绵长、柔美、凄婉的精神气质。

① 戴望舒生长在杭州，家住杭州大塔儿巷。他家的房屋建于民国初年，属粉墙黛瓦、泥壁木窗的中式里弄楼房。大塔儿巷原是杭州中河边的一条幽静的小巷，原地铺清一色的青石板，古人曾以“鹊冷难依明月树，燕归长恋故园草”的诗句描写小巷风情。戴望舒在这里度过了少年时代，1935 年移居上海。他的著名的《雨巷》一诗，就是以他的家乡——杭州大塔儿巷为背景而创作的。

诗中透露出来的那太息般的感叹、凄清寂寞的身影、梦一般的"凄婉迷茫",展现出了现代知识分子面对着沉重的精神负荷和激烈的冲突所形成的困惑、孱弱、沉重的心理境况,以及在风起云涌的时代浪潮前,惮于前驱却又不甘于滞后、梦醒了却又无路可走的犹疑、矛盾、痛苦的心态。同时,在诗人将杭州、西湖浓墨重彩的风景转化为朦胧迷离、依稀可见的雨巷和哀怨又彷徨的寂寞姑娘的身影当中,柔婉的艺术展现,则消散了笼罩在江南古城的静谧、持重、典雅,冲淡了传统的江南山水的经典之秀美、古典之雅趣,使人只能在悠长、寂寥、狭小的雨巷,在如丝如缕而凄清、缠绵的细雨中,去追寻孤独,咀嚼苦难,品尝寂寞,让彷徨的身影消失在朦胧的雨巷里,最终化为虚空、化为乌有。因此,结着愁怨,像丁香一样的姑娘,也只能成为梦幻中的影子,成为漂泊、流浪,以及怀着乡愁的冲动到处寻找家园的象征。

来自浙西区域的女性作家的创作,则更显柔婉的艺术风格。为数不多的从浙西走出来的女性作家,如林徽因、陈学昭、郁茹等,也大多具有浙西区域江南文化的柔婉气质。像被称为现代才女的林徽因①,她的创作构成了她生命的一部分,那秀雅、柔婉的艺术风格,更多折射着那个时代特定的文化审美风尚。尽管她的那种风尚的温婉,没有使她成为像同时代的冰心、庐隐、石评梅、淦女士,或丁玲、萧红、张爱玲那样,成为以写作为生,又为写作痛苦,从追求自由的爱开始,然后又为爱所困厄的新女性,然而,良好的家庭背景和教养,使她作出了符合自己个性、才情的选择。她的柔婉、典雅的现代女性气质,使她成为京派文

① 林徽因(1903—1955),原名林徽音,祖籍福建闽侯,生于浙江杭州,现代作家、教授。1916 年随父到英国读书,1923 年参加"新月社",开始创作新诗。同年去美国费城宾夕法尼亚大学建筑系学习,毕业后在耶鲁大学学习戏剧舞台布景。1928 年与梁启超之子梁思成结婚。她的诗歌采取自由诗体,不受格律羁绊,多抒发爱情,表现女性细腻的内心世界,委婉动人。此外,她还创作了小说、散文和戏剧等作品,主要作品有《九十九度中》、《吉公》、《梅真和他们》(多幕话剧)等。

化圈中最不平凡的一个现代女性。[①] 林徽因承认自己是受中西文化教育长大的，英语对于她来说，是一种内在思维和表达方式、一种灵感、一个完整的文化世界，而汉语对于她来说，也不仅仅只限于母语的功能，更重要的是汉语的文化，也即中国传统文化，作为母文化，孕育了她那特有的东方女性的温婉、优雅、贤淑的性格和气质。中西文化融合造就了一个“现代才女林徽因”、一个“现代诗人林徽因”、一个“中西文化林徽因”。她是诗人、作家、建筑家[②]、艺术家，她的作品既具有现代女性的独立人格与个性，同时又不失传统美德及本质的温婉美好，显示出现代知识女性特有的高贵与典雅。林徽因在《别丢掉》一诗中就这样写道：“别丢掉，/ 这一把过往的热情，/ 现在流水似的，/ 轻轻 / 在幽冷的山泉底，/ 在黑夜，在松林，/ 叹息似的渺茫。/ 你仍要保存着那真！/ 一样是月明，/ 一样是隔山灯火，/ 满天的星，/ 只有人不见 / 梦似的挂起，/ 向黑夜要回 / 那一句话—— / 你仍得相信 / 山谷中留着 / 有那回音。”全诗在柔婉的风格中展现出了现代知识女性对理想、对真理的执著精神。因为在她看来，只有这种执著的精神，才能够真正地显示出生命面对无常所具有的高贵的意义。在题为《时间》的诗中，她是这样抒发自己对生命的叩问的：“人间的季候永远不断在转变 / 春时你留下多处残红，翩然辞别，/本不想回来时同谁叹息秋天！/ 现在连秋云黄叶又已失落去 / 辽远里，剩下灰色的长空一片 / 透彻的寂寞，你忍听冷风独语？”生命自身也许是无法呈现自身的意义的，但具有生命意

① 1924年，获诺贝尔文学奖的印度诗人泰戈尔，应梁启超与林长民之邀来华访问，文学界在天坛草坪上举行欢迎会，林徽因任泰戈尔的翻译。当时媒体报道说：“林小姐人艳如花，和老人挟臂而行，加上长袍白面、郊荒岛瘦的徐志摩，犹如苍松竹梅的一幅三友图。”

② 林徽因是清华大学建筑系一级教授，曾与梁思成等编印《全国重要文物建筑简目》。政协筹委会决定把国徽设计任务交给清华大学和中央美院之时，清华大学就由林徽因等七人参加设计工作。最终，由清华大学和中央美院设计的国徽图案都顺利完成，清华小组设计图案以布局严谨、构图庄重而中选。1951年，为挽救濒于停业的景泰蓝传统工艺，林徽因抱病深入工厂做调查研究，并设计了一批具有民族风格的新颖图案。1952年，梁思成、刘开渠主持设计人民英雄纪念碑，林徽因被任命为人民英雄纪念碑建筑委员会委员，抱病参加设计工作，终于完成了“须弥座”的图案设计。

识的人，必须赋予有限的生命以无限的意义。因此，叩问生命、寻找意义，是林徽因创作的主题思路：

什么时候再能有
那一片静；
溶溶在春风中立着，
面对着山，面对着小河流？

什么时候还能那样
满掬着希望；
披拂新绿，耳语似的诗思，
登上城楼，更听那一声钟响？

什么时候，又什么时候，心
才真能懂得
这时间的距离；山河的年岁；
昨天的静，钟声
昨天的人
怎样又在今天里划下一道影！

——林徽因：《无题》

对生命的叩问、对生命意义的探寻，作为女性作家，林徽因找到的依然是人间的爱，如同她在《你是人间的四月天——一句爱的赞颂》所歌咏的那样：

我说你是人间的四月天；
笑响点亮了四面风；轻灵
在春的光艳中交舞着变。

你是四月早天里的云烟，
黄昏吹着风的软，星子在
无意中闪，细雨点洒在花前。

那轻，那娉婷，你是，鲜妍
百花的冠冕你戴着，你是
天真，庄严，你是夜夜的月圆。

雪化后那篇鹅黄，你像；新鲜
初放芽的绿，你是；柔嫩喜悦
水光浮动着你梦期待中白莲。

你是一树一树的花开，是燕
在梁间呢喃，——你是爱，是暖，
是希望，你是人间的四月天！

生命、爱，在林徽因柔婉的抒情意境中，达到了情感的极致。同样是现代知识女性的陈学昭①，她的创作也始终离不开现代女性的主题，离不开柔婉的艺术抒情，特别是她早期的创作，也是以清丽、秀婉、柔美的笔触，写出了现代女性，尤其是现代知识女性对生命理想的追寻。在早期创作的《倦旅》、《寸草心》、《烟霞伴侣》等作品中，陈学昭往往是以青春少女心灵独白的方式，传达出受五四新文化影响而觉醒了的现代女性的彷徨、苦闷之情：

① 陈学昭（1906—1991），原名陈淑英、陈淑章，浙江海宁人，文学博士、现代作家。1923年以《我们理想的新女性》一文，参加上海《时报》征文，获得好评，后参加“浅草社”，出版有散文集《倦旅》、《寸草心》、《烟霞伴侣》。1938年去延安，任《解放日报》编辑。著有长篇小说《南风的梦》、《工作着是美丽的》、《春茶》，中篇小说《如梦》，短篇小说集《新柜中缘》、《土地》等。

这样烦闷的生活,为什么要挨着的呢?
生存着为什么呢?

梦醒了却无路可走,往往是五四青年男女共同面临的人生问题。陈学昭用如诗似画的艺术传达,展现了五四青年男女对生命的咏叹、对美好生命的企盼,整个艺术风格清新、飘逸、细腻、柔婉。相比之下,出生在杭州的现代女作家郁茹[①]的创作,虽然略带有一些刚性色彩,但总体风格仍然保持着江南女子那种特有的柔婉风格。她的代表作《遥远的爱》对时代女性的形象塑造,颇具茅盾的风格,不仅在思想认识方面具有“慑人的光芒”,而且也极具“细腻”、“俊逸”的艺术魅力。作者以两性情爱为视角,通过对罗维娜“唾弃那两个厮守着的狭的自私的爱”,走出家庭,融入社会主潮,成长为昂首阔步的抗日新女性,充满矛盾和痛苦的内心斗争的心路历程的叙写,热烈地歌颂了勇于反叛灰色生活的积极进取精神和献身神圣事业的高尚品格。为了凸现这一主题,作者运用了浓郁、柔婉的抒情,细腻、缜密的心理刻画和人物性格的对比、衬托等艺术手法,真实地描绘出时代女性的心灵世界。正如茅盾所指出的那样,郁茹的艺术风格是“有细腻的心理描写和俊逸的格调”,同时“更具有女性作家所擅长的抒情的气氛,而构成这氛围的,又是那虽非纵横磅礴,但却醇厚深远的对于人生的热爱,对于崇高的理想的执著”。茅盾还高度赞扬她的代表作《遥远的爱》是“给我们伟大时代的新型的女性描出了一个明晰的面目来了”[②]。

浙西区域的江南文化柔婉、秀美的审美风格,对现代散文创作也产

① 郁茹(1921—),原名钱玉如,浙江杭州人,现代作家。家贫,幼年丧父,十岁便在杭州西湖边的一家照相店当学徒,同时随伯父学绘画。抗战爆发后,孤身离开杭州,辗转到重庆。1938年入艺术专科学校当试读生,在校参加全国女青年抗日文学征文,以短篇小说《姮河》获三等奖。后在茅盾主编的《文艺阵地》从事编辑工作。著有短篇小说(集)《鹰的梦》、《龙头山下》,中篇小说《遥远的爱》,儿童文学集《好朋友》,报告文学集《锦绣江南》等。

② 茅盾:《关于〈遥远的爱〉》,乐黛云编:《茅盾论中国现代作家作品》,北京大学出版社1980年版,第280页。

生了深远的影响。鲁迅在谈到新文学创作的实绩时曾指出:“散文小品的成功,几乎在小说戏曲和诗歌之上。”[①]特别是从浙西区域涌现出来的散文家,如郁达夫、俞平伯[②]、茅盾、徐志摩、丰子恺、梁实秋等人的散文创作,都具有较为鲜明的江南文化柔婉、秀美的审美风格。郁达夫指出:“现代的散文之最大特征,是每一个作家的每一篇散文里所表现的个性,比以前的任何散文都来得强”,他还强调现代散文创作应做到“一粒沙里见世界,半瓣花上说人情”[③]。本着这一理念,他的散文创作大都是在柔美的抒情氛围中,自抒怀抱,展现生命情怀,表现出一种率真性情。如在《青烟》中,他这样写道:“世俗所说的‘成功’,于我原似浮云。无聊的时候偶尔写下来的几篇概念式的小说,虽则受人攻击,我心里倒也没有什么难过,物质上的困迫,只教我自家能咬紧牙齿,忍耐一下,也没有些微关系,但是自从我生出之后,直到如今二十余年的中间,我自家播的种,栽的花,哪里有一枝是鲜艳的?哪里一枝曾经结过果来?啊啊,若说人的生活可以涂抹了改作的时候,我的第二次的生涯,决不愿意把它弄得同过去的二十年间的生活一样的!”表面看起来,好像是在倾诉人生的不幸、不满,甚至有点颓废,但深藏背后的则是对人生、生命的一种强烈诉求,表明了在五四新文化熏陶下,人的主体意识的觉醒,人对自身存在的价值与意义的重新发现、思索、把握和追求。这显然不是故作多情、无病呻吟,其中蕴藉的是平淡而又深刻的人生哲理,正如他在题为《雨》的散文中写的那样:“人生万事总得有个变换,方觉有趣;生之于死,喜之于悲,都是如此,推及天时,又何尝不然?无雨

---

① 鲁迅:《南腔北调集·小品文的危机》,《鲁迅全集》(第4卷),第575页。

② 俞平伯(1900—1990),名铭衡,字平伯,浙江德清人,生于苏州,现代诗人、散文家,著名的红学家。1918年以白话诗《春水》步入新诗坛,后与朱自清等人创办第一个新诗刊物——《诗》月刊。1920年毕业于北京大学,曾在《新潮》上发表小说。1922年出版新诗集《冬夜》,并开始钻研《红楼梦》,著有《红楼梦辨》等著作。建国后曾受到不公正的批判,后平反,恢复名誉。

③ 郁达夫:《中国新文学大系·散文二集·导言》,上海良友图书印刷公司1935年版,第3页。

那能见晴之可爱，没有夜也将看不出昼之光明。”在柔婉的自我抒情中，郁达夫的那种率真性情是清晰可见的。

俞平伯的散文创作，如《陶然亭的雪》、《清河坊》、《西湖的六月十八夜》、《桨声灯影里的秦淮河》等，在当时就受到读者的喜爱，其特点是多以一种朦胧、柔美、空灵的艺术意境，展现在新旧转换之际的人生感悟，具有一种淡淡的人生忧伤感和玄奥的人生哲理。如其代表作《桨声灯影里的秦淮河》（与朱自清散文同名），这样写道：

> 又早是夕阳西下，河上妆成一抹胭脂的薄媚，是被青溪的姊妹们所熏染的吗？还是匀得他们脸上的残脂呢？寂寂的河水，随双桨打它，终是没言语。密匝匝的绮恨逐老的年华，已都如蜜饧似的融在流波的心窝里，连呜咽也将嫌它多事，更哪里论到哀嘶。心头，宛转的凄怀；口内，徘徊的低唱；留在夜夜的秦淮河上。

生命的流逝，总是会让人感到一种人生的无奈和忧伤的。无论是谁，也无论是在什么时段、什么场合，欢快也好、忧伤也好、激情也好、痛苦也好，感受到生命的流逝，这也就是生命的觉悟，是探寻人生意义的起点。所以，周作人非常赏识俞平伯的散文，说他的散文风格“是那样的旧而又是这样的新”①。与俞平伯散文风格有些相近的浙西作家，应该推丰子恺②，虽然他与俞平伯并不属于相同的创作流派，也并无实质上的相关交往和联系。一般来说，丰子恺的散文创作是他的人生观的艺术展现，其特点是在平静的日常生活叙说中饱含人生的哲理真谛，于

---

① 周作人：《杂伴儿·跋》、《苦雨斋序跋文》，天马书店1934年版，第1页。

② 丰子恺（1898—1975），名润，又名仁，号子恺。浙江崇德（现属嘉兴桐乡市）人，现代著名散文家、漫画家、翻译家和音乐家。出身书香门第家庭，少年就读于杭州，是著名的音乐家、美术家李叔同（即后来在杭州虎跑寺出家的一代高僧弘一法师）的得意门生。受业师影响，笃信佛教，奉斋素食。曾留学日本，回国后在浙江上虞白马湖畔的春晖中学任教，后弃职归隐家乡，以读书著述为生，著有《缘缘堂随笔》、《率真集》等散文作品。

精细、秀婉的描述中发掘人生宏旨大义，字里行间浸润着他那隽逸、洒脱、淡泊的人格风骨。他十分注重散文的意境构筑，擅长把最耐人寻味的景象凝固、定格下来，给人以细细的、长久的回味。

现代著名散文家丰子恺
(1898—1975)

丰子恺一生淡泊，自称居于心灵中的惟有“天上的神明与星辰，人间的艺术和儿童”。他的散文创作，多是有关艺术、宗教、儿童的感怀和体悟，注重人生美学风范的建构，追求人生的美学意境。在题为《秋》一文中，丰子恺写道：“我只觉得一到秋天，自己的心境便十分调和。非但没有那种狂喜与焦灼，且常常被秋风秋雨秋色秋光所吸引而融化在秋中，暂时失却了自己的所在。”意境是人与客观对象之间对应、互动、协调所产生的一种主体感受和心灵情怀。在这当中，情与景、情与理、物与我、对象与人、主观和客观的浑然一体，以及由此所萌发的主体的满足感、愉悦感和幸福感，便是意境的主要内涵。作为佛教居士，丰子恺表现的不是常人的“悲秋”，在明白如话、平淡如水的叙说中，体现出来的是他那种超越了生与死的洒脱的人生美学风范。正如他在《告母性》一文中所写道的那样：“天地创造的本意，宇宙万物原是一家人，人与狗的阶级，物与我的区别，人与己的界限……这等都是后人私造的。”将人与宇宙万物融为一体，所追求的是人生的一种精神境界和品位，其人生的美学风范是高洁的，从中表现的人生的美学意境是广博、深沉、悠远和富有神韵的。

相比之下，梁实秋[①]则是集文人散文与学者散文的特点于一体，旁征博引、内涵丰盈，行文崇尚简洁，风格柔美、雅致，重视文调，追求“绚烂之极趋于平淡”的艺术境界，且注重洞察人生百态，文笔机智闪烁、谐趣横生，严肃中见幽默，幽默中见文采。抗战期间，在重庆大后方陆续发表过《雅舍小品》，曾风靡文坛。在这种“闲适性”的小品创作中，透露出一种博雅、柔婉的人生情趣。例如，《雅舍》一文写战乱时期作者在重庆的住所，虽然简陋到“风来则洞若凉亭，雨来则渗透如滴漏”，然而，久居则生情，觉得自己的“雅舍”总是“有个性就可爱”。在这种富有审美意味的描述中，作者由“雅舍”触发自己的生活体验、感悟，透露出知足常乐、洒脱豁达的性情：

现代著名散文家梁实秋
(1903—1987)

> “雅舍”最宜月夜——地势较高，得月较先。看山头吐月，红盘乍涌，一霎间，清光四射，天空皎洁，四野无声，微闻犬吠，坐客无不悄然！舍前有两株梨树，等到月升中天，清光从树间筛洒而下，地下阴影斑斓，此时尤为幽绝。直到兴阑人散，归房就寝，月光仍然逼进窗来，助我凄凉。细雨蒙蒙之际，“雅舍”亦复有趣。推窗展望，俨然米氏章法，若云若雾，一片弥漫。但若大雨滂沱，我就又惶悚不安了，屋顶浓印到处都有，起初如碗大，俄而扩大如盆，继则滴水乃不绝，终乃屋顶灰泥

---

① 梁实秋(1903—1987)，祖籍河北沙河，寄籍浙江杭县(今杭州)，后落籍北京。1915年入清华学校读书，1923年毕业，赴美留学，1926年回国后长期在高校任教。梁实秋从1927年开始写散文，大多取材于都市生活，有英国随笔雍容、幽默的流风余韵。1927年10月结集题为《骂人的艺术》，由新月书店出版。1940年11月应邀为重庆《星期评论》周刊开辟“雅舍小品”专栏，风格雅致，自成一派，影响甚大。

突然崩裂，如奇葩初绽，砉然一声而泥水下注，此刻满室狼藉，抢救无及。此种经验，已数见不鲜。

以柔美、秀婉的美学风格，表达对于优雅、恬适人生的体味和神往，在生命哲学的意义上，展现出了对于世俗生活中种种丑陋现象的玩味和调侃，这构成梁实秋散文艺术风格的两大层面。梁实秋将人生艺术化、诗意化、喜剧化，体现了他俯仰自得、悠然自在的雅士风度。尽管在国难当头的年代，他的这种人生雅趣显得不合时宜，但从艺术风格角度来予以认定，人们就不难发现他的人生雅趣当中，也包含着苦中寻乐、愉悦性情、调剂生活的精神涵义。他将安时处顺、出入自如的处世态度，外化为恬淡、温婉、雅致的艺术风格，是极富有艺术情趣和风雅的。

茅盾和徐志摩的创作虽然主要在小说和诗歌上，但“柔婉”风格也同样影响到他们的散文创作。茅盾的散文创作抒情性很强，像《雾》、《虹》、《卖豆腐的哨子》、《白杨礼赞》、《风景谈》等散文，都表现出了他的那种细腻、柔婉的抒情风格。徐志摩的散文创作与他的诗歌创作一样，也注重抒情和联想，注重在大自然中感悟生命意义的传达。如在《我所知道的康桥》中，他写道：“我们不幸是文明人，入世深似一天，离自然远似一天。离开了泥土的花草，离开了水的鱼，能快活吗？能生存吗？从大自然我们取得我们的生命；从大自然我们应分取得我们继续的滋养。”人离不开大自然赋予的生命，与大自然的和谐相处，不仅是生活的基本法则，同时也是生命的自然法则。在《翡冷翠山居闲话》中，徐志摩这样描绘道：

你一个人漫游的时候，你就会在青草里坐地仰卧，甚至有时打滚，因为草的和暖的颜色，自然的唤起你童稚的活泼；在静僻的道上你就会不自主的狂舞，看着你自己的身影幻出种种诡异的变相，因为道旁树木的阴影在它们纡徐的婆娑里暗示你舞蹈的快乐；你也得信口的歌唱，偶尔记起断片的音调，与你自由随口的小曲，因为树林中的莺燕告诉你春光是应得

> 赞美的；更不必说你的胸膛自然会跟着漫长的山径开拓，你的心地会看着澄蓝的天空静定，你的思想和着山壑间的水声，山罅里的泉响，有时一澄到底的清澈，有时激起成章的波动，流，流，流入凉爽的橄榄林中，流入妩媚的阿诺河去……

大自然给予了生命灵感，使生命在大自然中尽情地舒展。从浙西区域走出来的作家，无论哪种文体的创作，都总是能够将浙西区域江南文化柔婉的审美风格体现在自己的创作实践中，使之能够精细地对应处在急遽变化中的人的敏感心灵。

不言而喻，浙西作家的思维和艺术风格是“柔婉”，但不是“柔弱”。这种地域文化孕育的色彩鲜明的“江南意境”提示人们：现代化的历史进程不仅仅只是高歌奋进式的刚性“欢唱”，同样也需要唯美色彩的温情与柔婉，因为它能够抚慰在历史转型时期由社会变迁给人的内心世界所带来的伤痛，就像亚里士多德在论述悲剧的艺术效果那样，这种柔性的艺术审美元素将同样是能够起到“净化心灵”的作用的，同时也充分地展现了现代中国新的文化和美学的精神。

第三节　“两浙”作家的美学理想与诗性审美品格

中国新文学与以“两浙”为主体的江南文化审美意识有着内在的关联，最直接的表现就是“两浙”区域为中国新文学贡献了一批重量级的作家。从审美风格上来看，以“两浙”为主体的江南文化，孕育了“两浙”作家独特的文化性格和独特的文化审美意识，[①]形成了“两浙”作家特有的“刚”（精细坚韧）和“柔”（柔婉飘逸）并济的诗性审美品格，从而使

① 有学者以龚自珍的“一剑一箫”诗句来形容“两浙”区域江南文化性格，这有一定道理。龚自珍在道光三年(1823)作的题为《漫感》诗中云：“绝域从军计惘然，东南幽恨满词笺。一剑一箫平生意，负尽狂名十五年。”在《湘月·壬仲夏泛舟西湖》中云：“怨去吹箫，狂来说剑，两样销魂味。”在《己亥杂诗之九十六》诗中云：“少年击剑更吹箫，剑气箫心一例消。”

他们能够以一种全新的审美姿态出现在现代文坛上，并与传统伦理道德的重重压抑和屏蔽下的古典创作及文风形成强烈对比，进而能够以白话文这种新型的创作和文体形式，充分地袒露现代中国人的心灵情感，展现现代中国人的精神风采，显示新文学的“实绩”。

周作人在《地方与文艺》一文中曾谈到“两浙”文化性格及其所形成的风格，他指出：

> 现在只就浙江来说吧，浙江的风土，与毗连省份不见得有什么大差，在学问艺术的成绩也是仿佛，但是仔细看来却自有一种特性。近来三百年的文艺界里可以看出有两种潮流，虽然别处也有，总是以浙江为最明显，我们姑且称作飘逸与深刻。第一种如名士清淡，庄谐杂出，或清丽，或幽玄，或奔放，不必定含妙理而自觉可喜。第二种如老吏断狱，下笔辛辣，其特色不在词华，在其着眼的洞彻与措语的犀利。在明末时这种情形很是显露，虽然据古文家看来这时候文风正是不振，但在我们觉得这在文学进化上却是很重要的一个时期，因为那些文人多无意的向着现代语这方面进行，只是不幸被清代的古学潮流压倒了。浙江的文人略早一点如徐文长，随后有王季重张宗子都是那飘逸一派的诗文的人物；王、张的短文承了语录的流，由学术转到文艺里去，要是不被间断，可以造成近体散文的开始了。毛西河的批评正是深刻一派的代表。清朝的西泠五布衣显然是飘逸一派，袁子才的声名则更是全国的了，同他正相反的有章实斋，我们读《妇学》很能明白他们两方面的特点，近代的李莼客与赵益甫的抗争也正是同一的关系。俞曲与章太炎虽然是师弟，不是对立的时人，但也足以代表这两个不同的倾向。

周作人对“两浙”文化性格和艺术审美风格的认定，是富有见地的。他以“飘逸”和“深刻”来对“两浙”的文化性格与美学风格进行高度概括，总体上来说是比较能够道出“两浙”文化的审美特质的。所谓“飘逸”和“深刻”，实际上也就是“两浙”文化诗性审美品格的表现，表明它具有“刚”（精细坚韧）和“柔”（柔美飘逸）并济的美学特征。

丹纳在论述意大利绘画艺术特征时认为，意大利文化所呈现出来的意大利民族的精神状态、精神修养和文化性格，构成了“意大利人心灵的深刻的结构”，而这种结构则对意大利成为文艺复兴的发源地，产生了重要的影响。[①] 同样，“两浙”文化及其所具有的“刚”“柔”并济的诗性审美品格，对“两浙”作家的影响也是极为深刻的，它使“两浙”作家在进入新文学的行列时，总是能够以一种全新的审美姿态出现在文坛上，与传统伦理道德的重重压抑和层层屏蔽下的僵化创作及陈腐文风形成强烈的对比。他们的创作不仅真实地反映了“中国人向来就没有争到过‘人’的价格，至多不过是奴隶”[②]的痛苦状况，而且也真诚地体现了现代中国人对以“爱”和“美”为代表的新文化、新思想、新道德的热烈向往和执著追求。尤为突出的是，在文化转型的特定时期，“两浙”地域文化对“两浙”作家美学理想的孕育和影响，使他们获得了从现代性的角度，确立重新书写中国历史、社会、文化和人生的独特审美视角，同时也使他们的创作成为中国文学由古典向现代转换的标志。“两浙”作家以江南文化的审美维度来审视现代中国的社会变迁、文化转型和精神状态、心理变化，反而能够避开中心区域正统文化（或曰中心文化）的重重束缚，透过思考传统文化的内在隐喻，发现被历史裹挟着的中国人的精神苦痛和心灵的真切感受，精细、精美和精湛地传达出现代中国人由意义危机而产生的心灵困惑，以及不甘于滞后的心理。可以说，由地域文化孕育而成的“两浙”作家的诗性审美品格，不仅展示了他们自身深广的心灵世界，而且也展露了整个中国在现代化演进中的精神脉流。正是在这个意义上，“两浙”作家的美学理想和创作实践，指引着 20 世纪中国由乡土社会走向现代社会、由封闭形态转向开放形态、由古典审

① 丹纳：《艺术哲学》，人民文学出版社 1963 年版，第 108 页。

② 鲁迅：《坟 · 灯下漫笔》，《鲁迅全集》（第 1 卷），第 212 页。

美意识转换为现代审美意识的时间迁移路径与空间结构模态。

黑格尔曾经指出:“具有心灵意蕴的现实形式在事实上应该了解为具有一般意义的象征性,这就是说,这些自然形式并不因为它们本身而有意义,而只是它们所表现的那种内在心灵因素的一种外现。”[①]“两浙”区域江南文化所孕育的“两浙”作家新的美学理想,使“两浙”作家在面对20世纪急遽变化的社会动荡,感受新文化的律动当中,表现出了一种积极、主动、进取的精神状态。从创作上看,“两浙”作家的诗性审美品格,具有以下两点突出的特征:

其一,“两浙”作家善于以精细的艺术手法,描摹和刻画人性,着重挖掘蛰伏在国民心理——性格中那种严重不适应现代文明的劣根性,展示国民长期受封建专制压迫所造成的精神疾苦。他们注重从人与文化融合的角度探讨人性,展开对国民劣根性的批判,从中营造出一种对人性解放、心灵自由强烈渴望的精神氛围。像鲁迅的《阿Q正传》,目的就是执意写出一个现代的“沉默的国民的魂灵”[②],集中地“暴露国民的弱点”[③]。鲁迅不是采用一般的写实主义手法,单纯地描写、反映中国人在物质上的贫穷,也不是单纯地关注现代中国在政治、经济层面上的变动,而是着重探寻人的异化,特别是心灵异化及其引发的精神疾苦问题。居于鲁迅意识中心的是思考如何使人从封建专制的精神奴役中解放出来而获得真正的自由,获得人的主体性的价值确立。作为新文学的第一篇白话小说的作者,鲁迅一开始就显示出了他那种“特立独行”的思想深刻性。通过文学创作,鲁迅把深藏在内心深处,经过反复思考和生命体验的思想认识,化作一个个鲜活的文学形象,以展现中国人的生存境况、心理性格和历史命运,并由此揭示出“病态社会”和“病态人们”的疾苦,希望引起社会“疗救的注意”,达到改造国民性的目的。

---

① 黑格尔:《美学》(第1卷),商务印书馆1979年版,第220页。

② 鲁迅:《集外集·俄文译本〈阿Q正传〉序及著者自叙传略》,《鲁迅全集》(第7卷),第82页。

③ 鲁迅:《伪自由书·再谈保留》,《鲁迅全集》(第5卷),第144页。

可以说，以鲁迅为代表的一大批受五四新文化、新思想影响的“两浙”作家，通过对中国历史、文化、社会、人生的反省，从中展现了他们对现实人生的高度关注和崇高的新人文理想，表明他们对现实人生的思考是与坚韧、精细、缜密的艺术表现紧紧糅合在一起的。在这个意义上，可以说，以鲁迅为代表的“两浙”作家的创作，凸现了中国新文学美学理想和诗性品格中“深刻”、“精细”、“坚韧”、“沉郁”的风格类型。不过，要指出的是，相比较而言，秉承这种美学风格类型的，在浙东作家的创作上表现得要更为明显些。

其二，“两浙”作家善于以主体对现实人生怀有深切感悟的方式，突出主体的一种精神状态，真切地表现主体在受到外在的压迫时所作出心理反应和感受。在新文学的初始阶段，“两浙”作家就倡导以“我”——第一人称的叙述口吻，鲜明地表达自己的立场，抒发自己的主观情怀。鲁迅的《狂人日记》，就是以“狂人”这个“我”的视角来表达他对历史与现实的认知。在这方面，比较突出的是郁达夫。他以其特有的艺术敏感，用细腻而抒情的笔触，描绘出了现代知识分子不放弃五四理想，却又与历史主流发生脱节而产生严重的心理失落感。郁达夫是最早将艺术视角对准“自我”，对准心理世界，把小说的主人公形象与自我形象融为一体的作家。从艺术表现上来说，郁达夫的自我抒情与叙述是建立在被遗弃、被放逐的孤苦伶仃的主观感悟境遇之上的，折射出了时代的负面因素在人们心灵中所投下的重重阴影。此外，还有像徐志摩的诗歌创作，凸现出了白话新诗优雅、浪漫的审美意境，代表了中国新文学美学理想和诗性品格中“柔美”、“浪漫”、“飘逸”、“婉约”的风格类型。相比较而言，秉承这种审美风格类型的，在浙西作家的创作上表现得更为突出些。

如同本书在论述“两浙”文化审美意识转化时所指出的那样，“两浙”作家的诗性审美品格，与整个中华民族的历史记忆、情感基调和审美心理，特别是与20世纪中国文化转型的特定历史境况有着内在的关联。从历史的维度上来看，以“两浙”为主体的江南文化，总是具有一种与北方中原文化相对应的历史感怀和伤感的情愫，一种强烈的自尊心而又无可奈何的内心忧伤。从审美的维度上来看，这种由历史变动和文化移位生成的美学理想和诗性品格，是“对人生、生命、命运、生活的强烈的欲求和留恋”的审美表现。在艺术传达上，它更加追求物象的明丽、情感的细腻，追求诗性精神的唯美色调和感伤情怀。江南的自然景观与人文情怀，在成为审美的能指对象过程中，也往往成为社会发生巨大变动和人生遭遇挫折时，通过自然美景的咏怀而感悟人生、抚慰心灵的一种独特的审美方式，而且它使主体对外部物象总是具有极其敏感的审美意识特征。

“两浙”区域江南文化诗性审美品格，作为一种历史“集体无意识”，深深地积淀在“两浙”作家的精神血脉之中。因此，在文化转型时期，从“两浙”文化圈内走出来的作家，往往能够以其敏感的主体感知，以一种深沉的民族忧患意识，以及一种全新的紧密关注社会和主动参与现实的文学态度，在中国文学史上引发了一场声势浩大的文化震荡与文学革命。因此，深藏在“两浙”作家的“刚”“柔”并济的诗性审美品格背后的审美理念，既是中国古典文学的“江南”审美理念、审美意象的历史延伸，又是中国新文学（现代文学）对“江南”审美意境、审美风格的重新建构，使之在世纪转型的历史文化语境中，牵动并对应着现代中国人的心灵世界。值得指出的是，“两浙”作家诗性审美品格，其表现不只停留在单纯的自然景观和社会现实表层现象上，它还表现在对国人精神特质进行深入探讨上，以寻求更广泛意义上的现代人性的建构，充分地体现现代中国新的文化和美学的理想精神。这是“两浙”作家在中国新文学的发展史上表现得最为突出的特征之一。

■ 第六章

“两浙”作家的审美观照与新文学的书写谱系

鲁迅指出：“在一切人类所以为美的东西，就是于他有用——于为了生存和自然以及别的社会人生的斗争有着意义的东西。”[①]在完成了思想观念等方面的现代转换之后，“两浙”作家的审美观也显示出一种建构性的特点，即首先在审美理念层面上，表现出对传统审美意识、价值、形态创造性转换的特点。鲁迅曾明确表示，要“采用外国的良规，加以发挥”，同时也要“择取中国的遗产，融合新机”，[②]在对“旧文化、旧思想、旧道德、旧文学”进行全方位批判的同时，也要将新文学的建构置于中西文化、文学的相互交汇、融合的潮流中进行认真的审视。“两浙”作家在新的审美观照中敏锐地发现传统文化、文学的落后性与不适应性，进而在批判当中进行新的审美聚焦，进行新文学价值的美学建构，完成新文学审美意识由传统向现代的根本转变。

席勒说：“当人还处在纯粹的自然的状态时，他整个的人活动着，有如一个素朴的感性统一体，有如一个和谐的整体。感性和理性，感受能力和自发的主动能力，都还没有从各自的功能上被分割开来，更不用说，它们之间还没有相互的矛盾。”[③]从总体上来说，中国古典文学的审美意识受中国传统文化的影响与制约，非常注重建立人与对象之间（人与自然、人与社会、人与人、人与自我）“和谐”的相互关系，注重将“和

---

① 鲁迅：《二心集·〈艺术论〉译本序》，《鲁迅全集》（第4卷），第263页。

② 鲁迅：《且介亭杂文·〈木刻纪程〉小引》，《鲁迅全集》（第6卷），第48页。

③ 席勒：《素朴的诗和感伤的诗》，转引自伍蠡甫主编：《西方文论选》，上海译文出版社1979年版，第482页。

谐”之美作为审美的最高价值准则，不论是在人生实践上，还是在艺术审美实践上，都追求“乐而不淫，怨而不怒，哀而不伤”的和谐审美意境。中国文学和美学都突出了中国文化特有的“天人合一”的宇宙观，知行合一的实用理性精神，直观体验和感悟人生的思维方式，非功利的人生价值尺度，从容中庸的人生态度，尽善尽美的人生理想的执著追求，贵和持中的人际关系，充满人性之善的人文关怀，重视天人关系和谐与人间秩序等方面的重要内涵。可以说，中国文化以其内涵的丰富性和精神价值的恒久性，深深地影响了整个中国古代社会、历史、人生、哲学、伦理、文学等各个领域。

然而，时过境迁，古典“和谐”之美在遭遇现代审美意识冲击中，其价值与意义就愈加显示出它的不合时宜性、滞后性和历史局限性。古典“和谐”美在理论建构上，大都缺少周密论证，多是感悟之得、经验之谈。像“形”、“神”、“气韵”、“妙悟”等，都没有严格的逻辑内涵和外延，带有较大的随意性、多义性和模糊性，与现代文明那种讲求规范性、系统性、结构性的审美要求格格不入，加上在长期演变中，古典审美意识所体现出来的负面特征，也使其本身难以再作为时代的主流审美意识而占据中心位置。一种与时代发展相一致的现代审美意识，开始出现在新时期的文坛上。如近代以来强调“我手写我口”的，带有鲜明的“自由”性质的审美意识，在五四时期就有了质的发展，直接促成了现代“对立”、“崇高”型审美意识的诞生。“两浙”作家在接受时代审美的要求当中，率先对此作出了积极、主动的对应和选择。

第一节 “两浙”作家的意识聚焦与思想张力

周来祥在论述中国古典美学属性时认为，中国古典美学“基本上属于古典主义”，因为古典主义“以素朴的唯物主义和辩证法为思想基础，强调差异、杂多的统一，以和谐为美，以人与自然、物与我、再现与表现、感性与理性的和谐结合，作为艺术的理想。它要求形式的和谐（形式美),更重视社会伦理的和谐(内容美)”[①]。以“和谐”为核心的古典审美意识,追求理想与现实、感性与理性、现象与本质、再现与表现、内容与形式的单一,朴素、谐和的统一,并在审美感知和审美想象上,注重审美直观性和经验性的把握和传达。

“两浙”作家对古典审美意识进行了扬弃性的批判,如鲁迅就对古典的“和谐”审美意识进行了全面的梳理和批判。在他看来,古典“和谐”之美的具体功能特征,就是使人消除缺陷和不平,保持“超稳定”的社会结构状态和心理平庸的平衡状态。所谓“和谐”、“中庸”,塑造的只是“沉静,而又疲弱”[②]的“默默生长,以至枯萎”的性格——心理特征,也就是“教人不要动”。[③] 对由古典“和谐”之美“四平八稳”式的审美规范,鲁迅表示了强烈的不满,譬如,对由追求“和谐”而提出的“大团圆”、“十景病”、“类型化”等,他就提出了强烈的批评,认为其直接的结果就是为国民制造出了一条“瞒”和“骗”的“奇妙逃路”,并且日益的堕落,缺乏“直面人生”的勇气。周作人在论述“人”的文学时,也明确指出:“全是妨碍人性的生长,破坏人类的平和的东西,统应该排斥。”[④]显然,在中国新文学的视域中,古典的“和谐”审美意识,作为一种历史形态,如果不对此进行创造性的价值转换,它也就难以再适应新时代审美发展的需要。

如何打破古典的“和谐”,迈向现代的“对立”、“崇高”,为中国新文学选择、建构与之相适应的审美意识,就成为中国新文学建构新的美学标准的关键。中国新文学大多直接以近代西方文化、文学和美学的价值尺度为参照系,选择以近代浪漫主义、现实主义审美意识(其中也包括后来的现代主义审美意识)为主导的现代审美标准。这种审美意识的核心是强调人与对象之间(人与自然、人与社会、人与人、人与自我)

---

① 周来祥:《论中国古典美学》,齐鲁书社 1987 年版,第 10 页。

② 鲁迅:《集外集拾遗·〈路谷虹儿画选〉小引》,《鲁迅全集》(第 7 卷),第 325 页。

③ 鲁迅:《华盖集·北京通信》,《鲁迅全集》(第 3 卷),人民文学出版社 1981 年版,第 52 页。

④ 周作人:《人的文学》,《新青年》1918 年 12 月 15 日第 5 卷第 6 号。

的“对立”与“崇高”，追求的是以“对立”、“崇高”为代表的审美理想。反映在文学领域，就是要求文学能够正视现实人生，表现以“对立”、“冲突”为主导线索和特征的人生内容，注重反映人生的缺陷和内在矛盾，真实地暴露和批判现实人生和社会的黑暗与丑恶，表现人生不可调和的悲剧，引起人们对自身生存境况和前途命运的高度关注，强调个性化的人物典型塑造。鲁迅曾以近代西方文化、文学发展为例指出，西方文化“常进于幽深，人心不安于固定”，[①]故“十九世纪以后的文艺，和十八世纪以前的文艺大不相同。十八世纪的英国小说，它的目的就在供给太太小姐们的消遣，所讲的都是愉快风趣的话。十九世纪的后半世纪，完全变成和人生问题发生密切关系。我们看了，总觉得十二分的不舒服，可是我们还得气也不透地看下去”[②]。在鲁迅看来，近代西方文学前半部，还显得安宁、平和、消闲，而随着文明进程的发展，后半部的对立、冲突、动荡，则是显而易见的。这说明从古典的“和谐”到近现代对立性质的“崇高”，审美意识的转变是一种历史发展的趋向。鲁迅的意图很明确，就是要选择这种“对立”、“崇高”型的审美意识来打破古典的“和谐”。用他的话来说，是要“对于中国的社会，文明都毫无忌惮的加以批评”，“偏不遵命，偏不磕头”，“偏要在庄严高尚的假面上拨它一拨”，[③]“偏要使所谓的正人君子也者之流多不舒服几天，所以，自己便特地留几片铁甲在身上，站着，给他们的世界多一点缺陷”[④]。鲁迅还大声疾呼，“少——或者竟不看——中国书，多看外国书”，因为“看中国书时，总觉得沉静下去，与实人生离开；读外国书——但除了印度——时，往往就与人生接触，想做点事”[⑤]。在向国内介绍近代西方文学时，鲁迅选择的大都是近代西方文学中那种偏重于“对立”、“崇高”性质的“力之美”的作家作品。从介绍“立意在反抗，指归在动作”的摩罗诗人，

① 鲁迅:《坟·文化偏至论》,《鲁迅全集》(第 1 卷),第 55 页。
② 鲁迅:《集外集·文艺与政治的歧途》,《鲁迅全集》(第 7 卷),第 118 页。
③ 鲁迅:《华盖集续编·小引》,《鲁迅全集》(第 3 卷),第 183 页。
④ 鲁迅:《坟·写在〈坟〉后面》,《鲁迅全集》(第 1 卷),第 284 页。
⑤ 鲁迅:《华盖集·青年必读书》,《鲁迅全集》(第 3 卷),第 12 页。

翻译域外小说，到弃医从文后，系统翻译、引进近代西方文化、文学，鲁迅都坚持了“崇高”型审美标准，其目的是要在五四文化转型时期，用这种“崇高”型审美意识——“天马行空似的大精神”，冲决传统的、古典的“和谐”之美的囚笼，在“立人”的思想层面上，创立新的文化和新的文学。在创作实践上，鲁迅也是着重突出那种带悲剧性的，揭示现实人生缺陷、阴暗面的内容，[①]主张写出人生的“血”和“肉”来。在《摩罗诗力说》里，鲁迅大力倡导“恶魔派文学”，以为“恶魔者，说真理也”。由此，鲁迅向古典“和谐”审美意识进行发难：“中国之诗，舜云言志；而后贤立说，乃云持人性情，三百之旨，无邪所蔽。夫既言志矣，何持之云？强以无邪，即非人志，许自繇于鞭策羁縻之下，殆此事矣？然厥后文章，乃果辗转不逾此界。”[②]在中国文学史上，《摩罗诗力说》可以算得上是第一篇公开提倡“恶”（亦是“崇高”型审美形态）的文章。鲁迅推崇上抗天帝、下制民众的恶魔，就是要求新文学能够具有“恶”（“崇高”）的审美性质，扫除古典的文雅、中道、阴柔、伪善，倡导“力”（“对立”、“崇高”）的文学。

鲁迅确立的审美意识，乃是一种“对立”、“崇高”型的审美意识。在美学形态上，“崇高”型审美意识打破了古典“和谐”美所强调的均匀、稳定、平和、有序的美学原则，提出运用对立、冲突、动荡、无序的美学原则，处理美与艺术各元素之间的审美关系。在审美感受上，强调了现代人在纷繁、激烈的社会和人生动荡中，那种痛苦与愉悦、自由与焦灼、束缚与解放等对立的、复杂的情感混合之感受与生命之体验。在审美本质内涵上，突出“对立”、“崇高”所反映的近现代社会人与对象之间的矛盾，呈现出近现代社会以“力”、“悲壮”、“悲凉”和“孤独”为特征的审美走向。周来祥在论述近代“崇高”型美学属性时指出，近现代“崇高”型美学意识“是偏重于矛盾的对立。它的美学理想不是和谐的美，而是对立的崇高。崇高是它们的美学理想，对立是它们美学和艺术的哲学根

---

① 参见鲁迅：《南腔北调集·我怎么做起小说来》。

② 鲁迅：《坟·摩罗诗力说》，《鲁迅全集》（第1卷），第68页。

源。崇高是主体实践和客观规律的对立，主体要去掌握客观规律，客观规律抗拒它，它和规律之间形成对立，在对立当中趋向于掌握规律”[①]。在现代社会充满着矛盾冲突的生存境况中，“两浙”作家对新文学的美学建构，当然离不开对现代社会和人生规律的掌握。周作人在提倡“平民文学”时就特别强调，“平民文学应以普通的文体，写普遍的思想与事实”，“平民文学应以真挚的文体，记真挚的思想与事实”。平民文学“乃是研究平民生活——人的生活——的文学”，“乃是对于他自己的与共同的人类的运命”。[②] 在“两浙”作家看来，新文学的美学建构指向“对立”和“崇高”，就不再是表现古典文学所要致力表现的帝王将相、才子佳人或英雄美女，而是要反映包括普通平民在内的所有人的性格特征、心理状态和历史命运，展现现代社会真实的生存境况。因为这既是对现实人生的真实反映，又是对现实人生规律的认识和把握。

鲁迅的审美意识是具有代表性的，它不仅是“两浙”作家新的审美意识确立的标志，同时也反映了中国新文学的主流审美意识。正如周作人所指出的那样：“中国文学中，人的文学，本来极少。从儒教道教出来的文章，几乎都不合格。”[③]无论是鲁迅的“争天抗俗”的审美理念，还是周作人“人的文学”、“平民文学”的审美主张，在审美意识上都鲜明地表现出了对古典“和谐”审美意识的批判精神，一种对新文学新型审美意识的建构精神。以鲁迅、周作人为代表的“两浙”作家的现代审美意识，应该说，是一种足以表现觉醒之后的现代中国人的创造精神和反映现实人生的“真的恶声”[④]。“两浙”作家为新文学选择“崇高”型审美意识，与近代以来那种被新思想、新文化唤醒的中国人民的审美理想是趋于一致的，与整个中国新文化的发展方向也是趋于一致的。

当然，从审美意识发展过程上看，“对立”、“崇高”型审美意识并不

① 周来祥：《论中国古典美学》，齐鲁书社 1987 年版，第 22 页。

② 仲密（周作人）：《平民文学》，《每周评论》1919 年 1 月 19 日第 5 号。

③ 周作人：《人的文学》，《新青年》1918 年 12 月 15 日第 5 卷第 6 号。

④ 鲁迅：《集外集·音乐？》《鲁迅全集》（第 7 卷），第 54 页。

意味着终极。历史是螺旋式上升与发展的，向更高层次的“和谐”回归，应是这一个螺旋式发展的终极。从这个角度来说，“对立”、“崇高”型审美意识是在“偏至”中发展过来的，本身就充满着矛盾、充满着悖论。打破和谐、崇尚对立、追求崇高，表明其自身不可能是完整的、定型的。这种状况反映在中国新文学的美学建构上，人们从中可以看出中国新文学美学建构的动态性、发展性和矛盾性特征。

审美意识的确立，往往是在人的广袤的精神世界中完成的。既然人有一个与宇宙相仿的精神世界，那么，人就得不断地给它构筑一个相对应的模式，确立相适应的意识原则，想象出种种神话，演绎人生，透视心灵，从中观照人的生存、生命、精神和命运。随着古典“和谐”审美理想的分崩离析，一个完整、完满和充满乐感的精神世界消逝了，取而代之的将是一种多元的、离散的和孤独、忧患的心灵世界。如果说受古典“和谐”审美意识的制约，古典文学的想象往往是偏重于追求静态的物像与宁静、淡泊之心灵镜像的糅合，呈现出一种静谧之美，那么，受现代“对立”、“崇高”审美意识的制约，新文学的想象则往往是偏重于追求动态的物像与骚动不安、充满忧虑、矛盾和苦痛之心灵镜像的糅合，呈现出一种动感之美。中国新文学就是生成在这种特定的审美语境之中。“两浙”作家对此所作的审美选择，其意义在于：在破除古典“和谐”审美意识的同时，也力图用新的审美理念来对传统进行创造性的转化，进而在历史与现代的交汇点上，构筑一种新的审美意识、新的审美范式，并以此深刻地展现处在转型之中的现代中国人的心灵意识和精神世界，表现现代中国人全部的苦痛和全部的希冀，传达现代中国人那发自内心的渴望富强、迈向自由的心声。

文学想象（Literature imagination）的能指对象和书写谱系的勾画，无疑是受不同的审美意识所指引的。同时，使文学想象具有意义并发挥特定的审美功能，并不只是单纯的心理意识的直观作用，也不只是心灵镜像的简单显现，而是一个个心理事件和特定的文化要素及审美感知，以及相对应的审美意识、审美观念的奇特糅合。实际上，任何一种形式的文学想象，其背后都隐含着一种深邃的文化意义和审美意义。

这当中也包含了相对应的自然环境和人文环境的因素，以及相对应的时代演变因素和人文精神元素，如宗教、道德、民俗、神话、传说，等等。相比较而言，受古典“和谐”审美意识的制约，中国古典文学的想象和书写，往往呈现出两种走向：一是围绕着自然静物中心而展开，偏重于对精致、小巧、优雅的自然静物的审美选择与诠释，如自然季节周而复始的交替，自然静物如植物中的梅、竹、花草，动物中的雁、鹤、蝉，景观中的雨、雾、明月等；二是围绕君、父、家、国中心而展开，偏重于对以君王为代表的国家形象（在家以父王为代表）的审美选择与诠释，如人物形象谱系中的帝王将相等，使之与特定的文化心境相对应，并赋予特定的审美意义，生成特定的意象和形象（如特定的人物形象），从中传达出与之相对应的审美情感。

> 汩余若将不及兮，恐年岁之不吾与。
> 朝搴阰之木兰兮，夕揽洲之宿莽。
> 日月忽其不淹兮，春与秋其代序。
> 惟草木之零落兮，恐美人之迟暮。
>
> ——屈原：《离骚》

屈原在这里选择了花草、日月、春秋等系列意象，通过想象书写了个人的抱负。这在中国古典文学的书写谱系中，成就了一种传统的想象程序：花草喻美人、春秋代秩序、日月显生命。自然、静物、时间、岁月、生命，在这里是合而为一、融为一体的。在古典的想象和书写谱系中，时间意识与自然生命，以及与社会性的人生价值等都是密切相关联的，如曹操在“对酒当歌，人生几何”的背后，则是“老骥伏枥，志在千里。烈士暮年，壮心不已”的豪情。同时，古典的想象和书写，也是与君王为代表的国家意识紧密联系在一起的，如杜甫的《自京赴奉先县咏怀五百字》一诗：

穷年忧黎元，叹息肠内热。取笑同学翁，浩歌弥激烈。
非无江海志，潇洒送日月。生逢尧舜君，不忍便永诀。
当今廊庙具，构厦岂云缺？葵藿倾太阳，物性固难夺。

在这里，个人的命运、理想，人生价值的确立，基本上是围绕以君王为代表的国家理念而展开的，只有通过君王、国家的想象媒介，方能真正地获得对人生、对自我的浩大、广袤的宇宙情怀。因此，在古典文学中，人们常常可以看到两种最重要的自我情感想象和情感书写：第一种是报国无门、忠君无路的情感书写。如辛弃疾《水龙吟·登建康赏心亭》：

楚天千里清秋，水随天去秋无际。遥岑远目，献愁供恨，玉簪螺髻。落日楼头，断鸿声里，江南游子，把吴钩看了，栏杆拍遍，无人会，登临意。

休说鲈鱼堪脍，尽西风，季鹰归未？求田问舍，怕应见羞，刘郎才气。可惜流年，忧愁风雨，树犹如此。倩何人，唤取红巾翠袖，揾英雄泪！

词中的自我情感想象与书写，是将个体的感受与国破家亡的意识联系在一起的。个体由自然的“秋”、“水”、“落日”、“流年”、“风雨”等而展开的想象，与报国无门、忠君无路和忧国忧民的情怀，是紧密地对应在一起的。

第二种则是个人失意、怀才不遇的情感想象和书写。如陈子昂的《登幽州台歌》：

前不见古人，后不见来者，念天地之悠悠，独怆然而涕下。

个体情感抒发不是孤立的行为，同样是要在与“天地”（也可以说是民族、国家的寓意）的对应中展开想象和书写的，这样才能通过生命的感悟而获得浩大的宇宙情怀。因此，古典文学的想象和书写，总体上不能突破“和谐”的审美圆圈，所选的自然之物、所寄情的能指对象，都不仅仅只是诗人的主观生命的寄托象征，而是要与整个中国文化、美学崇尚德和善，崇尚群体性、伦理性的审美主张紧密地联系在一起，从中显示特定的伦理性人文价值涵义和审美精神。

然而，在从古典的“和谐”向现代的“对立”、“崇高”演变发展当中，“两浙”作家则展现出对古典的群体性、伦理性审美原则的反叛，提出了与之相对立的个体性、主体性的原则。不论是鲁迅的“任个人而排众数”，还是郁达夫的“自我抒情”，都是突出了主体与对象之间（客体）的强烈对立。无疑，个体的觉醒是主体走向自觉的前提之一，也是获得突破古典“和谐”审美想象张力的前提之一。因此，“两浙”作家在这种“对立”、“崇高”审美形态上所形成的想象张力，最大限度地将近代以来有关建构新的民族国家的意识联系起来，并由此形成了新文学的两大想象与书写谱系：一是乡村想象与书写谱系，二是都市想象与书写谱系。前者是从认识传统中国的乡土特性和创造性转换传统因子的审美感知中，确立新文学的元叙事系统；后者则是在认识现代文明特性中，使新文学审美价值系统成为超越传统，与世界文化、文学发展主流对接的主导性审美要素。

海登·怀特指出，“历史与文学”本质上都是一种“语言形式”，都具有“叙事性”，其特点是“都不同程度地参与了对意识形态问题的‘想象的’解决”[①]。在“两浙”作家想象和书写谱系当中，乡村是乡土中国的载体和文化象征，它与象征着现代中国的都市是处在对立之中的。同时，在对乡村落后文明的苦难叙事和精神批判当中，乡村又寄寓了对逝去的传统文明的一种复杂情感，而在都市想象和书写当中，都市又成为文明弊端的批判对象。这种复杂、矛盾的审美悖论，对“两浙”作家来说，当“乡村”和“都市”作为审美意识聚焦点时，思想就愈加显得张力无限，想象的空间也愈加宽广。正是在这个意义上，“两浙”作家对“乡村”

---

① 海登·怀特：《后现代历史叙事学》，中国社会科学出版社 2003 年版，第 10 页。

和“都市”两大想象与书写谱系的构筑，凸现了新文学认同新文化、新道德、新思想的审美价值取向。

第二节　“两浙”作家的乡村记忆与乡村书写

著名的社会学家费孝通在《乡土中国》一书中对传统中国的社会属性进行了认定，他指出：“从基层上看去，中国社会是乡土性的。”[①]同时，他还认为，“乡土中国”不仅仅只是对“具体的中国社会的素描，而是包含在具体的中国基层传统社会里的一种特具的体系”，因此，搞清“乡土社会”这个概念，“就可以帮助我们去理解具体的中国社会。概念在这个意义上，是我们认识事物的工具”[②]。中国历史虽然漫长，但在“超稳定”的文明系统中，总体属性基本上没有发生质的变化。静态的乡村，往往就是传统的象征。当整个中国步履艰难地跨过20世纪门槛之后，现代文明唤醒了新文学作家对乡村的一种意识自觉。一种对乡村的重新认知和想象，一种崭新的书写和言说方式，开始出现在新文学的文坛上。

新文学奠基人鲁迅，他的创作就表现了对世世代代生活在乡村的农民的精神状态的高度关注。他笔下的“未庄”、“鲁镇”，都是中国传统的乡村社会的缩影，阿Q、闰土、祥林嫂、九斤老太、孔乙己等，都是长期居住在中国乡村社会的人物代表。在鲁迅影响下所形成的“浙东乡土作家群”，他们也都将忧郁的目光投向记忆深处的乡村社会。他们认真审视中国乡村社会正面临着急遽变化（即将产生一场深刻裂变）的现实。因为从整个文明发展进程上来说，在整个中国被迫拖入现代化进程之后，乡村的一点一滴的变化，都将是整个中国社会变革的一个重要镜像，是中国社会变革的晴雨表、风向标。特别是那些曾经被乡村社会所美化的习俗，在现代化进程中统统发生了问题，以至于以往看似是美

① 费孝通：《乡土中国》，生活·读书·新知三联书店1985年版，第1页。

② 同上书，第2—3页。

德的东西，成为了巨大的历史包袱。诚如费孝通所说的那样：“从乡土社会进入现代社会的过程中，我们在乡土社会中所养成的生活方式处处产生了流弊。”[①]如何卸下这个巨大的历史包袱，完成乡土中国向现代中国的历史转变，这是摆在现代知识分子面前的一项艰巨任务。“两浙”作家对中国乡村社会的观照，尤其是对现代境遇中的乡村居民——农民的生存状态与命运沉浮的全新认知和把握，就是在现代意识的指引下展开的。他们发现了传统的乡村社会的顽疾和不完满性的特征，并深入到乡村主人公的内心世界，写出他们精神上的愚昧、困顿和苦痛，以及对现代文明的严重的不适应性。鲁迅及“两浙”作家对乡村的认知和理解，对乡村的想象方式和审美聚焦，影响着中国新文学乡村想象和乡村书写的基本态势。

文学史家王瑶指出：“中国文学史上真正把农民当作小说中的主人公的，鲁迅是第一人。”[②]鲁迅的乡村想象、对农民的关注，是以启蒙者的姿态出现的。作为先驱者，乡村记忆在他的脑海中，就是古老中国冗长而沉重的背影，是“古国的子民们”在现代文明进程中遭遇空前的困境，尽显愚昧、麻木、无知之状的生活境况和精神状态。在鲁迅的视阈中，乡村是他观察中国社会的一个视点、一面镜子。尽管鲁迅并不是生长在乡村，但他总是以母亲是“乡下人”[③]而得到身份的认同，以至于在后来的多个场合，鲁迅都反复称自己的“根子是植在农村中、农民中”的。[④] 童年的鲁迅虽不能随母亲到乡下长期居住，但“抽空去住几天”的感觉，在童年的乡村记忆中，是一种抹不去的深层印象。特别是因祖

① 同上书，第 7 页。

② 王瑶：《鲁迅作品论集》，人民文学出版社 1984 年版，第 59 页。这一观点得到了较为广泛的认同，如钱谷融也认为：“农民问题是鲁迅注意的中心，他把最多的篇幅，最大的关注和最深的同情给予农民。”钱谷融：《艺术 · 人 · 真诚》，华东师范大学出版社 1995 年版，第 358 页。学术界比较一致地认为，农民和知识分子是鲁迅小说创作的两大基本题材。

③ 鲁迅：《集外集 · 俄文译本〈阿 Q 正传〉序及著者自叙传略》，《鲁迅全集》（第 7 卷），第 82 页。

④ 戈宝权：《史沫特莱回忆鲁迅》，《鲁迅生平史料汇编》，天津人民出版社 1981 年版，第 453 页。

父科场案发，到乡下避难的“几个月光阴”，虽短暂，然而在少年鲁迅的心灵抹上的记忆色彩，则是浓浓的一笔。正如鲁迅的好友瞿秋白所说的那样，乡村的生活，使鲁迅“和农民群众有比较巩固的联系。他的士大夫家庭的败落，使他在儿童时代就混进了野孩子的群里，呼吸着小百姓的空气。这使得他真像吃了狼的奶汁似的，得到了那种‘野兽性’”①。所谓“野兽性”，实际上就是瞿秋白所说的“绅士阶级的贰臣”的那种“叛逆性”，也就是说，鲁迅的乡村想象和乡村书写，是以传统社会的“叛子逆臣”的身份来认识、把握和叙述的。他站在先觉悟者的立场上，在发现中国历史“吃人”真相的同时，进一步发现了众多的、主要是生活在中国乡村的不觉悟者——农民如何“被吃”，又怎样地在不知不觉、一代又一代的“吃人”中形成愚昧、麻木和无知的性格和心理特征。他将这种性格和心理特征，更为形象地定性为“奴性”，即奴隶性和奴才性，由此揭示出这群“古国的子民们”的精神长期被毒害的状况。

按照鲁迅对中国历史特性的独特认知和理解，中国的历史实际上是一部奴隶的历史。在这当中，“中国人向来就没有争到过‘人’的价格，至多不过是奴隶”。整个中国的历史只不过是在“暂时做稳了的奴隶”和“想做奴隶而不得”的两个时代中交替和循环。② 在鲁迅眼中，“奴性”性格和心理，使中国人，尤其是长期居住在广袤乡村(含乡镇)③大地的农民，形成了国民性当中的两个鲜明特征：一是无热情，不反抗，逆来顺受，缺乏生命的感知，以至于“像压在大石底下的草一样”，“默默的生长，萎黄，枯死”；④二是无悟性，不自觉，阿谀奉承，无端地向弱者

① 何凝(瞿秋白)：《鲁迅杂感选集·序言》，青光书局 1933 年版，第 3 页。

② 鲁迅：《坟·灯下漫笔》，《鲁迅全集》(第 1 卷)，第 212 页。

③ 中国的“镇”(乡镇、城镇)乃是一种真正意义上的乡镇，而非西方城市化进程中的乡镇、城镇。即便是中国的城镇，甚至是城市，它的乡土特性依然是明显的，特别是在精神方面、文化性格和心理方面。参见费孝通：《乡土中国》，生活·读书·新知三联书店 1985 年版。

④ 鲁迅：《集外集·俄文译本〈阿 Q 正传〉序及著者自叙传略》，《鲁迅全集》(第 7 卷)，第 81 页。

发泄，缺乏人的觉悟。[①] 在鲁迅看来，前者是奴隶性的表现，后者是奴才性的表现。因此，鲁迅曾愤怒地指出：“中国一向就少有失败的英雄，少有韧性的反抗，少有敢单身鏖战的武人，少有敢抚哭叛徒的吊客。”[②] 在对占据中国人口绝大多数的农民性格和心理的深刻透视中，鲁迅发现长期蛰伏在乡村生活的国民“极容易变成奴隶，而且变了之后，还万分欢喜”[③]的心理奥秘。

在小说《祝福》鲁迅对祥林嫂的描写中，就可见出他的乡村想象和乡村书写的一些特点：

> 日子很快的过去了，她的做工却毫没有懈，食物不论，力气是不错的。人们都说鲁四老爷家里雇着了女工，实在比勤快的男人还勤快。到年底，扫尘，洗地，杀鸡，宰鹅，彻夜的煮福礼，全是一人担当，竟没有添短工。然而她反而满足，口角边渐渐的有了笑影，脸上也白胖了。

祥林嫂在经历了一系列的人生打击之后，人也变了样，“眼光也没有先前那样精神了”。然而，在她听了柳妈的话，到镇上土地庙捐门槛之后，她“神气很舒畅，眼光也分外有神，高兴似的对四婶说，自己已经在土地庙捐了门槛了”。

在鲁迅看来，祥林嫂的困境并不在单纯的物质层面上，而是在深层的精神层面上、心理层面上。祥林嫂们无法摆脱，也无法从根本上去认真地思考怎样去摆脱（在小说中，祥林嫂是听人摆布的，并没有自己的主张，尽管她是逃出来的，但在失去儿子后则完全丧失了自主性）命运的束缚。在一个静态的乡村社会中，祥林嫂们只能是麻木地、周而复始地听任命运的摆布，甚至是“甘愿”成为奴隶。以往人们总是从社会学

① 鲁迅：《坟·杂忆》，《鲁迅全集》（第1卷），第225页。

② 鲁迅：《华盖集·这个与那个》，《鲁迅全集》（第3卷），第142页。

③ 鲁迅：《坟·灯下漫笔》，《鲁迅全集》（第1卷），第211页。

的角度，用阶级斗争的话语来判断祥林嫂的所谓反抗精神。其实，即便说祥林嫂具有反抗精神，也都只不过是在为维护自己卑微的奴隶身份和处境而努力，她实际上从来就没有想过要为改变自己的身份和命运而斗争过。鲁迅对祥林嫂的描述，十分注重对祥林嫂几次为维护自己的身份、处境而努力之后的精神变化，即在获得在鲁四老爷家打工和听了柳妈的话，捐了门槛之后的神情，祥林嫂为“暂时做稳了奴隶”的位置和身份而感到欣慰。当然，我们并不能一味地去指责祥林嫂为什么不去反抗，为什么不去改变自己的身份和命运，因为在中国乡村的静态圈内，人心彼此隔离，人人都明哲保身，维护常态，维护既定的秩序，又怎能一味地去指责祥林嫂们不作为呢？何况作为乡村妇女，按照鲁迅的说法，她们是压在社会的最底层，身上因袭的重担更是格外的沉重，她们又怎样去有所作为呢？费孝通说：“乡土社会在地方性的限制下成了生于斯，死于斯的社会。常态的生活是终老是乡。”[①]乡村常态生活使人彼此隔离，与外界更是隔绝。茅盾在评论鲁迅的《呐喊》创作特点时也指出：“《呐喊》所表现者，确是现代中国的人生，不过只是在暗陬的难得变动的中国乡村的人生。”[②]因此，对静态的乡村观照，鲁迅的乡村书写就重点放在了对长期蛰伏在乡村中的国民精神变异的高度关注上。《故乡》中童年伙伴的那种纯真情感，在一声“老爷”的呼唤中烟消云散。“老爷”所带来的不再是童年的天真无忌，而是发自内心深处的精神麻木。《药》里面的华老栓一家的精神麻木，则更是显示出乡村“奴隶们”的愚昧、麻木和无知之状。《离婚》中的爱姑，虽然性格泼辣，对丈夫、公爹开口闭口敢骂“小畜生”、“老畜生”，连乡绅地主老爷也不放在眼里，但蛰伏在她性格深处的仍然是一种被压抑的奴性，在所谓坚强的外表和行为背后，则是她性格的懦弱和内心的张皇失措。鲁迅深刻地发现了她的这一性格弱点，描写她最后的屈服与妥协，就是最好的脚注。爱姑寄希望于所谓知书达理的人“会讲公道”的心理认知，除了社会不公

---

① 费孝通：《乡土中国》，生活·读书·新知三联书店1985年版，第4页。

② 茅盾：《读〈倪焕之〉》，《文学周报》1929年5月12日第8卷第20期。

正的因素之外，就要算爱姑们的心理不自信了。因为奴性的特征之一，就是对自身的十二分的不自信。最为突出的是《阿Q正传》对阿Q奴性性格和心理的刻画。

在这篇集中“暴露国民弱点”的小说中，鲁迅写出了一贫如洗的阿Q在与赵太爷、假洋鬼子，甚至是与王胡、小D的冲突中，永远处在失败者地位的尴尬处境。尽管鲁迅对阿Q的处境和命运都表示了一定程度的同情，但是，鲁迅对阿Q的奴性性格和心理的批判力度则是空前的。阿Q从不承认自己失败的结局和命运，对自己的奴隶地位采取了令人啼笑皆非、难以置信的粉饰和辩解，或者“闭眼睛”的方式，根本不承认自己的愚昧、落后和被愚弄、奴役的事实，沉醉于毫无根据的自尊之中。“我们先前——比你阔多了啦！你算是什么东西!”这种自大的心理，深藏在其背后的则是“奴性”性格和心理的极度自贱。在刚刚挨了假洋鬼子的哭丧棒，挨了王胡的一阵拳头，蒙受了“生平第一件的屈辱”，阿Q很快就像“完结了一件事”，就忘却了一切，而且“有些高兴了”，因为他将所受到的屈辱，又很快地转移到比他更弱的弱者身上去了。这种“奴性”性格和心理，还表现在他对赵太爷一类统治地位的高度兴趣上。从这个意义上来说，失意的阿Q是奴隶、得意的阿Q则是奴才。中国乡村的极度闭塞性，使阿Q们的奴性始终不能获得自我改造而彻底革新，即便有机会让他“革命”，甚至是“革命”造反成功，随之而来的也是一个新的“旧世界”的复原，一个奴役和被奴役命运现状的周而复始的恶性循环。无论人们在阿Q的性格上将会产生什么联想，也无论阿Q的“精神胜利法”还会有什么“超时代”的“永恒价值”，都无法改变阿Q这群始终是“压在大石底下”的草一样的奴隶、奴才的失败、屈辱的生存状态。只要人们作不切实际的精神幻想、精神胜利，进而屈服于现实、屈服于命运，就必然成为现实和命运的奴隶。

鲁迅的乡村想象与乡村书写，以空前的忧患意识、博大的心灵，承担了中国乡村巨大而沉重的历史、文化负荷，并以先驱者的启蒙身份，在自己的乡村想象和乡村叙述当中，第一次完整地构筑了中国新文学的乡村书写谱系，构筑了具有启蒙性质的表意系统，从而形成了中国新文学乡村叙事的两个优秀传统:苦难书写和启蒙书写。

文学想象和书写并不能重构历史,也不是现实的简单翻版。鲁迅所确立的新文学乡村想象与书写模式,不是完全客观地对应中国乡村的落后之状,也不是完全再现中国乡村生活的原貌,而是以一种想象性的书写方式,对中国乡村既定的历史进行回溯、反省,进行现代阐释。鲁迅确立的新文学乡村苦难书写和启蒙书写模式,是一种超越于有限历史之上的民族寓言和启示录,[①]在最广泛的意义上,寓意了整个民族的生存、发展、前景和命运等诸多的精神命题,同时也唤醒了新文学作家那种深藏在心灵深处的土性意识,即便是“侨寓”都市,在记忆深处也是保存着一份对乡村的浓浓情怀。换言之,他们始终情系乡村、心系乡村,乡村成为他们魂牵梦萦的寄寓对象,是“乡愁”冲动的情感之源。新文学最早的一批乡土作家——“浙东乡土作家群”,他们走上文学之路,就与他们的乡村记忆、乡土情怀分不开。他们在关注中国乡村的生存境况和前途命运时,始终都是将审美聚焦对准占人口绝大多数的农民,写出他们平凡而卑微生活的悲欢离合,写出他们遭遇物质与精神双重压迫的心理困境。

在苦难书写模式中,受鲁迅的影响,“两浙”作家(主要是“浙东乡土作家”)十分注重乡村生活困境的描写。他们像鲁迅一样,注重将书写的重点放在农民精神生活困境和苦难的揭示上。像被茅盾称之为“成绩最多的描写农民生活的作家”许杰,就注重通过对浙东乡村原始习俗的描写,写出了“一个原始性的宗法的农村”和“一个经济势力超于封建思想以上的变形期的乡镇”之状(如《惨雾》中的原始械斗、《赌徒吉顺》中的典妻恶俗),写出了由吉顺、大白纸(小说《大白纸》中人物)为代表的乡民精神上的贫困和苦难。所以,茅盾一针见血地指出:“这些都是

---

① F. 杰姆逊教授通过中西文学的比较方式,认为鲁迅的小说是“民族寓言形式”写作的一个典型代表。参见 F. 杰姆逊:《处于跨国资本主义时代中的第三世界文学》,转引自乐黛云:《当代英语世界鲁迅研究》,江西人民出版社 1993 年版,第 3 页。

畸形的人物，他们在转型期的社会中是一些被生活的飞轮抛出来的渣滓。”[①]对于长期居住在乡村的农民来说，他们视野的狭窄、思想的禁锢、生活的封闭，除了地缘因素影响之外，最主要的就是他们精神上的隔膜所致。正如费孝通分析中国乡村生活境况时所指出的那样："极端的乡土社会是老子所理想的社会，'鸡犬相闻，老死不相往来'。"就是这种"极端的乡土社会"造成了"中国乡下最大的毛病是'私'"，而"私的毛病在中国实在比愚和病更普遍得多，从上到下似乎没有不害这毛病的"[②]。精神隔膜是造成精神灰色生活和精神苦难的根源之一。许杰曾在《漂浮·自序》中说："实在说一句，因为现在的大多数的'两脚动物'，还没有觉悟到是沉浮在灰色的人生中，听大力的命运的支配而受苦呢！这便是无灵魂的人生。"在《台下的喜剧》、《贼》、《到家》等小说里，他就十分注重对乡村社会的这种"灰色的"、"无灵魂的"人生苦难进行描写，揭示乡村里的无同情心、无爱心的丑陋窘态。王鲁彦也是一样，他对浙东滨海乡村社会的描述，典型地反映出了在外来工业文明的侵蚀下，乡村社会的世态炎凉和人心隔膜，以及由此所造成的心理苦痛和精神伤害。小说《黄金》就突出地揭示了陈四桥人与人之间的冷漠和势利。史伯伯的前后遭遇，不是一般地反映乡村社会人们的性格心理，而是折射出中国乡村社会在现代文明境遇中人的心理深层次变异。在类似的描述中，王鲁彦都将意识聚焦在乡村社会对现代文明的不适应性，以及由此带来的精神苦痛上。《一个危险的人物》、《岔路》、《阿卓呆子》、《自立》、《屋顶下》、《鼠牙》、《惠泽公公》等小说，对中国乡村社会生活，特别是人的精神生活描述，几乎可以说是中国乡村社会和人的精神苦难史。难怪不少研究者更乐意将王鲁彦的乡村想象与鲁迅的乡村想象相提并论。如茅盾就指出，尽管王鲁彦与鲁迅有所差别，但他们对"一些本色中国人的天经地义的人生观念"的描述则是一致的，所不同

① 茅盾：《中国新文学大系·小说一集·导言》，乐黛云编：《茅盾论中国现代作家作品》，北京大学出版社 1980 年版，第 40 页。

② 费孝通：《乡土中国》，生活·读书·新知三联书店 1985 年版，第 18、21 页。

的只是鲁迅要“强烈”些，而王鲁彦则是善于描写在现代文明的侵蚀下，这些本色的“已经褪落”的现状。① 巴人的乡村叙述，在描述乡村苦难当中，注重剖析乡民麻木的灵魂，勾勒乡村社会的颓败与骚动。他自觉地以鲁迅为榜样，②在乡村想象与书写中展开对国民性的深刻批判，揭示农民的精神苦痛。他在小说集《破屋·序言》中说，他的乡村书写是要描绘出“在乡间的破屋里、凉亭下”的人们“永远的黑暗”，描绘“破屋下的梦又惊醒”了的“受伤的灵魂”。在他对乡村的总体观照和叙述当中，有辛勤一世、劳作一世，又贫困一世的老八，最终葬身雪地的悲惨描述(《孤独的人》)，有在乡村日益颓败中不得不背井离乡，最后病重身亡的乡民(《还乡》)，更有与鲁迅在《药》中所揭示的那群愚昧的乡民(《隔离》)，有逆来顺受、心甘情愿地做所谓顺民的老狗……沿着鲁迅所提出的“改造国民性”的主题思路，巴人也将乡村书写对准了挣扎于乡村社会底层的阿Q们。《疲惫者》中的运秧、《雄猫头的死》中的雄猫头、《孤独的人》中的白眼老八，就是巴人乡村叙述中阿Q家族系列形象。通过对这群阿Q式乡民形象系列的刻画，鲁迅的乡村苦难书写(特别是精神苦难)的表意系统，在巴人这里完成了最终的构筑，并由此走向成熟。

由乡村苦难书写向启蒙书写进发，是鲁迅及“两浙”作家的乡村想象与乡村书写的行进路线。对众多不觉悟的农民进行最广泛的思想文化启蒙，不仅是现代作家的社会责任，同时也是启蒙叙事的审美价值核心。在这一书写模式中，鲁迅及其“浙东乡土作家”的乡村书写有两个鲜明的特点：一是十分注重对乡村公共场景的刻画，如鲁迅小说中的“乡场”、“祠堂”、“酒店”、“船内”等，其目的在于发掘乡村封闭的“场”，是如何潜移默化地影响长期蛰居在乡村的人的思想、情感、心理和行为

---

① 茅盾：《王鲁彦论》，《小说月报》1928年1月第19卷第1期。

② 鲁迅当年发表小说《阿Q正传》时，署名为巴人。出于对鲁迅先生的崇拜，巴人(王任叔)也将“巴人”作为自己的笔名，他说自己是“冒剽窃鲁迅笔名之罪”。后来，王任叔就一直把“巴人”作为他的笔名。他曾经说：“我们为文艺学徒，总觉得鲁迅先生是文坛宗匠，处处值得我们取法。”参见：《鲁迅风·发刊词》。

的，从中找到改变乡村公共场景的基本思路；二是在发现少数的先觉悟者与众多的不觉悟者的尖锐对立当中，探寻如何拯救众多的、仍在"万难破毁"、"绝无窗户"的"铁屋子"里昏睡的国民的对策。在鲁迅及"浙东乡土作家"看来，既然乡村批判是"改造国民性，重铸国民魂灵"的重要能指对象，那么，乡村人物的性格缺陷、心理变异、精神麻木，就是启蒙书写所要展现的重点。无论是客观地再现乡村公共场景，还是主观地想象乡民内心苦痛，最终目的也只能是一个，即如何切中近代以来积弱积贫的要害，完成启蒙者"拯救中国"的宏大夙愿。于是，在乡村启蒙叙事当中，鲁迅及"两浙"作家通过艺术典型化的方式，不遗余力地"撕去假面"、"攻打病根"，揭露以乡民（农民）为代表的国民劣根性，暴露国民的弱点：愚昧、麻木、无知、保守、迷信、弄权、献媚、自私……由此，人们看到的是阿Q的愚昧、华老栓的迷信、闰土的麻木、孔乙己的迂腐、祥林嫂的孱弱、单四嫂子的空虚……其他的"浙东乡土作家"也基本上是沿着鲁迅指引的方向，将国民弱点展现在国人的面前的。如王鲁彦在《阿长贼骨头》中对阿长性格弱点的刻画，巴人在《剪发的故事》中对老牛迂腐行为的描写，都显示出鲁迅所确立的乡村启蒙书写的特点。

在"改造国民性，重铸国民魂灵"宏大目标指引下，鲁迅及"两浙"作家的乡村想象与乡村书写，具有鲜明的"宏大叙事"的特征，其认知来源基本上还是晚清以来的现代性想象。也就是说，这种想象方式和叙事模式，秉持了晚清以来有关现代民族国家想象的基本风格。尽管在具体的描述当中，摄取的主要还是乡村社会的片断和细节，但这种想象和书写仍然不可避免地带有"国家想象"、"国家思维"的特点。鲁迅及"两浙"作家的乡村想象与书写总体及其所对照的世界，内核所指的则是近代以来积弱积贫的国家主体，在这当中所形成的"改造"和"重铸（拯救）"主题，[①]自然就具有自梁启超以来有关中国国家新的风貌想象特

① 有学者认为，近代以法国大革命为代表的"解放的承诺"和以黑格尔为代表的"真理的承诺"这两种"宏大叙事"，对现代中国产生了巨大的影响。参见包亚明：《在语言与现实之间》，上海远东出版社1998年版。

点，并形成新文学“宏大叙事”的传统。

第三节　“两浙”作家的都市意识与都市想象

在近代中国，如何使具有传统文化特征的“城”与“市”，[①]对应现代化的都市发展需求，开始成为新文学的关注对象。在这当中，“两浙”作家为新文学的都市想象和都市书写，提供了两个重要的观照与书写维度，即现代民族国家想象和现代都市文化反观。

自近代中国陷于被动挨打局面以来，人们开始认识到，整个中国社会、文化发展必须面对两种境况：一是被置于世界性的冲击之中，社会的强烈震荡使整体的文化结构发生了基础性的动摇，传统的意义系统逐渐地从中心走向边缘，不足以支持现代中国人的心灵世界；二是现代中国的发展离不开世界，必须吻合世界性的现代化发展主流，重建新的民族国家风貌。因为“民族比较是现代中国思想的基本处境，亦是中国现代性思想的基本问题所在”[②]。从建构现代民族国家共同体的视角上来看，新文学在进入以追求“社会解放”为主导的时期之后，现代都市开始被作为书写对象，被赋予诸多的现代民族国家共同体的功能。都市一直居于中国现代化的中心地带，并在相当的程度上充当了中国现代化“领头羊”的角色，积聚着现代民族国家的主体意识。在新文学中，都市意识和都市想象都被赋予了整个民族热烈企盼现代化的情感和价值意义，人们从都市想象和都市书写当中，能够更多地领会到有关民族独立、社会解放和迈向现代文明等诸多的宏大叙事价值。换言之，新文学中的都市想象和都市书写，在相当大的程度上传达出了整个民族国家建构现代性的意义诉求。

---

① 汉语“城市”一词是由“城”与“市”两个单音节的词组成的。在中国传统文化视阈里，“城”是修筑起来用于防御的环形壁垒，故有“城者，所以守也”之说(《墨子·七患》)；而“市”则是用来交易的场所，故有“五十里有市”之说(《周礼·地官》)，有“列廛于国，日中为市，致天下之民，聚天下之货，交易而退，各得其所”的描述(《周易·系辞》)。

② 刘小枫：《现代性社会理论绪论》，上海三联书店1998年版，第194页。

在现代性语境中，“两浙”作家具有左翼特征的“革命性话语”显得格外突出。这种话语的基本理路仍然是沿着晚清以来有关民族国家的现代性想象路径演化而来，其特点是以偏重意识形态建构的方式，凸现现代民族国家主体建构的话语权力。“革命性话语”对都市想象和都市书写的意义赋予，有一个突出的标志，那就是将都市的书写烙上宏大性质的“国家出路”或“中国社会何去何从”一类的时代发展标记，充分地显示出新文学对现代民族国家本质和发展动态的追踪与高度关注。茅盾在评论鲁迅的《呐喊》时就认为：“《呐喊》中间有封建社会崩坍的响声，有粘附着封建社会的老朽废物的迷惑失措和垂死的挣扎，也有那受不着新思潮的冲激，‘不知有汉，无论魏晋’的老中国的暗陬的乡村，以及生活在这些暗陬的老中国的儿女们，但是没有都市，没有都市中青年们的心的跳动。”[①]在茅盾看来，鲁迅侧重的是对静态的中国乡村社会的观照与书写，还未来得及对进入现代化进程之中的动态的中国都市进行认真思考。虽然茅盾的观点未必完全正确，但却表达了他对于中国都市社会发展的高度关注之情。也就是说，动态的、不断发展的都市包含了决定中国社会发展的要素。这个要素是时代性的、革命性的。所以，茅盾坚持认为：“一篇小说有无时代性，并不能仅仅以是否描写到时代空气为满足；连时代空气都表现不出的作品，即使写得很美丽，只不过成为资产阶级文艺的玩意儿。所谓时代性，我以为，在表现了时代空气之外，还应该有两个要义：一是时代给予人们以怎样的影响，二是人们的集团的活力又怎样地将时代推进了新方向，换言之，即是怎样地催促历史进入了必然的新时代，再换一句说，即是怎样地由于人们的集团的活动而及早实现了历史的必然。在这样的意义下，方是现代的新写实派文学所要表现的时代性！”[②]茅盾在“革命性话语”中强调时代性要素的重要性，目的自然是要求新文学的都市想象和都市书写，必须贴近社会时代的发展，使之成为人们认识现代中国社会动态发展的一种途径。

---

①② 茅盾：《读〈倪焕之〉》，《文学周报》1929 年 5 月 12 日第 8 卷第 20 期。

《子夜》封面

基于这种想象的理路,"两浙"作家对都市想象和都市书写空间的建构,所展现的仍然是现代民族国家的图景。随着新文学表现主题的不断深化,题材选择范围的扩大,内容的丰富,艺术形式和表现方法的多样化,"两浙"作家就对新文学的内容和形式都作了新的开拓。在这方面,茅盾是杰出的代表。他十分重视文学的时代性、社会性内涵,自觉地追求具有"巨大的思想深度"与"广阔的历史内容"的结合,以便能够充分地反映中国社会、时代的全貌和发展前景,凸现现代民族国家主体建构的史诗性特征。在谈到《子夜》的创作意图时,茅盾就说,"我有了大规模地描写中国社会现象的企图"①,要"反映出这个时期中国革命的中国面貌"②。基于对新的民族国家共同体的认同理念,茅盾的都市书写,其中一个重要特点就是运用现代思想对中国社会进行全景式的思考、探索和描绘。在小说《子夜》中,茅盾通过民族资本家与各方面的矛盾、纠葛,以及走向悲剧结局的展示,全方位地揭示出了现代都市的命运与整个国家的命运相互依存的内在关联,并昭示人们:都市已成为演绎现代民族国家认真思考如何摆脱半殖民地半封建窘境,如何迈向现代化的一种国家元叙事。因为都市已在许多方面成为整个国家追求现代化的缩影,它所遭遇的困境、难题,所发生的事件,以及所展示的未来,都被强烈地赋予了国家现代化的意义,使之具有国家性的认知与思维。

"两浙"作家的"革命性话语",表现在都市想象和都市书写中的另一个特点,就是将都市看作是一个革命的"飞地",是"中国无产阶级的母胎"(殷夫:《上海礼赞》),也是新兴无产阶级建立新的国家的革命策

① 茅盾:《〈子夜〉后记》,《茅盾全集》(第3卷),人民文学出版社1991年版,第553页。

② 茅盾:《再来补充几句》,《茅盾全集》(第3卷),人民文学出版社1991年版,第561页。

源地。因此，在对应现代民族国家的现代性诉求当中，“两浙”作家强调了以“我们”为核心的集体主义意识，都市成了具有革命感召力的能指对象。殷夫就在诗中明确地表白：“算是向一个‘阶级’的告别词吧！”在《别了，哥哥！》一诗中，他又这样写道：“别了，哥哥，别了，/ 此后各走前途，/ 再见的机会是在，/ 当我们和你隶属着的阶级交了战火。”“我”和“哥哥”的手足之情不能说完全泯灭，但在对应民族国家主体的诉求时，它只能处在次要的地位。尽管诗人也会以“我”的呼声讴歌，但这个“我”所包容的则是民族国家集体的“大我”，而非纯个体性的“小我”：“我是一个叛乱的开始，/ 我也是历史的长子，/ 我是海燕，/ 我是时代的尖刺。”(《血字》)这个包容民族国家集体意识的“大我”，投射在上海——这个现代中国都市最繁华的南京路上，所呼唤的就是要“成为报复的枷子”，“成为囚禁仇敌的铁栅”，“分成镰刀和铁锤”，“成为断锷和炮弹”！

进入现代化进程之后，都市往往是以其独特而占据优势的政治、经济、文化、社会资本，积聚着现代中国诸多的革命能量，散发出大量的革命信息。“两浙”作家常常将都市看作是无产阶级与资产阶级冲突之地。如夏衍的戏剧、报告文学创作，就突出了资产阶级的“颓败”、“腐朽”。“包身工”、“卖身工”既成为都市资本主义罪恶的写照，也成为无产阶级号召集体革命的旗帜。都市激发着具有左翼倾向的青年知识分子的革命热情，当时“左翼的波希米亚人常常出没于虹口地形复杂的弄堂、亭子间、小书店和地下咖啡馆，充满着密谋的氛围”①。“革命”——这个在五四时期以追求“民主”、“科学”、“个性解放”为主导内涵的话语，在新文学的都市书写中就被转化成为以追求“社会解放”为主导的，包含着现代民族国家主体内涵的话语与意义的表述，从而为新文学构筑宏大性的民族国家革命叙事空间铺平了道路。正如李欧梵在论述中国现代文学的现代性叙事话语特征时所指出的那样，中国作家从来不像西方现代主义作家，由于对现实的绝望而遁入内心、遁入艺术之中，

① 许纪霖：《20世纪中国知识分子史论》，新星出版社2005年版，第437页。

相反，他们对社会现实和民族——国家的状况充满焦虑，并且积极投入现实的变革。他们从来不拒斥和批判启蒙理性，相反，他们对启蒙主义的基本价值观予以高度评价和积极张扬。他们从来没有在个人与集体之间陷入幻灭、在自我与他人之间感到断裂。因此，“在中国，现代性这个新概念似乎在不同的层面上继承了西方‘资产阶级’现代性的若干常见的含义，进化与进步的思想，积极地坚信历史的前进，相信科学和技术的种种益处，相信广阔的人道主义所制定的那种自由和民主的理想”①。从这个角度来考察“两浙”作家的都市书写，我们会发现，通过对新的民族国家共同体的想象与认同，“两浙”作家的都市书写，所对应的乃是现代民族国家的现代性诉求。这种诉求赋予新文学一种鲜明的目的性的创作意义，同时，也使新文学自身成为向未来过渡、发展的一个重要的意识指南，一种精神性的向导。

从现代都市文化反观的维度来展开都市想象与都市书写，“两浙”作家突出了对都市异化进行批判的特点。由于现代都市迅速膨胀，都市文化开始呈现自身的特点。以上海为例，上海都市文化是以现代的工业化、商业化都市为特征的。上海外滩的改造、工商经贸的国际化，以及由现代化所带来的南京路的繁华，都构成了上海大都市的独特文化风貌，形成了上海特有的现代消费文化环境。

“两浙”作家的都市想象与书写，善于依据这种消费文化特点，展示奇异的都市文化，总是刺激着人们的感官和心理，都市在这种环境中往往展现为这样一种镜像：

> 这些椅子似乎从来不会被同一屁股坐上一刻钟或二十分的，然而亦似乎不会从来没有人光顾，做了半天冷板凳的。这边，有两位咬着耳朵密谈；那边，又是两位在压低了嗓子争论什么。靠柱子边的一张椅子里有一位弓着背抱了头，似乎转着念头：跳黄浦江呢，吞生鸦片烟？那边又有一位，——坐在

① 李欧梵：《现代性的追求》，生活·读书·新知三联书店2000年版，第236页。

望得见那魔法的红色电光记录牌的所在，手拿着小本子和铅笔，用心记录着，像画“宝路”似的，他相信公债的涨落也有一定的路的。

——茅盾：《交易所速写》

交易所也许只是当时上海都市的一个特有象征，但给予人们心灵的感受，则是另一种滋味。借用茅盾小说《虹》的主人公梅的话说：“上海当然是文明的都市，但是太市侩气，你又说是文化的中心。不错，大报馆、大书坊，还有无数的大学都在这里，但就这些就是文化吗？一百个不相信！这些还不是代表了大洋钱、小角子，拜金主义就是上海的文化。”

现代著名作家施蛰存
(1905—2003)

穆时英[①]、施蛰存[②]等人的小说创作，则是以另一种方式展现都市的风景，即以展示以上海为代表的现代都市文明的光怪陆离之现象，以及现代都市人变异的心理世界的方式，来展现人们对现代都市文明之“恶”的感性认识和心理体验。

对于都市文明，穆时英写出了都市这样一种疯狂的镜像：

---

① 穆时英(1912—1940)，笔名伐杨，浙江慈溪人，现代作家。在上海读大学时开始创作小说，1930年春在施蛰存主编的《新文艺》上发表《咱们的世界》、《黑旋风》等小说，1932年陆续发表《公墓》、《夜总会里的五个人》、《上海的狐步舞》、《黑牡丹》等小说，影响甚大，被称为“中国新感觉圣手”。此后，他继续探索新感觉派的表现手法，1934年出版第三部小说集《白金女体塑像》，创造了上海滩商业性刊物所欢迎的时髦文体——“穆时英笔调”。

② 施蛰存(1905—2003)，笔名安华、薛蕙、李万鹤，浙江杭州人，现代著名作家。在上海读大学期间开始文学创作活动，1932年主编《现代》，以写作《鸠摩罗什》为契机，有意识运用弗洛伊德的精神分析学说来进行小说创作，是30年代现代派小说的杰出代表。

> 上了白漆的街树的腿，电杆木的腿，一切静物的腿……revue似的，把擦满了粉的大腿交叉地伸出来的姑娘们白漆的腿的行列。
>
> ——《上海的狐步舞》

> 这是个肉欲的世界，连意象都充满了肉的气息。请喝白马牌威士忌酒…… 吉士烟不伤吸者咽喉 ……亚历山大鞋店，约翰生酒铺，拉萨罗烟铺，德茜音乐铺，朱古力糖果铺，国泰大戏院，汉密而登旅社……
>
> ——《夜总会里的五个人》

穆时英以罗列大量的物质形态来表现他对上海大都市的感觉。这显然是一个充满欲望的都市，流淌着情欲和物欲。在《夜总会里的五个人》中，穆时英对病态的都市风景进行了细致的刻画，尽显半殖民地半封建大都市的畸形繁荣，使人认识到“十里洋场”的上海大都市，乃是“上帝进地狱”、“法官也想犯罪”、“不想做贼的人也想偷东西，顶爽快的人也满肚皮是阴谋，基督教徒说了谎话，老年人拼着命吃返老还童药片，老练的女子全预备了Kissproof的点唇膏”的场所。在那里，活跃着各式各样的人群，各自沿着自己的生活轨迹在忙碌着、挣扎着。虽然穆时英展示的是他对上海大都市的直观感觉，然而，在这种直观的感觉当中，也寄寓着他对上海大都市的一种形上认知。不然的话，他也就不会那么执著地将现代人，特别是现代都市人那种悲哀的心境，如此细致地描绘出来，展示在人们面前，进而在心灵的层面上，真正地使人感受到现代都市让人在“精神上的储蓄猛地崩坠下来，失去了一切概念，一切信仰；一切标准、规律、价值全模糊起来”。而施蛰存则是自觉地运用弗洛伊德的精神分析学说，来描绘现代都市人复杂而变异的心理意识。《梅雨之夕》、《狮子座流星》、《春阳》、《魔道》等小说，深入到了现代都市人的内心世界，细致地展现出现代都市人敏感而无法把握的心理世界。对于生活在快速变异而又充满巨大诱惑的都市人来说，意识压抑和寻求快感是重叠在心灵世界中的。从特定的意义层面上来说，宣泄压抑的情绪，展现复杂、变异的心灵意识，也是对现代都市文明之“恶”的一种反抗。在小说创作中，施蛰存重点描绘了精神衰弱症、过敏症和怔忡症者的心理状态：敏感、多疑、惊悸、幻觉、梦呓，而且多半与性的压抑相联系，具体表现在对现实的认识和行为方式上，往往是视美为丑，或视丑为美。

另外一部分“两浙”作家，如章克标①、苏青②、施济美③等人的都市书写，或将“情爱”、“性爱”作为小说的书写对象，或以都市女性的视角和内心体验，来展现都市与人的关系。章克标的都市书写直接以现代都市人的性爱为描写对象，在展示性爱欲望的同时，也细致地刻画出都市人变异的性爱心理。这不仅仅只是为了消费需要，更重要的原因是“情爱”、“性爱”主题，最能对应和满足被“物欲”弄得几近发狂的都市人的心理需求，满足都市人的消费欲望。这些唯美式的“情爱”、“性爱”描写，整体性地突破了早期鸳鸯蝴蝶派那种“才子佳人”式的“情爱”、“性爱”格局，融进了现代都市人对“情爱”、“性爱”更多、更复杂、更深入的理解。苏青、施济美则是从都市女性的角度来观察都市的。苏青写了带有自传性质的小说《结婚十年》，写出了现代女性如何挣脱都市“家庭主妇”的命运束缚，走上职业女性道路的经历，从而描绘出都市女性艰难的人生奋斗轨迹，展现出都市女性被命运捉弄而无奈的心理。施济美笔下的都市女性则是不甘沉沦、不甘淹没在世俗的物与欲的横流之

① 章克标(1900—2007)，笔名岂凡、邓小闲，浙江海宁人，现代作家、翻译家。早年留学日本，学数学，回国后转向文学创作，曾在《小说月报》发表小说，并翻译外国文学作品。三十年代与林语堂合办过《论语》杂志，著有长篇小说《银蛇》，由他主编的《开明文学辞典》，曾产生较大的影响。

② 苏青(1914—1982)，本名冯允庄，早年发表作品时署名冯和仪，后以苏青为笔名，浙江宁波人，现代作家。上海沦陷期间曾与张爱玲齐名，主要作品有长篇小说《结婚十年》(正、续)、中篇小说《歧途佳人》、短篇小说集《涛》等，散文小品结集为《浣锦集》、《涛》、《饮食男女》、《逝水集》等。1955 年因“胡风事件”入狱，从此沉寂，后平反，1982 年于贫病交加中去世。

③ 施济美(1920—1968)，笔名方洋，浙江绍兴人，现代作家。在上海读中学、大学。主要作品有《别》、《晚霞的余韵》、《鬼日》、《莫愁巷》等。

中，大都有一种反抗世俗的倾向，对上海的“大都市漩流”怀有一种“厌恶感和陌生感”，如《别》、《晚霞的余韵》、《爱的胜利》等小说。同时，她的都市小说还写出了都市知识女性对精神家园的守护，如《悲剧和喜剧》（原名《春花秋月何时了》）、《紫色的罂粟花》等；以及写出现代都市下层妇女默默承受命运的悲惨遭遇，如《鬼日》、《莫愁巷》等。在新文学的都市书写方面，苏青、施济美都是比较早的开了都市女性书写之先河的作家。她们往往是以自己置身于现代都市的亲身经历和生活感受，来描绘出“女性”这一性别文化代码，如何被纳入现代都市文化镜像之中，又如何尴尬地获得都市意识的心理过程，表现出了现代人、特别是现代女性进入都市文化圈时的一种矛盾心理意识。

不过，郁达夫笔下的都市，则被糅进了都市的下层贫民生活镜像：

> 邓脱路的这几排房子，从地上量到屋顶，只有一丈几尺高。我住的楼上的那间房间，更是矮小得不堪。若站在楼板上伸一伸懒腰，两只手就要把灰黑的屋顶穿通的。
>
> ——郁达夫：《春风沉醉的晚上》

的确，都市里有摩天大楼，灯红酒绿，但也有贫穷窟，有苦难和悲痛。这表明现代都市并不只是一个单纯的世界，而是一个光怪陆离的万花筒，转一转便是一个不同的世界。

就是这个充满欲望和矛盾的都市，总是在不断地刺激着现代的中国人。它让人生机勃勃，又让人颓废沉沦。这些似乎在农耕社会不曾有过，或者曾被农耕民族推崇的道德理想紧紧抑制住了的人性矛盾，在处于转型之中的现代都市，则被提前呈现在人们的面前，让人们看到了现代中国人的人性真面目。此时的都市书写在展现消费文化镜像时，其特点就是对人的内心世界，特别是内心欲望进行了充分展示。如果说物质世界是上海的外表，那么，在消费文化使人的物欲无限膨胀中，人与人之间那种传统的温情被金钱和利益所控制的内心矛盾，则是都市书写的重心。穆时英就说：“我拼命地追求着刺激新奇，使自己忘了这寂寞，可是我能忘了她吗？不能的！有时突然地，一种说不出的憎恨，普通的对于一切生物无生物的憎恨；我不愿说一句话，不愿看一件东西，可是又不愿自杀——这不是怯懦，因为我同时又是挚爱着世间的。我是正，又是反；是是，又是不是；我是一个没有均衡、没有中间性的人。”[①]在都市的物欲和情欲驱动下，人的灵魂开始扭曲、变异。人成了衣帽服饰，人成了金钱的数量，人成为“Jazz，机械，速度，都市文化，美国味，时代美……的产物的集合体”，而唯独没有了自己。在物欲和情欲的世界里，人终于异化成了一种消费动物。穆时英的《被当作消遣品的男子》中的蓉子，就是这样一个“在速度和刺激上生存着的”都市女郎。即使是恋爱也被她当成了一种消费行为，男子们一个个就像“雀巢牌朱古力、SUNKIST、上海啤酒、糖炒栗子”一样，迅速地被消费然后被排泄；另一方面，蓉子又何尝不是被那些都市男子当成了消费品，转眼即被排泄。都市人的男欢女爱本来就已成为相互交换的刺激，一旦刺激消失，便失去了它的用途，正如用坏了的商品，可以随手丢弃一样。人已经彻底泯灭了自身的特性，在享受消费的同时，自身也成为商品，被人消费，人成了非人。在施蛰存的笔下，都市的一切则是显得那么的变异和荒诞，所有的道德都被颠覆了，原本熟悉的伦理秩序也都被打乱了，都市显示出来的荒诞更是深入到都市人的内心。他笔下的都市人无不患有各种精神的疾病：忧郁症、恐惧症、妄想症；种种“魔道”、“妖妇”、“梦魇”的描写，都反映着这个荒诞的都市对人的心灵的扭曲和变异。都市在他的笔下，激起的不是工业文明的“速度”与“力”之美感，更多的是一种文明被异化的异己感。现代化的商业都市却是一个完全以个人为本位的竞争社会，都市市民在脱离了传统的家族宗法束缚的同时，也失去了原有的人际温情和道德规约。他们在都市的法则下锻造着与传统社会下完全不同的人格特质。他们的价值观大都染上了现代大都市所特有的社会文明病。尽管就当时整个中国而言，并不具备西方发达工业国家的社会发展水准，但由于都市的特殊性，则使它在许多

① 穆时英：《我的生活》，《现代出版界》1932 年 2 月 1 日第 9 期。

文明发展的水准上就早早地与世界接轨，西方各种思潮涌入上海，尤其是具有殖民意味的文化植入上海文化之中，与上海都市特定的社会、文化相杂糅，这样就使现代中国提前具备西方世纪末才具有的诸多变异的精神元素。从这个角度来说，“两浙”作家的都市书写，又一次刷新了书写中国现代文明发展的诸多记录。

都市是天堂，也是地狱，它牵动着现代中国敏感的神经，折射着中国社会去向何处的宏大命题。现代都市文化镜像中的都市，折射出了中国都市进程中的种种矛盾与冲突，断裂与发展、传统与现代、屈辱与自尊、文明与罪恶。这一切都构成了中国现代都市的奇特面貌：它既是生机勃勃的，又是腐朽的；既是伟大的，又是堕落的；既有着西装革履的洋场阔少，也有着长袍马褂的前清遗老；既产生着最激进的思想理论，也维持着最传统的生活方式。西式洋房中陈列着明清时代的红木家具、西裤外面罩着中式的长袍，中西杂陈、华洋共处，中国都市文化在以西方为范本的同时，又保留了诸多的本土特征。中西文化的碰撞使各自的文明都撕裂成碎片，然后又成为现代都市（例如二三十年代的上海）的大拼盘，令人陶醉、迷恋，又令人眼花缭乱、手足无措。不过，需要指出的是，“两浙”作家的这种都市书写，不完全是像西方现代作家那样致力于形而上的哲理角度来表现人，特别是表现作为个体存在的人的生存状况和前途命运。像卡夫卡，他的深刻之处就在于：始终都是以关注着人类发展前景和对人的命运的严峻思考，来透视人的生存境况和人性的困惑。在新文学特定的文化语境中，“两浙”作家的都市想象与都市书写，与20世纪中国所热衷的进化论思想和“革命性”话语，与强调民族独立、社会解放的社会文化思潮，以及与张扬人的主体性、个体性等精神元素的书写形态紧密相关，对应着现代民族国家现代化的发展进程。在这个意义上，“两浙”作家的都市书写，无论是作为叙述场景，还是作为新文学的特定意象，都具有相当的思想深度、想象张力和丰富的精神内涵。

■第七章

“两浙”作家的艺术创新与新文学的文体变革

新文学的艺术实践表明，“两浙”作家总是以“弄潮儿”的前卫姿态，出现在新文学的文坛上，担纲起引领潮流，艺术创新的历史重任。在文体方面，最引人注目的就是“两浙”作家所引发的新文学文体革命。“两浙”作家对新文学各种文体都进行了前卫性的艺术探索，不仅对传统文体进行了大胆的革新，而且还为新文学创造了与时代发展相适应的新文体，如在戏剧领域，对话剧的引进和革新；在电影方面，对电影文学的开拓，等等。沈雁冰（茅盾）在评介鲁迅的《狂人日记》时就曾指出：“《狂人日记》的最大影响却在体裁上，因为这分明给青年们一个暗示，使他们抛弃了‘旧酒瓶’，努力用新形式，来表现自己的思想。”同时，他还高度称赞鲁迅“常常是创造‘新形式的先锋’；《呐喊》里的十多篇小说几乎一篇有一篇新形式，而这些新形式又莫不给青年作者以极大的影响，欣然有多数人跟上去试验”[①]。创造艺术的新形式，引发新文学的文体革命，创造与整个时代发展和新文学自身建设发展需要的新文体，“两浙”作家在自身的艺术创作实践当中，突破传统文体的束缚，开启了新文学对旧文学、旧文体的系统改造工程。从新文学的艺术创新的角度来看，“两浙”作家对新文学的不同文体（如小说、诗歌、散文、戏剧等）的改造，所呈现的是一种全方位改造的态势。

一般来说，文体有狭义和广义之分。狭义的文体，多半指的是叙述文本的体裁，如小说、诗歌、散文、戏剧等；广义的文体还指包括蕴含在不同体裁中的创作风格、审美类型和思潮流派等要素。因为新文体的

---

① 沈雁冰：《读〈呐喊〉》，《文学周报》1923 年 10 月 8 日第 91 期。

形成、兴盛，有其丰富复杂的社会历史文化原因。对于新文学而言，不同文体的生成和发展，既是对传统文体的批判性承继，又是对新文体的开创性建构，从中寄寓了作家对不同文体的审美期待，寄寓了时代、个人对不同文体的审美规范和审美需求。因此，从艺术创新维度探讨“两浙”作家对新文学文体建构所作的贡献，就不难看出，“两浙”作家所引发的文体革命，带有鲜明的个体性的审美评判和审美爱好的特征。新文体在形态上除了自身文体规范（如小说、诗歌、散文、戏剧等）之外，还具有新文化、新审美规范对文体所提出的具体要求，如时代性的审美要求、特定社会文化的审美需求、创作主体对文体的审美规约等等。在新文学的生成与发展过程中，“两浙”对新文体范型的构筑，其中显著的特征就是突出了对不同文体的思想和艺术创新性的强调，使新文学的文体总是具有一种先锋的特征。

第一节　前卫姿态与新文体的革新理念

在中国新文学的发展中，“两浙”作家总是处在前沿的位置，以前卫的姿态出现在新文学的艺术创新领域，引领新文学的文体变革。“两浙”作家对新文学的各种文体都进行了大胆的艺术革新，提出了许多具有创新价值的文体革新理念，使之能够对应新文学的发展，以适应时代发展对文体所提出的各项要求。

以小说文体为例，如何对传统小说这一文体进行全方位的革新，晚清以来，在西方现代小说的影响下，“先进的中国人”就对小说文体的变革给予了高度关注。1897 年，夏曾佑、严复在《本馆附印说部缘起》中认为：“欧、美、东瀛，其开化之时，往往得小说之助。”1902 年，梁启超在《论小说与群治之关系》一文中，更是将小说的地位提高到“新国”、“新民”、“新道德”、“新学艺”、“新人格”等高度，充分地肯定了小说这一文体对于构建现代民族国家想象共同体的特殊作用。鲁迅的小说文体观显然继承了第一代“先进的中国人”的价值理念，肯定了小说文体对国民性格、心理、形象改造的特殊功能，同时又赋予了小说新的价值功能，即承担起以思想启蒙为内核的“改造国民性”的历史重任，提出了小说的“为人生”的创作取向。在对中国小说发展进行研究时，鲁迅发现，“在中国，小说是向来不算文学的”[①]。在传统文学观念中，小说之类的文体，只是供人们茶余饭后用来谈资的“闲书”体，其主角也多半是“勇将策士，侠盗赃官，妖怪神仙，佳人才子，后来则有了妓女嫖客，无赖奴才之流”[②]。鲁迅以自己的创作实践为新文学创作了新颖独特的新小说文本。无论是在主题、题材、人物形象塑造，还是在故事情节叙述、语言、结构和艺术表现方式上，都突破了旧小说的文体模式，使小说这一文体能够以全新的面貌出现在新文学文坛上。鲁迅在评价自己的小说特点时说，他的小说不仅以“表现的深切”，而且是以“格式的特别”，“颇激动了一部分青年读者的心”[③]。所谓“格式的特别”，指的也就是对旧小说文体的革新。如小说《狂人日记》，鲁迅所采取的日记体的结构，并以“我”第一人称的“独语”自白，这在中国小说发展史上就是一个独特、新颖的革新创举。《狂人日记》打破了中国传统小说注重线形叙事，构筑有头有尾、环环相扣的完整故事链，依次展开情节叙述的艺术结构模式，而是采用了主人公的心理流程、意识流程和情感流程的方式来进行叙述。小说以十三则“语颇杂无伦次”、“间亦略具联络者”的不标年月的日记来推动故事情节的发展。同时，又通过心理描写，特别是以“我”的心理展示方式，如梦幻、联想、自我剖析等，直接展示“我”的心理活动，使整篇小说叙述，都带有鲜明的主人公的情感和意识色彩。

在小说文体革新方面，郁达夫和茅盾的贡献也功不可没。郁达夫在文学上强调坦率和自我暴露，认为小说就是“作家的自叙传”，因为“作家的个性，是无论如何，总须在他的作品里头保留着的”。所以，“小说的表现，重在感情”。本着这种小说文体革新理念，郁达夫为新文学

---

① 鲁迅：《且介亭杂文·〈草鞋脚〉小引》，《鲁迅全集》（第 6 卷），第 20 页。

② 鲁迅：《南腔北调集·〈总退却〉序》，《鲁迅全集》（第 4 卷），第 621 页。

③ 鲁迅：《且介亭杂文二集·〈中国新文学大系·小说二集〉序》，《鲁迅全集》（第 6 卷），第 238 页。

开创了“自我抒情”类型的小说文体，他将小说表现的重心放在“抒情”上，以创造抒情主人公为特点，抒发时代给予个体的心理苦闷情感。就像卢梭的《忏悔录》一样，郁达夫的小说就是新文学的一部真正的“自传体”《忏悔录》。与鲁迅的《狂人日记》一样，郁达夫的“自我抒情体”小说，也完全打破了情节小说的常规，并不严格围绕故事情节和人物性格逻辑来结构小说，而是注重以小说主人公的情感和作者（小说叙述者）的情感合一的方式，形成小说自然流动的抒情结构。如《沉沦》，它的八个自然篇章，并不是故事情节的有机结合，而是典型的散文式的抒情篇章，完全是按照主人公和作者合而为一的情感起伏为线索，将抒情主人公的自我情感和心理流程一步一步地推进，最后达到情感的高峰。这种抒情性小说文体，不仅能够最大限度地展现作者和小说主人公的心理情感状态，而且也能够使读者在这种浓烈的抒情氛围中，获得强烈的心理共鸣。正如沈从文在《论中国创作小说》一文中所指出的那样：“人人皆觉得郁达夫是个可怜人，是个朋友，因为人人皆可从他的作品中，发现自己的模样。”与郁达夫不同，茅盾小说文体革新理念的最大特点，就是善于使用具有宏大性的理性思维来审视小说叙述对象，精心构筑阔大精密、立体多维的小说结构。在小说题材选择与主题开掘上，茅盾注重对时代性与重大性要素的发掘，自觉地构筑“巨大的思想深度”与“广阔的历史内容”相结合的小说叙述方式，使小说这一文体具有反映时代全貌及其发展的史诗性品格。本着这一革新理念，茅盾在小说创作实践中，不仅注重对小说人物性格的立体型刻画，善于在错综复杂的社会关系和矛盾中，展现人物性格的逻辑历程，而且也十分注重与这种人物性格刻画相适应、相配套的宏大而严谨、线索纷繁的“蛛网式”艺术结构模式的构筑。如他的小说代表作《子夜》，其文体结构的特点就是：多条线索同时并进、多种矛盾同时展开，交错发展，使人物置于错综复杂的社会关系之中，展现各自的性格特征。小说的故事情节叙述也打破单一的线形叙述模式，形成立体化的、蛛网式的故事叙述空间，并以此来全方位地展示中国社会的发展和全貌。

在40年代的小说文体创新实验中，徐讦[①]对小说文体的创新也十分引人注目。他善于编织奇幻虚渺的传奇故事，展现情感世界的波澜起伏，并提出小说文体应具有“书斋的雅静和马路的繁闹融合”的艺术主张，即将唯美的理想与实在的现实融合在一起，打造既符合文人理想，又对大众口味的新小说文体，以满足社会各层次对小说的审美需求。例如，他的小说对“情爱”、“性爱”的描写，既有形而上的哲理的意味，又有形而下的世俗内涵，二者完美地融合在一起，让爱情与自由对立同在，完成生命意义的升华，从而使这种新型的小说文体深受读者的欢迎，具有广阔的市场。

在诗歌文体革新方面，“两浙”作家也是白话新诗创作的领军人物和具体的实践者。自胡适抱着“自古成功在尝试”的理念进行白话新诗创作以来，如何推动白话新诗的健康发展，已成为新文学白话新诗创作的一个中心命题。早在新文学初创时期，周作人、刘大白、俞平伯、沈尹默[②]、沈兼士[③]等人就是以对旧诗体进行大胆的革新姿态来从事白话新诗创作的。周作人的《小河》把法国象征派的手法和欧洲的俗歌内容结合在一起，使白话新诗完全脱离旧诗词体的束缚，面貌焕然一新，被胡适誉为“新诗中的第一首杰作”[④]。1920年成立的北京大学歌谣研究会，周作人等人还曾发起了向民间歌谣传统吸取和借鉴的运动，主张借

---

① 徐讦(1908—1980)，字伯讦，笔名徐于，东方既白，浙江慈溪人，现代作家。北京大学哲学系毕业后，曾在林语堂主编的《论语》和《宇宙风》上刊发文章，深得林语堂的赏识，后被聘为《人间世》的编辑，并先后主编过《天地人》和《作风》两个刊物。1936年赴法国留学，并开始小说创作，著有小说《鬼恋》、《风萧萧》、《一家》等。

② 沈尹默(1883—1971)，原名君默，浙江吴兴(今湖州)人，生于陕西西安，现代诗人。曾留学日本，五四运动期间，与陈独秀、胡适、李大钊、钱玄同、刘复等人轮流编辑《新青年》，并倡导白话新诗创作。与胡适、刘半农一道被誉为最早尝试白话新诗创作的“三巨头”。他的诗作《月夜》与康白情的诗作一道，被誉为“备具新诗美德”的“第一首散文诗”，在白话新诗史上占有重要的一席。

③ 沈兼士(1885—1947)，浙江吴兴(今湖州)人，沈尹默胞弟，现代诗人。五四时期开始白话新诗创作，代表作有《山中西风大作》、《春意》、《小孩和小鸽》等，在白话新诗发展上具有一定的影响。

④ 胡适：《论新诗》，转引自：《胡适研究资料》，十月文艺出版社1989年版，第372页。

鉴民间歌谣体式，促使白话新诗体的健康发展。刘大白的《卖布谣》、《田主来》就直接借鉴了民间歌谣体，使白话新诗体具有一种自然清新、返朴归真的特点。正如俞平伯所说，白话新诗从民间歌谣借鉴艺术创新的机制，目的是使白话新诗具有“还淳返朴”的特点，使白话新诗能够“把诗底本来面目，从胭粉堆里显露出来”，从而“推翻诗底王国，恢复诗底共和国”。[①] 俞平伯的初期白话新诗创作也体现了这个特点。他能够跳出旧诗词的条条框框的束缚，以虚化意象、自由联想的方式，展现白话新诗的创作。如《冬夜之公园》一类的写景诗，就以清新自然的风格，创造了白话写景诗的新诗体。

从20年代中期到30年代中期，“两浙”诗人，如徐志摩、陈梦家、梁实秋、林徽因、孙大雨、戴望舒等，以不断革新的理念，进一步规范了五四以来的白话新诗体。以徐志摩为代表的新月派诗人，针对五四以来白话新诗形式过于泛滥的现象，提出了“理性节制情感”的美学原则，强调要“诚心诚意的试验作新诗”。[②] 在这里强调的带试验性质的新诗，指的是具有自身鲜明特色的新诗体。譬如，强化新诗的抒情客观性，减少过分的主观抒情所带来的随意性对新诗体的冲击，同时还主张增强新诗的叙事成分，通过戏剧性的情节设置，使诗歌抒情能够更加“诚心诚意”。在后期的新月诗派中，徐志摩针对前期新月诗派过于强化新诗格律的现象，再次提出了革新新诗体的主张。他认为前期所标榜的新诗格律，在实践中出现了“可怕的流弊”和“危险”，存在着“无意义乃至无意识的形式主义”。由此，他对新诗体提出了具体的要求，指出：“一首诗的字句是身体的外形，音节是血脉，‘诗感’或原动的诗意是心脏的跳动，有它才有血脉的流转。”[③]他还对“用中文写十四行诗”的问题，发表了自己的看法，认为转借十四行诗有助于新诗体的建构。他指出，这是“我们钩寻中国语言的柔韧性，乃至探险语文体的浑成、致密，以及别

---

① 俞平伯：《诗底进化还原论》，《俞平伯诗全编》，浙江文艺出版社1992年版，第639页。

② 梁实秋：《新诗的格调及其他》，《诗刊》1931年1月20日第1期。

③ 徐志摩：《诗刊放假》，转引自：《徐志摩研究资料》，陕西人民出版社1988年版，第173页。

一种单纯的‘字的音乐’的可能性的较为方便的一条路”[①]。陈梦家则在这个基础上更进一步地主张新诗体应有“本质的纯正、技巧的周密和格律的谨严”的特点，但他同时又申明：“我们决不坚持非格律不可的论调，因为情绪的空气不容许格律来应用时，还是得听诗的意义不受拘束的自由发展。”他试图在格律规约与自由抒情两者之间找到平衡点，提出“不做夸大的梦”的主张。他以徐志摩的《再别康桥》为例说，新诗应具有这种“柔丽清爽的诗句”，有“澄清”的感情，这样才能给人以“舒快的感悟”。[②] 孙大雨[③]主张借鉴外国的诗来打造中国的新诗体，并在运用外国诗的韵律上有独到之处。例如，他采用“商籁体”(Sonnet)写诗，格律严谨、运作自如。“现代诗派”的领军人物戴望舒，更是主张新诗体要“为自己制最合自己的鞋子”。其内涵是以“真挚的感情作骨子”，形成新诗体特有的“铺张而不虚伪，华美而有法度”，以及具有“象征派的形式与古典派的内容”的特色。[④] 施蛰存对此进一步指出，现代诗派的诗体就是“现代人在现代生活中所感受的现代的情绪，用现代的词藻排列成的现代的诗形”[⑤]。由此，新诗体在现代诗派那里，就具体地被理解成为对“现代生活”的具体感受而形成的“现代情绪”与“现代词藻”，从而将新月诗派对新诗体的理解向前推进了一步。

在30年代中后期至40年代，“两浙”诗人像艾青、穆旦，则是更进一步地提出了诗体革新的主张。艾青从印象画派那里获得创作新诗必须重视内心的“感觉”和“感受”的启悟，注重抓住刹那间的心理感觉和感受所产生的新颖印象，通过艺术渲染，用恰当的诗句将其表现出

---

① 徐志摩：《〈诗刊〉前言》，转引自《徐志摩研究资料》，第227页。

② 陈梦家：《〈新月诗选〉序》，《陈梦家诗全编》，浙江文艺出版社1995年版，第227页。

③ 孙大雨(1905—1997)，原名孙铭传，字守拙，别号子潜，浙江诸暨人，生于上海，现代诗人、翻译家。1922年考入清华大学，开始新诗创作。与饶孟侃、朱湘、杨世恩合称为新诗“四子”，是新月诗派的重要成员。代表作有《自己的写照》等。

④ 杜衡：《〈望舒草〉序》，转引自：《戴望舒诗全编》，浙江文艺出版社1989年版，第53页。

⑤ 施蛰存：《又关于本刊的诗》，《现代》1933年11月1日第4卷第1期。

来。[①] 同时，他又大力提倡主观情感对心理“感觉”和“感受”的积极介入，要求新诗体做到“对于外界的感受与自己的感情思想”的有机“融合”，[②]从中引发对抒情对象的多层次联想，创造出具有广阔象征意义的感觉意象。艾青还倡导新诗自由体，主张新诗应具有“散文美”那种自由度。他说，新诗自由体是“新世界的产物”，它“受格律的制约少，表达思想感情比较方便，容量比较大——更能适应激烈动荡、瞬息万变的时代”发展的需要，并“富有人间味，它使我们感到无比的亲切”。[③] 在这种革新理念的指导下，艾青创作了大量的自由体的新诗，其特点是自由奔放而不落俗套，在诗形的不断变化中获得情感的有序化抒发。艾青对新诗体的大胆实验，丰富了中国新诗的创作实践。穆旦的新诗体革新理念与艾青有所不同，其反叛的色彩比较浓。不同于早期白话新诗那种鼓吹强烈的自我情感抒发，突出新诗体的主观抒情特征，穆旦则强调了新诗体建立在“对立”与“崇高”之美基础上的抒情张力作用，认为新诗体只有在理想与现实、主观与客观、内容与形式、表现与再现的对立冲突形式中，才能获得抒情的深度。面对后期新月诗派、现代诗派愈来愈重视传统意象、传统意境的点化作用，穆旦坚持自己的新诗体革新理念，反对“风花雪月”式的抒情写意，也坚持“不用陈旧的形象或浪漫而模糊的意境”来创作新诗，而是大力提倡新诗的“非诗意”辞句，提倡“诗的形象现代生活化”。[④] 在穆旦看来，新诗体是“白话的”，而非“文言的”，这不仅仅只是表现在新诗的语言维度，同样表现在新诗的意象构筑上。他认为，新诗体的革新就应当做到减少“传统的诗意”，[⑤]创

---

① 参见黎央：《艾青与欧美近代文学和美术》，《艾青专集》，江苏人民出版社 1982 年版，第 648 页。

② 艾青：《诗论》，《艾青全集》（第 3 卷），花山文艺出版社 1991 年版，第 15 页。

③ 艾青：《诗的散文美》，《艾青全集》（第 3 卷），第 65 页。

④ 转引自郭保卫：《书信今犹在，诗人何处寻》，《一个民族已经站起来》，江苏人民出版社 1987 年版，第 180 页。

⑤ 转引自蓝棣之：《现代诗的情感与形式》，华夏出版社 1994 年版，第 100 页。

造出“介于口语与书面语之间的文体”[①]。可见，穆旦的新诗革新理念，是富有先锋性特质的，从而成为新诗艺术现代化的一个具有里程碑意义的标志。

在散文文体方面，“两浙”作家的文体革新理念也是首屈一指的。例如，鲁迅在杂文体、散文诗体等方面的开拓，创新特征就十分突出。周作人对“美文”的大力提倡，就大大提升了现代散文的艺术品格。夏衍的报告文学创作，引领了现代纪实性散文创作的潮流。可以说，“两浙”作家在促进现代散文新文体的构建和发展方面，所取得的成就也是有目共睹的。

鲁迅曾指出，在新文学之初，“散文小品的成功，几乎在小说戏曲和诗歌之上”[②]。他本人就分别为新文学开拓了“杂感”式的杂文体和“独语”式的散文诗体两个最主要的散文文体。在他看来，寓庄于谐，嬉笑怒骂皆成文章的“杂感”式的杂文体，更能适应他对中国历史、文化、社会和现实人生所开展的“社会批评”和“文明批评”，特别是对中国社会、人生的丑恶现象所作出的“毫无忌惮地加以批评”。[③] 而“独语”式的散文诗体，则能够充分地展示他“难于直说”的内心奥秘，袒露自己的心灵世界，排遣隐藏在心灵深处的“毒气”与“鬼气”。[④]

周作人对现代散文文体的理论贡献也是巨大的。1921 年 6 月，周作人发表《美文》一文，从理论上确认了文学性散文的历史地位。他在文章中大力提倡“美文”创作，强调现代散文“叙事与抒情因素并重”，从而扩大了现代散文的创作题材，大大增强了现代散文的艺术表现力，“给新文学开辟了一块新的土地”。[⑤] 他开创的“闲适体”散文、“言志”

---

① 郑敏:《回顾中国现代主义新诗的发展并谈当代先锋派新诗创作》,《国际诗坛》1989 年第 8 期。

② 鲁迅:《南腔北调集·小品文的危机》,《鲁迅全集》(第 4 卷),第 575 页。

③ 鲁迅:《华盖集·题记》,《鲁迅全集》(第 3 卷),第 4 页。

④ 鲁迅:《书信集·240925·致李秉中》,《鲁迅全集》(第 11 卷),第 430 页。

⑤ 周作人:《美文》,转引自钱理群等:《中国现代文学三十年》(修订本),北京大学出版社 1998 年版,第 149 页。

派散文,追求散文创作的“调和”审美之道,主张自由抒写与含蓄的“涩味”的调和,平实与奇警、雅与俗、情与理的调和,融知识性、趣味性于一体,充分展现散文书写的从容、闲适、冲淡、自由的风格和境界。在“语丝体”散文创作流派中,除了鲁迅、周作人之外,孙伏园[①]、孙福熙[②]的散文革新理念和创作成就,也是比较突出的。不同于“语丝体”其中以议论见长的散文,他们使“语丝体”散文则是极富有抒情小品的艺术意味。鲁迅后来在评论“语丝体”散文时,也肯定了“语丝体”散文“任意而谈,无所顾忌,要催促新的产生,对于有害于新的旧物,则竭力加以排击”的特色。[③] 另外,在将报告文学(Reportage)作为现代散文的新文体方面,“两浙”作家的开拓性贡献也十分突出。夏衍、曹聚仁[④]的报告文学和战地报道,都是这一文体的代表作品。特别是夏衍创作的报告文学《包身工》,其特点是将新闻纪实与文学叙事相结合,用细腻、感人、真实的文学描写,揭示出了包身工们悲惨的身世和生活真相,从而使这一散文文体以新闻性、纪实性和文学性的特点,吸引了大批的读者,促使了新闻与文学的联袂与合作,开辟了散文创作的一种新文体。

在新文学发展史上,“两浙”作家对戏剧、电影文学文体的革新,也走在时代的前列。在中国现代戏剧发展史上,李叔同[⑤]是最早提倡话

---

① 孙伏园(1894—1966),原名孙福源,浙江绍兴人,现代作家。五四新文化运动中,曾担任《国民公报》副刊编辑,后又出任号称“五四时期四大副刊”的《晨报副刊》主编。鲁迅的著名小说《阿Q正传》就是他亲自编辑刊发的。他本人也是一位出色的散文作家,尤以撰写游记驰名文坛,主要作品有《伏园游记》、《山野掇拾》等。

② 孙福熙(1898—1962),字春苔,又名春台、寿明斋、丁一,孙伏园之弟,浙江绍兴人,现代作家。曾留学法国,学习绘画艺术,主要作品有长篇小说《春城》,散文集《归航》、《三湖游记》等。

③ 鲁迅:《三闲集·我和〈语丝〉的始终》,《鲁迅全集》(第4卷),第167页。

④ 曹聚仁(1900—1972),浙江浦江人,现代作家。早年曾得到陈望道、朱自清、李叔同等名师指点,后又与鲁迅交往甚密,受到鲁迅赞誉。抗战后做战地记者,写了不少优秀的战地报道,后移居香港,任《星岛日报》主笔。主要作品有《鲁迅评传》、《现代中国戏曲影艺集成》等。

⑤ 李叔同(1880—1942),浙江平湖人(一说生于天津,祖籍平湖),现代诗人、戏剧家、作家、音乐家、美术家、教育家,一代高僧。早年留学日本,在东京创办“春柳剧社”,演出的话剧有《黑奴吁天录》、《茶花女遗事》等,为中国现代话剧的发展,作出了重要的贡献。

剧的人。他在东京创办的“春柳剧社”是中国最早的话剧社，他所扮演的剧中人物，曾轰动日本剧坛。他对戏剧也极富研究，对后世产生了很大的影响。宋春舫、张石川、陈大悲、夏衍、袁牧之、沈西苓、史东山等人分别对戏剧和电影文体进行了开创性的拓新。鉴于话剧是“舶来品”的特点，为使这一剧种能够更好地适应现代人的审美欣赏，宋春舫①在话剧的理论和实践两个方面都做了大量的开创性工作。他力排众议，提出了较为客观、公允和稳重的戏剧发展观。他认为旧戏必须要进行革新，因为它不能适应时代审美发展的需要，而新戏（当时称之为“文明新戏”）也必须得到稳健的发展。他主张通过理论上引进、研究，创作上模仿、借鉴，在探索中不断发展新戏。他写于 1919 年的《小剧院的意义、由来及现状》一文，是现代戏剧史上第一篇介绍与倡导“小剧院”运动的文章，为中国现代戏剧的规范化发展，提出了许多精辟的见解。陈大悲②也是如此，在戏剧理论和实践两个方面齐头并进，不遗余力地推动中国现代戏剧的发展。他对“爱美剧”（Amateur）的大力提倡，为克服“文明新戏”所产生弊端，推动现代戏剧的健康发展指明了方向。他曾参考美国关于“小剧场”的论著，撰写了长文《爱美的戏剧》，主张以“导演制”③替代当时流行的“明星制”，提出要以“导演”为中心，将剧作家、演员，以及舞美，形成一个系统整体，完整地展现现代戏剧的“剧场艺术”。陈大悲的戏剧理论和实践，为革新现代戏剧文体，推动中国现代

---

① 宋春舫（1892—1918），浙江湖州人，生于上海，现代剧作家。留学法国期间，对戏剧发生了浓厚兴趣，回国后任北京大学法文系教授。在五四时期的“戏剧大讨论”当中，他以留学欧洲的学者身份参与这场大讨论，发表了二十多篇有关戏剧的文章，后结集为《宋春舫论剧》一书，为改良旧戏，推动新戏的健康发展，作出了重要的理论贡献。同时，他还创作了独幕剧《一副喜神》等。

② 陈大悲（1887—1944），浙江杭州人，现代剧作家。曾留学日本，专攻戏剧，是早期戏剧社团“春柳社”和“进化团”的重要成员。针对文明戏的衰落，他提倡爱美剧（Amateur），与沈雁冰、欧阳予倩等人创办了《戏剧》月刊，发表了大量的戏剧方面的文章；同时又与李健吾等人组织北京实验剧社利用剧场实验，研究关于戏剧的各种理论，推动了中国现代戏剧的发展。他的主要作品有《浪子回头》、《美人剑新剧》、《英雄与美人》、《幽兰女士》等。

③ 当时称为“舞台监督制”。

戏剧朝正规化、专门化的方向发展，奠定了扎实的基础。

夏衍[1]于 1936 年创作了轰动一时的“讽喻史剧”《赛金花》。虽然在当时的历史境况下，主要还是出于“宣传”的目的，但却创造出了“历史剧”这一新文体，即借古喻今，在特定的政治环境中，“表达一点自己对政策的看法”。尽管在艺术上还不同程度地存在着“时代传声筒”的特点，但也使人们能够从历史剧的创作中，充分地感受到了历史与现实一脉相承的内在关联性。到了创作《上海屋檐下》时期，他的戏剧创作开始日趋成熟。他善于用现实主义的艺术手法，在典型环境中刻画典型人物、典型性格，“将当时的时代特征反映到剧中人物身上”，描绘他们对时代感受的“内心活动”。[2]在抗战时期，夏衍创作的《心防》、《一年间》、《愁城记》、《水乡吟》、《离离草》、《芳草天涯》等剧作，在思想和艺术上都有新的突破和发展。其特点是赋予了戏剧文体以“史剧”的内涵。如《芳草天涯》，就突破了当时戏剧创作政治宣传模式的束缚，而是注重展现人物的内心复杂的情感活动，表现出了现代知识分子理想与现实冲突的心理矛盾。正是在这个意义上，夏衍的戏剧创作，推动了中国现代戏剧由情节剧向性格剧、心理剧发展的进程。

现代著名戏剧家、电影艺术家夏衍(1900—1995)

---

① 夏衍(1900—1995)，原名沈端先，浙江杭州人，现代著名作家，中国电影运动的先驱者。1915 年被保送浙江省甲种工业学校(现浙江大学)。受五四运动影响，参与发起浙江省宣传社会主义的刊物《浙江新潮》(初名为《双十》)，以宰白笔名，发表随感录，后保送日本留学。1929 年与郑伯奇等人成立上海艺术剧社提出“普罗列塔利亚戏剧”口号，鼓动无产阶级戏剧运动。1930 年 3 月，中国左翼作家联盟成立，为主要负责人之一。1932 年与阿英、郑伯奇等人入电影界，创作了《狂流》、《上海二十四小时》、《春蚕》等电影剧本。后主要从事戏剧创作，重要作品有《赛金花》、《自由魂》(后名为《秋瑾传》)、《心防》、《上海屋檐下》、《法西斯细菌》等。

② 夏衍:《谈〈上海屋檐下〉的创作》,《夏衍剧作集》(一)，中国戏剧出版社 1984 年版，第 361 页。

电影作为工业文明时代的艺术产物传入中国之后，很快就被处在新文学前卫位置的“两浙”作家所青睐。张石川、陈大悲、夏衍、袁牧之、沈西苓、史东山等人，在电影方面，特别是在电影文学文体的开拓方面所取得的成就也十分突出。在中国电影的初创时期，张石川①所导的影片题材、类型多种多样，导演手法平易朴实，故事性强，为开拓中国电影事业作出了很大的贡献。夏衍在《〈中国新文学大系·电影一集〉序言》中，就高度评价了他与郑正秋联合导演的影片《难夫难妻》，后来的学者则认为“20年代散文电影导演艺术是张石川的艺术时代”②。陈大悲从1927年开始，也把精力转向电影事业，陆续撰写了有关论述国产影片和电影表演方面的文章，为电影文学这一新型文体和艺术类型，进行了理论方面的探索。1933年，他创作了电影剧本《到上海去》，由天一影片公司摄制；1939年在上海，他又创作了电影剧本《王熙凤大闹宁国府》，由新华影片公司摄制；后又作电影剧本《红花瓶》，由无声影片公司摄制。以后，他还分别创作了电影剧本《关云长忠义千秋》、《西施》、《潘巧云》、《新秋海棠》等。他善于从中国历史和文学中取材，在电影剧本创作民族化方面作出了较大的贡献。夏衍是以左翼作家的身份介入电影事业的，曾担任上海老资格的电影公司“明星电影公司”的编剧顾问，主张运用电影这一新型的艺术样式，来向广大民众宣传进步思想。他先后创作了电影剧本《狂流》、《上海二十四小时》，并将茅盾的小说《春蚕》改编成了电影。他的《时代儿女》、《脂粉市场》、《自由神》、《压岁钱》等电影剧作，不仅具有鲜明的时代特色和现实意义，同时也以较为成熟、精湛的艺术表现，为中国电影文学创作和电影事业的发展，奠定

① 张石川(1899—1954)，原名伟通，字蚀川，浙江宁波人，导演、电影事业家，中国电影事业的开拓者之一。1913年与郑正秋合导《难夫难妻》，1916创办幻仙公司拍摄名片《黑籍冤魂》；1922年创办明星影片公司任总经理兼导演；1923年导演名片《孤儿救祖记》。其后导演中国第一部武侠神怪片《火烧红莲寺》，第一部有声片《歌女红牡丹》及《脂粉市场》、《压岁钱》、《啼笑因缘》、《空谷兰》等共计150余部影片。

② 李少白：《电影历史及理论》，文化艺术出版社1991年版，第69页。

了坚实的基础。袁牧之[①]、沈西苓[②]的电影文学创作和电影编导,也基本上是沿着夏衍的路子而来,同时他们还往往是以自己的亲身演出实践,丰富和发展了中国的电影事业。史东山[③]的电影编导,十分注重尊重电影特性,善于运用电影语言来展示电影艺术的魅力。如他所创造的“注意图案”和“光线的远近”电影艺术表现手法,就大大地增强了电影的艺术表现力,风格也极为简洁明快。

在新文学史上,“两浙”作家的文体革新理念,适应了时代的发展需求。他们以前卫的姿态,始终保持着先锋作家独有的探索热情,总是善于将一些纯粹的个人化的艺术先锋元素,转化为整体性的新文学新文体的革新元素,使之潜植在新文学发展的整体构架之中,并以一种先锋性的艺术表现,展现出“两浙”作家对历史、文化、社会、人生诸多方面的深刻体察,进而完整地体现出“两浙”作家超越于传统之上的创新意识。

第二节　主体维度与新文体的叙述风范

丹尼尔·贝尔在谈到新兴的资本主义艺术特点时指出:“它提供了一条通向新生活的捷径,造成前所未有的社会流动性。在艺术家的画

---

① 袁牧之(1909—1978),原名袁家莱,浙江宁波人,现代剧作家、电影艺术家。1934 年加盟电影通片公司,写出了第一部电影剧本《桃李劫》,并在其中饰演了他的第一个银幕形象,紧接着又主演了《风云儿女》。1935 年自编自导了中国第一部音乐喜剧故事片《都市风光》,同年进入明星影片公司。1937 年编导了影片《马路天使》,尔后,又主演了《八百壮士》。到延安后,曾到苏联学习考察,编导了大型历史纪录片《延安与八路军》。建国后,担任东北电影厂厂长,生产了新中国电影史上的第一部多集有声新闻纪录片《民主东北》、第一部故事片《桥》、第一部译制片《普通一兵》。

② 沈西苓(1904—1940),原名沈学诚,笔名叶沉,浙江德清人,电影艺术家。曾留学日本,回国后参加左联,并入上海天一影片公司,担任美工师、导演,创办了左翼电影理论刊物《电影艺术》。代表作品有《女性的呐喊》、《十字街头》、《船家女》、《塞上风云》等。

③ 史东山(1902—1955),原名史区韶,浙江宁海人,电影编导。1920 年入上海影戏公司担任美工师。其所编写的电影剧本《柳絮》(即《杨花恨》),被公司选中,让他兼任导演,大获成功,由此走上电影编导道路。主要作品有《同居之爱》、《奋斗》、《人之初》、《青年进行曲》、《八千里路云和月》等。

布上，描绘对象不再是往昔的神话人物，或大自然的静物，而是野外兜风，海滨漫步，城市生活的喧嚣，以及经过电灯照明改变了都市风貌的绚烂夜生活。正是这种对于运动、空间和变化的反应，促进了艺术的新结构和传统形式的错位。”[①]中国新文学的最大特点之一，便是它始终是处于不断的变化与更新之中。它没有一刻是静止的，求新、求变是其主导潮流。“两浙”作家在新文学创作中，呈现出了一种生机勃勃的创新精神。“两浙”作家以多样化的叙述风格和新颖传奇的叙述方式，大大提升了新文学的艺术表现力和传达力。

鲁迅、周作人合译《域外小说集》时，曾在附录《著者事略》介绍俄国作家迦尔洵的小说《邂逅》当中，指出其创作特点是：“文体以记事与二人自叙相间，尽其委曲，中国小说中所未有也。”这表明鲁迅、周作人在从事文学工作之际，就注意到域外小说的叙述特点，其中包括域外小说的叙述方式、叙述角度、叙述结构和叙述手法等各方面的特点。在历史的传承和域外的广泛借鉴中，“两浙”作家对新文学不同类型的文体及其叙述制定了相应的规范。

一、叙述基调的确立

基于思想文化启蒙的需要，“两浙”作家善于从主体的维度，确立新文学的文体叙述基调，大致归纳起来有三种：一是鲁迅所说的“忧愤深广”基调；二是郁达夫“自叙传”的“青春忧郁”基调；三是展现生命感悟和深刻体验的“苦闷彷徨”基调。

“忧愤深广”的叙述基调，充分表现了新文学的忧患意识。从近代中国社会的现实状况上看，近代中国面临着内外交困的局面，社会危机、民族危机，一直在引发着全社会的存在性震荡。当闭关自守的大门被迫打开之后，整个中国也就置于世界性的冲突之中，传统的价值观念不可避免地要受到强烈的冲击。与此同时，由文化冲突伴随而来的文化失范及其所显示出来的社会负面效应——社会的落后、贫困，国民精

① 丹尼尔·贝尔：《资本主义文化矛盾》，生活·读书·新知三联书店 1989 年版，第 94—95 页。

神的愚昧、麻木，以及与现代文化的强烈对立，就日益成为整个现代化历史进程中的巨大包袱。“两浙”作家在创作当中，坚持“为人生”的创作理想，当然不会对此视而不见。鲁迅就反复强调过，他所担忧的是“中国永远与世界隔绝”①。出于这种性质的忧患意识，“两浙”作家就不再是像一个心怀忧患的旧式文人，一个依附于皇权而为其代言的忠臣，而是自觉地通过对中国社会、历史、文化和现实人生的反省、批判，展现新文学“忧愤深广”的忧患意识。

鲁迅当然是这种叙述基调的奠基者。他从自身对于中国社会、历史、文化和现实人生的深切感悟和体验当中，更多地看到封建专制统治和封建的家族制度、礼教制度对人的压抑和束缚，特别是精神上的压抑和束缚，对此他感到了深深的忧虑和悲愤。目睹现实，反思历史，胸中那忧愤之情，吐而为文，深沉而有力，可谓“情繁而辞隐”、“志隐而味深”。鲁迅由此确立了他创作中的“忧愤深广”叙述基调。在《阿Q正传》中，鲁迅对阿Q就是抱着“怒其不争，哀其不幸”的认知情感的。他着重剖析的是这个“沉默的国民的魂灵”的“弱点”，以揭示出他性格中的“奴性”（“奴隶性”与“奴才性”的混合）心理及其丑陋的国民劣根性。《祝福》在祥林嫂的性格心理刻画中，也表现出对她那种精神上的麻木的忧虑之情。鲁迅并不是要表现祥林嫂在经济上如何受到鲁四老爷的剥削，而是展现她那种“想做奴隶而不得”的悲苦和“暂时做稳了奴隶”的自足。在鲁迅看来，这样的国民在新文明到来之际，又如何能够适应新文明呢？他对此是忧心忡忡的。因为国人对新文明的麻木、无知，使他们仍然停留在古老的文明风俗里，最终只能成为新文明的牺牲品。在这种“忧愤深广”的叙述基调中，鲁迅的叙述既保持了对叙述对象的冷静体察和剖析，又在叙述当中倾注了自己的主观认知情感，从而使他的叙述风格更加独具一格——“忧愤”的基调冷峻、沉重、凝练、爱憎分明，并富有思想的广度、深度和情感的力度。像在《阿Q正传》里，鲁迅就以鲜明的爱憎情感、犀利的笔触揭示出了以阿Q为代表的国民劣根

① 鲁迅：《坟·未有天才之前》，《鲁迅全集》（第1卷），第167页。

性心理性格特征。《高老夫子》、《肥皂》等小说，则始终保持了主体对客体的一种立体审视维度，将叙述对象的那种虚伪的丑态尽显其原形，使人能够更清楚地看到其“庐山真面目”。《孔乙己》、《在酒楼上》、《孤独者》等，尽管叙述的方式有所变化，但叙述基调仍是一致的。如《孔乙己》叙述者小伙计的悲剧身份和冷漠态度，就使作品的“忧愤深广”基调又掺杂着社会黑暗、人生冷酷和世态炎凉、人情淡漠的况味。

20 年代浙东“乡土文学”创作，继续保持鲁迅这种“忧愤深广”的叙述基调。就小说文体而言，新文学从“社会问题”的小说创作，到“人生探寻”和“性格写实”的小说创作，以及后来的“社会剖析”小说创作，大都能够体现这种对现实、对人生、对社会、对历史的高度关注的忧患情思。如潘漠华的《晚上》，主人公失业之后将自己的命运归结于天公不好，靠典卖家产，酗酒度日，自我麻醉。王鲁彦的《阿长贼骨头》中的阿长都活脱脱地展现出了那种愚昧柔弱的“阿 Q 相”。许钦文的《鼻涕阿二》、巴人（王任叔）的《疲惫者》等，也都体现出了这种基调的叙述风范。可以说，“忧愤深广”叙述基调的确立，使新文学的小说文体叙述更具主体情感深度和思想力度。

“青春忧郁”叙述基调，则显示出新文学在新的意义建构中所具有的一种情感风范，表现出一种具有浪漫主义经典叙述风格的特点。从审美的角度上说，“青春忧郁”叙述基调，展现了历史转型时期破坏、创造、自强、自立的朝气蓬勃情怀，展现了新文学感应时代的脉搏，创造跃动的情感意象，追赶时代潮流的叙述特征。尽管在特定的时期，在具体的文本结构中所表现出来的是一种时代的伤感情绪（如郁达夫“自叙传”小说文体），但这也绝不是单单一个“消极”、“颓废”所能概括得了的，它实际上是一种前进中的时代伤感情绪。从叙述的视角上说，在新文学之初，他们大都选择一个为青年人所喜爱的叙事对象——婚姻爱情。恋爱自由，婚姻自主，是当时小说文体创作的主要题材。沈雁冰（茅盾）曾对此作过一个统计分析，指出在 1921 年 4 月至 6 月间，在所发表的100余篇小说里，其中写男女恋爱、婚姻关系的小说就占了98%。[①] 新文学作家为什么如此热衷于描写恋爱婚姻呢？从叙述角度上说，是为了要体现“青春忧郁”叙述基调所强调的主体情怀的抒发，即不仅将基于人的生命需求的“恋爱婚姻”，视作是反封建伦理道德束缚的突破口，而且更重要的是将其看作是青春涵义的真正体现，是新道德、新人生观的体现。李欧梵说，五四时期人们“对解放的普遍心理都把爱情和自由融为一体，意即通过恋爱并激发个人的热情和能力，他就能变成一个完美和自由的人”，与此同时，爱情“还被视作一种违抗和真诚的行为，即敢于冲破伪善社会种种人为束缚，而寻求真正的自我”。[②] 的确，“青春忧郁”的叙述基调，要求对“恋爱婚姻”的题材处理，应充分体现时代开拓、进取的特点，而不仅仅只是表现个人的“情欲”。即便是在郁达夫的那些露骨地表现“性爱”、“情欲”的小说里，其叙述的主导风格，仍然是展现同时具有精神和道德上的美与丑两种元素的复杂心理和复杂人性，带有卢梭式的“回归自然”（回归大自然，回归人的自然本性）的“灵的忏悔”的思想深度，体现着时代的郁结、时代的苦闷。正是这种主体情怀的抒发和展示，“青春忧郁”的基调内涵，随着时代的发展也在不断地扩大，表现最突出的就是艾青的诗歌创作。艾青在诗歌这种最易于展现主体对时代的感知情绪的文体当中，充分地抒发了他的忧郁情感。其特点是分别将“青春忧郁”情感的抒发，提升到对整个国家、民族的忧患层面和探寻生命终极意义的高度来进行。他在诗中一再吟咏，表白自己对祖国、民族、土地、生命的深厚情怀。“我爱这悲哀的国土。”（《北方》）“中国 / 我的在没有灯光的晚上 / 所写的无力的诗句 / 能给你些许温暖么？”（《雪落在中国的土地上》）“你悲哀而旷达，辛苦而又贫困的旷野啊！”（《旷野》），“多少年代了 / 人类用自己的生

① 茅盾：《〈中国新文学大系·小说一集〉导言》，乐黛云编：《茅盾论中国现代作家作品》，北京大学出版社1980年版，第13页。

② 李欧梵：《浪漫主义思潮对中国现代作家的影响》，《中国现代文学主潮》，复旦大学出版社1990年版，第3页。

命肥沃了土地 / 又用土地养育了 / 自己的生命 / 谁能逃避这自然的规律”(《他死在第二次 · 一念》)。这种从主体感知的维度,来充分地展现诗歌文体的叙述与抒情风范,往往使诗歌具有一种情感的冲击力和爆发力,震撼着人们的心灵,能够引起强烈的情感共鸣。徐讦的浪漫小说创作,也是擅长从主体的维度抒发青春忧郁的生命情怀,由此展开对20世纪中国知识分子精神,乃至整个人类精神探索的深度叙述。在他的小说里,主人公那种以“上穷碧落下黄泉”的精神,孜孜不倦地探寻生命的终极意义,在叙述生命的矛盾和追求当中,展现出了生命活动与政治、爱情、欲望、宗教等的错综复杂关系,正如他在小说《彼岸》中所叙述的那样:“一切纤小的生命都是一个宇宙的整体,而他与其他生命的谐和又成了一个宇宙的整体;这不断的要求,最后就是一个宇宙完全和谐的整体。”

“苦闷彷徨”基调的形成,是“两浙”作家对人生意义的探寻而引发的“从感情的到感觉的、从抽象的到物质的”的情感表现,所呈现的是茅盾所说的“苦闷彷徨与要求刺激成了循环”的一种叙述风范。[①] 如果说浪漫主义的经典叙述多是“少年维特式”的,那么,在现代主义叙述那里,就多是一种形而上的生命体验的伤感。一般来说,现实主义倾向于“纯重客观”的叙述,浪漫主义偏重于“纯为兴奋”的刺激型叙述。而以非理性主义为主导的现代主义,则是偏重于在生命存在意义上展开“苦闷彷徨”式的叙述,其特点是将情感与思想紧紧地同生命的形上感受融合在一起,展现生命的多姿多彩的存在价值与意义。鲁迅在评论这种叙述风范时指出:“那时觉醒起来的知识青年的心情,是大抵热烈,然而悲凉的,即使寻到一点光明,‘经一周三’,却是分明的看见了周围的无涯际的黑暗。”[②]在散文诗创作中,他自己就采用“独语”体的方式,叙述

① 茅盾:《〈中国新文学大系 · 小说一集〉导言》,乐黛云编:《茅盾论中国现代作家作品》,北京大学出版社 1980 年版,第 17 页。

② 鲁迅:《且介亭杂文二集 · 〈中国新文学大系 · 小说二集〉序》,《鲁迅全集》(第 6 卷),第 243 页。

“苦闷彷徨”的心路历程，对新文学的影响是深远的。从30年代形成的“现代派”诗歌文体、“新感觉派”的小说文体，以及到40年代形成的“九叶诗派”诗歌文体，“两浙”作家的创作都未能偏离“苦闷彷徨”叙述基调的规约。无论是戴望舒“伤感”形态的“苦闷彷徨”叙述，穆时英的“非现实”形态和施蛰存的“意识流”形态的“苦闷彷徨”叙述，还是穆旦的“矛盾混杂”形态的“苦闷彷徨”叙述，都显示出了“两浙”作家在生命本位层面上，展开对生命终极价值与意义不断探寻的叙述风范。“两浙”作家面对自然、现实和自身的凝然默思，将生命存在的沉重与苦难潜入内心深处，将生命本位的、更具感性（非理性）的生命体验，转化和深化为个人与整个民族、整个人类共有的生命感知和生命情怀，使之更具形而上色彩的叙述风范，并使新文学更具思想深度和艺术力量。

二、叙述结构的选择

传统文体的叙述结构多半是固定形状，基本上是按线性的逻辑发展来结构文本，人物也多半是以伦理审美判断为中心的类型化人物，使之成为生活中某一类型人物的典型代表，鲁迅曾批评《三国演义》说，其人物塑造是“欲显刘备之长厚而似伪，状诸葛之多智而近妖”，而且“写好的人，简直一点坏处都没有；而写不好的人，又是一点好处都没有”。[①] 以类型化人物塑造为中心，传统文体的叙述多选择线性的故事结构模式，因为“故事是对一些按时间顺序排列的事件的叙述”[②]，叙述主体的情感均可在这种线形叙述中得以抒发。但是，“两浙”作家的新文体叙述，则否定了这种类型化人物形象塑造而形成的线形故事型结构，而是着重以人物的性格塑造、心理分析为主导，将叙述角度对准了千变万化的人的个性，写出了“独特的这一个”的独特性格与心理。这样，在叙述结构的选择上，“两浙”的新文体叙述就注重以人物的性格（个性）刻画来展示叙述结构的多层性（或深层性）和立体性的特点。

以人物性格刻画和心理剖析为主导的叙述，其结构上的特点就是

---

① 鲁迅：《中国小说的历史的变迁》，《鲁迅全集》（第9卷），第323页。

② 福斯特：《小说面面观》，花城出版社1984年版，第23页。

打破以往古典小说对情节高度重视的传统，而形成现代叙述结构的自由流动、张弛自如的特征。普实克在论述鲁迅小说叙述结构特点时指出：“鲁迅对小说情节的处理是要使之精练，把情节压缩成最简单的成分，并试图不对故事内容加以解释就点出主题。”[①]简化情节，突出人物，展示人物的性格、心理和命运，这在新文学的叙述风格形成之初，是一个主导方面的因素。像鲁迅的《幸福的家庭》，叙述的主导线索是主人公在编织“幸福的家庭”时闪烁跳跃在他头脑中的幻想、欲念和阵阵袭来的烦恼苦闷。叙述结构似乎是松松散散的、随意写来的，但在这种叙述结构当中，却深藏着作者的匠心：运用潜在的对象为参照系，让主人公的主观意念与现实生活的实际情况相抵触、相矛盾，最后让欲念、幻想破灭，从而达到对当时青年的人生窘迫之境的刻画。《狂人日记》则通过主人公的心理流程来进行展现叙事结构，从而使表面上看起来毫无关联的事件有机地统一起来，体现出了叙述结构的完整性。茅盾对小说立体型叙述结构的构筑，与他对“中国社会何处去”的思考和“宏大叙事”是相吻合的。穆时英、施蛰存的都市叙述，将都市光怪陆离的场景与心理的多层次感应和印象对接在一起，使叙述结构在哀婉抒情的氛围中，得以整体性地叙述现实和心理两个层面的人与事件的真相。像《上海的狐步舞》，所叙述的是“上海，造在地狱上的天堂”的场景，而这个“地狱上的天堂”就是现实与心理两个层面真相的混合结构。穆时英在这个叙述结构中，用电影“蒙太奇的语法”将无数条线索、无数个互不相干的现实故事与人的心理感受和印象链接在一起，如夜总会、舞厅、饭店、商店等各自是一个场景，但各自又呈纸醉金迷之状，这种叙述就使整个叙述结构摆脱线形叙述结构单一性的浅薄而具有多层性和立体性的丰富性特点。又像穆旦的诗，就打破了传统诗词结构的中和与平衡，将现实与心理的各种矛盾纠合在一起，形成心灵情感的冲撞力，使整个叙述结构充满着抒情张力。现代人的那种心理的困顿和矛盾，在这种结构中得以淋漓尽致地展现，从而使诗歌这种并不见以人物刻

---

① 普实克：《普实克中国现代文学论文集》，湖南文艺出版社 1987 年版，第 116 页。

画见长的文体，呈现出一种深层性的内结构之状，即将心理情感结构作为结构模本，使结构更具情感多义性质的多层性和立体性的特点。此外，在“两浙”作家的戏剧创作中，其叙述结构的选择也颇具多层性和立体性的特点。它不再是中国传统戏剧那种高度的虚拟性和程式化的叙述结构，而是能够抓住现实生活中足以形成矛盾冲突的事件，将人、事件、场景及事由、发展与结局等，非常集中地统一在一个特定的场合中，支撑起整部戏的框架结构，由此形成一个“二元三人”的结构模式，[①]形成戏剧的矛盾冲突。

“两浙”作家注重新文体叙述结构的多层性与立体性建构，目的是要将深藏在这种结构之中的主体心理情感活动充分地揭示出来，使这些挣脱了情节逻辑联系的心理情感活动具有深厚的思想底蕴，有着更深的、超越了具象形态的情感内涵和审美意蕴。像潘漠华的小说《人间》，也没有对故事情节作具体的交代，甚至没有完整的叙述，而是靠几个片断地回忆和最后一次会见的具体描述，简洁有力地勾勒出主人公悲苦的一生，并从中完成叙述结构的组合。可以说，作品中的思想内涵和审美情感是构成文本的深层凝聚力，也是新文学新文体的深层性情感意蕴结构的内在魅力所在。因此，“两浙”作家对新文体叙述结构的选择，就善于将生活片段和心理情感的自然流动相对应，客观描写与心理情感抒发相结合，写实性描绘与意象象征交相辉映，使新文学对新文体叙述结构的选择，完全冲破传统文体线形叙述结构注重连续性、完整性的束缚，显得更加的洒脱、飘逸、自由，形成新文学新文体的开放多样、灵活多变、活泼自由的结构体系。

三、叙述时空的营构

新文体在叙述时空的营构方面也不同于传统文体，其特点是善于将多个线索和多个互不相关、毫无连贯的故事、人物、情节，在特定的时空中组合起来，仿佛成为一部由“蒙太奇”手法剪辑而成的关于社会印

---

① 参见钱理群等:《中国现代文学三十年》(修订本)，北京大学出版社 1998 年版。

象和人生感悟的图景。这种在主体感悟层面上对叙述时空的营构，完全打破了以往文体重视故事情节的叙述习惯。从美学的角度来说，新文体的叙述善于将“物理时空”（现实时空）和“心理时空”（想象时空）相互交织起来，突显出新文体对于意义重构的艺术叙述张力。

尽管在新文学生成之初，新文体的构建多以短篇见长，但文体本身则并不是零碎的几个片段，相反，每一个篇章本身则是有着内在联系的体系。像鲁迅的《狂人日记》，就改变了传统小说直线型的时空处理，运用“物理时空”与“心理时空”不断转换的方式，造成了主人公能够同时在不同地点、不同场景展开活动。小说叙述仿佛是切开了一个时间的横截面，让人们同时看到了掩盖在满页都写着“仁义道德”的历史的每一个角落及其他“吃人”的罪恶，加上以对主人公心理剖析为叙述中心，整个叙事也就亦真亦幻了。《狂人日记》以十三则“语颇错杂无伦次”、“间亦略具联络者”的不标年月的日记，就打破了古典小说有头有尾的叙述模式，其情节的展开完全依据主人公的心理流程来组织叙述。通过主人公的心理意识不断地在“物理时空”和“心理时空”之间转换，那种深藏在主人公心灵深处的潜意识、梦幻意识、自由想象、联想的意识，均展现在了人们的面前。同时，在叙述当中，作者与主人公虽是两个不同的主体，然而，却并不像传统的说书式的小说叙述那样彼此分离。如《狂人日记》的叙述者和叙述对象，既是分离的（在“物理时空”中是分离的），又是有着关联的（在“心理时空”中是关联的），因此，整个叙述也就带有鲜明的叙述者的主观色彩。

> 早上，我静坐了一会。陈老五送饭来，一碗菜，一碗蒸鱼；这鱼的眼睛，白而且硬，张着嘴，同那一伙想吃人的人一样。吃了几筷，滑溜溜的不知是鱼是人，便把他兜肚连肠的吐出。

在这里，叙述者将狂人的吃饭过程（物理时空的真实事件及其过程）和“疑心”被吃掉的妄觉（心理时空的想象事件及其过程）紧紧地交织在一起，并将现实中可以体会到的“视觉”（看见鱼）和味觉（吃鱼的滑溜溜感觉)，与心理想象中的“吃人”事件自然而然地联系起来，为最终发出“救救孩子”的启蒙呐喊声铺平了道路。

“两浙”作家对抒情文体叙述时空的营构，也更加注重主体的感悟和体验，情感性、合目的性和虚拟性的特点更为突出。如郁达夫的《沉沦》，从第一章的“田园咏怀”到第八章的“投海自尽”，均是遵循着主人公的心理情感流程线索来组织小说的叙述。其间主人公的心理活动——那种被扭曲、被异化的过程，均不是在物理时空中的行进表现，而是在心理时空中一步一步地推进，最后在情感抒发的高潮中，完成对主人公一生成长及其结局的完整叙述。可以说，“两浙”作家对叙述时空的营构，超越了单一的物理时空营构模式的束缚，善于在更大的时空和语义的关联中，隐喻着个体、民族、国家、人类的意义，凝聚着新文学对转型时期现代中国人的心理、历史沿革和文化风范的深切感悟，体现出了新文体能够超出有限的表层叙述意义范畴，而拥有叙述象征的深层意蕴的艺术功能。

第三节　语境规约与新文体的语言策略

作为语言艺术，新文体是从语言的重新建构开始的。胡适提出要“创造出一派新中国的活文学”，就必须大力提倡“国语的文学”和“文学的国语”，[①]目的是要使新文学真正成为“真文学”和“活文学”。因为“语言”毕竟是“存在的家”。[②] 所谓“真文学”、“活文学”，关键的还在于语言能否真正地具有内在的活力，能否真正地将新生成的意义，准确无误而又具有审美意味地传达出来。因此，在确立白话文的主导地位之后，“两浙”作家注重将语言作为新文体的重要元素来进行设计，其中，如何在新的语境规约中把握语言维度，如何确定语言对意义的构筑，则是其核心问题。

---

① 胡适:《建设的文学革命论》,《新青年》1918 年 4 月 15 日第 4 卷第 4 号。

② 海德格尔:《人，诗意地安居》，上海远东出版社 1995 年版，第 59 页。

文学语言应有两层含义:原始意义指具体的事物本身及其含义,而另一层更重要的意义则是指审美感知及其观念形态。所谓语言策略,即在语言作为新文体构成的基本元素情形下,涉及采用何种标准,或在一定的审美观念的主导下,如何通过独特而有序的排列组合来构筑思想、意义和表达情感的问题。现代语言学对语言形态的阐释观点,将有利于我们探讨新文学新文体语言如何构筑意义的特点,从中也可以看到“两浙”作家制定新文体语言策略的具体思路和特征。

现代语言学家索绪尔在论述语言问题时认为,每一种语言在以不同方式分割世界的同时,也在以不同方式建构着不同意义范畴的世界。在他看来,语言学的核心问题并不是人们通常所说的语言如何反映对象世界,而是在语境的规约下,如何通过不同的排列组合,构筑不同的意义世界。简言之,即要思考语言的意义究竟是如何生成的。按照索绪尔的观点,作为语言艺术的文学,重要的问题不是如何反映现实,而是在面对现实的过程中如何寻找和建构意义。在新文学生成之初,“两浙”作家决定从语言的置换入手,进行全新的文学意义的重构,实际上是非常准确地抓住了问题的核心。因为一套全新的语言系统的诞生,也就是一套新的文本系统的生成、一套全新的意义系统的生成。E.卡西尔指出:“语言和艺术可以被视为我们人类所有活动的两个不同的中心。人类具有了语言和艺术之后,一些本来很少接触的事物似乎变得更为熟知了。从我们生命的起源和意识的萌芽状态起,语言就环绕着我们,伴随着我们智力发展的每一阶段。我们不可能生活在语言这个媒介以外。语言就像某种精神的氛围,渗透在人们的思想、感情、知觉和概念的各个方面。”①

制定新文体的语言策略,“两浙”作家将置换后的白话语言对意义的建构,作为一项重要的艺术目标,分别在语言的不同维度上,规定了不同的意义象喻。概括地说,主要有以下几种语言策略:

---

① E. Cassirer: *Symbol, Myth, and Culture*,转引自赵宪章:《20 世纪外国美学文艺学名著要义》,江苏文艺出版社 1995 年版,第 415 页。

一、叙事语言策略

新文体的叙事语言区别于传统文体的一个重要标志，就是叙事者往往以主体感知的叙述，改变了传统文体中“说书人”——第三人称无所不知、无所不至的万能地位，使新文本以主体感知的方式，展示叙事的自然过程，使新文体能够充分地展现出生活和心理的本真状态。

在“两浙”作家的创作中，鲁迅就善于用冷峻、简约、清晰的语言，白描的手法，客观冷静的叙事，让炽热的思想、情感在这种客观、冷静的叙事中默默潜行。他的小说善于以第一人称进行叙事，但不像郁达夫那样将小说看成是作家的自传——自我意识和自我情感过于显现，而是通过冷峻、简约、清晰的语言组合与叙说，将自己的思想与情感潜行其中，与被叙事的对象天衣无缝地糅合在一起。譬如，《狂人日记》的叙述者只是随意地翻阅一个人的日记给人们看，但引发的却是对“四千年历史”的“吃人”本性和真相的深刻发现。《孔乙己》中的酒店小伙计漫不经心地给人们聊起孔乙己，却是对一代知识分子迂腐的性格写真。《阿Q正传》也是在平静的叙说中给一个叫阿桂的人作传，从中展现出来的却是对国民劣根性的深刻揭露：

> 我要给阿Q做传，已经不止一两年了。但一面要做，一面又往回想，这足见我不是一个“立言”的人，因为从来不朽之笔，须传不朽之人，于是人以文传，文以人传——究竟谁靠谁传，渐渐的不甚了然起来，而终于归结到传阿Q，仿佛思想里有鬼似的。

这不是古典小说那种说书式的叙事，靠语言的堆积来完成盘古开天地的交代，而是以冷峻、简约、清晰的语言组合，完成叙事者对叙事对象和叙事原因的交代。“我”第一人称，讲述的却是别人的故事，而非自己的事。“我”作为叙述者，也不是解释者、评判者。所以，张定璜在评价鲁迅创作特点时指出：“我们知道他有三个特色，那也是老于手术富于经验的医生的特色：第一个，冷静；第二个，还是冷静；第三个，还是冷静。”①

茅盾的小说创作则是善于在理性的叙事中，展开对民族资本家、时代女性的生存境况和命运的剖析。他不同于鲁迅，而是多采用第三人称方式进行叙事。他追求叙事语言的准确、客观、均称，力图将准确细致的心理解剖与准确贴切的语言分寸感相结合，叙事语言不枝不蔓、疏密相间。如《林家铺子》：

> 天又索索地下起冻雨来了。一条街上冷清清地简直没有人行。自有这条街以来，从没见过这样萧索的腊尾岁尽。朔风吹着那些招牌，嚓嚓地响，渐渐地冻雨又变成雪花的模样。沿街店铺里的伙计们靠在柜台上仰起了脸发怔。

这字里行间没有满腔热血式的愤怒指责，也没有冷嘲热讽式的嘲笑讽刺，有的只是冷隽的语言中那种小有业主的可怜与可悲。整个叙事语言平淡淳朴而又蕴藉深厚，林老板的命运却被展现得淋漓尽致。茅盾就是这样不直接地加以评说，整个叙事却收到了含而不露、意味无穷的艺术效果。

利科尔认为，言语的力量表现为人类对语言的无限运用上，“以人们未意识到的字母、词典、词汇或句法构造我们的语言”②。“两浙”作家叙事语言所具有的冷静风格，配合其引起“疗救注意”的“为人生”的启蒙主题，以及对“中国社会向何处去”的思考，是极具理性价值的。这种叙事语言策略，多出现在以写实为主导的小说文体中。像许杰的《惨雾》，就以严谨的逻辑思维语言，揭示了封建伦理和官僚政治的症结所在。茅盾指出这种叙事语言是：“不但在题材上是新的东西，就是在技巧上也完全摆脱了章回体旧小说的影响，它们用活人的口语，用‘再现’

① 张定璜：《鲁迅先生》，《现代评论》1925年第1号。

② 利科尔：《言语的力量：科学与诗歌》，《哲学译丛》1986年第6期。

的手法，给我们看一页真切的活的人生的图画。”[①]“两浙”作家的叙事语言，既强调客观的显示，又主张蕴含丰厚的意义讲述，应该说，这种叙事语言正是人们所要聆听的，也是作者希望人们聆听的，所显示的思想情感的深度及其所揭示的人的生存境况，人的命运的展示，都是新文体所要传达给读者的真正意图所在。

二、抒情语言策略

新文体的抒情语言策略的制定，是由时代的激越性特点和思想文化启蒙的时代要求，以及对现实人生的生命感悟与深刻体验所决定的，多表现在偏重于浪漫主义以及现代主义的创作当中。在文体的意义上，抒情语言策略的制定，更加强调通过具有音乐节奏性、旋律性的语言结构和饱含情感力度的抒发来展现主观感受和体验，使之构成文本现实，让人们在抒情语言当中感受到所内含的思想和情感韵律。

鲁迅的抒情语言极富节奏感、旋律感，起伏流转、声情并茂。无论是在小说创作，还是在杂文、散文诗的创作当中，鲁迅的抒情语言都是饱含着深情的。在《记念刘和珍君》一文中，鲁迅这样写道：“惨象，已使我目不忍视了；流言，尤使我耳不忍闻。我还有什么话可说呢？我懂得衰亡民族之所以默无声息的缘由了。沉默呵，沉默呵！不在沉默中爆发，就在沉默中灭亡。”[②]在散文诗《野草》中，鲁迅就用抒情语言织就了一面多重层次的网，反映了特定时期的个人心境。在生与死、爱与恨之间，鲁迅将心灵挣扎的痛苦、存在的困惑、死去的过去的纠缠、未来希望的诱惑、现实的荒谬的矛盾等等感受与体验，展现为梦境与真实的交错，从而构成了现代知识分子复杂矛盾的心灵象征与隐喻。郁达夫“自叙传”体小说的抒情语言也极具情感力度，还极具爆发力、煽情性和象征性。他的抒情体小说，往往是其中任何一个篇章都可以进行随意置换，而不影响小说主旨的传达。其特点就是通过抒情语言的组合，按照

---

① 茅盾：《〈中国新文学大系·小说一集〉导言》，乐黛云编：《茅盾论中国现代作家作品》，北京大学出版社 1980 年版，第 16 页。

② 鲁迅：《华盖集续编·记念刘和珍君》，《鲁迅全集》（第 3 卷），第 274 页。

主人公的心理情感起伏发展，一步一步地推进和演化，最后将小说的抒情推向高潮，形成强烈的艺术情感冲击波，冲击着每一个“弱中国的子民”的心灵，激发他们的情感，展现对黑暗现实的强烈不满。徐志摩、戴望舒、艾青、穆旦等“两浙”诗人的抒情语言策略的制定，也强调通过具有音乐性、节奏性、旋律性抒情语言的制定，来充分地展现内心的感受和体验。如艾青的《大堰河——我的保姆》，当时作者身在狱中，因看见雪而联想起抚育过自己的乳母，于是激情澎湃地写下此诗。在这首叙事成分较浓的抒情诗中，诗人以自由抒情的文体来组织抒情语言，并不讲究固定的格律，而是侧重通过抒情语言将所描绘的大堰河——保姆的形象，与诗人内在的情绪波动糅合在一起，使之自然而然地出现在相应的长短句和回环的章法之中。因此，整首诗都具有一种流畅、真切和意味深长的语言美感。

利科尔说，抒情性的语言是不加证实的，“每一首诗，每一件文字作品，都有一个‘世界’，都展示了一个‘世界’，作品的世界。我们以此来意指一个我们能居住于其中的可能的世界”①。“两浙”作家的抒情语言作为一种主观情感表现，在文本的跌宕抑扬间，尽显其赞颂、向往、同情、憎恶、厌烦等倾向，充分地表现出了对现实的深切感受和主观意向。

三、议论语言策略

议论语言在文体结构中是以情理交融的方式对现象、问题作出符合逻辑的思辨和价值评价。它既直接地表现出作者对客观对象的评述，又从中充分展现论者的思想和情感及其相关的态度。“两浙”作家基于思想文化启蒙的需要，在新文学的各种文体中都十分重视议论语言策略的制定，强调议论语言对新文体构筑的特殊功效。

李欧梵在评论鲁迅的议论语言特点时指出，鲁迅善于将对外部现实的种种与内在声音的种种结合起来：“由于添加了虽然是从他所描写或批评的外界现实中引出但超越了这一现实的浮现意义的哲理层次，

① 利科尔：《言语的力量：科学与诗歌》，《哲学译丛》1986年第6期。

就给他的杂文带来了深度。爱、死、牺牲、希望、失望、时间、历史、人的状况、生命的意义等主题，成为他杂文中的‘内在的声音’，不仅揭示了他作为创作者的内省的方面，也揭示了他在思想理性方面‘多方位的’复杂性。”[①]以情理交融的方式展开议论语言结构，实际上就是要体现新文体结构的意义深度。在叙述语言和抒情语言还不能充分有效地传达所构筑的意义时，就需要议论语言来再加一把火，以凸现出意义生成对于对象世界所产生的巨大作用。像鲁迅在“随感录”文体中大量使用议论性语言，就是为了适应五四激进时代思想迸发的需要。议论语言的大量产生，不仅给予散文、杂文创作以强大的支持，同时也给予小说、诗歌、戏剧创作以大力的支持。

议论语言在散文一类（包括杂文）文本中的展现，以鲁迅为例。鲁迅的议论语言常常是针对人们习以为常的病态心理而发的，其特点是对隐藏在具象中的文化根源进行“刨祖坟”式的揭露，往往寥寥数语就使物无遁形、窘相毕露。鲁迅是“贬锢弊常取类型”，“攻其一点，不及其余”，总是毫不吝啬地加以议论批判：

> 战士战死了的时候，苍蝇们所首先发现的是他的缺点和伤痕，嘬着，营营地叫着，以为得意，以为比死了的战士更英雄。但是战士已经死了，不再来挥去他们。于是乎苍蝇们即更其营营地叫，自以为倒是不朽的声音，因为它们的完全，远在战士之上。
>
> 的确的，谁也没有发现过苍蝇们的缺点和创伤。
>
> 然而，有缺点的战士终竟是战士，完美的苍蝇终竟不过是苍蝇。
>
> ——鲁迅：《华盖集·战士与苍蝇》

战士有缺点也终归是战士，苍蝇完美也终归是苍蝇。这种议论语

① 李欧梵：《铁屋中的呐喊》，河北教育出版社2001年版，第111页。

言的批判性、否定性与攻击性，源于鲁迅对现代知识分子使命的理解，即不断揭示现实人生的弊病与思想文化的困境，体现了知识分子充满社会、历史责任感的良知，以及“不可厥敌，战则不止”的不屈精神。在鲁迅那里，议论语言的功利实用价值和那种特有的“释愤抒情”的艺术性达到了完美的统一。

议论语言在小说文本中，往往是对叙述对象的认识更进一步的深化。像鲁迅在小说《故乡》里，对“希望是本无所谓有，无所谓无的。这正如地上的路；其实地上本没有路，走的人多了，也便成了路”的议论，就是生命感悟现实的一种思想与情感的深化叙述。还有在《头发的故事》中展开的“阿，造物的皮鞭没有到中国的脊梁上时，中国便永远是这一样的中国，决不肯自己改变一支毫毛!”的议论，其语言中充满了对“老中国”那种僵死的现实和历史传统的失望与悲愤之情。郁达夫在小说《沉沦》中用主人公的话直接宣泄出对现实的不满和对国家富强的企盼，其实也是用议论语言将抒情语言不足以传达出来的思想情感，再更进一步地升华，以提升整个小说的思想高度和加强小说的抒情力度。潘漠华的《人间》也是如此，结尾也是靠议论语言来画龙点睛，提升主体对现实事件的直接干预力度。显然，议论语言将对社会的观察思考与其不拘一格的想象力、创造力紧紧地结合在一起，将语言的知性、智性、感性融为一体，这就使新文体在成为一种完全不同于旧文学旧文体的过程中，获得了一种不可重复的天才创造，充分地表现出新文体的意义完整性和创新性特征。

作为文学语言，在文体结构中只有展现主客体的双向冲突、交汇，才能显示出存在的意义，并使之向多方投射，扩展语言对于意义重构的空间领地，使语言意义的深度、广度都得到伸展和增殖。人的存在总是要面对“世界”，面对“他人”，面对“我”，在主客体的对应关系上，这就规定了语言包含着作为主体的人与客体之间展开的对话——反应——呼应的关联价值。同时，语言作为面向世界的“说”，也不仅仅只是表现在那种说话者在人与语言的关系意义上。海德格尔说：“语言的本质存在是作为显示的说。语言之说(显示)的特征并不基于任何种类的符号；

相反，一切符号都渊于此一显示，在显示的领域，为了显示的目的，符号才成其为符号。”“言辞从意义生发出来，而不是给词——物配上意义。”[①]不是“我”拥有意义，也并非“无人占有意义”，而是“大家经由对话获得意义”。意义出自人们的相互对话（以语言为中介）及其具体语境之中，可以是两者间的，多者间的，也可以是个人独语式的。海德格尔说：“语言作为推动世界的说，是一切关系的关系。它关联、保持、给予、丰富着世界领域之间的相反与相成，并通过它给自己的说保持自身同时也保持和维护世界各领域。”[②]从新文学的特定语境上来看，思想文化启蒙就是一种复杂的矛盾的语言运动。启蒙主题本身包含了启蒙的主体与客体的双向对话结构，包含了启蒙者通过语言向被启蒙者的宣扬、言说，以及对启蒙客体现状的描摹，启蒙客体对语言的接收，还有启蒙主体自身痛苦而复杂的心灵世界，以及启蒙主客体的对立隔膜。这些都为新文学的语言建构提供了多样性维度和丰富、无限的可能性。因此，“两浙”作家在新文体建设中，注重对置换后的白话语言进行艺术建构，就在制定新文学的艺术策略当中占据了中心位置，这对于从旧文学手中夺取话语权来说，是至关重要的。历史证明，“两浙”作家的语言艺术策略是成功的。

① 海德格尔：《人，诗意地安居》，上海远东出版社 1995 年版，第 70、59 页。

② 海德格尔：《语言的本质》，转引自比梅尔：《海德格尔》，商务印书馆 1996 年版，第 149 页。

■ 第八章

“两浙”作家的创作实践与新文学的思潮流派

在新文学的思潮、社团、流派的形成与发展中，“两浙”作家在其中发挥了重要的引领和主导作用。他们以积极主动的姿态参与新文学的创作实践，组建新文学社团，引进不同的思潮，形成不同的创作流派。鲁迅在总结新文学之初的创作情况时指出，当时的新文学创作比较注重从思想文化方面来审视文学，新文学自身的建设还未来得及认真地审视和重视。虽然“白话作者逐渐地多起来，但又因为《新青年》其实是一个议论的刊物，所以创作并不怎样著重，比较旺盛的只有白话诗；至于戏曲和小说，也依然大抵是翻译”，除了他自己从创作《狂人日记》开始，“一发而不可收”地创作了一系列的小说作品，“算是显示了‘文学革命’的实绩”外，“从《新青年》上，此外并没有养成什么小说的作家”。①茅盾在总结新文学之初的创作情景时也指出：“民国六、七年（1917 和 1918 年——引者注）的时候，好像还没有纯然文艺性质的社团。那时的《新青年》杂志自然是鼓吹‘新文学’的大本营，《新青年》到底是一个文化批判的刊物，而新青年社的主要人物也大多数是文化批判者，或以文化批判者的立场发表他们对于文学的议论。他们的文学理论的出发点是‘新旧思想的冲突’，他们是站在反封建的自觉上去攻击封建制度的形象的做物——旧文艺。这是‘五四’文学运动初期的一个主要的特

---

① 鲁迅：《且介亭杂文二集·〈中国新文学大系·小说二集〉序》，《鲁迅全集》（第 6 卷），第 238 页。

性，也是一条正确的路径。"[①]随着新文化运动的深入开展和新文学创作领域的逐步扩大，如何沿着这条"正确的路径"继续行进，巩固新文学的阵地？新文学的发展要求每一位作家都必须承担这样一项重要的任务，即肩负搞好新文学自身建设的历史重任，完成从旧文学向新文学转变的历史使命，形成新文学自身的特色。茅盾在《〈中国新文学大系·小说一集〉导言》中总结新文学十年的成就时指出："那时候发表了的创作小说有些是比现在各刊物编辑部积存的废稿还要幼稚得多呢……现在我们这'文坛'，比起十多年前，可以说是'进步'得多了？现在我们所见一个月里的在水平线以上的作品有从前一年的总数那么多；我们觉得现在这点儿'成绩'还是贫弱，我们要求更多的表现生活各方面的作品，我们要求'伟大的作品'。"在推动新文学自身的建设中，值得注意的是，"两浙"作家顺应了新文学发展的历史诉求，为新文学建设作出了自身独特和重要的贡献。无论是在文学新潮的引进与探索，还是在新文学社团的组建与引领、新文学流派的生成与主导等方面，"两浙"作家都在其中发挥着主导性或担当中坚角色的作用。同时，"两浙"作家不仅在新文学的创作上率先显示出了"文学革命的实绩"，而且还在新文学的理论建设上，表现出了一种鲜明的敏锐性和自觉性，为新文学建设提出了一系列的理论建设的主张。正是从这个意义上来说，"两浙"作家的创作实践与新文学的自身建设是密切关联在一起的。

第一节　文学思潮的引进与探索

在新文学生成之初，近代西方各种文化思潮、文学思潮被大量地介绍过来，现实主义、浪漫主义、自然主义、唯美主义、印象主义、象征主义、心理分析派、立体派、意象派、未来主义，等等，以及与此相关的各种社会思潮，如进化论、人道主义、叔本华的唯意志论、尼采的超人哲学、

① 茅盾：《〈中国新文学大系·小说一集〉导言》，乐黛云编：《茅盾论中国现代作家作品》，北京大学出版社 1980 年版，第 5 页。

弗洛伊德主义、托尔斯泰主义、无政府主义、马克思主义、国家主义、基尔特社会主义，等等，都是作为一种新潮而被广泛地介绍、宣传、实验。不过，构成新文学主干思潮的，则是现实主义、浪漫主义、现代主义这三大思潮。从新文学发展的实践上来看，“两浙”作家在这三大主干思潮的发展与演变过程中所发挥的影响力是不可忽视的。从倡导“真的文学”、“人的文学”、“平民文学”，到提倡“自我抒情”，再到引进现代主义，“两浙”作家所提出的一系列重要的主张，在相当的程度上，推动了新文学三大思潮向纵深领域发展。

现实主义作为一种文学思潮，特指欧洲文学史上19世纪30年代在法、英等国家，继浪漫主义文学思潮之后所出现的一股新的文学潮流。高尔基称其为“19世纪一个主要的，而且是最壮阔、最有益的文学流派”[①]。现实主义文学思潮强调以批判现实为主导方向，特别推崇文艺复兴和启蒙主义文学以来所形成的冷静观察现实，如实反映现实，批判现实丑恶的创作精神。1823至1825年间，法国著名作家司汤达尔发表文艺评论集《拉辛与莎士比亚》，提出文学要符合时代发展潮流，主张作家要直接观察现实、反映当代社会生活。这部评论集被视为批判现实主义的第一部纲领性文献。按照现实主义美学原则，司汤达尔于1830年创作的长篇小说《红与黑》，被称为批判现实主义文学的基石之作。紧接着，法国著名作家巴尔扎克创作了批判现实主义的巨著《人间喜剧》。在这部内容丰富、规模宏伟的巨著里，巴尔扎克汇集了19世纪上半叶法国社会的全部历史，生动地展示了当时法国，乃至整个欧洲的社会生活图景。巴尔扎克使批判现实主义从理论到创作实践都臻于完善，把批判现实主义文学推向了一个新的高峰，进而席卷整个欧洲。在中国新文学生成之初，现实主义乃是率先影响新文学的最大的一种思潮。

“两浙”作家在新文学的创作实践中，对现实主义文学思潮的接受和反应十分积极，最为突出的就是将“真的文学”和“人的文学”，作为现

① 高尔基：《论文学》，人民文学出版社1978年版，第335—336页。

实主义文学的核心理念来加以大力的倡导。

在“两浙”作家的新文学创作实践中，处处以觉醒了的“人”的意识来审视现实人生、社会历史和人的精神世界，是其创作的一个鲜明特点。在这当中，突出的就是对长期的封建专制和封建伦理道德所造成的社会现实异化、人的精神异化现象，表示了强烈的关注，集中地反映了时代、社会、历史、现实人生的荒诞不经和不合理性，揭示出了社会人生的诸多问题。为此，“两浙”作家在新文学生成之初，就大力倡导“真的文学”和“人的文学”。鲁迅在对新文学提出要求时指出，作家要取下假面，写出人生的“血”和“肉”，认真分析当时社会所存在的种种非人道的、不合理的现象。他说：“试看中国的社会里，吃人，劫掠，残杀，人身买卖，生殖器崇拜，灵学，一夫多妻，凡有所谓国粹，没一件不与蛮人的文化(?)恰合。”[①]在鲁迅看来，“真的文学”的核心就是要求作家能够正视现实，正视自身，分析产生现实异化的根源。他认为：“因为古代传来而至今还在的许多差别，使人们各各分离，遂不能再感到别人的痛苦；并且因为自己各有奴使别人，吃掉别人的希望，便也就忘却自己同有被奴使被吃掉的将来。于是大小无数的人肉的筵宴，即从有文明以来一直排到现在，人们就在这会场中吃人，被吃，以凶人的愚妄的欢呼，将悲惨的弱者的呼号遮掩，更不消说女人和小儿。”[②]周作人在倡导“人的文学”时，就列举了传统文学中十类“妨碍人性的生长，破坏人类的平和的东西”，并指出“统应该排斥”。[③] 在提倡“平民文学”时，他又特别指出现实主义应有两个重点：一是“应以普通的文体，写普遍的思想与事实”；二是“应以真挚的文体，记真挚的思想与事实”。[④] 周作人从“人的文学”立场出发，将“真的文学”、“人的文学”视为一体，作为现实主义文学的核心价值理念。郎损(茅盾)也指出，“我们可说正因为是乱世所以

---

① 鲁迅：《热风·四十二》，《鲁迅全集》(第1卷)，第327页。

② 鲁迅：《坟·灯下漫笔》，《鲁迅全集》(第1卷)，第217页。

③ 周作人：《人的文学》，《新青年》1918年12月15日第5卷第6号。

④ 仲密(周作人)：《平民文学》，《每周评论》1919年1月19日第5号。

文学的色调要成了怨以怒；是怨以怒的社会背景产生出怨以怒的文学，不是先有了怨以怒的文学然后造成了怨以怒的社会背景！我们又该知道：在乱世的文学作品而能怨以怒的，只是极合理的事情，正证明当时的文学家能够尽他们的职务”。对此，郎损(茅盾)认真地分析社会现实异化现象是：“现在社会内兵荒屡见，人人感着生活不安的苦痛，真可以说是‘乱世’了，反映这时代的创作应该怎样的悲惨动人呵！”[①]对现实异化进行意识聚焦，“两浙”作家扬起了“为人生”的创作大旗，由此形成了以写实主义(现实主义)为主导的“为人生”创作流派。不论是批判暴露现实丑恶，还是揭示现实异化根源，“两浙”作家的创作实践基本上都是围绕关注现实异化而展开的。正如有学者指出的那样，“在阐说对文学本体的认识时”和“理解文学的价值论时”，都努力将意义“导向社会”，对现实黑暗和丑恶进行焦点透视。[②]

在新文学的开放语境中，“两浙”作家对现实主义的倡导，强调文学对现实异化进行不同艺术形式的反映或表现，实际上这也就成为“两浙”作家通过创作实践，借以反映现代社会，展示人的精神意识，以及进行意义重构的一种强有力的方式。现实的黑暗，人性的分裂，国民的愚昧，内心的孤独与苦痛，所有这一切都蕴含在“两浙”作家对现实主义理解的语义寓意之中，从而使创作更具探寻社会人生意义的思想和艺术的深度。

对于以现实主义(在当时多称之为写实主义)为主导的创作而言，“两浙”作家的创作思路主要表现在两个方面：一是善于从对社会现象分析入手，反映现实异化，进而达到对社会本质、人生本质特征的认识高度，显现批判现实的思想深度；二是善于从对人的生存境况、前途命运的高度关注入手，塑造鲜明的人物形象，反映现实异化对人的压迫，从中展现有关人的解放、个性解放，乃至民族解放和社会解放的思想。

现实主义创作要求从分析社会现实异化现象入手，高度关注现实

---

① 郎损(茅盾)：《社会背景与创作》，《小说月报》1921年7月10日第12卷第7号。

② 温儒敏：《中国现代文学批评史》，北京大学出版社1993年版，第56页。

异化给社会人生带来的诸多问题。譬如，贫富对立问题、封建礼教迫害问题、婚姻爱情问题，以至先觉者与众多的不觉者的悲剧冲突问题等等。为使新文学在生成之初就能够获得广泛的反响，在最初的创作中，“两浙”作家主要的还是表现当时人们所关心的“社会问题”。像刘大白的《田主来》、《卖布谣》等新诗创作，浙东“乡土作家”群的创作，都秉持了现实主义的文学理念。特别是浙东乡土文学创作，在描写记忆中的故乡情形时，虽然也十分注重故乡的地方风物、风俗人情的描绘，但这并不是他们所要表现的中心，而是现实异化下的中国农村与城市发展不平衡现状的深刻透视。应该说，“两浙”作家对现实异化的主题提炼，揭示出了现实社会所存在的贫富对立、富人压迫穷人的社会黑暗现象。创作的艺术表现手法虽然是幼稚的，平白浅显的，但蕴含其中的现实主义精神魅力并不在单纯的艺术表现上，而是在揭示社会现实异化当中——那种人们普遍熟悉的情景，特别是从中流露出来的暴露社会现实黑暗、同情人民疾苦的思想情感，是能够震撼人们的心灵世界的，它显现出了新文学的现实主义创作始终都沿着一个主轴在不断地深化发展。譬如，茅盾后来对现实主义的时代性、社会性、宏大叙事性的强调，就更进一步地深化了新文学的现实主义精神。在他看来，“各时代的作家所以各有不同的面目，是时代精神的缘故，同一时代的作家所以必有共同一致的倾向，也是时代精神的缘故”[①]。在创作实践中，茅盾也十分注重对现实主义的这种精神的贯彻落实，从而推动了新文学现实主义文学思潮的深入发展，使之成为新文学的一种主导型思潮。

在“两浙”作家的创作实践中，对浪漫主义思潮的宣传与推动，主要还是体现在对自我抒情的大力提倡方面。郁达夫对浪漫主义的解释是：“大抵是热情的、空想的、传奇的、破坏的。这一倾向在文学上的表现，就是浪漫主义。”[②]朱光潜在论述浪漫主义特征时指出：“浪漫主义

① 沈雁冰：《文学与人生》，《松江第一次暑期学术演讲会演讲录》1922年7月第1期。

② 郁达夫：《文学概说》，《郁达夫全集》(第5卷)，浙江文艺出版社1992年版，第362页。

最突出的而且也是最本质的特征是它的主观性。”①以充分的主体感悟方式、强烈的自我抒情风格，展现主体对现实的认知，这在新文学生成当中，最为突出的是创造社诸成员的创作。作为创造社主将之一的郁达夫，在创作当中所表现出来的特征又最具代表性。他的创作抒发了一种苦闷焦灼、彷徨无主的时代情绪，表现了历史现代化进程的艰难性和曲折性特征，代表了新文学浪漫主义对时代负面的认识和对时代弱者形象的塑造方面的艺术特点。正如 B. 万斯洛夫所说：“浪漫主义无论怎样表现，其特征就是对现实的深刻不满，理想观念和存在的根本不相符合。”②在特定的历史时代，那种失去了终极关怀的人生苦闷、消沉，甚至是颓废、颓唐的心理情绪，也在时代的上空中弥漫，给人以生之艰难、生之压迫的痛感。这种情绪使新文学在浪漫主义思潮层面上生成，主要就是表现出了苦闷、忧郁、哀怨、飘零、孤独、颓废等方面的情绪特征。

郁达夫创作的浪漫主义特色及其所显示出来的情绪张力和思想深度，主要体现在对“零余者”形象的塑造与对“性”和“情欲”的表达上。类似于俄国文学史上“多余人”的“零余者”形象系列，可以说是郁达夫通过浪漫主义的自我抒情方式，表达他对近代中国社会人生的历史命运的深刻认识与体验，即集中地展现了他对于“弱中国子民”在近现代中国社会变迁、文化转型中所遭遇的精神痛苦与曲折的心路历程，反映出了五四时代背面的诸多精神特征。在郁达夫的小说中，“零余者”是“弱中国子民”。从《沉沦》开始，到《茫茫夜》，到《过去》、《迷羊》，到《她是一个弱女子》，性的苦闷、情欲的追求，也一直都是郁达夫所着意表现的主题。在他的笔下，性、情欲无处不在，而且多表现为不正常的变态的情欲，呈现一种被极度压抑后的畸形欲望的状态。郁达夫沿着这种主题思路，展现了对封建虚伪道德的反抗，抒发了以“个性解放”为代表

---

① 朱光潜：《西方美学史》(下)，人民文学出版社 1984 年版，第 272 页。

② B. 万斯洛夫：《艺术与美学中浪漫主义的共同特征》，《世界艺术与美学》(第 5 辑)，文化艺术出版社 1985 年版，第 15 页。

的浪漫情怀。

其他“两浙”作家的创作，也有不少是遵循浪漫主义创作原则来开展自己的创作的。如倪贻德就喜欢用悲抑的调子哀叹自己“世的漂泊”特别迷醉与“爱而不得”的“漂泊的孤独者的烦恼”。《花影》、《归乡》以一对表兄妹之间爱情的流逝为基础，抒写了爱情流逝之后主人公的感伤、孤凄的情绪。这种以“赤裸裸地把我的心境写出来”，只求“世人能够了解我内心的苦闷就对了”的浪漫主义创作，其特点是把对现实人生的感知进行大胆的夸张。即便是到了 40 年代，徐讦的创作也还是对浪漫主义情有独钟。他以大众传奇式的浪漫主义，表现人性善恶的多重性、复杂性；以奇幻虚渺的浪漫想象，写出乱世男女充满神奇的爱情故事。其中浪漫主义色彩极浓的情爱和性爱描写，则表现出了他对生命意义与高尚情爱、性爱同构性互动与融合的深刻理解，凸现出生命的无常性与严峻性互动与融合的特点，从中展现出他对理想爱情、理想人性的执著追求。不过，相比 20 年代“两浙”作家的浪漫主义创作，他的创作没有那种“少年维特”式的烦恼，也没有郁达夫式的那种时代伤感情绪。普实克在论述中国浪漫主义文学时指出：“可以肯定的是，主观主义、个人主义和悲观主义以及对生活悲剧的感受结合在一起，再加上反抗的要求，甚至自我毁灭的倾向，就是从 1919 年五四运动直至抗日战争爆发的这一时期中国文学的最突出的特点。有一个事实无疑也典型地代表着当时时代的情调，即新的青年一代曾把《少年维特之烦恼》奉为他们的圣经……它反映了欧洲浪漫主义的伟大作品是怎样在中国的革命青年中找到同类的精神和情调的。它证明了，中国的情调在很多方面会让人联想到欧洲浪漫主义情调及其夸大的个人主义、悲剧色彩和悲观厌世的感受。”[①]虽然自我世界的浪漫主义抒情也表现了某种形上的非理性感受，但更多的还是一种被主观主义、悲观主义、个人主义混合夸大了的主观情怀。

在新文学发展史上，真正具有类似于西方现代主义创作特征的，要

---

① 普实克：《普实克中国现代文学论文集》，湖南文艺出版社 1987 年版，第 4、5 页。

算20年代中期出现的新浪漫主义文学思潮和三四十年代出现的“现代诗派”和“九叶诗派”所反映出来的现代主义思潮。

关于新浪漫主义，新文学的两大社团——文学研究会和创造社，都对此进行了专门的介绍和提倡。[①] 鲁迅、沈雁冰（茅盾）等人也在不同的场合和不同的文章里，谈到和介绍过新浪漫主义。从文学发展的角度说，新浪漫主义不是浪漫主义的简单发展，也不是现实主义的对立翻板，而是一个综合性的概念。沈起予说：“新浪漫主义的范围实很漠然——似乎凡是代表世纪末的、主观的、颓废的、享乐的、神秘的精神等的东西都可以放进去。”[②]新浪漫主义文学思潮一个重要的特点，就是在表现精神领域的情与思时，注重传达生命超验意义的宇宙情怀。如果说人是通过精神抑制或调节来面对现实生活的，那么，通过生命体验认识世界的本质，在主客体的对应关系中，人也将向世界开放，将自己的意志扩张到世界的各个领域。于是，人的精神就能够为世界、历史和人生提供一个无限广阔的生命世界，从中展现出人的生存历史将由单一的方向，向多元的方向发展，显示出生命结构的复杂性与精神的丰富性。新浪漫主义在这方面，十分注重现代人的精神领域的状态和需求，认为“人底精神是无限自由的，是有无限能动的活动的。这样从本质上凝视人底灵魂，末后就能领会这灵魂与宇宙灵魂或世界灵魂同一根元——或更进一步说，是与宇宙灵魂相调和地微妙活动”，并且“人的灵魂回到了最本然而精髓的状态”，“最灵活地最本源地体验人生的状

---

① 如沈雁冰（茅盾）在《小说月报》第11卷第2号就发表了题为《我们现在可以提出表象主义文学吗?》一文，指出“最终目的是为了提倡新浪漫主义”。在《改造》第3卷第1号，沈雁冰又发表《为新文学研究者进一解》，并宣称：“我认为中国的新文学，要提倡新浪漫主义……能帮助新思潮的文学，该是新浪漫文学；能引导我们到真确人生观的文学，该是新浪漫文学，不是自然主义的文学。所以今后的新文学运动，该是新浪漫的文学。”田汉在《少年中国》第1卷第12期上发表文章，专门介绍《新浪漫主义及其它》。从介绍的内容来看，所谓新浪漫主义，基本上就是人们后来所说的现代主义。

② 沈起予：《什么是新浪漫主义》，傅东华：《文学百题》（重印本），岳麓书社1987年版，第87页。

态”。[①] 本着这种创作理念，新浪漫主义文学创作，强调了对人的精神和生存状态的深度发掘。

在生命超验意义上，展开对人的精神世界开凿的创作思路，首先获得的是生命对“灵肉生活之苦恼”的表现和“生之困顿”的体验。魏金枝在小说《留下镇上的黄昏》里一开篇就写道：“生命浸在污腐的潦水中，于是永古不会伸出手来，只用恶毒眼睛，向四周以残酷的瞭望，寻求人吃的老虎般，在找些弱者来消遣我的爪牙。”可见生之困境之一斑。倪贻德在《玄武湖之秋》里写“我”和三个女学生在玄武湖荡舟作画，相互体贴关怀，脉脉含情，但这一纯洁的举动却招来了众人的嫉妒与嘲骂，“我”终于走投无路：“境遇的困苦，生世的孤零，社会的仇视，便把我这美好的青春时代，完全沦落在愁云惨雾的里面而不能自振。”渴望求慰与异性的温馨怜爱给予他生的希望，但异化的现实却不能容纳纯洁高尚的爱，所以，他只能归于幻灭，只能在人生的悲歌里哀怨、感伤。到了30年代，戴望舒等现代派诗人的创作，穆时英、施蛰存等人的“新感觉派”小说创作，现代主义的意味就更加浓厚了。施蛰存在其所主编的《现代》上发表的《又关于本刊中的诗》一文，可以看作是“两浙”作家倡导现代主义的一个宣言。他指出：“《现代》中的诗是诗，而且纯然是现代的诗。他们是现代人在现代生活中所感受到的现代情绪用现代的词藻排列成的现代的诗形”，突出的是现代人的现代情绪。不是像新月诗派那样表现贵族化的情绪，而是现代人不甘沉沦，但又苦于找不到出路的那种形而上的生命感悟与心理体验情绪，如同戴望舒所表现出来的那种“哀怨又

《现代》封面

① 金子筑水：《“最年轻的德意志”的艺术运动》，《小说月报》第12卷第8期。

彷徨”的心理情绪，以及施蛰存在心理小说中所展现的那种现代人“无意识”的心理情绪。“两浙”作家对现代主义的引进，增强了新文学抒发现代人心理情感的艺术张力。

由对现实异化的否定而产生的灵的搏斗，也是现代主义着力表现的主题，其能指意义是对现实异化的反抗，期望生命的升华。穆旦、唐湜、袁可嘉、王佐良[①]、赵瑞蕻[②]等“两浙”作家的创作，借鉴现代主义的艺术方式，抒发“在生活的土壤里伸根”的生命情怀。经历了战乱的流亡，“两浙”诗人从中获得了个人最为感性的、最为沉潜的生命体验和心灵感悟。他们从西方现代主义艺术中获得创作启悟，结合民族诗歌创作的传统，创造出新的艺术样式。正如袁可嘉在《九叶集》序中所指出的那样，他们“认真学习我国民族诗歌和新诗的优秀传统，也注意借鉴现代欧美诗歌的某些手法”，从中创造出不失本民族特色，又具有现代主义艺术特征的新诗体，从而将现代主义思潮推向了一个新的高峰。王佐良指出，到40年代，新诗创作“也恰好到了一个转折点，西南联大的青年诗人们不满足于‘新月派’那样的缺乏灵魂上的大起大落的后浪漫主义；如今他们跟着燕卜逊（当时在西南联大任教的英国著名诗人——引者注）读艾略特的《普鲁弗洛克》，读奥登的《西班牙》和写于中国战场的十四行，又读狄仑·托马斯所谓‘神启式’诗，他们的眼睛打开了——原来可以有这样的新题材与新写法”[③]。于是，他们大胆地借鉴、转化西方现代主义艺术，使人们获得了对现代主义的广泛认同，也使现代主义获得了更具本土化色彩的深入发展。

新文学对新浪漫主义、现代主义的认同、吸收、借鉴和转化，使新文学创作不仅仅只是停留在单纯的现实反映、批判，或单一的主观抒情

---

① 王佐良（1916—1995），浙江上虞人，现代诗人、翻译家、教授。中学毕业后考入清华大学，后赴英国牛津大学学习。曾发表诗歌、小说等作品，翻译作品有《彭斯诗选》、《雷雨》等。

② 赵瑞蕻（1915—1999），浙江温州人，现代诗人、翻译家、教授。曾发表诗歌等作品，翻译作品有《红与黑》、《梅里美短篇小说集》等。

③ 王佐良：《谈穆旦的诗》，《丰富和丰富的痛苦》，北京师范大学出版社1997年版，第3、4页。

上，而是展现出了新文学创作多元化、多样性的发展趋势。与此同时，它还使新文学展现出了一种对历史进程的直观认识、把握和超越的态势。正如舍勒所说，文学艺术“总是超越每一个真正的悲剧性事件，隐隐约约地眺望那些经久不变的，偕世界本质同在的，使‘这些’（指现存的价值状况——原注）成为可能的因素、关系、力量”①。在生命体悟中所展现的对现实的形上审视和批判，虽然不是理性思辨，但在情感的深度体验当中，也使新文学获得了一种意义的深度支持。如果说，新文学的现实主义、浪漫主义思潮注重将生活的丑恶和精神的痛苦直观地再现或表现出来，那么，新文学的现代主义思潮则更加注重将生命的本质属性及其深刻的精神意蕴表现出来。从这个意义上来说，“两浙”作家对新文学三大思潮的推动和贡献，为使新文学创作具有一种向纵深发展的动力，进行了大胆的实验和探索。

第二节　文学社团的中坚与担纲

在新文学发展过程当中，文学社团的大量出现，则是新文学获得广泛认同和走向成熟的表现。如果说在新文学生成之初，作为新生事物，新文学主要还是靠一批从“旧阵营”中“反戈一击”的作家来领衔进行创作，向人们显示“文学革命”的“实绩”，并担纲起新文学向纵深发展的历史重任，那么，随着新文学的深入发展，众多的新文学作家组成文学社团，形成不同的文学创作流派，则是新文学发展获得长足发展的一个重要保证。五四运动后，新文学社团有了一个大的发展，大量的新文学社团，如雨后春笋般地涌现出来。茅盾在《〈中国新文学大系·小说一集〉导言》中，对新文学生成之初的文学社团情况进行了认真的总结。据他的统计，截至1925年，新文学社团已“不下一百余”个，并呈全国燎燃之势。他指出：“现在我们回顾民国六年（1917）到民国十年（1921）这五年

① 舍勒：《论悲剧性现象》，转引自刘小枫主编：《人类困境中的审美精神》，东方出版中心1996年版，第295页。

间(这是中国新文学史上第一个‘十年’的前半期),总会觉得那时的创作界很寂寞似的。作者固然不多,发表的机关也寥寥可数,然而我们再看看那时期的后半的五年(1922—1926),那情形可就大不同了。从民国11年(1922)起,一个普通的全国的文学的活动开始来到!”[①]在新文学的社团组建中,“两浙”作家发挥了重要的作用。像在1920年11月成立的新文学“最早的一个纯文艺社团”——“文学研究会”,“两浙”作家在其中起到了领衔和担纲作用。此外,“两浙”作家还有王以仁、胡愈之[②]、刘廷芳[③]等,也是研究会主要成员。茅盾说“文学研究会”发起的宣言,是“公推周作人起草的”。发起的12人当中,周作人、朱祖希、郑振铎、沈雁冰(茅盾)、蒋百里、孙伏园等均是“两浙”作家。在成立大会上,同人均推举曾担任《浙江潮》的首任主编、大力鼓吹新文化的蒋百里为主席,郑振铎被选为书记干事,主管会务工作,向大会作研究会发起报告。[④] 周作人在《文学研究会宣言》中宣布了“文学研究会”的三项任务。显然,在新文学生成之初,“两浙”作家已经充分地意识到组织社团对促进新文学创作发展的重要作用。文学发展历史表明,有意识、有宗旨组织社团,加强作家相互间的沟通和交流,对促进文学的发展是具有重要的作用的。所以,在宣言中,周作人代表同人表明了“文学研究会”的共同态度:“将文艺当作高兴时的游戏或失意时的消遣的时候,现在已经过去了。我们相信文学是一种工作,而且又是于人生很切要的一

---

① 茅盾:《〈中国新文学大系·小说一集〉导言》,乐黛云编:《茅盾论中国现代作家作品》,北京大学出版社1980年版,第7页。

② 胡愈之(1896—1986),浙江上虞人,现代散文家。曾与沈雁冰(茅盾)、郑振铎等人一道提倡白话文,筹建“文学研究会”,后流亡法国,就读巴黎大学。回国后,任《东方杂志》编辑,并相继创办《文学》、《太白》、《译文》、《妇女》、《世界知识》等刊物。主要作品有《五卅事件记实》等。

③ 刘廷芳(1891—1947),浙江永嘉人,现代诗人。曾在《小说月报》上发表诗作,并参加文学研究会,主要作品有诗集《山雨》,诗歌《中央公园夜中的柏树》、《别离》、《快乐》等。

④ 据1921年2月10日《小说月报》第12卷第2号刊发的《文学研究会会务报告(第一次)》报道,在成立大会上,同仁们“推蒋百里君为主席。首由郑振铎君报告本会起经过”。

种工作；治文学的人也当以这事为他终身的事业，正同劳农一样。"[①]"文学研究会"实际上是以周作人的"人的文学"为社团纲领的。当时，沈雁冰（茅盾）、郑振铎先后发表了《文学与人生》、《文学的使命》等文章，阐释了"为人生"的"人的文学"主张。茅盾后来回忆说，当时"文学研究会这团体虽然任何'纲领'也没有，但文学研究会多数成员有一点'为人生的艺术'的倾向，却是事实"[②]。作为研究会的骨干，郑振铎亲自起草会章，同时他还兼任研究会的相关刊物、丛书（如《文学研究会丛书》、《文学旬刊》、《小说月报》）的编辑工作。沈雁冰（茅盾）担纲起了会刊——《小说月报》的主编工作，他大刀阔斧地改革了原来鸳鸯蝴蝶派的编辑方针，使之成为新文学的重要阵地。在《〈小说月报〉改革宣言》中，他将"评论"、"研究"、"译丛"、"创作"、"特载"、"杂载"作为《小说月报》的革新任务，全方位地推进新文学的创作。他宣布："《小说月报》行世已来，已十一年矣，今当第十二年之始，谋更新而扩充之，将于译述西洋名家小说而外，兼介绍世界文学界潮流之趋向，讨论中国文学革进之方法。"[③]在这个宣言中，沈雁冰（茅盾）强调指出："同人以为今日谭革新文学非徒事模仿西洋而已，实将创造中国之新文艺，对世界尽贡献之责任。"也就是说，《小说月报》的重要任务是要革新旧文学、创造新文学，并促使新文学与世界文学发展主流对接。沈雁冰（茅盾）在宣言中还为"文学研究会"、《小说月报》大力提倡与"为人生文学"观念相适应的"写实主义"（现实主义）的风格，他指出："写实主义文

《小说月报》封面

① 《文学研究会宣言》，《小说月报》1921年1月10日第12卷第1号。

② 茅盾：《关于"文学研究会"》，《现代》1933年5月1日第3卷第1期。

③ 《〈小说月报〉改革宣言》，《小说月报》1921年1月10日第12卷第1号。

学，最近已见衰歇之象，就世界观之立点言之，似已不应多为介绍，然就国内文学界情形言之，则写实主义之真精神与写实主义之真杰作史未尝有一二，故同人以为写实主义在今日尚应充其量输入。”不言而喻，“两浙”作家在“文学研究会”中所显示出来的这种锐意进取、大胆革新的精神，表明“两浙”作家在传播“人”的文学观和确立“为人生”创作观念当中，不仅区分了新文学与旧文学的界限，同时也推动了新文学自身的创造和发展。正是在这个意义上，“两浙”作家的这种革新理念，为中国新文学的生成与发展，提供了思想发展和艺术想象的广阔空间，为建构与时代发展相一致的新型审美理想，形成新的审美范式，奠定了坚实基础。

“文学研究会”成立的次年，新文学史上另一个影响广泛的文学社团——“创造社”在日本东京成立。这是一个以留日学生为主导而组成的新文学社团，在当时可谓是“异军苍头突起”。[①] 他们以大胆创新、大胆创造的精神，高举“创造”的大旗，主张“艺术至上”、“艺术独立”，反抗传统文学的虚伪和“文以载道”的功利主义。郭沫若在《创造工程之第七日》中宣称：

上帝，我们是不甘于这样缺陷充满的人生，
我们是要重新创造我们的自我。
我们自我创造的工程，
便从你贪懒好闲的第七天上做起。

创造社成员从近代西方文化、文学思潮和创作中获得启悟，特别是从近代西方浪漫主义文学那里，获得了自我情感抒发的心灵感悟，从而形成了以率真的自我表现、自然的情感流露、冲动和宣泄式的表现为美学理想的文学观。在这当中，“两浙”作家的积极参与和创作实践，发挥出了较大的作用。筹建“创造社”的“四巨头”之一的郁达夫，对创造社

---

① 郭沫若：《论郁达夫》，《人物杂志》1946 年 4 月第 3 期。

偏重于以自我抒情、自我表现为主导的浪漫主义文学观就表示过自己的意见。在《创造日宣言》中，他指出：“我们更想以唯真唯美的精神来创作文学和介绍文学。”①“唯真唯美”乃是郁达夫赋予创造社“自我抒情”文学观的精神内涵，正如他在《〈创造月刊〉卷头语》所告白的那样：“我们过去的努力，虽不值得识者的一笑，然而我们的一点真率之情，当为世人所共谅。现在我们所以敢卷土重来，再把创造重兴，再出月刊的原因，就是因为（一）人世太无聊，或者做一点无聊的工作，也可以慰藉人生于万一。（二）我们的真情不死，或者将来也可以招聚许多和我们一样的真率的人。（三）在一个弱者处处被摧残的社会里，我们若能坚持到底，保持我们弱者的人格，或者也可为天下的无能力者被压迫者吐一口气。我们的志不在大，消极的就想以我们无力的同情，来安慰安慰那些正直的惨败的人生的战士，积极的就想以我们的微弱的呼声，来促进改革这不合理的目下的社会的组成。”②

《创造月刊》封面

郁达夫主张“自我抒情”，认为文学创作就是作家的自叙传，所强调的则是一种真情实意，而非一种伪饰的矫情。他奉行卢梭的“回归自然”的学说，认为人的一切自然、合理的欲望，都应得到自然、合理的发展，而不应人为地限制和阻碍。他以自己的创作实践，认真地践行自己的文学观，将自我情绪的真实表现、自我情感的真情抒发，置于新文学创作的中心位置。他坚持认为：“艺术中间，美的要素是外延的，情的要素是内在的。”③郁达夫的浪漫主义“自我抒情”文学观和创作实践，影

① 郁达夫：《创作日宣言》，《创造日》1923年7月21日。

② 郁达夫：《〈创造月刊〉卷头语》，《创造月刊》1926年3月16日第1卷第1期。

③ 郁达夫：《艺术与国家》，《创造周报》第7号。

响了创造社的诸多成员，像来自“两浙”文化影响圈内的作家，如倪贻德（创造社成员）、王以仁（虽是文学研究会成员，但创作倾向则与郁达夫的创作有诸多相似之处）等。倪贻德的短篇小说《玄武湖之秋》和中篇小说《残夜》，与郁达夫“自叙传”创作强调以自己的身世为叙述对象一样，写的也多是与自己身世相关的伤感故事，文字清秀、气氛哀婉、自我抒情性极浓，在追叙已逝的爱情中尽显主观情怀。王以仁的中篇小说《孤雁》，也是以自己的身世为叙述对象与线索，展现了一个时代落魄青年的流浪、彷徨、还乡、沉沦、毁灭的人生历程和心路历程，主观情绪的展示和自我抒情意味甚浓。书信体的情绪展示，大胆暴露，信笔所至，毫无隐讳，故郁达夫也将他的创作称为自己“直系的传代者”。[①] 从新文学发展上来说，郁达夫是在小说创作领域内，第一个将“自我”提高到至高无上地位的作家，开了新文学浪漫主义自我抒情体小说创作之先河，对整个新文学创作与发展的影响是深远的。

語絲

《语丝》封面

1924 年在北京成立的“语丝社”[②]，也是新文学的一个重要社团。“周氏兄弟”（鲁迅与周作人）通常被认为是“语丝社”的主将，而《语丝》的诸多撰稿人当中，“两浙”作家则是其中的主力，除“周氏兄弟”之外，还有像钱玄同、孙伏园、孙福熙、俞平伯、章廷谦（川岛）[③]、柔石等。《语丝》的编撰与《新

① 郁达夫：《新生日记》，《郁达夫文集》（第 9 卷），花城出版社 1984 年版，第 83 页。

② “语丝社”的成立，与“两浙”作家的关系比较密切。据史料表明，《晨报》副刊编辑孙伏园因受到新月派的排挤而辞职，鲁迅和周作人均支持他另辟蹊径，于是在 1924 年 11 月 7 日正式出版《语丝》周刊，成立“语丝社”。

③ 章廷谦（1901—1981），字矛尘，笔名川岛，浙江绍兴人，现代散文家。在北京大学哲学系学习时，旁听鲁迅讲授的《中国小说史》，并开始文学创作，与鲁迅交往密切。著有散文集《月夜》，杂文《夜的荒唐》、《人的叫卖》等。

青年》有些渊源，在坚持“思想性”（即“思想革命”）方面，“语丝”派的作家是十分执著的。语丝社继承和发扬了五四新文化、新文学的传统，坚持鲁迅一贯倡导的“社会批评”和“文明批评”的创作方针。正如周作人所说：“我们只觉得现在中国的生活太是枯燥，思想界太是沉闷，是一种不愉快，想说几句话……我们并没有什么主义要宣传，对于政治经济问题也没有什么兴趣，我们所想做的只是想冲破一点中国的生活和思想界的浑浊停滞的空气，我们各人的思想尽自不同，但对于一切专断与卑劣之反抗则没有差异。我们这个周刊的主张是提倡自由思想，独立判断和美的生活。”[①]“语丝社”成员的创作成就主要集中在散文、杂文方面，形成了被誉为“语丝体”的流派。他们在坚持“思想性”特色中，以散文、杂文的方式，表现出了为鲁迅所称赞的“任意而谈，无所顾忌，要催促新的产生，对有害于新的旧物，则竭力加以排击”[②]的自由思想，从而大大拓展了现代散文的思想与艺术的表现力。

在新诗史上，诞生在美丽的西子湖畔的“湖畔诗社”，其主要成员除汪静之外，其他三人——冯雪峰、应修人、潘漠华均是“两浙”作家。他们四人合集出版了《湖畔》、《春的歌集》等诗集。他们以专作爱情诗而闻名，被称为“湖畔诗人”。他们的诗歌反映出受五四新文化的影响，青年人对自由、爱情的纯美追求。诗的风格天真、清秀、浪漫、开朗，丰富了白话新诗的创作内涵。

新月社虽然一开始并不是纯粹的文学社团，但它前后两期的主要活动均与新文学有关（主要是与新诗创作有关）。作为创始人之一的徐志摩，是前后两期新月社的中坚，在反对过于“欧化”的新诗创作过程中，他致力于新诗艺术形式的探索和创新。与闻一多一样，他也主张“理性节制情感”式的创作，倡导新诗格律化，改变早期白话新诗创作当中过于显露主观意志，形式过于无拘无束的现象，并借鉴戏剧对白与独

---

① 周作人：《〈语丝〉发刊词》，《语丝》创刊号 1924 年 11 月。

② 鲁迅：《三闲集 · 我和〈语丝〉的始终》，《鲁迅全集》（第 4 卷），人民文学出版社 1981 年版，第 167 页。

白的表现方式，展现诗人的主观情怀。在后期，为纠正前期新月社鼓吹“新格律”而出现“可怕的流弊”和“危险”的现象，他与陈梦家一道，又大力主张新诗创作要“忠实于自己”，要“回到内心世界”，注重抒情诗的创造，使之有别于同时期中国诗歌会所鼓吹的“战斗”的诗——使诗歌创作过于意识形态化。在新文学的建设与发展史上，新月社所提出的许多建设性的意见（尤其是在对新诗的艺术提升方面），所作的贡献是显而易见的。

《新月》封面

30 年代成立了中国左翼作家联盟，“两浙”作家也是该组织的中坚。鲁迅、冯雪峰、夏衍、柔石均是左联筹备小组十二成员之一。据吴黎平回忆，当时“筹备小组经常向鲁迅报告，拟定的‘左联’纲领和‘左联’发起人名单，也经过鲁迅亲自过目”①。后来夏衍在回忆录里也证实了这一点，他指出：“左联实行集体领导，而鲁迅是旗手，是盟主……重要的事情一定要得到他的同意，这一点是左联筹委会事先就与鲁迅商量并征得他的同意的。”②在左联成立大会上，鲁迅作了专门的讲话，对左联的发展方向和工作方针提出了自己的意见。茅盾也是左联的重要成员，他参与左联的日常工作，后担任行政书记，并且以自己丰富的创作，显示了左联文学的“实绩”。在整个左联的活动中，“两浙”作家的参与度、活跃性、影响力都是十分显著的。

在新文学的其他社团里，如浅草社、沉钟社、莽原社、未名社等，“两浙”作家的参与度虽然不高，但所给予的支持则是具有相当的力度的。

① 吴黎平：《长念文苑战红旗》，《左联回忆录》（上），中国社会科学出版社 1982 年版，第 75 页。

② 夏衍：《左联成立前后》，《左联回忆录》（上），中国社会科学出版社 1982 年版，第 41—42 页。

如鲁迅在对这些社团的支持中，扶掖了一大批青年作家，像高长虹、台静农、尚钺、李霁野、韦素园、曹靖华、韦丛芜等，对他们的创作也给予了充分的肯定。周作人、茅盾、郁达夫在对新文学十年的小说、散文等创作情况的总结时，也对这些新文学社团及其文学创作给予了高度的赞誉。这些都说明在新文学社团的组建、发展过程中，“两浙”作家所起的中坚和担纲作用是十分突出的，他们是促进新文学健康、繁荣发展的重要力量。

第三节　文学流派的主导与引领

文学流派的生成，往往是文学繁荣发展的一种标志。众多不同风格的流派，构成了文学园地百家争鸣、百花齐放的局面。在中国新文学发展史上，曾经出现过诸多不同性质的流派，涵盖了新文学的各种文体(在小说、诗歌、散文、戏剧等领域，均出现了不同性质、不同派别的创作流派)。值得注意的是，在新文学众多的流派当中，“两浙”作家在其中所起的主导与引领作用则是十分明显的。他们分别以各自不同的文学理念、不同的艺术风格、不同的创作方式进行创作实践，推动了新文学的发展。

在中国新文学发展史上，由“两浙”作家主导和引领的小说流派，主要有早期的“乡土小说”、“自我抒情小说”、“左翼小说”、“新感觉小说”和“后期浪漫小说”等。在早期的“乡土文学”中，鲁迅被公认为新文学“乡土小说”的开创者。他的《孔乙己》、《故乡》、《风波》等小说，被称为早期乡土小说的代表之作，为乡土小说创作作出了表率。鲁迅还为新文学的“乡土小说”进行了内涵的界定：“凡在北京用笔写出他的胸臆的人们，无论他自称用主观或客观，其实往往是乡土文学，从北京这方面说，则是侨寓文学的作者……因此也只见隐现着乡愁，很难有异域情调来开拓读者的心胸，或者炫耀他的眼界。”[①]在这里，鲁迅为新文学的“乡土小说”的创作建立了相应的规范，旨在通过乡村记忆和乡村想象，将处在转型之中的中国社会风貌真实地展现在人们的面前，有效地克服早期小说创作那种“幼稚”的“技术”，以及“往往留存着旧小说上的写法和语调，而且平铺直叙，一泻无余；或过于巧合，在一霎时中，在一个人上，会聚集了一切难堪的不幸”的写作弊端。周作人在1923年连续发表《地方与文艺》、《旧梦》等文章，大力提倡“乡土艺术”，主张“跳到地面上来，把土地气息泥滋味透过了他的脉搏，表现在文字上”，充分展现地方“风土的力”，并将“国民性，地方性与个性”有机地结合在一起。周作人通过对民俗、民间歌谣的研究和发掘，引发了他有关“强烈的地方趣味也是‘世界的’文学的一个重大成分”的论断，这对推动乡土文学的发展，乃至整个新文学的建设与发展，其主导和引领的作用是不言而喻的。1936年茅盾在谈论乡土文学创作时，对乡土文学创作提出了更高的要求，指出乡土文学创作“单有了特殊的风土人情的描写”还不够，还应该有“普遍性的与我们共同的对于运命的挣扎”，“必须是一个具有一定的世界观与人生观”[②]的指引。茅盾更进一步地深化了乡土文学、乡土小说的创作要求。正是在“两浙”作家的大力倡导和推动下，乡土小说得到了蓬勃的发展，成为新文学创作的一大流派。

郁达夫所创立的“自叙传”体“自我抒情小说”，也是新文学小说创作的重要流派。从出版小说集《沉沦》开始，郁达夫“自叙传”体系列小说的问世，无论采用何种人称、身份来进行叙述，都脱离不了自己身世的影子。他的小说直接取材于自己的生活经历，重点抒发自己对社会人生的真切感受和主观情怀。他认为，自我抒情小说“除了自己的之外，实在另外也并没有比此再真切的事情”[③]。因此，在新文学小说发

---

① 鲁迅:《且介亭杂文二集·〈中国新文学大系·小说二集〉序》,《鲁迅全集》(第6卷),第247页。

② 茅盾:《关于乡土文学》,《文学》1936年2月第6卷第2期。

③ 郁达夫:《序李桂著的〈半生杂忆〉》,《郁达夫文集》(第7卷),花城出版社1983年版,第279页。

展史上，郁达夫是率先提出将作家的“我”与小说中的“我”完整和完美融合在一起的作家，也是率先将“自我”、“自我抒情”提高到小说创作至高无上地位的作家。他的小说创作重点在抒发自我情感、主观情怀上，而不在单纯的反映社会，提出一般性的社会人生问题上。同时，他的小说创作还完成了自我抒情由直接抒情到塑造自我抒情主人公的重要转变，提出了相应的“抒情对象化”的艺术规范，从而引领了中国现代抒情小说创作的发展潮流，推动了中国浪漫主义文学的纵深发展。如新文学之初的“寄托小说”、“身边小说”的问世，以及大量的日记体、书信体小说的问世，都表明自我抒情小说创作能够典型地反映五四青春时代的蓬勃朝气和现代中国人渴望自由的伟大心声。郁达夫的自我抒情式小说创作，影响了新文学的众多作家，开创了新文学小说文体“自我抒情小说”的范型。

在“左翼小说”创作流派中，茅盾无疑是一位重要的引领者。他的小说以“巨大的思想深度”和“广阔的社会历史内容”，对时代、社会发展的重大问题作出反应，力图以“宏大叙事”的艺术方式，反映时代和社会现实的全貌，从而纠正了部分左翼作家片面地理解与表现革命的创作倾向，开创了以“社会剖析”为主导的具有现实主义精神特征的小说范型，并由此提出了相应的艺术规范。在左联成立之后，茅盾以自己亲身的创作实践，影响了一大批左翼青年作家，使他们的创作能够更加自觉地从时代环境和社会关系的影响上，来把握与描写人物性格的形成和发展，创造“典型环境中的典型性格”，注重人物的心理分析，讽刺和批判社会现实的丑恶。特别是他所强调的社会结构剖析与心理分析相结合的小说创作主张，更是促成了“左翼小说”观念和艺术样式多样化创作局面的形成，使“左翼小说”在新文学发展史上占有重要的一席。同时，“两浙”作家在左联作家群当中也是骨干，殷夫、柔石、楼适夷①、徐

---

① 楼适夷(1905—2001)，原名楼锡春，字建南，浙江余姚人，现代作家。主要作品有《挣扎》、《病与梦》、《盐场》、《死》等，其中有的作品曾被鲁迅、茅盾推荐译成英文。

懋庸[①]等人的创作,也是引人注目的。

在30年代出现的“新感觉小说”流派中,“两浙”作家,如穆时英、施蛰存等,以其特有的都市书写的艺术风格,形成了新文学都市小说创作的审美传统。穆时英开创了新文学真正意义上的都市小说,光怪陆离的都市生活作为一种独立的审美对象,首次被正式纳入新文学的艺术审美视阈。他的那种充满现代意味的艺术表现和传达,在当时就被称为“穆时英笔调”、“穆时英作风”,获得了广泛的赞誉和模仿。施蛰存则是开了都市心理分析小说创作之先河,有意识地运用弗洛伊德的精神分析方法来创作都市小说。他的《梅雨之夕》可谓是典型的都市心理分析小说,亦被认作是中国新文学心理分析小说的开山之作。这类小说注重表现人物的潜意识。深入挖掘人的微妙心理感觉活动,展现都市人们被压抑和被异化的心理意识,如小说《魔道》中写主人公的变态心理,就笼罩着一种神秘的意味。作者运用意识流的方式,通过自由联想,展示出主人公的怀疑、恐惧和性的潜意识。同时,施蛰存还将这种艺术创作方法运用到了历史小说创作领域,如《石秀》,就通过心理分析方式,表现出了性欲与伦理的冲突。《将军的头》也同样如此,注重将种族意识与色欲情感的尖锐冲突展示在人们的面前,引人深思。在“新感觉小说”流派中,“两浙”作家成功的艺术创新实践,推动了新文学现代主义艺术的深入发展。

40年代出现的“后期浪漫小说”流派,与前期的浪漫小说创作有所不同,其特点是在注重主观抒情的同时,更加注重形上色彩的生命体验和心理感悟式的艺术表现与传达,故又有人将“后期浪漫小说”看作是“后期现代派小说”。在这当中,“两浙”作家的小说创作,显得格外突出,主导和引领着这股创作流派的发展。像徐讦的小说创作就透露出一种先锋性的特色。尽管他的小说善于编织奇幻虚渺的爱情传奇,努

---

① 徐懋庸(1910—1977),原名徐茂荣,浙江上虞人,现代作家。1934年春加入左联,负责左联刊物《新语林》、《太白》、《芒种》的编辑工作。主要作品均收入《徐懋庸选集》、《徐懋庸杂文集》中。

力做到雅俗共赏，但就他的小说创作特点来说，仍然极具艺术创新价值。他的叙述注重象征性的寓意，善于以“我”的生命感悟方式，将人物心理、性格展示出来，使小说的人物形象塑造更具主观情感色彩。无名氏[①]也是“后期浪漫小说”流派的重要作家。他的小说具有存在主义的哲学意味，注重生命的深层体验和思考。在艺术表现上，他善于在大喜大悲的情感漩涡中，以浪漫主义抒情方式展示人生的悲欢离合，大段大段的心理剖析与诡谲神秘的故事情节糅合在一起，凸现出了浪漫小说所具有的巨大叙述张力。他的小说创作充满情感张力，其特点是张扬个性，书写美的极致、丑的极致、善的极致。他笔下的人物总是处于高度的紧张之中，思想感情也总是处于从高峰跌下深渊，又从深渊跃上高峰的大幅度跳跃之中。“就艺术野心来说，无名氏就是要通过浪漫主义极度夸张渲染的手法，直逼生命的两极状态，考验人类精神所能达到的最高最后的境界，即写出生命可能的境界。”[②]诚如无名氏自己所说：“具最高觉解者，精神本处峰巅，其他精神相形之下，只见其小、其卑。谁迷谁不迷，觉者自知。无论如何，绝不能使不迷者复迷。”[③]无名氏的浪漫叙述，体现了一种大江直泻而下冲决一切的狂放，乃至无节制的喧嚣之气势，给予读者陌生、新奇的阅读体验。从这个意义上说，无名氏是一个勇敢的向艺术极限挑战的作家。初登文坛之时，《北极风情幽》和《塔里的女人》就以独特的笔致而为时人所喜爱。用极端之笔写极端之文，无名氏的小说创作始终贯穿着这种生命极致的精神，具有一种形上的存在体验。

在新文学的诗歌创作流派中，“两浙”作家主导和引领的主要流派有早期白话诗派湖畔诗派、新月诗派、现代诗派、七月诗派、九叶诗派

---

① 无名氏(1917—2002)，原名卜宝南，后改名卜乃夫，又名卜宁，江苏扬州人。虽不是浙江人，但他一生有相当一段时期在杭州度过，与杭州结下了不解之缘。主要作品有《北极风情画》、《塔里的女人》、《海艳》、《无名书》等。

② 李俏梅：《极端色彩与冲突之美——论无名氏小说的美学格调》，《广东社会科学》1999年第2期。

③ 无名氏：《淡水鱼冥思》，花城出版社1995年版，第47页。

等。自胡适抱着“自古成功在尝试”的信念,开创白话新诗创作之后,用白话创作新诗就逐渐成为新潮。周作人、陆志韦①、沈尹默、刘大白、俞平伯、沈定一②等“两浙”诗人的创作,形成了新文学最初的白话诗派。他们大胆地用白话写诗,并注重白话新诗的艺术提炼,对新诗的音节、韵律、形式和表现手法等都作过多种探索。如周作人的《小河》,运用法国象征主义的艺术手法和欧洲的俗歌内容相结合,沈尹默的《三弦》,注重用双声叠韵营造新诗的节奏感,都增强了白话新诗的艺术表现力。尤其是沈定一的《十五娘》,熔古典词曲和民歌于一炉,开新文学白话叙事诗创作之先河。全诗以口语入诗,造句自然、风格清新,富有民歌风韵。在五四情诗的创作中,“湖畔诗社”的诗歌创作,受到了人们的广泛赞誉。他们以“专心致志地作情诗”的方式,创造了新诗创作的情诗范型:单纯、直白、天真、质朴、浪漫、清新、自然,善于借助丰富的情感想象来表白、袒露心中的理想爱情。他们的情诗创作,丰富和活跃了早期的白话新诗创作,激发了人们的新诗创作热情。在前后新月诗派中,“两浙”诗人对新诗创作的规范化所作的努力是有目共睹的。1926 年徐志摩主编《晨报副刊·诗镌》,聚集了一批倡导新诗格律的诗人。与早期的浪漫主义诗人直接宣泄自我情感不同,新月诗人强调自我抒情必须受到理性的约束。他们亲自实践,惨淡经营诗歌的抒情意象,尽量使主观情感蕴藉在新奇的抒情意象之中,力求做到抒情客观化。徐志摩、闻一多等人批评早期的白话诗派的写实主义是“绝对的写实”的失败,而早期的浪漫主义抒情诗派则是感情的“泛滥”,提出要以新诗的形式规范,对此进行拯救和纠正,并在自己的创作实践中努力践行自己的承诺,实现构建诗美的理想。正如徐志摩所强调的那样:“要把创格的新诗当作一件认真事情做……我们的责任是替它们构造适应的躯壳,这

① 陆志韦(1894—1970),浙江湖州人,现代诗人。1919 年开始创作新诗,主要作品有《不值钱的花果》、《渡河》等。

② 沈定一(1883—1928),字剑侯,号玄庐,浙江萧山人,现代诗人。主要作品有《夜游上海所见》、《工人乐》、《农家》、《十五娘》等。

就是诗文与各种美术的新格式与新音节的发见;我们信完美的形体是完美的精神唯一的表现。”[①]后期的新月诗派则更是宣布要“忠实于自己,诚实表现自己渺小的一掬情感,不做夸大的梦”。在这当中,“两浙”诗人也是起了主导和引领的作用。除徐志摩外,陈梦家、孙大雨、邵洵美[②]都是其中的骨干,他们对前期新月诗人提出的格律主张,进行了创新,大胆采用象征主义的表现方法,使新诗创作逐步朝现代诗派发展。到了30年代的现代诗派那里,“两浙”诗人戴望舒就力图将象征主义的艺术方法与中国古典诗歌意境的营造方法完美地结合起来,创造出现代诗派所致力追求的诗歌朦胧美、意象美的意境。为实现诗歌的美学理想,现代诗派的诗人继承与发展了初期象征主义诗派的多种艺术方法,并形成了自己的特色,即尽可能地创造出一些新鲜的意象,以表白自己心中的理想。他们反对直抒胸臆,要求“隐藏自己”,也反对过分的形式美,而倡导自由的诗形,戴望舒甚至主张抛弃诗歌中的听觉艺术成分,变诗歌为纯粹的视觉艺术,尽量使用一些口语,以比较整齐的诗行与讲究音韵的方式,营造“岭断云连”的诗歌意象。“两浙”诗人在现代诗派中的主导与引领作用,推动了新诗创作的发展。

在三四十年代形成的七月诗派和九叶诗派中,“两浙”诗人仍然在其中发挥着重要的作用。尽管七月诗派的组织者和领导者主要是胡风,但艾青对这一诗派的艺术影响也是深远的。绿原曾明确指出,七月诗派“始终欣然承认,他们大多数是在艾青的影响下成长起来的”[③]。七月诗派的诗人大多在艾青那里获得了“诗的独创性”的启发,在艺术创作方面更多地受到艾青的影响。如艾青诗歌中的忧国忧民精神,艾青对诗歌意象独特提炼和营造的手法,艾青擅长于运用自然景物作为

---

① 徐志摩:《诗刊弁言》,《诗刊》1926年4月1日,《晨报副刊》第1号。

② 邵洵美(1906—1968),浙江余姚人,现代诗人、翻译家、出版家。曾留学英国,在剑桥大学攻读英国语言文学。回国后,与胡适、徐志摩在上海筹建了新月书店出版《新月》月刊。主要作品有诗集《天堂与五月》,小说《王当女士》、《妹妹》、《永久继续下去》等,翻译作品有拜伦的《青铜时代》,雪莱的《解放了的普罗米修斯》等。

③ 绿原:《〈白色花〉序》,人民文学出版社2000年版,第2页。

诗歌独特的意象等，都为七月诗派诗人所模仿和运用。在这个意义上，说艾青是七月诗派诗歌艺术的引领人，是恰如其分的。在九叶诗派中，“两浙”诗人所起的主导和引领作用也是十分突出的。穆旦、袁可嘉、唐湜等人不仅在创作实践上，认真地践行了九叶诗派所追求的共同理想，而且在诗歌的理论建设上，也为新诗的发展提出了诸多的建设性意见，丰富和发展了新诗的创作。他们扬弃了新月诗派、现代诗派回避现实，囿于小圈子的形式主义诗风，主张“更强烈地拥抱住今天中国最有斗争意义的现实”。正如唐湜在《论中国新诗》一文中所指出的那样，努力使新诗创作做到“主观的感情要求与客观的逻辑发展上必将与人民结合”。他们要求面对现实，但反对停留在“浮薄表象的现实”上，而是强调生命的深层体验和心灵的深度感悟，表现诗人对现实人生的深邃思考，从中获得哲理的启示。“两浙”诗人在九叶诗派所起的主导和引领作用，同样推动了新诗创作的发展。

在新文学的散文流派中，如早期以《新青年》为阵地的“随感录”杂文流派、语丝派、立达派、“鲁迅风”、“野草”杂文流派等，“两浙”作家的主导与引领作用是有目共睹的。像早期的“随感录”杂文流派，鲁迅、周作人、钱玄同都是主将，特别是鲁迅。何凝（瞿秋白）曾指出：“鲁迅的杂感其实是一种‘社会论文’——战斗的‘阜利通’（Feuilleton）……杂感这种文体，将要因为鲁迅而变成文艺性的论文（阜利通——Feuilleton）的代名词。”[①]作为五四散文四大家之一的鲁迅，他不仅在抒情散文和叙事散文上有所创新开拓，而且他的“随感录”式杂文，也成为新文学散文的一个重要文体。其特点是以百科全书式的表现方式，展示出了现代中国在转型时期的社会现状和精神状态，开创了杂文这一文体在散文创作发展史上的新局面。尔后的“鲁迅风”、“野草”派的杂文创作，都基本上是沿着鲁迅开创的道路而演化、发展的。如上海“孤岛”期间形成的“鲁迅风”杂文流派，“两浙”作家就宣称自己的杂文创作，是继承了鲁迅的衣钵。巴人（王任叔）被认为是“坚定地捍卫和发展了鲁迅杂文

① 何凝（瞿秋白）：《鲁迅杂感选集 · 序言》，青光书局1933年版，第1页。

的战斗传统”的作家，杂文创作风格颇具鲁迅遗风，其特点是多以简约之笔，勾勒各种“世态相”，风格尖锐泼辣。在《鲁迅风》发刊词中，他明确指出：“生在斗争的时代，是无法逃避斗争的。探取鲁迅先生使用武器的秘奥，使用我们可能使用的武器，袭击当前的大敌；说我们这刊物有些‘用意’，那便是唯一的‘用意’了。”唐弢[①]也是当时师承鲁迅并脱颖而出的杂文新秀。在《从杂文得到遗教》一文中，他说杂文都是“鲁迅先生的血和乳来喂养大的”。他的杂文多侧重于针砭社会思想文化方面的弊端，或嘲讽文坛各种丑类，善于勾画施相，注重形象性的展示。柯灵[②]的杂文创作学习鲁迅勇于直面现实的精神，对现实时局的评论敢于直言，表达自己“身处‘孤岛’，心关祖国”的肺腑之声。像《我要控诉》、《检查之类》等杂文，就体现了他的这种特点。在这个流派中，其他的“两浙”作家还有如金性尧[③]、孔另境[④]等，他们的杂文创作也颇具鲁迅的精神。抗战期间在桂林形成的“野草”杂文流派，也是以鲁迅的杂文为精神榜样的，其创作特点是大力发扬鲁迅杂文创作的现实主义批判精神和韧性战斗精神。如《野草》从创刊开始，就十分注重刊发那些“能屈能伸”、“有韧性”又“有弹性”力的杂文。针对当时有人鼓吹“抗战必亡国”的悲观论调，夏衍在《宿草颂》一文中，借野草所具有的“生命力”、“长期抗战的力”，象征中国人民坚持长期抗战的顽强精神和斗志。

---

① 唐弢(1913—1992)，原名唐端毅，字越臣，浙江镇海人，现代作家、文艺评论家、教授。30年代在左翼文坛和鲁迅的影响下，开始文学创作，得到鲁迅的鼓励和指导。主要从事散文、杂文创作，代表作品有《推背集》、《海天集》、《投影集》、《识小录》等。

② 柯灵(1909—2000)，原名高季林，浙江绍兴人，现代作家、电影剧作家。1931年冬到上海，从事报刊编辑工作和电影、话剧工作。主要作品有散文集《望春草》、《晦明》、《市楼独唱》，电影剧本《武则天》、《乱世风光》、《春城花雨》、《夜店》等。

③ 金性尧(1916—2007)，浙江定海人，现代作家。三十年代开始创作，曾与鲁迅有来往，后编辑《鲁迅风》，合集出版杂文集《横眉集》。主要作品有散文集《星星小屋》、《文抄》、《风土小记》等。

④ 孔另境(1904—1972)，原名孔令俊，字若君，浙江桐乡人，现代作家。主要作品有《斧声集》、《秋窗集》、《庸园集》等。

宋云彬[①]的杂文创作则是强调知识性和学术性的结合。他常从古代的历史典籍、笔记小说中取材，像鲁迅一样，打通古今，让历史和现代相贯通、相印证、相映照，使杂文富有丰满的血肉和逻辑的力量。

语丝派散文形成的两种文风——“鲁迅风”和“启明风”，则分别与鲁迅和周作人的引领有关。郁达夫在《〈中国新文学大系·散文二集〉导言》中指出：“中国现代散文的成绩，以鲁迅周作人两人的为最丰富最伟大，我平时的偏嗜，亦以此二人的散文为最所溺爱。”另外，值得一提的是，在浙东上虞春晖中学的一群默默地从事新文学创作，特别是新诗和散文创作的流派——“白马湖派”(或曰“白马湖作家群”)。[②] 这里聚集着一批后来成为新文学大家的作家，如朱自清、丰子恺、夏丏尊[③]、朱光潜等。他们的散文创作，又被称为“立达派”散文创作流派，其特点是以自然、清新见长，极富灵气和韵味，善于在平凡生活中开掘生活哲理，追求平淡如水、宁静致远的散文意境，给人以心灵的启迪，在当时的新文坛上产生了一定的影响。

在戏剧创作方面，虽然流派的生成并不是十分明显，但相同艺术倾向的戏剧创作，在“两浙”作家身上则是比较突出的，他们鲜明突出的艺术创作理想和实践，主导和引领着现代戏剧创作潮流。如在早期戏剧创作中，宋春舫就开了现代派戏剧介绍之先河。他对欧洲剧坛出现的象征主义、未来主义和表现主义的戏剧都作了较详细的介绍，影响了一批剧作家，即便到三四十年代，徐讦创作的《荒场》、《鬼戏》、《人类史》、《女性史》等也都受到了影响。在早期的话剧创作中，“两浙”作家也是其中的重要引领者和实践者，像沈雁冰(茅盾)早期翻译和介绍了大量的外国戏剧家及其作品，推动了“为人生”戏剧创作流派的发展。作为

---

① 宋云彬(1897—1979)，笔名宋佩韦，浙江海宁人，现代作家、教授。1940 年与夏衍、聂绀弩、孟超、秦似等人创办专登杂文的刊物《野草》，影响甚大。主要作品有《破戒集》、《骨骾集》等。

② 参见陈星：《白马湖作家群》，浙江文艺出版社 1998 年版。

③ 夏丏尊(1886—1946)，名铸，字勉旃，浙江上虞人，现代作家、翻译家、教育家。主要作品有《白马湖之冬》、《长闲》等。他的小说、杂文结集出版，命名为《平屋杂文》。

民众戏剧社重要成员的陈大悲，在20年代可谓是“为人生”戏剧创作流派的引领人物。他在这个时期先后创作了十多部戏剧作品，大多以人生写实为主导，反映社会人生问题，在当时产生了较大的影响。在30年代出现的左翼戏剧创作流派中，夏衍是其中的重要引领人物。在推动左翼戏剧的大众化、民族化等方面，夏衍认为要“以现代中国大众生活所有的东西作为内容，以现代中国大众所喜爱、所理解的形式作为形式”，采用一些“较为单纯的、明快的、适合于现代中国人的方法”来推动左翼话剧的发展，形成创作的新高潮。夏衍的戏剧理论和创作实践，对左翼戏剧创作，乃至整个中国戏剧的发展都产生了深远的影响。

■余　论

新文学的先锋特质与“两浙”作家的先锋性

20世纪中国上半叶的现状，正如马克思、恩格斯所描绘的那样：“一切固定的古老关系以及与之相适应的素被尊崇的观念和见解都被消除了，一切新形成的关系等不到固定下来就陈旧了。一切固定的东西都烟消云散了，一切神圣的东西都被亵渎了。人们终于不得不用冷静的眼光来看他们的生活地位、他们的相互关系。”[①]从历史发展和社会变迁的视阈上来看，新旧文化转型时期的中国新文学乃是一种“先锋文学”(Avant-garde Literature)，[②]其价值取向往往也具有一种先锋性。如果说中国新文学是中国新文化的“历史先锋”(Historic avant-garde)，那么，在这当中，“两浙”作家又充当了中国新文学的“历史先锋”角色。正如圣西门所指出的那样，“是我们，艺术家们，将充当你们的先锋。因为实际上艺术的力量最为直接迅捷：每当我们期望在人群里传播新思想时，我们就把它们铭刻在大理石上或印在画布上……我们以这种优先于一切的方式施展振聋发聩的成功影响，我们诉诸人类

---

① 马克思，恩格斯：《共产党宣言》，《马克思恩格斯选集》(第1卷)，人民出版社1972年版，第254页。

② “先锋”(Avant-garde)一词，原先主要用于指军队作战的先遣部队，后被广泛用于政治、文化和文学、艺术领域。如1830年，傅立叶、欧文、圣西门等一批空想社会主义者就借用了这一术语，意为一种“超前性的社会制度和条件的建构”。在价值取向上，这一术语也被赋予具有“与传统或现状不相容的叛逆性”的涵义。1870年，随着象征主义诗歌的兴起，“先锋”一词多被用来指代新崛起的现代主义作家和艺术家，如达达主义、未来主义、超现实主义、表现主义等，就被称为“历史先锋派”(Historic avant-garde)。借用这一术语及其价值内涵的规定，对于中国文学发展而言，新文学无疑是具有先锋性的，而“两浙”作家在整个新文学运动中，扮演的也正是这种“历史先锋”的角色，其价值取向也具有先锋性价值。

的思想和情感，因而总是要采取最活泼、最有决定性意义的行动”[①]。与此同时，圣西门在另一篇题为《社会组织》一文中还指出，“……在这伟大事业中，艺术家们，那些想象的人，将开始进军：他们将从过去选取黄金时代，并将其作为礼物赠与将来的世代；他们将使社会满怀热望地追求其安乐程度的上升，为做到这一点，他们将描绘新繁荣的图景，将使每一个社会成员意识到，他们可以分享迄今为止只是一个极小阶级的特权的享乐；他们将歌颂文明的福祉，为实现他们的目标，他们将运用一切艺术、雄辩、诗歌、绘画和音乐手段。一句话，他们将揭示新制度诗意的方面”[②]。的确，在近现代中国处于历史变革和文化转型的特定时期，无论从哪个角度来说，“两浙”作家从事新文学的目的，显然都是为了创造新文学新的文化价值，寻求新文学新的意义建构。

“先锋”一词的涵义，除了先遣、先锋、激进的意思之外，还包含了前卫、新潮、引领、探索等引申之义。从中国文学总的发展进程上来判定新文学的先锋特质，也就是要把新文学看作整个中国文学发展历史进程中的一个重要环节，并且是一个划时代的环节。作为中国文学发展史上的一种新的文学思潮和运动，就整体而言，新文学凸现了以反叛旧的文学传统，大胆进行文学的思想探索和艺术实践为主导特征的文化理念和美学思想。虽然前后跨度三十余年，其中的文学流派、艺术主张和审美理念也千差万别，前后期的发展特征也各有差异，但总体上还是具有内在的一致性的。它反映了现代中国的时代特征和文化发展态势、趋向，表现了处在变化、转型之中的现代中国人的思想、情感、心理、性格和历史命运，以及他们的审美感受和思想情怀。特别是新文学总是能够以其特有的前卫姿态，紧密地配合中国文化的现代转型，为现代中国人探寻价值世界和意义世界重构的可能性，以及与之相关的艺术、

① 圣西门：《关于文学、哲学及工业的意见》，转引自丹尼尔·贝尔：《资本主义文化矛盾》，三联书店1989年版，第81页。

② 圣西门：《社会组织》，转引自卡林内斯库：《现代性的五副面孔》，商务印书馆2002年版，第110—111页。

审美的可能性，确立新的美学原则，构建新的审美理想，作出了重要的贡献。在这当中，新文学善于用叛逆的方式对传统文学发起攻击，努力地与世界文学发展主流对应与对接，使中国文学摆脱自我封闭的状态而开始具备“世界性”的因素，使中国作家也大大开阔了创作的视野，在汇入世界文学洪流当中，能够与其他国别的作家一道，共同承担起对人类的现代困境、存在境况、前途命运的审视、思考和情感表达的历史重任，由此完成中国文学新秩序和新模式的整体性建构。

具体地来说，新文学无论是思维方式、审美准则，还是艺术策略、传达方式，都显示出了与传统文学的不同。在思想层面上，新文学强调了思想文化启蒙的重要性，然而，新文学又同时赋予了思想文化启蒙双重涵义：一是推崇新的人文理性精神，对抗封建专制的蒙昧和传统文明的落后，恪守人道主义立场，倡导“人的文学”，以深邃的思想批判和高亢激越、狂飙突进、伤感抒情的浪漫情怀，来摧毁传统的精神偶像，主张个性解放，鼓吹自由、平等、民主和科学，专注在思想文化层面上，启迪现代中国人的心灵，强调现代中国对人类文明发展的主动对应和积极参与；二是确立人的主体性价值，呼唤自我精神的觉醒，强调人对自身生命潜能的发掘，拷问人性的本质，描述心灵意识的非理性状态，探索人的存在状态和前途命运，揭示被封建专制长期遮蔽的人的某些特性，展示被封建专制压制甚至扭曲的生命本质。新文学对人存在的荒谬、异化本源进行了更为深入的艺术表现，为探讨人生的终极意义、寻找自我的根本出路，开辟了一个广阔、深邃和充满神秘、骚动的内心宇宙，反映出了现代中国社会某些本质方面的特征，尤其是心灵方面、精神方面的某些本质特征。在艺术层面上，新文学也多有创新，卓有成就。它打破了传统文学在艺术方面的某些清规戒律、条条框框，推动了现代艺术的发展，尤其是能够自觉地依据新的艺术标准，来质疑、审视和反抗传统的不合时宜的艺术规范，善于调动各种艺术资源、手段，特别是善于借鉴、吸收近现代西方的艺术方式，来致力于新文学的艺术建构。这对于打破传统文学“文以载道”的艺术观念长期占据中心地位的束缚，是具有积极的意义的。在审美层面上，与传统文学相比，新文学打破了古典的“和谐”美学思想，推崇以“对立”为特征的崇高型美学，甚至是将“丑”也纳入审视的范畴。如同李斯托威尔在论述近代美学特点时所指出那样，“丑”在“对立”的崇高型美学当中，成为“近代精神的一种产物”。[①]新文学执著于对传统既定的美学规范进行颠覆，同时也注重对文学未来的审美发展，进行各种可能性的积极实验，不仅改变了传统审美的单一性局面，而且也使“对立”、“崇高”的美学规范本身处于一种不断调整和不断演化的态势中，并总是能够以一种开放的姿态和包容的精神，来与世界文学的发展主流相对接、对应，从而获得自身不断变革、不断发展的文化审美驱动力。

卡林内斯库指出：“从逻辑上讲，每一种文学或艺术风格都应该有它的先锋派，因为认为先锋派艺术家走在他们时代的前面，准备去征服新表现形式以供大多数其他艺术家使用，这是再自然不过的事情。”[②]将整个中国新文学置于现代文明的发展主流中来予以认真审视，我们不应对其先锋性属性作过于狭义的理解，不应将新文学的先锋性简单地与现代西方的现代主义艺术划等号。虽然先锋性也并非新文学的全部内涵，新文学的内部结构和形态也还呈现出不同的特点，对此不能一概而论，但是，新文学的先锋特质，则是它的“破”和“立”的精神动力，是中国文学在转型时期最活跃、最激进，最富有创造性、创新性和最具有思想和艺术活力的力量。因此，将中国新文学置于人类文明发展的历史长河中，我们也就可以清楚地分辨出它所负载的思想革命、思想启蒙、文化变革、文化转型、价值建构、意义探寻等富有创新特色的思想与艺术内涵。特别是对于突破传统文化、传统文学的重重束缚而言，新文学正是以其特有的先锋性，打破了传统文化、传统文学一统天下的局面，推动了中国文学的整体性转型，并且与世界文化、文明和文学的发展主流相对应、相吻合。正是出于这样的维度，我们看到了新文学作家群中最活跃的一支队伍、一支新军——“两浙”作家群的崛起，以及所发

① 李斯托威尔：《近代美学史评述》，上海译文出版社 1980 年版，第 103 页。

② 卡林内斯库：《现代性的五副面孔》，商务印书馆 2002 年版，第 126 页。

挥出来的中坚作用。中国新文学的发展，显然离不开“两浙”作家的大力推动。缺少“两浙”作家的新文学创作，整个新文学的发展历史将不会是今天这样的状况。也正是从这个意义上来予以认真的审视，我们不难发现蛰伏在“两浙”作家身上的那种先锋性特质。具体地来说，“两浙”作家的先锋性主要表现在以下几个方面：

第一，凸现新文学的激进性、超越性特质，强调新文学的“现代思想”建构。

作为中国新文化、新文学的“历史先锋”，“两浙”作家的新文学创作非常注重思想性的建构，其特点是善于将思想启蒙与艺术的先锋精神有机地结合起来，形成一种巨大的批判合力，并由此完成“现代思想”的文学建构，使新文学具有“现代思想”的精神气质。就像巴尔加斯·略萨将思想性看作是“文学的抱负”一样，强调文学“重要的是对现实生活的拒绝和批评应该坚决、彻底和深入，永远保持这样的行动热情——如同唐吉诃德那样挺起长矛冲向风车，即用敏锐和短暂的虚构天地通过幻想的方式来代替这个经过生活体验的具体和客观的世界。但是，尽管这样的行动是幻想性质的，是通过主观、想象、非历史的方式进行的，可是最终会在现实世界里，即有血有肉的人们生活里，产生长期的精神效果”①。“两浙”作家的新文学创作，注重保持新文学的激进性、超越性特点，对整个社会的人生意义进行大胆的颠覆和进行新的思想建构，从而成功地将新文学所肩负的思想文化启蒙重任，具体地落实到了新文学的创作实践之中，赋予新文学重构意义世界的现代思想涵义和深度。

第二，凸现新文学的使命性、责任性特质，强化新文学的社会价值建构。

米兰·昆德拉曾指出，小说具有一种反专制主义的天质，认为“小说作为建立在人类事物的相对和模糊性之上的世界的样板，与专制的天地是不相容的。这一不相容性比起一个不同政见者和一个官僚、一

---

①　巴尔加斯·略萨：《给青年小说家的信》，上海译文出版社 2004 年版，第 6 页。

个人权斗士与一个行刑者之间的区别还要深，因为它不仅是政治或道德的，而且也是本体论的，这也就是说，建立在唯一真理之上的世界，与小说的模糊和相对的世界两者由完全不同的说话方式构成。专制的真理排除相对性、怀疑、疑问，因而它永远不能与我所称为小说的精神相苟同”[①]。“两浙”作家的新文学创作，在赋予了新文学反叛精神特质的同时，也强化了新文学的社会价值建构特点，使新文学具有鲜明的历史使命感和社会责任感。正如鲁迅所说的那样：“自己背着因袭的重担，肩住了黑暗的闸门，放他们到宽阔光明的地方去。”[②]“两浙”作家拒绝那种事不关己、高高挂起的悠然自得心态，那种不受约束的个人情感的放任自流，以及那种将民族危机和苦难转化为个体伤感，或在苦难背后低吟与独自咀嚼个人悲欢的哀婉之情，而是要求能够自觉地承担起唤醒民众、摆脱危机和苦难的思想启蒙重任，尤其是要求关注民族的苦难、关注民众的痛苦，特别是精神苦痛，促使新文学创作更进一步地完成自身的社会价值体系建构。

第三，凸现新文学的创造性、创新性特质，突出新文学的艺术独创性建构。

基于中国新文学的先锋特质，“两浙”作家总是呈现出一种创造性、创新性的精神，尤其是在艺术独创性建构方面。对于“两浙”作家来说，先锋就意味着永无止境的开拓，意味着不断的艺术创造和创新。卡林内斯库曾经将艺术的独创性看作是“对过去的拒斥和对新事物的崇拜”[③]。在“两浙”作家看来，新文学自身就应该具有一种不可抑止的创造冲动。他们高高举起新文学的创造和创新旗帜，张扬新文学充当历史变革和文化转型的“历史先锋”的前卫性和实验性，目的就是要建构新文学新的思想和艺术系统，完成新文学从思想到艺术，从思潮到运动，从内容到形式、范式，从观念到语言体系、表现方式等一系列的“革

① 米兰·昆德拉：《小说的艺术》，生活·读书·新知三联书店1992年版，第11页。

② 鲁迅：《坟·我们现在怎样做父亲》，《鲁迅全集》（第1卷），第140页。

③ 卡林内斯库：《现代性的五副面孔》，商务印书馆2002年版，第126页。

命”。因此，在新文学发展史上，“两浙”作家总是处于前沿位置，以前卫的姿态、先锋的理念、探索的精神、独创的方式出现人们面前。

第四，凸现新文学的动态性、发展性特质，展示新文学的审美现代性建构。

中国新文学的审美现代性，从一开始就是由启蒙现代性发展而来的，它本身不仅肩负着思想启蒙的历史重任，同时也具有不断转换和发展的动态性机制，即它总是处在变化、发展之中。虽然新文学总是标榜以反传统和标新立异为特点，但实际上，在“内在的理路”上仍然要受到传统的制约。今日的先锋，或许会成为明日的传统，成为制约后续发展的障碍，所以，要获得新文学的长足发展，就必须使自身处在动态的发展之中，永远走在时代的前列。从先锋性的自身特点上来看，先锋本身就包含着不确定性（Indeterminacy）和发展性（Development）的因素。正如卡林内斯库所指出的那样：“现代性已经打开了一条通向反叛的先锋派之路，同时，现代性又反过来反对它自身，通过把自己视为颓废，进而将其内在的深刻危机感戏剧化了。”因为“在其最宽泛的意义上说，现代性乃是一系列对应的价值之间不可调和的对抗的反映……审美的现代性揭示了其深刻的危机感和有别于另一种现代性的根据，这另一种现代性因其客观性和合理性，在宗教衰亡后缺乏任何迫切的道德上的和形而上学的合法性”①。“两浙”作家非常注重审美现代性的建构，其特点是善于对传统的因子进行创造性转化，使之成为新文化、新文学的质料，在新的理念、新的价值系统中完成意义世界新的构筑，从而使新文学自始至终都成为一种直接指向未来的，具有创新价值的艺术样式。

先锋艺术家尤奈斯库认为：“先锋派就应当是艺术和文化的一种先驱的现象，从这个词的字面上来讲是说得通的。它应当是一种前风格，是先知，是一种变化的方向……这种变化终将被接受，并且真正地改变一切。”②人类社会迈向现代化的过程是一个必然的过程，以现代化为

① 转引自周宪：《审美现代性与日常生活批判》，《哲学研究》2000 年第 11 期。

② 王忠琪等：《法国作家论文学》，生活·读书·新知三联书店 1984 年版，第 368 页。

核心的全球化进程也是一种必然的趋势。任何一种新的文学形态要获得自身的生成、发展、延续，都必须从自身的文化传统中获得营养的汲取和资源的支持，获得对自身传统的大胆突破和创新，并且将所构造的价值学说与意义实践，与走向现代化过程的现实社会相适应，对实践当中所出现的种种价值困惑、情感困惑和心理困惑，作出人类理性的回应，为走向现代化社会的人们提供一个完整的意义世界和终极关怀系统。在新旧文化转型的历史时期，中国新文学充当了与新文化相关的思想启蒙、民族救亡图强和价值与意义世界重构的"历史先锋"，并在不断的演变和发展历程中，提出了许多建设性的文化思路、美学理念、文学精神和艺术主张，使自身真正地成为了中国文学发展史上的一个新纪元。正是在现代化历史进程的环节上，"两浙"作家以方阵的形式崛起，以先锋的精神、创新的理念，为中国新文学贡献了自己的思想睿智和艺术才华，推动了中国文化、文学的整体发展。应该说，历史是永远不会忘记"两浙"作家这一丰功伟绩的。

后　记

有关从地域文化的角度来研究地域作家，研究地域文化与中国新文学的关系，学术界已取得了不菲的成就，发表了不少的论文，出版了不少的专著，因此，进入21世纪再来选这样的题目做研究，似乎显得有些背时，尤其是在当下讲究功利的时代。然而，对于学术研究来说，老生常谈其实并不是一件坏事，特别是就人文社会科学研究而言，老生常谈同样可以推陈出新。就像电影界重拍经典一样，不同时代的人总是会对经典作出不同的认知和理解。不过，不同时代的人将基于什么样的价值立场，从什么样的角度切入研究对象，认识和把握对象的规律性特征，展示出不同时代的人，对于历史现象的不同感悟、不同认知和不同诠释，则是“老生常谈”的关键。

在我看来，由于中国新文学本身就是一种动态发展的进行时文学，它有历史的一面，又有直接针对当下、指向未来的一面，因此，研究中国新文学，总是会对历史、对当下、对未来会有诸多的启示和启迪。只要时代在发展，新文学也在发展，研究新文学，探索新文学也在不断地发展，永远都不会停止。因此，关心中国新文学的发展进程，研究中国新文学的发展特点和规律特征，我们无论如何也无法绕过“两浙”作家对中国新文学所作出的历史贡献，他们的丰功伟绩是永载史册的。然而，“两浙”作家在当年的创作，究竟是怎样的一种情形呢？或者说，“两浙”作家当年是以怎样的一种姿态步入新文学新文坛的呢？这是我所关心和感兴趣的。我们当然可以选择多个不同的角度对此来作不同维度的审视，但是，从地域文化视角来切入“两浙”作家与中国新文学的关系，我以为是一个不错的选择。作为外乡人，我也许没有当地人对“两浙”——自己家乡那样的熟悉，但是，外乡人也有外乡人的长处——可以通过不同的地域文化作为参照，譬如将自己家乡的文化与现在居住地的文化进行比较，从中发掘出不同地域文化的特点，并依据自己对不同地域文化的独特感悟，就可以从地域文化这一特殊的视角，发掘出“两浙”作家与中国新文学之间的独特关联。或许，我的这种独特的感悟、独特的内心体验，正是长期生活在单一地域文化圈内的人所不曾拥有的。

本书在写作的过程中，得到了许多领导、师长与朋友的关心和支持，其中有浙江省社会科学联合会的领导、浙江大学社会科学研究院的领导，以及浙江大学人文学院和中文系、研究所的领导。如人文学院常务副院长、博士生导师廖可斌教授，浙江大学中国现当代文学与文化研究所名誉所长、博士生导师陈坚教授，浙江大学人文学院中文系系主任、中国现当代文学与文化研究所所长、博士生导师吴秀明教授等。他们的关心和支持，我将永远铭记心中。同时，浙江大学出版社编审钟仲南先生也十分关心本书的写作，并给予了许多帮助。浙江大学人文学院、社会科学研究院将本书选题作为浙江大学“211 工程”重点学科建设项目，列入“中国传统文化与江南地域文化研究丛书”资助出版。浙江省社会科学界联合会也将本书列入 2006 年的重点研究课题予以资助。在此，谨向支持和关心本书写作的领导、师长与朋友们，一并表示深深的谢意！

本书在写作的过程中，参考了许多国内外不同学科的资料和论著，由于篇幅所限，未能一一列出他们的名字和篇目。这些不同学科的资料与学术观点，对本书写作有很大的启迪价值。对此，也谨向这些未曾谋面的著者们表示最诚挚的感谢！

本书以“两浙”地域文化视角来探讨“两浙”作家与中国新文学的内在关联，目的是要努力地揭示出在中国新文学的发展过程中，“两浙”作家为什么会整体性地崛起的文化根源，并试图结合文化原型和母文化的孕育功能，以及地域文化的“集体无意识”积淀等特点，探讨“两浙”作家在新文学发展中的思想理念、价值建构、心路历程、精神轨迹和艺术探索等各个方面的表现，以及为中国新文学发展所作出的历史贡献，以确立他们在中国新文化、新文学发展史上的崇高地位。本书的部分章节已经以论文的形式在相关的学术刊物上发表，引起了学术界的关注。由于本书只是从地域文化的角度，对“两浙”作家与中国新文学的内在关系进行初步的探讨，不成熟之处，在所难免，敬请广大的读者朋友们多提宝贵意见，以便将来有机会再版时予以认真的修改。

“俱往矣，数风流人物还看今朝。”作为一种轰轰烈烈的历史现象，一种曾经发生过的历史存在，当年风华正茂、斗志昂扬、意气风发的“两浙”作家已经走进了历史。如今，我们对此进行认真的历史梳理和学术研究，当然不仅仅只是为了缅怀过去的历史，对过去的辉煌发出由衷的赞扬，更重要的是指向今天、指向未来，期待在进入以现代化为标志的全球化时代，当今和未来的“两浙”作家能够重振雄风，再攀高峰，再写辉煌！

黄　健

2008年早春于西子湖畔

图书在版编目（CIP）数据

“两浙”作家与中国新文学 / 黄健著. — 杭州：浙江大学出版社，2008. 4

ISBN 978-7-308-05873-5

Ⅰ. 两… Ⅱ. 黄… Ⅲ. 文学研究—浙江省 Ⅳ. I206

中国版本图书馆 CIP 数据核字（2008）第 043393 号

“两浙”作家与中国新文学

黄　健　著

责任编辑　钟仲南

出版发行　浙江大学出版社

（杭州天目山路 148 号　邮政编码 310028）

（E-mail:zupress@mail. hz. zj. cn）

（网址:http://www. zjupress. com

http://www. press. zju. edu. cn）

电话:0571－88925591，88273066(传真)

排　　版　浙江大学出版社电脑排版中心

印　　刷　杭州杭新印务有限公司

开　　本　880mm×1230mm　1/32

印　　张　11. 75

字　　数　327 千

版 印 次　2008 年 4 月第 1 版　2008 年 8 月第 2 次印刷

书　　号　ISBN 978-7-308-05873-5

定　　价　25. 00 元

浙江大学出版社发行部邮购电话　(0571)88925591